李新宇学术文集

㊀壹

文学现象观察

李新宇 —————————————— 著

山西出版传媒集团 北岳文艺出版社
BEIYUE LITERATURE & ART PUBLISHING HOUSE
·太原·

图书在版编目(CIP)数据

李新宇学术文集 / 李新宇著. —太原：
北岳文艺出版社，2020.5
ISBN 978-7-5378-6179-3

Ⅰ. ①李… Ⅱ. ①李… Ⅲ. ①中国文学－文学研究－
文集 Ⅳ. ①I206-53

中国版本图书馆CIP数据核字(2020)第057363号

李新宇学术文集·文学现象观察

李新宇◎著

//

项目负责人
范　戈

责任编辑
范　戈

封面设计
张永文

印装监制
郭　勇

出版发行：山西出版传媒集团·北岳文艺出版社
地址：山西省太原市并州南路57号
邮编：030012
电话：0351-5628696(发行部)　0351-5628688(总编室)
传真：0351-5628680
网址：http://www.bywy.com　E-mail：bywycbs@163.com
经销商：新华书店
印刷装订：山西人民印刷有限责任公司

开本：710mm × 1000mm　1/16
总字数：2688千字
总印张：159.5
版次：2020年5月第1版
印次：2020年5月山西第1次印刷
书号：ISBN 978-7-5378-6179-3
总定价：498.00元(全6卷)

1998年，在曲阜师范大学

作者部分书影

刊载作者学术文章的部分刊物

目　录

第一辑

第二辑

第三辑

第四辑

第一辑

改革者形象塑造的危机

我赞美那些密切关注生活大潮的作品，所谓“改革文学”正是这类作品；我欢呼那些时代弄潮儿的形象，所谓改革者正是这类形象。所以，我由衷地希望未来的文学史家不要忘记，在中华民族历史的这一重大转折时期，我们的文学家塑造了一批改革家形象，取得了可喜的成就。但是，当前改革者形象的塑造却逐渐显露危机，使我们不得不认真思考。

一、在雷同化与理想化的背后

几年前，敏感的批评家已经不无忧虑地指出，改革者形象的塑造形成了新的模式。时至今日，人们仍能看到，改革者形象的性格特征存在着明显的雷同。1979年，乔光朴问世之后，改革者形象一个接一个相继诞生：丁猛、车篷宽、徐枫、龙种、陈抱帖、刘钊、武耕新、李向南……虽然性格各异，思想认识不一，改革的形式也不尽相同，但是，即使这些各具特色的人物，也大都流贯着乔氏的血液，带着他的某些性格基因。他们几乎都不乏信念，不乏勇气，不乏铁腕，几乎都义无反顾，大刀阔斧地进行改革，几乎都具有地道的男子汉气魄。不必一一列举论证，大量的改革者形象性格的主要方面非常相像是显而易见的，以致谈到改革者，人们立即就会想到这种性格。

为什么会产生这种现象呢？是作家们缺少独创性而相互仿效的结果吗？显然不是。我们没有任何理由如此低估我们时代的作家。那么，是生活为我们提供的原型就是如此吗？显然也不是。只要了解一下生活，大概谁都会做出并不完全肯定的回答。我以为，这些形象打着作家主观世界的鲜明印记，染着作家理想的色彩。在雷同化的背后是理想化。从乔光朴到李向南，绝大多数改革者形象都带有理想化倾向。作家们所展现给我们的，是经过认真选择和改造了的生活的强者。他们是为创造历史而存在，为影响历史而成为艺术形象的。尽管新时期文学摒弃“高大全”的模式，反对理想化倾向，对塑造榜样不感兴趣，但作为这一人物系列，却与梁生宝、肖长春们一样负有引导生活的使命。这类形象是作家主观精神拥抱客观现实的结果，寄托着作家对生活的希望，承载着作家对生活的呼唤。由于对改革的迫切期望而对改革者产生偏爱，由于偏爱而不自觉地将其理想化，这是完全可以理解的。正因为这样，他们才总是大刀阔斧，所向披靡；虽困难重重而仍能取得胜利；虽有失败但绝非自身错误所致；虽有弱点而绝无原则失误；虽头戴紧箍而手眼通天，仍能一蹦十万八千里……严格地说，这不够真实。我们的读者却一次又一次地读着这样的作品，忘了挑剔或不愿挑剔，并时时报以热烈的掌声。因为它反映着读者和作家的共同愿望，读者也往往自愿地参与理想化的塑造。正因为这种共同愿望，人们愿意来点善意的欺骗，借大刀阔斧的改革者求得情绪的宣泄，沉浸于作品所创造的意境中得到满足。作为社会的人，很难超越特定时代的时代情绪。虽然这种情绪往往使作家和读者同时蒙住双眼，顾此失彼，使作品轰动一时而又立即被遗忘，但人们认识到的未必是能够摆脱的，因为时代情绪最集中地反映着人心的向背。从这个意义上说，我们的作家正是置身于人民之中，充当了人民的代言人，才塑造了这样的形象。这些形象由于作家的主观意向而成为我们这个时代呼唤改革之声的形象显示。

正因为如此，我并不一般地反对理想化。文学要排斥理想化只是一种梦想。它无法排除创作主体的主观认识、主观愿望和感情。没有主观，也就没有文学本身。爱之欲其生，颂之则欲其尽善，虽为作家所应当力戒，却因其属于人类的普遍情感而难以靠理智彻底戒除。问题不在理想化本身，而在于理想化了的人物所承载的是什么样的理想。而在这些理想化的改革者形象背后，所显示的却是清官主义——一个陈旧的理想模式。

作为“人民代言人”的称谓，我们已经习惯了它的褒奖意义，但从另一种意义上讲，它却可能成为一种局限。作家要为人民立言，尤其意味着不是站在非人民立场上代表压迫者和剥削者讲话，却不应该仅仅是充当人民的传声筒。我们有必要清醒地认识我们的民族，特别是常用概念下的人民——以农民为主体的父老兄弟的素质。如果与这个大多数站在同一地平线上，就会限制了自己的视野。作为担负着重铸民族灵魂之职责的当代作家，有责任站在一定的高度，以理想之光照彻现在，并映出明晨的路。但是，我们通过改革者形象，看到的却常常是作家们缺少远见和洞察力的、带有传统局限的理想。对改革者形象进行认真考察，就不难看到，他们的“强者人格”，“青天官格”，所寄托的恰恰不是现代理想，而是几千年小农的梦，是从传统继承来的将希望寄托于“圣君”“清官”和“大侠”的理想，是一个陈旧而又陈旧的神话模式。它与女娲补天、大禹治水、包青天以及带了尚方宝剑的巡按大人的故事是一脉相承的。《新星》中的李向南罢免潘苟世，的确大快人心，但是，作者满足于他的主人公伸张正义，为民请命，却没有对他的作为进一步思考。作者在清官主义的领地里止步，把笔下的主人公处理成了一个相当传统的清官。与清官主义相联系，属同一性质的问题是伯乐主义。改革者们常常是被一位独具慧眼的领导所发现、所赏识，于是被放到重要位置上去施展才干，进行改革。这是清官的向上延伸。我们有必要认识一下这种理想。所谓清官主义理想，事实上是以握权者是好人为前提，但恰恰这一点是无法保证的。当前的文学作品中，常见这样一种倾向：总把解决问题的希望寄托在当代“包公”身上，而不谋求结构和体制的解决。对于贪污、腐败和不正之风，总强调个人的道德和思想觉悟，而不着眼于政治体制的完善。这种倾向是中国传统的政治道德化和道德政治化的陈旧观念的一种反映。虽然作家们似乎已经意识到政治与道德应分属两个不同的范畴，但在思想上却仍然陷入了这种观念的窠臼。

二、集权主义——一种困惑中的选择

运用铁腕，紧抓权力，并且强化权力，这种表现与集权主义、专制独裁有不解之缘。文学创作是一种选择，理想化的人物塑造更是一种选择。我不想危言耸听，但是，请注意：我们的作家通过理想化而在政治上选择了强权与专制。

为什么会做出这样的选择？很难想象一个刚刚开始从专制中挣脱的民族会回头对强权专制频送秋波。这种选择是根据现实的需要而做出的。今天，在这片肥沃而又贫瘠、培育着鲜花而仍长着毒菌的土地上，一场伟大的变革在其需要冲破一座坚固的旧城堡的时候，呼唤着强者作为时代的开路人，呼唤着权力集中和权力强化为改革者们装备强弓利刃，为猛虎添翼。我们社会生活的各个领域，已习惯了老牛破车，机构臃肿，人浮于事，名义上集体领导，事实上互相扯皮，既互相矛盾，又能互相联结成网，以阻挡历史前进的脚步。面对这样的局面，如无大刀阔斧的强者性格，如不授个人以权威，使权力高度集中和强化，就难以改革积弊，破除陈腐。改革者们所面临的困难不必描述而众所周知，所以在此不想过多地引用作家们的描写，但最近读到两个短篇，一篇写一个新任乡党委书记要改变干部的工作作风，只好假装醉酒，舞棍弄棒，发号施令，才得以实现。另一篇写某市一个臭塘，因互相扯皮而多年未能治理，最后只能利用一个精神失常的干部横冲直撞，才得以顺利完成。小说并非直接写改革，却传递了同样的消息：改革艰难。从中也可以听到强化权力甚至不惜畸形强化的呼唤。正是基于对现实生活的这种认识，改革者形象的塑造有了崇拜铁腕、强化权力的倾向。

但是，这种选择却困惑于现实需要而忘记了理想和前途。固然，现实发出了强化权力的呼声，但仔细地听一下吧！时代也同时发出了更为强烈的呼唤。现代化的浪潮正汹涌着唤起人的觉醒和政治的民主化。改革要全方位进行，不是靠铁腕能成功的。现代化不仅四个，它也不是杰出人物个人的力量所能够取得的。以个人的意志强加于群体的时代正在成为过去。无论专制以什么形式、什么借口出现，都将为人民所唾弃。在这样一个历史进程中，我们的作家有必要考虑一下脚下的位置，目光稍抬而思考这样一个问题：我们所追求的是全民的高度发展还是高度发展的个人成为全民的主宰？是人民真正成为社会的主人，还是为人民寻找一个代表人物，然后让人民拜倒在他的脚下？我们呼唤的是民主还是专制？我们所歌颂的是现代社会新型的领导者还是新的独裁者和专制家长？

当前，有人对民主在现代化建设中的作用缺乏足够的认识，甚至认为我们的人民还没有使用民主的能力，因此，我们国家还不是讲民主的时候。这种思想自有其历史的渊源和现实的基础，但是，更应该注意的是没有民主就没有真正的现代化。在我国，两千多年的专制传统由于没有经过资产阶级革命的严格淘汰，至今如一个沉重的包袱压在我们民族的脊背，因此民主气氛难以形成，民主制度难以健全。这与现代化是极不合拍的。现代化进程绝不仅仅是经济的发展，而是包括政治的民主化和文化的重铸。当前，我们的经济改革已面临着严重障碍，政治体制的改革作为必由之路径已提上了议事日程。而中国现存政治体制的主要弊端就是人民的政治参与机制不完善，和权力内部的制约机制不健全，需要的是民主而不是独裁或专断。如果没有民主，经济的增长即使可能，也是一种不难预测的怪胎。如果没有民主，改革就只是少数人的事，与民众无关。

《新星》中的李向南在当前的改革者形象中无疑是比较自觉并富有理性的。但看过《新星》之后同样令人发问：难道中国的前途就只能寄希望于多出几个李向南吗？为什么老百姓不能罢免潘苟世们？一个英雄的大脑加千百万群氓的手能建立起帝王的宫殿，却建不成现代化。我们的时代不仅呼唤英雄，更呼唤普通人的站立，呼唤着亿万人民群众的创造性。在中国，传统的政治文化至今深入人心，官本位思想，草民思想，愚忠思想，无一不阻碍着改革的顺利进行。一般民众对政治冷漠，这种冷漠来源于压抑和挫伤。因为这种冷漠，群众的历史责任感和社会责任感非常缺乏，社会进步艰难。我们要实现现代化，应该唤醒每一个人的自尊心和权利意识，启发其对自由和进步的要求，使之成为高度觉悟了的自觉的人。只有这样，社会的发展进步才有保证。

我承认运用铁腕集中权力有利于冲破阻力和打开局面，也是对慵懒状态的一种反拨。但是，领导机构中的互相推诿和慵懒无能只是问题的一个方面。而另一方面是官僚主义、家长制、争权夺利和以权谋私。对于个人揽权，我们当然应该放在这一特定的历史范围中来考察，看到它在现阶段的作用，但是，也应该看到，借个人集权而行改革的做法只是以一种弊端克服另一种弊端而已。它在某一特定阶段表现出某种积极意义，但与总的进程却是矛盾的。当另一弊端被克服之后，这一弊端会立即突现出来，甚至会成为庆功宴上的主要矛盾和必须解决的问题。我们应该注意到，并不是有助于达到目的的任何手段都是可行的。我们不能无视这样一种可能：手段可以决定目的。特别是在中国这块土地上，对一切形式的专制和可能导致专制的手段都应该抱有特别的警惕，因为其土壤尚存，极易滋生。这样说当然并非不要权力，而是提请我们的作家注意，不要对权威大加张扬，更不要对它抱有太多的幻想。如果生活中的改革者都成为大权独揽的专制主义者，后果将不堪设想。一些改革者被赋予大刀阔斧、敢作敢为的性格，但其行为却只是听命于个人的决断。不少人都在赞扬这种意志力量，却不知是否想到：人非圣贤，难保无过，如果大刀阔斧的权威头脑发热，青红不分挥斧砍来，离开了民主，谁能给予制约？特别是在他胸前佩上勋章之后。

同时，这种集权主义的改革者即使获得了一时的或局部的成功，也将陷入无法解决的重重矛盾之中。因为他们行为的结果是在他领导的单位巩固专制的金字塔型结构，而在这种层序结构中决策者与他的下层存在着难以协调的矛盾。它要求服从决策者的绝对权威以实现整个系统的协调一致，但本身却一开始就播下了冲突的种子。它可以用奖惩作为手段，使群众服从以达到协调一致，但奖惩的作用是有限的，并且严惩本身就是不稳定的标志。它可以利用思想意识的力量达到结构内部的团结与驯服，甚至以卓越的德才唤起人们的某种信仰以达到协调一致，但这种信仰却需要建立在愚民主义和蒙昧主义基础上，而且需要高度的封闭。这在一个思想意识急剧变革并走向开放的时代是不可能的。在重重矛盾之中要确保权威，就必须动用非人格化的控制手段，结果是堕入恶性循环，抑制群众的责任感和积极性，阻碍生产力的发展。因此，我们的作家实在没有必要将理想寄托于这种结构。更值得注意的是，在生活中，铁腕集权的做法已经暴露出它不利于改革的一面。《会计今年四十七》就已经透露了这个问题。冯志超和梁河都是改革者，却互相冲突，不能配合，无法工作。这固然反映着厂长负责制和党委负责制的矛盾，但一个更重要的原因就是两强相遇各不相让，铁腕碰上铁腕，都想大权独揽，最后只好分开。为什么总是“一山不存二虎”？为什么只有一人“占山为王”才能秩序井然？如果改革的领导者只能单枪匹马去战斗，这实在是一种悲剧。

我承认中国的民众还不习惯使用民主权利，但这不应该成为赞美和呼唤专制的理由。民众的素质差，就剥夺其民主权利而请人代理，于是就永远没有这种能力，于是就永远把权利交给强者。所以，专制的基础就可以永远固若金汤。而今天，时代赋予我们的使命就是打破这种互为因果的结构和稳定状态。真正的改革者一项重要的使命就是启发和培养群众的主人公意识，培养他们使用民主权利的本领。因此，我赞美李国文的《花园街五号》，刘钊改革的核心目标是把权力交给人民。我赞美映泉的《桃花湾的娘儿们》，梁厚民是一个文弱书生，不是包打天下的救世主，也不是送财宝的赵公明，而是去启发村民们自尊自强，抬起头做人，挺起腰当家。这比那些救民于水火然后就有了新寨主味道的改革者更富于时代的光辉。我看到桃花湾的变化，欣喜之情远远胜过看到《燕赵悲歌》中大赵庄的变化。

我的想法可能有注目未来而脱离现实之嫌。但我以为我们的目光还是放远一点好。为眼前之需要而不顾未来之路途，历史的发展就会更加盲目。辛辛苦苦迈出第一步，迈第二步时就苦于搬不动第一步摆下的石头；流血流汗建造一层大楼，建第二层时却不得不拆掉重建；意气风发高唱颂歌，还没有唱完就陷入了尴尬境地……这种教训对于中华民族来说已经足够了。由此，我想到了另一个问题：

三、写改革者，不应该仅仅是礼赞

蒋子龙的《燕赵悲歌》问世已经两年，在广大农村，相信武耕新的弟兄们将陆续站起。我希望中国今天就出现八亿个武耕新。但作为文学形象，我不满于作家仅仅是对其肯定和赞美。

武耕新的确是一个崭新的农民形象。他不仅致富有方，带领大赵庄人摆脱了贫困，走上了七业并举的道路，而且有志于改变千百年来的小农意识和生活方式，带头穿好衣、住好房，逼着农民享受，还以“壮骨法”挣断了道道绳索，甩掉了农民的卑怯心理，敢于与县委书记争辩，敢于与高干讲理。这种变化非同小可，的确令人振奋。由此可见蒋子龙关注新事物的敏锐目光。但是，武耕新毕竟是一个农民，生长于闭塞落后的农村，作为一个现代化的领导人，他还有不少局限。比如，要推行他的方针和计划只善于运用经济手段，要打开农村经济市场和提高农民生活水平，也以命令相逼，终日满足于发号施令，以绝对权威的树立为得意，对于群众的服从缺少清醒的认识，因而不仅没有任何启发教育，而且充分利用这种权威（开计划生育会就是极好的一例），不时地发布着命令。他的目的对于农民来说是崭新的，他的手段却非常陈旧。这一切都是真实的，大赵庄土壤里诞生的武耕新只能如此。作者写出了他的这些弱点，恰恰证明作者对生活的忠实。但是，蒋子龙对他笔下人物弱点的发现却是迟钝的，认识是模糊不清的。他善于发现其长处而不善于发现其短处，善于发现其新素质而不善于洞察其旧意识。武耕新的弱点常常被作者以欣赏的笔调描写出来，他身上的旧意识常常被混入新品德而一起受到赞扬。

这是改革者形象塑造中的一个普遍问题。不少改革者都是新时代的旧人物，或者是经济思想上的新人，政治思想和文化心理上的旧人。很遗憾的是，我们的作家在塑造改革者形象时，对此表现出思维的迟钝。到目前为止，还没有一个作家对这类形象进行深入的剖析。这是改革者形象塑造中的一大疏忽。

值得作家们注意的是，在改革的过程中，改革者自身也需要改革。发展的时代呼唤着改革者自身的再造。近几年，由于物质生活的初步改观，特别是农村经济的变化，有人便有意无意之中沉醉于表象而不深察。于是，如此反映改革的作品出现了：呵，农民！多么富足！楼上楼下，电灯电话，洗衣机，电冰箱，电视机……物质生活的变化带来了精神面貌的变化，人们的道德观念变了，生活方式变了，甚至成立了管弦乐队，终日吹打弹唱……是的，农村的确正在一步步走向富裕，漏斗户主们终于吃饱了肚子，而且出现了大赵庄那样的富村，出现了武耕新那样的农民。但是，且不说这种农村能占全国农村的百分之几，且不说那种变化是否显得太容易，先退一步，我总无法摆脱这样一个问题：即使全国农村都成了大赵庄，经济上获得了极大的富足，人们是不是就获得了解放？是不是就获得了自由和幸福？回答这个问题并不那么轻松。大赵庄人终于摆脱了贫困，但能不能挣脱人为的枷锁？武耕新以壮骨法挣断了县委书记们捆绑他的绳索，他自身会不会成为大赵庄三千多人身上的绳索？回答这个问题仍然不太容易，因为完全有两种可能，我们还没有任何理由十分乐观。乐观的回答有待于现实更为深刻的变化。改革者自身若不能彻底更新，他所处的环境若不能彻底改造，最坏的设想也并非完全没有可能。

我们的改革者，还处于种种旧意识的包围之中。在今日之中国，反封建仍然是一项重大的历史任务。封建的东西死而不僵，余威犹存，善于千变万化，能够借尸还魂，当它披上时髦的伪装，其危害就更大。特别在农村，广大群众的觉醒尚未完成，心理素质急需更新，文化心理结构的变化比经济结构的变化还要艰难百倍。由于数千年的专制统治，君君臣臣官官民民的等级观念在群众中世代相袭，根深蒂固。儒家靠“圣君”行道的理想模式，道家超然物外的消极态度以及自我心理调节的处世方式，早已成为一种心理积淀。在精神上做惯了奴隶，总希望有好主子出现，这种政治文化积淀化生出政治上的盲目依赖性。进入新的社会，这一切并未清除。人们习惯于把代表自己利益的干部作为自己命运的主宰，老老实实地以“子民”自居。这种心理成为时代的沉重包袱，使人们失去了自己的脊骨而呼唤救世主，因而成为官僚主义、家长作风和专制主义得以滋长的温床，无形地制约着社会的变革。

我们的人民习惯于服从，改革者应该怎样对待这种服从？按理讲，清醒的改革者应当对此有清醒的认识，并积极改造之。从现实生活看，我们却无法对作品中人物提出如此要求。由于传统文化心理的制约，我们民族的优秀分子常常无法摆脱致命的弱点。奋斗者往往在同一条抛物线上作简单重复。关于这一点，王兆军的《拂晓前的葬礼》为我们提供了有益的启示。文化心理制约着我们的民族，不仅制约着普通民众，也制约着杰出人物。改革者无法例外。

如果改革者自身不进行必要的改造，传统的文化心理会使他滑向悲剧的老路。特别是在取得某些成绩而受到群众拥戴之后，群众的一切都会成为他的恩赐。享有他的财富就理所当然地受其奴役，绝对地服从他的意志。常见这样的现象：一个工厂多发了几元奖金，本来谦恭的厂长就开始训斥工人；孩子要钱买糖果，父母先问孩子听话不听话。这一切都是无意识的、不自觉的。改革者身上不自觉的旧意识，也会给现代化带来损失。这并非杞人之忧，张炜的《秋天的思索》和《秋天的愤怒》已经为我们揭示了这种可能。王三江们都挂着改革者的招牌，他们使群众富裕了，但吃饱了肚子的群众却又一次沦为他们的奴隶。

必须说明，我并不是理想化地要求改革者身上不存在弱点或者都对弱点有清醒的认识。他们是社会的人，生活于历史发展的这一阶段，谁也无法要求他们超越自己的时代而成为21世纪的中国人。他们身上必然带有旧时代的痕迹，带有与前进的历史不相适应的东西。尽管他们自身就是历史航船的纤夫，我们却无法要求他们成为全新的人物。因为那种要求本身会导致对历史的歪曲和美化，导致作品的虚假。文学，应该忠实于生活的本来面貌。但是，我们有理由提醒读者：在这些改革者形象身上，所存在的与时代发展方向相悖的因素，常被作家美化。我们也有理由要求我们的作家：莫将缺陷当美德，莫将旧人当新人，对于改革者，不应该仅仅是礼赞，还应该以现代意识去照彻他们的不足。这也是改革事业向文学提出的信息反馈要求。

危机蕴含着生机。在这场伟大的变革中，相信新型的改革者将不断出现，我们的文学在不断地反省与思考中将会塑造出更真实、更典型、更富于时代光彩的改革者形象。

1986年6月　曲阜

对“反思文学”的反思

“反思文学”因其重大成就将载入文学史册。

新时期文学是不断成长和发展着的。对于一个过去了的文学思潮进行挑剔，也许不必要，因为用今天的成就去指责昨天的不足，就像指责一个成年人少年时代的弱小和幼稚。但是，仅仅赞美，却容易使人沉醉于它的成长而看不到它的实际高度和应有高度之间的差距。文学史的任务是忠实地描述文学在各个阶段发展的真实状况，既不能在历史条件尚不具备的情况下过分苛求前人，又不能不实事求是地指出它在那一特定阶段的实际水平。基于这样一种认识，我才认为有必要反思一下人们记忆犹新但又毕竟已经成为历史的“反思文学”。本文的任务仅仅是考察它的局限和不足。

一、缺乏历史目光的历史反思

“反思文学”是“伤痕文学”合乎逻辑的发展结果。“伤痕文学”既然写了“文化大革命”的灾难，写了极“左”思潮的恶性膨胀和泛滥，写了它给千家万户带来的种种不幸和悲剧，人们当然会进一步思考：这场悲剧为什么会发生？它是偶然的吗？是从天上突然掉下来的吗？回答是否定的。于是，文学开始对那十年进行追根溯源的思考，清理它的来龙去脉，对此前的历史进行再认识和再评价。茹志鹃的《剪辑错了的故事》《草原上的小路》，刘真的《黑旗》《她似乎更明白了》，鲁彦周的《天云山传奇》，张弦的《记忆》，王蒙的《布礼》《蝴蝶》，李国文的《月食》《冬天里的春天》，张一弓的《犯人李铜钟的故事》《张铁匠的罗曼史》，谌容的《永远是春天》《白雪》，张贤亮的《灵与肉》《绿化树》，戴厚英的《人啊，人!》、古华的《芙蓉镇》……描写的重点不再只是“文革”的灾难，而是从各个侧面揭示“文革”之前政治生活中已经存在的各种不正常现象，反映了中国当代历史行进中的坎坷和曲折。1957年的反右斗争，1958年的“大跃进”，1959年的反右倾，1960年的大饥饿，1964年的社会主义教育运动……都进入了作家的视野，在他们的作品中呈现它所带来的严重危害。

对历史的回顾与思考是“反思文学”的主要内容，但这种思考在当时却还缺少真正的历史的观念和由此而来的历史的目光。

“反思文学”的反思是以十年动乱为起点，由近及远一步步向上延伸的。但上溯到革命战争年代之后就停止了。历史在作家意识中出现了断裂。由于当时的批判还是比较单纯的政治批判，批判的主要对象是极“左”政治，再向上延伸，反“左”的政治批判就有点无能为力了。极“左”思潮追溯到这里已无法上溯，只能到此止步。“反思文学”孤立地割取了从战争年代到拨乱反正时期的这段历史，进行各个侧面的反映，因而将历史写成了一个马鞍形：两端是光明的，中间是极“左”思潮泛滥的黑暗时期。当时的文学作品大都有一个光明的尾巴，正是由这种历史认识所决定的，并不仅仅因为某些障碍而不敢渲染黑暗。

由于这种历史视野的局限，当文学对极“左”思潮进行批判时，往往把它看作一种突发性的病变，在“变”字上大做文章：本来一切都是好的，只是后来变坏了，之所以变坏，是因为革命传统丢掉了，与人民的血肉联系割断了，所以阴谋家和骗子得手了，等等。为了与这种病变相比照，文学极写50年代初和革命战争年代的美好。在一些作家的笔下，50年代初的阳光是那样明媚，天空万里无云，红日高照，大地春风和煦，鲜花盛开，生活中充满着温暖和亲切。许多作家都是这样写的，王蒙的《悠悠寸草心》也通过老吕师傅对生活的感受写了50年代的盛世之风：张书记帮他入党，李政委给他买药，省长为他刷洗头池，厅长为他绑拖把……干部与群众是那样融洽，上下左右是那样平等，结论是“解放后的前七八年，光明得像天堂”。《布礼》中钟亦成对那段生活的感受也是如此。我并不否认那段时间的社会政治生活与1957年以后的某些区别，但是，以1957年画线，把新中国成立初期写成天堂，却是王蒙等人的主观感受对历史的美化。这种美化打着个人生活经历的印记，因而不同的作家在时间上有不同的划分。在“文革”时期才开始受冲击的作家心中那段“天堂”时间比反右运动中已经受冲击的“右派”作家要长得多；而“胡风集团”的人们感受中的“天堂”肯定要比王蒙们要短得多。这可能产生于作家对生活的真实感受，但不一定能够反映历史的真实面目。当然，谁也没有权力（也没有能力）排斥作家由于个人遭遇而形成的情感在历史评价中的作用，但要正确认识历史，却不能不注意这种评价中的主观情感因素给历史披上的纱幕。

当然，也有作家在“文革”灾难的启发下超越个人的生活经历而对更长的历史进行了思考。有的作家已经认识到不仅50年代初期，而且战争年代革命队伍内部也存在着极“左”思潮，给革命事业造成了严重损失。白桦的《曙光》、李国文的《冬天里的春天》等作品都带有这种思考。但是，即使这些作品，也同样把极“左”思潮出现之前的战争年代做了美化。好像没有一个光明的起点和光明的结局就不算一部好作品。好像光明是永恒的，而黑暗则只是一时的。从李国文等人的作品可见，战争年代革命者与人民的关系真是鱼水关系，情同骨肉，字里行间流露着浓郁的眷恋之情。这种情绪与我们民族的传统思维习惯密切相关，每当对现实产生不满，便美化过去以否定现实，美化远古以否定近古。“尧天舜日”正是为否定后世帝王而创造出来的理想境界。

“反思文学”中的干部形象系列中有一个引人注目的系列，他们的主要特征是退化变质和忘恩负义，具体表现是由革命者变成官僚老爷，由公仆变成主人，由与人民血肉相连变得与人民格格不入。甘书记、毕部长、于而龙、张思远、王辉凡、李梦雨等就是他们的代表，程度不同地经历了这种变化。当然，在作家们笔下，他们绝大多数都能经过历史的教训而觉悟和忏悔，重新焕发出革命青春。作家们力写这种变化，透露出一个思考的前提：他们本来是好的。这个“本来”可以是革命战争年代，也可以是50年代。文学对这些人物的描写与对那段历史的反映是一致的。但是，有一个问题值得思考：他们是“变”坏了还是本来就不是想象得那样好？使他们发生这种变化的主要原因是内因还是外因？内因是什么？外因又是什么？关于这些，“反思文学”缺少回答，或者回答得太简单——简单地归于极“左”思潮，而没有深入地发掘这种变化的潜在内因。随着文化意识的觉醒，人们应该懂得，一些干部的“变”正是文化传统下的“不变”所致。把他们放在理想化了的几十年的革命历史上看，他们似乎变了；但把他们放在几千年的历史上看，他们却没有变。他们的“变”恰恰显示了历史变化的艰难，显示了人们身上潜藏了几千年而未变的旧意识。由于缺乏历史的观点，仅仅局限在几十年革命斗争历史中思考问题，这些文化心理因素以及极“左”思潮、个人迷信等之所以产生的根源，自然就难以得到正确的反映。

用今天的作品去否定昨天的作品也许是不可取的，但并不影响我们在评价昨天的作品时以今天的作品作为参照。正如在评价今天的作品时可以以昨天的作品作为参照一样。我们不妨把近几年文学对革命历史的表现与“反思文学”对革命历史的表现对比一下。《红高粱》《马蹄声碎》《夕阳红》《灵旗》《故乡》《皖南事变》等大量小说为我们提供了新的启示。从这些作品可以看到，历史本来并不是黑白分明、清澈透底的，革命者也不是纯而又纯的。人们创造着历史，却又被历史创造着。因为人是历史的创造者，却又是历史的创造物。历史由于其惯性延续的特点，是不可能一下子被斩断、被彻底更新的，而是每前进一步都十分艰难。由此反观“反思文学”对历史的表现，就会发现它所写的历史是被提纯了的、理想化了的。当时的作家虽然看到了“文革”不是偶然发生的，却很少看到“文革”之前的错误之所以产生也有其更深的历史文化渊源。

“反思文学”之所以孤立地割取一段历史，源于一种缺乏历史观点的历史观念。好像战争的炮火可以把旧世界彻底埋葬，并且轰出一个全新的时代，开辟出一个与过去历史没有多大联系的新纪元。好像革命者是从天而降，而不是民族历史的土壤所培养。好像他们的素质是全新的，只属于新时代而不属于旧时代。但是，历史不可能在一阵炮火中彻底更新，革命的利剑可以迅速地砍下反动统治者的头颅，将其推下统治宝座，却很难一下割断其精神文化血脉。革命者们高举刀枪创造一个新时代，而他们自身却是旧时代创造出来的，无论他们怎样自我更新，也很难彻底洗刷旧时代遗留给他们的一切。因而在创造一个新时代时，就不可避免地作为旧文化的载体把旧时代的因子注入他们努力创造的新时代。在阶级社会中，革命阶级与反动阶级虽然有着本质的不同，但作为一个个分子，相互转化的基因深藏着，转化的途径无法切断。

二、武器的陈旧与批判的乏力

“反思文学”具有极强的批判意识，其批判锋芒主要指向极“左”思潮和封建主义。而这两者在社会生活中是密不可分的。极“左”思潮常常是封建主义的当代表现形式，封建主义借极“左”思潮而泛滥。“反思文学”对极“左”路线和封建主义的批判是竭尽全力的。作家们批判的笔端都倾注着汹涌的情感。因为极“左”思潮对人民的危害，人民的命运成为对其声讨的有力武器。因为极“左”政治与封建主义最突出的表现就是不把人当人，无视人的价值与尊严，所以，人道主义这一反封建的武器理所当然地被中国当代作家拿了起来。因此，“反思文学”中的“人民”和“人”是重叠在一起大写的。这种批判显示了威力，使我们看到了极“左”思潮和当代封建主义的累累罪恶。人民的苦难命运，人的悲剧，成为对极“左”思潮和封建主义的有力控诉。

但是，只要认真考察，却不难发现，当时的绝大多数作品血泪控诉有余而理性批判不足，道德评判有余而政治剖析不足，对个人品质的关注有余而对体制制约的揭示不足。总之，武器陈旧而贫乏，批判缺乏应有的深度和力度。

我总是无法驱赶这样的印象：我们的作家挥汗如雨地拼搏在反对极“左”思潮的战场上，以可敬的勇气、汹涌的激情和沉重的使命感向极“左”思潮宣战，但他们的手中的武器却依然打着极“左”思潮的印记；我们的作家以种种艺术形象揭露封建主义的罪恶，奋力鞭挞封建主义，但他们手中的鞭子却依然带有封建意识的胎记。这种现象也许不必大惊小怪，因为新时期文学有一个从极“左”思潮中脱胎和蜕变的过程。但是，在这个过程中，它给作品留下的缺陷却难以弥补。即使像《冬天里的春天》这样的荣获茅盾文学奖的优秀长篇小说，也仍然如此。这部小说在反“左”方面，在呼唤革命者永远不要忘记人民方面，成就是突出的，但是，小说着力批判的极“左”人物王纬宇却仍然有点“形左实右”的意味。作者在他的家庭出身方面大做文章，极力从他的出身中寻找他的思想和行为的依据，让人们想起

“文革”之前和“文革”之中一些文学作品对革命队伍内部反面人物的处理。这种处理方式透露的是作家自己也未能意识到的极“左”的阶级观念。当然，更多的情况下是当时的作家们还相当普遍地心有余悸。

“反思文学”关注着公仆成为主人的病变。但是，这种病变为什么发生，在文学中却很难找到令人满意的回答。一些作品写了由于生活环境的改变而产生的思想感情的变化，但起作用的却常常是身边一两个什么人。在李国文的《月食》中，毕部长在革命战争年代与人民情同骨肉，把郭大娘的家当作自己的家，但进城之后却很快发生了变化。郭大娘满腔热情地带了他爱喝的枣酒去看他，却被送出院门，交给别人接待。对于一个革命者来说，这是一个致命的病变，对于一个艺术形象来说，这种病变所蕴含的内容丰富而深刻。但是，作家在描写中却特别突出了他的妻子何茹对他的影响：是何茹要他穿烤花呢大衣，是何茹要他学跳华尔兹，是何茹规定非巴拿马博览会上获奖的酒不能喝……据解释，“如果四合院里没有部长那位娇妻，毕部长养郭大娘一辈子，也决不会多嫌她的”，可是，事实却是“一个使敌人闻风丧胆的游击队长，一个口若悬河的宣传部长，一个堂堂大报的主编，对于夫人一点办法也没有”。当时的不少作品都这样写，好像他们之所以变了，不是因为他们自身的原因，而是中了城市小姐的糖衣炮弹。毕部长的变化与何茹有关，张思远书记的变化与美兰有关，李梦雨的变化也与妻子有关……我并不否认女人的影响会发生一定作用，枕头风也许真能够吹垮一个政权，但是，把这种病变归于女人，却是极不公道的。中国人有根深蒂固的“女人误国”的观念，但当代作家应该清楚，在误国的事实上并非女人。

在描写某些干部的病变时，作家们常常以道德的批判代替政治的批判。一些作品在描写干部由人民公仆变为官僚老爷的过程时，常常要同时描写他们在婚姻和爱情方面的不道德行为，写他们在进城之后如何忘恩负义，如何背弃在战争年代与自己同甘共苦的妻子而在城市另觅新欢，使过去的妻子陷入痛苦之中。毫无疑问，这是历史生活的真实反映。这样写，在一般情况下也容易引起广大读者的共鸣，有助于激发起读者对这些人物的憎恶，以完成对人物的批判。但是，在“反思文学”中，人们对这种病变缺乏深刻的理性思考，常常流于简单的道德评判，而用以评判的道德尺度又往往是陈旧的。这就使得这种批判常常苍白无力。比如，一些具有现代观念的青年人对“陈世美”有自己的认识，在他们眼里，喜新厌旧常常因为有某种合理性而被谅解，不再那样十恶不赦。如此情况下，那些靠把人物写成“陈世美”的方式进行的道德评判就大打了折扣。

三、缺乏现代意识的理想人格

在“反思文学”中，有两类形象特别引人注目。一类是作为受难的圣者的知识分子和干部形象；一类是作为大地母亲的人民群众形象。这两类形象大都具有理想化和神圣化的倾向，体现着一种理想人格。而这理想人格却常常非常陈旧，缺乏应有的现代意识。

在“伤痕文学”中，知识分子是受难者，但还不是圣者。那时的圣者是老干部。从《哥德巴赫猜想》开始的知识分子题材作品有一个重要的创作意图，就是重新认识知识分子，为知识分子翻案和请命。因为在歧视知识分子的年代里，知识分子的脸上被抹了种种不光彩的污痕，新时期文学首先面对的是为他们摘掉“白专典型”和“臭老九”的帽子，展示其爱国爱人民和献身于科学事业的精神光彩。在“反思文学”中，知识分子的形象逐渐英雄化，作家们不仅致力于为他们擦去脸上的泥污而争得不受歧视的资格，而且进一步揭示他们坚持真理、仗义执言、敢与谬误做斗争的精神和勇气。从《天云山传奇》《月食》《土壤》等描写“五七战士”生活的作品开始，文学告诉人们，1957年被错划的“右派分子”没有错误，他们之所以被打成右派，正因为他们比那些把他们打成右派的人更正确，更富于探索精神，更善于思考，更热爱真理，更忠于国家和人民。是他们及时地发现社会生活中已经存在的问题，并以赤诚之心呼喊出来，以期引起疗救，或者勇敢地抵制错误思潮的泛滥。从《布礼》和《灵与肉》等作品可见，他们虽然被冤屈了二十多年，历尽坎坷，但仍然保持了坚定的信念和对革命的无限忠诚。他们被误解，被冤屈，被陷害，却绝无怨言。他们无论过去还是现在，都是忠诚的战士，祖国的好儿女。罗群、钟亦成、辛启明、许灵均就是他们的代表。

这类知识分子形象显然是被美化和提纯了的。对于这种美化和提纯，无论在理智上还是在情感上我都不愿指责。因为正是这种美化和提纯，为在受难的知识分子和干部问题上的拨乱反正做出了贡献。他们是那样需要理解和承认，我们的文学肩负起这种使命并非分外之事。就像为人辩护必然更多地说长而不道短一样，文学在塑造这类知识分子和干部形象时，没有考虑他们的缺点和不足。文学不可能摒弃理想化，无论主观上怎样努力，都无法杜绝为笔下的人物“涂脂抹粉”，因为文学无法排除创作主体情感上的好恶。面对文学的这种表现而大惊小怪，只能说是没有理解文学。批评家所能干预的只能是理想化的具体内容而不是理想化本身。“反思文学”通过理想化为受难的知识分子和干部请命，动机无可指责。但是，它所塑造的理想人格却常常并不理想。由于审美观念的陈旧，在对笔下人物美化的时候，作家们常常误把锅灰当脂粉，抹在了他们的脸上，或者把他们性格中的弱点看成美德给予肯定。罗群、钟亦成、辛启明、许灵均们在50年代可能被看作楷模，但在80年代却总让人觉得少了点什么。当然，我们无法要求作家们把50年代的英雄写成80年代的英雄，那样做的结果只能是造就虚假的形象，但在70年代末和80年代初出现在中国文坛上的“反思文学”仍然歌颂着50年代的理想人格，也就难怪年轻的读者不买账。因为在这些形象产生的时候，这个民族的人格理想已经发生着裂变。

罗群曾经教育小凌云不要染上讽刺挖苦和嘲弄社会不良现象的毛病：“憋不住就严肃地斗争嘛！就从自身先做起嘛！就把劲头用在刻苦学习、努力工作上去嘛！”“个人的遭遇算不了什么，问题是我们的国家，我们的人民，再也经不起挫折了。”这些似曾相识的高调很容易使我们想起样板戏中的英雄，站在舞台的高处，挥手指方向，展望环球一片红的远景。反思文学作品中却常常看到这种人物和腔调。这些人物都有坚定的信念和历史的乐观主义精神，无论怎样坎坷，总相信未来是美好的，错误一定能够得到纠正。罗群说：“对党和社会主义的信念，是不能有任何动摇的……总有一天党会纠正这些问题。”因而他们虽受深重苦难但毫不动摇，不懊恼，不感伤，更绝无怨怒。而且常常很想得开，认为不仅有失，而且有得，挫折和苦难都是应交的学费。罗群认为：“对我们的遭遇，也要看怎么看，这件事当然是件痛心的事，但从另一方面看呢？它又给了我们在上面不能看到的条件，我有时间，我能接近人民。”钟亦成说：“二十年的时间没有白过，二十年的学费没有白交。我们变得深沉得多、老练得多了。”这些说法实际上是一种阿Q式的自欺欺人。这种倾向一直发展到张贤亮的《绿化树》，人们才清楚地注意到它所包含的对知识分子改造政策的变相肯定，好像灾难和错误都立下了不朽的功勋。在这些描写中有一种表白：我们即使蒙冤受屈也没有动摇，没有怨言，没有记恨，始终是一片忠心。之所以如此表白，目的在于表明把他们打成右派的确是错了，他们比那些所谓左派要忠诚得多。

但是，毫无怨言和逆来顺受是美好的品格吗？我们应该知道，它常常意味着对错误和罪恶的容忍。这并不是个人的事，而是对革命事业、对国家和民族的不负责任。试想，如果都逆来顺受，毫无怨言，将由谁来纠正错误和结束错误？拨乱反正又从何而来？毫无怨言与虔诚的信仰相结合，就成为蒙昧和奴性；与自我安慰相结合，就是比阿Q更进一步的精神胜利。由于中国几千年专制统治的需要，这种人格一直被视为理想人格的楷模，但到了今天，再来赞颂这种人格，就值得认真对待了。

为了表现干部和人民关系的变化，作家们满怀崇敬之情塑造了一些作为大地母亲的人民群众形象。《剪辑错了的故事》中的老寿，《月食》中的郭大娘和妞妞，《冬天里的春天》中的老林嫂，《白雪》中的西坡奶奶，直到《高山下的花环》中的梁大娘一家，这些形象的塑造，目的在于表现人民的伟大，达到为民请命的目标。它是作为一面伟大的镜子，一个光辉的参照物出现的。作家们以人民群众的高尚和伟大来映照某些干部的卑污和渺小，以人民群众的无私奉献来对比某些干部的贪得无厌，以人民群众的赤胆忠心来反衬某些干部的忘恩负义，无数作品都说着同一句话：人民以鲜血和乳汁喂养了革命，革命胜利后一些干部却忘掉了人民；人民尽管被忘记，却仍然是一腔赤诚。为了写出那些蜕变者的丑，就充分渲染人民的美，因而人民群众的形象也被理想化和神圣化了。当时的作家中除了高晓声等少数几位之外，都不愿触及人民群众的弱点。作家们写人民的疾苦而为民请命，写人民的美德以感化遗忘他们的人，动机崇高，用心良苦。但是，由于传统的人格理想，结果却歌颂了他们逆来顺受、善于忍耐、宽厚善良、任人宰割、决不记恨的羔羊性格。我们的民族受这种性格之苦已经太多了！正因为这种性格，他们才空有国家主人的称号而不能保障自己的权利，一些“公仆”才敢于骑在他们的头上为所欲为。他们的所谓美德为他们赢得的是什么？是一次次地被愚弄、被欺骗、被摆布、被奴役、被掠夺、被随意宰割！他们的美德是与“土皇帝”们的恶行成正比的！我们的作家如果清醒，就不应该只是去赞美这些美德。因为如果文学还有作用的话，这种赞美就会引导他们沿着苦难的路继续走下去，安于命运，永远仰仗救世主。高晓声说得好："他们的弱点不改变，中国还是会出皇帝的。"

"反思文学"作为领一时风骚的思潮已经成为历史。但是，文学对历史的反思并未结束。本文注目于潮峰的更迭，对其余波不作考察。但需要说明，继之而起的种种思潮因其余波的汇入而大添姿色，而文学对历史的反思也在"反思文学"大潮过去之后正在逐步深化。

1986年7月　曲阜

寻根运动的迷途

文学界的寻根运动正在轰轰烈烈地进行，我愿意充分肯定它的意义，并且把它看作是我们时代的社会文化批判活动的一个方面，是对当下文化不良现状的一种反抗和挑战。但是，阅读寻根文学的创作和理论，却不幸地发现，在作家们眼中闪闪发光的并不都是金子；被作家们寻来献给读者的并不都是值得弘扬的东西。由于种种原因，在致力于民族文化复兴和重铸而对传统文化进行优选时，常常出现把鬼火误认为灯塔的现象。概括地说，寻根运动很容易走入迷途，因为它存在一系列问题——

一、错爱民间文化

一些作家并非没有认识到中国传统文化的局限，所以，他们并不赞美正宗的传统文化，而是表现出对民间文化的偏爱，意欲向民间寻找民族文化之根。李杭育认为，我们民族文化的精华更多地保留在中原规范之外。规范的传统大都枯死了，规范之外的，才是我们需要的根[①]。韩少功也非常注重乡土，他看到了乡土民间所凝结的传统文化更多地属于不规范之列。这些作家都把目光投向与规范不同的民间文化。基于这种认识，作家们纷纷走向民间，从民俗中发掘一些充满生机的东西。边远地区的闭塞生活离规范更远，于是，作家们纷纷走向深山峡谷、大漠老林、边远地带和少数民族居住区，

①李杭育：《理一理我们的根》，《作家》1985年第9期。

描写那些带有原始色彩的生活，从原始与淳朴中发现与规范化的传统不同的文化精神，寻找规范的传统中所不允许存在的行为方式和价值标准，寻找更少束缚、更合于人性的东西。小说中那些原始的生命活力、性约束的相对宽松、人与人之间关系的简单明朗等，都是这种发掘的结果。从汪曾祺、刘绍棠到李杭育、郑万隆、阿城，都有这种迷恋民间文化的倾向。对荒原峡谷、深山大漠文化状态的描写也是对民间文化进行探寻时向着更为民间化形态的一种延伸。因为它与规范的传统文化似乎更为不同。

以民间文化丰富和发展主流的传统文化，以规范以外的文化补充经典的规范文化，对于重铸民族文化来说，无疑是有益的。但是，也应该注意：并非民间文化都是充满生机的。孟德斯鸠在《论法的精神》中曾经说过："十万只手臂有时候可以推翻一切；但是十万只脚有时候只能像昆虫那样前进。"人民群众有守旧的一面，民间文化有落后的一面。一些人以为民间文化富于生机，却常常忽视了它的落后和腐朽。自从有了国家之后，民间文化已经无不带有统治阶级的文化印记。历史在前进，占统治地位的规范文化在不断发展和流变，那些被淘汰的东西哪里去了？它流向民间，融入民间文化。这就出现了一个值得重视的现象：民间文化并不只是新鲜的，它也是相对陈旧的，它虽然有自身的生机，却与过去时代的意识形态紧密相连。因此，一般说来，民间文化往往落后于时代的主流文化。

现代中国的情况尤其如此。我们知道，中国的闭关锁国状态之所以打破，不是由于民族资本主义的发展，而是由于外来的冲击。在几千年专制统治的背景之下，现代文化很难产生，资产阶级民主思想没有构成完整的学说，当然也不会在民间有多少影响。中国现代的新文化是从国外引进的，是进步的知识分子从西方拿来的。但因为在鸦片战争的背景上，伴随外来文化一道进入的是列强的大炮，它所给予这个民族的屈辱感导致了普通民众对文化也像对枪炮一样怀有强烈的抵触和反抗情绪。而且愈是民间，这种抵触情绪往往愈为强烈。因为爱自己的固有文化，就像爱国一样，"是一种恰好与小私有者生活的经济条件连接在一起的情感"。[①]维护旧枷锁而反抗新事物，是专制统治下造就的大众意识的一大特征。在专制政治基础上产生和流传下

①《列宁全集》第29卷，人民出版社1984年，第124页。

来的民间文化，虽然有与规范文化不同的特点，但与专制主义的正统文化却并非异质的。

那么，文学在张扬民间文化时沉迷于其中，就不能不是一种认识的误区。

二、误投老庄

在对民族传统文化的弘扬中，一些作家对中国传统文化的核心部分儒家文化不感兴趣，而对与儒家学说相冲突的部分表示热情。其中，张扬道家思想，以道反儒，已是引人注目的现象。

阿城的小说相当系统地宣扬着庄子的人生哲学。王一生是道家人生哲学思想的范本。他“何以解忧，唯有下棋”，逃避现实，回避斗争，知足常乐，为自己营建起精神上的蜗牛之居而自得其乐。小说借王一生和捡破烂的老头宣扬了一系列道家的人生哲学，“为棋不为生”，“生不可太盛”，“太盛则折”，等等。《树王》通过肖疙瘩形象的塑造，在思考人天关系的同时，极力张扬老子的无为思想。阿城笔下的理想人物大都具有呆笨拙朴的特点，体现着庄子“混沌”和“齐物”的理想。新时期小说中有不少作品跟在庄子的身后高呼“返归自然”，“返璞归真”，把老庄哲学当作挣脱传统主流——儒家学说的武器。

这种方式在“五四”时期已经出现过，著名的反孔战将吴虞就曾经以道家思想作为反儒的武器。但是，无论吴虞还是新时期的作家们，都忽视了这样一个基本事实：道家与儒家与专制统治秩序之间，既有矛盾的一面，又有统一的一面。儒、道相互矛盾，却在维护专制统治秩序这一点上得到了统一。以道反儒，激烈莫过于庄周，他极力抨击儒家所塑造的统治秩序对人性的禁锢：“且夫待钩绳规矩而正者，则削其性者也；待绳约胶漆而固者，是侵其德者也；屈折礼乐，呴俞仁义，以慰天下之心者，此失其常然也。”（《骈拇》）他无情揭露和抨击儒学仁义的虚伪性：“爱民，害民之始也。”（《徐无鬼》）“虎狼，仁也。”（《天运》）“圣人生而大盗起……圣人不死，大盗不止。”（《胠箧》）但是，在中国文化这一大系统中，在同一历史层次和思想高度上，这种批判表面激烈而内里却非常乏力。所以并不曾动摇儒家文化的正宗地位。

我们并不否认道家对人的本体的注重，更不否认它对人的心灵的解放提供的广阔天地，也许正因为如此它才得到当代作家的青睐。但是，庄子对人的本体的强调，与否定儒家学说及其塑造的秩序一样，是在否定人类整个文明成果的同时进行的。他尚超脱，贵虚无，齐物我，等生死，灭机心……不仅要使人退化为猿，而且要使人变成无机物。他以心理开导的方式解脱精神痛苦，主张“知其不可奈何而安之若命”（《人间世》），“迫而后动，不得已而后起”（《刻意》），主张“以无厚入有间”的方式对待生活环境，无论何时，对于现实生活环境的改变都是没有帮助的。所以，专制统治从来都不害怕道家思想。

完全可以说，道家思想的消极态度在客观上帮了专制统治的忙。若无道家的帮忙，儒家根本无法完成两千多年专制统治的辅佐任务。对于稳定专制统治秩序，儒、道、法三家，犹如鼎之三足，可谓缺一不可。

三、关于文化“断裂”之忧

阿城在他的《文化制约着人类》中批判了“五四”对民族文化的“虚无主义态度”，慨叹民族文化的断裂。[①]李杭育也感叹“我们的民族个性在一天天削弱，民族意识是愈来愈淡薄了”[②]。很明显，他们都担心民族文化的断裂和民族个性的消亡。正因为这种担心，才特别强调民族意识，张扬民族文化。

其实，这种担心是不必要的。值得忧虑的不是民族传统的断裂，而是它作为沉重的负担对民族前进步履的羁绊。

中国传统是一个历史悠久的完备系统，有顽强的生命力，所以能够几经冲击而至今不颓。五四新文化运动曾经对它发起激烈的进攻，但并没有使它发生断裂。因为历史提供的条件限制，“五四”一代人虽然喊出了一些激烈的口号，但对传统的批判却并不深入，结果是只伤其皮毛而未动其筋骨，所

①阿城：《文化制约着人类》，《文艺报》1985年7月6日。

②李杭育：《文化的尴尬》，《文学评论》1987年第4期。

以没几年就愈合了。正因为这样，才使现代化步履如此艰难。至于“文革”，只要我们稍微认真地进行一点分析，就很容易发现它在根本上是与几千年专制传统同质的，也是与“五四”精神对立的。换句话说，“文革”是中国传统本身恶性发展的一个结果，而不是五四新文化运动的结果。所谓批判“封、资、修”，“资”和“修”是重要的，“封”不过是陪衬，而且批判者的武器无不打着“封”的印记。所以，如果不只着眼于表象，就应该看到，中国固有传统的血脉并未断裂。

有人感叹新事物在中国难以落脚。其实，在中国，接受新事物并不难，难的是废除旧事物。中国的固有传统是善于吸收新的，同时善于保存旧的。我们的历史上有多次与外来文化的交流与碰撞，方式都是以旧容新、以旧纳新。清兵入关，男人通通拖起了辫子，女人的小脚却没有废除掉；采用了公历纪年，春节却仍然比元旦过得红火……一切无不如此。中国人在文化冲突中习惯于“保中国已有之粹，而增其未备”。新事物被纳入旧结构，结果就只是对旧事物的补充，而且很容易失掉其新的本质，成为对旧事物并无妨碍的东西。然而，这种做法却不利于发展，不利于社会的革新。

一个民族的文化传统，特别是作为文化心理的存在，并不是那么容易改变的。尽管如李杭育在《文化的尴尬》中所说，人们都在穿西装，吃西餐，说外语，用洋货，实行着外来的制度，信仰着外来的主义，但有一点应该看到，骨子里往往是几千年固有的传统。阿Q们穿起西装，坐在沙发里喝着雀巢咖啡，精神上仍然是阿Q。一个民族要在精神上摆脱传统是困难的，因而传统不需要强调，就会自然而然地被继承。人类文明的发展更需要的是发展和创新。进入20世纪以来，中华民族所面临的一个重要使命，就是打破传统文化稳固的惰性系统，掀动积淀，使其再受淘汰；破坏其平衡，改变其结构，以期更新和发展。“断裂”之忧实在不必要。

对从十年“文革”中走来的青年来说，由于对传统文化缺乏深知，往往一见之下，惊其博奥，仰之弥高，探之弥深，如入八卦阵图，深陷而不能自拔。刚刚觉醒的这一代人如果再背起这个沉重的蜗牛壳，是很可悲的。

四、“回头”是否有“岸”

对传统文化的选择和弘扬，事实上是在对外开放、向外拿来的同时对传统的重新认识和选择。如前所述，这是很有意义的。但是，回头寻找是否真有出路？一些作家频频回顾旧文化，是否真的“回头是岸”？

在中国几千年的专制社会中，并不缺少改革的人才，但是，那些致力于社会变革的人往往习惯于把目光投向遥远的古代，去寻找革新的依据，向历史寻找模式。这种托古改制的方法成了一个甩不掉的包袱，使那些仁人志士们的改革总是跳不出传统制度的基本框架。当时代进入了20世纪，历史已经证明，托古改制的方法再也无法解除国家的忧患，更不可能带来人的解放。

历史总是在挣脱传统的羁绊中前进的。它前进的每一步都响彻着挣脱传统羁绊的呐喊，而不是继承的呼声。人类从猿到人一路走来，并且注定还要走下去。回头没有理想之岸，即使有，我们也无法回去。卢梭曾有“返归自然”的设想，但正如伏尔泰在给他的信中所说：“我收到了你反人类的新书，谢谢你。在使我们都变得愚蠢的计划上面运用这般聪明灵巧，还是从未有过的事。读尊著，人一心想望四脚走路。但是，由于我已经把那种习惯丢了六十多年，我很不幸，感到不可能再把它捡回来了……”①

我们的一些寻根作家，有必要想一想伏尔泰的这段话。

五、关于外国人的赞美

热衷于传统文化的作家还有一种见解：许多外国人赞美中国古老的传统，西方一些学者对东方文化有高度评价，我们自己更应该知道珍惜。一些人引用西方学者或海外华人的话，来证明中国传统文化的价值和弘扬传统的重要性。

不错，当代西方的确出现了某种程度的东方文化热，海外的确有一些人

---

①［英］罗素：《西方哲学史》下卷，商务印书馆1976年，第229页。

赞美中国古老的文化。从20世纪初开始，尤其是第一次世界大战发生之后，一些西方学者就对中国古代文化有很高的评价。这甚至对梁启超等人都发生了影响。但是，我们有没有资格与西方人一起对西方现代文明进行怀疑和批判？我们有没有必要与他们一起对中国传统进行赞美？这是值得深思的。

我们应该知道，外国人对中国传统所知甚少。他们赞美中国文化，常常是一种友好的表示，那是不能当真的；也常常怀有某种猎奇心理，更不值得重视；外国人所赞美的，不一定都是好的，更不一定是我们所需要的。比如，一些外国人很喜欢看中国的小脚和辫子，我们却没有必要为他们保存这样的国粹。

鲁迅曾经说过："凡有来到中国的，倘能疾首蹙额而憎恶中国，我敢诚意地奉献我的感谢，因为他一定是不愿吃中国人的肉的。""外国人中，不知道而赞颂者，是可恕的；占了高位养尊处优，因而受了蛊惑，昧却灵性而赞叹者，也还可恕的。可是还有两种，其一是以为中国人为劣种，只配悉照原来模样，因而故意称赞中国的旧物。其一是愿世间人各不相同以增自己旅行的兴趣，到中国看辫子，到日本看木屐，到高丽看笠子，倘若服饰一样，便索然无味了，因而来反对亚洲的欧化。这些都可憎恶。"①我并不完全赞同鲁迅的说法，外国学者中存心不良而希望中国永远落后者大概极少，至于好奇心理，那是旅游者的通病，也不宜苛责，更不必憎恶。但是，鲁迅的提醒是必要的，面对外国人的态度，我们自己必须清醒，不能为自己成为落后文化标本而自豪，更不能因为外国人喜欢，就努力保存国粹，让中国充当人类野蛮文化的博物馆。"五四"时期，罗素来华讲学，赞美中国传统，并表达了他对中国改革的态度，引起了新文化阵营的强烈反感。就连温和的胡适，也写下了这样的诗：

> 他自己不要国家，
> 但他劝我们需要爱国；
> 他自己不信政府，

①《鲁迅全集》第1卷，人民文学出版社1981年，第214页、216页。

但他要我们行国家社会主义。

他看中了一条到自由之路，
但他另给我们找一条路：
这条路他自己并不赞成，
但他说我们还不配到他的路上去。

他说救中国只需一万个好人，
但一两“打”也可以将就了，
我们要警告他：
这种迷梦，我们早已做够了！①

同时需要注意的是，海外学者对中国传统文化的肯定和赞美，常常是站在现代文明高度发达的社会中做出的。我们与他们处于历史进程的不同层次，面临的是不同的问题，因而不能盲目追随和仿效。对于西方社会，也许无论儒家的中庸之道还是道家的超然物外，都是一种有益的补充和调节。但在中国，却还不是消闲适性之时，因为我们的民族正需要从懒惰、消极中振奋起来，去拼搏，去进取，以改变我们的生存环境。历史的进程是无法超越的，文学也不能不首先面对我们所必须面对的现实。

1986年8月　曲阜

①胡适：《一个哲学家》，《胡适的日记》1921年7月16日，中华书局1985年。

论近几年小说创作中的原始崇慕情绪

当现实的风雨使灵魂漂泊摇荡，挣扎中已觉得很累很累，软弱的人们就会回过头去寻找自己舍弃的旧巢。近几年小说创作中出现的原始崇慕情绪，正是这种精神规律的表现。这一现象显然是值得注意的，本文仅就几个方面谈一点粗浅的看法——

一、一个带有普遍性的倾向

人们已经注意到，随着现实批判和政治反思主题的落潮，有更多的作家走向自然，走向民间，把目光投向诡秘莫测的深山峡谷、原始森林、茫茫沙漠、空旷的草原和闭塞的山乡，投向蛮荒色彩浓郁的边远地带，投向少数民族和闭塞乡民的半原始生活，去歌咏古风犹存的乡土，去描绘原始蛮荒的文化形态。这种倾向始见于《驼峰上的爱》《黑骏马》等作品，随着“寻根”之风而迅速蔓延。对于原始的崇慕与此俱长。在此，我想指出的是，崇慕原始在近几年的小说创作中已经成为一个带有普遍性的倾向。

它首先表现为对原始野性的赞美和对生命力的呼唤。关于这一点，论者已不罕见。我们不必举极端的例子，从张承志到莫言，就可以看到它的延伸。张承志的作品几乎处处显示着对生命强力的崇尚。他张扬着一种强烈的进取精神，发掘着生生不息坚忍不拔的刚健之美，以浪漫主义激情歌唱着阳刚之气。甚至那茫茫无际的大草原，高亢悲怆的民歌长调，波马落日的辉煌，都成为一种力的象征。他崇尚力度，但到哪里去发现力度呢？他的着眼点是原始形态。《北方的河》写现代青年知识分子而放在大自然背景上，其用意首先在于表现他在与大自然的搏斗中表现出的生命力。为了完成这种追求，作家让那个大学生说种种粗话，在他的骚动不安中染出野性的色彩。莫言的《红高粱》系列着力从主人公的粗野中表现其求生的意志、抗争的勇气和追求的执着。余占鳌、戴凤莲、刘罗汉等都是从绝境中挺身而出的好汉。他们旺盛的血气中蛮性十足，却因此而能够不畏暴力、不甘沉沦。对野性的赞美和对生命力的呼唤在小说创作中几乎到处可见。作家们为民族的心态弱化而叹息，为都市文化所陶冶的种种性格而摇头，赞美原始的粗犷与剽悍。他们赞美那些硬汉子、泼女人，甚至不惜赞美复仇、凶杀和粗暴，因为那些都被理解为强者的精神和生命力的表现。在一些作家的笔下，谨慎成了一种不合时宜的品行，谦虚则是伪君子或者懦夫的美德，勇敢比智慧更可爱，因而他们不仅赞美猎手的勇敢，而且赞美虎豹的顽强，赞美烈马，赞美猛犬。这一点我们从《野猪与人》等作品可以清楚地看到。

对于原始的崇慕也见于小说中关于性的描写。近几年的中国，特别是青年知识界，几乎像古希腊一样发展了一种对原始事物的爱慕，以及一种对于比当时道德所裁可的生活方式更为本能的、更加热烈的生活方式的热望。很显然，这种热望在现实生活中难以完全实现，但在文学作品中却得到了充分的表现。在文明社会受到种种约束的男女间本能的要求，在描写偏远地区生活的作品中却得到了圆满。在作家们笔下，种种本能的冲动正在被解放，种种使道学先生们惶惶不可终日的情欲之火，成了文学所理解的健全人性中不可缺少的珍贵元素。在不少作品中，文明成了一个不光彩的字眼，因为它常常是与生命力的衰退与人性的压抑联系在一起的。在我们的既成观念中，对异性的非法占有和粗暴占有是一种为道德和审美所不容的丑行。在近几年的一些小说中，这种丑行却不再是丑行，因而不再受到指责，而是常常得到审美的肯定。在我们的既成观念中，属于心灵的、心理范畴的恋爱之情无限美好；属于肉的、生理范畴的性关系则污浊不堪。在近几年的一些小说中，这种观念已经悄悄发生了裂变，爱情的模式已经不再只是宝黛式的情意缠绵。男人强烈的占有欲，女人希望被征服，姑娘们看不起不敢进攻的男人，这种描写到处可见。晓剑的《玫瑰与宇宙之筏》写了一个特殊地区的性放纵行为。那里充满着肉欲。从裸着全身的女主人公，到整个山寨，女人们都是那样渴望爱。我们从女主人公对男人和生育的渴求，看到的是一种勃勃生机和足以使一切禁欲律条黯然无光的原始冲动。在郑万隆的《野店》《黄烟》等作品中，我们所习惯的一切表达感情的复杂方式都不存在了，关于金钱、地位、名誉、贞操的种种顾虑都不存在了，剩下的是大胆、热烈、毫无矫饰的简化形式。莫娃说的是："你让我给你生一个孩子吧……我能生。"这就是爱的表示。短篇小说《火船》之所以引起争议，就在于小说作者似乎连父女之间的乱伦也表示理解。而之所以对此能够表示理解与同情，是从人的动物本能着眼的。

对原始的崇慕突出地表现于"寻根"之作，同时也表现于非寻根作家的笔下。刘索拉被认为是"现代派"，《你别无选择》却同样表现出对原始的崇慕情绪。森森厌倦了和谐而优美的音响，醉心于追求"更遥远、更神秘、更超越世俗但更粗野更自然的音响"。他要体验"原始的生存与神秘"，要追求"妈的力度"。他的五重奏带给人的是远古的质朴与神秘，是"只想抓住什么揍一顿"的原始冲动。孟野也陷于一种原始的悲哀，他的乐曲反复演奏的是质朴得无与伦比的古老歌谣。从这一点上看，他们与寻根者的追求十分一致，可以说是音乐界的寻根者。

对原始的崇慕更多地见于青年作家，但也见于中年作家的作品。叶楠的《漫长的春夜》就是一个极为突出的例子。小说写的是文明对本能的束缚。作家用以反抗这种束缚的是生活的原始状态。一个独身女人与一个放蜂的汉子，时有往来，各怀春心，却难以冲破人为的樊篱，饱受压抑之苦。圈中的母猪却能与林中的野猪无拘无束地自由交配，并且生子之后双双奔向森林。通过这种令一般人难以接受的对比，我们可以看到作家对人类自为的精神枷锁的痛恶和对原始的自由生活的向往。

二、崇慕原始与变革现实之间

我们所处的80年代，是中华民族历史上一个非常特殊的文化变革时期。一方面，国门大开，洋货西学潮涌而来；一方面，遍掘家藏，再版经史子集，整修文物古迹，恢复传统习俗。在辽阔的大地上，一幢幢现代化大厦拔地而起，雕梁画栋的古典建筑也同时漆刷一新；个人崇拜、现代迷信为绝大多数中国人所深恶痛绝，山神庙、普陀寺却再度香烟缭绕木鱼声声。你从电子游艺场走出，可以坐上木轮马车去领略一下先秦两汉的生活情调，用现代的进口相机拍一张古装彩照。迪斯科音乐与失传已久的民间戏曲，现代派绘画与民间剪纸泥塑……在中华民族的历史上，从来没有一个时期像今天这样努力开放而又积极复古。这并不难理解，我们所处的是一个重新选择的时代，门外的一齐拿来，旧有的通通翻出，无论新的旧的土的洋的，通通接受时代的重新选择。这就是我们的时代。不认识这一点，就无法理解生活中相互矛盾、相互冲突而又同时共存不可分割的形形色色。

从这个角度考察，对于原始的崇慕只不过是这种选择的时代必然出现的复古思潮的一种极端表现形式，即向更为远古的一种回归罢了。但是，值得思考的不是它从属于一种什么思潮，而是我们的时代为什么会出现这种极端的文化回归意识。显然，它与今天的变革并非无关。

历史上无论哪一个时代，每当怀古之幽思涌起，总是现实出现了危机。近几年一些作家极力超越，使自己的作品与社会现实保持一定距离，甚至越远越好。但事实上却无法做到，因为你既然生逢这样一个时代，中国大地上并没有为你准备一个真空的象牙之塔。你可以低吟浅唱，也可以轻描淡写，却无法切断你的思想情感与时代氛围的联系。无论作家自觉还是不自觉，对原始的崇慕反映出的是对现实的不满。它是对现存文明的一种厌倦和反拨，是对现存文明的一种特殊的批判方式。

作家们为什么要礼赞野性、呼唤原始生命？因为有感于都市文明带来的人的心态弱化和生命力的衰退。我们应该承认，我们在创造世界，同时也在损耗着我们的能量；我们得到了我们梦寐以求的许多东西，同时也在丢失着我们身上许多珍贵的品质。有人认为，张承志硬健的雄风展示了与都市文化的顽强对立，他的狞厉、骚动、顽强的宗教气质渗入作品，在现代文化中注入了不和谐的因素。为什么会产生这种对立呢？从他用以批判的价值尺度——人的健全的生命形态着眼，就不难理解了。他与许多作家一样，感叹着生命的萎缩。作家们之所以热情礼赞原始的粗犷、剽悍和野性，呼唤原始的生命力，不仅是一种生命意识的觉醒，而且不乏民族忧患意识。不少作品中表现出对文明社会中人的生命力退化的痛心疾首。关于这一点，刘彬彬的

《村魂》以一种极端的形式做了表现。我们可以从中充分体味作家的情感。小说写的是牛与豹的搏斗，豹子进村为害，全村无人敢出，负有盛名和众望的猎人也吓得弃枪退避。最后出而迎敌的竟然是一头牛。我仿佛看见作者在作此构思时饱含热泪又异常愤怒的双眼。牛是那样勇猛无畏，人是那样怯懦自私，鲜明的对照为了完成作家警世醒人的创作意图。

我们的文明真的面临此境吗？这是不是作家的杞人之忧？这种忧虑不仅来自作家的想象。1985年，《中国青年》曾发表水竹的文章《到哪里去找高仓健?》，提出中国缺少男子汉和男性素质退化的问题。该刊编者认为："她的失望，并不仅仅是对某些男人的失望，同样也包含着更深刻的内容——对我们民族素质的忧虑。"这的确是一个值得忧虑的问题。我国的文化传统讲究中庸，讲究温良恭俭让。这种传统一步步塑造着我们民族的性格，使之多温顺而少狞厉，多阴柔而少阳刚。但是，一个民族的性格过分阴柔，就会缺少应有的魄力和积极进取的精神，从而滋生保守卑怯的劣根性。当一个变革的时代到来，社会呼唤着创造型、开拓型的人才，人们就会格外强烈地感到这种性格的缺陷。大概正因为这样，改革家温元凯才在《改革与国民性改造》中向文艺发出了"多一点阳刚之美"的呼吁。

冲破陈腐的道德观念对人本能束缚的呼唤同样产生于中国社会现实。"性文学"之所以成为一种潮流，人的原始本能和冲动之所以受到作家的青睐，决不仅仅是因为劳伦斯或其他作家的影响，而是有感于陈腐道德对人性的压抑与摧残。我们的传统文化中的禁欲成分在历史的发展中步步加重。我们的民族一直按照陈旧的道德所裁可的方式生活。正因为我们的传统束缚过多，才使在开放中觉醒的人们对其束缚的压抑感受至深；正因为那种对自由无羁生活方式的热望在现实生活中无法实现，才在对原始状态的生活描绘中注入了向往之情。因此，对原始的向往与呼唤，也是对现存道德的反叛。

值得特别指出，在一些作家的笔下，原始不是作为一种过时的状态出现的。作家们并不愿承认自己是在复古。他们常常把原始状态作为一种与现代文明相连接的事物，在他们眼中，历史似乎是一个圆圈，原始事物既属于历史又属于未来。张曼菱的《唱着来唱着去》在盛赞草原人对性生活的宽容时借女主人公做了如此的思考："这种宽容的境界，对于另一种文明，就像天上的虹一样难以追逐。在城市繁文缛节无法解决的伦理难题，在哈萨克那里，有自然而然的答案，使人生幸福的答案。正如一句俗语说的：‘从天上寻求的，却在地上找到了。’”这很有点回头是岸的说教意味。但是，她却又做出这样的解释：“阿勒泰山不是一座无知的野蛮的山谷，这里生活着忌讳最少，最坦荡，最富于宽容精神的人民。因此，他们也是最接近人类先进文化的人民。”像许多作品一样，之所以给原始穿一套现代时装，为的是增加对传统文明的批判力。

三、卢梭与庄子的幽灵

对文学做片面的、绝对功利化的要求是不适当的，对一个文学现象做片面的现实功利评价也是不应该的。但是，只要人类还存在理性，就无法完全排斥功利的要求和评判。近几年有一种竭力把文学的社会作用说得微乎其微的现象。它几乎成为一股风，一些很有见地的批评家也常常随声附和。但是，反复说明文学作用甚微的目的何在呢？如果是以此争取社会对文学的宽容，是可悲而可笑的；如果是以此劝导作家放弃对生活和心灵的干预，就更不足取了。中国作家还不可能完全超然于现实的功利目的。对于原始的崇慕，就像对童年的追忆一样，本来可以是一种非理性的情感，与功利目的无缘，但我们的作家在涉足自然与原始的时候，却并非只是流连玩味，而是带有社会功利的思考，甚至常常把它作为献给社会的一剂药方。既然作家的创作就带有社会功利的思考，对其进行功利的批评就是应该和必需的了。

我们从社会文化功利的角度充分肯定原始崇慕情绪对现存文化的批判意义。但是，对于一种批判，我们不仅要看批判的对象，而且要看批判的武器；不仅考察它之所欲破，也要考察它之所欲立；考察它对于理想蓝图的勾画，以及为达到这理想国所提供的途径。由此考察，近几年小说中对于原始的崇慕就不仅不值得无保留地赞美，而且值得我们对其抱有足够的警惕。

有人曾批评寻根文学走向自然而没有沿着卢梭的路，其实，大多数走向自然的寻根者正走在卢梭的身后。呼唤原始生命力者追求着野性和原始的情欲冲动，呼唤原始美德者也正踩着卢梭的脚印。问题不在于他们怎样效法卢梭，而在于从卢梭那里学了些什么。就原始崇慕情绪而言，恰恰是卢梭的失误再次在中国当代文学中的重复。

卢梭以特别的却是高瞻远瞩的目光看到了社会的罪恶和失败，在痛苦的冲击下无情地抨击他的时代，这种战斗精神永放光辉。但是，面对现实的痛苦，他前瞻无路而后顾，为人类找到了他梦想中的自然。按照他的看法，人除非回到自然状态，否则根本无药可救。卢梭把人类生活分成“自然状态”和“社会状态”，把人分为“自然的人”和“人为的人”，把自然状态美化为自由幸福的“黄金时代”，把自然人加以理想化，把文化的进步看作是人类败坏的原因。他认为在自然状态下人是自由平等的，文明社会则破坏了人的自然本性，文化不仅没有给人类带来好处，反而带来害处，伤风败俗。因此，他高喊“回归自然”。近几年不少小说就表现出这种回归自然的倾向。在作品中，我们常常看到卢梭的“自然人”或“高尚的野蛮人”形象。作为其对立面，则是卑怯、懦弱、自私、虚伪的文明人。同样是崇慕原始，作家们对原始的理解却大不相同。有人把原始状态理解为生命力的沃野，有人则理解为人类美德的故乡，有人以原始冲动反抗道德，有人以原始美德反抗堕落，却都有卢梭的影子。有的作品简直就是卢梭思想的形象诠释。在王国才的《野性谷》中，被否定的人物直接以“文明人”命名。朝克图那样笨拙，连话也说不好，却有一颗纯朴善良的心；“文明人”那样精明，却品质恶劣，道德败坏。对待秃鹫，朝克图与之情同手足，精心喂养，“文明人”却一见之下就想拿去卖钱。对待水花姑娘，朝克图救之于危难之中，朝夕共处而未生邪念，“文明人”却初次相见就想粗暴占有。从这种鲜明的对照，可以看到对原始状态的礼赞和对文明社会的否定。小说的结尾朝克图与水花终于逃向自然而不再回来，明显地表现着“返归自然”的主题。

卢梭的思想之所以在今天的中国作家笔下出现，除了现实条件之外，与深植于中国人精神之中的庄子哲学密切相关。也正因为如此，卢梭思想中积极的部分也常常为庄子思想中消极的东西所改造。在中国作家笔下，返归自然不仅是卢梭的，也是庄子的。阿城“三王”中那种返归自然、返璞归真的呼唤就是证明。近几年，在一些作家中产生了“老庄热”。这不奇怪，每当文化面临新的淘汰，总会有对传统的重新选择。每当现实中激浪滚滚，总有人皈依庄禅而超然物外。不仅如此，而且反传统的斗士也会拿起这个武器以与传统文化的核心儒家思想对抗。但是，中国历史上一个重要事实值得注意：道家与儒家及其塑造的专制秩序，既有矛盾的一面，也有统一的一面。它的超然遁世和超然物外，在客观上起着巩固统治秩序的作用。如果中国文化系统中没有道家，儒家无法完成两千多年专制统治的辅佐任务。对于传统的统治秩序来说，儒与道犹如车之双轮，缺一难以成行。作家们从老庄那里借用批判的武器当然未尝不可，但如果上了它的炮车而失掉警惕，就会被载入它的营地。中国人习惯"古已有之"，见卢梭而思庄周，当然容易绑了卢梭跟随庄子而去。

卢梭与庄子的返归自然之所以为今天的中国作家所接受，与中国人"回头是岸"的复古主义思维习惯密切相关。古老的中国一直是复古主义的故乡。孔子终生以恢复周礼为己任，长途跋涉，奔波游说，可谓鞠躬尽瘁。老子与庄子则向着更远古的时代回归。百家争鸣的时代结束之后，中国一直张果老倒骑驴式地前进。这形成了一种传统，一切行为都必须依先贤之言，或依照旧例，连帝王的行政措施也必须有历史的陈规可循。无论何时，只要现实出现了危机，总会有"回头是岸"的呼声。可惜的是回头没有岸，复古主义只是一种自欺欺人的梦想。以返归原始的方式反传统，似乎非常激烈，但把一个完整的历史流程割裂开来，以更古老的传统反传统，有多少建设意义呢？极力抗议文明对原始的破坏，原始状态真的那么美好吗？我们不应该忘记，人类的发展过程就是不断地创造文化而又不断地扬弃文化。正是这种过程使人成为人，并且使人的生存环境得到改善。还是费希特在《论学者的使命》一书中说得好："自然状态诚然会消除罪恶，但同时也消除德行和整个理性。"借助原始状态消除罪恶，犹如为治雀斑而把头颅切除。

现存文明有许多丑恶，但怎样对待这丑恶呢？像朝克图那样奔向大自然去过原始生活？原始状态也是美丑善恶的综合体，在"自然人"的美好人情和崇高背后同样包含着令人难以忍受的丑恶。在这一点上，韩少功的《爸爸爸》已经做出了回答。人类的情感思维容易将逝去的和即将逝去的东西通过想象而使其完美化，痛感现实的丑恶而怀念过去的好时光，却忘了过去的好时光可能与今天一样丑恶。奴隶脚上的锁链并不比佃农所承受的地租压迫更轻松，自然人并不比文明人更自由。所谓原始美好，野蛮人高尚，只是那些走投无路的思想家聊以自慰的幻想，并不存在于客观世界，正如那个美好的“尧天舜日”并不曾存在于我们民族的历史一样。同时，即使那个世界真正存在过，人类也已经没有回去的路。

1987年2月　曲阜

作家，莫把女人当礼品

说出来也许令一些人不高兴，在我们的文学作品中，女人们常常是作家们手中的礼物，像烟、酒、土特产一样，是可以拿来送礼的。不过，这种送礼并不随意，而是极重时尚，某种时尚到来，大家蜂拥而上，同时把女人送给同一类人。

口说无凭，可以回顾一下。远的且不说，中华人民共和国成立之初，部队干部进城，不少人青春已逝而未完婚，作家们就让姑娘们纷纷捧上了“一颗火热的心”；朝鲜战争，志愿军成了“最可爱的人”，作家们就让姑娘们成了志愿军的未婚妻；宣传拥军爱民，作家们就让姑娘们一个个都爱上了战士们。这种风气一直到了“文革”时期，那时的作品不写恋爱，但姑娘们所爱的，却也必然是毛主席的好战士。“文革”结束之后，社会开始尊重知识，提高知识分子地位，作家们又描写出这样一幅图景：姑娘们都迷上了知识分子，而且她们所爱的绝非风流倜傥才华横溢之辈，而是成色十足的书呆子。转眼之间改革兴起，她们又一齐死死缠住了那些对她们很不耐烦的改革者。改革者关心的是国家大事，所以无心于花间月下，而女人们却是有机会就上，甚至是几个缠住一个，搞得改革者难以应付。

值得注意的是，作家们之所以这样拿女人送礼，像一般送礼的人一样，目的无非是讨好。

我不否认这种描写部分地反映了生活的真实，但很大的成分却来自作家的想象。对于这种做法，我要不客气地说：把姑娘们当作礼物送人或进贡，这真有点不把女人当人看。

也许有人会说，那是时尚使然，生活本来就是如此。固然，由于我们的素质之差，难以克服对时尚的盲目追求，在某些时期，社会确曾出现过“军装热”或“文凭热”。但爱情毕竟不像抢购时鲜青菜，什么上市了就去抢购什么。近几年有不少作品，写漂亮的女人偏偏爱上穷困潦倒的“右派”。作为从坎坷中走来的作家，以艺术想象弥补现实生活的不足，那种白日梦是可以理解的，但并不符合当年的时尚。因为当年能够独具慧眼看上“老右”的姑娘并不太多。

前不久看一个电视剧，一个战士的女朋友还没有结婚，却已经怀了孩子。战士牺牲了，姑娘决定不再嫁人，要为烈士把孩子养大。电视剧热情歌颂了这位姑娘。我不明白作者是怎么想的，以此安慰阵亡的战士吗？如果死者地下有知，面对如此安慰，不知该做何感想。如果生活中真有这样的姑娘，因为感情之深，做出这样的决定，是可以理解的。但是，她将要付出怎样的代价，是否有力量坚持到底，却不能不想。作为作家，对什么应该歌颂，对什么应该保持沉默，应该有所考虑。

拿女人作为奉献，这是一种不良传统。在一些赞美的底下，隐隐可见某种幽灵，使我感到一种阴森的冷气。随着中国女性的觉醒，无论在生活中，还是文学作品中，这种戏都该收场了。

当然，编演这种戏，作家往往是无意识的。但清醒的作家应该警惕的，正是这种无意识。

当代青年知识分子形象系列的一个缺憾

经过动乱的洗礼，又身处变革与开放之中，当代青年知识分子形象以其独特的精神特征和无法忽视的历史地位，出现在文学殿堂的人物长廊之中。毫无疑问，历时十年的新时期文学在这一点上成就辉煌。但是，当我对当代青年知识分子这一形象系列进行系统考察时，却发现还存在一个重要缺憾。

跨入80年代之际，文学已陆续出现了几乎面貌全新的当代青年知识分子形象，显示了新的时代精神风貌。但是，那些最初被称为“觉醒的一代”或“思考的一代”的形象，自身的觉醒却常常很有限，思考也远未深入。不知为什么，这一本来有待于丰富和深化的形象系列，后来却没有得到发展。近几年，文学中出现了不少荒诞者、迷惘者、超脱者甚至整天哀叹、打闹、恋爱、神经质地活着，感到人生无意义，很无聊，简直无法打发时光。这样一群游荡的孤魂，精神上无家可归者，在作品中日益增多。“这一代”就这个样子吗？作为一路走过来的同行者，我总觉得文学的反映有些盲点，忽略了真正能够支撑起“这一代”的脊梁，缺少显示他们思想高度和精神状态的真正的觉醒者、思考者和奋斗者。

我不否认这些形象的进步意义，特别是它对旧文化的冲击。但青年知识分子形象系列形成如此面貌是令人遗憾的，也绝非偶然。形象本身及其背后的作家兴趣取向反映了当代青年知识分子中客观存在的软骨病、精神贫血和心态弱化症。玩世不恭，荒诞不经，缺少民族忧患意识与历史使命感，缺少男子汉的阳刚之气和基于浩然之气之上的悲壮感，蝇营于小利，超脱于“莫谈国事”，沉湎于“性”的话题与游戏，正是生活中流风的反映。然而，我们时代的青年知识分子的整体并非如此。那种精神状态只属于那些从旧建筑游离出来再也找不到新的耶路撒冷的飞尘，而不应该是这一代的基本形象。换句话说，由于缺少精英形象，造成了这一代整体上的歪曲。所以，这是一个重大的缺憾。

一个时代的精神特征虽然在每一个人身上都有体现，但在时代这个舞台上，却像戏剧舞台一样，有主角配角之分。当然，把历史看作英雄创造物的英雄史观不能完整描述历史，只有英雄的文学也不能完整地表现时代，但是，如果写一部中国现代史，只写鸦片鬼与洋场恶少，而不写从梁启超到鲁迅这些人物，就不能算一部完整的历史。同样，如果文学描写现代中国人，只有孔乙己、阿Q和假洋鬼子，而没有狂人和夏瑜，那就不是现代中国人的完整形象。作为时代的最敏感神经的青年知识分子，体现着时代的脉搏，反映着时代发展的流向。如果文学不去塑造时代的精神主角，只是一味地描写颓废、荒诞、超脱、玩世、混世的精神侧面，写那些不清不醒的“觉悟者”，不知目标的“奋斗者”，逃避现实的“探索者”一类的冒牌货，根据文学画廊提供的人物，人们就无法正确了解这一代青年。那些不了解当代青年知识分子生活的人，就可以做出“垮掉的一代”的结论。未来的历史学家就有理由指责我们时代的作家对历史的歪曲。

这并非强作家之所难，更不是不顾生活中是否存在而要求作家按照理念编造英雄。真正能够代表思考的一代和奋斗的一代的人物在生活中大有人在。在不少作品中我们已经看见他们那飘忽而过的朦胧身影。《夜与昼》中景山讨论会上那些关心中国前途和命运的青年不会都如林虹和顾小丽那样没有头脑，但作者却没有把他们写出来。柯云路写了一个李向南，并且试图赋予他一些思考和奋斗的特征，但他显然做得还很不够。这就提出了一个作家生活和思想局限的问题。柯云路对景山会议上那些思考者显然并非十分了解，或者是有了解而没有重视。他只看到范丹林出版了大部头的学术专著，却不知道他的内心在想什么。他可以写好顾小丽、顾晓鹰，可以写好政治层面上的李向南，却无力将思想家层面上的李向南写成这个时代的杰出者。因为自己没有站在思想的高峰上，也就无力勾勒我们时代的思考者的思想视野和发掘其精神世界。尽管如此，我仍然感谢柯云路在这方面所做的努力。

张承志的《北方的河》对这一代中的杰出人物的气质把握是准确的。这说明作家在生活中有所发现或者有所感受。但是，他没有能够写出主人公应有的理想和具体的思考，因而使之在思想上空洞而苍白。评论家们曾经赞美“他”的觉醒与反省，但值得注意的是，这个新时期的大学生，这个经过“八一八”狂热的青年，却明显地没有与一代人一道在跨入80年代门槛之前完成彻底的觉醒。直到若干年以后，他才靠一个小姑娘的故事而使自己得到修正。这种姗姗来迟的觉醒使他实际上已经成为一个落伍者。

张抗抗的笔下曾经多次出现这一代的身影，岑朗、郭立楠等表现了他们最初觉醒时的精神状态。今天，他们已经成熟，已经迅速地成长。然而，在张抗抗的笔下，我们却很难再找到他们的影子。他们消失了吗？没有。问题在于作家没有跟她的主人公们一道行进，而是把他们给跟丢了。陈建功、郑万隆等也曾经涉及他们的生活，但与张抗抗一样，思考的脚步停在了1979年。

总之，我们的作家接触过他们，但或浅尝辄止，或停留在主人公幼稚的初级阶段，对于今天的成长现状未能做出深刻的反映。

那些变得更为成熟、更为丰富、更为深刻的岑朗们，那些比《北方的河》中的大学生更早觉醒，更富宏伟目标的奋斗者们，那些不仅致力于行动，而且进行着社会、历史、哲学、伦理、文化探索，思考着中华民族的命运和前途的李向南们，那些既富于现代意识又有极强的历史使命感的探索者和奋斗者们，我们无法否认他们的存在。但是，文学中却缺少他们的形象。

为什么会这样？当然不能不在作家的主观方面寻找原因。我认为，这暴露了我们作家素质方面存在的缺陷。由于缺少思考深度，就无法与时代的思考者共同思考，也就无法站在时代思想的制高点上。在思想上不能俯瞰笔下的人物，当然就无法写好他。一些青年作家在成名之后为写作而写作，终日役役于作品数量，而无暇深思。真正思考者的形象只能依靠他们的同代作家塑造，正像青年作家很难写出王蒙笔下的青年布尔什维克一样，我们无法要求中年或者老年作家对这一代青年的思考有深刻的体验和把握。近几年来，大批青年作家进入寻根的行列，目光注视于远古蛮荒，而忽视了当代生活激流的深处。一些作家由于对现代意识的褊狭理解，满足于对现代派的皮毛模仿，而不对中国青年知识界的现代意识做深入的体查，把穿上嬉皮士的牛仔裤的浑浑噩噩的阿Q推上当代中国青年的席位，这不能不影响到青年知识分子形象的深刻性。

我的批评似乎有从一个先验的理想模式出发之嫌。但这模式却是源于生活，并以创作的既有条件为基础的。这绝不是对高大全英雄式的人物的呼唤，因为若无深刻的思考，一切人为的拔高都会造成对当代青年知识分子形象的歪曲和贬低。从这个意义上说，重要的是那些有条件的作家们深入生活激流，与前进的时代一起思考，与前进的青年知识分子一道前进，在思想上不断充实自己。

1987年4月　北京

选择的时代与时代的选择

——关于当前文学的断想之一

种种迹象表明，我们的文学仍然处于一个选择的时代，并且在多元冲突中陷入了选择的浮躁与困惑。

新时期文学从一开始就以重新选择显示其生机，在重新选择中挣脱桎梏、恢复活力、走向繁荣。在经历过“伤痕”和“反思”等阶段之后，它基本结束了那种大合唱的群体一致的重新选择的局面，呈现出作家个体选择的任意性。创作和理论由此出现了空前活跃的局面。它标志着文学真正进入了选择的时代。

无主潮、无中心、无巨人，五彩纷呈，百花斗艳，是选择的时代的突出特征。无论文学观念还是题材内容、创作方法、表现技巧，作家们都在力求做出自己的选择。虽然未必能够实现，但这种努力却是明显的。作家们都力图找到自己的独特的道路，独特的表现领域、表现方法和语言特色。因此，自觉的流派已难形成，过去的流派逐渐解体，当你发现一个流派将要形成时，它自己已经开始分解。文坛上虽然有现代、寻根、乡土、魔幻等种种名目，作家们却常使这种概括很快落空。由于个性意识的强化，作家们已经羞于为别人摇旗呐喊跑龙套，耻于借一个流派实现自我价值，而是努力寻找自己。为了出新，作家们不惜去寻找偏僻的题材和奇特的表现形式，而不愿到别人的山头落草。也正因为这样，才出现了作家纷纷抢占地盘、选择路子的局面：你写乡村，我写城市，你写野狐，我写老鼠，你写第三者插足，我写中学生早恋……人们竞相标新立异，做出与人不同的选择。

小浪潮迭起，大浪潮不见，“各领风骚三五天”。竞相标新立异带来了文坛的色彩纷繁，同时也带来了发展节奏加快、新潮瞬间即逝的现象。不仅不同的作家做着不同的选择，同一作家在不同的时间也做着不同的选择。不少人以超常的速度否定自己，完成着一个又一个自我超越。每一本重要译著出版都带来一阵或大或小的“热”，匆忙地选择又匆忙地舍弃，否定紧跟着否定，超越紧接着超越，几乎到处都是新东西，而新东西刚刚出现就变成了旧的。

这种自由选择的时代相对于过去那种大一统的时代来说，是一个重大进步，标志着中国文学的解放和自由的获得，说明中国文学终于走出了狭窄的死胡同。这一切来之不易！它为文学创造的时代创造了条件，任何想把这种前进势头拉回去的企图都将注定失败。但是，由于选择的日益分散化和更替的超速，一些有价值的东西却得不到足够的重视，未站稳脚跟就受到冲击，而且导致了文坛的花哨不实、飘忽不定和六神无主。它虽然五彩缤纷，却苍白纤弱而且萎缩，缺少茁壮之劲枝和怒放之艳朵。

我之所以把新时期十多年来的文学称之为选择的时代，是相对于创造的时代而言的。十多年来，无论在观念上还是在方法上，都出现了无数新东西。但我们认真想一下，就会承认一种令人沮丧的事实：尽管作家们努力寻找自我，不断创新，可是无论创作还是理论，真正属于创造的东西有多少呢？我们所做的大都是对已有成果的重新选择和认定。恢复现实主义、重提“干预生活”、强化文学的批判职能、恢复人在文学中的地位……是对中国已出现过的东西的重新认定；象征主义、意识流、荒诞派、魔幻现实主义、萨特、尼采、弗洛伊德、海明威、马尔克斯……是对世界文化的重新选择。一些非常重要的理论探讨，都是从国外“拿来”的，一些轰动一时的名作，都是模仿外国的结果。从世界文化范围来看，我们的文学缺少创造。

这是必然的，因为我们缺课太多，必须在短期内补上。这是可喜的，因为我们刚刚经历了一个封闭的、窒息的、失掉了选择的自由和权利的时代。但是，这个选择的时代却已经露出危机。这不仅表现在文坛的浮华、苍白和萎缩，而且表现在面对涌进的纷纭学说所表现出的左顾右盼举棋不定和朝秦暮楚、无枝可依。各种选择往往相互冲突、相互抵消。一些东西显然与中华民族的现代化进程相抵牾，却常被作家们搬上我们时代的铁轨。因此，我觉得文学应该自觉地考虑时代的选择。考虑时代的选择并不是要求作家去配合中心，而是我们的作家在实现个人的独立之后，有责任思考我们的时代，思考我们民族的现状和未来，思考时代的根本需求，从而做出自己的选择。只有对此有深入的思考，文学才不会陷入选择的困惑。

时代对文学的选择需要作家们共同思考。我们的时代当前迫切需要的是具有强烈责任感的文学。我们的时代甚至还不具备“为艺术而艺术”的条件，文学还不可能完全回归到所谓自身。因为读者的期待在那里，如果一定要向内转，回归所谓文学自身，结果只能是失掉读者，被时代所抛弃。“五四”文学革命以反“载道”开始而未摆脱“载道”，这是必然的。面对民族危机，文学在“启蒙”与“救亡”之间尚且要做出选择，更何况对于“纯艺术”！当前的中国，变革的大潮初起，目标是现代化，是人的解放。如此时代，纯文学和唯美主义显然还不是迫切需要的。文学需要百花齐放，但我们的时代所迫切需要的是文学参与时代的变革，进一步强化批判职能和变革意识。当然，文学承担社会责任并不意味着重新回到政治宣传机器的位置上，责任感不同于工具论，因为前者是主动的，而后者是被动的，前者是独立自主的，而后者是依附和顺从的。在强化作家个体的主体意识的前提下，自觉主动地对社会与人生进行思考，文学不会陷入工具的境地。而且，“文以载道”未必是文学之害，无“道”可载的作品绝不是伟大的作品。如果这个“道”不是陈腐的教义，不是僵化的准则，不是权势者的旨意，而是作家自己头脑思考的产物，是引导人类走向自由、走向文明的“道”，为何不可以大载而特载！

思考时代的选择，我们就会减少盲目性。只要清楚中国的社会现实，就不会鄙视现实主义，只要清楚时代的流向，就不会抵制现代主义，只要认识这个时代，就必然同意文学去满足多层次的精神需求，同时，只要深知我们民族的历史方位和前进的艰难，就会知道什么东西应该坚决抛弃，什么东西应该努力拿来，什么东西最先进却容易成为腐朽势力的同盟者而不宜拿来。只有深入思考时代对文学的要求和选择，我们才能做出无愧于中华民族历史进程因而也无愧于人的自由和解放这一目标的选择。

1988年6月　曲阜

贫血与缺钙

——关于当前文学的断想之二

近几年，我们的文学园地百花齐放，五彩纷呈。但是，细看之下，热闹尽管热闹，花哨尽管花哨，却已明显地呈现出花朵苍白、花枝瘦弱、花叶纤细萎黄的迹象。我们的文学一方面在数量和品种上走向繁荣，另一方面却是令人沮丧的萎缩。这一现象已引起一些有识之士的关注，并且已有种种不满和议论。在此，我想用一种比喻说明，我们的文学正染上一种病：贫血与缺钙。

这种病病因复杂，表现也是多方面的。

文学的贫血首先表现为生活内容的冲淡。生活内容之淡源于“淡化”的倡导和追求，也源于作家生活的枯竭。主动追求者有意为之，写一点淡淡的感触，描一丝淡淡的情绪，写梦也要平和的，惊心动魄的噩梦不写。写流追求千奇百怪，选择纤细的意识之流，而避开滚滚的时代大潮。写生活选择无所事事的日子，不写沉重或者悲壮。如此种种，谓之空灵，谓之悠远，谓之超脱，谓之俊逸，似乎只有淡若清水才是好作品。一些无意于求淡的作家，也出现了似乎生活枯竭的现象。从某种意义上说，应该感谢那场浩劫，它使作家们被迫停笔，而生活却残暴地在大脑中留下了记忆。由于这残暴，使素材被血渗透，由于残暴，迫使作家反复思考。虽然那些思考常常是一个指头加一个指头那样简单，却决定了新时期文学的崛起与发展。时至今日，不少人此类生活库存已经见底，新的生活积累极少，却追求高产，疲于奔命，赶篇数，赶字数。多赚点稿费情有可原（稿费本来就少得可怜，依靠稿费成不了大款），但这种创作却导致了大量作品内容重复，不得不依靠形式上花样翻新，或者把一小块生活原矿溶化开来，分批出售，精心计算如何把仅有的原料分配到更多的作品中去。因此，生编硬造驴唇不对马口的作品、兜来转去言之无物的作品、使小聪明乔装打扮而事实上一遍又一遍重复自己的作品，都大量存在。回首历史，放眼边陲，搜寻角落，在题材的扩大和转换中透露出来的并非全是文学的佳音。对于多数已经成名的作家来说，那种火山爆发式的感情抒发，那种由于生活积累和思想感情的充胀而喷涌到稿纸上去的创作状态已不多见。那种缘自生活感受而生的慷慨之情和浩然之气已消失殆尽。生活在作品中确实被淡化了。兑水卖酒，酒味必薄。

其次是思想的贫乏。从道理上讲，生活本身是永远不会枯竭的。只要有思想去把它照亮，它就会永远如繁星般灿烂，如海涛般汹涌不息。但是，如果没有思想照耀，生活就是一片混沌。所以，当前文学之病更重要的还是思想的贫困。我在一篇文章中曾经就文化批判问题谈到过作家们思想贫困的一些表现，在这里需要补充的是，作家作为我们时代的思想先驱的时期过去了，文学已经从时代的前锋位置上退了下来。进入新时期之初，文学曾经走在时代的前面，对种种社会和人生问题率先思考。当然，之所以能够如此，是由于我们时代的思想起点太低，由于长期思想禁锢使整个民族的思想处于停滞状态，由于哲学社会科学各学科一时还难以冲破种种枷锁，而文学却借艺术形象说出了一些话。随着一个个禁区的打破，我们的社会进入了一个理性思考的时期，人们对社会和人生进行更深入的思考，在哲学社会科学各学科都开始思考之后，文学的思考就常常显得浅薄。在这种情况下，文学家应该有一种危机感，急起直追而趋前列。而文学的表现却恰恰相反，一些论调就像阿Q望着远去的前锋，无力追随，于是就嘟噜道："孙子才做前锋呢!"然后就蹭到路边作悠然状。

与此同时，文学兴起了一股非理性主义思潮，排斥理性，要把理性扫出文学殿堂，因此反对一切说教，反对任何功利目的，而在创作中追求随意性、无目的性和非功利性，使文学成为纯个人感性冲动的宣泄。作家不思考，不置身时代大潮之中，其感性冲动中又有什么呢？于是对生命本能的表现越来越多，时髦的批评把这鼓吹为伟大的深化，其实，这究竟是深化还是浅化不难判断。近年来有不少作家以形式翻新招引读者，绕各种迷宫般的圈子，最后却是什么也不给读者。但是，作品没有内容，没有思想力度，是很难赢得读者的，依靠形式和技巧，无论花架子搭得多么妙，语言多么俏皮，也掩饰不住面色的苍白和摇摆不稳的姿态。

文学不仅仅贫血，而且缺钙。这主要表现在逃避政治、远离现实、缺少历史重量和直面社会道义承担。时代正处于变革的阵痛之中，面对时代的裂变和由此带来的种种痛苦，是勇敢地承受并促其新生，还是顽固守旧竭力将新时代扼杀于母体，还是超然逃避于时代的矛盾和冲突之外，这是时代摆在每一个清醒的中国人面前的三种选择。我们的文学家们成群结队地选择了后者。近几年的文坛上，老庄学说盛行，不仅在作品中被形象化地热情宣扬，而且成为一些作家信奉的人生处世哲学。“干预生活”早已为智者所不为，“干预灵魂”也为一些作家所鄙视，关心政治如果不是作为爬上去的手段，那就是地地道道的愚蠢。责任心、使命感、忧患意识，都成了迂夫子不识时务的表现。于是，纷纷远离政治，政治成了艺术之敌。当然，我并不想过多地责怪作家，在逃避政治这一现象的背后，有对政治畏而远之的复杂心理。但也不能全怪环境，一些作家确实存在偏颇的认识。一些人远离政治是为了追求艺术生命的长久，却没有认识到一些作品的短命并不在于它的政治性太强，而在于政治上浅薄、幼稚、盲目趋时、人云亦云而缺少在政治上的深知灼见和独到的洞察力。我们很多人在谈政治意识的时候没有注意到把作家个人的政治见解与社会的政治宣传区别开来，更不曾理解我们努力挣脱政治的束缚并非要文学不承载政治命题。文学史已经证明，没有政治头脑的作家成不了大作家，没有政治内容的作品成不了大作品，逃避政治，本身就是作家的一种病态，是贫血和缺钙的表现。

我想请一些年轻的作家一起想一想（我不知道中年作家是否也如此），我们许多青年朋友们茶余饭后谈论的是什么？那么多人津津有味地谈“性”，谈情夫与情妇。谈谈这些当然未尝不可，我要说的是，一代人陷入意淫的现象是极不正常的。它是一代知识分子苦闷与沉沦的表现。作为一代知识分子，无论男女关系多么紊乱都不可怕，只要它不是生活的主要内容和精神的主要兴奋点，那充其量不过说明人们婚恋观念的重大变化。但如果作为民族的精神血液的青年知识分子都终日沉浸于这类话题，却是一个时代的悲剧，也是一个民族的悲剧。因为这很像白血病，也很像艾滋病。如果说在发牢骚中我们还能看到一点希望的话，在性话题热中，透露出的却是一代知识者可怕的衰败。

文学创作的贫血与缺钙、理论倡导密切相关。自从粉碎“四人帮”以来，我们极力呼唤文学回归自身。在特定的历史条件下，这种呼唤是积极的、必须的，是文学解放不可缺少的一个环节。因为我们的文学在相当长的一段时间里丧失了自我，沦为政治的工具和奴婢，被狭隘的政治功利目的所窒息。为了求得文学的解放和发展，我们当然有必要首先冲破政治的束缚，摆脱附庸地位，从而确立自身的价值。但是，十几年过后，当历史发展到今天，我们是不是需要对此做一点再反思呢？过去，我们的一切思考几乎都以反拨工具论为出发点，但摆脱工具论之后变得无所事事，反载道之后变成轻飘飘的空车，却是进入了另一极端，与我们本来的目的相去甚远。因此，文学在已经获得了自身的独立之后，理论思考的出发点似乎应该根据新的情况而移动一下。事实已经告诉我们，“回归自身”是文学摆脱镣铐的良方，却不是强健自身的妙药。

由于文学回归自身的努力，长期以来一个口号非常时髦：“文学就是文学。”不少人一再强调，文学就是文学，除了它自身，它什么也不是——文学不是政治，文学不是历史，文学不是哲学，文学不是道德论，等等；文学如果承担它自身之外的东西，就会被压垮，就会窒息，就会泯灭自身……因此，极力把文学的社会作用说得微乎其微，反对文学追求社会功利价值，要求文学扔掉一切负荷，飘然于山林荒野间去寻找文学的生命力，犹如隐士去寻找使自己不朽的长生之药。但是，文学什么也不是以后，剩下的所谓“自身”是什么呢？抽掉了那一切被认为不应该负载的内容之后，文学的所谓“自身”事实上已经不存在。因此，时至今日，是否应该强调一下这一问题的另一方面：文学是一切。文学是人学，那么，人所面临的一切，都是文学应该承担的。从某种意义上说，文学是政治、是哲学、是历史、是道德论、是人类生活的一切。只有树立这样一种文学观念，文学才有广阔的天地，才能生长出一个血肉丰满、骨骼健壮的自身。

文学自身的健壮需要非文学因素的营养。文学的繁荣需要把根须伸向非文学的各个领域。当前文学需要向外转，而不是继续向内转。文学应该从女士们的短裙下钻出来，从白日梦中醒过来，从远古的陶罐中爬出来，到日光之下，到风雨之中，沾沾地气，晒晒太阳，拉车挑担练练筋骨。否则，只能日益苍白，日益孱弱，日益萎缩，与伟大的时代不相称，为未来所鄙视，为世界文学所不齿。

1988年7月　曲阜

浮躁的超越

——关于当前文学的断想之三

当前的中国文坛好像一个匆匆的行路者，它的确走得很快，在不断地超越，大有“一天等于二十年”之势，但它注定不能“超英赶美”。对于这种现象，我在《选择的时代与时代的选择》一文中已经说过：“竞相标新立异带来了文坛的色彩纷繁，同时也带来了发展节奏加快、新潮瞬间即逝的现象。不仅不同的作家做着不同的选择，同一作家在不同的时间也做着不同的选择。不少人以超常的速度否定自己，完成着一个又一个自我超越。每一本重要译著出版都带来一阵或大或小的‘热’，匆忙地选择又匆忙地舍弃，否定紧跟着否定，超越紧接着超越，几乎到处都是新东西，新东西却刚刚出现就变成了旧的。”（见《中国文化报》1988年6月29日）其实，这一现象是人们都应该注意到的，“各领风骚数百年”不是已被改作“各领风骚三五天”吗？它正是这种现象的生动概括。

这种情景相对于一个死寂的不求进取的时代来说，的确是一个好现象，是一个重大的进步，标志着中国文学的解放和自由的获得，说明任何想把这种前进拉回去的企图都已失效。一种文明只有不断超越旧的模式，才有发展和更新，才有生命的活力。但是，浮躁的超越导致的新旧更替的超速，却带来了一种可悲的结果：一些有价值的东西得不到足够的重视，未站稳脚跟就被冲得七零八落，因而造成建设方面的巨大损失。

因为我们缺课太多，必须在短期内补上。换句话说，就是在尽可能短的时间内完成世界文学在几百年中走过的道路。因为我们的现实与世界的差距，我们在拿来的时候面对的是西方几百年文化成果的共时性陈列，于是出现了这种匆匆选择，如乡村的小媳妇走进大市场，什么东西都舍不得放手，可是，毕竟就那么两只手，毕竟就那么一点力气，拿不了多少东西，只好摸摸这件放下，摸摸那件再放下。眼花缭乱，这山看着那山高。大概最后的结果就是选择最新的。

然而，我却对这“选择最新的”式的选择感到很不放心。因为这里有一个问题，好像昨天出现的东西就注定了比前天出现的东西更好，只要匆匆地向前走，越向前就越好，只要选择新品牌，越新的产品就越可靠……这是对历史进化的一种片面理解，是对进化论的一种简单化的迷信和歪曲。

进化论给中国带来的东西很复杂。如果没有它，中国的启蒙运动就无法开启，但是，现代启蒙运动一旦开启之后，这种理论的中国化造成的思维也给现代化事业带来了负面效果。由于对“新”的迷信，总以为新的就是好的，结果像狗熊掰棒子一样，看到新的就抛弃旧的，结果恰恰是抛弃了不应该抛弃的，最后手里拿着的却不一定是什么好东西。这是20世纪中国历史上最大的教训。在当前文坛上，我们又看到了这种对“新”的崇拜。一些东西还没有站稳脚跟，就被另一些冲得七零八落，看一看吧，从马尔克斯、昆德拉和前来演讲的杰姆逊在中国形成冲击波之后，文坛正出现的是一种什么样的景观！一些人习惯于以“新”招徕读者，而读者也习惯于趋新而弃旧。

从某种意义上说，求新不是坏事。但是，一个健康的民族会有能力识别新与不新，会懂得新药可能比旧药好，但新病可能比旧病更可怕。

从20世纪初到今天，我们一次又一次追赶西方最新的时髦。我们匆匆忙忙，没有消化的时间，甚至来不及鉴别，只好通通拿来。但是，在拿来的时候却遇到了时间问题。似乎西方晚出现的东西比早出现的东西好，20世纪的就比19世纪的好，甚至看到20世纪的就否定19世纪的，看到世纪末的就否定世纪初的。这种盲目趋新的所谓超越已经成为20世纪中国的世纪病。

什么应该否定，什么应该超越，什么应该扔进历史的垃圾堆……理由常常很简单：过时了。好像一年应该有一年的思想，一月应该有一月的信仰，一天有一天的真理。好像今天的花朵一定能比昨天的花朵结出更好的果实。人们往往兴奋于“日新月异”，却没有意识到它的危险性。

这种匆匆走过的历史是没有质量的。看一看新时期文学的发展历史，我们可以看到一个个新潮迅速推进构成的发展假象。它本身是不完备的，破碎的，残缺不全的。我们甚至能够看到一堆又一堆没有长成就为重新怀孕而流产的婴儿。看到一片片刚刚成长就被锄掉了重新播种的庄稼地。这就是新时期文学给文学史留下的一个独特景观。过多的接纳使中国文坛这位体弱的母亲不胜重负，她忙于送往迎来，却难以孕育出健壮的果实。人们满足于欢呼长江后浪推前浪，却很少考虑后浪过后能留下什么。这是可悲的。

所以，是应该警惕盲目趋新的时候了！警惕“过时论”，警惕唯新是趋，要有所选择，有所持守，有所抵制。

历史的经验和教训是值得借鉴的，面对此情此景，我总是想起“五四”高潮过后那些所谓新思潮和新运动是如何以更新的面目理直气壮地否定胡适、鲁迅和五四新文化运动的方向。

理论的想象力凭新奇而引人注目，创作以新奇而吸引着读者，批评关注着新起的浪花，然而，却没有意识到，新时期文学与过去的文学一样，那些最新奇的浪花并不一定有价值。真正有价值的往往是那些在浪花之后经过沉淀而凝结的结实的东西。因为一种新的观念，一种新的学说，一种新的方法和理论，从出现到结出果实，需要一点时间。潮头的东西具有广告价值和宣言价值，但更有力度也更完美的可能是经过一段沉淀之后的成果。

更值得注意的是，在各种复杂的历史力量较量的时候，最时髦的思潮也会成为旧势力的援军。

1988年7月　曲阜

从“现代派”的命运说到“走向世界”的呼声

——谈中国作家的一种心态

我与人合写过一篇论新时期文学的民族意识的文章（见《山东师大学报》1988年第4期），从几个侧面对新时期文学中的民族意识做了简单的考察和描述。并由此得出一个结论：虽然个性意识崛起、人类意识出现，但在阶级意识淡化的同时，民族意识却空前强化了。因为绝大多数人从阶级的营垒中走出之后并没有走向世界，而是在民族的围墙中停下来，犹如从屋子跑入院子，却并未走向原野。作家们超越了阶级的视角之后，并没有站到全人类的立场上，而是站到了长城的城垛上。这种现象是中国历史和现实的产物，给文学带来了新的风貌，并对民族的振兴产生影响。但是，强化了的民族意识却也有它的迷途和误区。事实上，新时期作家一直存在着一种不太正常的心态。

一

在此，我不想涉及一些宣称自己是“土著”的乡土文学作家和恪守中国传统的人们，因为文学需要百花齐放，每一个作家都有自己选择的权利，只要他不想唯我独尊地去要求所有的作家都走他的路，别人就没有必要去对他进行指责和干预。在此，我首先想到的是新时期文坛对外来影响的态度，是西方现代文学在中国的命运。

众所周知，西方现代派文学对中国当代文学的影响首先表现于“朦胧诗”和“意识流”小说。北岛们以新奇的诗作震惊了诗坛，带来了中国新诗的一个新时代。王蒙们以《春之声》等作品为新时期小说增添了光彩。这是一个良好的开端，它预示了中国文学将在这个伟大时代的开放气氛中与世界文学建立广泛的联系，结束那个自我封闭的时代，从而迅速发展繁荣。

但是，有一个现象人们大概不会忘记，面对当时文学的这种新势头，作家本人大都不愿承认这是受益于西方文学的影响，而善意的批评家也不愿说这是主动向西方文学学习和借鉴的结果。一些青年诗人曾一再宣称自己在写朦胧诗时还没有看过任何西方现代派诗人的作品。王蒙也不愿意把自己的作品称作“意识流”。一些批评家费尽心机地论证朦胧诗是中国社会现实的产物，绞尽脑汁地创造出“心态小说”“东方意识流”等新的概念，以示这些作品与西方现代派文学的区别。总之，作家和评论家一起努力，说明其决非西方现代派，而是古已有之的、土生土长的、民族化的、具有民族风格和民族气派的。

这种做法当然有政治的原因，由于我们与西方世界意识形态的不同，长期封闭，开放之初人们心有余悸是可以理解的。借鉴时总是小心翼翼地把内容和形式剥离开来，借鉴其形式而抛弃其内容的现象不能不说主要是政治的影响。但是，这种做法却不仅仅是由于政治上的考虑，而是透露着一种民族的文化心理，一种对待外国文化的情感态度。它除了保持意识形态的阶级纯洁性的动机之外，还有一种保持民族文化纯洁性的深层动机。一种以学习和借鉴外国为耻的妄自尊大的民族心理像浓重的阴影笼罩着作家。由于这样一种根深蒂固的、又有政治力量作为巩固机制的文化心理，即使在改革开放步步深入，文学的内容和形式迫切地需要更新，而西方20世纪文学已经从各方面为我们提供了新的参照系统，随时可以拿来的情况下，我们的作家也被这无形的绳索绑住了手脚，不敢大胆地实行“拿来主义”。

在王蒙等人的带动下，新时期文学很快出现了一批“意识流”小说，接着，海明威、卡夫卡、萨特、马尔克斯……都开始影响着中国作家。但是，我们的作家对外国文学的借鉴却是蜻蜓点水式的、表层的、局部的、浮光掠影的、不求甚解的，甚至还谈不到什么模仿，因为还很少有作家认真地模仿外国作家，更不要说从深层给以理解和把握。被影响者和影响者之间有一层隔膜，处于一种羞羞答答、若即若离的状态。西方存在主义文学对新时期文学的影响是比较大的，但无论张洁的《方舟》还是谌容的《杨月月与萨特之研究》，还是张辛欣的《在同一地平线上》，都只能说是有点影响的痕迹而已，与存在主义文学相去甚远。他们受存在主义的影响，却不愿轻易接受，而是存在一种戒备心理。如果说对存在主义文学的戒备更多的是政治方面的原因的话，从弗洛伊德对中国文学的影响就可以看到中国的民族文化对弗洛伊德学说的改造。很明显，性意识在中国文学中的高涨得益于弗洛伊德，但几乎没有一个作家较好地把握和运用了弗洛伊德的学说，而是把它搞得支离破碎，纳入了我们传统的思维框架。那些对性生活的庸俗表现，正是这种借鉴方式的结果，也就是中国化的结果。因为人们已经习惯了这种所谓的民族化，不自觉地就要这样做。在新时期文坛上，没有地道的现代派，以致有所谓“伪现代派”之称，正是由于作家们从来就不习惯老老实实地向外国学习，而是用已经习惯了的方式进行种种改造。这种方式可以把一切新东西改造为旧的，也可以把新东西的碎片纳入旧系统，但结果往往是巩固旧系统，并且阻碍了新生命的诞生。而这一切都是在民族化的旗帜下进行的。这种借鉴方式源自狭隘的民族自尊。我觉得，文学应该老老实实地学习，该模仿就模仿，该照搬就照搬。

尽管如此，对外国文学的学习和借鉴仍然受到种种指责。从朦胧诗、意识流小说、探索戏剧到刘索拉的《你别无选择》等作品，每一种新的借鉴出现，都不可避免地要招来责难。其罪名往往是盲目模仿、全盘照搬、缺少民族风格和民族气派，不能为广大人民群众所喜闻乐见……新时期文学处于一个开放的时代，当然已经没人公然反对对外开放和引进外国文化，但是，不同的倾向还是明显的。有人倾向于更多地吸收外来文化，有人倾向于继承民族传统，捍卫民族文学的纯洁性，生怕八面来风把中国文学搞得不像中国文学了。所以，学习、借鉴是可以的，但首先要使其化为民族的东西。如果不以民族传统对其进行改造，那就是模仿，那就是照搬，那就是全盘西化，等等。毫无疑问，这些指责者的民族意识是强烈的，但又是褊狭的。如果说那些羞羞答答搞借鉴的人心中还有阴影的话，这些批评者的阴影就更为严重。

二

几乎与寻根思潮的兴起同时，文坛涌起了一阵“走向世界”的呼声。它此伏彼起，形成一股热浪，至今不息。无论是在报刊上还是茶余饭后，或者文学沙龙，人们都在不倦地讨论中国文学如何走向世界。如何走向世界呢？人们的看法当然不会一致。各种见解孰是孰非在此不想论及。我要说的是，这种讨论本身就是一个非常值得注意的现象。当讨论热烈展开的时候，我曾感到困惑不解：为什么人们会对这个话题如此感兴趣？当我把它与寻根思潮和对现代派文学的态度放在一起，终于理解了这一热浪的情感基础。它集中体现了一种极度的民族自尊、自强的热望和这热望一直无法实现的焦躁。它表现于文学界，基础在全民族。

回溯中国近代充满了耻辱和血泪的历史，面对中国人一次次惨败和挨打的历史画面，考察中国现代文学的起源，看到它的诞生与外国文学的影响密不可分的时候，中国文坛的崇外与排外的矛盾统一现象就很好理解了。

中国文学与世界文学的沟通，严格说来不过一百年的历史，而在这次沟通中，外国文学对中国文学的影响，正是在中华民族外侮感极为强烈的历史条件下进行的。换句话说，外国文学对中国文学的影响，像整个外国文化对中国文化的影响一样，是伴随着列强的大炮和中国的割地求和开始的。这注定了中国文学在与世界沟通的过程中必然要经受种种坎坷，要排除种种困难。固然，清醒的人们能够及时地意识到“别求新声于异邦”的必要性，力主文学革新，倡导拿来主义，主张作为挨打者更应该老老实实地向列强学习，但是，更多的人却像抵抗帝国主义的枪炮一样抵抗外国文化，像抵制洋货一样抵制“帝国主义的文化侵略”。越是纯朴的中国人，越容易陷入这个误区而表现出异常的坚定与执着。在长达一个多世纪的岁月中，这种心态像浓重的阴影笼罩着中华民族。多灾多难的近代史使民族的心理已发生畸变而很不健全，很难排除褊狭的民族激情而冷静地思考问题。

不能容忍向外国学习，动辄斥为洋奴，却又不能忍受中国不如外国的客观现实，梦寐以求高高在上，处于世界中心，让世界各国众星捧月。在这种没落贵族式的心态中，保存国粹和崇洋媚外，固守传统与走向世界，这些貌似对立的东西得到了统一。由于饱受外侮和居于落后地位，中国人早已失去了汉唐时代的潇洒风度，变得既不能容忍外来事物触动自己的祖宗牌位，又不能容忍对外交流中的任何失败。因此，新文学诞生不久，就卷入这种民族情感造成的旋涡而纠缠不清，挣扎不已。旧体诗被新诗取代，文言文被白话取代，传统手法被现代手法取代，民族形式被外来形式取代，在许多人的情感深处引起的反应，正与割地赔款、开放通商口岸相同。我希望人们能够理解“五四”至今许多人的守旧，因为他们视外来事物如洪水猛兽，高呼“国将不国”，褊狭而赤诚，决非虚情假意或居心不良。可惜的是，他们的觉悟的确有限。

越是不如人，就越是时时寻找比人强的地方。越是挨打受辱，就越是时刻梦想自己强大，决不放过一点扬眉吐气的机会。今天不行，“老子先前比你阔多了”；枪炮不行，“中国道德文明第一”！总而言之，无论如何都要证明这个民族曾有的和将有的伟大，以求得心理上的平衡。夸耀五千年文明的光辉灿烂，津津乐道四大发明，包括今天的修补长城和重修圆明园的意图，都是这种受伤而畸变的民族心态的表现。

进入新时期，中华民族的这种心态表现得尤为严重，因为几十年在闭关锁国状态中做着唯我独尊、支援世界革命的梦，一旦开放，在巨大的落差面前十分尴尬，民族心理再次受伤。因而，我们一方面认识到必须开放，必须向外国学习，一方面却为此而感到屈辱，总想在某一方面能够高高站立起来扬眉吐气。物质文明不行，精神文明优越也能得到一点安慰。但是，我们的文学却与经济一样远远不能与人比肩，一直走不上诺贝尔文学奖的领奖台。中国人经济上不行，科学技术不行，难道文学也不行？拉美作家可以获得诺贝尔文学奖，堂堂中华作家却不能，是可忍，孰不可忍！于是，文学界显出一种特别的急躁。群起而呼“走向世界”，正是这种急躁的表现。

正因为落后，所以特别害怕被世界遗忘，特别害怕世界不承认，特别需要也特别看重世界的首肯。每一部作品被外国翻译都带来一阵沾沾自喜，每一个作家被外国介绍都使人感到欣慰，每一部电影在国外获奖都引起一阵欢呼。当我们冷静地想一下，为此而大声鼓噪、大吹大擂，值得吗？不值得。但是，联想女排战胜时在全国大学生中引发的疯狂，联想每一次世界比赛中夺得金牌时的民族情绪，联想在国歌声中走上领奖台时运动员脸上的滚滚热泪，这一切不仅容易理解，而且颇带几分悲壮意味。这是一种特殊的民族心态。它在很大程度上是一种民族忧患意识的转移，是受压抑的民族心理得到安慰的一种形式。请不要以为作家们对诺贝尔文学奖的渴望只是为了个人名噪于世界，或者是为了那笔数目可观的奖金。中国作家还没有那么轻松，如果仅仅是那样，也许不会有如此热情。这种渴望中埋藏着一个扬眉吐气的希望。

真正的强者不在乎小小的胜负，在大竞争中难以取胜者才斤斤计较细末之争。细末之争仍然难以取胜，就使人更加难以忍受。念念不忘为国争光，是因为脸上无光。历史注定了这个民族如此的现代命运，也注定了文学承担如此重负。但是，重负却大大地影响着中国文学的竞技状态，使我们的作家不能轻松自如，因而成了文学发展的羁绊。

何时我们才有一种博大的世界目光和开阔的世界胸襟呢？何时历史才能提供条件抚慰民族心理的病痛，让我们克服那狭隘民族主义的小肚鸡肠，身心轻松，豁达大度，自由潇洒地行走于世界而不卑怯畏缩和装腔作势呢？

但愿它在不远的将来。

1988年10月　曲阜

大众化与化大众的冲突

——一个值得重新思考的问题

文学正处于选择的困惑之中。选择正处于一种两难的境地。俗与雅，娱乐与教化，争取广大读者的认同与争取走在历史的前列……在这一系列矛盾中，文学迅速分化着，人们做着不同的选择。

通俗文学迅速发展，赢得了广大读者，一些严肃文学作家也纷纷向通俗文学靠拢。电视剧大量改编和上演历史题材的作品，因为这些东西能够为广大群众所喜闻乐见，从而赢得最大的观众群体。不少作家正在向着这个方向倾斜，以迎合读者口味为手段，以赢得读者的数量为目标。但是，很显然，这种作品常常不惜以牺牲现代意识为代价，成为陈旧思想观念的载体和传播媒介。文学以陈旧的思想观念和审美意识迎合读者，其历史的消极作用显而易见，只能起到巩固旧传统的守旧作用，而极不利于人们价值观念的更新和民族文化心理的改变。换句话说，也就是不利于现代化的历史进程。

另一方面，一些以现代意识为追求目标的先锋作家，则对读者的欣赏趣味不屑一顾，关起门走上象牙之塔，自我玩味，孤芳自赏。一些作品被圈子内的批评家捧得很高，却曲高和寡，没有多少读者，显得孤单而又冷清。从某种意义上说，先锋派的作家们更多地肩负着改造旧文化和创造新文化的使命，但是，没有读者，一切美好的愿望就都成了无从谈起的空话。

文学有了不同的选择，这本身是一种极好的现象。但是，在这种矛盾中，一个冲突却已经摆在我们的面前：文学应该迎合大众心理还是应该重铸大众心理？应该大众化还是应该化大众？应该致力于巩固旧文化还是应该致力于创造新文化？

这似乎是一个不必回答的问题，因为过去我们总以为它并不矛盾，总以为已经找到了矛盾的统一点。其实不然，从文化历史角度看文学，虽然文学家是最不安分的社会分子，但文学在更多的情况下却主要起着巩固旧文化的作用。一些超前的作品常常在诞生的当时得不到承认，被冷落，被排斥，甚至被打入冷宫，但是，在相当长的一段时间之后，却又会红极一时，家喻户晓，这正充分说明了这个问题。文学，用以迎合既成的民众心理，用以巩固文化传统，是比较容易的；用以改造国民性，用以创造新的文化，却相当困难；用以反传统、批判国民性、破坏既成的文化心理从而重铸一个民族的灵魂，就更难了。它之所以难，因为文学需要有人读，然后才能发挥其作用。也就是说，要影响读者，必须首先赢得读者。但是，读者对文学作品的接受并非无条件的，一部作品被接受，需要有相应的接受机制，在很大程度上取决于它是否与读者的思想意识、价值观念和审美心理相吻合。然而，根据历史发展的规律，先进的思想意识和审美心理总是首先在少数人中产生，而最大的读者群体——大众的思想意识和审美心理则常常是相对守旧的，是远离先锋而被大众接受了的意识形态。

这就造成了一个问题：观念陈旧的文学容易拥有最广大的读者，而新的思想观念和审美意识则难以拥有广大读者；与同时代的普通民众处于同一水平的作品容易被广泛接受，超出了时代思想水平和审美意识的作品则受到冷落；迎合读者的作品会被万口传诵，而力图改变读者价值观念和审美意识的作品则常因与接受者的观念和心理格格不入而受到排斥。这种现象在我们这个时代尤为突出。写英雄好汉除暴安良劫富济贫，写义士仁人路见不平拔刀相助，写明君贤相为民做主，写才子佳人终成眷属，以及善有善报恶有恶报……都可以打动亿万读者。因为它是中国传统的，符合民族的审美心理和审美习惯，与传统的审美理想相一致。通俗小说之所以受欢迎，不仅因其刺激性，而且因为其思想意识、价值观念与广大读者一拍即合。即使在严肃的文学创作中也是如此。人们已经看到从乔光朴到李向南之所以产生那种轰动效应不是因其新的一面，而是因其带有旧的一面。仅以柯云路为例，《新星》因其旧的一面迎合了广大读者而轰动一时，

《夜与昼》《衰与荣》却因包含了更多的现代意识而失掉了大批读者。这是一个尖锐的冲突，是一个难以调和的矛盾：大众化的作品难以化大众，化大众的作品就难以大众化。要改造读者就必须赢得读者，要赢得读者就必须迎合读者，迎合读者就不能改造读者。这也可以称为一个怪圈。

在中国几千年的传统文学历史上，这个矛盾不会引起人们的注意。因为文学实质上起着巩固专制统治、稳定礼治秩序、强化传统道德观念的作用。因为中国几千年历史的停滞不前和行进缓慢，几千年观念一贯化而不存在观念更新的问题，文学只承担稳定秩序的使命而不承担变革的使命。一旦文化变革提上时代的议事日程，这个矛盾就会突出地表现出来。正因为如此，五四新文化运动才与文学革命那样紧密地联系在一起，先驱者们才那样不遗余力地抨击旧文学。

在过去的几十年中，我们总以为这个矛盾已经解决了，而且解决得十分圆满。但事实并非如此，虽然从20年代末到40年代初，一步步演进而最终确立了大众化的道路，新文学却并没有因此而走上通途。在长达半个世纪的时间里，新文学为这种在特定的历史条件下发生的倾斜而付出了惨重的代价。这代价不仅是艺术的，而且也是历史的。因为我们对这个矛盾的解决是以迎合大众、迁就大众、与大众取得一致为途径的。显然，这种所谓大众化不仅意味着对“五四”启蒙精神的否定和对西方文化影响的对抗，而且意味着抑制作为现代文化载体的知识分子向着现代化方向的发展，意味着知识分子要适应大众并接受其改造，意味着文化历史的停滞和倒退。

这不仅是一个文学问题，同时也是一切有意于作用于民众的思想者所共同面临的问题。对于大众，是迎合还是改造？一味迎合势必造成对陈旧观念和传统的巩固，是对历史的犯罪；只讲改造则势必招致民众的反感，引起抵触，难容于大众。到底应该怎么办？“五四”以来，我们民族的杰出分子各有选择。一些清醒的思想家执着于前者，却始终未能真正赢得大众，因而对民众的启蒙和引导难以奏效。一些务实的政治家致力于社会政治制度的改造，为调动民众参加社会变革的积极性而在以改造其落后性为中心的启蒙任务方面做出妥协和让步，迁就和迎合民众的思想意识和心理，甚至利而用之。结果却是得失参半，在改造旧制度的同时巩固了旧文化。或许“两步走”是一个美好的设想，但是，一旦政治革命成功再谋求文化革命，就显得特别难以驾驭，甚至由于强化了的历史惯性而酿成灾难。这一点刚刚过去的那段历史已经留给我们足够的教训。

今天，这个问题又提上了我们时代的议事日程。我们的时代最为迫切的课题就是现代化。决定现代化是否能够实现的关键就是改革。改革是我们时代不可抗拒的潮流，无论它将面对多少困难，遭受多少挫折，历史行进的方向是不可改变的，总的进程是不可阻挡的。那么，深化改革的主要问题是什么呢？它不仅表现在经济结构、政治结构，而且特别突出地表现在意识形态和文化心理。改革的深入展开，改变着这个古老民族的面貌，但传统的思想观念、思维方式和文化心理却越来越明显地暴露出与时代所发生的激变不相适应的一面。它事实上已经严重阻碍着改革事业的顺利进行，这是有识之士已经看到的。如果一个民族缺乏现代的价值观念、思维方式和文化心理，如果人自身还没有向现代化方向转变，真正的现代化就无法实现，一切美好的蓝图都会被弄得面目全非，甚至与预期的结果恰恰相反。

因此，人的现代化是必不可少的。人的现代化，意味着传统的民众获得现代的价值观念、思维方式、生活方式和文化心理结构，意味着全面的更新和重铸。很明显，这一伟大的时代课题不仅呼唤着社会科学各学科，呼唤着思想、文化、教育各部门，而且呼唤着文学承担起启蒙——化大众的任务。当然，文学可以悠游于山林，也可以为艺术而艺术，不承担任何使命，仅仅自娱于象牙之塔，但中华民族的作家却不会都做那样的选择。在这样一个伟大的变革时期，文学不可能仅仅满足于娱乐功能而排斥新的意义上的教化。时代对文学的要求显然是化大众而不是大众化。要有效地化大众，就必须首先要让大众接受。但是，努力让大众接受绝不意味着迎合和迁就大众。我们需要的首先是化大众，然后再考虑如何使这化大众的内容能被大众接受，而不是相反。因此，在这个时代，文学需要通俗化，却不需要几十年来已经习惯了的那个意义上的大众化。因为让一部分人首先走入现代，也比让所有的人退到现代之外好一些；即使牺牲一部分读者，也比为获得读者而牺牲思想观念上的现代性好一些。

总而言之，我希望我们的作家扩大圈子，走出圈子，去获得更多的读者，却不愿意文学重蹈几十年来大众化的覆辙。至于如何在不牺牲现代意识而又不被大众排斥，不迎合读者而又能赢得读者，是我们的文艺理论特别是接受理论应该研究和探索的。

1988年10月　曲阜

当代文坛的“文化热”

在新时期文坛上，“文化热”已经是有目共睹的现象。它从哪里来，要到哪里去？是人们不能不关心的问题。本文试图对“它从哪里来”的问题做一点力所能及的描述，也许有助于我们更好地认识和评价这一思潮。

一

从新时期自身的发展看，文化热不是突然形成而跃上文坛的。沿着新时期文学发展的大河溯源而上，文学对文化的关注早已露出端倪。新时期文学起步于作家们对“伤痕”等问题的关心。没有对社会政治问题的巨大热情就不会有新时期文学的崛起（它的成就当然不可过高估计）。但在经历了“伤痕”“反思”等阶段之后，作品的民俗学价值越来越大，历史感越来越强，文化因素越来越多。一些作家先后从政治思考的主流中游离出来，去写市井民俗和乡土风情。不少论者都已注意到邓友梅、刘绍棠、汪曾祺等人的作品与寻根文学的关系。他们较早地注意到风俗民情，开始了地方文化岩层的开掘。《受戒》《大淖记事》《蒲柳人家》《那五》等作品是明显的标志。这些作品不仅表现着一种美的发现和追求，而且在审美评价中已经含有对某种文化精神和文化性格的认识和选择，尽管这种选择常常是情感化的，并未经过理性的思考。在刘绍棠、汪曾祺那些远离政治的作品中，可以看到与同时期那些紧贴政治的反思文学非常一致的东西：反思文学通过历史的反思而高扬人民，重新确立“人民——上帝”的观念；《蒲柳人家》《受戒》等则通过乡俗的描写而高扬人民，赞美美好的人情。正是这一点直接成为后来的文化热中寻根者们盛赞乡土文化、以民间文化反对经典文化、以乡野文化反对规范文化的先河。

与汪曾祺、刘绍棠们写乡土同时，高晓声、吴若增等作家也比较早地进入了文化层面，陈奂生性格和蔡庄图画为我们提供了丰富的文化内蕴。与汪曾祺、刘绍棠们情况不同的是，高晓声等人的作品对文化内容的描写更多的不是审美的赞美而是审美的否定。这种倾向在一些年轻作家那里得到了继承，王兆军的《拂晓前的葬礼》和贾平凹的《腊月·正月》显示着这种文化批判的态度更加明朗化。紧跟而来的就是至今方兴未艾的以批判国民劣根性为主的文化批判思潮。

显然，文化批判思潮从萌芽阶段起就不是对政治的逃避和挣脱，而是经由政治思考到文化思考的一种深化。值得注意的是那些与政治保持距离的作品。早在几年之前就有人对刘绍棠、汪曾祺等人的作品在称道的同时有所保留，有人甚至表示反感。因为在那样一个转折时期，他们的作品远离政治，远离斗争的现实，远离生活的大潮。但是，随着时间的推移，这种创作倾向不但没有衰退，反而迅速地发展了起来。

我们的文学从关心社会政治问题到关心乡土民风，这到底说明了什么？

从作家心理考察，它在很大程度上表现着作家们对政治的厌倦。物极必反，我们过了几十年以政治为中心的生活，甚至是纯粹政治化的生活，遍体鳞伤，神经高度紧张。当社会向着正常化发展的时候，人们需要轻松，需要休息，这是合情合理的，但也反映出一种精神的疲惫和心态的弱化。在政治上拨乱反正的初期，由于改革政治现实的迫切要求，这种厌倦还不可能充分表现出来。而当政治路线的反拨在一定程度上完成，而又出现一些新的社会问题时，这种倦怠便以不同的形式表现了出来。一些人由于愿望的实现而政治热情衰退；一些人由于新的失望而对政治心灰意冷；一些人不愿意攻坚而绕道迂行。结果是殊途同归，都与政治拉开了距离。

所以，文化热可以理解为文学政治热情衰退的产物。但是，它并不仅仅是消极的。从某种意义上说，它也是文学回归自身、追求文学独立性的一个结果。在过去相当长的一段时间里，只强调文学的政治内容而忽视了文学的其他内容，只强调文学是革命机器的一部分而忽视了文学自身的独立性，因而使文学成了政治的奴婢和附庸。进入新时期之初，由于我们全部注意力都集中于政治上的拨乱反正，文学所关心的仍然是政治。虽然我们在理论上力争文学不再从属于政治，而且终于成功地使这一目的成为现实，但在创作实践中所依恃的，却正是这一特定历史时期所特有的政治热情。我们不妨回顾一下，从写伤痕到写改革，从对历史进行反思到写现实生活中的问题，那些引起社会轰动的力作几乎无一不是特定历史时期的政治热情与文学形式结合的成果。大量作品的爆炸性效果不是因为艺术上的创新，而是因为政治内容和其中倾注的作家的政治激情。我们决不能因为谈论文学性就抹杀那些曾为历史的转折做出重大贡献的作品，更不能忽视它们的伟大意义、深远影响和功利价值。但是，我们却也不能不直面这样一种令人不快的事实：相当多的作品离开那个时期特定的政治背景，离开了那个时期读者所特有的政治热情，就失去了它的艺术魅力。因此，怎样使文学的艺术魅力永存，成了作家们不得不思考的问题。韩少功说“文学之根应深植于民族文化的土壤里”(《文学的根》)，正是这种思考的延续。这些思考伴随着各种困惑，得出的是似是而非的结论：政治内容短命而文化内容长存。

同时，在新时期文坛上，产生了一种走向世界的强烈渴望。作家们梦寐以求以自己的作品去征服世界读者。诺贝尔文学奖在绝大多数作家的心目中闪闪发光。那么如何获得这一世界荣誉？就要了解一下世界文学的面貌和行情。事实证明，由于各种原因，西方读者和评论家们对中国文学的政治内容相当隔膜，不但没有足够的兴趣，甚至对某些东西相当反感。对于我们刚刚从他们那里学来的意识流、现代派等，他们更像看小学生作业那样不可能给予高度赞赏。他们注重的是一些具有浓郁的地方色彩和民族文化特色的作品。于是，文学迅速地远离政治而向着文化涌聚。文学作品是否因此而获得长久的艺术生命力不得而知，是否因此而走向世界也难以预料，但文学的文化热却不可避免地要出现了。

二

从文化背景看，文化热产生于80年代中国人的文化危机感。文化危机感直接产生于两大文化背景：一、刚刚过去的那段“文化大革命”的历史留下的文化创痛；二、改革开放的需要和它带来的冲击和震颤。

80年代，是中华民族历史上非常特殊的一个文化动荡期。一方面，国门洞开，洋货西学滚滚而来，一方面，光复旧物，古籍文物焕然生辉。在辽阔的中国大地上，一幢幢摩天大楼拔地而起，雕梁画栋的琉璃瓦殿堂也同时漆刷一新，从电子游艺场走出，可以坐上木轮马车去领略一番先秦两汉的生活情调，迪斯科音乐，现代派绘画，民间戏曲，剪纸与泥塑，古装游览，仿西艺术品……无论什么都同时共存，并且同时拥有大群爱好者。没有一个时代像今天这样努力开放而又努力复古。这并不奇怪，我们的时代是一个重新选择的时代，洋的要努力拿来，古的也通通翻出，都来接受时代的选择。但是，这样规模的重新选择说明了什么？它说明当代中国文化的危机。这就是我们的时代，如果离开这样一个文化背景，就无法理解这个时代的哪怕是一点小小的举动。

在20世纪80年代的中国，对于一切问题的分析都不能不注意那场过去不久的“文化大革命”。它对中华民族的影响至今难以估量。动乱结束之后，它像一个幽灵，像一个影子，时时跟随和操纵着人们的思想和行为，人们的许多想法和做法，社会的各种改革和变化，理论上的各种突破和创新，无不需要到“文革”中去寻找它之所以发生的原因。这段历史已经成为无需解释的论据，成为提出问题的出发点和依据。文化热也是如此，尽管有人在“文革”中看到的是传统的恶性发展和登峰造极，有人则看到了传统的断裂和毁灭，但无论如何，一场大灾难启发了中国人对中国文化的又一次重新认识。

一些作家之所以向历史寻求重建民族文化的因子，正是基于现实文化已经崩溃这样一种感受和基本认识。无论文化断裂起于“五四”时期还是40年代，对于大多数人来说，崩溃的痛感却是“文化大革命”的产物。我们不难为通过寻根张扬传统者理出一条思维的逻辑线索：“文革”使民族文化彻底崩溃了，社会的各种弊端也是民族文化传统被毁灭的表现。如何匡正今日之社会世风呢？只有光复传统文化。然而，传统文化的根已经断裂，因此就要为文化寻根……这并不是我的臆想，而是有作家们的言论为证。阿城说：我们的文化本质的东西常被歪曲，五四运动“较全面地对民族文化的虚无主义态度，加上中国社会一直动荡不安，使民族文化断裂，延续至今，‘文化大革命’更其彻底，把民族文化判给阶级文化，横扫一遍，我们差点连遮羞布也没有了”（《文化制约着人类》）。

他们有感于亲身经历的历史对民族文化的破坏，追根溯源寻到中国文化现代化的起点“五四”，却没有对五四新文化运动与当代文化的关系做深入的思考。他们把当代文化看作是五四新文化运动的直接产物，因而归罪于“五四”，但他们要否定的，与其说是“五四”本身，不如说是当代文化。他们把“文革”看作是“破四旧”的，也是反传统的，是与传统观念彻底决裂的，所以，由对“文革”的厌恶而在感情上倾向于传统。但是，在文化断裂的概叹背后，透露出的却是对当代文化现状的强烈不满。他们痛感自己没有受过系统的传统文化教育，这显然是对当代文化教育的否定。从他们“西学等于政治经济学加社会理想”的认识，也可以看到他们是怎样把当代文化与“五四”倡导的西学画了等号。因此，与其说他们是否定西化，不如说他们否定中国当代文化。

80年代的中国，变革已经成为突出的时代精神。文化热的产生直接导源于时代的变革。在它诞生之时，中国的改革大业已经展开，并且初见成效。但是，改革并非一帆风顺，结果也并非皆如人愿。大量描写改革的作品为我们展示了改革的重重障碍和艰难步履。改革正在推进，但历史的久症顽疴并非都能迎改革之刃而解，新问题和新矛盾不断出现。改革的艰难促使人们进一步地思考，问题的症结到底在哪里？随着时间的推移和实践的启示，特别是陈旧观念与改革事业的冲突，使人们终于认识到，一些问题的存在并不仅仅是政治路线和方针政策的问题，而是还有文化深层的原因。要彻底改变中国的落后面貌，使之走向繁荣富强，不仅需要新的政治制度和方针政策，而且需要一场思想革命和观念革命，以重新铸造民族的价值观念、思维方式、生活方式、文化心理和整个民族性格。因此，文学由对极“左”政治的批判转向了对民族文化的批判。

面对传统文化，一方要张扬，一方要批判，这是文化热中相互冲突的两种不同选择。当前，由于认识的分歧和表述的困难发生了一些不必要的争论，争论的根本症结在于有人认为当代文化是“五四”的直接结果，是西化了的；有人认为五四新文化运动是夭折了的，当代文化是几千年传统的延续。因此，前者贬“五四”而且反西化，后者扬“五四”而反传统。表现根本对立，实际上双方反对的却是同一事物——中国当代文化。作家们同样为民族命运而忧心如焚，同样从变革现实出发，选择的方案和行动方式却大不相同：有的批判传统文化以致力于改革；有的光复传统以匡正时弊。我不愿意简单地指责任何一方，说他们全盘西化否定传统，或者说他们全力复古拉历史的倒车，都可能不得要领。他们都是应改革的呼唤而出的，之所以行为大相径庭，主要原因在于对当代文化性质的不同认识。双方的目的都是变革现实，无论认识是正确还是错误，都比那玩文学、玩文化的倾向可贵得多。

关于这一点，创作的情况也为我们提供了印证。传统文化批判者多注目于传统文化的现在表现形态，写的是现实生活，而没有去批判周公、孔子或朱熹。传统文化张扬者也绝少寻找传统文化的当代表现形态，而是面对远古，面对边远和蛮荒地带，写原始和半原始的生活，即使在非原始、非远古的自然的状态中，张扬的也是远离了当代生活主潮的人们身上的东西。毫无疑问，由此体现的是文学对当代文化的厌倦和不满。

三

从世界文化背景考察，文学界的文化热与整个思想文化界的文化热一样，显然与开放之后的四面来风中所特有的民族心理密切相关。这是一个开放的时代，由于自身的危机，不得不又一次打开了自己的国门。人们已经清醒地意识到，闭关锁国是没有出路的，顽固守旧就有被开除球籍的危险。于是西方文化滚滚而来，开始了对这片土地的全面渗透。中国文化又一次面临冲击和淘汰。中国青年知识分子中有相当一部分人以行动实践了鲁迅那句被一般人认为偏激的话："少读——或不读中国书。"然而，中华民族的文化骄傲情绪和文化爱国情感是十分强烈的。这就必然出现一种充满矛盾的恐慌：一边使用洋货，羡慕外国；一边又怕失掉自己民族的个性。在这一点上，李杭育的《文化的尴尬》是一个典型的例子。他认为中国的整个现代文化都是从西方拿来的。"我们的政体是苏俄式的，哲学和主义来自德国，科技自然得看美国的榜样，大中小学普遍教授英语，时装行业密切注意巴黎的行情，旅游业学习意大利，电影界人士都重视奥斯卡金像奖，作家都晓得诺贝尔……我们中间的许多人，穿西装，坐沙发，吸西式的烟卷，喝雀巢咖啡，听迪斯科音乐，总而言之，由表及里，由衣食住行深入到观念意识乃至智能的结构、模式，我们都排列进世界性的规格系列里去了。在你我的身上已经没有很多中国的气味，中国的气质。我们的民族个性在一天天的削弱，民族意识是愈来愈淡薄了。"为此，他甚至高声叫喊"不做假洋鬼子"。[①] 由此，我们可以看到一种朴素的民族感情和未免狭隘的民族意识。

在新时期中国，复古守旧和崇洋媚外可以毫不矛盾地统一在一起。因为世界文化背景提供了这种可能。向外国学习是时代的风尚，文化爱国主义是牢固的根性，当中国人带着这种矛盾和恐慌放眼西方时，恰恰看到了一座使二者沟通的桥梁——西方所谓的"东方文化热"和海外华人的"新儒学"。一方面是所谓亚洲四小龙的迅速振兴，使困扰于西方现代文明弊端的人们看到了不同文化形态中物质文明的发展，满怀惊奇地注目于东方文化；一方面是华夏后裔的海外游子带着自己也难以觉察的民族意识和文化思乡病研究东方文化。于是，正如在中国贫穷落后的映衬之下西方的物质文明具有特别的诱惑力一样，在西方疲惫于物质文明对人的异化的时候，东方文化也显得光彩夺目。西方对东方文化的赞美必然引起国内学子对自己固有文化的重新思考。一些作家顿时醒悟：我们所苦苦追求的，原来就在我们的身后，只要回过头来走，就可以把西方远远地抛在身后。他们以西方已经开始向东方学习为依据，论证回归传统的必要。这种言说又必然引起另一些人的抵触，从而激化了文化冲突。

①李杭育：《文化的尴尬》，《文学评论》1986年第2期。

冲突，更是造就热潮的推动力。

总之，文学寻找自身的努力，当代中国人的文化危机感，加上深化改革的要求，这些不同的因素形成了一个错综复杂的结构，共同推动了文化热现象的形成。

1988年8月　曲阜

红帆的远去与爱神的陷落

——论近几年文学中的爱情描写

爱情是文学永恒的主题。新时期文学生长在十年“文革”留下的没有爱情的一片废墟上，也许正因为这样，它一开始就发出了恢复爱情位置的呼唤，并迅速形成滚滚大潮，在一段时间里愈演愈烈。在80年代的门槛上，中国文学曾经隆重举行了迎接爱神归来的盛典。我们的文学曾满怀悲愤地对扼杀爱情、吞没爱情的种种力量进行了血泪控诉。也正是在这种控诉中，爱情女神的地位迅速高高耸起。人们大概不会忘记，由于爱神地位高耸带来的爱情描写的“大泛滥”是如何使一些看不惯者愤愤地闭上了眼睛；由于爱神地位高耸几乎达到“至上”的地步是如何使一些作品危及神圣而被出示黄牌警告。可是，这一切都已成为过去，80年代后期，爱情在文学中开始呈现出相当复杂的景观，日迁月移，逐渐出现了一种新的现象：爱情失去了光彩，爱神的雕像徐徐陷落。这一现象已经相当普遍地存在于创作之中，展示着种种复杂的时代情绪与社会心理内蕴。

一、甜蜜爱情与美满婚姻的消失

如果带着考察爱情观念的目的阅读，你会从一部部作品、一本本期刊中听到爱神的叹息如深秋之风一样深沉而悲凉。

在众多的作品中，我想首先抽取何真的长篇小说《红帆不再来》作为讨论的对象，因为它可以代表许多篇章。仅从小说的名字，我们就可以感觉到一种爱情失落的惆怅。随着阅读，这种情绪会不断增长，掩卷之时，也会不由地为之叹息。小说所思考的不是哪一个人的爱情遭遇，而是当代青年的爱情生活状态。四个女大学生——简卓、米兰、桑桑和橙云，分别代表着四种不同的爱情类型。四种类型的精心设计体现着作者对当代中国爱情状态的深刻观察和理解。然而，值得注意的是，这四种爱情类型都与幸福无缘，哪一种都一样令人惆怅。

简卓爱的是欧阳青云，但有情人终未成眷属，而与她不爱的成泽结了婚。欧阳青云有了自己的妻子，内心却不能忘掉简卓。于是，他们在婚姻之外保持了一种纯洁的精神恋爱关系，两颗心互相守望着。这种爱使人想起张洁的《爱，是不能忘记的》，但不同的是，他们都有自己的丈夫或妻子，没有钟雨那种执着，没有钟雨那样强烈，也没有钟雨那样的痛苦。在没有爱情的家庭生活中，他们都能处于半麻木状态，凑合着与配偶过日子，而不越雷池半步。显然，他们俩都是理智很强的人，能够很好地管住自己，但内心的缺憾和压抑可想而知。

米兰是一个高雅而漂亮的姑娘，爱着的却是一个判了十五年徒刑的犯人。他们之间的爱情建立于过去的苦难岁月，却因米兰考上大学和万建国进入监狱而蒙上了阴影。米兰没有因爱人进入监狱而动摇，仍然爱着万建国。这种崇高的爱情更多地包含了道德的因素，历来受到文学的赞美。而在这部小说中，着重揭示的却是它的悲剧性。双方都很高尚，但双方的高尚没有带来爱情的幸福。尽管他们终于在万建国出狱之后结了婚，尽管万建国因为感激而愿意为米兰把命都豁出去，尽管米兰对万建国百般恩爱万般体贴，但当年的平衡已经打破，心理上自然有了距离。所以，米兰苦等十几年，等来的只是痛苦。美好的爱情之梦最后终于破灭了。

与简卓和米兰相比，欧阳橙云更富于现代色彩。她可以不顾一切，勇敢地追求美好的爱情。为此，她充当了第三者，要与罗秉枫的妻子进行公开的平等竞争。她珍重爱情，不愿妥协，但结果是碰得头破血流。

美丽的桑桑又是一种情况。她爱她的同学“才子”，只要和“才子”在一起，就只有幸福而没有痛苦。她爱“才子”的诗，无论从什么报刊上看到，都会读了一遍又一遍，而且读一遍就幸福一遍。他们是真正的“郎才女貌”，可是，“才子”除了写诗什么都不会干：挤公共汽车，是她给他占座位；下馆子吃饭，是她忙着买单；月底要担心他没有钱花；肥皂、牙膏、饭菜票都需要她为他买。面对她的工作问题，“才子”束手无策。最后，桑桑终于“爱不动了”，为了安逸的生活，与一个高干子弟结了婚。但是，她对“才子”的爱并没有消失，结果是陷入了爱情与婚姻分离的境地。总之，那叶象征着美好爱情的红帆远去了，任何人都没有得到那叶红帆。

爱情总是与婚姻分离着，婚姻总是与幸福无缘。这并不是一个新的现象，它从新时期文学以悲剧揭开帷幕的时候就开始了，并且在对婚恋道德的思考中得到进一步的扩展。但作为一种观念形态，它从来没有像现在这样获得广泛的响应，也从来没有像现在这样表现得如此强烈。就现在的情形看，似乎爱情成了谎花，注定了结不出果实。

在这一方面，谌容的《懒得离婚》也是有代表性的。值得注意的是，它出自一个严肃的中年作家之手，而不是出于一个毛头小伙子对生活的调侃。年轻的女记者跑遍全城都找不到一个正面宣传所需要的“和睦家庭”，也找不到一对相亲相爱的“恩爱夫妻”。后来，她终于在街道居委会的帮助之下找到了一对，采访的结果却发现：他们不过是表面和平，不吵不闹，“凑合着过日子”，甚至婚姻的维持，都是因为“懒得离婚”。这个家庭的男主角刘述怀关于夫妻和睦的理论是值得注意的。他在回答女记者的提问时指出，夫妻和睦必须具备三个条件：第一，要有两间房子，“夫妻一人一间，各人都有一个可以逃避对方的地方”；第二，每个星期天请一次客，“夫妻想打架也没那个氛围”；第三，男女双方都需要有一个或几个无话不谈的朋友，可以随时说一说心里话。离开了这三个条件，就不可能有夫妻的和睦和家庭的幸福。可是，任何人都会想到：不吵架是因为有这三个条件，还算“恩爱夫妻”吗？夫妻之间的爱不仅失去了全部的玫瑰色，而且从根本上受到了怀疑。毫无疑问，刘述怀的这三个条件，已经把美满的婚姻和恩爱夫妻的绚丽面纱撕得粉碎。

值得注意的还有那个李索玲，结过婚，离过婚，对一切都已看透，最后却突然又结婚了。是因为又恋爱了吗？她回答说：“我连自己都不喜欢，还会喜欢他？”既然不喜欢，为什么要结婚？她说：“人嘛，总要有个家。”她与刘述怀形成一种呼应，一个是懒得离婚；一个是凑合结婚。他们都相当清醒，相当冷静，大彻大悟而又无可奈何，于是以可怕的冷静面对现实。这种态度比钟雨的终身不嫁更令人慨叹。因为钟雨那种“与其糊里糊涂地与人结婚，不如独身一辈子”的见解，说到底还是对美好爱情的一种期待，至少还相信美好爱情是存在的。而在刘述怀和李索玲那里，已不再相信世间有美好爱情存在，因而也无须寻求和等待，只有面对灰色人生。

这种现象目前已经不是出现于个别作品，而是成为一种普遍的潮流。幸福的爱情和相爱的夫妻已经很少见到。这个时代的作家大都倾向于把爱情处理为悲剧，于痛苦之中描写爱情，于爱情中表现痛苦。所以，爱情变得与幸福无缘，而成为痛苦的同义语。它由诱人的玫瑰色变为阴郁的灰色，颂歌被挽歌代替。这种现象透露着人们对爱情的理解。在一些作品中，美好的爱情成为非常遥远的东西，可望而不可即，现实生活中没有它的落脚之地和生存空间；在另一些作品中，美好的爱情成为虚幻的存在，只是特定时空中当事人的一种臆造，其实根本就没有。透过这种理解，我们可以看到人们对爱情幸福和婚姻美满的深深失望。

甜蜜的爱情，美满的婚姻，幸福的家庭，真的不存在了吗？

也许不能不承认，美好的爱情的确处于重重围困之中，的确得不到自由生存的空间。但是，我仍然不相信世间美好的爱情只是一个梦想。美好的事物是不会彻底被消灭的。问题在于作家的选择，为什么热衷于表现爱的痛苦而不去表现爱的幸福？回答这个问题大概比回答那些作品是否真实更有意义。因为它可以引导我们发现一代作家共同的心理感受。显然，这种选择中有一副灰色的眼镜，可为什么成群结队的作家都戴上了这样的眼镜？还有待社会心理学家来回答。

二、爱情地位的陷落

一般情况下，即使美好的爱情在现实生活中难以找到，也不一定导致人们对爱情的信仰危机，进而动摇爱神的地位。因为不存在的东西并不是不可追求的，恰恰相反，正因为难以找到，人们才更加苦苦追寻。但是，近几年文学中已经很少见到这种执着的追寻精神。人们往往选择相反的态度：一种很现实的态度。借用一篇小说的题目来说，就是“不谈爱情”。很明显，爱情在人们的心目中的地位跌落了，在文学中的地位也跌落了，从高高的楼阁跌落到世俗生活中，被生活中的油盐酱醋所淹没，完成了所谓向生活的回归。

池莉的中篇小说《不谈爱情》，讲的仍然是涉及爱情的故事。但认真仔细想，那算不算爱情的确是个问题。而且，有没有必要严肃而执着地追求爱情，也真的成了一个问号。庄建非出身于高级知识分子家庭，却与花楼街小市民的女儿恋爱了。父母坚决反对，但他还是与她结了婚，而且为了爱情而与父母闹翻。这在过去的作家笔下，很可能会成为一个冲破门第观念而追求恋爱自由和婚姻自主的动人故事。但在池莉笔下，却不把表现的重点放在这里，而是着重表现他们婚后的各种冲突。庄建非的这桩婚姻事实上没有多少爱情可言。对于吉玲来说，她只是要抓住一个出身于高知家庭的男人而脱离自己的社会阶层，因此，与其说她看上的是庄建非，不如说她看上的是庄建非的出身门第。所以，是否能被庄建非的家庭接纳，成为更重要的，不被那个家庭承认，就格外伤心，格外怨恨。对于庄建非来说，问题就更简单，用小说中的话说，就是“性饥渴加上人工创作”。

在这部小说中，梅莹是一个举足轻重的人物，是一个“绝顶聪明的女人”，而且是作为一个悟透人生的智者出现的。作者不止一次地在小说中感叹道：“如果说婚姻是个人生课堂，梅莹是成绩优异的过来人。”那么，她是如何成绩优异，如何对待爱情和婚姻的呢？她的确是成功的，事业成功，婚姻成功，家庭美满，有优秀的丈夫，有优秀的儿子，有优越的家庭。作为一个中年女人，丈夫长期在国外讲学，她就成了庄建非性生活的启蒙者和引路人，不仅一手把他调教成了一个真正的男人，而且使他为她神魂颠倒，不顾巨大的年龄差距而要与她结婚。但是，梅莹虽然喜欢庄建非，而且为自己年轻时没有遇到这样的男人而深感遗憾，却决不会嫁给他，因为她不可能为性爱的满足而舍弃已经拥有的一切。用她自己的话说：“生活内容比男女间性的内容要多得多。”她是智者，很清楚自己的全部欲求，决不会顾此失彼。因为丈夫不在身边，她可以通过与庄建非的关系得到性的满足，但决不会为此付出太多的代价。当庄建非狂热地纠缠要与她结婚时，她一再拒绝，最后不得不明言相告：“你知道我现在想要什么吗？我想抱孙子！”她的儿子和儿媳都在美国留学，马上就要结婚，她不可能为了庄建非这个性伙伴而破坏马上可以抱孙子的家庭生活。这个人物处理此类问题的方式意味着一种极为现实的选择。人生注定了不可能太完美，那么，就应该知道什么是重要的，什么不那么重要。聪明人应该抓住那些重要的东西，而不能为那些虚幻的东西牺牲了实在的东西。显然，生存是重要的，因而必须首先保证生存。婚姻和家庭是重要的，因而得到之后就要维护它的稳定。爱情不是不重要，性也不是不重要，但需要有所附丽，而且，它可以随时得到各种形式的弥补。在这篇小说中，不仅梅莹如此，鲁志劳也如此。他虽然不爱他的妻子，却不能不要那个对他非常有用的老丈人。单是为了那个老丈人，他就努力维护那个无爱的婚姻。

这并不是个别的现象，方方的《风景》中七哥与那个又丑又老而且不能生孩子的姑娘结婚，为的也是老丈人，因为老丈人可以决定他的前途和事业。他的情况与吉玲的追求没有多少质的不同，都体现了下层青年通过婚姻改变命运的努力。在刘恒的《白涡》中，刘兆路对华乃倩的迷恋决非虚假，我们也很难说他们之间的关系是纯粹的性欲，但在关键时刻，他却果断地断绝了这种关系，因为他不愿为这种性爱而牺牲他的事业和前途。在《红帆不再来》中，桑桑最后终于舍弃了她所深爱的才子，而嫁给一个高干的儿子，因为她无法不考虑工作和生活。由此可见，他们无论爱还是不爱，都不单纯从爱情出发，而是有种种现实利益的考虑。他们都不愿意为爱情舍弃利益和机会，甚至不愿牺牲生活的平静和安宁。

显然，爱神的地位下滑了。她由一个高高在上、光彩照人、令人崇拜和迷恋的仙女，变成了一个粗俗健壮、汗流满面，衣衫上沾有泥、草灰和奶渍的大脚农妇。在地位迅速下滑的过程中，她失去了全部的庄严和神圣。她变得朴实无华甚至多少有点蓬头垢面，颈上失去了昔日的花环。她不再处于高高的云端，而是站立在生活的泥污之中，不再是驱使一切的女神，而是听命于生活，受生活支配和主宰。人们已经失去了对她的信仰和狂热追求，不但不愿为她献身，而且不愿为她牺牲任何利益。当爱情与前途、事业、地位、名誉，甚至只是生活的安宁发生冲突时，文学中那些智者放弃的总是爱情。在恋爱中，除非极为幼稚的少女，离开实际利益而单纯从感情考虑的已极为少见，而且这种少女在作品中实际上已成为一种鉴戒。无论感情多么深厚，一旦面临这种冲突，便不可避免地面临分手。当然，这在有些作品中含有环境批判和文化性格批判的意味，如张一弓的《都市里的野美人》和李宽定的

《浪漫女神》中两位作家对爱情的逃避，但许多作品却并非如此，而是舍弃爱情的做法成为人生的智慧，不愿舍弃感情者倒成为同情和怜悯的对象。《红帆不再来》中的米兰就是例子。

这里似乎透露着这样一种认识，生活是注定残缺不全的，生活内容又有主次、大小、重轻之分。二者不可兼得，智者不应舍大求小或者弃重取轻。爱情是生活的一个组成部分，它从属于整个生活而不能代替生活，有许多东西比爱情更重要。甚至可以说，爱情是可有可无的，是一种相当高级的追求，生存是重要的，为爱情而不顾一切的做法则是幼稚可笑的。这一切，让我想起了裴多菲那著名的诗句："生命诚可贵，爱情价更高。若为自由故，两者皆可抛。"在今日中国的文学作品中，它已被改为"爱情诚可贵，生存价更高……"自由，就更虚无缥缈，不是务实的人们所考虑的了。

这是一种时代的精神现象，它反映着我们对待生活的务实态度。也许这就是爱情的实际地位，而将其高举至上者只是一种理想。但文学作品如此表现爱情，足见我们已告别理想而回到了充满泥污的世俗，回到了没有玫瑰色的烦恼人生，而且对其表示认同。这虽然令人惋惜，却也未必不是幸事。

但是，有一点令我困惑的是，《不谈爱情》等作品为爱情提供的那个弥补途径。实事求是地说，那是一条最实际、最安全的途径，的确是智者的选择。中国人自古以来就是这么做的。在这种选择的背后是一种妥协，一种对现存婚姻秩序的认可。它无言地宣示，人应该承认限制，不必做过于天真的梦，如果感到不满足，可以于夹缝中寻求弥补，而大可不必破坏安宁或者付出牺牲。为某种理想而与既定秩序冲突，是没有好结果的，还是现实一点更好。当我产生这种感受时，同时感到悲哀：中国人多么讲究实际！多么善于夹缝中生存！又是多么容易走一圈又回去！从"五四"开始，人们追求恋爱自由和婚姻自主，不满足于偷偷摸摸，要求人的生活合法化，到了今天，却仍然是太浪漫，太不现实。当对理想的追求在现实生活中遇到阻碍时，就冷静地承认现实、乐天知命，苟且生存，再次成为智者的选择。殊不知，正如张石山《神主牌楼》所揭示的，老婆婆并不真正禁绝儿媳妇偷吃，对于媳妇们的偷，她一直很有数，如果不偷，谁也无法活下去，但她要求的，就是只准偷吃而不能公开。这种建立在悲观基础上的智慧有极深的社会现实基础，由此也可以看到现实生活秩序和传统思维方式是如何制约着我们，使我们自觉不自觉地在磨道里打转。

三、情的冷遇与性的热潮

我相信文学反映出的上述现象是真实的，并不是作家们为了某种需要而臆造的。正如男女交往中出现了一种叫作“生扑”的方式一样，我们的生活中的确出现了一种新的态度：不屑于谈爱情。

洪峰的中篇小说《第六日的下午或晚上》中的“洪峰”是以这样的语气叙述故事的：“我想现在只能给大家讲我们夫妻之间的故事，我将尽量避开‘爱’‘不爱’的话题，这个话题将使我的讲述陷入混乱。大家也同样。”他喜欢汪，认为“汪是我认识的女性中相当懂事的一个”。她的所谓懂事，就是她只与“洪峰”上床，而“从来没说过爱情之类的话”。宝玉喜欢林妹妹，是因为她从来不谈仕途经济之类的混账话；“洪峰”喜欢汪，是因为她与他睡觉而不谈爱情。在这部小说中，我们看到一个又一个年轻的或不年轻的、漂亮的或不漂亮的女人与小说中的洪峰发生着肉体关系，但没有一个是因为爱。在这里，男女的结合完全是生理上的需要或是逢场作戏。好像男人和女人在一起，不这样就会被人认为生理上有毛病，所以需要迅速证明一下。

这种现象已经具有相当大的普遍性。在不少小说中，我们可以看到一种见解，似乎谈爱情就意味着幼稚不懂事，是“土老冒儿”。男人和女人之间就那么回事，拐弯抹角谈什么爱情？在近几年的小说中，无论男性还是女性，都可以找到一个“不谈爱情”的系列。林偌的《走向无人之境》中的辛亚很随便地与一个个男人发生关系，包括素不相识并且最终也不知道名字的陌生男人。每一次的主动权都掌握在她的手里，可是她谁也不爱。请看安东对她提出要求时说的话吧：“你是个明白人，为什么也扯起爱呀恨的。……我并不是来和你谈情说爱的，你有魅力，我想要你，所以我来侍奉左右。假设你始终看不上我，或者有一天我的热情减退了，我自然会走开。可是，你为什么不要我呀？我是一个很棒的男人，真的，辛亚，真的，很棒。再说，从功利角度看，我也可以给你不少帮助呀。”这就是他们关系的最直白的表述，也可以看作是最时髦的男女相处方式，不谈情，不谈爱，只有一个男人对一个女人或一个女人对一个男人的需要。

与这种态度相一致，许多作品中都失去了爱情。爱情被疏忽、被遗忘、被简略、被取代，像一张过时的旧报纸一样被弃置一边。一些作品不再严肃认真地表现爱情，似乎一切着意的渲染都是矫情。谁再在作品中认真地谈论爱情，谁就是稚气的傻孩子。爱情在文学中与吃喝拉撒处于同样的位置，受到了同样的对待。于是，我们看到了一种颇为流行的处理方式，只要有男人和女人，就可能写到性关系，或拥抱，或亲吻，或上床，大都一笔带过，写得相当潇洒。至于他们之间是否有感情，心灵是否为此颤动，以及前因后果都不必管它。总而言之，写性而不写情。

在近几年的文学中，爱情所受的两方面的压迫和制约都得到了充分的表现，前者表现为爱情在生活中地位的滑落，后者表现为性在爱情结构中地位的上升。爱情之所以被冷落、被嘲弄，感情变为可有可无的东西，主要来自性的冲击。

在当代文学中，性意识的觉醒是一种进步，因为它开拓了人性探索的新疆域，有利于更好地表现人性。这对过去那种纯粹精神的爱情表现模式是一种积极的反叛和补充。在中国文学发展的历史上，也将是难以磨灭的。但是，在文学中，性对情的全面取代却是不足取的，文学为此付出的是矫枉过正的代价。

爱情作为人世间最美好的感情，按照保加利亚学者瓦西列夫在《情爱论》中的说法，是一种“完整的生物、心理、美感和道德体验”，是“性欲和精神渴求的神奇融合”。在中国历史上，性欲和精神渴求都一直遭受着严重的压抑和车裂。从而使爱情（特别是文学作品中所表现的爱情）丧失了它本来的健康与完整，呈现出种种畸形和变态。但是，事物的发展总是如此，当一种片面发展到极端时，必定导致强大的反抗，造成与之相对的另一极端。文学中的性热潮正是如此。这是对“肉欲”的一种平反昭雪，也是对纯情描写的一种矫正。但是，就文学中那种以性欲取代感情的现象而言，却是由一种病态走向了另一种病态，从一种畸形发展为另一种畸形，同样破坏着爱情的“生物—社会”和“物质—精神”的结构的完整性。

作为有血肉之躯的人，我们没有任何理由否认人类种种文明表演背后的性本能力量。但这绝不意味着性可以等同于爱情，更不意味着性可以在文学中取代情的地位。随着时间的推移，相信爱情的完整表现会再次复归，但我真不希望从这一病态再进入另一病态，陷入翻跟头似的可悲循环。

此外，一个时代的文学终日沉浸在理想之中编造梦境固然是可笑的，但如果一个时代的文学被一种灰冷所笼罩，再也看不到理想之光，也是可悲的。在条件尚未成熟的时候，任何呼唤都是无效的，但我还是想喊一声，不仅向着文学，而且向着苍茫大地呼喊：归来，爱的理想与激情！无论生活给予我们的是怎样的灰暗，都不应该放弃爱的理想与激情。

1990年3月　曲阜

在理想女性形象背后

每一个时代的文学都离不开对女性的描写。文学对女性的描写往往体现着那个时代对女性的设计。这种设计有时是通过审美选择和审美想象实现的。无论那个时代的文学走着什么样的道路，信奉什么样的主义，无论那个时代的作家是自觉的还是不自觉的，文学都将留下那个时代的理想女性形象的范本。这种范本的作用是明显的，它不仅使男性得到梦幻的满足，而且以独特的方式和特有的力量塑造着生活中的女性。

新时期文学的人物画廊中出现了许许多多美好的女性形象。她们在作家的笔下受到了热情的赞美，在读者面前受到了热烈的欢迎，成为我们这个时代的理想女性范本。透过表层进入这些范本的深处，很容易发现其中包含的男性理想和它背后的深层心理动机。当然，这种理想范本的选择和设计常常是在不自觉中进行的，但正因为如此，揭示理想女性形象背后的男性理想、动机和心态，不仅对于正在艰难站起的女性来说是十分必要的，而且可以促使男性进行必要的反思。因为在种种选择和设计背后，往往隐藏了男性并不光彩的形象。更值得注意的是，新时期文学中的女性美尽管已经失去了统一规范，但无论是弘扬传统的女性美，还是设计现代的女性美，男性作家们都常常代表着中国男性把自身的弱点甚至丑陋暴露了出来。

一

审美意识是随着历史的发展而不断发展变化的，女性美的规范也是如此。在历史上，无论东方还是西方，女性美的标准总是在不断演变，在不同的时代表现出不同的特征。然而，由于传统的力量，女性美却常常形成某种相对稳定的规范，甚至表现出某种顽固的历史惯性。

从新时期文学所提供的美好女性形象看，娇弱温顺无疑是女性不可缺少的美。从话剧《报春花》中的白洁，电影《乡音》中的陶春，小说《芙蓉镇》中的胡玉音，《人生》中的刘巧珍，直到新近影响颇大的电视连续剧《渴望》中的刘慧芳，她们都被描绘得美好动人，而这美好的精髓却是从表到里无不合于传统规范。她们都不是像烈火一样使男人燃烧的女性，而是像水一样能够使男人进入一种静谧境界的女性。她们都不是生活中的强者，而是柔弱得令人生怜。她们都异常温柔，像楚楚动人的羊羔而绝不会突然变成健美的花豹。恰恰是这样一种美，得到了文学普遍的肯定。大概无须以统计数字为据，人们就会承认，在当今中国男人中，这些女性比张洁们笔下的那些"女强人"更受欢迎。这是一个很值得探讨的现象，新时期文学中那些已经"雄化"了的女性大都出自女性自己笔下，而男性作家却很少对女强人给予赞美。这一现象告诉我们，当今中国男性欣赏的是那些娇美温顺而柔弱的女性。

如果把这一审美选择放在当代历史上来看，它显示了一种变革。这种变革是新时期才发生的。它摒弃的是"铁姑娘""女战士"的模式。但如果把它放在更久远的历史范围来看，它所显示的却是一种传统的复归。也就是说，它所完成的只是对50年代到70年代理想规范的反拨，而这反拨在很大程度上却是对古老传统的重新认同。

在长期的专制社会中，我们这个民族形成了以娇弱柔顺特征的女性美规范。纤手细腰、娇美娴淑、温柔顺从的女性成为男性理想中的女性。温顺柔弱成为不可缺少的美。班昭在《女诫》中曾做过如此规范："阴阳殊性，男女异行，阳以刚为德，阴以柔为用，男以强为贵，女以弱为美。"女子如果生得虎背熊腰、刚强勇猛，就成了男人见而生畏的怪物。唐代曾经一度出现过以雍容丰满为美的新规范，却只是在绘画中留下了一些不太苗条的女人，杨玉环大概的确相当富态，在文人的笔下却仍然是"侍儿扶起娇无力"，绝无健壮之姿。这种审美倾向后来发展为一种畸形，"三寸金莲"和那走路不稳的样子竟然成了女性美的重要标志，温顺之美也发展成为对女性的残酷奴役和非人要求的表征。

进入当代社会，那些弱不禁风的女性因其阶级属性和时代对女性的要求而不再是美的。朴素健壮、思想红、能劳动成为时代的美。在50年代以后的作品中，一个抹口红的女性绝不会是一个正经女人，即使不是特务和流氓，也是需要教育的落后分子。在“文革”时期，这种倾向极度发展起来，理想女性的选择与设计以工农兵战士为范本，必须腰粗体壮、面色紫红、铁拳紧握，女性的温柔、多情、娴淑被斗争的时代要求彻底淘汰。与坚定的立场和旺盛的斗志相适应，刚直的性格，火爆的脾气，作风大胆泼辣，走路一阵风，说话声如雷，办事斩钉截铁，“不爱红装爱武装”成为那个时代女性的美。

进入新时期，这一规范迅速崩溃，变化之快是历史上任何一次变化都无法比拟的。之所以如此，主要原因是那种对女性的设计的确没有能够扎根于人们（特别是男性）的内心深处。它所体现的是社会对女性的要求而不是作为个体存在的一个个男人对女人的要求。虽然社会在宣扬“铁姑娘”的美，但男人们在寻找配偶时却仍然喜欢那些细皮嫩肉、婀娜多姿、唇红齿白、温柔多情、颇有点屡屡被批判的“小资”味儿的女性。因此，一旦“文革”结束，历史出现转机，那种特殊的时代规范立即就土崩瓦解了。

崩溃之后的重新选择带有很大的复旧性。大量作品在反复渲染和张扬传统的温顺和柔弱。可是，如果说中国女性在过去的历史上的确表现着这种美的话，那是千百年男性强权统治的产物，是男性为自己的统治地位而对女性进行设计和塑造的结果。人类文化研究成果证明，除了体质的差别之外，女性的温顺柔弱等特点都并非女性的先天特征，而是文化塑造的结果。传统社会中男权主义对女性的理想设计不必多谈，当代文学对女性仍然作如此设计和引导就值得警惕了。在这种以男性利益为出发点的规范设计中，可以看到男性的一种虚弱心态。他们总是以强者自居，处处把自己摆在强者位置上，事实上却色厉内荏，充满恐惧，生怕女性成为强者，并为自己的地位是否稳固而惊恐万分。所以，他们就要以各种方式教育和引导女性，只有如此这般才是美的，以使她们永远柔弱，显得自己永远强大。采用釜底抽薪的方式使对手失去力量，这不仅显示着一种不自信，而且近乎卑鄙。男性如果真是强者，就应该敢于让女性变得强大。

二

牺牲和奉献精神似乎是东方女性的传统美德。不少作品都在竭尽全力对这种美德给予赞美。在新时期文学的整个发展过程中，这种赞美之声一直不绝于耳。

早在《天云山传奇》中的冯晴岚身上，我们就看到了她那无私的牺牲和奉献精神。她早就深深地爱着罗群，但在宋薇追求罗群时却退让了。当罗群被打成右派陷入苦难之后，她却毅然决然地来到他的身边，与他结婚，为他奉献了一切，真可谓鞠躬尽瘁死而后已。这种形象在新时期文学中一再出现，这种品质作为闪光的心灵美被表现在各种年龄、各个阶层的女性身上。在《人生》中，作家充满热情地赋予刘巧珍种种她可能具有的美德。这个形象从小说走向银幕，也曾使不少人为之赞叹。她之所以美好动人，不仅在于爱情上的一往情深，更在于她的牺牲、奉献和被抛弃也不生怨恨的善良。她在热恋中勾画的蓝图就是自己下地劳动而让丈夫在家中享受。她深知高加林进城之后会抛弃她，却真心诚意地支持高加林进城，并替他担起了照顾双亲的重负。在高加林终于选择了黄亚萍而将她抛弃时，她没有一点抱怨，而是承受着巨大的痛苦对绝情报以体贴。当高加林被清理回村时，又是她跪求姐姐、哭求支书，让他们照顾高加林。这种牺牲和奉献精神，这种忍受一切和宽容一切的胸怀，在《渴望》中的刘慧芳身上得到了进一步的表现。刘慧芳这一形象在广大电视观众心中留下了深刻的印象，甚至已经作为一种“共名”出现于日常生活之中。如果艺术仅仅以赢得观众为目的的话，这一形象无疑是成功了。刘慧芳以其感人的美德征服观众，而最显著之处是她无论何时何地都总是为别人着想，理解别人，宽容别人，宁愿自己受苦受罪也要把幸福和方便让给别人。她本可以嫁给与她一样善良而且一直深深爱着她的宋大成，却由于同情而嫁给了苦难中的王沪生，同他一起走过了最艰难的岁月。她因此完全可以以功臣的身份昂首走进王家的小洋楼，却又为了别人的幸福和安宁而使自己无家可归。她也可以嫁给罗岗而组成一个幸福家庭，却为了那个屡次伤害她的王亚茹而再次退让。她含辛茹苦养大了小芳，最后却把她还给了她的生身父母……她为一切人做过牺牲和奉献，却拒绝任何人对她的报答。刘慧芳的牺牲、奉献和宽容精神达到了理想的极致，也达到了中国作家想象力的极致。

一般地说，这种品德的确是美好的。如果男人和女人都如此，社会将会减少许多问题。但是，文学却很少对男性做如此设计。刘慧芳们所体现的是中国男性的理想，由此可见中国男人所希望的女性人格。因此，我们完全可以认定，这种理想体现着男人的愿望。因为女人果真如此，男人就有福了。他们不必再怕痛苦和孤独，厄运中自有女人来陪伴度过最艰难的岁月。他们不必再有什么负担，随时都可以得到她们，也可以随时抛弃她们，反正她们不会有任何怨言。即使她们受尽委屈，也仍然能够理解男人、宽恕男人，为男人着想。在需要她们的时候能够招之即来，在不需要她们的时候能够挥之即去。她们生活的全部目的就是牺牲和奉献，一切都不求报答，决不因自己付出的牺牲而有所索取，更不会以市场原则与男人相处。还有比这更理想的女人吗？中国女人若都如此，男爷们儿的日子该多么好过！为男人计，真该树这样的女人为女性学习的榜样！

可是，这对女性意味着什么？觉醒的女同胞愿意去学习和模仿吗？

三

在冯晴岚、刘巧珍们身上，我们已经能够看到一种爱的忠贞与执着。这种忠贞与执着也是新时期文学中美好女性形象的一大特征。这种品质在新时期之初的文学作品中已经得到了有意识的弘扬。表现最明显的是《布礼》中的凌雪、《月食》中的妞妞等组成的一群。钟亦成被划为右派，成了“不齿于人类的狗屎堆”，凌雪却一个月内打了五次报告，拒绝了最后的挽救，扔掉了党籍，而与之结婚。伊汝被划为右派后一去二十二年，妞妞默默等待着，为他做下了二十二双新鞋。这类形象在70年代末到80年代初的文学中是比较常见的，她们的共同之处是对爱情无限忠贞，决不因政治压力和世俗观念而屈服，决不在爱人受难时弃他而去。

这些形象使我们想到古代文学中那些为了爱情宁死不屈、反对父母嫌贫爱富而甘心情愿与爱人一起过贫贱生活的美好女性。所不同的是，新时期文学常常在对爱情的忠贞中加入了追求真理和坚持正确立场等意义。这些女性往往是独具慧眼地看到了他们不是什么罪人，而是最最忠诚的战士或者最好的好人。这些爱情故事与古代文学中那些爱情故事有许多相同之处。而且无论古今，这种爱情故事都往往出自经历过生活逆境或正处在生活逆境中的作家之手。富于牺牲精神，对爱情无限忠贞，与丈夫同甘共苦，是在风雨坎坷中苦苦挣扎的男人们的理想。穷人总希望漂亮小姐不要嫌贫爱富。乞讨者会把乐于施舍的女人看作最美好的女人。阔公子却可能会把忠贞看作死乞白赖，因为如果女人爱得太执着，他就不容易轻松地摆脱从而实现不断更新。而处于逆境的男人却总希望女人始终不渝，尤其是不要在他遭遇厄运时离他而去。所以，从苦难中归来的男作家笔下的美好女性不难理解。

除此之外，新时期文学中还出现了一些具有现代色彩的新女性。只要我们稍微留心，就会看到一个现象：在男性作家笔下，受赞美的这类形象在爱情上仍然是坚贞而又执着的。她们即使充当第三者，也爱得那样专一，那样长久，甚至会矢志不嫁，苦苦等待。在这一点上，她们与上述女性系列表现出惊人的相似。如果有什么不同的话，是她们更加大胆和泼辣，爱得更加火热。

忠贞与执着如果作为一种男女共有的情爱态度，尽管它缺少坚实的科学基础，却也不失其美好。但如果仅仅作为女性美的特征被突出强调，就值得考虑了。在我们的文学中，早就不乏痴情女子，在我们的民间传说中，到处可见“神女峰”“望夫云”“抱信柱”之类的故事。可是，那些对爱情忠贞不渝、痴情守望甚至最后化为石头的却都是女人，而没有一个男人。男人们编出凄婉动人的故事教女人忠贞，而男人自己是无需忠贞的，这表现着一种极度的不平等。从男性立场看，无论落魄书生还是下放干部，在厄运中能够被一个女人始终不渝地爱着，能被久久地等待着，的确是幸运的。但如果换一个角度从女性立场上思考问题，那意味着什么却是显而易见的。男性对此过分赞扬，让人感到犹如习惯吃白食的食客盛赞供食者一样，让人感觉目的不过是下次吃得更好。

同时，透过牺牲和奉献精神以及执着之爱的理想设计，我们还可以看到中国男性的一种未成年状态。他们是幼小的、怯懦的、需要照看的，所以特别需要女性的牺牲奉献和感情的永恒。我不认为中国男人要求女人忠贞不渝是对贞节的看重，而认为它所显示的是对一个稳定家庭的看重。中国男人由于独立性和个性意识的欠缺最受不了的是四处漂泊、无家可归。家，意味着要有一个守候在那里的女人。所以中国男人寻找女人，一般不是寻找性伙伴，而是在寻找一种依靠，寻找一个疲倦时精神停泊的港湾。换句时髦的话说，也就是寻找母亲。牺牲精神、奉献精神、始终不渝的爱，正是母爱所具有的特征。在这样的女人身边，男人是倍受照顾和保护的小儿，可以睡得安详而不做噩梦。

事实上，我们的文学已经屡屡非常直率地袒露这种心态。梁晓声在《雪城》中写过这样一段话："好女人身上散发着一种清丽的春风化雨般的妙不可言的气息，她是好男人寻找自己，走向自己然后又豪迈地走向人生的百折不挠的力量……好女人使人向上。事情往往是这样：男人很疲惫，男人很迷惘，男人很痛苦，男人很狂躁。而好女人更温和，好女人更冷静，好女人更有耐心，好女人最肯牺牲。好女人暖化了男人，同时弥补了男人的不完整和幼稚，于是男人就像一个真正的男人走向世界。"这里的"好女人"完全是母亲的形象。

刘慧芳的形象也是一个很说明问题的例子。她的确是一个好母亲，对一切人都以母亲的心怀对待，她不是男人们理想的情人，因为她的确不曾用一个女人爱一个男人的方式去爱过任何一个男人。她没有真正爱过宋大成，这连她自己也承认；更没有爱过王沪生，嫁给他完全是由于同情——那是圣母拯救她尘世的儿子的感情。她所给予周围一切人的爱都是母亲式的爱。相信现代意识比较强的青年都不会爱上刘慧芳，因为一个成熟的男性不会也不应该满足于只是享受母爱。

中国男性总想使女性依附自己，总在女性面前显示自己的强大，事实上，却总在依附女性，寻求女性的庇护。仔细想来，这种小儿装强者的心态是很滑稽的。

四

新时期文学中出现了一些现代女性形象。个性极强，行为潇洒，爱情上的热烈与主动成为她们特有的美。这种美具有某种现代色彩。

魏明伦在写川剧《潘金莲》的时候，要找一个中国的现代女性与武则天、贾宝玉、安娜·卡列尼娜、红娘、施耐庵等一起构成认识和评价潘金莲的参照系，选择的结果是找到了长篇小说《花园街五号》中的吕莎莎，因为她的确是一个具有新的时代色彩的女性。李国文说过他的吕莎莎是作为美的象征出现在小说中的，那么我们就应该看一看这一形象究竟具有一些什么样的美。小说一开始就表现了她尖锐泼辣的个性和带有反叛色彩的性格。正如韩潮所说的："没想到一辈子谨小慎微的老吕倒有一个性格和他完全相反的女儿。"她是一个惹人注意的人物，却还嫌不够似的留披肩发，穿凡人不敢问津的时髦服装，领导种种新潮流。她因有所荫庇而随心所欲，因特殊地位而有恃无恐，敢想敢干，直言直行。这些公主性格在小说中都作为一种活力、一种对旧秩序进行挑战的个性而得到了审美肯定。小说反复渲染了她对刘钊一往情深的爱，写了她在爱情上的热烈、深沉和执着。这不仅表现在她那种"我会长大的"热切表白，不仅表现在刘钊被打成右倾分子并在江轮爆炸事件中负伤后她的温泉镇之举，不仅表现在她听到"贴身的衣服最亲"就一下给刘钊买了一打衬衣，而且表现在她在今天的改革中坚决地站在刘钊一边，全身心地投入了改革大业。

长篇小说《故土》中的叶倩如也是人们公认的一个闪耀着时代光彩的青年女性。她摒弃一切世俗之见，在爱情追求中热烈主动，无所顾忌。当她发现她所热恋的白天明与袁静雅的关系时，既大胆竞争，又讲究道义，显示了一种新型女性的精神风貌。当她面对白天明与吴珍结合的现实时，经历了痛苦而激烈的内心搏斗而终于慷慨相助为人作嫁，表现出一种令人赞叹的侠骨情肠。小说结尾，她出人意料地登上火车与白天明一道奔赴西藏，更可见她对爱情追求的执着。

这些形象所体现的男性理想有了更为丰富的社会内容。它包含了美的女性应该富于个性，应该思想解放，应该有独立人格，应该敢于发表不同的见解，应该有积极的参与意识，等等。这是我们这个时代对女性的特殊设计和要求，体现着历史的进步。但是，显而易见，这些女性对改革的参与都是通过支持自己爱着的男人来实现的。美好的女性总是全力地支持和配合男人的事业。男性作家们都有意无意地表现出这样一种格局，这使人看到在男性的内心深处仍然是希望女子依附男人，成为自己的支持者和好助手，而不愿她们凌驾于自己之上。男性作家笔下很少有以女性改革者为主角的作品，更难以设想男人给女人支持，给女人安慰，当女人在社会上碰得头破血流时给予种种温暖的爱抚。这决不仅仅是生活现实所决定的，而是由此透露出我们的作家男性中心观念是多么牢固！

男性自尊自大，扮作强者，总想让女性俯首称臣，但即使到了今天，这所谓强者也仍然常常露出自身的卑怯。在许多男性作家的笔下，爱情的主动力量发生了转移，女性特别是年轻女性在爱情上常常是主动出击，而男性往往处于被追求的地位。这种情形不仅在《花园街五号》《故土》《男人的风格》等作品中表现着，而且在那些描写婚外恋的作品中表现更为普遍。从《浪漫女神》《都市里的野美人》等小说可见，那些主动追求者都是女性。这些作品已经显示了这样一种模式：一个中年男人早已结婚，却由于种种原因而缺少爱情。一个年轻的女性对他一见钟情，并且不顾一切地热烈追求他。男人心中同样充满了爱的冲动，却由于责任、义务和道德感之类的原因而不敢接受姑娘的爱情。值得注意的是，这些男人（如叶子楠、高粱等）常常被放在文化反思的光束之下受到一点善意的嘲弄，而女主人公们如安琪、麦迪儿等则在男性怯懦畏缩性格的映照之下显得光彩照人。安琪、麦迪儿这样的女性在某种程度上是生活的真实反映，我们的生活中的确出现了这样一些年轻女性，她们体现着我们时代的变化和妇女解放的程度。中国女性在爱情生活中正在由被动转向主动，现代女性不再像林黛玉们那样深深爱着而束手无策，不再像传统女性那样内心着火却只能焦急地等待。这是历史的进步，文学应该为之欢呼。

但是，在这类形象所体现的男性理想中，却透露着一种很不光彩的心理，显示着我们这个时代的中国男性还具有的卑琐和骨子里的怯懦。我们的一些作家竭力张扬女性在追求爱情时的热烈、主动、勇敢和无畏，表现着男人们的审美理想，但它所透露的正是男人们热烈主动和勇敢精神的缺乏。在中国，无爱的婚姻是一个普遍的存在，时代的文明之风却使无爱婚姻中的人们感到了痛苦，产生了追求爱情的愿望。然而，中国的男人们却大都深知中国国情，往往畏于道德的樊篱而不敢付诸行动。在这种情况下，如果有女孩子主动而热烈，把一切责任都承担起来而不需要男性承担责任，当然是再好不过了。自身胆小怕事，将撞开枷锁的希望寄托于女性。由此可见，中国男人是多么可怜！男子汉精神是退化了还是从来就不曾有过？这真值得思考。

不仅如此，这类作品还都写了男性的道德重负，它似乎是对男性的一种文化性格反思，但细思之，却更像一种道德文饰。因为没有勇气冲破道德枷锁，这在一部分中国人的眼里仍然是道德高尚的标志，也是许多并不怎么正经的男人所乐于自诩的。有了这种道德文饰，即使发生了什么不符合现实道德的事，也可以完全归之于“小妖精”的勾引。由此，又可见中国男人想左右逢源、鱼与熊掌兼得的假道学心态。

1991年5月　曲阜

文学：精神的萎缩与失落

——1991曲阜师大“金秋学术报告会”演讲提纲

在当前文学中，“人”不再是大写的，而成为一个个灰色的小动物；自我不再是高大的，而成为环境挤压下的被动适应者；个性失掉了价值，因而不再被张扬，人文精神不合时宜，因而逐步萎缩而退场了。

这是一个内蕴非常丰富的现象。在此，我还没有能力对其进行深入细致的探讨，但我想指出的是，自我的幻灭、主体性的萎缩、人文精神的失落是80年代文学的一个悲剧结局，也是新时期文学一个悲剧性的转折点。

新时期文学的发展是与人的回归同步的。在新时期文学中，人曾经是一个大写的文字，不少作家都以人为出发点，高举人的旗帜，呼唤人的觉醒和解放，维护人的价值、尊严和权利，为新时期文学增添了人的光彩，也为中国社会的现代化充当了观念的先驱。但是，在今天的文学中，这种精神已告终结。

眼下小说创作的主流是“新写实”。在新写实小说提供的画面世界里，人成了环境的被动存在物，失去了主宰世界的权威性与神圣性，失去了反抗和驾驭世界的能力，在生存环境和生命本能的双重夹击下是那样无能为力和无可奈何，失掉了人的一切光彩。这是从池莉等人的作品中可以充分看到的。

这种现象可以概括为：人的萎缩与人文精神的失落。萎缩与失落有多方面的原因，简单地说，可以分为内部的原因和外部的原因。在此所能够探讨的有以下几个方面：

首先，它源于作家们真切的生存感受和对人生的现实体味，以及由此而产生的对人的生存状态的认识。毫无疑问，文学对人的价值、尊严与权利的热切追求受到了现实的无情嘲弄。文学高扬个性吗？个性在现实生活中寸步难行；文学高标人的尊严吗？不能卑躬屈膝摇尾乞怜就往往得不到起码的生存条件。人的生存现状使人们越来越深切地感受到了人的力量的渺小。

其次，人的萎缩与失落显然与我们这个时代对人性的认识密切相关。应该承认，对人性的探索必然会一步步撕碎人身上所笼罩的光环。对复杂人性的认识越深，对人的信仰也就越容易动摇，因为对人性的探索很容易发现人性本身并不尽善尽美，而是渗透着阴暗和丑恶。在一些年轻的知识分子心中，人道主义已经成为陈旧不堪的东西。特别值得注意的是，在中国传统文化的土壤里，最时髦的东西往往与最陈腐的东西结成同盟，在这种联盟过程中，陈腐的东西总是能把最新潮的东西同化。历史的教训已不止一次，但我们却总是无力制止这种悲剧的重演。于是，最现代的人类自审意识和最古老的非人哲学合流之后化作对人自身的否定。

其三，就整体而言，中国知识分子是尚未发育成熟的，因而也是脆弱的。在现代意识的呼唤之下，他们追求独立，向往自由，但是，缺少足够的精神准备，没有充分意识到独立和自由所需要的代价。作为弱苗，只有处于依附地位或置身于群体之中，才会感觉安全。因此，他们在寻求自由时又常常不自觉地逃避自由，在追求人格独立时又时时本能地惧怕孤独。他们总是希望与现实保持高度和谐，希望自己是大众中的一员，即使自己走在了前面，也希望身后有千百万追随者，成一呼百应之势。他们没有浮士德精神，没有堂·吉诃德精神，有的是与生俱来的对于孤独和寂寞的恐惧，是对家国的依恋和寻找归宿的本能。当迷人的阳光发出醉人的召唤，中国知识分子挺身要立成一个人的形象，甚至试图冲破旧规范而做一个自由人。但是，不成熟的精神使多数人难以执着追求而一往无前，因为他们还没有能力承受挫折，没有能力承受无家可归的孤独感和上帝死了之后的漂泊感。事实上，我们的文学早已传达出这种哭诉之声。

哭诉之后如何呢？有两种可能：一、得到众人的应和而不再孤独；二、最终得不到众人的应和，那么多数人的选择是放弃一切追求而颤抖着双腿急步退回出发地。

这是很自然的，试想，风雨之夜独行于旷野，已经走得很累很累而前途渺茫，旧家就在不远，有几个中国人不立即回家呢？尽管家中只有糠窝窝和胡萝卜，尽管妻子丑陋而且不解人意，尽管父亲板着面孔不准咳嗽，可是，害怕孤独就只有回去。

正因为这样，中国作家需要培养独自前行和独立承担的勇气。唯有如此，文学才可能成为提气的文学而不是泄气的文学，才可能成为促进人格健康发展的文学而不是成为促使人们成为爬行动物的文学。

1991年9月28日　曲阜

“新写实”的迷失与人的精神萎缩

如果说近几年坛上还有什么值得注意的现象，或者说有什么值得议论的话题，那就是新写实小说了。在近几年的文坛上，它像一丛常青灌木，在创作不太景气的背景上显得郁郁葱葱。它的生命力是顽强的，如果没有什么大的变故，大概还会继续发展下去。所以，要谈当前文学，就无法不谈新写实小说。

关于新写实小说，我所关注的是它所蕴含的精神现象。从这一点上看，它意味着文学的迷失。这种迷失有着深厚的现实依据，袒露着作家的真情实感，折射着一种远非主观意志所能够扭转的文化氛围。因此，我无意于在此苛刻地批评任何一个作家。

在阅读和浏览的过程中，明显地感觉到新写实小说面临的一种精神危机。它正渐渐失掉它刚刚诞生时那种新鲜炽热的血液，营养不良综合征导致的败血已使它面色苍白，甚至呈现出一种死灰色。如果我们把几年前的《新兵连》《狗日的粮食》《纸床》《风景》以及朱晓平等人的小说与近期的《太阳出世》《热也好冷也好活着就好》等小说进行比较，可以看到一系列的变化。其变化的根本可以概括为精神的萎缩和心态的老化。

写普通人的普通生活，是新写实小说的一个值得充分肯定的特点。但是，如果我们对新写实小说的人物系列进行一番考察就可以发现，在当前一些作家的笔下，这“普通人”渐渐变成一群苟活者。这个形象群体使新时期文学完成了一个“英雄——普通人——苟活者”的演进过程。

同时，伴随着这些苟活者的形象，种种苟活者的人生哲学在新写实小说中也滋长起来。一些作品逼真地展示着人生的烦恼，揭示着人在命运挤压之下的种种困境，但在咏而叹之之后，所做出的却常常是随遇而安的忠告，教给人们的常常是一种如何在夹缝中求生的学问。

在这里，一切美好梦想和摆脱现实困境的挣扎都失去了价值。

节制激情，隐蔽倾向性，以客观冷静的笔调进行写作，是新写实小说的一个重要特征。这一特征体现着小说艺术的一种新发展，它因更有利于读者参与作品的再创造而显示了它的美学价值。事实上，所谓感情的零度介入和拒绝判断都是不可能的，它不过是隐蔽一些而已。但是，在近几年的新写实小说中，我们的确越来越多地看到了作家激情的丧失。失去激情之后，代之而起的是一种世故老人的垂暮心态——苍老而麻木，一种因洞明世事而遇事不惊的心平气和，一种因历尽沧桑而漠视一切的泰然境界，一种随遇而安和乐天知命的睿智。由于这种激情的丧失，一切带有理想主义色彩的奋斗与追求都因其幼稚可笑而无可奈何地让位于对柴米油盐的关注和实际生存条件的获取。

在这种种变化中，尤其值得注意的是由这一切所显出来的人格萎缩与沉没。在新时期文学中，恰如在“五四”时期的文学中一样，人曾经一度被大写，不少作家的笔下曾高扬起人的旗帜。人们不会忘记那些富于理想雄心和抱负或者愤世嫉俗、与环境格格不入并苦苦抗争的人物。但这一切似乎都很快过去了，在新写实小说中，人已经不再高大，不再光芒四射。他们失去了挣扎的力量而不再挣扎，因为知道挣扎也没有好结果；他们深知一切都是徒劳，因而听凭命运的摆弄而不再抗争；他们似乎看透了理想的虚幻，因而已经安心地在无聊的生活中寻找快慰；他们不再悲天悯人，也无痛心疾首，不再梦想以人的力量改造现实，而是面对现实，承认现实，顺应现实，得过且过，“热也好冷也好活着就好”。

从创作主体层面考察，我们不难看到对这苟活者的生存方式的认可，尽管这种认可也常常裹缠了作家内心深处的无可奈何的叹息。在一些作家那里，人的尊严，人的价值，人的自由和权利，都已如滚过天边的雷声，渐渐逝去。作家们已习惯面对现实的生存状态，摒弃一切玫瑰色的梦而正视灰色的生存。他们把残缺和不完整作为生活的本来内容接受下来。“生活就是这样”成为一种别无选择的自我宽慰，也成为对读者的一种开导。历尽沧桑、饱经炎凉，悟透一切，因而知道了天高地厚。他们似乎跋涉得好累好累，气力衰竭，只求有半尺绿荫便心满意足。所以，心态老化，事实上也是一种心态疲惫。

当然，不是说所有的新写实小说家都如此，但它作为一种有浓厚生活土壤的心态仍然在蔓延。它与那种媚俗的创作潮流逐步靠近。中国作家相当普遍的自我强度不够，悲观和孤独感使他们中的弱者很容易迅速地回到旧地。新写实小说的这种迷失是一个阶段的文学终结的象征。但是，希望或许同时孕育于这个终结之中。再度崛起的文学或许将在一个更高的层次上。

于疲惫中振作，于荒原上建立希望，负有使命的作家应有足够的自觉。

1991年9月　曲阜

苟活者及其人生哲学
——论新写实小说的迷失

人活在世上的确不易。英雄与庸人有着完全不同的活法，前者总是不断地创造和抗争，努力改变和开拓人类的生存环境，后者却只能顺应命运的安排，于环境的夹缝之中苟活，以度过碌碌无为的一生。

当代人更深刻地感受到了人生之不易，于是英雄时代渐渐远去。当代中国文学终于告别了虚幻的梦境和空洞的英雄气，不再相信人面对世界总是所向披靡，不再自慰甚或自欺，而将人生的艰窘和无奈展示给人们，这应该说是一个进步。在这一方面，新写实小说的表现是突出的。看看《新兵连》《狗日的粮食》《烦恼人生》《风景》《黑洞》《伏羲伏羲》《不谈爱情》《单位》《一地鸡毛》等，哪一个生活中的普通人没有深切的同感？新写实小说受到广大读者的欢迎是必然的，因为它所表现的普通人的琐碎人生之烦恼，极易在普通人心中引起共鸣。

但是，当我系统读过一些新写实小说之后，这种共鸣却渐渐打了折扣，并且随之产生了疑问。开始，我不太清楚自己为什么对新写实小说中的一些作品难以苟同，随着时光的推移和新写实小说的发展，这原因渐渐清晰起来。原来是因为在新写实小说中，英雄远去之后，人也随之沉没，在英雄消失的地方，出现了一群苟活者，以不同的行为演绎着苟活者的人生哲学。

一

新写实小说写的是普通人的普通生活。它真正完成了由英雄向平民、由轰轰烈烈的大事件向琐碎生活的转移。在浏览新写实小说的过程中，我一次次被这些年轻作家的艺术才华所打动，被他们对生活的真切感受和逼真表现所征服，又一次次为作品中人物的生存窘况而叹息。在这些小说中，人的确不再是英雄，不再有世界主宰者的权威和神圣。在生存环境和人的生命本能的双重制约和两面夹击之下，人总是那么窘迫，那么无能为力，那么无可奈何！他们无力驾驭自己的命运，无力作用于自己所生活的环境，而完全是环境制约下的一些被动存在物。他们生活的出路只有一条，那就是接受灰色生活的教诲去顺应生活的铁律，而不可能去战胜环境、改造环境。一句话，在新写实小说中，作为主体的人在沉没，人的主体精神在泯灭。

作为最表层的表现，这种沉没和泯灭首先表现于文学所描写的生活中。从一篇又一篇的作品可以看到，人已经失去了改造环境的力量，失去了一切有效的主动精神。他们已无须追求什么，也无须奋斗。他们无力作用于他们所生活的世界，因而也无须做任何奢想。在以池莉的作品为代表的一些作品中，人的光环早已脱落，人总是处于一种尴尬的境地，像一个部件，像一个齿轮，只能在整个机器上被动地运转，即使很不情愿，也必须一刻不停。这一切似乎都别无选择。从那些作品中，读者可以充分领略人的现实存在状态，看到人的种种困境，而困境是无法解脱的。读者可以看到的就是这样一群人，这里没有英雄，没有豪杰，没有大善大恶，他们普普通通，干不出什么大事，他们庸庸碌碌，随波逐流地过着平凡的生活。他们当然也有烦恼，有不满，有很实际的生活追求，但都很想得开，很有自知之明，很会安慰自己，很会适应环境，因而总是能够从烦恼中解脱出来。无论什么样的境况，他们都能按部就班地活下去。无论怎样活着，他们都不会痛心疾首，当然更不会自杀。他们能够冷静地对待内心偶尔出现的朦胧理想，以一种惊人的成熟和老到克服理想的诱惑而与现实环境趋同。这些人物一个鲜明的共同特征就是能够丢掉幻想，面对现实，乐天知命地活下去。

印家厚有很多烦恼，也有很多理想，但总是能够说服自己，放弃理想，认同现实，并为自己找到心理平衡。他有过美好的梦想而没有实现，但他从来也不曾为那逝去的少年梦而生感叹，“他只是十分明白地知道自己是个普通的男人，靠劳动拿工资而生活。哪有工夫去想入非非呢?”他有过真挚的爱情，命运却让他与另一个女人结了婚。尽管他想起恋人的名字就内心隐隐作痛，却仍然能够安于现状。小说这样写他：“他背后不长眼睛，但却知道，那排破旧老朽的平房窗前，有个烫了鸡窝般发式的女人，她披了件衣服，没穿袜子，趿着鞋，憔悴的脸上雾一样灰暗。她在目送他们父子。这就是他的老婆。你遗憾老婆为什么不鲜亮一点吗？然而这世界上就只她一个人在送你和等你回来……老婆就是老婆。人不可能十全十美。记忆归记忆。痛苦该咬着牙吞下去。”这里面饱含着人生的苦涩，但正是在这基于人生苦涩的世事洞明中，人的追求和创造精神像残烛一样化成了最后一缕青烟。当印家厚在人海中经过一天的挣扎而回到家中时，那个不能引起他任何激情而且总和他扯横皮的老婆扔给他一块湿毛巾，于是，花前月下的爱情，精神上的微妙沟通等一切充满浪漫情调的向往，都远远离开了这疲乏困顿的人。他甚至感到：“这一切都足够足够了呵!”“这难道不是最幸福的时刻?”

如果说《烦恼人生》还写了印家厚的矛盾的话，到了《太阳出世》等作品中，这种矛盾已不存在，赵胜天们已经不再有印家厚的烦恼，轻轻松松或并不轻松地活着，但已经没有理想的诱惑。

这是一个普遍的印象，从《烦恼人生》到《热也好冷也好活着就好》可以看到一条发展线索。这种现象也同样表现在其他新写实作家的创作之中。仅以刘震云为例。他在新写实小说家中是最富于责任感的一位，也是离社会政治生活层面最近的一位，因而他的小说至少在表层上与社会问题小说存在更多的联系。但只要认真考察一下就会看到他的变化。几年前，《新兵连》等小说还带有一种很强的社会批判锋芒，小说写了人在某种环境中的扭曲和沉没，但透过那悲剧图景所听到的却是作家的叹息和控诉，在那作品的深处还有一个大写的人字。但是，在他后来的作品中，这个“人”字却已经模糊了，那种强烈的悲剧感也不再显现。《新兵连》中的新兵蛋子们是在一种蒙昧中被扭曲和毁灭的。《单位》和《一地鸡毛》写的却是一个觉醒的知识者在现实生活的教育下对生活环境一步步认同的过程。小林和他的妻子都有过宏伟的理想、远大的抱负和热切的追求，都曾经奋斗过，发愤过，挑灯夜读过，当然也有过知识者的清高和自命不凡。但几年下来，便很快淹没到了普通人的生活之中，终日上班下班吃饭睡觉弄孩子。“什么宏图大志，什么事业理想，狗屁，那是年轻时候的事，大家都这么混，不也活了一辈子？有宏图大志怎么了？有事业理想怎么了？一辈子下来谁还知道谁？有时小林想想又感到心满意足，虽然在单位经过几番折腾，但折腾之后就是成熟，现在不就对各种事情应付自如了？只要有耐心，能等，不急躁，不反常，别人能得到的东西你最终也能得到。”他甚至产生了这样的认识：“过去你有过宏伟理想，可以原谅，但那是幼稚不成熟，不懂得事物的发展规律。”这种认识在《一地鸡毛》中到处表现着。曾经勤奋写诗的“小李白”大学毕业几年后卖起了板鸭，当小林问他是否还写诗时，他的回答是：“狗屁！那是年轻时不懂事！……我可算看透了，不要异想天开，不要总想出人头地，就在人堆里混，什么都不想，最舒服。”在这篇小说的结尾，小林的确成熟了，他由替人办事而收了一个微波炉得到启示：“看来改变生活也不是没有可能，只要加入其中就行了。”他已开始加入其中。听到老师的死讯他很难过，但立即想到的是：“死的已经死了，再想也没用，活着的还是先考虑大白菜为好。”

我们所面对的就是这样一群苟活者。从这些人物身上，可以看到一种苟活者的人生哲学。《热也好冷也好活着就好》这个题目，已经成为鲜明的标志。

二

在小说所描绘的生活世界中有这样一群苟活者，作家对他们持什么样的态度呢？或者说，作为创作主体的作家对于他们笔下的人物是如何进行审美评价的呢？无论哪个时代，文学都不仅仅是由客观生活因素构成的，无论怎样强调对生活的客观反映，作品的价值也不会完全取决于它所反映的生活。一部作品的优劣在更大程度上取决于创作主体的介入和他对其表现的生活所作的解释和评价。描写了什么并不重要，即使所有的小说都去写苟活者，也不意味着作家们都赞同苟活。在作品所描绘的生活画面里人失去了主体性，并不意味着作家的观念世界里也没有了主体的位置。新写实小说所反映的生活是真实的，但我一直不愿用真实或不真实这样的概念来谈文学。因为在我看来，这是一个无法说清的问题。从某种意义上说，一切文学都是不真实的，就对生活的反映而言，文学永远无法达到绝对真实；从另一种意义上说，又可以说一切文学都是真实的，无论多么荒诞不经，无论怎样胡编乱造，都必然地表现着创作主体的思想意识、感情倾向和文化心理。在这里，我们需要寻找的是新写实小说在对苟活者的生存状态的逼真的描写中所透露的价值判断和情感倾向。因为从社会功利的角度考虑，正是这一点决定着作品对读者的影响。

这种考察在新写实小说面前必然要遇到困难。这困难就在于大多数的新写实小说都是以一种不动声色、不露感情的冷叙述呈现在读者面前的，作者的倾向往往深隐而不露。尽管如此，我们仍然能够发现，在新写实小说的不少作品中，创作主体的精神世界正在趋同于被描写的人们。当然，不是所有的小说都如此，但起码有相当大的一部分作品非常明显地表现出对苟活者及其人生哲学的认同。

在这个问题上，池莉的表现是明显的。她的小说往往通过形象的描绘而用心良苦地劝告人们丢掉幻想，面对现实，乐天知命，而不要在浪漫理想的云端里异想天开。她表现着一种特别的成熟和老练，总在用一种非常含蓄的说教方式告诉人们怎样应付眼前的现实生活，怎样克服不着边际的少年梦而凑合着活下去。从《烦恼人生》《不谈爱情》《太阳出世》到新近的《热也好冷也好活着就好》可见，作者逐渐不再从主人公所遭受的各种压抑和烦恼中去探索意义，没有张扬生命的价值，也没有体现变革的意向，很少批判和鞭挞，却不少含蓄的赞扬和肯定。她所赞扬和肯定的大都是洞明世事之后的明智之举，是历尽沧桑之后的成熟和老练。理想、抱负、火热的激情、执着的追求在她的作品中失去了位置，当然也就不会得到热情的讴歌。在池莉的创作中，既成的生存方式和秩序是思考一切问题必须依据的前提，一切思考都是在承认既成秩序的规定性的前提下进行的。人生有许多烦恼，烦恼多是由现实与理想的脱节引起的。因此，解决人生烦恼的途径历来有两种：一是改造现实以实现理想；一是丢掉理想以适应现实。中国的文化传统更多地倾向于后者，儒家考虑问题都是在“礼”的框架之内，终日费心用力的是怎样把人安排在既定的礼制秩序之中。道家更善于逃避和解脱，庄子教人做人的学问是如庖丁解牛，“以无厚入有间”自可“游刃有余”。熄灭理想之火，缩小自我，就不会有被挤压的感觉，就能够轻松地活着。池莉在她的小说中也总是肯定后一种选择，看来她更多地承载了我们的文化传统。

在《烦恼人生》中，真挚的爱情是美好的，老婆是粗俗而憔悴的，但老婆是印家厚必须面对的既成生活，是他无法逃避的现实，而过去的恋人和今天的情人都不过是一个梦。现实是必须面对的，梦是可以忘掉的。人生如此不易，就更不要异想天开。日子虽然过得不开心，但也还能凑合，这就行了，“已经足够足够了”。在《不谈爱情》中，庄建非的烦恼源于他太浪漫而不尊重现实。为什么不承认婚姻应该门当户对？为什么偏偏找了一个普通市民的女儿吉玲？这当然要受到惩罚。但是，既然你已经找了她而且结了婚，就应该接受这个现实，好好凑合着维持好这既成的生活秩序。吉玲生于社会下层，硬是高攀高级知识分子家庭的庄建非，那么受苦也是活该！至于庄建亚，总在追求理想的爱情，那就真是可笑而可怜了，所以只有永远找不到配偶。作者通过梅莹现身说法，使庄建非和读者都懂得了应该怎样处理爱情和婚姻，而那全部的诀窍就是面对现实而不要太浪漫。如果有不满足，可以在力所能及的范围内通过婚外恋等方式弥补一下，而什么离婚等等是不必要的。

池莉在《我写〈烦恼人生〉》一文中说过：“现实是无情的，它不允许一个人带着过多的幻想色彩。自我设计这词儿很理想很时髦，但也只是顺应现实它才能获得有限的收效。常常是这样：理想还没有形成就被现实所替代。那现实琐碎浩繁，无边无际，差不多可以淹没销蚀一切。在它面前，你几乎不能说你想干这，或者想干那；你很难和它讲清道理。”这就是池莉的认识，其中渗透着一种深深的悲哀。她悲哀于现实的无情，最后的选择却是屈服于现实、顺应现实。所以她不写那些高扬个性、崇信自我、东碰西撞的初生之犊，不写理想主义者的精神漫游，而将笔墨和同情给了在现实环境的规定下庸庸碌碌、心平气和地生活着的人们。她所展示的是实实在在不带任何浪漫色彩的人生。她的近作都在告诉人们：人就是这样活着，有不满，有烦恼，但没有办法，不满和烦恼都不能改变现实，幻想是没有用的，环境制约着你，你只能去顺应它，除此别无选择……

由此可以清楚地看到，池莉等新写实作家已经完全不同于当年的张抗抗、张承志们。《北极光》中的向往，《黑骏马》中的寻找，《北方的河》中的追求，《在同一地平线上》的痛苦与挣扎，相比之下已经成了一种天真少年的不知天高地厚，成了一种未经世事的不成熟。而代替这种不成熟的是一颗世故老人被冷灰掩埋的不再激烈跳动的心。

三

如果我们对“五四”以来的文学发展和流变做一次考察，从人的角度看其发展流变轨迹，大概很容易看到新文学史所划出的一条包含了丰富历史内容的曲线。面对这条曲线，我想到了一个很大的论文题目：《人的浮沉与中国新文学精神的流变》。在这个流变过程中，人经历了两度浮沉。从“五四”时期到1940年代，人经历了一个由浮到沉的过程，从1970年代的最后一年到今天，新时期文学又匆匆把这个过程重演了一遍。浮的原因大致相同，沉的根源却极不相似。也许详细的考察和分析应该留给那篇文章去做，因为不是三言两语所能够说得清的，但在这里对新写实小说所显示的人本精神的沉没却无法略而不谈。

应该承认，这种现象缘于对人的生存态度的清醒认识。人类的发展过程中有一个很奇怪的现象，在人类对大自然无力驾驭，对生存环境无力改造的古代，在人的自我感觉中，人却是英雄，科学技术的发展助长了这种感觉。可是，当历史进入现代社会，人类创造出了种种奇迹，甚至人的力量已经足可以在几秒钟内毁灭地球，人却越来越觉得自身力量的渺小，感到对一切都无可奈何。人在面临种种信仰危机的同时对自身的信仰也产生了危机。我们这个民族与其他民族有所不同，但无可奈何和无能为力感也同样像瘟疫一样蔓延，如一片灰色的雾笼罩了人们。人不再是高大神圣的，不再是不可压抑、不可扭曲和摧残的。它重新成为平凡而又平凡的小动物，受制于世界而不可能驾驭世界，创造了一切却又常常被这一切限制和束缚，苦苦挣扎而难于逃出命运的魔掌。因此，个性的张扬，自我的耸立，都成了一种昨夜的梦想；人的解放，人性的完善，也成了一种过时的神话。年轻一代的文学不仅嘲笑生活，亵渎生活，而且嘲弄自己，亵渎自己。这不是一个孤立的现象。它不仅仅出现于新写实小说中，而是在几年前的一些先锋小说中已经出现了。这种人生体验出现在马原、洪峰、余华、格非的小说中，出现在徐星、王朔们的小说中，出现在第三代诗人的诗中，也出现在崔健等人的流行歌曲中。甚至从美术界的创作情况，也可以看到同样的迹象，一些年轻的画家常常把人物画成一个个捏扁了的茄子，而不再描绘那伟岸的身躯和俏丽的身姿。它体现着画家们对人的一种认识，反映着现代人对于自身形象的体验和感受。

也许，在实实在在的现实面前，理想主义者的浪漫追求是幼稚可笑的，人的自我高大感是空洞的，一切不实际的空想都毫无意义，因为人毕竟不能生活于幻想之中。但是，对于一些新写实小说所表现的苟活哲学，我却总感到无法苟同。我认为，那是在生存的困惑中所作的一种错误选择。那些新写实作家都显得很冷静，很理智，很成熟，但缺少一种从更高的高度看世界看人生的气魄，因而便常常让现实的污泥埋住了思想的翅膀。对于既成生存方式的认同，对于现存力量的看重，不仅冷却了沸腾的青春之血，而且妨碍了他们在更高的哲学意义上完成对于人的价值的思考。他们只是凭着一种直觉体验到人的力量的渺小和非人力量的强大，便产生了一种经验式的浅层人生感悟，因而熄灭了执着的追求和寻找精神，远离了昂扬的奋斗热情，而对苟活者投之同情，对苟活哲学表示认可，而且像一个历尽沧桑的百岁老妪告诫不知天高地厚的儿女那样，引导人们丢掉幻想而面对现实，顺天知命而不要异想天开，引导人们接受“生活就是这样，不要想得太好”的灰色人生经验。我曾不只一次在文章中高度评价韧性地活着的态度，但面对新写实小说中的这种教诲却感到难以接受。因为我们这个民族历来不乏庸碌之众，历来不乏苟活者，更不乏苟活的人生哲学，还需要文学去鼓吹和说教吗?

我当然不会否认，新写实小说为我们认识社会、认识人生提供了一个新的角度。它使我们更多地看到了本体意义上的人的生存状态。在某些方面，新写实小说毫无疑问是深刻的。它在勘察生存本相方面成就是空前的，并且充分体现了现实主义文学直面社会人生的可贵品质。但是，认识人，勘探人的生存本相，最终不应导致悲观绝望和心灰意冷，不应导致因心灰意冷而对生存方式和生存环境的消极认可和顺应。按照恩格斯的观点，人了解自身的目的应该是“使自己成为衡量一切生活关系的尺度……真正依照人的方式，根据自己本性的需要来安排世界”。一些小说却恰恰在认识了人的生存状态之后，在强大的现实力量面前迷失了。它们充分展示了人的生存困境，展示了人类既成生存方式的力量的强大，但不是从人出发对其给予审视和批判，而是明智地对其表示认可和服从。现实主义的批判精神不见了，继之而来的是一种冷静地对待一切的少年老成。

这里有必要讨论一下新写实小说的冷叙述方式。应该看到，相当一部分新写实小说在其深处是滚动着激情的，在其不动声色的描述中深渗着作者的爱憎。对苟活者不露情感的描写并不意味着对其生存方式和生存态度的首肯。但是，不知新写实小说家们是否意识到，冷叙述方式在客观上产生了一种意想不到的不良后果。由于感情的零度介入，由于作家对笔下人物和生活的不干预状态，导致了广大读者对其生存方式和生存态度的认同。因为在作品中，现实力量的强大得到了足够的表现，使人们感到除了像作品中人物那样于夹缝中求生存之外的确别无选择。关于这一点，我想提请我们的作家们注意，我们所面对的广大读者的接受能力和心理状态。生活的沉重使人们像印家厚那样充满烦恼又无能为力，像小林们那样走向成熟，放弃理想而去追求大白菜。当灰色的雾溢满人们心头时，如果离开了作家的审美导向，对于人生困境的逼真再现和苟活者生存方式的冷叙述，很容易因引起读者情感上的强烈共鸣而在接受过程中转化为一种肯定性的审美评价。这大概也是读者接受过程中的一条规律。

写到最后，我自己也感困惑。这篇文章几次写了又撕，撕了又写，断断续续几乎难以完成，因为我不愿意强人所难地指责作家，不愿意脱离现实而大唱高调。谁也无法拔着自己的头发离开地球。所以，面对新写实小说所展示的人生境况，面对它所表现的人生态度和情绪倾向，面对印家厚、小林们的生活烦恼和最后的选择，我的笔头常常犹豫不决。是劝他们顺应环境凑合着过下去呢？还是劝他们抱定理想、执着追求、与命运抗争而不同流合污？且不说他们能不能做到，只表示一个态度就不容易。即使他们是我的朋友，今晚来我仅能容膝的小书房向我讨主意，我也会一时不知道该对他们说些什么。

但是，最终，我仍坚持一种顽固的信念：文学应该有利于人解放和人性的完善。这应该是文学的最高使命，也是衡量一部作品高下优劣的最高价值尺度。因此，无论如何，文学都应该鼓励人们奋斗、追求和创造的精神，鼓励人为自身的发展和完善而与命运进行抗争，应该给人以精神力量，使人昂首向前而不是相反。

也许我的观念太陈旧了，总不愿看到人类的理想之花死心塌地淹没于烦恼人生的沼泽，然后无可奈何而又心平气和地熄灭。即使希望非常渺茫，也宁可相信其有而不愿相信其无。当然，我不得不承认，对于人生想得越多，思考越深，就越容易陷入悲观。思考人的终极目的，思考此岸与彼岸，人很难保持乐观。但值得注意的是，凡伟大的文学家与哲学家，都总是在彻悟人生之后保持乐观的进取态度，于绝望的废墟上点燃希望之光，为在人生旅途上艰难跋涉的人们提供烛照。这烛光引导人们去奋斗，去追求，去抗争，去改善自身的生存环境，去创造美好的新生活，去实现自身的完美。尽管这路很艰难，很遥远，人类文明却正是在这种过程中被创造、被发展的。如果每个人都于灰色情绪中苟活而放弃一切努力，那么人类的末日也就真的来临了，人类也就真的再无希望可言。

无论生活中的印家厚、赵胜天、猫子、小林们如何生存，我们的作家都不应该放弃对人类前途和未来的思考和探寻。热血冷却，激情丧失，理想泯灭，是非常可怕的。我们的作家应该警惕在灰色生活的浸泡中心态老化。作家的心态老化意味着艺术生命的终结。

1991年4月　曲阜

激情的丧失与心态的老化

——再论新写实小说的迷失

写下这个题目，仅想就新写实小说谈点看法，却也意识到这决不仅仅是新写实小说所独有的现象。让某一流派代整个文学受责也许有失公道，但由于本文是新写实小说研究系列文章之一，所以仍然只谈新写实小说而不涉及其他。因此需要首先说明的是，本文具体批评的是新写实小说，但它是被作为当前创作倾向的代表来批评的；本文有点置条件限制于不顾而强作家之所难，但并无意于苛责哪一位作家，而是仅就作为一种时代文化氛围和情绪折射的创作现象进行粗略的描述和分析。我想，未来的文学史家在描述80年代末到90年代初的文学面貌时应该不会忽略这个现象。

一

不少评论文章都以大致相同的语言指出："感情的零度介入"是新写实小说的一个显著特征。这一特征使新写实小说获得了客观、冷静、平实的审美风格，在它与理想化的伪现实主义文学和抒情化的浪漫主义文学之间划开了一道鸿沟。这是中国小说艺术的一种进步，但是，透过这一特征，我们却能够发现一个令人无法欣喜的现象：激情平息了，隐退了，甚至丧失了。如果你用尚在跳动着的心去感受一下那些从新写实作家们心中流淌出来的作品，你会发现它已经普遍地不再灼人。你会再也找不到那激荡的血液所产生的热度，激情之火已奄奄一息。

当然，所谓“感情的零度介入”并不意味着激情的丧失，拒绝判断也并不意味着作家对生活没有判断。但是，这一现象本身却足以说明那强烈的激情的冷却或抑制。我们不妨设想一下，如果在1979年那种血泪控诉和拨乱反正的激情爆发期，如果在80年代初那强烈的变革意识所鼓动的创作激情中，“感情的零度介入”是可能的吗？即使有强大的力量强迫作家们不要流露内心的激情，也是做不到的。当时的人们并非不知道激情应该有所节制，倾向应该有所隐蔽，说话应该含蓄一些，却仍然在作品中留下那喷射而出的激情和不愿隐蔽的倾向性。那是时代的激情所致。也许激情的泛滥使艺术付出了代价，但优秀的作品也同样成就于那种激情。当时代的激情如海潮般鼓荡着作家们的胸腔，谁能不动声色地追求“感情零度介入”的叙述方式？当历史的使命感化作强烈的爱憎之情，谁又能拒绝对生活给予审美评判？

一般而言，绝对意义上的“感情的零度介入”和拒绝判断是难以做到的。它只能是作为一种倾向性而存在，因为它不过意味着激情的节制和倾向性的隐蔽。但是，值得注意的是新写实小说中的相当一部分作品却不是隐蔽与节制的问题，而是激情冷却或丧失了。它已经不是零度介入的问题，而是情感已经麻木，内心已经处于零度状态。在这种状态下写作，自然不会再有情感的迸发，也自然要放弃判断。在新写实小说中，我们需要区分两种不同的情况：一种是对生活有所评判而放弃表现；另一种情况是的确无力评判而放弃评判。而现在的趋势是后者正在增长。

这是新时期文学在80年代中期以后所发生的一个重大变化。作为一种表现于文学的精神现象，它最早呈现于那些对生活极度敏感的“第三代诗人”的作品中，然后出现于先锋小说中，到新写实小说，终于成为一种主要倾向。新时期文学从一开始就是富于激情的文学，人们大概还不会忘记它曾经有过的社会变革激情，也不会忘记它曾经有过的浪漫精神。浪漫精神与理想、激情是分不开的，以张抗抗的《北极光》为代表的那种寻找，以张承志的《北方的河》为代表的那种追求和抗争，都是一曲曲关于人的抒情乐章。当然，如果冷静地思考，人在大自然和社会面前都是渺小的，人类随心所欲地改造自身生存环境也许只是一个神话。但正因为这样，在深知人的渺小与有限的情况下寻求精神的超越才显得富于诗意。那种不息的追求和奋斗精神如今已经远去了，再也难以望见他们的身影。

人们大概同样不会忘记莫言的《红高粱》，爷爷奶奶在高粱地里那有声有色的人生是何等痛快淋漓！活，要活得舒展；死，也死得痛快。虽然我在几篇文章中都曾提到莫言以及一些寻根作家这种返归自然的梦想所表现出的思维局限，但面对父辈那萎缩的人格和我们这一颗颗“被酱油腌黑了的心”，我们又怎么去完全否定那种浪漫理想所具有的积极意义？不错，为高扬人的生命力而创造的种种无憾的、潇洒的、舒展的、痛快淋漓的人生不过是莫言们的白日梦，但是，从某种意义上说，梦就是人的青春，梦就是人的生命，一旦梦消失了，青春和生命也就会随之消失。非常不幸，那种带有青春气息的梦想在近几年的创作中再也难以见到。

在许多青年作家的作品中，曾经有过一种引人注目的躁动情绪。不少人撰文批评过80年代文学中的“浮躁”现象。但相对于今日的死寂，那浮躁是一种多么可贵的激情显示呵！

一切都过去了，80年代末之后的文学以自己的特色写下这样几个大字：激情丧失。

二

激情丧失之后，文学呈现出一种世故老人的垂暮心态。

这种世故老人的垂暮心态首先表现为冷静平和、不焦不躁、悲欢尽失，对一切都漠然处之，概括为一个字，就是：冷。新写实小说的语态是沉静的，既无悲壮，亦无躁动不安，不动声色的平静叙述，保持一种舒缓的节奏，不会兴高采烈，也不会声泪俱下。这种语态的深处是心态的冷漠。宦海的浮沉与挣扎，尘世的撕咬和纷争，人世的压抑和扭曲，生活的疲惫与无奈，一切都以淡漠的思绪表达着，没有不平，没有冲动，没有焦虑，没有不安，更没有见不平则义愤填膺、见苦难则痛心疾首的少年意气。新写实小说着重展示的是人生的种种窘况，是令人读之而生叹的种种生存状态。它展示着特定环境中小人物们的辛酸和不幸。它的每一篇都可以说是一曲人生咏叹调，但这种咏叹在很多作品中却是苦而无哀，哀而无怨，怨而无怒。尽管主人公们受到种种不公正的挤压，结果却是只能怪自己，只能怪命运。也许有的作家内心深处深情如胆汁，化为作品之后，却仍如一口千年古井。

新写实小说的人物系列中以小人物居多。新时期文学对小人物的描写深受陀思妥耶夫斯基的影响。但是，在陀氏那里，我们可以看到小人物们的痛苦挣扎，感到他内心的痛苦呼号，而在一些新写实小说中，却已经看不到那种痛苦和呼号。在陀氏那里，我们可以感受到他对人类的深深忧虑和痛苦，在一些新写实小说中，看到的却是一种心平气和与麻木不仁。作家们似乎已习惯了以平静而深不可测的目光注视身边所发生的一切灾难和痛苦，心若死海而不兴半点波澜。这个时代的作家好像接受了一种特殊的训练，学会了把人生的种种困境和不幸以平淡的口气轻轻道出，而且归之于不可改变的命运，喜怒哀乐不动容，爱憎好恶不形于色。好像一切都司空见惯，一切都不值得大惊小怪。人们不再天真，不再浪漫，不再有幻想，不再有五彩的梦。秋风过后，百卉凋零，剩下的只有实实在在的世俗生活和无可奈何的成熟，还有在荒诞的生存环境中求生存的全部世故。

在新写实小说中，什么是人生？人生就是吃喝拉撒睡，吵架斗嘴，生儿育女，奔波忙碌，这就是生活的全部内容，也是人生的全部意义。在新写实小说中，为填饱肚子，为满足性欲，为获得生存所必需的条件而拼搏，都是真实的，其他则都显示出虚幻色彩。我不大同意新写实小说不写理想的说法，因为那样说未免太笼统，比较客观的情况是它的理想变了样，成为实实在在、看得见、摸得着的东西，比如明天中午吃只烧鸡，下月多拿十元奖金，明年能弄到六平方米住房，等等。它成为奋斗的全部理想，而一切所谓崇高远大的理想，一切对于人类命运的关怀，都成为年轻人的梦呓而化作烟云消散。

新写实小说貌似反映生活的原生态，但事实上并非没有选择。它看似把生活中的琐琐碎碎都一股脑儿写了出来，其实却是有意识选择了生活中的琐碎。这种选择反映出一种审美趣味，这种审美趣味透露出一种灰色的心境：生活就是如此，灰色的；美好、圆满、富于诗意只是少年天真幼稚的梦想。就连爱情也是如此。

新写实小说家似乎早已看透了爱情的秘密，不再相信那由玫瑰装点起来的爱的花环。他们把热烈、执着而忘我的爱看作一种不成熟，看作一种自欺欺人。所以他们一般不再编写那些绚丽的爱情梦，而着力描写那种种没有浪漫、没有诗意、充满痛苦和折磨的错误（或许也无所谓错误）的结合，而且谆谆教导人们要面对现实，随遇而安，不要心比天高作异想。看一看印家厚（《烦恼人生》）吧！尽管有过真正的爱情，命运却偏偏把另一个女人给了他。尽管他的徒弟是那样爱他，他却无法接受她的爱。最后的选择只有摒弃过去的和新生的一切梦想，面对现实，与那个不可爱的女人过下去。他的生活的确不完美，但小说告诉人们，生活不可能完美。老婆虽然不漂亮，也不可爱，但在你奔波一天回到家时，她能递过一块湿毛巾，这已经足够了。其他一切都是奢想，而人不应有奢想，更不应为奢想而去苦苦追求。在《不谈爱情》等小说中，爱情已经没有位置，生存是重要的，爱情可有可无。男男女女没有必要把爱与不爱看得太重，夫妻之间没有爱情照样可以过日子，感情饥渴可以偷情，一切都没有必要太认真。相比之下，苦苦追求真正爱情的人是幼稚可笑的，苦苦追求理想境界的人也是幼稚可笑的。这一切都体现着一种过来人的经验和人生智慧，但它是灰色的。灰色产生于燃烧之后的幻灭。

在这种灰冷中，可以感受到一种久经风雨的疲惫感和沧桑感。可以体味到一种洞悉世事之后的聪明和世故。历尽人世沧桑，久经世态炎凉，生活的风雨已经荡尽全部激情，磨掉了一切锐气，因而能够遇事不惊，见怪不怪，以明哲之冷眼看芸芸众生。我们的新写实作家的确是成熟的，并且成熟得非常老练、相当世故。他们不再年轻气盛，不再激情澎湃，不再幻想，不再追寻，绝不壮怀激烈，绝不忧心如焚，而是变得少年老成，心平气和，面对现实，讲究实际，能静默于人生的悲欢，漠然于历史的兴衰。似乎他们已承受得太多，似乎他们的力气已经耗尽，失望和破灭使他们深感奋斗与挣扎之徒劳，于是便随遇而安以苟延残生，对一切都不存幻想。

这种浓重的沧桑感使他们平静达观，对一切都无动于衷。生活的风雨撕碎了一切美好的梦想而使他们认识了生活的真面目。因而便将生活的残缺作为生活固有之面貌接受了下来，形成了一种带有悲观宿命色彩的认识：生活就是如此，你无力改变它。人要平安地活着，唯一的选择就是承认现实并顺应现实，在现实为你提供的既有框架和秩序中安排你的生活。否则，任何异想天开都会碰得头破血流。这种老年人才有的在经验世界上建立起来的睿智极符合我们传统的自由观和生存方式。面对现实，不要幻想，承认条件限制，然后创造自己相对自由的生活。

作家心态普遍老化，但如果考察一下新写实小说的创作队伍，其主体力量却是一批比较年轻的作家，实际年龄并不大，因而生理上并不衰老，只是心头似乎早已磨起了老茧，即使用脚踹也不再流血。一代人就这样迅速地老了，我们已很难再看到那本来火红炽热、勃勃跳动、喷射着烈焰的颗颗赤子之心！

文学无论在什么时候都是一个民族精神血液的温度计和化验单。心态老化无论从什么角度来说都是一种衰败没落的象征。真的我们的文明已经无力承担激情、热血、崇高和神圣了吗？难道我们这个民族的文学就只能扶了拐杖依在破败的土墙上凝视夕阳西下，感受黄昏的氛围，而无力跳跃于日观峰上迎接壮丽的日出吗？我无力要求作家写什么、怎么写，却希望作家对此有所深思。

三

在激情丧失和心态老化这一现象中，更值得注意的问题是自我的幻灭、人的萎缩与人文精神的失落。

在新写实小说中，人不再是一个大写的文字，而成为一个个灰色的小动物，自我不再是高大的，而成为环境挤压下的被动适应者；个性失掉了价值，因而不再被张扬。这是一个内蕴非常丰富的重要现象，在此，我还没有能力对其进行深入细致的探讨，但我想指出的是，自我的幻灭、人的萎缩、人文精神的失落是80年代文学的一个悲剧性的结局，也是新时期文学的一个悲剧性的转折点。新时期文学是与人一道一起崛起的。在新时期文学中，人曾经是一个大写的文字，不少作家都以人为出发点，高举人的旗帜，呼唤人的觉醒和解放，维护人的尊严，探讨人性，为民族的现代化充当了观念的先驱，为新时期文学增添了人的光彩。但是，在新写实小说中，这种精神已经宣告终结，人在文学中再度萎缩和失落了。在小说的画面世界里，人成了环境的被动存在物，不再是生活的主宰，失去了反抗和驾驭世界的能力，面对环境，面对生命本能，是那样无能为力和无可奈何，失掉了人的一切光彩。

人的萎缩与失落有多方面的原因，在此所能够探讨的有以下几个方面：

首先，它源于作家们真切的生存感受和对人生的现实体味以及由此而产生的对人的生存状态的认识。毫无疑问，文学对人的价值与尊严的热切追求受到了现实的无情嘲弄。文学高扬个性吗？个性在现实生活中寸步难行；文学高标人的尊严吗？不能卑躬屈膝摇尾乞怜就往往得不到起码的生存条件。生存现状使人们越来越深切地感受到了人的力量的渺小，无奈感如灰色的雾笼罩了一代人，正如我们从对刘震云的《单位》《一地鸡毛》所看到的，小林曾经是“天之骄子”，初到单位时还能傲视一切，但事实却反复提醒他：你有什么力量不随波逐流呢！

因此，文学在嘲弄生活的同时开始嘲弄自身，在亵渎生活的同时开始亵渎自身。这一点最早表现在新生代诗歌和新潮小说中，新写实小说不过是将其继承下来又有所发展。从徐星的《剩下的都属于你》、王朔的《千万别把我当人》等小说可以看到种种形象的解释。在人的萎缩和失落中，包含着一种深深的悲哀，包含着一种对人的失落无可奈何的叹息。正是这种无力与无奈使高扬的人文精神疲软下来，人的旗帆沉沉滑落于尘埃。

其次，人的萎缩与失落显然与我们这个时代对人性的复杂认识密切相关。应该承认，对人性的探索必然会一步步撕碎人身上所笼罩的光环，对人性的认识越深，对人的信仰也就越容易动摇，因为对人性的探索很容易发现人性本身并不是尽善尽美的，而是渗透着阴暗和丑恶。在这一方面，残雪的小说为文学提供了足够的启示。同时，中国新时期是一个非常特殊的历史时期，一方面，文艺复兴时期的问题并没有得到解决；另一方面，由于西方当代文化思潮的涌入，人的渺小感、荒诞感和消亡感已经产生，在一些年轻的知识分子心中，人道主义已经成为陈旧不堪的东西。特别值得注意的是，在中国传统文化的土壤里，最时髦的东西往往与最陈腐的东西结成同盟，在这种联盟过程中陈腐的东西总是能把最新潮的东西同化。历史的教训已不止一次，但我们却总是无力制止这种悲剧的重演，于是，最现代的人类自审意识和最古老的非人哲学合流之后化作对人自身的否定，弗洛伊德学说被借鉴之后也不再是为了在一个更为切实的生命基地上张扬人的个性。

其三，关于人的萎缩与失落这一现象，还可以从中国知识分子人格方面寻找它的成因。中国知识分子是脆弱的。在现代意识的呼唤之下，他们追求独立，向往自由，但是，他们却缺少足够的精神准备，没有充分意识到独立和自由所需的代价。作为弱苗，只有置身于群体之中才是安全的。因此，他们在寻求自由之时又常常会不自觉地逃避自由，在追求人格独立时又时时本能地惧怕孤独。“我欲乘风归去，又恐琼楼玉宇，高处不胜寒，起舞弄清影，何似在人间。”这是中国知识分子直到今天仍存在的一种心理状态。中国知识分子总是盼望着与现实保持高度和谐，总希望自己是大众中的一员，即使自己走在了前面，身后也要有千百万追随者，成一呼百应之势。我们没有浮士德精神，甚至没有堂·吉诃德精神，有的是与生俱来的对于孤独和寂寞的恐惧，有的是对家国的依恋和寻找归宿的本能。当迷人的阳光发出醉人的召唤，中国知识分子挺身欲立成人的形象，甚至试图冲破旧规范而做一个自由人。但现实的困顿却使得很少有人能够执着追求而一往无前，很少有人能够承受无家可归的孤独感和上帝死了之后的漂泊感。事实上我们的文学早已在传达这种哭诉之声了。哭诉之后如何呢？有两种可能：一、得到众人的应和而不再孤独；二、最终得不到应和，那么多数人的选择是放弃一切追求而颤抖着双腿急步退回出发地。那里是家，那里有安全感。这是很自然的，试想，风雨之夜独行于旷野，已经走得很累很累而前途渺茫，旧家就在不远，中国知识分子有几个不立即回家呢？尽管家中只有糠窝窝和胡萝卜，尽管妻子丑陋而且不解人意，尽管父亲板着面孔不准咳嗽，可是，害怕孤独就只有回来。

因此种种，人在一场风雨中的萎缩和失落就是不可避免的了。

1991年7月　曲阜

第二辑

附　录

在鲁迅的道路上艰难迈进

——论新时期文学中的民族文化自我批判

一

新时期文学发轫之初，《班主任》轰动文坛，尽管它已经承载了文化批判的主题意向，但由于当时社会注意力集中于那个时期所必然形成的热点——政治，人们还是更多地从生活现象的表层去分析和理解这部作品，而没有注意谢惠敏思想和行为所反映的文化深层结构。因此，人们只把她的思想僵化看作特殊时期政治反常造成的性格反常，而没有注意到更为久远、更为深厚的文化心理基础所提供的性格必然。到高晓声的陈奂生系列小说发表，批评家们不约而同地指出他身上存在的“阿Q相”，说明从作家到批评家文化批判意识的初步觉醒。邓友梅的《那五》以其特有的艺术魅力征服了读者，也许作者自己并未充分意识到他所反映的文化心理已超出于没落的八旗子弟范围，但吴若增的系列小说无论是《蔡七爷和他的瓜皮帽》还是《翡翠烟嘴》，都显示了作家在国民性格弱点方面的有意识探求。1984年，王兆军的《拂晓前的葬礼》和贾平凹的《腊月·正月》发表，显示了新时期文学中文化批判意识的进一步自觉和强化，并形成了第一个引人注目的浪峰。两作都从探讨现实变革的阻力出发，挖掘了民族文化心理的痼疾。这条途径本身就预告着文化批判大潮的到来，因为我们的时代正为变革的艰难而苦恼。

1985年以后，随着中国大地上文化自我反省意识的普遍萌发，文坛迎来了一个文化自觉的时代。反省民族文化、揭示与批判国民性的主题在文学创作中大量涌现。大批作家的艺术批判锋芒由极“左”政治转向文化心理。陆文夫的《井》不仅标志着这位《美食家》的作者由文化表层描述转向文化心理和氛围的批判，也是一批中年作家没有任何宣言的批判性“寻根”行动的显示。小说描写徐丽莎在重见光明之后投井自杀。迫使她自杀的已不再是政治，而是她所处的那个文化环境，具体地说，就是留存于人们头脑中的传统文化心理。作品不仅揭示了她的婆婆、丈夫头脑中的封建意识，而且揭示了她的助手以及她自己头脑中的种种旧观念，还有井台上那些长舌妇们所体现出的浸透着封建伦理的群体意识。鲁彦周的中篇小说《苦竹林，苦竹溪》发表之后似乎没有引起批评界的重视。小说的女主人公尚文芬是一个历史冤案的受害者，但小说却没有写成一个平反冤假错案的故事，而是在追寻战争年代已经存在的“左”的政治路线的同时，揭示了尚文芬文化性格的悲剧：几十年受尽委屈而毫无怨言，始终不被信任而始终一片赤诚，为人正直却带有固执的偏见。正是长期的心理矛盾和自我压抑终于导致她精神分裂，最后在苦竹溪即将开始新生活的时候紧抱石碑为昨天而殉身。作者写她出身于书香门第，自幼饱读诗书，这种描写更增强了对传统文化的艺术批判力。长于从政治经济角度描写改革的蒋子龙也把笔触伸进了民族的文化心理，写出了具有鲜明的文化批判色彩的《阴差阳错》和《蛇神》。王蒙的《活动变人形》以批判的目光审视着父辈的文化心态。写《将军吟》的莫应丰写出了具有强烈的文化批判意义的《驼背的竹乡》。谌容的《献上一束夜来香》以一个极小的事件批判了扼制着人的主体意识觉醒的文化心理。李锐的《古墙》《厚土》、王兆军的《不老佬》、王安忆的《小鲍庄》、侯贺林的《女子世界》、冯骥才的《三寸金莲》、聂震宁的《长乐》、金河的《神童》、韩少功的《爸爸爸》、张炜的《古船》、四海的《蛙鸣》、张石山的《仇犹遗风录》以及话剧《死罪》《狗儿爷涅槃》、川剧《潘金莲》等等，显示了这一思潮广泛而深入的蓬勃发展。

我认为，这股批判思潮的出现是极有历史意义的。它是五四新文化运动没有完成的历史任务在新的时代条件下的继续，是中国反封建的思想革命在受阻而停滞几十年之后的发展和深化。

一个伟大的民族若要永葆青春，就必须不断地进行文化的自我反省。非常遗憾，中华民族在几千年中由于自身曾经有过的强大和荣耀，一直缺少这种必要的自我反省精神，而满足于在“天朝大国”“文化优越”的梦中陶醉。中国古代正直的知识分子不乏强烈的民族忧患意识，不乏批判的勇气和为真理而斗争的气概。他们常与昏庸无道的统治者展开激烈的斗争，但另一方面，却又常常使自己扮演了卫道士的角色。他们可以在政权执掌者离经叛道之时挺身而出，甚至为拨乱反正而抛头颅洒热血，却从不对自己所信奉的价值投之以怀疑的目光。正因为这样，在中国两千多年的历史上，统治者如走马灯一样你方唱罢我登场，而儒家学说所缔造的礼治秩序却能如中流砥柱。鸦片战争以后，先进的中国知识分子引进了西方文化这一参照系，一个古老的民族开始自我反省。但是，一个传统过重的民族要进行彻底的反省是艰难的。洋务派的思想家们承认枪炮不如人，却拒绝对文化进行自我批判。直到甲午海战和戊戌变法失败，中华民族早醒的儿女才意识到文化传统的重负，认识到文化自我批判和更新的重要性。严复曾提出“鼓民力”“开民智”“新民德”的主张，并把它作为变法维新的根本（《原强》）。梁启超在总结变法失败的教训时认识到了必须“振刷国民之精神”（《戊戌政变记》）。邹容曾大声疾呼“拔出奴隶之根性，以进为中国之国民”（《革命军》）。然而，觉醒者毕竟寥若晨星，照不亮大地的灰暗。辛亥革命在政治上推翻了帝制，这个伟大的革命所带来的新的政治体制与中国固有的文化传统的矛盾进一步促进了中华民族文化批判意识的觉醒，文化革命提上了中华民族历史的议事日程。应这种历史要求而发生的五四新文化运动，是新的革命的前奏，又是辛亥政治革命之后的文化革命补课。为了从专制主义的精神枷锁中解放出来，为了使古老的文化获得新生以适应革命后的政治体制，中国进步的知识分子对传统文化进行了第一次全面的总批判。陈独秀、李大钊、胡适、鲁迅……这些名字已经镌刻进中华民族的文化革命史。鲁迅第一次把这种文化批判引进文学创作，以文学形式给传统文化以艺术透视。这位终生致力于反封建的思想革命的战士以他不懈的上下求索的精神拓出了一条至今闪耀着光辉的路，为我们留下了《狂人日记》《药》《孔乙己》《阿Q正传》《祝福》等光辉的篇章。

但是，七十年的历史已经告诉我们，进行彻底的文化自我批判是何等艰难！有人认为五四运动给中国文化造成了断裂，事实恰恰相反，“五四”并未矫枉过正，而是对旧文化的冲击还极不彻底。由于历史提供的条件限制，它对旧文化的清算没有能够继续下去，只伤其皮毛而未动其筋骨。由于与之俱来的民族矛盾和国内阶级斗争浪潮的高涨，这个革命并未收到应有的效果，而是发生了令人欣慰也令人伤心、推动了历史发展又延误了历史进程的转向。在文坛上，鲁迅的路后继乏人。鲁迅的作品至今在人们心中闪闪发光，除了作品本身艺术的炉火纯青之外，重要的原因就是一个无法否认的社会事实：反封建的思想文化革命虽历七十余年而仍未成功。民族的文化惰性和性格弱点不仅远远没有得到应有的改造，而且由于特定时期的环境适应而恶性膨胀。而我们的文学却对此缺少思考。关于国民性的思想曾经被认为是鲁迅早期思想的局限，所以，赵树理的《登记》和老舍的《茶馆》那样的作品尽管都为国民性画了句号，却仍然少得可怜而且明显不合时宜了。到了“文革”期间，“国民性”的提法自然大有超阶级之嫌，祥林嫂觉悟太低，杨白劳应该富于反抗精神，劣根性只表现于反动阶级……鲁迅的路当然得不到延伸。

当一场大灾难过去之后，人们透过泪水和血迹审视灾难的根源，首先发现的当然是政治上的原因，是灾难的直接制造者。但随着反思的逐步深化，文化这一无法回避的根源不能不被发现。由于文化批判出现过的间断，这种继续就显得尤其可贵。

我认为，这种文化批判思潮的出现，也是极富于现实意义的。它应现实变革的历史要求而产生，并将对中华民族现代化的进程产生积极影响。

自康梁以来，中国进步的知识分子总是谋求社会的变革，却也尝尽了失败的灰心和失望。辛亥革命终于推翻了封建帝制，胜利的喜悦却立即被失望淹没，无数烈士的鲜血换来的只是一块共和的招牌。用鲁迅小说中的话说，就是“官还是原官”。可是，即使官不再是原官又怎么样？人民以极大的热情支持国民革命军北伐，蒋介石政府的建立同样令人失望。人民不惜以鲜血和生命谋求再变革，1949年，一面鲜艳的五星红旗在天安门城楼上升了起来。当欢乐的颂歌唱过之后，人们才感觉到建立一个真正的新中国是多么艰难！在这片辽阔的土地上，封建主义的幽灵随时可以披上种种新装出现。有人把十年动乱与传统文化对立起来，其实，它恰恰是传统文化恶性发展的必然产物。动乱结束，中国人从噩梦中走出，厉行改革。进入80年代之后，变革已经成为我们时代的时代精神。我们的社会正在进行着一场革命，它不是轰轰烈烈的，却伟大而深刻。风雨寒暖，任何挫折都不能逆转这一历史的总进程。几年来，中国人民的改革大业已逐步展开，并初获成效。但是，谁也无法否认，我们的改革事业并非一帆风顺，并非一切都如人愿。从被称作“改革文学”的作品中可以看到，改革困难重重，矛盾复杂，社会的久症顽疴并非都能迎改革之刃而解。使人产生痛苦思考的不仅是改革的重重阻碍，而且还有那些改革“成功”之处播下龙种收获跳蚤、种下西瓜结出苦果的悲剧。现实存在的种种问题究竟源于何方？在过去一段时间里，我们常常把社会存在的一切问题简单地归于“十年动乱”和“林彪‘四人帮’的破坏”，而今天的现实是“四人帮”垮台已经十年，虽然其恶劣影响不可低估，但一些新的问题已经无法记在十年动乱和林彪“四人帮”的账上。在过去一段时间里，我们常用政治路线上的“左”或“右”来解释一些问题，揭露和批判极“左”的政治路线也曾是我们文学的一个中心主题，今天，“左”的政治路线显然已经不再占有统治地位，一些新的问题不断出现，并非用“左”或“右”能够解释得了。由于这样一种现实背景，人们逐渐认识到，一些问题的存在并不仅仅在于政治路线和方针政策，甚至不仅在于社会制度，一种社会制度的优越性不仅受着经济基础的制约，而且受着民族的文化传统特别是作为“深层结构”的文化心理素质的制约。一个社会内部，经济、政治、文化三者必须保持平衡和谐，相互之间彼此适应，社会才能稳定而不危机四伏。中国不仅需要经济体制的改革和政治体制的改革，而且需要一场真正的文化革命。人们因此而转向“五四”，注目鲁迅奋斗过的文化道路，对民族的文化传统进行冷静的批判性思考。从这个意义上说，新时期文学中文化批判思潮的兴起，正是文学在这个大战局上做出的合乎现代化进程的积极选择。它既是“反思文学”的发展——从政治反思到文化反思，又是“改革文学”的深化——从呼唤经济改革到呼唤文化变革。

二

由于面临不同的历史任务和现实要求，不同的时代对文化有不同的选择，文化批判的内容也大不相同。这种不同的选择体现着特定的时代精神，反映着一个时代文化重铸的方向，从而影响着一个民族的历史进程。因此，任何一个民族，任何一个时代，都不能不对这种批判的具体内容密切关注，为此而发生的激烈斗争、甚至流血事件在中外历史上都非罕见。

由于中国有两千多年的专制主义传统，以鲁迅为代表的“五四”先驱们在进行文化批判时的主要对象是传统文化的主体。显然，新时期文学中的文化批判也以反封建为突出特征。无论写“伤痕”还是“反思”“改革”，在政治上批“左”的同时，文学中起伏激荡着反封建的旋律。无论是官僚主义、不正之风还是思想僵化，在文学中表现出来都有封建色彩。无论是妇女的命运、小人物的苦难还是普通的人生悲剧，在文学的聚光镜下都显露着与封建思想观念的密切联系。如果文学中的反封建在政治上主要表现为对专制政治和官僚特权的批判的话，在文化上则主要表现为对伦理观念及其塑造的集体无意识的批判。

“五四”以后，鲁迅所进行的文化反省着重在国民性的剖析与批判，新时期文学在自觉地开始文化批判之后，国民性仍然是一个重要关注对象。这里所说的“国民性”沿用鲁迅的用法：意指国民的劣根性。新时期文学对国民劣根性的批判并非全面展开，而是集中于几个重要方面：

（一）对温驯怯懦性格的批判

这种批判集中表现于农民、妇女和知识分子形象的描写。最先是结合对极“左”政治给人民造成的苦难的揭示进行的。高晓声从农民的政治地位和经济地位出发，考察极“左”政治对农民的危害，同时揭示了农民的局限。李顺大是一个“跟跟派”，陈奂生饿着肚子还是“等等看”，他们都善于忍耐，逆来顺受，善于屈从，而缺少独立的个性和对自由与权利的要求。他们的性格是现实体制的产物，同时也是文化传统的塑造物，同时又成为极“左”政治和专制传统得以残存的基础，为极“左”政治的扩张和“会出皇帝”提供了可能。张弦从政治和伦理的角度对中国妇女的命运进行思考，也对她们自身的弱点做了深入的揭示。《未亡人》中的周良惠与丈夫生活了二十多年，却安于丈夫居高临下的赐予式的“爱”。存妮的死不仅由于蒙昧与野蛮的外力，也是埋藏于自己内心深处的道德观念这颗炸弹爆炸的结果。《银杏树》中的孟莲莲最后的心满意足使我们看到这个青年血液中的旧观念。侯贺林的《女子世界》为我们提供了一系列可怜的妇女形象。《吊带》

中的女人比丈夫强壮得多，却在丈夫面前逆来顺受。她卖陪嫁支持丈夫革命，革命胜利之后却被抛弃。丈夫已经另娶，她却终生不再嫁人，为他守着，甚至满足于“俺是大房”。五毛钱的一副吊带由于被说成是丈夫买的，不仅治好了她的病，而且使她终生满足。张石山的《四个互不关联的故事》中的七奶奶由于穿不进嫂子的鞋而被丈夫遗弃，却为那个已经不存在的丈夫守节守了一辈子，直到临死还以能对得起丈夫而自豪。《井》中的徐丽莎，《苦竹林，苦竹溪》中的尚文芬，都对命运毫无反抗，甚至紧抱已经腐朽了的枷锁不放。这些女性善良驯服，逆来顺受，自卑自贱，容易满足，个性完全泯灭于所谓的传统美德之中，使我们看到旧文化塑造的心狱是怎样把人变为奴隶，变为任人宰割并自己宰割的羔羊。

无论是李顺大住猪圈、陈奂生“等等看”，还是周良惠的麻木、傅玉洁的屈服、孟莲莲的满足、徐丽莎的自杀，都是缺乏主体意识的一种表现。知识分子本应是先知先觉，但中国的知识分子却大多如傅玉洁、徐丽莎们一样缺乏主体意识。冯骥才的《啊！》曾表现过知识分子胆战心惊的脆弱心态，虽然当时作家的着眼点在政治控诉，但那种经不住一点风雨的心态却毫无疑问是中国文化传统的产物。近几年随着文化意识的强化，对知识分子这种怯懦性格的揭示越来越多。谌容的中篇小说《献上一束夜来香》是有代表性的。李寿川三十多年从未有过主体意识，在机关，他是沈处长的部下，唯命是从地工作；在家里，他是老婆的忠实奴仆，老婆指到哪他就干到哪；他从未想过自己要干点什么。今天，这个历尽沧桑的老人却在迟暮之年突然产生了自己的追求，买来一束童年的梦中的夜来香。但万没想到一束鲜花给他带来了灾难，竟至折磨得一病不起。值得注意的不是机关里的流言蜚语、卫道士朱喜芬的大张挞伐和沈处长的充满醋意的盘问，而是他自己诚惶诚恐的检讨。本来自己没有错，却偏偏一再检查自己，越承认错误，就越是永远说不清。郭飞告诉他：“别人怎么说，怎么看，你完全可以不管。”他却没有那么强的个性。齐文文告诉他：“您干吗老说错了错了的？买花、送花，都是个人的私事，谁也管不着，别理那帮无聊的人。”他却仍然战战兢兢，唠唠叨叨。小说对他的怯懦性格作为文化渊源的揭示：

一幅中堂，挂在父亲的书斋，是字。是两个大字：“无欲”。背诵、默写、记住。罚站、罚饿、罚跪。膝盖脆肿了，站起来，站起来又倒下了。

站起来，站不起来了。

（二）对主奴根性的批判

在我们的国民性格中，不仅有自卑自贱、屈从于权力、讨好主子的奴性，而且有一种主奴双重人格。鲁迅探讨过的这一领域在新时期文学中成为一个批判重点。

话剧《死罪》中那个青年农民眼睁睁看着铁军营长把自己的妻子抱去强奸，在妻子凄厉的呼救声中不敢抗争，却在妻子被强奸之后责问“为什么不反抗”，要她“既然不能做节妇，就做烈女”。他看见营长就吓得发抖，但得知营长已经失去反抗能力的时候却凶相毕露，残暴异常。那句“在羊面前是狼，在狼面前是羊”的台词使人想起鲁迅的有关剖析：“遇见比他更凶的凶兽时便现羊样，遇见比他更弱的羊时就现凶兽样。”（《华盖集·忽然想到》）《桑树坪纪事》中的李金斗也体现着这种性格的二重性：在上级面前唯唯诺诺如羔羊，在村民面前粗暴野蛮如猛虎。《河魂》中的孟老根品行并不恶劣，却也同样带有这种性格：在上级面前逆来顺受，在下级面前独断专横。新时期文学中写到许多机关的守门人、招待所服务员等角色，如王蒙的《悠悠寸草心》中的传达室工作人员，高晓声的《陈奂生上城》中的招待所服务员，古华的《筛子》中的服务员、所长、县委书记等，他们的青白眼，他们的冷淡与殷勤，都体现着作家对那种主奴根性的厌恶。

如果说《死罪》等作品所揭示的是二重性的共时性存在的话，李锐的《古墙》等着重表现的是它的历时性存在形态。对主奴根性的历时性存在形态的思考源于文学历史意识的增长，也许现实生活中的这类现象刺激了作家，使他们去思考阿Q革命如果成功之后。《古墙》试图远距离鸟瞰人类历史和文化，对农民心理做了深刻的揭示。郭福山日夜所思，是盖一座独门独院，自己摇着扇子，长工为他干活。他年轻时闯口外为人扛过活，几十年之后，土地承包到手，便专门从口外雇来一个帮工，对其大要主子威风。小说中那条富于象征意义的磨成石槽的石路，已深印在我们民族文化心理的深层。四海的《蛙鸣》中的老德香，当长工时被地主用烟袋敲过，他所盼望的就是早晚有一天用烟袋敲一下自己的长工。所以，土改时他不仅住进了地主的宅院，而且要来了地主的那杆烟袋。自己受过奴役，就要奴役别人，“多年的媳妇熬成婆”，当了婆婆就去折磨媳妇。这种可怕的报复心理使得奴才做了老爷决不废弃老爷的称号。取而代之的理想形式使历史的一次次变革沿着同一辙印循环往复，白白付出血的代价。这种历史的思考缘于痛苦的经验。

（三）对崇古守旧文化心理的批判

中国是一个农业古国，由于农业生产对经验的依赖，在经验上占优势的老人受到理所当然的尊敬；由于农民所受的种种压迫，使他们只能维持简单的再生产而无力改进生产技术，几千年生产环境、生产工具、劳动产品和操作方式不变，使继承前人的经验比创新和开拓更为重要；由于土地和生产技术的祖孙世袭，自然会产生对长辈和祖宗的崇拜；由于以农业为主的小生产对自然力的依赖，必然导致了敬天畏神，敬神与敬祖又合为一体；因此，中国人形成了一种崇古守旧的心理习惯，美化祖先，崇拜古董，维护传统，反对改革，凡是祖传的都是好的，一切都必须有陈规可循，“天不变，道亦不变”，搬动一张桌子都要流血。

这种文化心理在新时期文学中被许多作家所剖析。从早期吴若增的《翡翠烟嘴》和《蔡七爷和他的瓜皮帽》到贾平凹的《小月前本》和《腊月·正月》，再到韩少功的《爸爸爸》和刘索拉的《你别无选择》，可以看到一条发展和扩散的线索，而向上追溯，还可以与那些思想僵化的形象表现联为一体。在蔡庄人身上，在王和尚和韩玄子身上，在贾教授身上，在鸡头寨的群体意识中，都可以看到被作家揭去了遮盖物的崇古守旧意识。韩玄子这个已经退休的农村中学教师偏偏拼力与专业户王才较量，与改革对抗，并不是因为大锅饭给了他什么好处，而是在于王才破坏了旧有的生活秩序。在韩玄子看来，“是龙的还得是在天上，是虫的还得是在地下”，“他王才是什么东西？”竟然以能赚钱而在村里像个人一样走来走去，这是决不能容忍的。《爸爸爸》中那种盲目的祖先崇拜和长辈权威，敬天畏神和对传统的迷恋，以及篡改历史、美化祖先、回避现实、自我封闭、在大自然逼迫之下步步逃遁的做法，都凝聚了作家对中华民族崇古守旧意识的批判。

（四）对精神胜利、知足常乐的精神惰性的批判

由于历史上过多的动荡和苦难，由于庄子哲学寻找精神逃路并以心理开

导解脱精神痛苦的方法的影响，我们民族的性格中有一种精神胜利和知足长乐的精神惰性。新时期文学对此做了揭露和批判。聂震宁的小说《长乐》表现比较集中：一个衰老破败的小县城，却在县志上大书特书："世有长乐一千八百年之后，方有美利坚合众国。"以古骄人，取得精神上的胜利。一条河流经长乐，长乐人认为只有流经长乐的那一段才算得上是河。河水泛滥成灾，长乐人说上游淹得更厉害，于是求得心理的安慰；上游没有淹，则笑话他们的河里水少，照样取得精神上的胜利。"比上不足，比下有余"，"得乐且乐，知足长乐"，这种处世哲学为长乐人免去了许多烦恼，增添了安居乐业的信心，却使长乐再无兴盛之日，只能在瞒和骗、在自我欺骗中苟活。

应该说明的是，对国民性的批判在一部具体作品中常常是综合的，而非只针对某一个弱点。但上述四点是常见的。这种选择并非偶然，之所以批判温驯与怯懦，因为它是人性的异化与扭曲，使人不成其为人，失掉旺盛的生命力。之所以批判主奴根性，同样因为它扭曲人性，而且阻挡着历史的发展，阻碍着民族走向文明和进步。之所以批判崇古和守旧，因为它限制了人的创造力和开拓精神，不利于变革。之所以批判精神胜利和知足常乐，因为它侵蚀了人的奋斗精神，乐天知命而不思进取。总之，一切选择都与我们时代的人的解放的呼声和改革开放的精神密切相关。

很明显，新时期文学中对民族文化自我的批判与鲁迅有很大的相似之处，它正行进在鲁迅的道路上。这种相似不仅表现在批判的内容上，而且表现在出发点、价值尺度、态度和方法上。鲁迅有感于辛亥革命的结果，从探讨革命的深层阻力出发批判国民性；新时期文学同样着眼于改革与开放，为现代化进程而在文化深处劈山开路。"五四"时期的文化反省主要是批判封建文化，人道主义是有力的思想武器，"人"是鲁迅进行文化批判的价值尺度；新时期文学文化批判的主要内容仍然是封建文化传统，人道主义理所当然地成为重要武器而发挥了作用，"人"也为大批作家自觉地作为批判的价值尺度。鲁迅批判国民性的基本态度是"哀其不幸，怒其不争"，新时期致力于国民性批判的作家同样也是"爱之深，责之切"。鲁迅为改造国民性而批判国民性，新时期文学为重铸民族文化而批判民族文化。鲁迅批判国民性没有把它看作是种族弱点，新时期文学创作中也没有发现中国人人种低劣的结论，而是像鲁迅一样，把它看作一定历史时期国民精神状态的问题，着重批判民族性格中的封建性积淀。

在鲁迅的道路上，这是富于现代意识的作家们的崇高选择，也是中华民族历史发展的必然要求，因为鲁迅为之奋斗的反封建的思想革命和文化革命，对于80年代中国的现代化，仍是当务之急。

三

走上巨人开辟的道路是可喜的。但是，经历了半个世纪之后，一个时代的作家如果在这条道路上原地踏步而没有拓展，则是可悲的。尽管新时期文学中的文化自我批判与鲁迅相比甚多未及和后退之处，但可喜的是在参差不齐之中毕竟有不满足于前代大师之后尘而以深刻的思考进行开拓之处。新时期文学中的文化批判有哪些发展或突破呢？我认为，最突出的是对“脊梁”的毒疮与民族性格中恶的部分及其病因的诊断。

鲁迅在其晚年接受阶级论之后，对国民性的批判并没有停止，但也没有能够继续深入下去。这并不奇怪，上下求索而不见出路的鲁迅承受着绝望的痛苦而又不甘绝望，像我们许多人一样，不愿相信病毒的普遍存在。因此，当他透过阶级论的镜片去观照国民性，终于为自己找到了能够得到某种安慰的区分法。因此，他曾经说过这样的话：“要论中国人，必须不被擦在表面的自欺欺人的脂粉所诓骗，却看看他的筋骨和脊梁。……状元宰相的文章是不足为据的，要自己去看地下。”什么样的人堪称“脊梁”呢？他说：“我们自古以来，就有埋头苦干的人，有拼命硬干的人，有为民请命的人，有舍身求法的人……这就是中国的脊梁。”（《且介亭杂文·中国人失掉自信力了吗》）那么，这“脊梁”怎么样呢？鲁迅没有更具体的论述。他更不可能想到，由于他未做解释的“脊梁”之说，使他批判国民性的斗争成了对空作战，一切努力付诸东流。因为有了逃避的场所，无论“赵太爷”还是“阿Q”，都可以以民族的“脊梁”自居，面对批判的“呐喊”而脸不发红心不跳。

至此，一个问题应该思考：一个民族肌肤生疮并不可怕，可怕的是病入膏肓，脊髓生癌。鲁迅为国民性而拼力呐喊，很难设想只是为了治疗肌肤。

如果那样，对国民性的批判也就成了贵族式的对民众的鄙视。我们承认一个民族有它赖以立世的脊梁，但是，那些堪称民族脊梁的人物既处同一民族文化血缘，身上是否也存在阿Q们的精神血液？

鲁迅多次谈到中国是奴隶的国度。对于奴隶，列宁说过："意识到自己的奴隶地位而与之做斗争的奴隶，是革命家。不意识到自己的奴隶地位而过着默默无言、浑浑噩噩的奴隶生活的奴隶，是十足的奴隶。津津乐道地赞美美妙的奴隶生活并对和善的好心的主人感激不尽的奴隶是奴才，是无耻之徒。"[①]在我们这个民族，这三种奴隶均不缺乏。中国历来不乏揭竿而起的奴隶，但他们之所以变成"革命家"，却常常只是为使自己变成奴隶主，去奴役其他的奴隶。在中国历史上，一次次农民战争付出了巨大的代价，社会变革的车轮却总是在老路上循环往复。这种历史的悲剧鲁迅思考过。那些农民起义的首领是不是民族的脊梁呢？他们身上有没有劣根性？鲁迅在小说中没有回答这个问题。由于同时代人所具有的感情和需要慰藉的心理，鲁迅在批判国民性时没有回答夏瑜们身上是否存在国民劣根性。

在这一点上，新时期文学迈出了较大的步子，对一些堪称民族英杰的人物做了病理剖析。我把王兆军的《拂晓前的葬礼》中的田家祥看作一个象征。他不仅概括了一个时代，也超时代地概括了我们民族历史上一切英雄性格的悲剧。它的成功之处就在于通过一个具体形象使我们联想到民族历史上的许多杰出人物。一个出身卑微的农家子弟，由于社会的不平而产生了强烈的出人头地的欲望。最初只是看到工作队干部除了长裤子还有短裤子，大口大口地吃馒头竟然毫不心疼！于是立志长大也要有小裤子，"而且要穿两条！""一定要买很多很多馒头，给父母吃，自己也吃。"长大以后，自身所处的地位所给予他的政治的和经济的压迫在他心灵上打下了深深的烙印，使他一定要摆脱屈辱，由人下人变成人上人。我们的民族性格的确不只是陈奂生性格和祥林嫂性格，它不乏强者，田家祥就是一个。这同样是我们民族的一种性格。所谓"哪里有压迫哪里就有反抗"也只适用于这种性格。陈奂生和祥林嫂们是无论怎么受压迫也很难反抗的。如果没有田家祥们，历史也就不会有一次次的揭竿而起。田家祥不是那种血性退化者，他是列宁所说的那

①《列宁全集》第13卷，第36页。

种革命家。他的血管里奔腾着几千年来使中国历史颠倒翻覆、取得伟大进步也付出惨重代价的那种血液。苦难和不平成全了他的英雄性格，给了他缘于自卑的强烈自尊，给了他咬牙忍受一切而不忘最终目标的坚强意志，给了他超人的阴谋、手腕和才干。一方面由于群众的愚昧和在苦难中对救世主的仰仗，一方面由于他的苦心经营和坚韧奋斗，他终于战胜了种种困难的考验和享乐的诱惑，得到了群众的拥戴，因而爬上了大苇塘村统治者的宝座。但是，成功之后，他却立即变得狭隘、保守、残暴、专横、怀疑同志、压制群众、不求进取、奢侈腐化。他由“全村人的儿子”变为“全村人的老子”，由公仆变为老爷，由被压迫者变为压迫者，由被掠夺者变为掠夺者，由建设者变为占有者，由大苇塘村历史前进的动力变为阻力。他是大苇塘村最杰出的人物，我们无法否认他是一个英雄。没有田家祥，就没有吃上大米饭的大苇塘村！但是，他奋斗的全过程所划出的抛物线多么令人难过！而更令人难过的是中国几千年的历史正是由这样的英雄和这样的奋斗过程所构成。它使这个民族演出一幕幕悲壮的戏剧，却总是以同样的悲剧收场。从刘邦到洪秀全无不如此。京剧《沙家浜》中的刁小三要强奸妇女时有句漂亮的台词：“老子为你赶走了日本鬼子，你得慰劳慰劳!”那时的文学还只限于对反面人物这样描写，而且与他们的不抗日相对照而形成讽刺，郭建光们是不会这么说和这么想的。新时期文学正在突破这种界限。话剧《死罪》中的铁军营长是真正的抗日英雄，却与刁小三一样要求慰劳。不错，饮食男女也是人性正常的要求，但这种“刁小三哲学”根植于我们民族的杰出人物身上，却使民族的历史成为以生命和鲜血争夺金钱和美女占有权的历史，虎去狼来，生民涂炭，历史难以真正发展和进步。从这样的历史高度对文化和国民性进行反思，文学具有了前所未有的沉重的历史感。

张炜的《古船》虽然有种种艺术上的缺陷（如对抱朴的理想化处理、部分叙述的琐细与沉闷等），但对我们民族性格中恶的部分的揭示成就是空前的。这种揭示由于结合了对民族历史进程的思考而显得更有重量。我们常常满足于这样一种简单的概括：我们的民族是伟大、勤劳、勇敢、善良的民族。但是，只要面对现实略作思考，就无法回避一个向你迎面扑来的不同结论。对这样一个庞大复杂的集合体，任何概括都难免片面。每一个美好的词语加到这个民族的身上都是受之无愧的，但同时又必须加上它的反义词。作为这个民族的儿女，由于深深的爱而使我们感到痛心、惆怅，但严酷的存在却没有为我们准备逃路。她的确伟大而渺小，勤劳而懒惰，勇敢而怯懦，善良而残暴……对此，《古船》做了独到的发现和表现。土改中的民兵惨无人道地奸污地主的女儿，农民割下地主的肉拿回去炒了吃；还乡团回来对他们也如法炮制，四十二人被一起活埋，村干部被五牛分尸，孩子被一撕两半；赵多多奸污地主妻子的梦想在茴子的自杀中破灭，他竟当众撕破她的衣服，在她身上撒尿；“大跃进”，大饥饿，“文化大革命”，每一历史场景都伴随着惨无人道、灭绝人性的行为。而这行为又都有某种合理性。如赵多多对富有者的妒恨，是因为自幼痛苦无人同情。他的凶残是在饥寒交迫中形成的。吃地主的肉者由于苦大仇深，被五牛分尸者由于积恨至深。民族人性中恶的部分造成了恶性循环。小说以沉重的历史忧患意识写出了历史发展中的一条线索：为富者总是不仁，压迫者总是凶残，这一切孕育成强烈的仇恨和炽烈的复仇怒火，复仇怒火中总是燃烧着邪恶的毒焰，因此，复仇者总是再次培养起自己的掘墓人，而掘墓人最后也因恶贯满盈而被埋进坟墓，冤冤相报，未有竟时。这种恶的东西并不属于哪一个阶级，而是为民族所代代因袭。小说写这些，目的当然不是为了展览罪恶，而是让我们更深刻地自省，认识我们自己的丑恶，寻求良方，进行刮骨疗毒的救治。

因此，我们已经看到新时期文学在国民性批判中的又一进展，即对其根源的探索。大量作品都涉笔根源，努力揭示其形成机制和巩固机制。对于不幸命运和戕害人性的行为，中国的普通民众素来不知抗争、不愿抗争。他们常常自身是传统道德的受害者，却又是这种道德的积极维护者。这种状况自“五四”时期就在文学中得到表现，但为什么这样呢？文学却很少做出形象的回答。冯骥才的《三寸金莲》虽然在风俗的描写中常常不自觉地沉溺于其中而欣赏把玩，但总体上的批判仍然不乏深刻之处。缠脚以其残酷的形式扼杀妇女的自然天性，摧残着妇女的身心，因此受到女孩子们本能的反抗。但是，在一种变态的文化中，它又是妇女提高自身价值和地位的手段。所以，戈香莲对缠脚由本能的反抗到无可奈何地接受，由恨戈老太太到感谢戈老太太，由被动缠脚到积极自觉地追求，并在新文化的浪潮拍击着佟家大院时成为顽固守旧者的过程，都是合理而必然的。从这种分析我们明显看到作家在分析国民性时唯物史观所发挥的作用。

四

在人类社会的各种变革中，最艰巨的变革是文化深层结构的变革。鲁迅曾有感而言：“最初的革命是排满，容易做到的，其次的改革是要国民改革自己的坏根性，于是就不肯了。”（《两地书·八》）80年代的中国，举国上下一片改革之声，文化变革却依然不易。在中国，“文化爱国主义”根深叶茂，无论新老，只要成为传统，就成了不可触动的祖宗牌位。中国人并非完全排斥新的，却永远不愿放弃旧的。

在新时期文学中，文化自我批判意识生长的同时，作为一种逆向的存在一直与之发生着有声或者无声的激烈冲突。逆来顺受被当作美德赞扬，任人宰割的羔羊被视为理想人格的范本，愚忠和轻信被誉为“国魂”“村魂”，张扬奴性，歌颂异化，阐发东方解脱之道……这一切在新时期文学中并不罕见。固守传统文化的倾向在文学批判中也表现了出来。有人主张文学推动国民性格的改造，立即有人著文反驳，强调写理想信心和力量。不少人流露出一种担忧：批判国民性有损自信心。殊不知，阿Q们并不乏自信，建立在封建文化和国民劣根性基础上的自信心有不如无。民族的自信心也需要在文化自我批判中重建。

问题的严重之处还不在这些，张扬传统文化以及“寻根”中表现了的文化回归意识在此不论。值得忧心的是由于长期缺氧、贫血造成的思想贫困。由于思想贫困，“五四”批判过的文化糟粕乔装再出，我们的作家却不能识别。一些散发着腥臭的锈镣铐被视为黄金的项圈，旧枷锁被重新油漆，被一些人当作救世的法宝。一些作家有文化批判的强烈动机，在进行批判时却表现出审美倾向的游移、困惑和矛盾，欲批判之，又把玩之。一些有意于文化批判的作家常因缺乏洞察力和找不到批判的价值尺度而陷入盲目，以封建反封建，以旧道德反对旧道德，极力批判国民性而流露出的仍然是国民的劣根性。有一篇小说深刻地揭示了官僚体制的恶性膨胀和人们的权力崇拜心理，以荒诞的形式抨击了官僚体制的荒诞本质。但小说却写了这样一个结尾：由于官僚体制的膨胀，终于造成了官众民寡，不仅真正的权力落到了唯一的群众手里，而且当官的还要反过来拍群众的马屁，于是皆大欢喜。小说前半部分疾恶如仇，后半部分却自欺欺人。这种面对弊病不思变革而作虚幻的自我安慰的心理方式正是我们民族性格的弱点，与阿Q的精神胜利实在相去不远。

由于思想贫困，缺少对文化痈疽的洞穿力，新时期文学中的文化批判缺少足够的深刻性和应有的发展。对国民性的批判大致还限于鲁迅揭示过而且已经被公认的内容。我们的作家沿着鲁迅的文化方向前进者不少，却很少有人学到鲁迅的真精神。作家们大多都在鲁迅挖掘过的开采面上施工，却忘记了鲁迅是在怎样情况下揭示国民劣根性的。鲁迅的伟大之处在于他以现代意识武装自己，在大家司空见惯的“美德”中挖掘出丑恶和卑劣，在“正常”中透视出病态，击碎金碧辉煌的装饰而暴露腐臭的僵尸。今天，辉煌装饰下的腐臭还仍然存在，文学却缺少应有的揭示。按照正常情况，中华民族已具备了对文化自我进行批判性反思的足够条件，因为历史的大劫难有目共睹，民族的劣根性极度膨胀，充分暴露。这种条件比鲁迅当年充分得多，而我们时代的作家没有做出更深刻的艺术批判，不能不是一种遗憾。

由于思想贫困，新时期文学对传统文化缺少彻底的批判。一分为二，批判继承，几十年养成的思想方法使人们如老马识途，总是做如是思考。一代知识分子似乎通通得了中庸之道，不偏不倚，美其名曰辩证地看问题。在这种“辩证”之下，一切都亦好亦坏，无高无低，无优无劣，不必张扬什么，也不必反对什么，更不必改革，不必自新，不必再造，结果只是有利于守旧。被马克思发展了的辩证法被“中和”“中庸”化到这步田地，那位大思想家如果在天有灵，大概也会伤心！这种思想方法极大地限制了文化自我批判的深度和力度。

我赞美并呼唤文化自我批判意识的强化，但是，一些作品使我困惑。如本文前面所说，文化批判意识是政治批判意识的发展和深化，是应变革的呼唤而出现的。然而，我却担心一种忽视政治、逃离政治和陷入文化决定论而为政治开脱的倾向。在一个变革的时代，文学与政治绝缘是不正常的。我们反对文学做政治的奴仆，不等于反对它对政治的关注。我们反对文学受命于政治，主要是指某种特定的权力意志，而不等于反对文学作用于政治和承载政治命题。在这里有必要把权力意志和作家头脑中对于政治的思考区别开来。在中国，政治影响着每一个人的命运，作家既然是社会的良心，文学既然是人学，那就无法不关心政治。今天的时代精神就是变革，文学从事变革事业是光荣而非耻辱，是文学自身价值的实现而非丧失。文化批判也是变革的一个层面，但在今日中国，文化变革如果离开了政治变革，也如政治变革没有文化变革的配合一样，是难以成功的。如果陷入文化决定论，我们可以原谅从慈禧太后到“四人帮”的一切过错，却与变革无益。政治应当承担的责任不应该统统归于文化。因此，我赞美《腊月·正月》《拂晓前的葬礼》《古船》这种文化批判与政治批判结合一体的作品。当此政治体制改革已提上议事日程之时，文学躲进“文化深层”去避风雨，不是值得赞美的倾向。

1987年5月　北京

个人的觉醒与自我的张扬

——论新时期文学的个性意识

一

人们不会忘记70年代末中国社会那个初春时节的社会风貌，中国人的外观突然发生了一个重大变化：奇装异服出现了，高跟鞋、喇叭裤、牛仔裤、蝙蝠衫、麦克镜、披肩发……清一色的大国一下子变成了一个花花世界，尽管当时有人摇头，有人叹息，有人捶胸顿足大声疾呼国将不国，却也终于无可奈何。这种最为表层的世俗时尚说明了什么？它显示的是一种新的文化心理，显示的是一种新的价值观念。甚至可以说，它不自觉地撞响了一种旧文化的丧钟。它，的确是一个文化新时期的开端的最为表层的显示。它所显示的是一种个性主义的思潮。

雅各布·布克哈特在他的《意大利文艺复兴时期的文化》一书中说："在中世纪，人类意识的两方面——内心自省和外界观察都一样——一直在一层共同的纱幕之下，处于睡眠或半醒状态。这层纱幕是由信仰、幻想和幼稚的偏见组成的，透过它向外看，世界和历史都罩上了一层奇怪的色彩。人类只有作为一个种族、民族、党派、家族或社团的一员——只是通过某些一般的范畴，而意识到自己。"[①]在西方，这层纱幕在文艺复兴时期就开始如云

①［瑞士］雅各布·布克哈特：《意大利文艺复兴时期的文化》，商务印书馆1979年，第143页。

烟消散，但在中国，却非常不幸，在20世纪80年代的门槛上，又不得不再次进行撕破这层纱幕的斗争。尽管我们对此不免会有被前进的历史遗落的惆怅，但也值得高兴，一个新的时代毕竟开始，个性意识如新的星辰透过飞渡的乱云闪烁着光芒。我想，把它称作新文化的曙光也不为过分。

这曙光在新时期文学中得到了多角度的折射。特别是在一代青年作家的作品中，我们不难找到那个时期所留给作家们的解放感和新奇感。正是这种感觉，促使他们把这一切写入他们的作品之中。曾经引起争议的《近的云》《一个星期六的晚上》《年轻的朋友们》《戴麦克镜的小伙》《迷乱的星空》等作品所描写的人物虽然常常流于浅薄，有各式各样的弱点，但之所以受到批评，却正因为它们那种文化异己者的挑战姿态。既然生活中曾有那么多旧文化的卫道者担心高跟鞋会踢翻铁打江山，喇叭裤会煽动起社会动荡，那么，当不同于传统的“怪异”形象出现，那种大惊小怪就不足为奇了。何况他们还的确带有让许多人视为洪水猛兽的个性呢！《近的云》中的石棱竟然对现实人生持否定态度，努力考上大学又嘲笑这种行为，不满于学校的清规戒律，学文件时故意引起哄堂大笑以出指导员的丑。《一个星期六的晚上》中的“她”竟敢对经典表示怀疑，对学雷锋的活动给以嘲笑，甚至认为传统理论已经不能解答现实生活中的重大问题。陈建功的《迷乱的星空》中的顾志达总是做出与众不同的选择，并且对其自我选择充满自信。郑万隆的《青年三部曲》中的李晖鄙视世俗，喜欢打扮，语言尖利，个性倔强。她对人们的闲言碎语不屑一顾，“我不是为舆论而活着，正像我不是为标兵而活着。”尽管这股思潮像在生活中的命运一样，在文学作品中一出现就受到冷遇，生长的速度却仍然是那么惊人。与人的主体意识的觉醒相伴随，个性意识的觉醒成为新时期文学的一个显著特征，使新时期文学增添了现代的魅力，向着真正的人学进一步逼近。

刘心武的《我爱每一片绿叶》以悲剧的形式突现了一种思想：个性是应该存在的。这似乎很幼稚，很可笑，就像他在《爱情的位置》中说爱情在人的生活中应该有它的位置一样，说的不过是“1+1=2”的常识，但是，在常识已经多年不被承认的情况下，说出最基本的常识，争取本来应有的生活权利，却需要作家们为之努力。

张抗抗的《夏》第一个赢得了较多的读者。小说获奖本身也在某种程度上说明社会对作品所表达的思想的认可。从《夏》到《无雾的冬天》，可以看到岑朗所走的的确是她自己的路，她敢于怀疑，勇于选择，蔑视世俗，我行我素，自己对自己的全部行为充满自信。《淡淡的晨雾》中那个挣脱了旧锁链的大学生郭立楠对“我是革命一块砖，东西南北任党搬”的口号提出了怀疑。那个曾经满足于做“三好”的梅玫也终于开始独立思考，并且发出了如此的慨叹：“假如这个社会能够允许，让每一个人都能在自己的生活实践中选择真正的信仰，那会避免多少人为的悲剧呢?”

苏叔阳的长篇小说《故土》中的叶倩如，敢于摈弃一切世俗之见，不屈不挠地追求爱情，宁肯“不顾脸皮”，也决不失掉爱的机会，“友谊第一，比赛第二”的竞争方式更充分显示了她作为一个现代女性的个性光彩。楚良的《玛丽娜一世》为我们提供了来自农村的信息，玛丽娜勇敢地要求个人利益，反对以血缘关系占有她的劳动所得而跟哥哥分家，这完全不符合传统的伦理规范，却因此而放射出个性的光辉。我还要提到张承志的《北方的河》，作品中的“他”竟然大学毕业后不服从分配，用毕业生的派遣费跑遍祖国北方的大河，立志要做人文地理学家。他对自己力量的坚信，对自我的反省及其勇敢的选择，使这一形象染着时代的光彩而熠熠生辉。这些作品通过人物形象的塑造，突现人物强悍的个性，以乐观主义态度为人的个性追求唱出了响亮的赞歌。

铁凝的《没有纽扣的红衬衫》与《北方的河》等作品不同，更多关注的是个性与社会环境和传统观念的不和谐，在充分展示这种冲突的同时鲜明地肯定个性的价值和人性美的追求。

到了刘索拉的《你别无选择》和徐星的《无主题变奏》，个性意识已经发展到一个不无偏颇的高度。《你别无选择》写了开始用自己的大脑进行思考并支配自己进行探索的一群。他们各有特点，极不一致，因而严重地破坏了旧有的秩序。但其价值正在这里，通过它，我们看到了那种步调一致的群体模式的解体，看到了个体个性的觉醒及其与集体理性的冲突。李鸣整天想退学，因为他意识到自己不是学音乐的材料。小个子整天擦功能圈，似乎无所作为，却终于要到国外“找找看”。森森勤奋好学，却“越来越纯粹地感到他自身需要的不是这种音响”，因而要寻找一种“真正属于他自己的音响”。我们没有任何理由抹杀李鸣、小个子等，因为他们与森森等一样都是追求者，他们对自己的追求的怀疑正显示着他们个性意识的充分觉醒。他们在投身于某种事业时已经不是盲目的，而是能够思索探究其真正的价值和意义，并且包括了对自身的深入思考。由此我想到了徐星的《无主题变奏》，“我”虽然“搞不清除了我现有的一切之外，我还应该要什么”，而且不知道自身是什么，却能够意识到自己的独立性，决不盲目追随潮流，更不愿意让别人决定自己的命运。这种对自身的思考正是自我意识真正觉醒的表现。他最后向老Q宣布：“我只想做个普通的人，一点也不想做个学者，现在就更不想了。我总该有选择自己生活道路和保持自己个性的权利吧！”由此可见正是清醒的个性意识指导了他的选择。

综观这一系列青年形象，不难发现他们的共同特点：他们与传统的行为模式格格不入。他们所害怕的不是个人的孤独无依，而是个人的自我被淹没于群体之中。他们所希望的是自己决定自己的命运，自己为自己的行为负责。他们对传统的道德信条和价值观念提出了挑战。他们厌恶虚伪，反抗世俗，不愿随波逐流，勇于挣脱羁绊，旧有的道德观念和荣誉观念已经很难成为他们的笼头。他们有极强的批判意识，对于传统，对于世俗，对于社会习惯势力，对于经典和权威，都常常毫不迁就，而采取一种断然不合作的态度。性格的独立不羁，心理的骚动不安，对传统的反叛精神，对群体的抗争，以及对自我选择的坚信，形成这一形象系列的基本特征。

毫无疑问，这些形象显示着一股个性思潮的崛起。

这种思潮的出现，对于我们这个民族来说，是极为可贵的。中国漫长的专制社会形成了独特的文化传统。中国文化从某种意义上说是一种以伦理为中心的文化，它的核心就是“礼”。“礼”的核心是一种等级隶属关系。这种隶属关系最集中的表现就是“三纲五常”。一个人在家隶属于家长，在国隶属于君主，在家在国都只有尽孝尽忠，绝对服从。人只有在这种隶属关系中才有存在价值。这种关系与反躬自省的道德修养相结合，就最大程度地压抑了个性。每个人都时时为“存天理”而“灭人欲”，把自己的个性完全消融于礼治秩序之中。由于这种文化的长期熏陶，中国人无论是在心理上还是在行为上，都习惯了逆来顺受，随遇而安，泯灭自我，依附权威。进入现代社会，这种民族性格的惰性是显而易见的。它事实上是许多难以克服的重要问题的直接根源。

在中国近代历史上，曾经有过个性意识的觉醒。鸦片战争以后，中国人首先觉醒的是民族意识，随着甲午海战中民族自尊心的严重挫伤和中体西用做法的失败，个性意识开始觉醒。鲁迅曾经激烈地抨击中国人的“以众虐独”“灭裂个性”而主张“人各有己”“独具我见”，“尊个性而张精神”。五四运动高举民主与科学的大旗，旗上赫然写着的却是一个大写的“人”字。张扬个性曾经是“五四”先驱者们的神圣使命，可惜的是，这场中国文化史上的大革命，却如弧光一闪，当被唤醒者擦着蒙眬睡眼举头遥望之际，看到的却是内忧外患，国难当头和星空的迷乱。在国际环境的影响下，中国大地上的民族意识和阶级意识空前强化。民族意识和阶级意识的觉醒和强化与个性的解放并不一定是矛盾的，但是，结果却是中国现代文化史上一个无法回避的基本事实：外力的作用、客观环境的要求和文化传统的无形制约使政治家们自觉不自觉地操起旧有的工具来拯救民族于危难当中，或者谋求翻身解放。当传统的群体意识与新生的民族意识和阶级意识相结合，刚刚觉醒的个性意识就被淹没了。我不想以任何理由指责我们民族的文化土壤里面培养出来的那些杰出人物，他们的一切行为都有其历史的合理性，人非圣贤，即使圣贤也难以逃脱传统的制约。我只是深感惋惜，历史为什么不给这个民族以从容的时间，使我们从容不迫地上完那堂启蒙课！

由于这巨大的历史遗憾，辽阔的国土上不再有个性意识扎根的土壤。由于阶级意识、民族意识、国家意识的强化，个性意识成为不受欢迎的东西，而在“五四”时期受到个性意识冲击的一切陈旧观念都乘机反扑，以失败者的仇恨扼住了它的咽喉，扭断了它的脖子。这直接导致了60年代的狂热、虔诚和由此产生的史无前例的悲剧。

经过“物极必反”，中国人终于大醒悟。当人们从血泊中站起来回首历史，偶像的金漆脱落了。历史无情地告诉人们，杰出人物也并不总是英明伟大，如果每个人都有自己的头脑，历史的悲剧也许就可以避免或者减轻，民族的创伤也许能够小一点。当神明愚弄了人们的时候，人们才转而相信自己。罗素曾经指出：在西方，虽然基督教伦理中本来就有个人主义的风气，但在中世纪，大部分人的见解也曾处在法律、教理和风俗的统一支配下，人们的理论信念和实践道德受到天主教会的控制，真假善恶不是凭个人的独立思考来断定，而是由宗教会议的集体智慧来断定。“这个体制中的第一个重大缺口是基督新教打开的，它主张教务总会也可能犯错误。这样，决定真理不再是社会性事业，成了个人的事。”在中国的70年代末到80年代初，个性主义思潮的出现也有着与此相同的时代文化因素。

从这样一个文化背景去观照新时期文学中的这一文化现象，从民族文化重铸这一伟大的历史进程去看这一现象的价值与意义，我无法不为个性意识在文学中的觉醒与强化而欣喜、而欢呼和呐喊。

二

在背负着沉重传统的中国，即使到了80年代，个体个性要取得一席之地也绝非易事。个性思潮的出现已有“五四”作为先导和铺垫，但仍不可避免地与旧文化意识发生激烈的冲突。而且，这种冲突是当代中国文化冲突中最尖锐、最深刻、最广泛、最富于历史意义的冲突之一。

新时期文学生动地、也比较深刻地表现了这种冲突。

铁凝的《没有纽扣的红衬衫》受到普遍的好评。安然可以说是80年代中国大地上站立起来的以个性而见光彩的人物。她的主要特征就是“用自己的眼睛看世界”，不管是什么真理，都必须经过自己的眼睛检验才能信服。她模仿爸爸的口吻说的那段话很值得注意：“我，作为一个画家，一辈子要用自己的眼睛，自己的。契诃夫说过：‘有大狗，有小狗，但小狗无须因大狗的存在而惶惑。所有的狗都叫，但都按照上帝给予它的声音去叫。’对吗?”她有自己的头脑，要用自己的眼睛看世界，用自己的眼睛去认识同学和老师。她坦率真诚，不愿意虚伪，不做“三好”的盲目追求者。她评不上三好学生，因为她毫无顾忌地穿那件红衬衫，因为她诚实而不愿意弄虚作假，因为她不愿意虚伪地去处理所谓“群众关系”，总而言之，因为她的个性没有泯灭而且也决不愿意隐藏起来。她为此而放弃了“三好”的荣誉，因为她看到了比“三好”更重要的东西。这位十六岁的少女带着独立不羁的思考站立起来发出这样的问话：“三好学生为什么非得等别人评选?”她要自己给自己定个标准。这个小说的一个重要主题没有得到重视，那就是小说所表现的那种对世俗观念的抗议和对个体个性的呼吁。不仅安然，而且她的爸爸也因画画稍有个性而不见容于世。因此，作家在作品中反复地发出这样的感叹：“人要能够按照自己的意志走自己的路，那是一件多么艰难的事呵。”

我们的许多作家已经充分地看到了这种艰难，知道它面对的是一个强大的对立面，必然经历的是尖锐而复杂的冲突。张抗抗的《夏》中的岑朗与吕宏之间，《淡淡的晨雾》中的郭立枢与郭立楠之间，《金鹿儿》中的金鹿儿与“我”之间，《你别无选择》中的森森、孟野与贾教授之间，以及改革文学中的思想解放的改革者们与思想僵化的保守派之间的冲突，都常常反映着这片古老的土地上新生的个体个性与传统文化心理的冲突。

在新时期文学中，个体个性与传统的群体理性的冲突常常如当年鲁迅小说中所表现的，有些人物不知道自己行为的目的，却自觉地维护着旧有的一切，反对“异己”，反对“异端”。可以说，新时期的作家们还没有能够自觉地向着集体无意识发掘，但作品中却已经的确出现了种种集体无意识的表现。张洁的《沉重的翅膀》是写改革的，却对个体个性与既成的守旧的群体意识的冲突做出了准确的反映。改革者们的对手并非具体的某一个人，而是一种环境，一种文化氛围。改革的反对者并非因为清醒的意识而进行清醒的抗争，而常常是因为某种习惯。冯效先暗暗赞赏自己的行为准则：“以个人的名义，对某人或某件事表什么态，搞什么名堂，都是冒险的。”在新时期，他惆怅地感叹：“现在当领导真难呵，人们的思想像豆腐渣，怎么也捏不到一块去。‘文化大革命’以前，有谁敢对本单位的领导这样讲话呢？”这种情绪首先是他的领导地位决定的，但同时也是一种习惯性恋旧。对于一个具有强烈个性意识的人来说，让他做一颗行星绕着固定的轨道运行的确是不愉快的事，但对于一个没有个性意识的人来说，如果失掉了一个具有引力的圆心，他就失去了轨道，就会为失去依附而感到恐惧，会手足无措，无所适从。矫健的《老霜的苦闷》把老霜维护过去的一切的行为解释为一种特殊的既得利益者对逝去的好时光的留恋，确有独特的发现，但如果不是从政治经济学的角度，而是从文化历史学的角度观照，就会发现那种心态并不仅仅属于既得利益者。张洁的《七巧板》中的金乃文那样热衷于代替支书做政治思想工作，甚至劝阻受到侮辱的护士申诉，并非因为自身的利益，而是恰恰因为自己也身受其害。这是一种更为深刻的悲剧。

传统观念常常是一种无形的巨大力量，因为它的承载者是大众。正如王富仁所说：“他们的力量不来源于思想的质，而来源于存在的量。作为个体，他们是毫无力量的弱者，无个性就是他们的个性，无思想就是他们的思想，无目的就是他们的目的……这个形象系列的人物在合不在分，‘群性’才是他们的‘个性’，‘个性’在‘群性’中表现得鲜明。犹如蝗虫，作为个体，其‘个性’是模糊的，作为蝗群，才充分表现他们的‘个性’和‘意志’。”[①]新时期文学比较充分地表现了我们民族的奴性心理和盲目追随的劣根性。对他们迷失于某种观念、无法认识现实、无法认识自身的状况做了成功的揭示。如莫应丰的短篇小说《驼背的竹乡》所象征性地表现的，在那样一个环境中，竟然形成了一种以驼背为美、以驼背为福、以驼背为道德的观念。大家都是驼背的，偶尔有一个不驼背的人就成了怪物，被疏远和孤立，最后竟至无法生存下去。在那里，他们的个体个性早已迷失于群体意识当中，又以群体的力量来扼杀个性、抑制着个性的觉醒。正是在这样的一种冲突中，面对强大而无形的对立面，觉醒者才常常表现出一种深深的孤独感。

新时期的文学家们比较充分地反映出了历史的沉重。文学的倾向性是明显的，但作家们也明显地看到了在我们现实的生存环境中，有个性的人常常要碰得头破血流。在张洁的《沉重的翅膀》中，郑子云在思考：“政治思想工作是要把人变成唯命是从的奴隶，还是最大限度地发挥人的积极性，把他提高到倍受尊重的地位？”他的确是一个具有现代意识的高级领导干部，一个独具个性的改革者，但正因为这样，他的秘书一眼就看穿了他的命运：“他太有自己的个性，太有自己的脾气，常常别出心裁干些不合常规的事，光凭这一点，……郑子云的官运，充其量也只能当到这个份儿上。”

虽然如此，个性主义思潮的出现还是有力地冲击了传统观念。由于这种冲突本身具有文化冲突的性质，它不只反映于生活的某一侧面，而是普遍表现于生活的各个领域，呈现出多层次的表现。从社会学角度看，它表现为个体与群体的冲突；在伦理上，它表现为个体欲求与群体利益原则的冲突；在道德评价尺度上，它表现为自律意识与他律意识的冲突；在思维方式上，它表现为求异思维与求同思维的冲突；在对待传统的态度上，它表现为反叛与因袭的冲突；在心理动机上，它表现为创造求新与保守求稳的冲突……一个根本分歧在于用自己的眼睛看世界还是从社会盲目接受一副有色眼镜看世

①王富仁：《〈呐喊〉〈彷徨〉综论》，《文学评论》1985年第3期。

界；是用自己的头脑思考社会还是从社会接受一个既成的模式和答案；是自己决定自己的人生还是随波逐流或者如山羊一样被驱赶上一条生活道路。这种种冲突形成一个复杂的冲突结构，其基本层次表现为相互交叉的两维：共时性的个体意识与群体意识的冲突和历时性的变革意识与守旧意识的冲突。这两种冲突常常合为一体，因为群体意识总是属于既成传统，所以，个性意识不能不面对一个更大的对立面——古老而强大的文化传统。

三

一个现象似乎值得注意：在新时期文学提供的画面世界里，我们更多地看到的是个性被压抑；但在新时期文学提供的创作主体的主观情感世界里，我们更多地感受到的却是个性潜流的撞击。这一现象使我们看到作家精神世界里个体个性地位的上升。无论作家们是否能够自觉地意识到，一种新的观念的确已经出现而且得到了某种程度的确立，它深入一代知识分子的心中，使时代的审美倾向发生了深刻的裂变。

检看作品不难发现，那些唯唯诺诺没有独立见解的人物，那些循规蹈矩安分守己的人物，在作家们笔下不再是被热情赞美的对象，而成为被嘲讽、被怜悯、被批判和否定的对象。相反，那些性格独特富于个性的人物，那些内心骚动不安、富于创造活力的人物，那些所谓“奇人”和“怪人”，却常常成为被赞美、被歌颂、被肯定的对象。这个时代的英雄人物的精神特征已经发生了根本的变化，他们从集体理性的个别载体转变为具有独特个性的个体。

在新时期文学发轫之初，这种变化已在刘心武的《班主任》中表现出来。作家揭掉了谢惠敏头上那在特定时期社会意识中显示出的红色光圈，将其个性的退化和脑壳中那团不会思维的苍白物质暴露在光天化日之下。这个根正苗红、品行端正、工作积极认真的优秀学生、班干部、团支部书记，在作家心中却成了一个被毒化而需要救治的人物。刘心武当时的着力点当然还在于对当时社会政治的控诉，但事实上却已经显示了一种价值判断标准的移位。在反思文学思潮中，这种新的审美倾向得到了较大的发展。虽然作家们并不都是自觉的，但却差不多都因为一种新的政治感情而改变了审美价值判断。反思文学中的英雄几乎都是恶风浊浪中的独醒者。从一个重要的人物形象系列——1957年因为独醒而获罪的“右派”形象系列可以清楚地看到这一特点。这些形象都被作家们赋予独特的个性，独立的见解，清醒的认识和独立的人格。他们敢于怀疑和探索，而不是一切行动听指挥步调一致向前进。改革文学思潮兴起，那些改革者们也无不被赋予这样的独特个性。虽然由于作家们大都缺乏现代政治意识，又因为生活真实的限定，新时期改革者常常是缺乏新素质的旧人，但他们作为这个特定的时代的英雄人物，其主要特征与50年代、60年代的英雄人物已经大不相同。他们之所以是英雄，在于有改革的勇气，有独特的见解，敢于标新立异，敢于对奉行了几十年的模式和教条挑战。50年代到60年代文学作品中的英雄人物往往是集体理性的化身，是社会群体意识的个别载体，而新时期文学中的英雄却开始成为真正具有个性意识的人。把郑子云、李向南与梁生宝、肖长春相比，这种变化是明显的。

人们已经开始认识到，对教条的绝对信任，对权威的绝对服从，对神明的绝对依附，并非人的美德，而是一种蒙昧和无能的表现。作为一个活生生的人，不应该是机器人，只有接受指令的神经。自己的头脑不是思想的发源地而是别人思想的殖民地，是人生的一大悲剧。人不仅不应该是会说话的工具，而且也不应该是他人的附属品。不少具有娜拉意义的形象出现，说明了中国作家的这种觉醒。《天云山传奇》于有意无意之间使周瑜贞和宋薇形成了鲜明的对照。周瑜贞喜欢议论政治，议论起来尖锐泼辣，特别看不起那些“离开本本就是瞎子”的人。谈到政治是非，她说：“‘四人帮’有‘四人帮’的标准，你们有你们的标准，而我呢，我也有我的标准。”宋薇却对此大为不解：“啊！这么说你和我还有不同的标准?”因为宋薇的青年时代完全是另一个样子：“那时的我，以为这些政治上的问题，都是党和上级的事，我们这些普通党员，只要响应号召就行了。”正因为这样，当吴遥通知她罗群已经成为党的敌人——右派分子时，她为此晕倒，睡了三天，第四天就与罗群一刀两断了。她没有问，也没有想罗群为什么成了右派，而且许多年过去之后也没有怀疑过对罗群问题处理的正确性。作家对周瑜贞的精神特征还缺少更为深刻的认识和把握，但从他对两个人物的态度，以及对宋薇性格的揭示和最终让其觉醒的艺术处理，已可见作者的审美评价。

四

凡是稍有点社会学常识的人，都不会无保留地张扬极端的个性。很难想象因为强调个性就鼓励战士不服从将令，就鼓励胡作非为。任何人都应该知道，并不是一切个性都值得张扬，因为非常清楚，恶与丑也会以个性的形式出现。令人欣慰的是，新时期文学中的个性主义没有走向不健康的极端。

按照马克思主义的观点，文化每前进一步，都是迈向自由的一步。“每个人的自由发展是一切人们的自由发展的条件。”[①]个性的发展是历史发展和人类进步的标志，又是必不可少的条件。社会的进步总是呼唤着有个性的个体，总是以个体意识对群体意识的否定和扬弃为前提的。人类意识可以有种种划分，从某种意义上我们可以把它划分为个体意识、群体意识、传统意识、当代意识四个交叉层次。个别个体的自我意识是一切人的社会意识赖以建立的条件，社会的群体意识总是建立在个体意识的基础上。作为个体的先驱者的意识为群体接受而变成社会意识，然而，当它成为社会意识之后就常常开始趋于保守而阻碍和扼制新的个体意识的产生和传播。新的个体意识最终却仍然要挣脱社会意识的羁绊而成长为新的社会意识。这就是人类思想观念发展的历史。当一个民族进入文化自觉的时代，为了自身的生存发展和兴盛，就要以有力的措施保护个性、张扬个性、发展个性。众所周知，人类的理想境地是人和自然之间、人和人之间、国家与国家、民族与民族之间的和谐。在这其中，一个重要的矛盾就是个体与群体的矛盾。它难以根本解决，却是思想家和文学家一代又一代为之奋斗的，留下了许多成果。由此观照新时期文学，我们不难发现作家们的探索尚欠深度。新时期文学中的个性意识并非全都无可指责，在一些性格怪异的形象身上，常常散发着卑俗的气息，而且的确出现过一些自私自利毫无社会公德和社会责任感的人物。但是，只要不是因抵触而固守偏见，就可以看见新时期文学在张扬个性的过程中已经做出和正在做出合于这个时代需要的选择。

我们这个时代的年轻人正生长着一种强烈的渴望——实现自我。他们决

① 《马克思恩格斯选集》第一卷，人民出版社1972年，273页。

不愿意再次放弃自己人格的独立。他们也正在承受着一种深刻的痛苦，厌恶传统的信条和原则却深感自己周身缠满了绳索而无力挣断。相信自我力量强大的只是极少数，但即使感到自身力量的渺小，也不愿意被群体所淹没。像历史上任何一个重要的变革时期的青年一样，他们在实现自我的追求时渴望得到导师的导引，他们在对一切价值进行重估时也做着自己的选择，于是，萨特的存在主义得到了一部分青年的好感，年轻的作家们谈论存在主义津津有味，但在作品中认真表现存在主义哲学观念的却并不太多。他们即使认真地吸收存在主义的东西，也不过是借助它以使自己从各种束缚中站立起来，通过自我选择和自我设计而使自我强大起来。

我不知道这是一个优点还是一个缺陷：我们这个具有几千年文化传统的民族对任何外来文化都不会原样输入。作为现代意识范畴的个性意识，在其最初进入中国时就有附加物。鲁迅力倡“人各有己，不随风波”，却也曾经在《破恶声论》中透露是为了“群之大觉”和“中国亦以立”。与鲁迅遇到的情况大致相同，新时期作家在张扬个性时也无法回避这个矛盾：个性意识要求人在自身发展过程中达到自我认识，把自己变成一切活动的原则根据，它不要求主体对外界承担责任和义务。这当然有助于个体从群体中解放出来，但对于热血儿女来说，却很难真正做到。无论把忧患意识和责任感归于哪家传统，反传统的斗士也不愿意抛弃这个传统。它在个性意识的作用下剔除了忠君性质，更成为一种珍贵的元素。面对这种选择，不难看到新时期作家的意识风貌：“自我实现”和“为民族”“为人民”如何统一？个性的彻底解放和肩头的群体使命如何统一？作家们多在谋求一种结合而不愿意走极端。也许正是由于这种思考，新时期文学才总是小心翼翼地把个人和利己剥离开来，在张扬个性时赋予个性以更多的社会积极意义。也许正是由于这种思考，路遥才在《人生》中对高加林有点不宽容，张辛欣才在《在同一地平线上》中对她所欣赏的孟加拉虎有所否定。这不能排除传统观念的影响，但也不能否认它源于当代作家所处的现实矛盾。他们不能不倾听人民的呼声，不能不思考民族的命运，因而要在个人与人民、个人与民族间寻找接通点，把社会责任引入个性意识。于是，当代中国人个性意识的理想模式就表现为这样一个过程：把自我之外的对象作为否定物而实现自己的真理性，然后又自觉地承担起社会和历史的责任。郑子云、李向南等改革者，都鲜明地体现着这种选择。

五

在此，必须解决的一个问题就是个体与群体的关系问题。

首先，一些概念应该澄清。个人主义是什么？《现代汉语词典》中的解释是一种“错误思想”，“一切从个人出发，把个人利益放在集体利益之上，只顾自己，不顾别人的错误思想”。但是，鲁迅说过他是个人主义者，许多“五四”先驱都曾张扬个人主义。茅盾在《关于创作》中概括“五四”时期的文学精神时也说：“人的发现，即发展个性，即个人主义，成为‘五四’时期新文学运动的主要目标；当时的文学批评和创作都是有意识地向着这个目标。个人主义（它的较悦耳的代名词，就是人的发现，或发展个性），原是资产阶级的重要意识形态之一，故在新兴资产阶级的意识形态对封建思想开始斗争的‘五四’时期而言，个人主义成为文艺创作的主要态度和过程，正是理所必然。而‘五四’新文学运动的历史意义，亦即在此。”由此看来，他们所说的个人主义并不是《现代汉语词典》中那个“个人主义”。

一个更重要的问题是，是不是张扬个性，就是不要集体？个人主义与集体主义究竟是什么样的关系？事实上，它们之间并不只是矛盾对立的，而是只有个体个性的高度发展，才有真正的集体主义。马克思说过：“人的社会历史始终只是他们的个体发展的历史。”①他曾不只一次地声明，他的历史观是“从现实的、有生命的个人本身出发的”②。正因为如此，马克思把是否能够使个人得到全面发展看作是区别“真实的集体”与“虚幻的集体”的唯一标准。按照这种区分，抹杀个体价值的集体是虚幻的集体，这种集体在否定了个体的同时也否定了它自身。我们可以设想，一群没有个人的人格尊严、连自己的权利都不清楚的人，固然可以随便让他人意志强加于自身，俯首顺从，步调一致，却也可以对集体毫不负责任，也就不可能自觉地维护集

①《马克思恩格斯选集》第四卷，人民出版社1972年，第321页。

②《马克思恩格斯选集》第一卷，人民出版社1972年，第31页。

体利益。我们在反对个人主义时常常只见其“我行我素”，却没有看见它的“个人责任”。自己做出了选择，当然要为这选择负责。他人代我选择，当然无须我来负责。奴隶不可能、也不应该承担什么责任。我们常常有一种误解，似乎只要扼制了个体个性，集体主义精神就会得到巩固和发扬。其实不然，个体一旦被非法化，它就不会有尊严，而个体尊严的丧失恰恰是集体的危机。他制他律总有达不到的地方。一旦赖以集结的凝聚力下降，不健全的个性就会病态泛滥危害集体。一个不知尊重自己个体的人，不可能懂得尊重其他个体，也就不会产生由个体组成的集体。当今世界的文明状况已经告诉我们，越是个体个性不发达的民族，才越容易成为“一盘散沙”。“树倒猢狲散”，“一将战败千军溃”，今天一致举手拥戴，明天一致呼喊声讨……正是因为集体不是建立在个体个性充分发展的基础上，是马克思所说的“虚幻的集体”。

在这一点上，我们这个民族有着极为深刻的教训。我们的传统习惯于从群体发展的需要出发，给个体制定种种行为规范，根据群体的需要而塑造个体。我们习惯于片面强调群体利益高于一切，而忽视个体的利益。我们习惯于强调和谐，却常常以牺牲个体发展为代价。我们习惯于强调个体的服从性，而忽视个体的独立性。我们习惯于重视群体的凝聚力而往往忽视个体的活力和以这种活力为基础的创造力。在这样一种文化氛围中，孩子从小就习惯了以群体之是为是，以群体之非为非，以群体之善为善，以群体之美为美，时时处处努力与众相同，培养起了牢固的求同思维。其结果却是以保守的共性压制了新生的个性，以历史的成果捆绑了未来的翅膀，窒息了个性，扼杀了天才，极大地影响了开拓型、创造型人才的造就。因而导致群体活力衰竭，历史发展缓慢。同时，又正因为大多数人缺乏个性，才使少数个人意志膨胀者凌驾于群体之上成为可能。

1986年8月　北京

论新时期文学对极“左”政治的批判

进入改革开放的新时期之后，文学首先展现在我们面前的是强烈的政治性。从某种意义上说，70年代末到80年代初的中国大陆文学是一种政治性极强的文学，是密切关心政治而且充分发挥着政治斗争职能的文学。它有强烈的社会忧患意识和高度的历史使命感，而这种忧患意识和使命感主要表现在作家们的政治激情和由此而产生的强烈的政治性主题。它鲜明地反映着那个时代的政治风云，体现着一个时代的作家对政治的关注和思考。

在新时期文学所进行的政治思考中，首先引人注目的是对极“左”政治的批判。因此，从某种意义上说，新时期文学又是在对极“左”政治路线的批判中诞生和成长的。作家们以不同的声音和方式从不同侧面对极“左”政治进行批判，构成了中国新文学史上一个独特的文化景观。这种批判是结束十年“文革”之后的必然，因为社会要发展，就不能不批判阻碍社会正常发展的极“左”政治。因此，在70年代末和80年代初，对极“左”政治的批判成为文学的一个重要主题。

一、批判的三个重点

文学对极“左”政治的批判最引人注目的是三个方面：

（一）阶级斗争扩大化

“左倾”思潮的重要表现之一就是阶级斗争扩大化，而阶级斗争扩大化的基本表现就是把成千上万的好人当作坏人，把不是敌人的人当成敌人，让不应该受到打击和制裁的人受到打击和制裁。这就必然地要制造出一系列冤假错案。

新时期文学在最初的几年集中表现的是“文革”当中流行的血统论和株连政策对人民的严重危害，特别是对那些出身于非无产阶级家庭的无辜的青年的摧残。在“伤痕文学”中，不少作品写了血统论给人们带来的灾难和不幸。

在《伤痕》中，母亲被打成“叛徒”之后，王晓华提前下乡，拒绝接受母亲寄的东西，以示决裂之彻底。这一切需要付出多么大的代价可想而知，但她仍然受到种种歧视，连共青团也加入不了，甚至失掉了爱的权利——为不连累恋人的前途而紧紧关上了爱的窗户。“文革”时期非红五类子女因为血统而遭受的痛苦由此可见一斑。

然而，对血统论的揭示却有一个往往被忽视的发展和深入的过程。应该感谢“文革”制造了一些冤假错案，因为冤假错案有翻案的可能，就留下了一个可以突破的环节。事实上，血统论对人们的危害以及它所留给人们的精神创伤在此之前已经普遍存在，但在过去的时间里，无论社会舆论还是文学创作都是绝不可能为“阶级敌人”鸣冤叫屈的。新时期之初这类作品大都与《伤痕》一样，虽然在控诉血统论的危害，所描写的“阶级敌人”却仍然是假的。他们本来是革命干部，却被打成叛徒、特务或走资派而使子女受株连。但是，这些作品的作用是巨大的，因为尽管王晓华们的血统是纯正的，人们却已经由此感到了血统论对真正的“黑五类”的严重摧残，并且必然地引起如是思考：如果王晓华们是真正的阶级敌人的儿女，难道就应该遭受那种非人的折磨吗？作家们对于问题的真正严重之处必然地要进行他们的思考。于是，一些真正反映长期存在的血统论问题的作品出现了。在这些作品中，影响比较大的是李发模的长诗《呼声》和崔德志的话剧《报春花》。

《呼声》发表于1979年《诗刊》第2期，一发表就引起了强烈的反响。作品用诗体书信的形式诉说了一个姑娘在极“左”政治路线盛行时期被血统论一步步逼上绝境的悲惨故事。一个纯洁可爱的少女，由于出身于地主家庭，就再也无法逃脱苦难的命运。她向往美好的生活，但血统给她的生活罩上了阴影，使她只能陷入悲惨的境地。她应该有权利爱别人，也有权利被人爱，但是，她的爱被一道人为的高墙隔绝。血统论毁灭了她的理想和青春，剥夺了她的权利和尊严。由于爷爷是地主，她无论怎样热爱祖国，无论怎样积极地改造自己，无论如何努力工作，都改变不了自己的命运。她为此而付出种种代价，为此而受尽种种凌辱。当她的青春因为出身不好而可以被随意蹂躏和野蛮掠夺的时候，她终于无法忍受生活的折磨，呼喊着告别了这个世界。她的死是对血统论的抗议，是对阶级斗争扩大化理论基础上形成的血统论的血泪控诉。这呼声是当代中国历史上那些出身于非无产阶级家庭的青年共同的心声。虽然没有确切的调查和统计，我不知道在中国曾经有多少所谓"黑五类"子女。但历史不会忘记也无法掩盖，由于阶级斗争扩大化，千百万本非阶级敌人的人仅仅因为父辈或祖辈被划入阶级敌人的行列，就被剥夺了普通人的生活权利，被歧视、被虐待甚至被杀戮。

这一切，最初是不可能得到表现的，但它在一些作家心中产生的冲动却推动着作家去控诉这种野蛮的暴行，而且使他们一旦谈及这些脸上烫有红字的群体，就难以抑制内心的悲愤情感。李发模在谈他的《呼声》的创作时说："在下乡采访中，我常有机会和一些知青接触……多次耳闻目睹过他们的婚姻恋爱悲剧。分明是一对好好的情侣，只是由于出身的差异，便只好鸳鸯拆散。有的被逼疯逼傻，更有的跳崖跳水，上吊自尽……在十年浩劫的日子里，封建的血统论夺去了我们这一代多少不幸者的青春、生命呀！"（《我是怎样写〈呼声〉的》）

比较集中而且比较深入地对血统论进行揭露与批判的作品当属崔德志的话剧《报春花》。这是最早把对血统论的批判搬上戏剧舞台的剧本。作家设置的戏剧冲突是正确思想路线和错误思想路线的冲突，也是高尚人格与卑下人格的冲突，但其中的主要矛盾是正确路线与极"左"政治路线的冲突。剧作家着力批判的是极"左"政治观念之下的血统论思想，着力揭露的是极"左"思想对那些出身于非无产阶级家庭的子女的严重伤害。粉碎"四人帮"之后，老干部李健恢复了纱厂党委书记兼厂长的职务，当他走上领导岗位时，面前摆着的是一大堆亟待解决的问题：一个冒牌的先进企业，到处是虚假的繁荣，生产月月超额完成任务，红旗得了一面又一面，奖状挂满了办公室，实际上却是产品积压，商店不收，用户退货，经济严重亏损。这种状况本身就是极"左"政治造成的。可是，问题的严重之处还不在这里，而是一些领导干部的极"左"观念在严重阻挠着生产的发展。面对这样一个烂摊子，李健经过深入调查研究发现了质量问题是厂里的主要矛盾。要提高产品质量，就要树立优质高产的标兵。真正的标兵只有白洁，因为她是唯一的一个五万米无疵布的工人。但是，白洁出身不好，父亲是历史反革命，母亲是右派，阶级敌人的女儿，自然是地地道道的“狗崽子”。这样的人能做标兵吗？围绕这个问题，矛盾冲突在党委书记和副书记之间展开，也在两个家庭四个人物之间展开：李健与女儿李红兰，吴一萍与儿子吴晓峰，两家四口在树立白洁做标兵的问题上形成了两派，各自表明自己的态度，显示着自己的立场和思想感情，也显示了不同的道德水准。李健敢于冲破种种条条框框，以现代化建设大业为重，反对血统论，主张看人要坚持重在表现，坚持树白洁为标兵。党委副书记吴一萍思想僵化，坚持“左”的观念，坚持以阶级斗争的观点看问题，坚决反对树白洁做标兵。李健与吴一萍发生了激烈的冲突。而李健的女儿李红兰却站到了吴一萍一边，吴一萍的儿子吴晓峰却站到了李健一边。于是，矛盾冲突就不仅表现在单位，而且在家庭生活中同时展开。

剧本通过白洁形象的塑造使人们清楚地看到了血统论的残酷和荒谬。白洁是一个精神上受到严重创伤而心灵纯洁、品质高尚的姑娘，一个勤勤恳恳、埋头苦干、成绩优异的纺织女工。她从小就立志做一个对人民有用的人，但因为父亲是历史反革命，母亲是右派，上学时戴不上红领巾，进工厂入不了团，长期受着精神上的折磨。生活使她知道自己“生下来就和别人不一样，只能埋头苦干去偿还父母欠下的债，而不能期望别的”。这种生活处境形成了她独特的性格特征：沉默寡言，委曲求全，忍辱负重。她感情热烈而从不敢大胆表现，头脑清醒而从不敢理直气壮地争辩是非，默默奉献而从不敢争取任何属于自己的东西。然而，正是这个外表冷漠的姑娘，在动乱岁月里冒险营救被迫害的老干部李健，帮助被关在监狱里的吴晓峰。正因为这样，吴晓峰深深地爱上了她，而远离了那个在他被关进监狱时与他划清了界限的女朋友李红兰。在生产上，她默默地坚守岗位，四年干了五年的活，创造了连续五万米无疵布的最高纪录。但是，就是这样一个好工人，要被树为生产标兵却引起了厂领导之间的激烈斗争，使她也陷入了无以自拔的矛盾之中。为了不破坏厂里的“安定团结”，也为了使李健不要为她犯错误，她隐忍痛苦制造了出次布的假象，违心地拒绝吴晓峰的爱情。白洁这一形象有着深刻的社会意义。她性格中的沉默寡言和自卑，体现着阶级斗争扩大化在她心灵上留下的创伤。她品质高尚、积极能干而处处遭受歧视，本身是对“左”的政治路线的批判和控诉。

这种悲剧在那个年月是司空见惯的。这些作品虽然由于当时创作的空间而远远没有写出其命运的悲惨处，但是，这些悲剧已经足以表明，阶级斗争扩大化不仅通过冤案伤害无辜，而且通过株连伤害他们的亲戚和朋友。在我国几千年的专制社会，有“满门抄斩”“夷灭九族”的刑罚。一人犯罪，要祸及整个家族。通过“狗崽子”们的遭遇，我们的文学初步地揭露了当代政治生活中曾严重存在过的株连。这种株连是以腐朽的血统论为依据的，散发着古老的血腥气息。它与等级特权紧密相关，一方面是一荣俱荣，耀祖光宗，封妻荫子，共享世袭的各种特权；另一方面是一损俱损，一人犯罪，祸及满门。在那个年代，这种思想观念和惩罚方式的存在，不能不引起人们的思考。

（二）乌托邦理想的强行实践

在80年代的中国，“左”与“右”的概念是特殊的。考察左与右的本意，“左”意味着激进，“右”意味着保守。从这个意义上说，“文化大革命”的问题的确是“左”。阶级斗争扩大化是“左”的表现，乌托邦理想的冒进实践也是“左”的表现。从根本上说，那样的革命之所以发生，重要原因之一是乌托邦理想的诱惑。而对这种乌托邦理想的实践，更早是在1958年的“大跃进”运动。为了迅速建成所谓的“人间天堂”，鼓动起狂热的激情，进行轰轰烈烈的运动，使全世界为之震惊，但结果却是三年大饥荒。接下来则是1964年开始的“社会主义教育运动”和1966开始的“文化大革命”。这一系列极“左”的运动，极大地危害了人民的生活。新时期文学一开始就呈现了一个比较好的角度，从民本的角度透视政治，以人民的利益衡量政治。事实上，人们之所以要彻底否定极“左”政治，动力首先就来自它对人民生活的危害。极“左”政治不仅以专政的名义迫害无辜，通过教育毒化青少年，而且使人民群众遭受苦难，破坏了人民的日常生活。从《邢老汉和狗的故事》《我应该怎么办?》《月兰》《许茂和他的女儿们》，到《“漏斗户”主》《李顺大造屋》《芙蓉镇》《犯人李铜钟的故事》……作家们在广阔的背景上展示了极“左”政治给广大人民群众带来的不幸。

在高晓声的《“漏斗户”主》中，陈奂生是一个“饿着肚子的产粮机”。他身强力壮又勤劳能干，却年年缺粮，只能饿着肚子生产粮食。陈奂生像大多数中国农民一样坚忍：“没有饭就吃粥，没有粥就瓜菜代，没有瓜菜就吃榆叶、马兰”，苦苦地挣扎和等待着，然而，等了一年又一年，直到“文革”结束，历史发生转折，才终于吃饱了肚子。当分得的粮食在他面前一箩一箩堆起来时，他终于难以抑制自己的泪水，痛快地大哭一场。作家无需说什么，陈奂生的泪水就是对极“左”政治的控诉。

仍然是高晓声的短篇小说，《李顺大造屋》通过一个普通农民为造屋而艰苦奋斗三十年的曲折经历，深刻表现了中国农民在极“左”政治思潮泛滥的年代里的生活和命运，并以此有力地批判和控诉了极“左”的政治路线对农民的严重危害。作为水上船民的李顺大，在土改中分得了土地而没有分得房屋。因此，他发誓要以“吃三年薄粥，买一头黄牛”的精神造三间房屋。为此，他带领全家省吃俭用，以最原始的积累方式开始了艰苦卓绝的造屋准备工作。经过几年的艰苦努力，他终于积下了造三间屋的材料。但是，“大跃进”运动到来，李顺大的木料和砖瓦被无偿地拿走，用于大炼钢铁和人民公社的猪圈，李顺大为造屋而付出的努力成了泡影。“大跃进”和大饥荒过去之后，李顺大又开始了他造屋的奋斗。经过几年的努力，他又攒起了可以造三间屋的钱。可是，正当李顺大准备造屋的时候，史无前例的“文化大革命”开始了，造屋的钱被革命洪流席卷而去，不仅造屋的理想成为泡影，而且李顺大也被抓起来，尝到了无产阶级专政铁拳的滋味。小说以土改、“大跃进”“文革”和粉碎“四人帮”之后的几个历史断面，以李顺大造屋的经历为线索，描写了土改、“大跃进”“文革”等几个历史断面的社会生活，生动地展示了中国当代农民的命运，从一个侧面表现了当代社会发展的曲折历程。李顺大造屋的经历，是几十年中国农民命运和社会主义建设事业的一个缩影，中国农民艰苦奋斗创造美好新生活的努力为什么总是一次次受到沉重的打击，小说正是这样表现了极“左”的政治路线对农民的严重危害，从而批判和否定了极“左”政治。

张弦的《被爱情遗忘的角落》使我们看到了另一方面的内容。小说通过母女三个女性在三十年历史中的爱情生活的描写，反映了当代社会由于“左”的政治而造成的物质贫困、精神贫乏，和历史的倒退。曾经在新中国成立初期反抗包办婚姻的菱花在几十年之后又成为女儿婚姻的包办者；青年男女失掉了健康地发展美好爱情的条件；封建观念残酷地扼杀了年轻人的爱情和生命。小说对于农村政治、经济和文化的全面表现使我们看到了一片被爱情遗忘的土地。那里之所以被爱情遗忘，是因为经济的贫困和文化的落后，而经济之所以贫困，文化之所以落后，是极“左”政治决定的。

因为1958年的“大跃进”和人民公社化导致的三年大饥荒，在当时的文学创作中没有得到表现。因为当时的文学正全心全意地为政治服务，适应政治的需要而打扮生活。即使作家们自己饿着肚子，即使自己的亲人已经饿死，也仍然在歌唱幸福生活。但是，历史的记忆在亲历者心中是不易忘记的。一场灾难发生了，当时的舆论无声无息，历史的叙述不露任何痕迹，这种成功需要极大的力量。对于晚生代孩子们来说，自然是只知道来自教科书的艳阳之下欢乐的人群，但对于亲历者来说，一些事却难以忘记。所以，“文革”结束之后，进入新时期，当思想解放的潮流使作家获得了诉说的权利，被掩盖的历史就在文学中首先展示了出来。1958年的“大跃进”和公社化运动本身的面目和它的后果终于出现于作家的笔下。这种控诉无不指向“浮夸风”“共产风”等乌托邦理想的社会实践。作家们写的是灾难，控诉的是灾难的制造者，是极“左”政治。

《犯人李铜钟的故事》对1960年那场席卷全国的大饥饿做了第一次真实再现。小说脱胎于当年河南信阳发生的一个真实的事件，对灾难的表现是惊心动魄的，揭示和剖析也是深刻的。1960年春天，李家寨大队与全国许多地方一样，大食堂在立春那天把最后一盆玉米面搅到装了五担水的大锅里以后，全村就绝粮了。李铜钟几次去公社，公社党委书记却严厉地批评他“屁股不要再坐到富裕中农的板凳上”。就在李家寨的树皮已经剥光吃尽的时候，公社书记仍然要求李铜钟反右倾。面对饥饿的群众，李铜钟决定杀牛。每人九两三钱牛肉又能产生多少热量呢？断粮的第七天，全村四百九十多口人就有了四百九十多个“水肿病”患者，一百多人躺在床上奄奄一息，烈属老杠叔躺在床上让老伴拽一把棉花套子给他嚼着，医生让李铜钟派还能爬得动的劳力到西山挖墓坑，越多越好……这时候，杨书记打来电话说口粮有了，但当李铜钟赶到公社时看到的却是自欺欺人的“代食品”。无路可走的李铜钟来到粮站，面对根本无权批准借粮的粮站主任，咬破手指写下借条，当天晚上让社员们把粮食运了回去。死亡线上的村民得救了，李铜钟却作为带头“抢皇粮”的罪犯被捕，结束了年仅三十一岁的生命。

小说不仅写出了这场历史悲剧的历史场景，而且生动揭示了造成悲剧的原因。公社党委书记杨文秀只知道迎合上级的“大跃进”口号而不顾群众的死活；本来朴实的大队长张双喜被迫学上了吹牛浮夸；甚至从那位敢于为民做主的田振山身上也可以看到，作为县委书记，他一年三百天都在开会，下面的情况却根本不清楚。当农民群众在死亡线上挣扎的时候，他还为杨文秀的喜报而高兴。如此等等，悲剧怎么能不发生？造成这悲剧的是“大跃进”和浮夸风，而“大跃进”和浮夸风的主要根源就在于极“左”政治。

（三）个人崇拜和迷信

对领袖的崇拜和迷信，当然不只是政治问题，但是，在50年代到70年代，它却与极“左”政治紧密地结合了起来，互为因果，个人崇拜助长极“左”政治思潮，极“左”政治思潮又进一步地推动着个人崇拜和迷信。这样，个人崇拜和迷信就与极“左”政治建立了一种密不可分的关系。

张弦的《记忆》比较早地揭露了在“文革”之前就已经存在的个人崇拜和现代迷信给人带来的悲剧，也比较早地展示了现代迷信扼杀人、颠倒人的罪恶。十八岁的女放映员方丽茹是一个纯洁美丽、热情向上的姑娘，只因为在电影放映之前接到一封求爱信，心慌意乱倒装了片子，把领袖接见外宾的形象倒立放出，虽然时间不过几秒钟，却被看作严重的“反革命事件”。方丽茹被开除团籍，开除公职，戴上“现行反革命分子”帽子，遣送农村劳动改造。值得称道的，小说是把“文革”之前的这种事件与“文革”之中的这种事件联系了起来，讲述了另一个故事：当年决定把方丽茹打成现行反革命分子的宣传部长秦慕平，在“文革”中被抄家，革命小将在他的床下发现了用报纸包着的破皮鞋，而那报纸上印有伟大领袖的画像。于是，他也被打成了现行反革命分子。正因为自己有了这样的痛苦经历，官复原职的秦慕平才“永远把自己对人民犯下的过错、造成的损失，牢牢地铭刻在记忆里”，而且坚持为方丽茹平反。

在“文化大革命”中，这是屡见不鲜的故事。因为一张画像，一句语录，一个像章而成为“现行反革命”，导致家破人亡并不罕见。个人崇拜是中国当代社会政治思想领域里一种奇特的异化形式。它与宗教对人的异化有许多共同之处，不同的是崇拜的对象不同，一个在天国，一个在尘世；目标指向不同，一般宗教指向善，而现代迷信却没有向善的目标。现代迷信最突出的特点是造神，创造出各种宗教仪式，把领袖的一言一行都充分神圣化，然后在自己创造的神灵面前顶礼膜拜，并在顶礼膜拜的过程中丧失自己的意志和思想，使自己成为崇拜对象的奴隶。我们的文学反映了这种个人崇拜和现代迷信的盛行，揭示了政治生活中的种种荒谬。

来自大西北的诗人杨牧有一首题为《站起来，大伯》的诗，毫无疑问是值得关注的作品。诗人深入到时代和历史的深处寻找反常时期反常现象的历史原因，使这首诗获得了深厚的历史感和深沉的思想力量。诗的小序写道："一个时代有一个时代的成因。据说，在三十年前的开国大典上，当工农兵队伍浩浩荡荡经过天安门前时，一个从乡下来的饱经风霜的农民，热泪纵横，纳头便拜；民警慌忙将他扶起……"诗人抓住这个小小事件，在这个农民身上找到了思想的集汇点和诗情的喷火口，形象地表现了历史的沉重，喊出了时代的呼声。诗中告诉人们，天安门城楼上正在向全世界宣布："中国人民从此站起来了！"而作为具体的中国人民的大伯却跪下去了；《国际歌》正在高唱"从来就没有什么救世主"，大伯却正在伏地叩谢拯救之恩。大伯就这样进入了新时代。新时代本应帮助大伯认识到自己是国家主人，帮助大伯真正挺起腰杆成为国家的主人，但事实恰恰相反，到了60年代，诗人看到的是更加令人痛心的场面：

"早请示"的队伍里，
您低下了头颅，唱着"圣歌"；
"晚汇报"的暮云中，
您弯下脊背，忏悔"罪过"，
就在村头的打谷场上，
您也跳起"忠字舞"了，
患过风湿的老骨头呵，
格崩作响，前仰后折……

诗人忍不住为大伯和祖国而哭，最后则向着大地发出了呼唤："站起来呀！大伯，大叔，大爹们——”巧妙的构思使诗篇具有极大的概括性和典型性，它写的是一个具体的大伯，揭示的却是整个民族的文化。诗的深度在于把笔锋伸向历史的深处，勾勒出了现代迷信的来龙去脉，展示了从封建迷信到现代迷信的发展轨迹，并且提出了人的解放的问题。

现代迷信是一个广泛的现象，并且具有多种表现形态。李存葆的中篇小说《山中，那十九座坟茔》所描写的是一群纯朴的战士，在时代的政治蛊惑之下，为了一间荣誉室，为了保护据说是领袖人物用过的一把椅子和一个杯子，毫无意义地死于非命。在“神”的面前，人竟是如此的渺小！危急关头要抢救的不是活生生的年轻生命，而是所谓“宝椅”和“宝杯”。一个个年轻的生命，就被无情地送上了祭坛。个人崇拜造出了神，有神就有了形形色色的渎神罪，有了形形色色的为神献身。这是时代的悲剧，也是民族文化的悲剧。我们的文学对这种悲剧的反映还很不够。之所以如此，因为要深入地揭露个人崇拜和现代迷信及其本质，在当时还有一定困难。人们不会忘记关于实践是检验真理的唯一标准的讨论，最初是多么艰难地冲破“两个凡是”的桎梏。尽管如此，文学已经提供了足够的启示，人们不难从中发现强力推行个人崇拜的本质。说到底，它是中国几千年王权至尊现象的回光返照，是历史倒退的一种表征。

二、全面的控诉

从70年代末到80年代初，难以计量的作品共同构成了一份对极“左”政治的控诉状。因为极“左”政治对中国人危害之严重，这份控诉状材料无比丰富，以致只考察重点是不够的，而全面描述则是困难的。然而，在考察完前面三个重点之后，我马上发现还有一些方面，也是重要的——

（一）对青少年的愚弄和毒害

如果简单概括伤痕文学的题材内容，可以说伤痕文学所写的基本内容是创伤和苦难。新时期文学的发轫之作首先是展示十年“文革”给人民带来的巨大创伤，而对创伤的揭示意在控诉十年“文革”时期极“左”的政治思潮盛行之时的荒谬的时代生活。

刘心武的短篇小说《班主任》被公认为新时期小说的发轫之作。小说写了三种不同类型的青少年，展示了毒害和扭曲的两种结果。宋宝琦是作家着意刻画的一般“坏孩子”形象。他热衷于对美好事物和正常秩序的破坏，身上是“一疙瘩一疙瘩的横肉”，嘴唇是在斗殴中打裂又缝上的，内心世界空虚而麻木。小说告诉人们，造成宋宝琦这种精神畸形的并不是什么“资产阶级思想的毒害”，而是极“左”的政治路线和与此密切相连的愚民教育以及极“左”政治造成的文化环境的影响。正是读书无用、造反有理、贬低知识、摧毁文化的极“左”政治造就了他的蛮横粗鲁和愚昧无知。小说的这种描写使宋宝琦这一形象成为对“文革”时期极“左”政治的一种有力揭露。《班主任》的主要贡献不仅在于写了宋宝琦这样的孩子，而且在于写了这一代青少年被扭曲的另一种情况——那个时代典型的“好孩子”谢惠敏的畸形性格。与宋宝琦不同，谢惠敏是“根正苗红”“品学兼优”的班干部，团支部书记。小说通过一系列情节使我们看到，这个劳动者的后代的确纯洁、真诚、品行端正，有着朴素的无产阶级感情。她听党的话，听毛主席的话，一言一行都严格按照当时的政治要求去做。因此，这个好学生同样把有爱情描写的世界名著看作“黄书”，把报刊上未推荐的书看作“毒草”，把穿短袖衬衫和裙子当作“资产阶级作风”，把一切矛盾都理解为“阶级斗争”，过团组织生活只知道领着大家念报纸，当老师提议搞一次爬山比赛时，她吃惊地“瞪圆了眼睛，几乎不相信自己的耳朵”……小说通过这些描写，表现了谢惠敏这种孩子头脑的僵化，使人们看到了她头盖骨底下那团苍白的已经风干的物质。这一形象准确地概括了那些在特定时代里被认为是“革命”“先进”“思想红”的青少年共同的精神特征，表现了给青少年一代造成的精神扭曲。小说主题的意义就在于最先发现并揭示了极“左”思潮对青少年心灵的毒害，并由此发出了“救救被林彪、‘四人帮’坑害了的孩子”的呼声。

《伤痕》《枫》《铺花的歧路》等小说使我们看到的也是这种精神的扭曲和心灵的伤害。王晓华竟然那样相信社会给予母亲的评价而不相信自己的判断，相信“组织”对母亲的认定而不相信母亲真诚的诉说。卢丹枫、李红钢们把红宝书读得倒背如流，在最高指示的教导之下投入火热的斗争，一腔热血捍卫无产阶级革命路线，结果导致的却是一场人生的悲剧。白慧、常鸣等不同类型的青年那种殉道惨剧和人生歧路，都痛切地揭露了极“左”政治思潮对人的毒害。

（二）对知识分子的迫害

回顾20世纪中国知识分子的坎坷历程，大概从40年代就已经开始失落历史的主体地位。历史已经证明，中国的现代化事业需要知识分子的导引，但是，在几十年的时间里，知识分子却成了被改造的对象，不仅丧失了启蒙主体地位，而且必须接受工农兵的再教育。在十年“文革”时期，这种打击知识分子的倾向发展到了极端，知识分子成为排在地、富、反、坏、右和叛徒、特务、走资派后面的“臭老九”，经历了人类文明史上最黑暗的一页。当那场“文化大革命”结束之后，文学开始对灾难进行回顾和反思，作家们开始比较集中地表现了知识分子在“文化大革命”中的命运。文学描绘了一幅血淋淋的历史生活画面，对极“左”政治进行了血泪控诉。

最早因表现知识分子在“文革”中的命运而引起读者普遍关注的是冯骥才的《啊!》。这篇小说最突出的成功之处就是生动地表现了中国知识分子在那个年代里终日胆战心惊的心理状态。小说以一封信作为贯穿全篇的线索：吴仲义丢失了一封写好而没有发出的信。他生怕信的内容被人发现而给自己和哥嫂带来厄运，于是，陷入深深的恐惧之中。在极“左”政治的代表人物贾大真布下的“坦白从宽，抗拒从严”“我们已经掌握了你的材料，就看你是否主动交代”的疑阵里，他时时有一种立即就会被揪出来的感觉，最后终于精神崩溃，主动坦白交代，结果是自己被关押，并且累及哥嫂。当运动高潮过去，吴仲义终于被放回家中时，却发现那封信根本就没有丢失！小说以此使人们看到了在恐怖的岁月中知识分子的心理重压。小说通过吴仲义的痛苦经历，刻画了在政治运动中以整人为乐的贾大真的形象。他平时没有什么本领，当政治运动到来的时候却会立即振奋起来，眼睛里射出两道“冷峻而逼人的目光”。他能用种种无耻的手段取得人们的“罪证”，把好人打成“反革命”和形形色色的“阶级敌人”。他的嗜好就是通过各种手段把人整得瑟瑟发抖，胆战心惊。

在反思文学思潮出现之后，一些作家开始集中表现1957年反右运动中知识分子的遭遇。在这一方面，张贤亮的表现是突出的。二十年的坎坷经历使张贤亮对于生活和历史有了独特的理解，也使他对极“左”政治有了深刻的认识。重新走上文坛之后，他写了《邢老汉和狗的故事》，接着，又写了《灵与肉》《绿化树》《男人的一半是女人》等以知识分子的苦难历程为表现对象的小说。《灵与肉》发表于1980年，作品以许灵均的右派经历反映了极“左”政治的荒谬。许灵均出生于一个剥削阶级家庭，但由于父母感情不和，整个童年时代都没有得到幸福和欢乐，后来，父亲远走异国，母亲抑郁而死，他成了无家可归的孤儿。1949年之后，人民政府收留了他，送他上了学，并使他成了人民教师，但在1957年的反右斗争中，学校为了完成抓右派的任务指标，却使他成了“右派分子”。

《绿化树》以章永璘在农场的生活经历为线索，展示了特定时期在大西北劳动改造的知识分子的生活。饥饿的描写和章永璘与马樱花爱情的描写是这个小说中最主要的内容，也是最精彩的篇章。小说使我们看到了一个知识分子在饥饿中的心理状态和由饥饿而导致的人格变化，看到章永璘这个知识分子在吃不饱肚子的时候是一种什么样的精神境界。他的文化知识、他受过的教育使他知道自己有更高的精神追求，使他在吃饱之后对自己的行为有痛苦的忏悔，甚至在内心里诅咒自己，但是，当面对自己饥饿的肚子时，却仍然要像动物一样只为求生的本能所驱使，千方百计要小聪明，到处觅食。小说生动而深刻地表现了章永璘在特定环境中的矛盾。一方面，他无法抵挡动物求生本能的冲击，另一方面又要不断地与自己的本能抗争，使自己免于沉沦，总是处于矛盾和痛苦之中。虽然张贤亮的所谓自我忏悔以及赎罪意识大大地影响了小说对极“左”政治的批判力度，但它毕竟使人们认识了一些章永璘式的知识分子经历的苦难生活。《绿化树》写的是人生根本问题之一——食欲，通过劳改犯们食欲得不到满足的种种惨状和由此造成的人性扭曲而控诉了极“左”的改造政策的荒谬。到了《男人的一半是女人》，着力表现的则是人生另一根本问题——性欲。小说通过对特定环境中的性压抑和性饥渴的生动揭示，对那个使人不再成为人而成为“半个人”和“废人”的年代进行了控诉。

此外，《人到中年》《苦恋》《人啊，人!》也从不同的侧面反映了知识分子在那场岁月里的各种不幸。不幸的制造者归根到底都是极“左”政治。

（三）对干部队伍的破坏

在作家们的笔下，极“左”政治对干部队伍的破坏表现是多方面的，既表现于对坚持正确路线的干部的打击和摧残，又表现于对干部作风的严重污染，还表现于结党营私，把大批流氓恶棍纳入干部队伍之中。但是，在80

年代之初，文学表现最多的却是在“文革”当中充分暴露的干部任用方面的人妖颠倒和对干部的人格扭曲。

人妖颠倒的情况早在1957年已经为敏感的作家所关注，李国文的小说《改选》写的两个工会主席不同的工作表现和不同的命运已经向人们敲响了警钟。可惜的是，它不但没有引起应有的注意和改变，而是以关注这种社会现象的作家成为右派而告终。也许正因为历史的这种人妖颠倒，后来极“左”思潮盛行的岁月成了魔鬼的节日。表面上看来，极“左”政治对干部的要求是高标准的，因为极“左”政治本身就有一种非人性的倾向，它不承认人的弱点而只看重“特殊材料造成的”这一本质特征。因此，往往违背人之常情地要求其坚定、正确、吃苦在前、享受在后、舍己为人、无私奉献等。但是，这种政治事实上却使好人受难，坏人得志，品质恶劣的投机钻营者能够扶摇直上，恶棍成为模范标兵，而对祖国和人民忠心耿耿的人们却成了革命的对象。

进入新时期，文学对这种生活的反映形成了对极“左”政治路线的根本的否定。在这种否定中，被称作“反思文学”的大量作品显示了新的力度，面对社会现实而揭露问题和矛盾的作品显示了空前的风采。诗人毛琦在《司马祠漫想》中写道：

为什么一个偌大的苍穹，
只能让彗星倏忽一闪？
为什么一片茫茫的大地，
却不容芝兰在它的沃土中萌生？

为什么会唱歌的黄莺惹人讨嫌，
而只会学舌的鹦鹉反而得宠？
为什么有人见不得雷光电火，
却喜欢随风飘忽的流萤？

为什么有人对钻天的乔木皱额蹙眉，
而让爬墙虎爬上自己的窗棂？

为什么有人把锈铜当作金子，
而把真正的珍珠抛撒在粪土之中？

为什么七尺男儿的铮铮铁骨，
斗不过奸佞的三寸不烂之舌？
为什么满腹正气的热血胸膛，
总是躲不过小人的冷箭暗弓？

……为什么虞舜受屈，周公遭谤？
为什么卞和哭玉，介推隐踪？
为什么屈原放逐，宋玉苟活？
为什么孙子膑足，庞涓乘龙？……

古华的长篇小说《芙蓉镇》以胡玉音发家致富的艰难曲折和悲惨遭遇为线索，通过一群各具风采的人物几十年的悲欢遭际，深刻揭示了极“左”政治对人们美好生活的破坏，对美好人性的摧残和扭曲，反映了当代中国社会历史的曲折和谬误。作品生动地展开了在那个特殊背景上真善美和假恶丑的矛盾冲突和那个特殊岁月里的人妖颠倒，从根本上揭示了极“左”政治的荒谬。

小说中的胡玉音是一个美丽善良的女性。她有美的外貌，也有美的心灵。她善良多情，受了伤害也不会埋怨别人。她勤劳能干，在艰难的环境中努力劳作，创造着美好的生活，在那个暗淡的背景上走上了致富之路，辛勤劳作终于换来了财富，盖起了新楼。她的劳动致富体现劳动人民对美好生活的追求和伟大的创造力，反映着历史发展的必然要求。通过她的致富劳动，可以充分看到胡玉音是一个社会财富的创造者，也是一个美好生活的追求者。但是，就是这样一个美丽善良、勤劳能干的胡玉音，在1964年的社会主义教育运动中却开始了她的苦难历程。她的劳动成果成了走资本主义道路的铁证，新盖的楼房被没收，丈夫自杀，自己则被划为“新富农”，成了无产阶级专政的对象，被批斗，被反复折磨。她被抛到苦难的深渊中长达十四年之久，说明了那段历史的荒谬，控诉了极“左”政治与邪恶势力一起对经济发展和社会进步的破坏，以及对真善美的践踏。

与胡玉音的命运相反，“运动根子”王秋赦是在那个年代得志的风云人物。王秋赦是一个农村无产者，在旧社会过着悲惨的生活，因此，在土地改革中被定为“土改根子”，成为革命依靠的对象。可是，这个农村无产者却养成了好逸恶劳的劣根性，有各种卑劣的思想意识和生活习惯。在土改中，派他到逃亡地主家中看守浮财，他却一头栽进了地主的象牙床，在逃亡地主的小老婆身上“尝到了翻身的滋味”。他在土改中分得了土地、衣服、家具和吊脚楼，却很快就卖光吃净，重新成了赤贫。当过去与他一样贫穷的人们一天天富起来的时候，他就盼望着再来一次土改，再分一次浮财。“要是老子掌了权，当了政，一年划一回成分，一年搞一回土改，一年分一回浮财!”可以说，社会历来都有这种品质恶劣的人物，梦想不劳而获，企图通过抢劫改变自己的贫困地位，而不是通过自己的劳动致富。在一般情况下，这种恶劣分子的梦想只是一种梦想。但是，极“左”政治导致的历史谬误却使王秋赦的梦想成了现实：李国香率领的四清工作组来到了芙蓉镇，使他从“土改根子”变成了“运动根子”。他则在运动中积极表现，努力配合，于是当上了支部书记。到了“文化大革命”时期，他再次以革命的创造精神把芙蓉镇搞得鸡犬不宁。因此，他理所当然地成为一个人物，受到上级重视，当上了公社革命委员会副主任。小说写出这一形象，并使他与胡玉音这样的劳动者和建设者相对比，留给我们的思考是在建设时期本来应该依靠胡玉音这样的劳动者，教育和改造王秋赦们，但在那个时期却恰恰做了相反的选择，使坏人得志，使好人受难，给人民生活和国家建设造成了危害。

由于极“左”政治思潮的盛行，一些干部要为人民做好事也必须以某种非常形式。谌容的《太子村的秘密》和张贤亮的《河的子孙》为我们提供了这方面的生活图景。《河的子孙》是在农村实行生产责任制的背景上展开其历史画面的。面对是否实行土地承包的问题，大队支书魏天贵进入了几十年工作经历的反思。小说成功地塑造了这一农村干部形象，并以此展示了历史生活，反思了中国农村走过的曲折坎坷的道路。在极“左”思潮盛行的年代，魏天贵显示了特殊的精明圆滑和超常的周旋能力。对于历次政治运动，他都是一面积极表态，努力紧跟，一面费尽心机，努力抵制。上级要求按百分比抓阶级敌人。他既不忍心抓被迫行窃以活命的魏德富，也不忍心抓被人诱骗玩弄却落了个“拉干部下水”罪名的韩玉梅，只好弄虚作假使无儿无女无牵挂的郝三成了“对社会主义怀着刻骨仇恨杀死人民公社的羊”的“反革命分子”，送进监狱替换了魏德富与韩玉梅。他谎报汛情，以加固黄河防洪坝为由，从县里骗来了工程粮，却只是让社员们到大坝上去吃饭。养好了社员们的身体之后，他带领人们在河套里开出了大片的“黑田”，使魏家桥大队在大饥饿的年代里没有饿死人，他也因此而成了省里的“模范支部书记”。在“文化大革命”中，他参加造反，显示了他的领袖欲和野心，却知道“红宝书顶不了烙饼”，并因此而丢了县革命委员会副主任的头衔。他利用个人的威望组织起当地的农民纠察队进城参加武斗，却让自己村的人“在家里给我好好种地”。他满怀愤怒到处搜捕造反派头头吴尚荣，却因为发现他还像一条汉子而放了他。他同情被打倒的县委书记贺立德，教给他的却是无原则地承认一切罪状……，小说充分表现了这个外号“半个鬼”的农村大队支部书记性格的复杂性和丰富性。他的确不是一个光明磊落的人，而是善于阳奉阴违、顺势求存，有中国农民的淳朴和义气，也有中国农民的自私和狭隘，可以说这是一个人鬼相间、瑕瑜并存、言行不一、表里矛盾的人物。但是，这一形象却是不正常的环境中的一种正常存在，是极“左”政治思潮制约下人的性格被扭曲的产物，他时时记着不忘他的人民，但在特定的时代条件下要保护好他的乡亲们却必须以不光彩的手段来实现。由此，作品展示了在极“左”政治思潮之下干部人格的严重扭曲。

（四）对改革事业的阻碍

从那些反映“文革”灾难和反思当代历史挫折的作品，可以看到70年代末和80年代初的中国文学在控诉极“左”政治对人民生活的破坏的同时，已经对其破坏国民经济的罪行进行了指控。这种指控是必然的，因为极“左”政治对人民日常生活的破坏并不仅仅是发动运动、煽动斗争、破坏生活的安宁，而是首先表现在以各种名义阻挠人民自发地创造自己美好的生活。这样，它就必然地破坏了经济发展。无论它有多少辩护词，即使以为了美好的未来而牺牲现实生活的幸福为理由为自己辩护，也无法否认它对国民经济发展造成的巨大损失，无法否认在极“左”政治统治下中国现代化进程的停滞和与世界先进国家差距的拉大。当然，在极“左”政治统治时期，闭关锁国的方针可以比较成功地实现对人民的管理，比如在世界迅速发展而自身陷入贫困的时候却大力进行如何解救世界四分之三的人口于水深火热之中的宣传，在彻底孤立的时候夸耀自身的世界革命中心地位。但是，一旦开放，人们就会迅速认识极“左”政治在几十年中对民族命运产生的严重影响。经济的停滞不前造成的几乎被开除球籍的事实，将会是中华民族永远的遗憾。

因此，当重新启动现代化进程的时候，人们首先想到的是如何弥补这几十年的损失。“把‘四人帮’造成的损失夺回来”的口号并不只是一句随意的空话。在这样一个背景上，作家们就不能不对经济发展受阻的主要根源——极“左”政治进行揭露和批判。从创作中可以看到，被称作“改革文学”的一些作品对极“左”政治的指控往往集中在它对国民经济的破坏和对改革事业的阻碍。

谈到改革文学，不能不首先谈及蒋子龙的小说。蒋子龙的小说最先引起人们注意的是短篇《乔厂长上任记》。小说围绕某重型电机厂在“文革”结束两年之后除旧布新的整顿和改革反映了新时期企业面临的复杂矛盾，塑造了乔光朴这样一个刚强果断、敢斗敢闯、朝气蓬勃、积极进取的开拓者形象。小说的故事是简单的：“文革”结束了，但电机厂却仍然一片混乱，依靠运动搞生产而缺少正常的生产秩序。乔光朴毛遂自荐，放弃优越的职位而立下军令状到电机厂去当厂长。他在上任之前就来到厂里，对违章操作的工人进行批评教育，并且夜闯党委扩大会，制止破坏性的生产大会战。上任之后，他经过认真的调查研究，找到了生产总是上不去的症结，然后把干部职工通通推上了考场，然后对企业进行了大刀阔斧的整顿，从而使陷入绝境的电机厂显示了生机。然而，乔光朴的改革却触及一些人的利益，那些丧失了权力和利益的人对他恨之入骨，联合起来用大字报、控告信等武器对他进行诋毁和诬陷。对此，乔光朴虽然大义凛然地与之斗争，但最后还是不得不离开了电机厂。小说在塑造乔光朴形象的同时塑造了原厂长冀申的形象。他根本不懂经济规律，也不懂得如何组织生产，只知道以“大会战”和政治运动的方式组织生产，然而，却知道如何对付政治对手。当乔光朴的改革和整顿危及他的既得利益时，他便利用自己多年织成的复杂的网，制造摩擦，为乔光朴的改革制造障碍。

在反映改革的作品中，极“左”政治扮演的角色发生了某些变化。比如，它不再是占据主导地位的力量，至少它已经失掉了主宰的地位，但是，却仍然阻碍着改革事业的顺利进行。在文学家概括的时代矛盾中，改革者与保守力量的矛盾成为时代的重要矛盾。所谓保守派，往往就是坚持极“左”政治立场或难以克服极“左”的观念的人。在作家们笔下，这些人一般都是改革的阻力，他们坚持“左”的观念，对改革开放进行公开或隐蔽的抵抗，试图维持过去的秩序，反对体制的改革和创新。因此，他们的行为往往阻碍着历史的前进，在他们掌握权力的地方，美好生活的到来将被拖延。因而，极“左”政治观念的承载者在80年代初期的大量作品中充当了民族和历史罪人。

从《乔光朴上任记》《三千万》《祸起萧墙》《赵镢头的遗嘱》等早期的改革小说，人们已经可以看到作家们对改革事业各种艰难的生动描写。而改革之所以艰难，主要原因就在于极“左”政治仍然以极大的力量阻碍和制约着历史的进展。大量作品为我们提供了生动的答案：一些干部仍然在极“左”政治观念的笼罩之下，极“左”的政治路线虽然已经受到了批判，但几十年极“左”政治路线之下形成的工作作风和工作习惯和心理惰性却仍然存在，各种极“左”的政治观念以各种不同的形式阻碍甚至破坏着伟大的改革事业，阻碍着现代化的进程。从话剧《报春花》可以看到，极“左”的政治观念是如何地阻碍着改革开放和破坏着现代化事业。当经济的发展需要表彰生产能手而不是树立政治挂帅的虚假典型时，白洁却因为出身问题而不能被宣传和表彰；一心为经济发展寻找途径的李健难以实现自己的意志，却要为吴一萍那样的极“左”观念的持守者所羁绊。从张洁的《沉重的翅膀》到李国文的《花园街五号》，从柯云路的《新星》到话剧《灰色王国的黎明》《血总是热的》，我们都可以看到这种斗争，看到在关系到中国民族命运的改革开放中极“左”政治扮演的角色。

三、关注现实中的阴影

以上所述作品多是面对历史而进行的血泪控诉。但是，一个民族如果只有能力做事后的控诉，将是可悲的。前事不忘，后事之师，如果对“文革”的否定和对极“左”政治的批判不能落实于现实的变革和未来之路的选择，这种反思将毫无意义。可喜的是，随着现实生活中改革大幕的拉开，一些作家开始注目于改革，试图及时地反映生活中发生的一切。这种关注使80年代的中国文学无法回避现实生活中的矛盾和斗争，甚至迫使作家在激烈的冲突和对立中做出选择。

我们不妨看一看《天云山传奇》中的吴遥。这是在80年代的门槛上出现的第一个影响广泛的坚持极"左"政治观念的领导干部形象。在作家笔下，这个形象受到了政治的和道德的双重否定。在政治上，吴遥比较集中地代表了从50年代过来的"左倾"干部的政治观念。在50年代，他就像一些干部一样，从极"左"的政治立场出发，怀疑、压制和打击知识分子，一手制造了罗群的"右派"冤案。在"文化大革命"中，他自己也曾受到林彪、"四人帮"的迫害，却没有因此而对历史进行反思，"文革"结束之后，他仍然坚持极"左"的政治路线，抵制拨乱反正，阻挠罗群冤案的复查和平反。历史的转折已经发生，但他仍然唱着老调子，仍然按过去的方法处理问题。他反复强调的是坚持所谓的"原则"，而所谓"坚持原则"就意味着不能否定"文革"，不能平反冤假错案，不能离开原来的道路。他反复强调的是"不能否定过去的运动，更不能否定十七年"，"我们必须记住，要落实党的政策，又要坚持原则，否则，我们还是要犯错误。"他以坚持原则为借口，拒不给罗群平反，当然有各种原因。但其中两个原因是最重要的，一是思想观念和政治倾向的问题，二是因为个人的私利。给过去受打击的人平反，就意味着否定他过去的成绩。当一个干部全部的辉煌都在于大搞政治运动时，当他的生命与几十年极"左"政治紧密联结时，当他全部的成就都建立于极"左"政治基础时，让他平反冤假错案，或者拨乱反正，都是困难的。因为一旦拨乱反正进行改革，必将是对他的形象、利益和人生价值的威胁。在这种情况下，他们当然要对拨乱反正和改革开放进行抵制。

从解放思想、拨乱反正到改革开放，"文革"结束之后的中国在废墟上焕发着生机，健康的力量在生长。经历过苦难的人们为了与民族一起走出死谷而谋求变革。在一场扭转悲剧性历史的改革大业中，领导干部毫无疑问是极为重要的。但是，由于长期影响，许多人思想观念仍然停留在过去的年代。一些干部对生活中发生的改革难以适应，不但不能领导改革，甚至成为变革的阻力。这些人的问题主要来自思想僵化。由于长期形成的习惯，一些干部已经没有自己的思想和见解，而只能根据一些现成的指示进行工作。他们往往站在守旧的一边，以陈旧的一套应对日新月异的现实。当现实与他们头脑中陈旧的观念不相吻合时，抵制是不可避免的。

让我们看一看那些反映改革之难的作品吧，从中可以看到极“左”的观念是如何阻挠着时代的前进。在张一弓的《赵镢头的遗嘱》中可以看到，作为一个群众信得过的生产队长，赵镢头为自己二十年没有带领大家吃上饱饭而负疚。作为农民，他知道把土地还给农民自己耕种的重要性，因而像小岗村的农民一样带领社员悄悄实行承包制。他没有过高的奢望，只是想让土地多打一点儿粮食，让乡亲们能够吃饱肚子。然而，为了这样一个目的，最后却要付出自己的生命，以自己的死争得上级领导的关注和对承包合同的承认。究其原因，在于他的身边有李保那样的领导干部，在坚决压制群众对土地承包的要求。为了抵制土地承包，他煽动闹事，制造混乱，给带头搞承包的人施加压力，给上级领导制造群众反对土地承包的假象。他不仅给赵镢头扣上一顶“走资本主义道路”的帽子，而且拘留了他，并且鸣枪镇压拥护赵镢头的群众。最后的结果，是使赵镢头为土地承包而献出了生命。

《花园街五号》中的丁晓富于官场经验，善于逢场作戏，谙熟太极拳的真谛，他千方百计抵制改革，破坏改革，而这一切都集中到一个中心：打倒刘钊。他与刘钊的矛盾首先是极“左”路线与改革开放路线之间的矛盾。他曾一次次嘲笑刘钊的改革勇气，对一切打破陈规的做法都看不惯。如果让这样的人接任市委书记，临江的历史当然只能沿着历史的惯性滑行。所以，他与刘钊的斗争事实上关系到是沿着花园街五号历代主人悲剧性的命运曲线继续延进还是从根本上改变它的问题。如果我们进一步考察丁晓的思想和性格，就会发现，事实上他的努力都紧紧围绕着一个中心：成为花园街五号的新主人。他没有人格操守，也没有坚定的原则，虽然是极“左”政治的观念的承载者，却并没有为极“左”政治牺牲的勇气。他拉帮结伙，嫉贤妒能，求稳怕变，不过是要维护既成的秩序。对旧秩序的维护使他站在保守的一边，也成为极“左”观念的继承者。然而，他之所以要维护旧秩序而反对改革，主要原因却并非源自对极“左”路线的信仰，而是因为只要一切沿着旧路行进，作为副书记的他就会轻而易举地爬上花园街五号的宝座；如果改革，他的理想就会落空。在这里，坚持极“左”的政治路线和反对改革，是与维护个人利益一致的。这是一个非常重要的启示，它告诉我们，现实生活中那些抵制改革开放的人，并没有几个真正坚持“两个凡是”，也很少有人是不事二主的“‘文革’遗民”，他们对改革开放或明或暗的抵制和破坏，主要源于维护既得利益。但是，因为有这样一群干部，改革就更加艰难。

在这些干部看来，改革和开放都是离经叛道的，一切探索都违背原则。在《河的子孙》中，地委书记贺立德不敢公开反对改革，却暗地里鼓动魏天贵对抗土地承包。“难道咱们搞了二十年的集体化就白搞了吗?”“包产到户的性质是值得怀疑的。”“群众要求的东西，不一定就是社会主义。”“我们过去的办法还是正确的。”……这不仅是贺立德的见解，而且是当时不少干部的想法。“辛辛苦苦三十年，一觉回到解放前。”这首80年代的中国民谣的作者肯定不是冯幺爸和李顺大们，肯定不是改革开放的获益者。不要以为一种好的政策就能得到一致拥护，因为任何变革都会有人欢喜有人愁。

除了利益受到威胁的某些干部之外，还有一股力量更值得关注。他们不是旧体制的获益者，改革开放也不曾损害他们的利益，但是，他们却接受不了生活的变化，顽固地维护着旧的一切。这些人的问题在于没有思想能力，头脑中的想法并不代表自身的利益。毫无疑问，长期极“左”思潮的流行，使一些群众的头脑受到了极大的污染。这种精神污染，这种思想意识并不代表自身利益的情况，在矫健的《老霜的苦闷》中得到了生动的表现。这篇小说从一个普通农民的悲剧性格中展示了极“左”政治给人们的思想留下的遗患。改革开放之后，生产能手老茂家中一片致富的兴旺景象；然而，就在他家墙头上茂密的树叶之下，却隐蔽着邻居老霜敌视的目光。老霜拒绝生产致富，却一天天爬梯子、登墙头监视自己的邻居老茂。老霜从事这项工作，是在1974年“割资本主义尾巴”最严厉的时候，公社王书记交给老霜这样一项光荣的政治任务。时间已经过了六年，升为县委书记的王书记早就改口高喊落实政策和发家致富，老霜却仍在执行他的任务。在老霜看来，老茂整天在发财致富，这就是要“回到旧社会”，就是要“复辟资本主义”。所以，他要密切关注老茂的动向，记下他的新花招。他觉得自己在干一件伟大而光荣的事，是在保卫集体，保卫社会主义。他的行动不被理解，他说：“我这一片心，没人知道，他们都骂我，笑我，可是日后，大家都会明白的！……孩子们长大了，只要说一句：‘老霜爷爷为咱们站过岗呢！’我这一辈子，就是穷死、屈死，也乐意!”于是，人们都在发家致富，他却依然一贫如洗，但他的精神是富有的，因为他有过去的一张张奖状。小说告诉我们，正是那些奖状上的评语，像符咒一样捆绑了他的思想。

无论多么荒谬的时代，也有人由于某种原因而成为某种形式的获益者。极“左”政治的获益者一般都很难真诚地否定极“左”政治，也很难无保留地彻底否定“文革”，更难热情地支持改革。80年代的历史是沉重的，因为改革的车轮就行进在这样的人群和这样的文化环境之中。

论新时期文学对官僚主义的批判

进入新时期之后，文学的政治批判集中于几个众所周知的重点。这些重点之一就是官僚主义。毫无疑问，由于历史的种种原因，官僚主义已经成为中国社会政治生活中无法回避而且迫切需要解决的问题。“文革”结束之后，在改革开放的历史条件下，官僚主义已为多数人所深恶痛绝，因而对它的批判也成为普遍要求。新时期文学作为这个时代文化和心理的一种表现形态，必然要对此有所表现。事实上，文学的表现是相当自觉的，也正因为这种自觉，对官僚主义的批判成为70年代末80年代初中国文学的一个重要主题。

一、一个老课题的新发展

在中国当代小说中，对官僚主义的批判并非一个新课题。早1956年到1957年间，它就曾经成为一股不小的潮流。当时，一批年轻的作者在中央发出的反对官僚主义的号召下，在“双百”方针的鼓舞下，发扬现实主义精神，直面现实，勇敢揭露和鞭挞了当时干部队伍中业已出现的官僚主义作风，创造了一些官僚主义者形象，在我国当代文学中开了批判官僚主义的先河。

在这些作品中，影响较大的是王蒙的《组织部新来的青年人》。这篇小说中的区委组织部副部长刘世吾是一个蜕化变质的官僚主义者。他的主要特征是思想麻木而世故。他有经验，有能力，也有自己的看法，但日常工作中却表现出可怕的冷漠，只是圆滑地应付着各种人和事。他有能力解决问题，而且能够雷厉风行地解决问题，但是，却绝不主动地解决任何问题，而是要等上级的明确意见。这个形象反映了某些干部在革命胜利之后逐渐脱离群众、高高在上、满足于上传下达的状态，反映了他们官僚转化的过程和官僚主义的表现形态。

接着，《爬在旗杆上的人》《办公厅主任》《灰色的帆篷》《科长》《入党》《改造》等小说和《被围困的农庄主席》等报告文学相继出现，分别塑造了各种不同的官僚主义者形象，对官僚主义从不同侧面进行了揭示和批判。今天看来，这些作品都有不同程度的不足，对于官僚主义的揭示也缺乏深刻，更没有挖到官僚主义这一现象的根源。但是，它在当时的确起了振聋发聩的作用，在群众中引起强烈的反响。

令人遗憾的是，时过不久，这些作品无一例外地受到了批判，大部分作者被打成了“右派”，从而经历了几十年的坎坷和苦难。与此同时，批判官僚主义的潮流也立即平息。从此以后，文学小心翼翼地躲避着这个令人望而生畏的问题，不再担负这样的思考，文学的社会批判职能也因此而大大削弱。但是，文学创作对这个问题不反映、不思考、不批判，并不等于它在生活中已经消亡。生活的真实与作品中的表现恰恰相反，在作家们远离这块是非之地而闭上眼睛塑造高大全干部形象的时候，当文学对社会政治只是赞美而不揭露和批判的时候，官僚主义却在生活中滋长蔓延，成为更加严重的问题。

进入新时期，清醒的人们越来越清楚地意识到列宁当年早已认识到的问题：“我们所有经济机关的一切工作中最大的毛病就是官僚主义。共产党员成了官僚主义者。如果说有什么东西会把我们毁掉的话，那就是这个。”[①]在新的时代背景上，文学界重新认识和评价50年代批判官僚主义的作品，把它看作“重放的鲜花”，对它做出了高度的评价。与此同时，作家们以强烈的社会责任感对官僚主义现象给予艺术的透视、剖析与批判。因此，大量作品相继出现，汇成一股批判官僚主义的强大声浪。

与50年代的官僚主义者相比，今天的官僚主义者已有所变化，也有所发展。过去的官僚主义主要表现在是脱离实际、脱离群众、不关心群众利

①《列宁全集》第35卷，第552页。

益，或者只知发号施令而不进行调查研究，或者是满足于上传下达充当官僚机器。今天的官僚主义却呈现了一些新的特征。用一位领导人的话说，这个问题是非常严重的：

> 从党和国家的领导制度、干部制度方面来说，主要的弊端就是官僚主义现象，权力过分集中的现象，家长制现象，干部领导职务终身制现象和形形色色的特权现象。
>
> 官僚主义现象是我们党和国家政治生活中广泛存在的一个大问题。它的主要表现和危害是：高高在上，滥用权力，脱离群众，好摆门面，好说空话，思想僵化，墨守成规，机构臃肿，人浮于事，办事拖拉，不讲效率，不负责任，不守信用，公文旅行，互相推诿，以致官气十足，动辄训人，打击报复，压制民主，欺上瞒下，专横跋扈，徇私行贿，贪赃枉法，等等。这无论在我们的内部事务中，或是在国际交往中，都已达到令人无法容忍的地步。①

在这里，官僚主义包含了丰富的内容，因此，新时期小说对官僚主义的反映与批判也不同于50年代。作家们已不满于描写那种辛辛苦苦、好心办坏事的官僚主义者。他们对官僚主义的批判，往往是结合新时期所面对的一系列重要问题而展开的。

（一）结合“公仆”与“主人”之间的关系进行的思考

恩格斯在1891年为《法兰西内战》写的导言中曾经强调指出，工人阶级在取得政治统治权力之后，不能继续用旧的国家机器来进行管理，而应该建立全新的管理体制，必须保证自己的代表和官吏毫无例外地可以随时撤换，以防止新政权中的公职人员“为了领导干部自己特殊的利益，从社会的公仆变成社会的主人”。他还指出，由公仆向主人的转变，“不但在世袭的君主国内严重地存在着，就是在民主的共和国内也可以看到。”②但是，这种提醒在中国大地上并没有引起高度重视，在防止由公仆变成主人的问题上，

①《邓小平文选（1975—1982)》，人民出版社1983年，第287页。

②《马克思恩格斯全集》第2卷，第334—335页。

人们没有足够的自觉，更没有找到行之有效的措施。在社会主义社会，从理论上讲，只有人民才是国家和社会的主人。虽然人民把自己的权力交给一部分被选择出来的国家公仆掌握，但权力的掌握者并非权力的所有者，而只是代表人民掌握权力。他只有向权力的所有者提供高质量的服务，才能取得权力所有者的信任，并以此决定他们是否可以继续服务下去。权力的掌握者一旦不符合权力所有者的意志，他手中的权力就应当被收回。任何利用权力以谋私利的行为，任何把手中的权力看作己有而对权力所有者发号施令、违背其意志和利益的行为，都是不能容许的。

但是，生活中却不是如此，而是公仆变成了主人，把人民委托的权力作为谋取私利的工具，甚至骑到人民头上做官当老爷，因而使社会的主人沦为他的奴仆。这样一来，所谓公仆就成了地地道道的官僚老爷。这种现象激发了大批作家的创作灵感，使他们陷入痛苦的思考当中。在对极“左”政治进行追根溯源的同时，一些作家不约而同地进行着这样一些思考：那些战争年代与人民建立了鱼水关系的革命者，进城之后是不是能够不忘养育过他们、保护过他们、支持和帮助过他们的人民？他们的发现是：有人忘记了过去，忘记了人民，忘记了当年的口号和承诺。他们由与人民血肉相连的革命者，变成了不关心人民疾苦的“官”，变成了官僚主义者。不少作家通过这种历史与现实的对比进行了反思和批判。

在茹志鹃的《剪辑错了的故事》中，甘书记就是一个这样的人物。在战争年代，作为革命者的老甘与作为农民群众的老寿曾经血肉相连。老甘心里装的是老寿这样的群众，依靠的也是这样的群众；老寿则与他心连心，全力支持他的革命，甚至把最后的一点粮食也装进他的干粮袋，甚至砍掉枣树为他提供军柴。十几年后，当了县委书记的老甘却一心想着如何完成征粮指标，而不顾群众是否还有口粮活命。为了贯彻上级“以粮为纲”的指示，他甚至强迫群众把只差二十天就可摘果的梨树砍掉。同样是砍掉结满果实的树，过去是老寿心甘情愿地去砍，使老甘感动得泪流满面，因为他知道枣树对老寿们生活的重要；今天却是甘书记强迫百姓去砍，而且面对群众反对无动于衷。因为在老甘的心中，老寿们的位置早已被上级领导所取代。他听从上级领导的指示，而不顾人民群众的呼声。也就是说，曾经关心人民疾苦的老甘，在1958年已经变成不顾人民死活的官僚。

这种思考更多地表现于一些描写历尽沧桑的老干部对人民忏悔的作品中。在反思文学中，小说画廊里有一个对历史进行反思、对人民进行忏悔的“忏悔者”干部形象系列。李国文的短篇小说《月食》中的伊汝和长篇小说《冬天里的春天》中的于而龙，就是这个系列中重要的形象。在这两部小说中，作家都以澎湃的激情讴歌人民，以革命的义愤抨击那些忘掉人民、脱离人民的官僚主义者，并且写出了一些反思和忏悔。伊汝始终没有忘记人民。进城之后，他就担心“慢慢地就把那些用小米养我们的用小车推我们的，用担架抬我们的，把我们认作儿子认作丈夫掩护过我们的老百姓忘了。……会不会有那么一天，人民群众要唾弃我们?”这本是革命者的肺腑之言，而伊汝却因此而被划为“右派”，被打入了苦难的地狱。这件事本身就说明了公仆变为主人的政治气候。既然不忘人民的干部要被打入地狱，既然提出忠告要付出惨重的代价，自然会形成相应的政治气候。与伊汝相比，毕部长是一个感情有过波动的人。在革命战争年代，他与根据地人民郭大娘一家情同骨肉，但在进城之后，郭大娘带着他最喜欢喝的山枣儿酒进城看他，却被当成了不受欢迎的人。进城做了官的毕部长有时间学跳华尔兹，却没有时间招待千里迢迢来看他的郭大娘。最后，甚至是连毕部长的家也不能进。可是，到了1959年，当毕部长被打成“右倾分子”时，却又是郭大娘救助了他。在这种伟大情感的感召之下，他的心灵重放光辉，内心发出了阵阵呼喊：“记住呵，永远记住，人民是我们的亲娘!”

在《冬天里的春天》中，于而龙也是在对历史的反思中找回了与人民的血肉联系。他清醒地意识到，无论革命战争年代，还是十年动乱时期，使他摆脱困境、走向胜利的总是人民。他也清醒地意识到，自己在进城当官之后发生了变化，离人民群众的生活和情感越来越远。三十年后重返革命根据地，乡亲们的贫苦生活和救命恩人的凄凉晚年使他愧悔交加：“如果有上帝的话，这上帝就是人民，如果我们要忏悔的话，也只能在他们面前低头。”小说通过这样的形象告诉人们：在革命战争年代，人民以鲜血和生命喂养了革命，新中国成立以后，有人却忘记了人民；然而，革命者就像安泰俄斯，一旦离开了大地，就会失去力量。所以，当动乱到来的时候，竟无力抵挡，任凭几个小丑主宰中国的命运长达十年之久。他得出的教训是：“革命者无论何时都不应该忘掉人民。”

然而，并不是所有的经过坎坷与磨难的人都能自觉向人民忏悔并克服自身的官僚主义，也不是所有的人都能找回与人民的血肉联系，更不是所有的觉醒者和忏悔者都能保证自己不再在当官做老爷的路上滑行。王蒙的小说《悠悠寸草心》使人们看到，唐久远本来是市委书记，却在“文革”期间坐了八年牢。他在监狱中曾经思考了许多问题，有对过去教训的总结，也有改变作风为人民掌好权的愿望，甚至想到要改善监狱的生活条件。但在官复原职之后，“文革”期间的遭遇却成了他向人民要特权的资本，种种原因使唐书记不知不觉地忘掉了苦难，也忘掉了群众，仍然走上了当官做老爷的道路。这是一种可怕而又可悲的变化。

这种批判是以脱离群众为起点，揭示了公仆变主人的严重问题，以人民和人民利益为尺度，批判了官僚主义者背弃人民、背信弃义、忘恩负义的行为。有必要指出的是，这些作品虽然带有强烈的感情色彩，但批判的态度是温和的。在这些作品发表的当时，它很容易引起“生活是这样的吗”之类的质问。作家们一般都仍然存有种种顾虑，尽量避免“丑化革命干部”之嫌。因此，在表现这一主题时，流行的做法通常是通过主人公的忏悔进行，或者由人民群众表达一种“悠悠寸草心”。对于那些忏悔者来说，他们的品质都是好的，虽一度忘掉了人民，但能思过而知改。在他们的身上，我们可以看到作家的某种希望和期待。在特定的历史条件下，这种方式因其温柔敦厚而容易被接受，而以异己姿态进行批判的作品则不容易发表，发表之后也很容易受到批判。

（二）结合以权谋私和官僚特权思想进行的批判

以权谋私和特权思想，是几千年遗留的官场通病。它与人民当家做主的社会是不相容的。但是，旧的思想观念和作风不会随着旧制度的消亡而立即消亡。特别是由于体制的不健全，使它不仅能够得以生存下来，而且能够在特定的环境中继续泛滥。特权思想和官僚主义是互相伴随、紧密联系的。因此，新时期文学批判官僚主义，锋芒就常常指向特权思想和由此派生出来的以权谋私等各种不正之风。

谌容的中篇小说《人到中年》写了一个“马列主义老太太”秦波，用笔不多，却揭示了丰富的政治文化内涵。她满嘴马列主义的漂亮语句，满脑子却是利己主义和特权思想。她居高临下，颐指气使，用革命导师的语言论证特权的重要，把特权说成对革命事业负责和对党负责。在她看来，因为丈夫是部长，就理所当然要有特殊的待遇，医院的一切就要无条件地为她服务。因为她是部长夫人，就可以对医院院长和大夫指手画脚。她的一言一行都体现着专制社会官太太那种夫贵妻荣的特权意识，和这种特权意识支撑之下的优越感。

李存葆的《高山下的花环》中的吴爽是一个“三八式”部队干部，有出生入死的革命历史。但在进城后，由于生活环境的变化，特别是十年动乱的恶劣影响，她的利己主义逐渐膨胀，心灵麻木，讲究实惠，变成了极善周旋的“外交家”，终日吹吹拍拍，拉拉扯扯，为战友搞补养品，为朋友开后门、走关系，事无巨细，有求必应，目的却完全是为了自己。因为她懂得：“外交关系按惯例都是对等的，有来无往非礼也！”当对越战争打响之后，部队正往前线开进，她却把电话打到前沿指挥所，要通过上层关系，把已经开赴前线的儿子调回后方。在她的意识中，似乎到前线去流血牺牲应该是满脑袋高粱花子的农民子弟的事，而她的儿子应该转移到安全的地方去。这个人物极有典型意义，因为十年浩劫过去之后，老干部重返领导岗位，但，有人官复原职之后，想的只是自己的利益。他们也要把“四人帮”造成的损失夺回来，但要夺回来的却是自己一度失掉的特权。一旦权力重新回到手中，便拼命以权谋私。

新时期小说对以权谋私等不正之风的批判有温和与激烈之分。《人到中年》的批判不失温柔敦厚，《高山下的花环》的批判因其写了吴爽痛哭流涕的转变而使愤怒之气得以宣泄，因而都是温和的。

在尤凤伟的《冒名者》中，齐建国做了一个小的试验：模仿局长笔迹开出一张条子，居然为别人买到了市场上买不到的家具。这样的小说告诉人们，大官享受大特权，谋取大的私利，小官也可以享受小特权，谋取小的私利。厂长、车间主任、支部书记、生产队长，利用手中的权力谋取私利、强占公物以及奸污妇女的事情在新时期小说中都不鲜见。可以说，那不过是特权在下层干部中的表现。一些作品为我们展示了农村土皇帝的形象，使我们看到一些干部官位虽然不大，但特权实在不小。

新时期是一个变革的时代，是一个新旧交替的时代。一些不适应新的生产力发展的旧体制正在被新体制代替。在新旧交替的衔接部位，必然会出现局部的落差和错位，从而产生社会链条的松动和脱节。这就很容易使一些人乘虚而入。尤其是那些手中掌握着一定权力的人，以权谋私、损人利己，侵吞公物，都是有机可乘的。在经济体制改革的过程中，利用手中的权力为自己谋私利，已是不少文学作品反映出的问题。

在矫健的中篇小说《老人仓》中，大队支部书记田仲亭开始时坚决反对土地承包，因为他知道，承包后他将失去种种不劳而获的特权，失掉他的安乐生活。但时隔不久，他却突然想通了，来了一个一百八十度的大转弯，大张旗鼓地带头承包，成了贯彻执行承包政策的“先进典型”。这样做的结果是，他的生活没有因为承包而遭受损失，恰恰相反，他造起了一字摆开的十八间大瓦房，还起了花园、水池、假山样样俱全的个人庭院。小说告诉我们，这一切并非他的劳动所得，而是承包所赐。大队的土地承包了，果园承包了，作为大队干部，他掌握着承包的权力，某个果园承包给谁，承包价应该是多少，都由他说了算，他能以极低的价格把果园承包给某个社员，再与那个社员私订协议，因而在承包中获取从未有过的利益。

张炜《秋天里的愤怒》中的肖万昌不像田仲亭那样明目张胆地利用手中的权力向承包人索取回报，而是巧妙地处理各种复杂关系而从中得利。因为他是支部书记，掌权多年，有普通群众所没有的种种方便，所以，别人买不到的化肥农药他能买到，别人卖不出的产品他能卖出，所以，大队的葡萄园最后只能由他来承包，人们只好成为他的雇工，忍受他的剥削和压迫。小说写出了一种“有权能使鬼推磨”的现实，也写出了权与钱的种种联系，以及转化方式。正是因为手中握有权力，王三江、肖万昌们可以肆无忌惮地压迫和剥削群众。张炜的几部中篇小说使我们看到，在芦青河边，改革似乎进行得很顺利，但是，由于权力的作用，进入市场竞争的人们并不在同一起跑线上。

二、在追根寻源中走向深化

在50年代的作品中，一些干部之所以成为官僚主义者，其原因是革命热情衰退，或是脱离群众，不调查研究；或是教条主义，迷信上级和文件，满足于上传下达；或是思想保守，工作不积极主动……这都属于个人思想意识和工作方法问题。作家们还没有对政治体制的缺陷进行思考。新时期小说对官僚主义的批判与50年代相比，显示出新的深度。这种深度不仅在于揭露了官僚主义的种种新表现，而且在于它深挖了官僚主义产生的根源，把批判的锋芒指向了政治体制中带有专制主义色彩的部位和各种不健全的地方，指向深深地打着几千年旧烙印的文化心理基础。

战争年代的那些功臣，为什么会随着环境的变化和权力的掌握而逐渐变为官僚主义者？那些专制家长式的干部，那些“土皇帝”式的干部，那些形形色色的以权谋私、鱼肉人民的干部，那些大搞不正之风的干部……为什么能够畅行无阻而很难受到应有的制裁？原因是社会还没有建立起一套能够有效防止和制裁他们的制度，因为现有的制度有他们的可乘之隙。那些品质恶劣的人为什么能够走上领导岗位并占据要职为非作歹？因为干部选拔制度还存在种种缺陷。

这种种思考在新时期小说中都得到了反映。

一些作家对党政机关的机构臃肿、冗员充斥、文牍主义等许多滋生官僚主义的现象进行了认真的思考。李晓的《机关轶事》写了一个大机关。在这里，办公厅下面的秘书处有五个：一处管起草和修改全机关的文件；二处管誊清复印；三处管收发转送；四处管档案资料；五处管回收销毁废旧文件。处室之多，分工之细，令人瞠目；更让人吃惊的是为追求所谓工作效率，为了比工作量，分管档案资料的四处竟想出办法，借阅档案资料需“借一存二”。结果使一二两处多多地起草与誊清那些有用没用的文件，三处把本应转到五处销毁的文件拿到四处存档。表面上工作紧张，工作效率大大提高，实际上工作人员却没有做任何有意义的事。一些作品不是写实的，但作者的思考和忧虑却非常明显。韩少功的《火宅》以荒诞的手法写了官僚机构的急剧膨胀。半月之间，语言管理局的大楼就高了二十三层。改成总局之后，一顶顶乌纱帽被廉价奉送，普通武警也当上主任、副主任。最后导致官多民少，庞大的机关中只有一个“群众”。干部们无事可做，局长唯一能找到的工作就是打苍蝇。这样的机关当然无法做好工作，而且一个个都成了官僚。

由于干部选拔工作中缺乏必要的民主程序，群众不能有效地行使对干部的选举权、罢免权和监督权，这就使一些思想观念陈旧而又缺乏对人民负责精神的人走上领导岗位。他们不能把人民交付的重任当作自己必尽的义务，不能把职位当作一种职责，权力欲很强而责任感淡薄，甚至把自己应该承担的责任看作累赘。因而，玩忽职守，贪赃枉法，办事拖沓，不负责任，几乎成为一种司空见惯的官场病。这种官僚主义的作风同样严重地危害着人民的利益。

在陆文夫的《井》中，作者已经不满足于对官僚主义者脸谱化和表面化的描画，而是深入到思想意识的深层结构中，去寻找产生官僚主义的文化心理根源。徐丽莎被一只罪恶的手推入井中淹死了。凶手是谁？的确无法确切地指出是哪一个人。但是，似乎她周围每一个人都有推不掉的责任。她的丈夫朱世一，她的单位的领导何同礼和沈进先，也都是置她于死地的帮凶。何同礼并非坏人，但他一向对知识分子看不顺眼，尤其看不惯女性穿花裙子。在他的眼里，花裙子等于资产阶级生活方式。资产阶级是应该打倒、消灭的，徐丽莎穿花裙子，就应该被打倒、消灭。因此，无论朱世一怎样欺凌徐丽莎，何同礼都视而不见，听而不闻，而且不假思索地听信朱世一的一派胡言，给徐丽莎制造种种困难，最后终于逼她走上绝路。如果这些领导人多少有点实事求是的作风，认真负责地为群众排难解忧，徐丽莎大概是不会投井自杀的。

新时期小说对渎职、失职、玩忽职守的干部进行揭露和批判，实际上是在强烈地呼唤体制的改革，要求对失职所造成的严重后果承担责任，呼唤群众对干部的监督和制裁的权利。因为只有这样，才能有效地防止官僚主义作风的产生，使干部对人民负责。

在新时期小说中，一些作品着眼于社会关系网的揭示，不仅描写某一个官僚主义者，而且描写他们的互相联结，揭示出一种官僚主义的网络结构。这对人们认识官僚主义的生态系统是极为有益的。

高晓声的《漫长的一天》中的刘和生是公社书记，竟对聚众滋事、殴伤乡邻、民愤极大的周焕荣毫无办法。原因在于周焕荣受到大队党支部书记姚再洪的支持。姚再洪之所以敢于庇护周焕荣，因为他是县委书记的“救命恩人”。这种上上下下编织起来的关系网使民冤难诉、正义难伸、许多问题都无法解决。刘和生决心严惩打人凶手，最后却是心有余而力不足，因为他实在无力冲出关系网的制约。这种网平时处于平衡状态，一旦其中的某一个部位被触动，其他各部位就会一齐动作起来，形成一种合力，竭力把异己力量吞噬。在邹志安的《支书下台唱戏》中，李润娃因拒绝把自己连结到这张网上去以权谋私，就立即被撤销了支书的职务。

新时期小说对官僚主义关系网的揭示增强了对官僚主义的批判力。在50年代的作品中，官僚主义者常常是作为孤立的个体而存在的，很少互相联系。在新时期小说中，他们却常常是相互关联的群体，很少孤立存在的。这种文学现象反映着生活中官僚主义问题的严重性；同时透过这种严重性的描写也可以感受到作家们反对官僚主义的疾呼呐喊。无论作品真实程度如何，官僚主义关系网络在小说中的出现，都体现当代中国官僚主义问题的被重视和反官僚主义的强烈呼声。

那么，这种“网”的存在说明了什么？从新时期小说中可以看到，编织这张网的丝线是“感情”和“利益”，“网”的背后则是任人唯亲和结党营私。冀申（蒋子龙《乔厂长上任记》）在干校任副校长时，曾经在请假、销假和生活上为受难中的市委领导们提供方便，市委领导们官复原职之后，对他感激不尽，因而在许多地方为他提供方便。于是，他就成了神通广大、永远立于不败之地的人物。刘美贤的《阳光与阴影》中的古明，因为在“文革”期间被俞洪标救过，就对俞洪标的罪恶不闻不问，而且让他连续升级做到二轻局的常委书记。直到他离休下台之后，俞洪标才落入法网，被判处死刑。如果他的权力仍在，这个罪犯就仍然会受到庇护。

在段荃法的《天棚趣话录》中，县委副书记胡风兰因感念伙食管理员张毛在动乱中为她照顾孩子之恩，在官复原职之后就对张毛百般扶持。张毛本来不想当官，也毫无能力当官，但结果还是被扶上了乡党委书记的位子。一个领导职位的获得，必须具备该职位所要求的条件，并通过严格公开的手续。但在这里，职位却被权力握有者作为报酬而奉送给自己的恩人。这些人物表面看都是有情有义的，但他们的情义只是局限于对自己有用的人。这样做的结果，实际上是对广大群众的冷酷无情，它使政治权力成为一种畸形的状态。

更为严重的是，任人唯亲使官僚主义作风得到延续，甚至是恶性发展。小羊的《机关无故事》写了一个二十六岁的青年工人姜军，因为偶然的机会在火车上认识了科长古广田，通过给科长送茶叶而以工代干进了机关。他事事处处看科长的脸色行事，像奴仆一样伺候科长。科长受人之情，就以提拔相报，三年后，在科长升迁之时，姜军终于坐上了科长的交椅。更有意思的是，这位姜军当科长之后，立即又调来了一个工友。这位工友与他伺候古广田一样伺候他，使他从奴才一下子变成了老爷……读着这样的小说，我们很容易想到，这位暂时充当奴才的工友也可能沿着姜军的路子变成老爷。应该说，这是作者非常独到的发现。机关里不乏有才能的人，但是，他们往往得不到提拔，因为他们放不下架子，不愿像姜军那样充当某位领导的奴仆。既然如此，干部队伍的状况就会越来越糟。在我们的实际生活中，当然未必都是工友成为领导，但小说所揭示的选拔机制是很有意味的。

在新时期小说中，到处可见吹吹拍拍、阿谀奉承、拉关系、走后门的情况。不少人费尽九牛二虎之力与某个上级领导拉上关系。这种不正之风同样与政治体制方面的任人唯亲密切相关。在《天棚趣话录》中，县委招待所洗衣女李秀要把远在山乡的丈夫调到身边，却因不会献媚而久久没有实现。后来，事情突然办成了。她很奇怪，因为自己没有请客送礼，又没有奉献自己，怎么会有人为她帮忙？事情原来很简单，而且完全是出于偶然：一个偶然的机会，李秀认识了地委组织部长李荣，并且坐部长的小轿车回到了县里。因此，人们纷纷猜测她与李部长的关系，于是就有人愿意主动帮忙。很快，她的工作换了，住房解决了，丈夫调来了，而且各级领导都对她笑脸相迎。这样的故事使我们看到官场的可笑之处，但这可笑却正是常见的一种情景。陈源斌的《安乐四陈》主旨并不在批判官僚主义，却惟妙惟肖地刻画出了一幅令人啼笑皆非的官场病态图：县里的领导下公社，公社书记立即忙了起来，一面派人下乡捉鸡，一面找人陪领导打扑克、下棋。他跟陪领导下棋的人打招呼：只准输，不准赢。陪打扑克者老于官场世故，顺利输掉；陪下棋者却因经验不足而险些取胜，把书记急得只好偷偷踩他的脚。小说还写到他最后虽然输了，但输得很拙劣。因为一个干部如果精明，陪领导下棋，就应该让领导赢得一点都看不出破绽。

人们之所以要如此巴结上司，因为他们的命运掌握在上司手里。既然干部的升迁不是靠努力工作，不是靠群众的选票，而是靠上级领导，既然各种好处是否得到都不取决于下级而是取决于上级，那么，走后门、拉关系、讨好上级领导，就成了必然的现象。既然干部的升迁是由领导说了算而不是由下级说了算，就必然要使一些人全心全意取得上级的好感而根本不把群众放在心上。既然如此，干部怎能不脱离群众而高高在上当老爷。他们又怎么能够去担负起为人民办事的神圣职责。

中国长期形成的权力崇拜与高高在上做官当老爷的官僚主义是相辅相成的，也是互为因果的。晓剑有一篇小说《本市市长无房住》，其中写道："即使老实得像傻瓜一样的人，一旦沾上权力二字，可能会一下子变得狡诈起来，至于官架子的形成，更是轻而易举，那成堆的奴才可以让他三天之内就像一个已经当了十年市长的人。"的确，正是那些善于拍马屁的人在不断地培养和制造着一批又一批的官僚主义者。可是，又是什么培养了这些拍马屁的人呢？还是官僚体制。群众的奴性和对领导干部的依赖，造就官僚主义者和专制家长，专制家长式的官僚主义者又使群众进一步沦为站不起来的奴隶。从乔典运的《冷惊》和张宇的《家丑》等作品中可以看到，在素质没有更新的群众中，要想放下官僚架子，做好人民公仆，也是不容易的。在这样一种文化土壤中，群众看不上没有官样子的官。因为人们习惯的是官僚式的干部，而不习惯公仆。

三、批判武器考察

作为政治批判意识的一个重要的方面，新时期小说对官僚主义的批判取得了巨大成就，无论作品的数量和质量，还是作品的深度和广度，都是前所未有的。比起50年代那些写辛辛苦苦、忙忙碌碌，事务主义、好人做坏事的反官僚主义作品，它要深刻得多，复杂得多，也成熟得多。但是，新时期文学也仍然存在一些需要进一步思考的问题。其中一个重要方面，就是我们的作家还未能摆脱传统政治意识和习惯思维方式的窠臼，缺乏现代政治意识，因而对官僚主义的批判常常明显地暴露出武器的陈旧与贫乏。

在新时期小说中，对官僚主义的批判常常找不到有力的武器。作家们面对官僚主义的严重存在，特别是面对公仆变成主人、大搞特权、以权谋私的官僚主义者，好像无能为力，不知如何对付。大批作品采用了共同的批判方式，即以人民群众为参照，以人民群众的无私奉献，来对比官僚主义者的忘恩负义；用人民群众的道德力量，来感化和净化蜕化变质、心灵被污染的官僚主义者。无数作品在重复着这样一个主题：人民以群众鲜血和生命养育了革命，革命者却在胜利之后背弃了人民，成为官僚主义者，甚至横行霸道，鱼肉人民。这种义正词严的批评，对于每个革命者来说都是可贵的警钟，同时也是对那些忘本的变质分子的有力审判。但是，在这些作品中，也常常见到这样的描写：官僚主义者终于受到人民伟大的道德力量的感召，于是良心发现，痛哭流涕地表示痛改前非，要重新做好人民的公仆。而实际上，这常常是作家的一厢情愿，多少有些背离现实。即使一些优秀作品如《高山下的花环》等，在写吴爽等人的忏悔与转变时，也都带有明显的人为痕迹。更多的作品在夸大人民美德的伟大感召力，结果是造成了作品的虚假。忏悔是非常可贵的，但是，如果全部希望都建立在贪官污吏反省和忏悔的基础上，取决于他们的良心发现，官僚主义大概无法克服。

与此同时，为了充分写出那些官僚的忘恩负义，就要极写人民群众的伟大，但由于对人民群众缺少全面的把握与剖析，只要把他们作为偶像，作为尺度，作为镜子，就往往忽视了他们本身所存在的弱点，从而使这些形象失去了真实性。一些作者极力写群众的高尚品德，结果却是歌颂了他们逆来顺受、善于忍耐、乞求救世主的种种弱点。即使王蒙的《悠悠寸草心》中老吕师傅那种悠悠寸草心，事实上也是存在问题的。因为恰恰由于人民群众大都像吕师傅那样顺从、宽厚、讲究恕道，缺乏主人公意识和斗争精神，才使官僚主义失去了来自群众的制约。自然，吕师傅也自有他的想法："我不能像'司令'们那样去迫害'官'，不能像小卜和师兄那样去利用'官'，不能像S市某些代表所说的那样一味去'顺着''官'，但也不能像儿子那样去疏远'官'、甚至敌视'官'呀！血流成河，白骨成山，付出了多大的代价，好不容易打倒了国民党的'官'，又打倒了'四人帮'的'官'，好不容易咱们自己的老同志重新当了'官'，如果谁都不去接近他们，不去向他们说心里话，咱们这个国家，咱们亲爱的党可怎么办呢?"这也许是吕师傅的由衷之言，但吕师傅的做法，大概只能对少数人起作用，对多数官僚主义者不会有任何作用。因为不从根本体制上解决问题，仅仅去"接近他们"，"去向他们说心里话"，去感化他们，如果他们最终还是听不进去呢？如果他们高高在上让吕师傅再也见不到呢?

在对官僚主义进行批判时，大量作品都以道德批判代替政治批判，而且所用的道德价值尺度是相当陈旧的。一些作品描写干部由人民公仆蜕化为官僚老爷，往往借助于爱情和婚姻故事来增加故事感染力，写他们进城之后如何抛弃自己在战争年代相濡以沫、同甘共苦的妻子而在城市另觅新欢。这样写，在一般情况下有助于读者对这些干部产生憎恶之情，达到某种批判目的，但是，这种批判却常常是通过迎合读者的一种比较陈旧的道德情感而进行的。由于批判武器的贫乏，不但大大削弱了作品的批判力量，而且损害了作品的艺术寿命。

更值得注意的是，这种道德批判常常迷住了作家的双眼，因而把官僚主义仅仅看作是个人的道德品质问题。有的作品为了加强对官僚主义的批判，把自己认为是不道德的行为堆砌在官僚主义者身上，结果使作品流于浅薄而缺乏批判的深度。在一些改革题材的小说中，有的作品对官僚主义的批判是以清官作为尺度和武器的：官僚主义者的对立面是一个改革者，改革者又大都被写成一个“清官”，而且在映衬之下，官僚主义者又被处理为贪官、奸官、昏官。这就流露出一种非常陈旧的政治意识：清官主义政治理想。

清官是不完善的政治制度的产物。如果政治制度是健全的，无隙可钻的，就无所谓清官与贪官。在特定的历史环境中，清官比贪官当然好得多，他们为民请命，理应得到人们的赞美。但是，人民赞美清官是在不完善的政治制度下的一种无可奈何的选择。从历史上看，清官在为民请命的同时，也常常给腐朽的社会制度镀上一层金辉，从而导致人们对既有制度的认可。它常常起着粉饰生活、掩盖矛盾、消磨斗志、维护旧制度苟延残喘的作用，不利于人民群众认识统治者的本质。今天，我们关于社会政治的理想当然不应该满足于清官政治。官僚主义是不完善的政治体制的产物。如果过分强调清官的作用，把官僚主义看作是某些干部的人品问题，就不利于认识问题的症结之所在，不利于谋求体制改革和完善。对于今天的现实来说，就势必忽略对政治体制本身弊端的批判。

无论是什么性质的国家，无论是什么样的历史时代，行使社会组织管理的官员选用制度，都是社会政治的关键环节。评价官吏任用制度优劣的标准，主要在于它是由谁选择，这种选择是否能够体现人民的意愿。在中国传统社会，伯乐相马式的官吏选拔方法是历史的普遍现象，并且传为美谈。在经济落后、观念陈旧、制度僵化的特定历史条件下，这种方法有它的可行性和必然性，也的确曾起过积极作用。那些有远见、有忠心的“伯乐”们为皇家或主人寻找千里马而付出心血和汗水，理应得到皇家或主人的尊重。但是，如果以现代政治意识观照伯乐相马式的干部选拔制度，就应该看到它的局限。这首先表现在以个人的好恶和关系的亲疏为标准，在个人接触的有限范围内，由上而下地选拔，无法从根本上保证被选拔者就是最优秀者或民众拥护者。更重要的是，这种选拔方式是与家天下的前现代制度配合的，它使被选拔者首先考虑的不是如何向人民负责，而是考虑向选拔他的那个上级负责，从而导致干部队伍中的依附顺从关系，滋生效忠、拍马之风，造就脱离群众的官僚主义者。如果伯乐正直无私，情况还好一些，但谁能保证伯乐正直无私呢？如果伯乐以相马之名，行结党拉帮之实，职位就成为用于交换的商品，成为赢得私利、培养党羽的机会。事实上，这种情况在新时期小说中已有反映。《乔厂长上任记》中的冀申不也曾被徐进亭认为很能干，而提名出任副局长吗？在《花园街五号》中，省委副书记许杰竭力推荐的市委书记候选人丁晓，恰恰是一个官场病十足的官僚主义者。这种情况在另外许多作品中同样可以看到。那些伯乐们各有各的目光和尺度，那些存心不正或患有眼疾的“伯乐”，选出的“千里马”会是什么样子呢？

由此可见，伯乐相马式的干部选拔制度，实际上是官僚主义赖以存在的土壤和温床，不值得过分称道。但是，许多作品却由于缺少现代政治意识而没有清醒的认识，因而对伯乐相马式的选拔方式的不自觉的赞美相当普遍地存在。乔光朴的上升是因为受到顶头上司霍大道的赏识和支持；龙种出任农场常委书记是由于省农林厅长的举荐和支持；陈抱帖之所以登上政治舞台并出任市委书记，因为他是省委书记发现了他的才能；陈永明之所以能有机会施展自己的才能，在于副部长郑子云的提拔和重用。杨小东能够被提拔为车间主任，也是由于郑子云的偶然发现。偶然发现人才而重用，对于一个社会来说是可怜的。我们的作家却往往对此津津乐道，也是可怜的。

应该承认，这些作品的描写是真实的，这种选拔方式是我们生活中客观存在的。作家们应该写，但问题是怎么看，怎么写。当代作家应该站到现代意识的制高点上，对于政治体制的判断应该有一个基本的现代尺度，应该有清醒的认识和判断，而不应该满足于为“伯乐”唱赞歌。

论新时期文学的文化回归意识

随着寻根文化思潮的出现，弘扬传统文化的作品大量增多，新时期文学表现出一种极强的文化回归意识。这种文化回归意识与“寻根”密切相关，但我在这里考察的不是“寻根”这一文学现象，而是“寻根”以及非“寻根”的文学所表现出的一种文化态度。“寻根”的内涵极不确定，但明显带有两重意义：文学寻根与文化寻根。前者思考的是文学问题，意义在文学；后者思考的是文化问题，意义在文化。在文化问题上，“寻根”表现为一种双向选择，既有旨在断根的劣根探寻，又有意在续根的优根寻找，前者表现出极强的文化批判意识，后者表现出极强的文化回归意识。这里所考察的是后者——文化回归意识。

一、文化回归意识的产生及其根源

沿着新时期文学发展的大河溯流而上，就会发现，文化回归意识早已露出端倪。在“寻根”旗帜出现之前，弘扬传统文化的作品早已出现。新时期文学起步于作家们对社会问题的关心，没有对社会政治问题的巨大热情，就不会有新时期文学的崛起。但在经历了“伤痕”“反思”等几个文学阶段之后，作品中民间风情的描绘和文化因素越来越多，一些作家先后从与政治密切粘连的主潮中游离出来，写市井民俗和乡土风情，汪曾祺、刘绍棠、邓友梅、陆文夫等人首先引人注目。《受戒》《大淖记事》《蒲柳人家》等作品不仅显示着作家对一种美的发现和追求，而是已经含有对某种传统的文化精神的呼唤与张扬。1985年前后，这种呼唤与张扬随着“寻根”思潮的出现而成大潮。

从社会文化背景看，文化回归意识产生于“文革”留下的文化痛感，以及改革的呼唤和东西方文化的碰撞。

80年代，是中国民族历史上一个非常特殊的变动期。一方面是国门洞开，洋货西学滚滚而来；一方面，是光复古旧，再版典籍，国故民粹东山再起。在辽阔的中国大地上，一幢幢摩天大楼拔地而起，雕梁画栋的琉璃瓦庙宇也粉刷一新，再度香烟缭绕。从电子游艺场走出，可以坐上木轮马车去领略先秦时期的生活情调。迪斯科音乐与现代派绘画、民间戏曲、民间剪纸与泥塑、古装游览、仿古艺术品……都同样拥有大量的爱好者。这就是我们的时代！如果离开这样一个文化背景，就无法理解这个时代的哪怕是一点小小的举动。

小说创作中的文化回归意识并不是一个孤立的现象，它反映着一个特定历史时期我们民族的情绪、心理和文化意识。无论它是病态的还是健全的，都属于我们这个时代。只要我们把视野稍微放宽，就会看到，1985年前后，美术界曾经发生关于国画传统的讨论，音乐界一些人热心于从古典音乐中汲取营养；舞蹈出现了以《丝绸之路》为代表的追求民族风格特点的作品，电影《黄土地》、诗歌《太阳和它的反光》……这一切与小说创作中的文化回归意识形成一个大合唱。把这种种现象联系起来一并思考，更可以看出它的出现所具有的深广的社会文化基础和背景。

在20世纪80年代的中国，对一切问题的分析，都不能不注意到那场刚刚过去不久的“文化大革命”。它对中国人的精神活动和精神结构的影响是难以估量的。它就像一个幽灵，不时地在人们的脑海中回荡，又像经典名句，像定理，有形无形地被广泛引用。这一事件，或者说，这一历史本身，常常成为无需多做解释的最有力的论据，成为思考问题和提出问题的依据和出发点。

文化回归意识正是产生在这样一个历史背景之上。作家们之所以向历史寻求重建民族文化的因子，正因为苦于现实文化已经崩溃这样一种基本认识，而文化崩溃的痛感却是“文化大革命”的产物。我们不难为弘扬传统文化者理出一个思维逻辑线索：“文化大革命”使中华民族的文化崩溃了，社会上的种种不正之风正是民族优良传统被破坏的表现。现实生活中的问题很多，如何救治呢？必须光复传统文化。但是，传统文化之根已经断裂，那么，文学就要担负起寻根的职责。这从李杭育、阿城等作家们的文章中就可以看出：

"我们这个民族是多灾多难的民族，我们的文化也是这样。本质的东西常被歪曲，……尤其是在近世，西方文明无情地暴露着我们的民生。戊戌变法、辛亥革命、五四运动，无一不是由民族生存而起，但所借之力，又无一不是借助西方文化。中西文化的发生与发展，极不相同，某种意义上是不能互相指导的。……五四运动……较全面地对民族文化的虚无主义态度，加上中国社会一直动荡不安，使民族文化断裂，延续至今。'文化大革命'更其彻底，把民族文化判给阶级文化，横扫一遍，我们差点连遮羞布都没有了。"①

把"五四"拿来与"文革"陪绑，这不仅暴露了这些青年作家近代历史知识的欠缺，也透露了一种思维方式（由果及因）的失误。他们有感于亲身经历的历史对民族文化的破坏，追根溯源到了中国现代文化的起点"五四"，却没有对"五四"文化与当代文化的复杂关系作深入的思考。他们把今天的中国文化（包括"文革"）看作是"五四"的产物，看作是西化了的，因而归罪于"五四"，但他们要否定的并非"五四"本身，而是"五四"的结果。在文化断裂的慨叹声背后，我们明显地感觉到他们对现存文化的强烈不满。从他们"西学＝政治经济学＋社会理想"的认识，也可以看到他们是怎样把现存文化与"五四"所倡导的西学画了等号。因此，与其说他们否定西化，不如说他们否定中国现存文化。当前，由于认识的分歧和表述的困难，发生了一些不应该发生也不值得发生的争论，有人认为现存文化是五四新文化运动的直接结果，是西化的，有人则认为五四新文化运动并未成功，现存文化仍然是几千年传统的延续。因此，前者贬"五四"，反西化，后者扬"五四"，反传统，而实际上争论的双方反对的却是同一事物，即现存的文化形态。总之，不管他们的论述中有多少失误，他们对传统文化断裂的痛感和对现存文化的不满是明显的。无论从人们的心理考察，还是从历史考察，怀旧总是对现实不满的一种表现。历史上无论哪一个时代，每当怀古

①阿城：《文化制约着人类》，《文艺报》1985年7月6日。

的思潮兴起，总是现实出现了危机。消极者只是哀叹今不如昔，积极者就要努力托古改制。我们心理上的表现是更明显的，对现实不满就怀旧，挨了新夫的打就到前夫的坟头去哭一场。哭前夫并不只是一种怀念，而常常是对新夫的一种控诉。弘扬传统文化，而且把人们导向远古，本身就是对现存文化的一种否定。如果没有“文革”，这种否定就很难如此爆发。关于这一点，创作的情况可以为我们提供有力的佐证。只要稍加考察，就能够看到，在文化热中，文学对文化表现出了一种相互矛盾的选择，即一边是批判，一边是张扬。这两种倾向往往不是集中于某一作家自身，而是在文坛形成了两支有所侧重的队伍。值得注意的是，致力于批判者多写现在时态的文化，批判国民性的现在时态，而不是批判先秦两汉或者唐人宋人的国民性。批判者锋芒所向从城市到乡村，从农民到知识分子，批判对象广泛地存在于现实生活中。而致力于寻找民族的优良根性以张扬传统者，却大都面向自然、原始，去写荒漠峡谷、森林、草原等远离现代文明的半原始生活状态，去寻找一些属于过去时态的生存方式、行为方式和价值观念。即使在非自然原始状态中，他们寻找到的也往往是“心远地自偏”式的远离了生活主流的人们身上的东西。这种倾向告诉我们，无论是致力于张扬还是批判，作家们都对现实文化表现了他们的厌倦。

80年代的中国，变革已成为时代的精神。“寻根与变革”这貌似对立的两极实际上密切相关。甚至可以说，文化的寻根也是变革的产物。到了寻根文学大量产生的1985年，中国人民的改革大业已经逐步展开，并且初获成效。但是，人们很容易意识到，历史的久症顽疴并非都能迎改革之刃而解，而且新的问题、新的矛盾不断涌现。问题究竟在哪里？人们逐渐认识到，一些问题的存在并不仅仅由于政治路线和方针政策，而是有着文化深层的原因。要彻底改变中国的落后面貌使之走向繁荣富强，不仅需要政治改革，以建立一种新的政治制度，而且需要思想革命，以重铸民族的文化心理和性格。但是如何重铸呢？同样怀有如火的忧心，同样从变革的现实出发，人们所选择的方式也大不一样。有人批判国民劣根性以配合改革，有人光复传统以匡正时弊，有人感叹习惯势力的顽固与强大，有人忧虑民族自我的丧失……文学中的文化回归意识就是后一种选择在文学中的表现。我们不应该误解这些作家，不应该指责他们拉历史的倒车，虽然他们表现出一种守旧的倾向，与文化批判者的努力背道而驰，却也是应变革的呼唤而出的。他们的表现之所以如此不同，根本原因在于对中国现实文化本质的认识不同。传统的批判者认为现实是几千年传统的延续，寻根者认为现实已经失掉了传统。但无论如何，二者的目的都是要改变现实。寻根者不过是要向过去寻找出路，向历史汲取再造的基因。

从世界文化背景考察，寻根文学所显示的对传统文化的重新认同与整个社会的文化热一样，显然与所谓新儒学的冲击有关。放眼当今世界，所谓“东亚五强”的迅速振兴，形成了一个强大的冲击波，越过太平洋，使西方世界为之震惊。与西方全然不同的文化形态中现代物质文明的高速发展，使得困扰于西方现代社会弊端的人们满怀欣喜与希望注目于东方文化；海外华夏后裔作为异乡游子，带着自己也不易觉察的文化思乡之痛研究东方文化；于是，正如在中国贫穷落后的映照之下西方物质文明具有特别的魅力一样，在西方社会弊端的对比之下，东方文化也显得格外光彩夺目。因此，有人预言，未来的世界将有儒学的再次复兴。西方出现研究东方文化的热潮，这热潮又以回潮的形式拍击着亚洲大陆，引起一些学子对自己固有文化的重新思考。一些作家从西方学者那里寻找理论依据。中国作家之所以能够接受这种影响，与我们民族固有的文化自大以及在变革中的文化失落感也是分不开的。

二、他们寻到了什么？

在文化寻根的旗帜下，作家们到底寻找到了哪些值得弘扬的文化传统之根呢？我们的文学在寻根的旗帜下张扬了一些什么样的文化精神呢？他们寻找的究竟是什么？经过综合和归纳，我们不难看到，他们的寻找和发现主要集中在以下几个方面——

（一）原始野性和原始生命力

随着文化“寻根”思潮的兴起，文学中描写自然与原始状态的作品大幅度增加。作家们走向自然，去描写原始蛮荒的文化状态；走向民间，去歌咏古风犹存的乡土；或者走向险恶的生存环境，去表现人与大自然艰苦卓绝的斗争。这些作品的背景多为深山峡谷、原始森林、茫茫沙漠、空旷草原或闭塞的山乡。作品的主人公既粗暴强悍、放荡不羁，又单纯质朴、一尘不染。人与人之间的关系肝胆相照，亲则情同手足，仇则刀刃相见。性生活也只听命于本能的召唤，自由放任而绝少观念羁绊。在这个作品世界里，动物家族（特别是猛兽）往往是不可少的，狼和狗数不胜数，虎豹熊狮时有所见，獐鹿狐兔到处奔跑……这些作品完全不同于一般的乡土文学，因为作家的着力点并不在于乡土气息和民俗美。作家们之所以纷纷选择无人涉足的边远地带，把笔触伸向半原始的生活，决不仅仅为了猎奇，而是因为这里更多地保存了文化的“根”。那么，他们在这种生活状态中寻找到的是什么？是哪些东西在他们的眼中闪闪发光从而诱起他们的兴趣呢？

张承志和莫言的作品是值得注意的。他们都不是进入荒山大漠和密林峡谷的极端代表作家，但即使这两位还停留在边缘地带的作家，也表现出了相同的倾向。张承志早已以《黑骏马》与《北方的河》驰名文坛。莫言初露头角就负有盛名。他们的成功并非偶然，而是反映着一种相当普遍的、属于这个时代的文化风尚和精神要求。张承志的作品几乎处处显示着对生命力的崇尚，那茫茫无际的大草原，高亢悲凉的民歌小调，前胸凸隆着块块肌肉的黑骏马，那燃烧的黄河，块状的波涛，咔咔断裂的冰甲，那波马落日的辉煌，都因凝聚了作家悲愤的不屈不挠的激情而显示出力度，并成为表现人物旺盛生命力的有力衬托。在《北方的河》中，作者把一个青年知识分子放在大自然的背景上，其用意首先在于表现与大自然奋斗搏击的强力。那个男子汉跃入黄河的镜头，充分展示了作者的审美理想。为了完成对力度的追求，他甚至让这个大学生说种种粗话，在其骚动不安中显示其某种野性。原因同样是因为野性中有某种文雅所缺少的力度。张承志的作品总是在顽强地张扬着一种积极进取的精神，发掘着一种生生不息、坚忍不拔的刚健之美。以浪漫主义的激情歌唱阳刚的、使民族得以不断繁衍的精神气质。在《辉煌的波马》中，他如此描写碎爷的性格：“碎爷也老啦，……可是碎爷心里盛着一个海，碎爷有他深藏不露的惊天动地的阅历。无论是造反起义、背井离乡，还是冤狱折磨，碎爷一概不谈不论。碎爷在长流水里沐浴，在洁净的波马洗礼，碎爷用不着一张白纸片证明自己，碎爷有一颗打不垮的心。”这显然也是对坚韧之力的礼赞。

莫言的“红高粱”系列小说具有一种火辣辣的、凝重的冲击力。任何读者都可以很容易地从中感受到高密东北乡那片土地、那个人群的沉重与灼热。作家不掩盖他笔下人物身上的落后、愚昧和狭隘，但着力描写的却是他们身上的粗野和血性，是他们身上旺盛的生命力，是他们求生的意志、抗争的勇气和追求的执着。无论土匪司令余占鳌，还是戴凤莲和刘罗汉，他们都是从逆境中站立起来的好汉，他们的血管里流淌着的是英雄的热血，决非那些工于算计、贪生怕死的可怜虫所能够比拟。他们前途迷茫，却常常是不问前途而勇敢闯荡。他们蛮性十足，却因此而不畏强暴、不甘沉沦。作家在腥风血雨的背景上描画他们的铮铮铁骨和冲天血气，所要发掘和张扬的正是那种原始生命强力。在《红高粱》的结尾，莫言写下了这样动情的句子：

> 谨以此文召唤那些游荡在我的故乡无边无际的通红的高粱地里的英魂和冤魂，我是你们的不肖子孙，我愿扒出我的被酱油淹透了的心，切碎，放在三个碗里，摆在高粱地里，伏惟尚飨！尚飨！

为什么“我”是“不肖子孙”？何谓“被酱油淹透了的心”？悲歌一曲赋招魂，缅怀的是父老们的生命烈焰，呼唤的是前辈英魂如红高粱般的勃勃生命力！

对野性的赞美，对生命强力的呼唤，从不少作品中都可以看到。作家们赞美那些硬汉子，泼女人，甚至不惜赞美复仇、凶杀和粗暴，因为在我们这个时代的作家看来，那是生命活力的表现。他们不仅写猎手的勇敢，而且赞美虎豹的顽强，赞美烈马和猛犬，也出于同样一种审美倾向。

（二）传统人天观

在近几年的创作中，出现了不少思考人与大自然关系的作品，从这类作品常常可以听到保护自然的呼唤。当然，思考人与大自然关系的作品未必都具有文化寻根的意识，但一些作品却明显地表现出对传统人天观的呼唤。邓刚的《蛤蜊滩》、孔捷生的《大林莽》等都是突出的，但渗透着文化寻根意识的更突出的例子还是刘醒龙的《灵狮》和阿城的《树王》。

《灵狮》中的护林老人一遍又一遍地讲着他的童话：“当山空了，林没了，再也听不到獐群的鸣叫，再也看不到对对獐子挟着它的幼子鹞鹰般掠过松树坪时，洪水猛兽就要来了……”护林老人本是一个猎人，曾因打死一只幼獐而遭天谴，砍掉扣扳机的食指而结束了狩猎生涯。直到晚年，他还觉得自己当年打死的不是一只幼獐，而是自己的儿子。在他心中，幼獐与儿子，人与兽与大自然是一体化的，万物都有它的灵性。他竭力保护自然，但终于保不住，山空林没，树王被砍，童话应验了——一场暴雨，山坡滑塌，泥石流将粮田一扫而光，人类遭到了大自然无情的报复。

不少作品写了人对大自然的侵害。这些作品一般都是这样写的：一个大自然的忠实守护者，半是清醒半是混沌，与大自然和谐相处，过着充满牧歌情调的生活。突然，从外界闯入几个破坏者，一般是偷猎者或城市青年，于是，双方争斗，大自然的保护者终因没有足够的狡猾和权力而不幸失败，大自然因而受到破坏。但是，最后大自然的破坏者也受到了大自然报复性的惩罚。这种构思几乎成了一种常见的模式。

阿城的《树王》与这模式不甚相同。它的故事背景设置于十年动乱中，故事却也同样以大自然的忠实守护者肖疙瘩的失败而告终。小说的结尾写埋葬肖疙瘩的地方长出一片草，“生白花，是医刀伤之药，而远远看去，有如肢体被砍伤后露出的白骨。”在这里，作者是把肖疙瘩当作受伤之骨和医伤之药推荐给读者的。肖疙瘩本身就是阿城寻根的一个结果。他朴拙健壮、正直善良。但这都不是主要的，值得注意的是他的心灵在人与人、人与社会的关系中失掉了支撑点，而在大自然中得到了恢复，压抑的心灵得到了舒展和宁静。他就是树王，树王就是他。他能预感到树林将被毁灭而忧心忡忡。树王终于被砍，他也在郁郁不乐中不久死去。他爱树如命，却说不出什么理由，只知道“它长这么大，不容易，它要是个娃儿，养他的人不能砍它”。由此可见，他与大自然真是浑然一体，难舍难分。在他的眼里，自然和人是被同样看待的。这也许是作者所理解的一种“天人合一”的境界。而实际上是在张扬着中国传统文化中顺应自然、任其自然、自然无为的人天观。

（三）传统美德和淳朴人情

对于传统美德和淳朴人情的礼赞，从刘绍棠的《蒲柳人家》等作品已经开始了。那个从炮火中救出望日莲，与豆叶黄大打一场，而成为望日莲庇护神的一丈青大娘，那个人过义和团、爱打抱不平、为朋友两肋插刀、有了钱随手施舍、最后拿家业的“半壁江山”为望日莲陪嫁的何大学问，那个手艺高超却只能混个半饥半饱、不娶家小却与穷孩子有饭同吃的吉老称，那个为正义而不念私怨、为帮姐姐抚养孩子而拒绝成亲的柳罐斗……这些人物身上集中体现的是中华民族善良正直、仗义勇为的侠风义骨和美好品德，是不畏强暴、锄奸助良、刚正不阿、舍生忘死的光辉性格。随着“寻根”思潮的出现，带有张扬传统美德和淳朴人情这一主题意向的作品大量增加。《麦客》《天狗》《小鲍庄》等是引人注目的篇章。在贾平凹的《天狗》中，无论师母对天狗的照顾，还是天狗在师父身残后对其生活重担的主动承担，无论天狗与师母结婚后仍不同居的行为，还是师父自杀的选择，以及天狗夫妇分蝎子给乡亲等等行为，都体现了渗透在这些普通人身上的传统的仁义道德。

何立伟的《淘金人》写了一群淘金者和一个女人。淘金者们都是野蛮的汉子。他们“有着铁似的体格和铁似的心，有着斗杀赌盗的不同常人的既往”，甚至一个个满身伤疤，缺耳断鼻，为了发财而敢于铤而走险，“常常为争夺一颗金子而毒毒骂娘，而捋手勒脚，而把刀尖和斧刃弄得湿而发红的事，就断乎不会少”。但是，他们在女人面前却出奇得规矩，一个个都只是保护神。其中一个仅仅因为偷看了女人洗澡，就被活活地掐死扔到了河中。最后女人不幸淹死，汉子们用手为她抠成了墓坑，将所有金子都做了她的陪葬，而且第二天就相约离开了这块藏金之地，再也没有回来。

我不想追究这种故事是否真实，值得思考的是作者构思这种故事的意图。粗野中的美德，重义轻利的传统义气，显然都是被肯定的。从“寻根”角度讲，作者所寻找到的就是传统美德和淳朴人情这条根。在新时期小说创作中，这种选择并不少见。

（四）韧性、适应力和道家的人生哲学

冯骥才的《神鞭》和阿城的《棋王》都是近几年出现的中篇小说佳作。前者以传神之笔写了阿二的“辫子功”，后者则不动声色地写了一个传奇人物王一生和他的棋艺。抛开作品的反思和批判意义不谈，如果寻找被作家艺术肯定的东西，两篇小说都写了民族精神中一种极富韧性的适应能力。这种适应力也被当作一种生命力而寻找了出来，但其表现形态与其内质却完全不同于前面论及的那种生命力。它不是阳刚的，而是阴柔的；不是外向的，而是内向的。

《神鞭》把傻二的一条辫子写得神乎其神，但这条本来战无不胜的辫子在洋枪洋炮面前却失败了，而且到辛亥革命之后不得不剪去。可是，剪了辫子并没有使傻二步入穷途，而是迫使他成了神枪手。值得注意的是小说结尾处的一句话："你要知道我家祖宗什么情况才创出这辫子功，就知道我把祖宗的真能耐接过来了。"傻二祖宗本来练的是脑袋功，仿效和尚剃光头以便不叫对方抓住。可是清兵入关后不留辫子就砍头，这就绝了傻二家的武艺，祖宗又把功夫改用到辫子上，创出了独特的辫子功。辛亥革命割掉辫子，傻二又成了神枪手。这其中深层的能耐是什么？显然是一种折而不断的韧性，是一种历尽沧桑之变而仍能生生不息的适应能力。

《棋王》的主要意义在于它表现了一种人生哲学。王一生形象的塑造主要是通过吃和下棋来完成的。王一生很看重吃，对吃特别认真，因为不吃就无法活命。但是，不幸的生活却不能满足他吃的要求，他常常挨饿，对饥饿有着独特的感受。这使他对吃极为看重，却并无奢求，喜欢吃却反对馋，强调的是"半饱半饥日子长"。下乡后别人埋怨饭菜不好，没有文化娱乐，他说："人要知足，顿顿饱就是福。"除了吃，他唯一迷恋的就是象棋，"一下棋，就什么都忘了，待在棋里舒服。"他的口头禅是"何以解忧，唯有下棋"。因而他终于成为"棋王"，成为"中华棋道毕竟不颓"的明证。由此可见，他在物质生活上知足常乐，容易满足，在精神生活上却自有追求，精诚专一。他旷达超脱而又执着坚定，瓢饮不改其乐，在外部环境的限制下，自我退入内心，悄悄营建着自己的精神疆域。小说的结尾写下了非常重要的句子："家破人亡，平了头每日荷锄，却自有真人生在里面，识到了即是幸，即是福。衣食是本，自有人类，就是每日在忙这个。可囿在其中，终于还不太像人。"这里作者所张扬和赞美的也是一种对环境的适应能力。这种能力是依靠退入内心，于乱世中独善其身。这显然是中国传统文化中的老庄哲学。

三、弘扬传统：一种特殊的现实批判方式

显然，上述种种还远不是中华民族文化传统之根的全部。但为什么"寻根"者会做出如此选择？他们选择这些而不选择那些，这是值得注意的。对这个问题的回答，可以帮助我们认识这个时代的文化背景，认识我们这个时代的思想情绪和风尚。而这一切，对于文化社会学的研究来说，比那种简单

的判断更为宝贵。

对这种种选择应该怎样认识？它具有什么意义？概括地说，对古老传统的寻找是对现存文明中某些弱点的一种特殊的批判方式。

为什么要到自然和原始中去礼赞野性，去呼唤生命的强力？显然是有感于现有文明、特别是城市文明的心态弱化、生命力的退化和陈腐道德的虚伪及其对人性的压抑和摧残。刘彬彬的短篇小说《村魂》展示的是一幅发人深思的生活画面，抒写的是作者深深的忧虑。豹子进村为害，全村无一人敢于站出来承担起打豹的责任。即使负有盛名的猎人也吓得弃枪逃避。最后出来迎击豹子的竟然是一头牛！牛的勇猛无畏和人的自私怯懦形成了鲜明的对照。这里不仅仅是野蛮人与文明人的对照，而是牛与人的对照。在人类居住的村庄里，真正的村魂却是一头牛！这对人类来说是多么可悲！通过这种对比，小说表现了一种对人的生命力退化的深切痛感。这种痛感不仅属于个别人，而且属于整个时代。其实，在张承志的《北方的河》中，我们已经听到了女记者的感叹："世上的男子汉都死绝了！"不同的是，张承志正面表现希望更多一些，还没有把希望寄托于牛，而是梦想男子汉精神在青年知识分子身上复活。1985年，《中国青年》杂志曾经发表水竹的一篇文章《到哪里去找高仓健?》，认为中国缺少男子汉，中国的男性素质在退化。《中国青年》编者认为"她的失望，并不仅仅是对某些男人的失望，同样也包含着更深刻的内容——对我们民族素质的忧虑"。这的确是一个令人担忧的问题。我国古代一直讲究中庸，讲究温良恭俭让。我们的传统文化长期塑造着国民的性格，结果是使受教育的人多白面书生、风流才子，而缺少阳刚之美和勃勃生机。一个民族的性格过分阴柔，就会使这个民族缺少应有的魄力和进取精神，而滋生保守、卑怯的劣根性。当一个变革的时代到来，时代呼唤着创造型、开拓型的人才时，清醒的中国人不能不感到这种缺憾。

冲破陈腐道德观念对人们本能的束缚，这呼唤产生于中国社会的现实之中。人类文化的发展，往往是在冲破一道旧绳索的同时又造成一道新绳索，但就总的趋势而言，尤其是世界文明史进入现代以来，主流却显然是在谋求人的解放。新的历史条件出现，人们必然要对现存道德秩序进行审视。对于性，也许当代中国社会形成了过多的束缚，使作家们感受至深，因而成为文学的一个兴奋点。但是，那种比现行道德所允许的生活方式更为本能、更为热烈的生活方式，不仅难以在现实生活中实现，甚至无法出现在描写现代都市文明的作品中。所以，这种对于解放的渴望就很难安置在描写都市生活的作品中，而是被安置在偏远的地区。有时候，甚至以特别的方式表现出来。关于这一点，叶楠的《漫长的春夜》就是一个极端的例子。一个单身女子和一个放蜂的汉子，时有来往并且各怀春心，却很难冲破那道人为的藩篱，饱受欲望压抑之苦。而猪圈中的母猪却与林中的野猪自由来往，不顾一切地双双奔向森林。这种令一些人难以接受的对比强烈地表现着对精神枷锁的撞击，表现着对原始自由的向往，事实上是一种人的解放的呼声。

这是一种对禁欲文化的批判与反拨。作家们写原始半原始的生活，无非是要说：看，生活本来是这样的。潜台词则是：生活应该是这样的。

这些作品不避粗野，确有一种野蛮化的倾向。但是，正如恩格斯所说的："只有野蛮人才能使一个在垂死的文明中挣扎的世界年轻起来。"[①]野蛮化是对现存文明的一种有力反拨。对原始生命力的歌唱与张扬，无疑是对衰弱文明的反动。无论对于儒家禁欲的伦理原则，还是对道家的无为和超脱，它都是一种有力的否定。因为无论儒家的伦理原则所构成的心狱，还是道家的幻想所编织的梦境，都摧残和限制了人的力量。呼唤原始的生命强力来挣脱腐朽的文化枷锁，是具有深刻现实意义的。它使我们想到西方的浪漫主义，想到拜伦，想到拜伦的撒旦主义和英雄崇拜。只是英雄崇拜成了力的崇拜，对于自由的认识也大不相同。当然，它也使我们想起拜伦写卢梭而实际上也是写他自己的诗句："然而他也熟知如何为疯狂的放纵敷上美丽的脂粉，怎样使恶行和邪念经过崇高词句的藻饰而貌似神圣。"（《恰尔德·哈洛德游记》）

为什么会张扬传统的人天观呢？

尽管寻根的作家们高喊着超越，但他们不可能超越现实，因为他们艺术思考的出发点就常常建立在现实给予他们的感受和情绪上。这种"寻根"之所以出现，也恰恰因为中国历史刚刚经历过一段"与天奋斗其乐无穷，与地奋斗其乐无穷"的时期。像对阶级斗争扩大化的反拨一样，强调人与自然的和谐即使没有外国的影响，也会像强调宽容、强调理解和对话一样被提出。

①《马克思恩格斯选集》第4卷，第153页。

只要看一看孔捷生的《大林莽》等作品，就不仅能看到那个盲目战天斗地的年代，而且可以看到反拨的历史必然。毫无疑问，许多作品都是基于这种历史背景而产生的。阿城的《树王》中李立与肖疙瘩形成鲜明的对比：知青有知识而愚昧，肖疙瘩不认识字却非常清醒。知青何以愚昧？肖疙瘩何以清醒？答案只有一个，因为知青从当时的社会接受了太多的知识污染而失去了良知，肖疙瘩远离人世而良知未泯。这种构思是对那个特定时期社会教育的彻底否定。

此外，从更广阔的人类文化背景上看，我们不能不承认，人类在科学发展中具有了改造自然的一定能力之后，就认为对地球可以随心所欲地加以改造、征服和无节制的索取，而忘记了地球空间和资源的有限，这是非常愚蠢的。科学技术的发展，一方面为人类的幸福和发展提供了条件，一方面也为人类毁灭自身所赖以存在的地球创造了能力。如果将这种能力用于对自然的盲目征服，人类前景将非常可悲。“人定胜天”的口号把人与自然对立起来，把人作为自然的外在物，结果不仅损害了自然，也损害了人类自身。因为人类虽然从自然中分化出来，却仍然是自然的一部分。要实现人类社会的高度发展，还必须保持人与自然在一定程度上的和谐。那些对人与大自然关系进行思考的作品，给我们的正是这种简单又深刻的启示。面对森林减少，沙漠扩大，水土流失，空气污染等直接关系到民族生存的重大问题，迫使我们不得不思考保护自然这一迫切的命题。从《大林莽》到《树王》等一系列作品在这一方面都不乏积极意义。

当代一些发达国家的学者提出了一些新的见解，从爱护资源的角度强调对自然的保护，从生态平衡的角度反对盲目征服自然。有位经济学家提出，我们不是从父辈继承了一个地球，而是从子孙借住了一个地球，因而鼓励低创造和低消费。当这种思潮冲击着中国，随着各地“绿色协会”“爱鸟者协会”的出现，人们自然而然地想到了中华民族在这方面悠久的历史传统。在中国，保护自然的思想的确是古已有之。《国语》中就有鲁宣公破坏了“夏三月川泽不入网罟”的制度而被大夫里革把渔网毁弃的故事。荀子在《王制》中说：“圣王之制也，草木荣华滋硕之时，则斧斤不入山林，不夭其生，不绝其长也；鼋鼍鱼鳖鳅鳣孕别之时，网罟毒药不入泽，不夭其生，不绝其长也；春耕、夏耘、秋收、冬藏，四者不失时，故五谷不绝，而百姓有余食也；污池渊沼川泽，谨其时禁，故鱼鳖优多而百姓有余用也；斩伐养长不失其时，故山林不童而百姓有余材也。”因此，寻根者在面对自然进行人与天的关系的思考时，在环境科学和“人类困境”论的影响下，选择传统的人天观而张扬之，是自然而然的。

对传统道德和淳朴人情的呼唤显然缘于作家们对现实生活中道德沦丧、人情泯灭的感受。这一点在许多作品所展示的世界里可以找到充分的证据。从不少作品中可以看到，在对美好道德赞美的同时，大量作品揭露和鞭挞的是卑怯和自私。在对淳朴人情表现出强烈向往的同时，表现的是对都市文明的厌倦。在这一点上，《野性谷》《雪原》等作品表现得相当突出。在《野性谷》中，朝克图那样拙笨，连话也说不好，却有一颗纯洁而善良的心。被称为“文明人”的城市青年那样精明，却道德败坏。对待秃鹫，朝克图与之情同手足，精心喂养，“文明人”却一见之下就想拿去卖钱。对待水花姑娘，朝克图救之于危难之中，朝夕相处而未有邪念，“文明人”初次相见就想把她占有。在这些鲜明的对照中揭示出的是“文明人”的种种不义。从社会批判意义来说，朝克图与水花姑娘终于逃向大自然而不愿归来，足以使我们的文明社会脸红而深思。这种对“人心不古”“道德沦丧”的揭示，在那些描写改革的作品中也同样有所展示。

同时，我们不能否认，处于半封闭状态下的大自然更多地保存了纯真质朴的人性。尽管它不无愚昧，却仍然令人难以忘怀。特别是对于那些从闭塞山乡走进城市或在乡下度过一段时光的青年知识分子来说，那更是一个美丽的梦。虽然这个梦苦涩得让他们眼泪欲滴，却仍然有着一种不可抗拒的感召力。我们更无法否认，在对历史价值比伦理价值更为看重的历史转折时期，提醒人们珍视不该丢弃的美德，也有重要的现实意义。

对道家人生哲学的审美肯定，打着动乱岁月的烙印，实际上这也是对现实的一种批判。像《棋王》那样对道家人生哲学的首肯，能赢得广大读者的赞誉，这与动乱年代的苦难岁月给人的感受是分不开的。中国传统的知识分子有一条应付环境的座右铭：“乱世以圆，治世以方。”身处太平盛世，棱角可显可露，身处乱世，则内方外圆，以圆应之。当自我退入内心时需有精神寄宿地。中国历代知识分子差不多都是仕途通达则效法儒家之入世治世，以天下为己任，仕途穷则怡神于山野超然于世外。道家的人生哲学几千年来一直是中国知识分子精神上的避难所，是他们途穷时的精神退路。从人生或者个体的角度看，道家人生哲学的确不算消极，当一个人身处乱世无力作用于环境的时候，它能使人鼓盆而歌，知足常乐。在物质生活不能满足的时候，以精神生活为补充，在无力塑造现实的时候，对自身进行塑造。寻求超脱，独善其身，超然物外，忘却人间一切烦恼。道家人生哲学，特别是庄子的人生哲学，是在对乱世人生忧患的深切感受中产生的。因此，除了它游世混世的特点外，还有它愤世嫉俗的反抗性。对一个社会来说，避世超脱本身就是对它的批判。

从整体上看，寻根是对文化传统的一种重新选择。它与现代化并不矛盾。任何一个变革的时代在引进和创造新的文化时，总要对自己的传统进行重新选择。这是一种通过调整传统的内部结构而获得新生命的企图。即使在“戊戌”和“五四”时期，思想文化界也有过这样的趋势。如以道反儒、扬佛墨以反儒道、以民间反对经典等等，在“五四”先驱们那里也不少见。

四、迷途与误区

我愿意充分肯定弘扬传统文化对现存文化的批判意义，并且努力去寻找这些意义，把它看作是我们时代的社会批判活动的一个方面，是对现代社会腐朽文明的一种反抗和挑战。但是，在作家们眼中闪闪发光的，却并不都是金子，被作家们寻找了来献给读者的，也并不都是一些值得弘扬的东西。在致力于民族文化的复兴和重铸而对传统文化进行优选时，甚至存在把幽幽磷火误作引航灯塔的现象。

新时期文学中的文化回归意识存在着以下值得关注的问题——

（一）错爱民间文化

不少作家并非没有认识到中国传统文化的局限，却对民间文化有所偏爱，意欲向民间文化寻找民族传统文化之根。李杭育认为，我们民族文化之精华更多地保留在中原规范之外。规范的传统的根大都枯死了，规范之外的，才是我们需要的根。[①]韩少功也非常注重乡土，看到了乡土中所凝结的

①李杭育：《理一理我们的根》，《作家》1985年第9期。

传统文化更多地属于不规范之列。这些作家都把目光投向与规范不同的民间文化。基于这种认识，作家们纷纷走向民间，去写民风民俗，从民俗中发掘一些充满生机的东西。那么，边远或闭塞地区的生活离规范更远，就有更大的价值，于是，作家们纷纷走向深山峡谷、大漠老林、边远地带和少数民族居住区，描写那带有原始色彩的生活，从那原始与淳朴中发现与规范化了的传统不同的文化精神，寻找规范的传统中所不允许存在的行为方式和价值标准，寻找更少束缚、更合于人性的东西。小说中那些原始的生命活力、性约束的相对宽松、人与人之间关系的简单明朗等，都是这种发掘的结果。从汪曾祺、刘绍棠到李杭育、郑万隆、阿城，都有这种迷恋民间文化的倾向。对荒原峡谷、深山大漠文化状态的描写也是对民间文化进行探寻时向着更为民间化形态的一种延伸。因为它与规范的传统文化似乎更为不同。

以民间文化丰富和发展传统文化，以规范以外的文化补充甚至取代经典所载的规范文化，对于重铸民族文化来说，无疑是有益的。但是，也应该注意：并非民间文化都是充满生机的。孟德斯鸠曾经赞美人民“一旦接受了好的准则，将比所谓正人君子的人们，更能持久地遵守”（《论法的精神》）。我无意于批评这位思想先驱，但他所赞美的却正是民众的一大短处。正因为这种短处，才使他们一代代总是受着精神的奴役，才出现了孟德斯鸠也同样看到的另一种现象：“十万只手臂有时候可以推翻一切；但是十万只脚有时候只能像昆虫那样前进。”（《论法的精神》）人民群众有守旧的一面，民间文化就有落后的一面。事实上，自从有了国家之后，民间文化已经无不带有统治阶级的胎记。历史在前进，占统治地位的规范文化在不断发展和流变，而民间文化却变化缓慢，这就出现了一个值得重视的现象：它所体现的总是陈旧的、过去时代的统治阶级的意识形态。

民间文化落后于时代的规范文化，在现代中国尤其如此。我们知道，中国闭关锁国状态之所以打破，不是由于民族自身的发展，而是由于外来的冲击。当时的中国，资产阶级民主思想还没有构成完整的理论学说，当然也不会在民间有什么影响，深山大漠里也无法自发地产生出资本主义。鸦片战争以后，由于伴随外来文化一道进入中国的是帝国主义的大炮，它所给予这个民族的屈辱感导致了普通民众对文化也像对枪炮一样怀有强烈的抵触和反抗。而且愈是民间，愈是小生产农民，这种抵触心理愈为强烈。因为爱自己的固有文化，像爱国一样，“是一种恰好与小私有者生活的经济条件连接在一起的情感”[①]维护旧枷锁而反抗新枷锁，是小农意识的一大特征。在传统政治和自然经济基础上产生和流传下来的民间文化，虽然有与规范文化不同的特点，但与主流文化并不完全异质。

那么，文学在张扬民间文化时沉迷其中，就不能不说是一种思想认识的误区。

（二）误投老庄哲学

在对民族传统文化的弘扬中，大批作家对中国传统文化的核心部分儒家文化不感兴趣，而对其外围部分或与儒家学说相冲突的部分表示热情。其中，张扬道家思想，以道反儒，已是一个引人注目的现象。

阿城的小说相当系统地宣扬着庄子的人生哲学。王一生是道家人生哲学思想的范本。他“何以解忧，唯有下棋”，逃避现实，回避斗争，知足常乐，为自已营建起精神上的蜗牛之居而自得其乐。小说借王一生和捡破烂的老头宣扬了一系列道家的人生哲学，“为棋不为生”，“生不可太盛”，“不可太盛，太盛则折”，等等。《树王》通过肖疙瘩形象的塑造，在思考人天关系的同时，极力张扬老子的无为思想。他笔下的理想人物都有呆笨拙朴的特点，体现着庄子“混沌”和“齐物”的理想。新时期小说中有不少作品跟在庄子的身后高呼“返归自然”，“返璞归真”，把老庄哲学当作挣脱儒家伦理枷锁的武器。这种方式在“五四”时期已经出现过，著名的反孔战将吴虞就曾经以道家思想作为反对儒家思想的武器。但是，无论吴虞还是新时期的作家们，都忽视了这样一个基本事实：道家与儒家及其塑造的封建秩序，既有矛盾的一面又有统一的一面。他们相互矛盾却在维护封建统治秩序这一点上得到了统一。以道批儒，激烈莫过于庄周，他极力批评和抨击儒家所塑造的统治秩序对从属的禁锢：“且夫待钩绳规矩而正者，则削其性者也；待绳约胶漆而固者，是侵其德者也；屈折礼乐，呴俞仁义，以慰天下之心者，此失其常然也。”（《骈拇》）他无情揭露儒学仁义的虚伪性，给予猛烈抨击：“爱民，害民之始也。”（《徐无鬼》）“虎狼，仁也。”（《天运》）“圣人生而大盗起……圣人不死，大盗不止。”（《胠箧》）但是，在中国文化这同一

①《列宁全集》第29卷，第124页。

个大系统中，在同一历史层次和思想高度上，这种批判表面激烈而内里却非常乏力。

我并不否认道家对人的本体的注重，更不否认它对人的心灵的解放提供的天地，也许正因为如此它才得到当代作家的频频秋波。但是，庄子对人的本体的强调，与否定儒家学说及其塑造的秩序一样，是在否定人类整个文明成果的同时进行的。他尚超脱，贵虚无，齐物我，等生死，灭机心……不仅要使人退化为猿，而且要使人变成无机物。他以心理开导的方式解脱精神痛苦，主张“知其不可奈何而安之若命”（《人间世》），“迫而后动，不得已而后起”（《刻意》），“以无厚入有间”式的对待生活环境，无论何时都是不足为训的。道家思想的这种消极特点在客观上帮了统治阶级的忙，使他们超然物外而放弃反抗。可以说，若无道家，儒家根本无法完成两千多年专制统治的辅佐任务。对于稳定传统统治秩序，法、儒、道三家犹如鼎之三足，是缺一不可的。

（三）文化“断裂”之忧是否有必要

阿城在他的《文化制约着人类》中批判了五四运动对民族文化的“虚无主义态度”，慨叹民族文化的断裂。李杭育虽然深知传统文化的局限，却也感叹“中国的整个现代文化都是向西方拿来”，“我们的民族个性在一天天削弱，民族意识是愈来愈淡薄了”（《文化的尴尬》）。很明显，他们都担心民族文化的断裂和民族个性的消亡。正因为这种担心，才强调民族意识，张扬民族文化。

其实，这种担心是不必要的。值得思考和需要警惕的，不是民族传统的断裂与消亡，而是它作为沉重的负担对民族前进步履的羁绊。

中国传统文化是一个古老的完备的大系统，它有着顽强的生命力，几经风雨冲击而至今不颓。这是人们能够达成共识的。五四新文化运动并没有使它发生断裂，因为历史提供的条件限制，尽管“五四”那一代人喊出了一些激烈的口号，但它对民族传统文化的批判却进行得很不彻底，也根本无法深入，结果是只动其皮毛而未动其筋骨。正因为这样，才使我们直到今天仍然难以走出种种羁绊，才使我们现代化的步履如此艰难。至于“文革”，如果我们稍微认真地进行一点分析，就很容易发现它与传统是同质的，与“五四”并非一回事。“文革”是传统文化本身恶性发展的一个结果，而不是五四新文化运动的结果。

一个民族的文化传统，特别是作为文化心理的存在，并不是那么容易改变的。尽管如李杭育在《文化的尴尬》中所列举的，我们都在穿西装，吃西餐，说外语，用洋货，实行着外来的制度，信仰着外来的主义，但是，有一点却应该看到，阿Q的子孙并没有绝种，他们穿起西装，住进香格里拉，坐在沙发里喝着雀巢咖啡，也仍然是阿Q气十足，甚至仍然在大叫“老子先前阔多了”。

一个民族要摆脱传统是困难的，就像一个人要改变一些习惯一样。因此，传统不需要强调继承，就会自然被继承，文明发展所需要的只是变革和创新。进入20世纪以来，中华民族所面临的一个重要使命，就是打破传统文化稳定的惰性系统，掀动积淀，使其再受淘汰；破坏其平衡，改变其结构，以期更新和发展。对于从十年动乱中走来的青年来说，由于对传统文化缺乏深知，往往一见之下，惊其奥博，感到仰之弥高，探之弥深，如入八卦阵图，深陷而不能自拔。刚刚觉醒的这一代人如果再背起这个沉重的蜗牛壳，那才是民族的悲剧。

有人感叹新事物在中国难以扎根。其实，在中国，新事物扎根虽然难，还不如废除旧事物更难。闻一多看到了这一点，所以他认为我们的民族文化善于吸收新的，但他没有清楚地认识到我们的民族是多么善于保存旧的。我们的历史上有多次文化交流与碰撞，我们的方式就是以旧容新。新的东西被纳入旧的结构，新本质却已经消失。清兵入关，男人都拖起了辫子，女人的小脚却没有废除；民国建立，有了总统，皇帝却仍然端坐在皇宫；采用了公历纪年，春节却仍然比元旦过得红火……一切都无不如此。中国人在文化冲突中习惯于“保中国已有之粹，而增其未备”（康有为《中华救国论》）。这种做法却不利于现代化。因为中国文化这一庞大的系统有极强的同化力，能把一切新东西纳入它的旧框架，而丝毫不改变自身的性质。它对新东西的吸收，常是一种可悲而又可怕的认同。一旦纳入它的框架，新东西就会失去它原有的功能。引进的外来文化常常是在对传统文化进行改造的过程中就受到传统文化的改造。

然而，有生命力的东西不一定就是好东西。

（四）回头是否有理想之岸

每当变革兴起，文化都面临变革，或从外面拿来，或对传统进行重新选择。对传统文化的弘扬，事实上是在对外开放、向外拿来的同时对传统文化的重新选择。如前所述，这是很有意义的。但是，回头寻找是没有出路的。中国几千年并不乏改革的人才，但是，那些致力于社会变革的人往往总是习惯于把目光投向遥远的古代，去寻找革新的依据，向历史寻找模式。这种托古改制的方法成了一个永远甩不掉的包袱，使那些仁人志士们的改革总是跳不出旧制度的基本框架。当时代进入了20世纪，历史已经证明，托古改制的方法再也无法解除民族的忧患。

历史总是在挣脱传统的羁绊中前进的。它的每一步都响彻着挣脱传统羁绊的呐喊，而不是在继承的呼声中迈出新的步伐。人类从猿到人走了过来，并且注定还要一步步走下去。回头没有理想之岸。即使有，我们也无法再走回去，正如伏尔泰给卢梭的信中所写的。

（五）外国人所赞美的，是否就值得我们张扬

热衷于张扬传统文化的作家有一个思想支点，就是外国人赞美，所以我们也应该张扬，西方一些学者对东方文化高度评价，我们自己就理所当然地要发扬光大。作家们在创作中行动的同时，在理论文章中表明自己的态度，他们引用李约瑟、汤因比、毕加索直到杜维明的话，证明这种做法的必要性和正确性。

不错，当代西方的确出现了某种程度上的东方文化热。海外的确有一些朋友仰慕和呼唤中国古老的文化。但是，尽管如此，我们却没有理由、没有资格与他们一道对传统文化进行赞美和张扬。

外国朋友赞美中国文化，常常是一种友好的表示和猎奇心理的满足。他们所赞美的，不一定都是好的，更不一定是我们所需要的。外国人有时也赞美小脚和辫子，我们却没有必要因为有外国人赞美就为之保存。对此，鲁迅曾经说过：“外国人中，不知道而赞颂者，是可恕的；占了高位养尊处优，因而受了蛊惑，昧却灵性而赞叹者，也还可恕的。可是还有两种，其一是以为中国人为劣种，只配悉照原来模样，因而故意称赞中国的旧物。其一是愿世间人各不相同以增自己旅行的兴趣，到中国看辫子，到日本看木屐，到高丽看笠子，倘若服饰一样，便索然无味了，因而来反对亚洲的欧化。这些都

可憎恶。”（《坟·灯下漫笔》）今天看来，我并不完全赞同鲁迅先生的分析。学者之中存心不良希望中国永远落后者大概极少。至于好奇心理，那是旅游者的通病，也不必憎恶。但是，我们的确有必要保持鲁迅式的清醒，不能为自己成为落后文化标本和博物馆而自豪，更不能因为有外国人喜欢，就努力保存所谓国粹。

海外学者们对中国传统文化的肯定和赞美，是站在现代文明高度发达的社会中做出的。我们与他们处于历史进程的不同层次，面临的是不同的迫切问题，因而就不能盲目地追随和仿效。对于西方社会，也许无论儒家的中庸之道还是道家的淡泊自持和超然物外，都是一种有益的补充和调节。但在中国，却还不是消闲适性之时，因为我们的民族正需要从懒惰、消极中振奋起来，去拼搏，去进取，以改变我们的贫穷和落后。历史的进程是无法超越的，文学也不能不面对我们所必须面对的现实。

1987年9月　曲阜

论知识与人才价值的增长

1978年获奖的祝兴义的短篇小说《抱玉岩》结尾有这样一首诗：

楚人空抱稀世珍，
踏破关山频泪涔。
华阳出谷开天地，
玉璧铮铮万壑鸣。

从艺术上说，这首诗说不上多么好，但它却集中概括了小说所叙述的故事。在这里，我之所以想到它，因为它不仅形象地概括了十年“文革”时期广大知识分子怀才不遇、报国无门的悲剧，而且展示了一个新时期的开端：知识和知识分子犹如和氏之璧，历尽艰难之后，终于为社会所认识，所重视。因此，它也在很大程度上概括了本文所要描述的内容。

一、一种反思：知识与人才的厄运

人们不会忘记，在中国当代历史上有那么一段时间，知识曾被视如粪土，失去了它应有的价值和光彩，甚至被认为是可怕之物，成了革命的对象。因为据说是“知识越多越反动”。知识的掌握者也成了不光彩的角色，被称为“资产阶级知识分子”，“白专典型”，“反动学术权威”，成为“臭老九”被强制改造，受到种种歧视与蹂躏。

当荒谬的历史得到矫正，这一切不能不在作家的笔下得到反映。在新时期的小说中，作为社会伤痕的一种揭示，几乎在反映“走资派”不幸命运的同时，也出现了一批反映知识分子不幸命运的作品。尽管这些作品在创作时还不能置“向前看”“泪水何其多”之类的呼喝之声于不顾，因而落笔之时顾虑重重，对生活的反映大有保留，而且要极力染出种种亮色以冲淡灰暗，吹几声响亮的号音以减弱悲凄，但是，透过这些作品，我们仍不难发现那个荒谬时期的真实面影，看到那个时代对知识分子的看法，以及关于知识与人才的不幸命运。

毫无疑问，那是一个漠视知识，摧残人才的时代。对知识的漠视首先表现在以“红”代“专”，以所谓“阶级立场”代替知识和才能。在那个时代，思想上的“红”与业务上的“专”常常被对立起来。时代提倡的是“又红又专”，可是在现实中，却往往是“红”者不“专”，“专”者不“红”。这是一直难以解决的一个矛盾。由于这样一种现实，“专”就往往意味着不“红”，即使不“黑”，至少是“白”的，所以有“白专道路”之说。对于知识分子以及青年学生，当时的划分是“红、白、黑”三类，“黑”者自不必说，属于敌对阵营，当然要打翻在地，所以更复杂的是“专”而“白”的一些人物，他们不“黑”不“红”，是处于中间的大多数，其突出代表就是所谓“白专典型”。因为他们在政治上并没有问题，并不“反党反社会主义”，但却有点疏远，似乎不愿紧跟，所以不被信任。这个群体的命运更集中地体现了知识分子在当时的命运。

在新时期最初几年的作品中，常常看到一些所谓“白专典型”受到的不公正待遇。周嘉俊《独特的旋律》中的“我”，仅仅因为整理了几份美国和苏联的技术材料，就莫名其妙地被打成“崇洋媚修”分子，又是隔离，又是审查，又是发配边区劳动，使得“孩子上了山，老婆入了土”。母国政的《中年人》中的湘竹，只是因为努力钻研业务，就成了“白专典型”，在“文化大革命”中一次又一次被批斗。其实，对“白专典型”的批斗并不是要打倒他们，而是在教育他们，同时在告诫更多的人，让他们不要以为“学好数理化，走遍天下都不怕”，还必需具有无产阶级的世界观。事实上，对于“白”“黑”不同情况的知识分子，态度是不同的。在中国集权专制社会的奠基时代，曾发生过让历史学家们议论至今的“焚书坑儒”事件。随着人类文明的发展，随着知识对人类生活重要性的进一步显示，野蛮和蒙昧支配下的焚书坑儒应该已是遥远的话题。但在60年代的中国，竟在九百六十多万平方公里的大地上，遍地燃起了焚书的烈火。一群群疯狂的青少年从大学、中学和小学的课堂涌出，奔上街头，高举“破四旧”的大旗，把自己昨天还孜孜攻读或爱不释手的书本投入火中。这是中国历史上的一大奇观，必然要被文学作品所反映。

所以，在众多的作品中，都可以看到那种焚书的“壮举”。至于把古今中外大量的经典和名著划给“封资修”，打成“大毒草”，更是在许许多多的作品中有所表现。宗璞的中篇小说《三生石》对抄家焚书场面做了这样的描写：

> 他们走进客厅，先把多宝橱上摆的古玩瓷器摔得满地，一对明朝大瓶在地板上摔不碎，就用另一对龙头方口铜瓶来砸；只听一阵乱响，满屋子立时都是碎片。这是序曲。然后把已经睡下的梅理庵从被窝里生拉硬扭拽到客厅，按头弯腰站好了，就开始焚书的革命行动。因为书太多，他们问老人哪些是他最喜欢的好书，在哪个书柜里，他们想法子给留着。老人哆哆嗦嗦地说出一部真正宋版的《庄子》，这书，全世界不过有几部。还有一部是他少年时代就读着的，上面满是他用黑、红、蓝三色笔写的心得。他哆哆嗦嗦地说了好些，还希望把全套四部丛刊留下。那人问完了，把一个大花盆抬到院中，打开客厅的门，厉声喝道：梅理庵！你看着！便把梅理庵所说的好书嗤嗤地扯破，转眼就点起了盆火。火苗一冲一米多高，把院墙照得通红……

在这里，已经不仅仅是焚书，而且包含了对人的精神摧残。梅理庵为什么要受这种摧残呢？因为他是“学术权威”，是知识的拥有者。在那个时代，知识分子已经完全丧失了政治上的地位，既“黑”且“臭”。除了个别人受到最高权力特别保护之外，一般人都陷入被批斗的命运。被批斗的理由甚多，因为从旧时代走来的知识分子，出身大多有问题，因为无产阶级是不可能有钱供子女上学读书的。即使偶尔有出身不“黑”的知识分子，他们满脑子的知识，也必然是“封资修”黑货，所以必须被批斗和改造。

因此，知识分子必须终日念叨相信群众相信党，却唯独不能相信自己，不能保留自我。那是知识分子的一个长长的噩梦，政治上受歧视，人格上遭践踏，人身安全也没有保障。无数“伤痕”小说写了他们被毒打、被揪斗、被关押、被凌辱的种种惨状。梅理庵刚刚在医院动过手术，就被押上台去批判，结果惨死在批判台上。这是当时学术权威命运的写照。

从冯骥才的中篇小说《啊!》，也可以看到当时知识分子的另一种情况。从政工干部贾大真对历史研究人员的训话，可以看到当时的意识形态是如何看待知识分子，也可以看到对知识分子是一种什么样的态度。在这位政治工作者看来，历史研究所这个单位知识分子成堆，阶级成分复杂，所以必然“藏龙卧虎，混杂着大大小小，为数不少的坏人”。用他的话说，“对敌人姑息，就是对革命的犯罪”，所以就要把运动搞得轰轰烈烈，把知识分子整得胆战心惊。《啊!》的成功之处，就在于它真实地写出了那种把知识分子看作敌人，制造政治恐怖来整治他们的历史事实。贾大真高喊着“掘地三尺，也要把他们挖出来”的口号，在知识分子中寻找“反革命”，使所有研究人员都生活于恐怖当中。所以才有了主人公因为丢失了一封信而胆战心惊、疑神疑鬼，最后终于撑不住而去自首，给自己带来灾难也给哥哥、嫂子和朋友们带来灾难的悲剧。

中杰英的《罗浮山血泪祭》所展示的，是被“挖出来”的知识分子的生存状况。在罗浮山，活动着的是一个接受改造的群体，他们是被挖出来的形形色色的反革命，其中有1949年才刚刚出生不久的“历史反革命分子”，有因为偷偷从事科研活动而被揪出来的“危险的敌人”。这些知识分子本是国家和民族的财富，却一个个失掉了人身自由，被改造，被折磨和摧残，最后一个个含冤离开人世。

与知识分子命运相伴随的，是知识本身也成了罪恶和耻辱。

在《三生石》中，梅菩提的身份是被揪出来的坏人。她之所以“坏”，原因之一在于她是“反动学术权威”的女儿；原因之二是她“教学颇为钻研”。她曾为自己的出身专门查过文件，根据文件规定，教授属于自由职业者，可以笼统地称为职员。但有一次在例行的自报家门时她这样说了，却引起了一场激烈的批斗，说她隐瞒家庭成分。一个人出身于书香门第，却不愿意说出，把自己出身于教授家庭而笼统地说是职员，已经可以看出一种恐惧心理作用下的规避，而这种规避正是时代风尚的反映：生于书香门第是可耻的；身为教授的女儿是可耻的。而那些批斗她的人之所以说她隐瞒成分，也是因为在他们看来，“教授”与“职员”是不能混为一谈的，因为职员有可能是无产阶级，把教授说成职员，显然是以“黑”充“红”，就像把“地主”说成“农民”、把“经理”说成“职工”。正因为这种普遍的社会心理，梅菩提在医院向护士回答自己出身教授家庭时，护士才有那样的反应：“护士‘噢’了一声，流露出‘早看你不是好人’的意思。”

刘富道的短篇小说《眼镜》是一篇出现较早而且颇有代表性的作品。这篇小说角度新颖，立意深远，通过青年女工魏荣的眼睛观照知识分子命运，通过她的心理活动反映了那个时期对知识分子的种种歧视与偏见。技术员陈昆是大学毕业生，年纪轻轻就戴上了近视眼镜。作为生活在那个时期的知识分子，他必然地努力与工人打成一片，但是，无论他怎样努力贴近工人，仍有人见他就撇嘴：“知识分子！”厂里的一个头头从来不喊他的姓名，开口就是“臭老九”。对于这种态度，并非没有人反感，然而，正如小说中所说的，“这么一种观念却不胫而走，无形中影响着一些人，好比是一种病毒流行，你不喜欢感染，又难以幸免。”由于知识分子的色彩，眼镜也似乎成了一种不光彩的外部标志。有人要给陈昆介绍对象，他连连谢绝：“谢谢师傅关心，我这个人，名声不好，面目可憎，谁看得中啊。有人看中我，我们的跳副主任要干预了：路线觉悟不高，臭味相投！”所谓名声不好，无非是他上过几年大学，成了知识分子，加入了“臭”的行列；所谓面目可憎，就是因为戴了副眼镜，与工农有所不同。他努力钻研，带领几个工人搞技术革新，新工艺经过鉴定批准投产了，党支部议定表扬名单时，有人却提出了疑问：“把陈昆提上去，上光荣榜，挂相片，在厂里会不会有争论？”在这种情况下，当有人给青年女工魏荣介绍这个知识分子要他们谈恋爱时，魏荣一听就直想哭：“一个戴眼镜的知识分子，我……”在一种特定时代的价值观念影响下，这位纯洁正直、心地善良的姑娘，无法排除心中的别扭：陈昆人不错，各方面都挑不出毛病，但他千不该万不该，竟然戴着眼镜，是个知识分子！她魏荣又没什么毛病，又不是到了没人要的地步，怎么会给她介绍一个知识分子呢？在那个时代，有觉悟的青年女工要找对象，首选是当兵的，其次是工人，一个优秀的青年女工，怎能下嫁给大学生!?

当知识被视如粪土或病毒时，当歧视知识分子成为一条政治路线的重要组成部分时，埋没人才，扼杀人才就不再是个别现象，而是普遍现象，甚至成为一种时尚。因此，不仅大多数知识分子被戴上种种帽子，打入另册，陷入苦难的深渊，即使那些有幸逃脱迫害与摧残的，也只有被弃置、荒废和扼杀。母国政《我们家的炊事员》中的爸爸，在十年动乱期间，因无处发挥自己的才能而一头扎进厨房，终日沉默寡言，用做菜来自我麻醉。王蒙的《友人与烟》中的友人，多年无所事事，只有沉溺于烟酒之中以求解脱。谌容的《人到中年》中的傅家杰，学的是金属力学，在那年月却无所事事，十年中不仅学会了炒菜做饭，而且学会了织毛衣毛裤，成了一名合格的"男保姆"。用他自己的话说，如果"文化大革命"再进行几年，他就会像农村大娘一样坐在门槛上纳鞋底了……高级工程师成为家庭炊事员，金属力学专家成为男保姆，这些宝贵的财富就这样被视如废物，被弃置一边，白白浪费掉他们的青春，更不必说那些从事社会科学研究的知识分子了。

在反映知青命运和推荐上大学的作品中，我们可以看到荒废和埋没的另一种情况。在我国，历来有"女子无才便是德"的信条，到了那个荒谬的时期，好像"男子无才也是德"。人们以自己是"大老粗"而自豪。因为无知就意味着"红"。"大老粗"有朴素的阶级感情，立场坚定，是可以依靠的力量；但如果上了学，读了书，就会变"白"，变"修"，甚至变"黑"，就不可靠了。在当时的社会生活中，逐渐形成了一些不成文的公式，比如："业务尖子 = 修正主义苗子 = 敌人"；"专 = 不红 = 白 = 不可靠"；"有知识 = 受过毒害 = 需要改造"。有知识者需要无知识者进行再教育，这是那个年代谁也不敢质疑的原则。一个工人的儿子，或者贫农的女儿，本来的出身成分是没有问题的，也是可以依靠的。但是，如果他们上了学，比如上过中学，他们的情况就变了。他们不再是可以信任的，必须经过工人或贫下中农的"再教育"，然后才可以参军或就业。由此，我们可以看到对知识和学校的一种认识，似乎那不是培养人的地方，而是把好人变坏的地方。在这种情况下，不仅"学术权威"和"白专典型"需要改造，就是一般中学生也需要上山下乡接受贫下中农的再教育。而这种"再教育”的结果往往就是使他们脸晒黑，手上长起老茧。知识青年上山下乡的动因当然复杂得多，但它的“再教育”意义显然不在于让青年有更多的知识。至于一代知青身心的创伤，我们从竹林的《生活的路》、孔捷生的《在小河那边》、叶辛的《蹉跎岁月》等大量作品可以看到。

重视阶级出身和政治觉悟，轻视文化知识，在大学招生制度中曾经非常鲜明地表现出来。大学招生不必经过知识考试，而是由工人、贫下中农和各级领导者推荐。被推荐的条件首先是政治上信得过。而“政治上信得过”一方面由家庭出身决定，一方面由个人表现决定。这样就使一批有才华的青年无法跨进大学的门槛。在70年代末和80年代初的文坛上，不少作品都反映过这种现实。《抱玉岩》中的沈岩才华横溢，具有丰富的文化知识，在考试中名列第一，但是，他无法进入大学，而只能拉车卖菜。这一切，都是因为他的家庭出身。

在新时期小说中，有相当多的作品描写了1957年一批知识分子被划为“右派”的历史。作家们写这些人物的苦难与坎坷，主要用意在于历史的反思和政治上的反拨。但是，通过这些作品，我们却不难看到1957年知识分子的厄运。划为“右派”的知识分子常常是因为才气过人较早发现了生活中的一些问题，并且说出它而触犯了时讳；或者由于知识方面的自信而坚持己见，而没有顺乎领导的意志和政治时尚。《天云山传奇》中的罗群、《土壤》中的辛启明、《月食》中的伊汝，或因坚持实事求是，或因不愿背叛人民，或因不愿随波逐流，大都带有这种特点。

当漠视知识、漠视人才、歧视知识分子成为一条政治路线的组成部分，不仅知识分子注定成为等外公民，才学之士注定了要屡遭坎坷，而且为知识分子说话者也要受其株连。尊重知识、爱护人才，也成为不能饶恕的罪过。在《天云山传奇》中，原政委吴遥一天到晚训斥知识分子。罗群接任政委后改变了这种做法，而且处分了骂工程师的政工干部，不但让他向工程师道歉，而且给各队发了通报。他号召党员不能甘当外行，更不应以大老粗为光荣。他带头尊重知识分子，召开大会给有功的知识分子挂红花，并亲自为总工程师牵马，在天云镇绕行一周。但是，他的这些做法却被说成是“向资产阶级知识分子投降”，“压制了政干人员”，结果是罗群终于被打成了“右派”，在后来的二十年中历尽坎坷。

漠视知识与人才的价值，歧视知识分子，都与极“左”的政治路线密切相关，甚至可以说是极“左”政治的直接产物，因为它是随着极“左”政治路线的沉浮而消长的。“文革”以前，社会对知识分子的认识已经形成了一种模式，突出其满嘴之乎者也的“酸味”；强调其有理论而没有实践，满脑子书本知识而脱离实际，“韭菜麦苗分不清”；强调其对革命的空想性、软弱性和动摇性……这些认识都为知识分子需要与实践相结合、需要教育和改造提供了根据。从1958年开始，那些写工厂里的技术革新的作品，差不多都在颂扬工人阶级的创造性，而嘲笑“技术员”“工程师”之类知识分子的无能，所以，技术革新一般都是工人搞出来的。随着极“左”思潮的泛滥，知识分子的政治地位步步下降，逐渐在整体上不被信任，成为一次次运动的对象。到了极“左”思潮大泛滥的“文化大革命”中，一方面，用阶级观点分析，知识分子大多出身于非无产阶级家庭，对剥削阶级的情感也扩延到了他们身上，因而成为阶级异分子，成为一支不可信任的力量。另一方面，随着个人崇拜和现代的迷信的加剧和林彪、“四人帮”专制政治的强化，知识和科学成为专制主义推行愚民政策的一种潜在威胁，因而对知识分子更必须严加管制，严防处士横议，也就是只许老老实实，不许乱说乱动。

对知识分子的歧视与中国革命过程中对主要依靠力量的重视有关。实际上，中国革命的发起者和领导者多是知识分子。但是，一些领导者却认识到了中国革命的必经之路，那就是革命必然地依靠亿万工农群众，没有工农群众的参加，就没有革命的胜利。这是一种清醒的认识，这种认识是由辛亥革命以后的教训得来。一次次革命之所以失败，一个重要的原因就是没有发动工农群众，而没有工农群众的参加，中国革命是难以胜利的。一旦认识到这一点，就要广泛地发动群众，而且要依靠工农大众去夺取革命的胜利。与工农大众相比，知识分子在革命队伍中的比重是微不足道的。同时应该承认，知识分子与工农大众之间客观存在着种种差别，差别就是矛盾，因此，一方面是革命队伍内部就存在一个调节工农与知识分子关系的问题；一方面是工农成员的比例为打击和扼制知识分子的“处士横议”习惯提供了条件，可以以大众的名义向他们提出要求。随着革命由城市转向农村和工农成员比重的增加，为保证工农对革命的拥护，在指导思想上就必然要更多地抑制知识分子，以适应工农群众，要努力说服和教育知识分子与工农打成一片，这种做法是中国现实条件下的必然要求。在革命发展过程中，它形成一种习惯。因此，迎合工农的某些落后意识而抑制知识分子的先进意识，片面强调改造知识分子的思想感情，而对工农的美好品质进行夸大；要求知识分子向工农靠拢，而无法要求工农知识化……就成了一贯做法。从某种意义上说，这一切都很难避免。无论谁领导革命，只要他充分认识了中国现实而又以夺取政权为目标，就必然要做出这种选择。令人遗憾的是，这种习惯被延续下来，不但未能得到克服，反而以“革命传统”的面目被肯定，当极“左”思潮到来，便变本加厉地走向极端。

新时期小说对漠视知识与人才价值的极端表现形态做出了形象的反映，本身就是一种沉痛的历史反思。值得指出的是几乎所有的小说在反映那荒谬历史时都画了句号，在故事的结尾处都已经露出灿烂阳光或显示出根本的转折，因此，大部分反映知识分子苦难历程的作品，都同时反映了那个时代过去之后知识与人才价值的增长，同时也反映了知识分子对自身的某种呼唤。

二、一个转折：知识与人才价值的增长

进入新时期，知识与人才的价值迅速增长。尊重知识，尊重人才，逐渐成为一种新的时代风尚。尽管这种尊重还非常有限，尽管彻底改变长期形成的习惯并不容易，但社会主导观念却无疑发生了巨大的转变。

我们不妨首先面对社会生活，感受一下结束“文革”之后出现的时代气氛：知识分子“臭老九”的帽子摘掉了，“白专典型”如陈景润者不再因为“白”而“臭”，甚至成了被宣传的典型；1957年错划为“右派”的知识分子彻底改正，恢复名誉，开始在社会生活的各个领域发挥重要作用；大学恢复招生考试，择优录取，分数所显示的文化知识成为重要的录取依据；知识青年返回城市，上山下乡运动宣告结束；与此同时，书刊剧增，学校扩建，电大、函大、夜大广辟门路，培养人才……在这样一个背景上，知识不再为人所鄙弃，而成为人们热烈追求的目标。人们开始以拥

有知识为荣，以不学无术为耻，“大老粗”不再是夸耀的资本。知识分子由丑小鸭一下子变成了白天鹅，学历不再是负担，眼镜不再是耻辱，没有人再以出身于知识分子家庭为耻，没有人再因为上过大学而羞于见人。一切都翻转了过来，甚至没有读过多少书的青年也喜欢戴副眼镜，为的是显示自己有知识分子风度。姑娘们找配偶也由“干部热”“军装热”转为“文凭热”，大学生成了“抢手货”，被称为“天之骄子”。刘富道的《眼镜》中所描写的生活已经成为历史，普通女工嫁给一个大学生，不但不再被认为是耻辱的“下嫁”，而且被认为是令人羡慕的“高攀”……这种转变，在新时期小说中都得到了某种程度的反映。

早在1977年发表的《班主任》中，刘心武事实上已涉及知识价值的问题，发出了重视知识的呼唤。宋宝琦之所以堕落为小流氓，变得那样愚顽，原因在于十年动乱大搞文化虚无主义和践踏知识、荒废教育的愚民政策。对于宋宝琦堕落的原因，当时的人们开口闭口都是“受了资产阶级思想的腐蚀”，而作家通过形象的描写告诉人们，他之所以堕落，根本不是受什么“资产阶级思想影响”，而是因为他“什么书也不读而堕落于无知的深渊”。谢惠敏的思想之所以那样僵化，那样虔诚地相信报纸宣传并毫无保留地追随当时的社会舆论，甚至把穿裙子看作“资产阶级生活方式”，把《牛虻》看作“黄书”，同样因为知识的贫乏。小说把石红与谢惠敏对照来写，其用意也在于突出这一点。同样处于那个荒谬的年代，同样处于极“左”政治宣传的包围之中，同样受着来自社会的愚民教育，为什么石红在一些事情面前能够保持比较清醒的头脑？答案非常简单，因为她的父母是知识分子，因为她有一个重知识的家庭氛围，因为她读了一些谢惠敏和宋宝琦没有读到的书，受了一些谢惠敏和宋宝琦没有受到的教育。通过这种对比，我们可以看到刘心武观念世界里对知识的重视。这篇小说的思想是丰富的，重要的主题之一就是强调知识的价值。这对于小说创作来说是一个信号，当时已有这种意识的作家绝非个别。

陆文夫的《唐巧娣》则从另一个角度反映了人们知识价值观的变化。唐巧娣是50年代的青年纺织工人，虽然没有文化，工资却比同龄的技术人员高出一倍多。在反右斗争中，文化教员因向上级反映了唐巧娣的意见而被打成右派，唐巧娣却因为没有文化而被认为是“说话无心”，因而不但没有划右派，而且仍然是先进典型。在正常的情况下，以唐巧娣的聪明，完全可以掌握较高的科学文化知识。但在知识贬值、知识分子受难的情况下，在“一字不识，工资八十”的条件下，唐巧娣很自然地不再去追求知识，她不但自己以不识字为荣，而且不要求孩子好好学习。但是，后来她尝到了没文化的苦头。两个儿子因为不好好学习，不但争夺老人的家产，把唐巧娣挤到像防震棚那样的地方，而且走到了犯罪的边缘。唐巧娣这才认识到知识的价值，尽管为时已晚，但比起那些始终轻视知识的人，总算略胜一筹。

知识与人才价值的增长，在新时期小说中首先集中表现于知识分子生活题材的作品增多和知识分子形象的“正面化”和“英雄化”。

过去，知识分子在政治上受歧视，在人格上被践踏，在社会上声名狼藉，在文学作品中自然得不到应有的地位。知识分子生活曾一度成为作家们望而生畏的题材领域，因为它有“为资产阶级知识分子树碑立传”的嫌疑。写知识分子生活的作品，无论是新中国成立初期萧也牧的《我们夫妇之间》，还是60年代杨沫的《青春之歌》，都是屡经风雨坎坷。所以在新中国成立以后的小说史上，知识分子生活题材的作品寥寥无几。对于如何塑造知识分子的形象，则无须争论就已形成了固定模式。在“文化大革命”前十七年作品中，极少有赞美知识分子的。像杜鹏程的《在和平的日子里》那样，肯定知识分子在社会主义建设事业中起重大的作用的作品，实在是凤毛麟角。人们已经很少去描写知识分子的正面形象。写知识分子则必须写其被教育、被改造的过程。杨沫的《青春之歌》发表后引起了争论，批评者的意见之一就是林道静还没有得到彻底改造。事实上，杨沫已经按照那种模式进行创作了。林道静走的革命道路是那样的艰难，需要强调她血统中本来就有革命因素，让她受到种种磨难和锻炼，写她与工农结合并受到工农的教育，然后才能使她成为一个革命者。但这还不够，还需要修改。从《青春之歌》第二版修改增补的内容，我们可以看到当时对文学写知识分子所特有的一些要求。但即使如此，到了“文化大革命”中，也仍然难逃“毒草”的命运。继之而来的作品要么不写知识分子，只要写到，就是对知识分子进行种种丑化。

进入新时期，反映知识分子生活的作品大量增加，从《班主任》开始，经过《伤痕》《啊！》《三生石》《天云山传奇》《布礼》《人到中年》……直到《绿化树》《男人的一半是女人》，大量有影响的作品都以知识分子生活为题材。与此同时，知识分子的形象走向正面化和英雄化。

新时期小说对知识分子的反映是从其苦难命运开始的，同时又是从其性格中的闪光点开始的。作家们揭露极“左”路线对知识分子的残酷迫害，在这种揭露中，表现出对知识分子命运的深切同情，也表现出为知识分子辩白和呼吁的主题意向。在描写知识分子悲惨遭遇的时候，作家们几乎不约而同地着力描写中国知识分子执着的事业心和崇高的爱国主义精神，写出他们屡遭磨难而不悔的坚定信念和无限忠贞，这种做法几乎形成了一种新的模式。这种模式的形成服务于一种动机：即拨乱反正，为“臭老九”翻案，对知识分子重新认识。

在历史的发展中，不仅每个时期都有那个时期认识水平的限制，停留在某个高度面前而难以逾越，而且即使拨乱反正，也必然按照那个特定时期的准则和规范进行。当一个贬低骏马的时代刚刚过去，若要为骏马平反，常常需要一些策略。比如，如果当时的时尚是只有看家的动物才是好动物，那么，要使人们承认骏马是好动物，那就必须说骏马善于看家护院，善于摇尾巴，而不能强调它昂首长嘶和奔驰的特征。明白这一点，我们就不难理解新时期小说中的知识分子形象被赋予的那些模式化的、千篇一律的品质。我们应该看到，而且应该理解，新时期小说在一开始所要表现的还不是知识分子的真实面目，而是以全副精力去擦洗过去涂抹在知识分子脸上的污泥，致力于把他们由“臭”变“香”，由“丑”变“美”，由“坏”变“好”。这是一种定向性的再认识，它的目的是“拔高”知识分子的形象。因为过去知识分子的形象被压得太低了，所以要进行这样的反拨。

新时期小说中对知识分子形象的反拨，经历了一个由“白专典型”到“思想先驱”的过程，也可以说知识分子形象经历了一个由“书呆子”到英雄的发展过程。

最初，知识分子被写得呆头呆脑，书生气十足，不善言谈，不善于处理各种关系。他们往往精诚专一，废寝忘食，终日埋头搞科研。他们不仅不热心社会活动，有点“脱离政治”，而且生活能力极低，连衣食也顾不了，甚至不会谈恋爱。他们在种种误解和非议之下刻苦钻研，努力工作，背负"黑锅"而默默地造福于人民。这种人物形象受着报告文学《哥德巴赫猜想》的影响，有与《哥德巴赫猜想》一致的创作意图。

当时作家们写知识分子的用意首先在于重新认识"红"与"专""红"与"白"等一系列关系。由于这种需要，知识分子形象多数是过去所谓的"白专典型"。文学要对这些"白专典型"进行剖析，通过剖析而再认识。所以，作家们都写其外表的"白"与内心的"红"的统一，剥掉"白"的外表而将"红"的内心揭示给人看。《哥德巴赫猜想》卷首引用了1978年"两报一刊"元旦社论中的一句话："为革命钻研技术，分明是又红又专，却被他们攻击为'白专道路'。"徐迟写陈景润这一人物来搬动一下"白专"这顶帽子。作品的客观效果也是从此以后人们不再认为只有做政治工作的人是红的，埋头业务的知识分子也是红的。或者说，即使他们不红，但也是有用的。当时的社会主要还是从"用"的角度考虑知识分子问题。文学的表现也多是如此。关于红与专、政治与业务，邓小平曾多次谈及，他说："我们说至少必须保证六分之五时间搞业务，也就说这是最低的限度，能有更多的时间更好。如果为了科学上和生产上的必要，有人连续奋战七天七夜，那正是他们热爱社会主义事业的忘我精神的崇高表现，我们对于他们只能是学习、表扬和鼓励。无数的事实说明，只有把全副身心投入进去，专心致志，精益求精，不畏劳苦，百折不回，才有可能攀登科学高峰。我们不能要求科学技术工作者，至少是绝大多数科学技术工作者，读更多的政治理论书籍，参加很多社会活动，开与业务无关的会议。"[①]我并不认为小说家们对知识分子的描写就一定是对这些指导思想的贯彻落实，因为也可以看作是那个时期小说家与政治家认识的一致。中国当代文学习惯于从领袖的言论中寻找思想。这种习惯并非短时期内能够改变，但即使是仅做阐释，也不必去苛责。因为这些言论在当时是那样能够诱发创作灵感！这就是那个时期，政治家在为知识分子说话。写"白专典型"的小说则有一个共同的潜台词：理解他们！他们本质是好的，他们是值得尊重的，是我们民族的宝贵财富。那种模式化的写法未必反映真实，却极利于扭转人们对知识分子的种种偏见。

---

①《邓小平文选（1975—1982)》，第91页。

当人们还在努力让读者理解知识分子不同一般的书生性格从而发现他们的闪光点的时候，鲁彦周的《天云山传奇》、王蒙的《布礼》等作品给文坛送来了一种新的形象。他们是1957年反右运动的受害者，是被打入地狱二十多年的知识分子。罗群、钟亦成、辛启明、许灵均的出现，使知识分子形象由需要理解的“呆子”转向值得崇敬的“英雄”。这个发展产生于“反思文学”的兴起，是伴随着对1957年反右扩大化的反思而来的。在这些作品中，作家们着重写的是主人公对党、对人民、对祖国的无限忠诚。《布礼》中的主人公就被命名为钟亦成（又忠又诚）。钟亦成因为在小报上发表了一首仅仅四行二十五个字的小诗，就被打成“右派”。他虽然吃尽了苦头，却从未动摇过心中的信念。为了这个信念，“他宁愿付出一生的被委屈、一生坎坷、一生被误解的代价，即使他戴着各种丑恶的帽子死去，即使他被十七岁的可爱革命小将用皮带链条抽死，即使他死在自己的同志以党的名义射出来的子弹下，他的内心里仍然充满了光明，他不懊悔，不伤感，也毫无个人的怨恨，更不会看破红尘。”“党内的阴暗面，各种人的弱点，他看得再多，也无法遮掩他对党、对生活、对人类的信心。”坎坷遭遇给他带来的是更加成熟、更加坚定。

罗群（《天云山传奇》）为了天云山的建设而被划为“右派”，历尽磨难而始终没有忘记天云山特区的开发。在沉重的帽子压在头上、物质生活极端贫困的情况下，仍然在赶马车的同时偷偷撰写天云山特区改造和建设的论著。他始终相信“真理一定能战胜谬误”，而且教育小凌云不要染上“时髦的毛病”，不要只满足于讽刺、嘲弄、挖苦我们生活中的某些现象，而应该“憋不住就严肃地斗争”。他对人民的赤诚、对妻子的爱、对事业的执着、对不幸命运的顽强抗争以及对党的无限忠贞，已使这个形象近于无可挑剔的完人。从他的身上，我们可以看到“文革”时期塑造人物的那些基本模式，但是，小说所要塑造的，依然是英雄，尽管是完全不同的英雄。

辛启明（《土壤》）是某大学的高才生，毕业前夕因为反对把不实际的数字写进下乡劳动的总结报告，坚持实事求是，而酿成终身大祸，被发配到农场劳动改造。他却在农场开始了土壤改良的工作，殴打和批斗都没有使他放弃实验。结果是他的悲剧生涯换来了大片可耕地。粉碎“四人帮”后，他仍然为实事求是而进行斗争，为反对弄虚作假而不惜付出巨大的牺牲。他的形象在小说中有一个比喻：“好比优质绿肥作物，既可以用来饲养牲畜，又能用来改良土壤。它把自己的一切，甚至连那生长着豆粒一般的根瘤菌的根须，都献给了这块生养它的母亲大地。”

谌容的《人到中年》写了陆文婷等知识分子的兢兢业业和任劳任怨；张洁的《祖母绿》写了他们不计个人恩怨的爱的升华；张贤亮的《绿化树》写他们经过咸水与血水的浸泡而最终成为唯物主义者……许多作家都致力于这样的表现。

这些小说写知识分子，已经不是要求人们的理解，而是有另一种潜台词：他们本来就是正确的、崇高的，他们之所以倒霉，是因为他们有比别人更可贵的精神，比别人更有先见之明，是因为历史的谬误和是非的颠倒。他们不但不是敌人，而且是功臣和英雄。至此，知识分子被英雄化了。

如果冷静地考察，无论是陈景润式、罗群式还是陆文婷式的人物，都有被美化的倾向。无论这种倾向是健康的还是畸形的，都反映着那个时代知识分子在人们心目中地位的上升。知识分子在文学作品中地位的提高，显示着知识分子价值的增长。

知识分子价值的增长在描写改革的作品中得到了直接反映。这不仅表现在新时期的英雄人物——改革形象中多知识分子，而且表现在这些时代的英雄对知识与人才的重视。无论乔光朴还是傅连山，他们改革的第一步都是对职工和干部进行业务考核。他们看重的首先是“专”和“能”。这种品质在新时期小说家的笔下受到了普遍的肯定。因为无论是作家还是生活中的改革者，都清楚地认识到，要改革，要实现现代化，没有现代科学知识的武装就只能是一句空话。一些小说从否定的意义上做文章，满怀忧患之情，奋笔批判社会生活中对知识与人才价值的漠视。在《开拓者》中，车篷宽和曾淮都已认识到：“我们需要一大批这样的干部：他们真正懂得经济规律，懂得我们的历史经验，善于用人，又有广泛的知识，了解国内外的市场，通晓世界各国情况，能独立判断经济发展的趋向。可惜，这样的干部太少了！”这是对知识与人才的呼唤。

尊重知识，尊重人才，几乎成为新时期英雄人物的时代特色。那些杰出的改革者几乎没有一个不尊重知识的，没有一个不爱护人才的。蒋子龙的中篇小说《燕赵悲歌》写的是农村改革，却透露了知识与人才的价值在中国农村大地上迅速增长的信息。贫穷的大赵庄几年之间摘掉了贫穷的帽子，实现了经济大飞跃，不仅消灭了旧的城乡差别，而且远远超过城市，造成了新的城乡不平衡。这种飞跃不是从天上掉下来的，除了历史的痛苦给予他们的变革勇气和力量之外，他们懂得了尊重知识和尊重人才，懂得了依靠科学赚钱。武耕新重用一切有一技之长的“能人”，哪怕是有品质上的缺陷，也决不因德废才。他们不惜重金从各地招聘一批专门人才和能工巧匠，从大城市聘请法律顾问、经济顾问和科技顾问，每月到公司几天，就可以拿到一笔数目可观的报酬。因为他们认识到，这些人为他们出上一个好主意，就把钱赚回来了。为了自己的公司具有与城市工商业竞争的能力，他们进行大量的人才投资，请大学到大赵庄办分校。武耕新说：“目前能把我竞争垮的城市还不多，在华北一个也没有。”这并非没有根据，因为他有了一批在本村读大学的子弟。为了使这些子弟愿意上学，公司每月发给他们工资，成绩优异者还有数额惊人的奖金。他们与包括中国科技大学在内的四所大学订有合作协议，建立了联营关系，目的并不是为了眼下赚钱，而是有更长远的打算。正如武耕新所说：“我们有一天会落后，这些名牌大学也都落后?”我们不能不承认武耕新的远见。他的远见就在于充分认识了知识和人才的价值，努力使自己在这一方面占有优势。说大赵庄是当今中国的一个缩影未免为时过早，但他们对知识与人才的尊重，却无疑显示着中华民族发展的一种趋势。

知识与人才价值的增长，是当代中国一个具有历史意义的重大转折，这个转折体现着新时期社会发展的必然要求。当一场噩梦之后，中华民族发现自己走进一条死谷。贫困落后和愚昧如巨蛇般缠绕着我们难以摆脱。经过十年动乱而遍体鳞伤的中华民族怎样才能走出死谷而获新生？实现现代化，成为有觉悟和良心的民族成员一致的呼声。但是，“靠空讲不能实现现代化，必须有知识，有人才。”因而提出“一定要在党内造成一种空气：尊重知识，尊重人才。要反对不尊重知识分子的错误思想。不论脑力劳动，体力劳动都是劳动。从事脑力劳动的人也是劳动者”。[①]由于这种认识，共产党人开始调整知识分子政策。邓小平几次讲话都特别强调知识的

①《邓小平文选（1975—1982）》，第38页。

价值与知识分子的地位，为尊重知识、尊重人才而呼吁。于是，知识分子终于摆脱那种受歧视、被鄙视的地位，由“臭老九”变为工人阶级的一部分，成了有用的劳动者。为在历史上蒙冤的知识分子平反恢复名誉，广开才路选拔和造就人才，为知识分子除掉种种枷锁，重视教育，为科学研究大开绿灯……从70年代末开始，落实知识分子政策成为中国政治生活中一项重要内容，被大张旗鼓地宣传，受到极大重视。追求知识，努力成才，成为一种新的时代风尚。正是在这样一种社会生活背景下，知识与人才的价值才得以大大增长，小说才鲜明地打下了知识与人才价值增长的时代烙印。

三、时代的呼吁：尊重知识，爱护人才

无论哪一个时代，价值观念的变革都是一个艰难的过程。新时期历史发展的进程表明，不仅知识分子政策的调整需要冲破种种阻力，而且调整后的新政策的落实，也需要艰苦的奋争。这是许多历史的和现实的复杂因素造成的，其中包括各式各样的阻力。新时期小说对此做了及时的反映和思考。

十年动乱过后，我国人才严重青黄不接。经济要振兴，民族要腾飞，“四化”要实现，各行各业急需人才。但是，就在这样一个人才奇缺的特别时期，却仍然存在着对人才不珍惜、不爱护、不关心、不培养甚至冷落、荒废、埋没和扼杀的现象。尽管时代的呼唤已通过最高权力部门的三令五申而化为强音，但现实生活中存在的问题仍然难以解决。

首先引起作家们重视的是中年知识分子的问题。他们的时间耽误了，精力耗费了，最能出成果的时光糟蹋了。十年或二十年的风风雨雨，使他们腰弯了，背驼了，脸上刻下了道道沟壑，头上生出了斑斑华发。可以说，他们真是花未开而春已尽，功未成而人先衰。当历史进入新的时期，现代化成为国家的当务之急，时代需要中年知识分子肩负起历史重任的时候，他们所具有的条件却与时代对他们的要求形成了尖锐的矛盾。他们本来知识库存不丰，需要不断补充，却常常因种种负累而无能为力。历史的错误和现实生活中的问题使他们陷入种种困境。正如谌容《人到中年》中刘学尧所说的：“中年，现在从上到下，谁不说中年是我们国家的骨干？

是各条战线的支柱？医院的手术靠中年大夫；重点科研项目压在中年科技人员身上；工厂的各种难活是中年工人顶着；学校的重点课程也要中年教师担当……”在家中，他们上要奉父母，下要抚育儿女，操心劳力，责无旁贷。历史的发展和大自然的规律已经把他们推到如此重要的一个位置，但社会为他们提供的条件却远远不能适应。他们负担重、工资低、住房挤、待遇差，各种问题一大堆。母国政的《中年人》，叶文玲的《藤椅》，汪浙成、温小钰的《积蓄》等许多作品，都比较集中地反映了这个问题，以强烈的忧患之情向社会发出了爱护知识分子的呼吁。

《人到中年》中的陆文婷可以说是这个形象系列的代表。她是一位身居陋室，任劳任怨，不计名位，不计报酬，一心苦干的大夫。她兢兢业业，十几年如一日，是某医院的台柱子，却得不到骨干医生应有的待遇。一家四口挤在一个小小的房间里，一张三抽桌要等孩子做完作业，才能供她和丈夫使用。大学毕业十八年，工资仍然是五十六块半。医院的领导对她只知使用，却不知关心。她终日劳碌，内外交困，最后终于因为疲劳过度而一病不起。小说通过陆文婷超负荷运转的具体描写，表现了抢救中年知识分子的迫切性。在这篇小说中，这种迫切性还表现于作家对这个眼科人员构成的设计。在这里，虽然有名闻海内外的眼科专家孙逸民，但自然规律不饶人，眼科专家七十多岁了，自己的眼睛已经看不清，再也上不了手术台。十年动乱造成人才青黄不接，这里没有青年人才。支撑着这个眼科的就是陆文婷和姜亚芬两个中年医生。而这两个不可或缺的骨干，一个终于受不了种种痛苦而含泪与祖国告别，远涉重洋到国外去了。陆文婷则终于支撑不下去，劳累过度，心肌梗死，命在旦夕。这个眼科可以说是那个特殊时期中国人才状况的缩影：老一代已经衰老；青年人才刚刚赶往大学校园，尚未造就；中年人则面对这样的困境。我们没有力量使老年人返老还童，造就青年也需要时间。难道我们为中年知识分子准备的，就只有陆文婷和姜亚芬走的这两条路吗？难道非远离故土就要疲劳困窘而死？这种严峻的思考起到了向社会敲响警钟的艺术效果。

《藤椅》写一个中年教师，几代人合住一间小屋，学校送给他一张藤椅，他因非常需要而极为高兴，但回家却找不到一个放的地方：放在床上不行，放在桌子上不行，最后只好忍痛割爱，把藤椅送回学校。《积累》

写的是一个中年教师，两口子竭力俭省，连一根冰棍也不给孩子吃。经过努力，终于有了一笔八十五元的积蓄，一家人为这笔积蓄的使用想了种种方案，最后却因为一个外籍同学到来，怕家中拥挤有辱国格，而在外设宴招待同学，把这笔积蓄全部用去。到了晚上，却为打碎暖瓶而全家吵翻。这些作品与《人到中年》一样，就中年知识分子的困难向社会发出了呼吁。《人到中年》已涉及人才外流的问题。焦副部长感慨地对院长赵天辉说；“50年代初，你们这批知识分子，冲破种种阻力，回来为建设新中国服务。想不到70年代末，我们自己培养的知识分子又往外跑，这个教训太深刻了。”这是改革开放之后中国社会所面临的一个重要问题。为什么人才外流？焦副部长已经在思考这个教训。但是，并非所有的人都能对此作认真的思考。他的夫人秦波就怎么也想不明白：“粉碎‘四人帮’以后，知识分子的地位大大地提高了，郭大夫为什么放着大夫不当，而去国外当杂货铺的老板?”刘学尧语重心长地说：“我是中国人，不敢说有什么高的政治觉悟，可总还是爱国的，真心希望我的祖国富强起来。连我自己也没想到，在我快五十岁的时期，忽然会远离我的祖国。”姜亚芬在临走时给陆文婷留下一封信，表达了自己的心情：“我走了，我把心留在你的身边，留在我亲爱的祖国。不管我的双足走向何方，我都不会忘记故国的恩情。”这绝不是什么掩饰之辞，而是发自肺腑的由衷之言。谁不爱国呢？如果国内国外有同样的环境和条件，如果不是被逼无奈，有谁愿意抛弃故土？姜亚芬们的选择，不能不引起我们深思。造成人才外流问题的主要原因，除了待遇低、工作条件差外，还有许多原因。其中之一就是不良体制和官僚主义所构成的工作环境和生活环境。有的是学非所用，兴趣和特长得不到发挥。如《中年人》中的湘竹，有志于明清小说的研究，却长期不能发展自己的兴趣，没有深入钻研的机会。有的是对人才不闻不问，只使用，不培养，更不知关心爱护，如赵天辉对于陆文婷。更令人难以容忍的是官僚主义和特权思想严重地摧残和窒息无数中华民族的优秀人才，如秦波对陆文婷那样不厌其烦的纠缠，耗费其时间和精力，开口闭口马列主义，心里却卑污自私，打着革命的招牌，堂而皇之地行使特权，居高临下地对人轻侮和挑剔。

应该承认，关于知识分子问题的思考在最初几年的小说中表现得远不如报告文学更为突出。陈祖芬在她的《祖国高于一切》中曾有这样一段议论："我们有的是人才！但是在这充满着人才的土地上，还延续着一种扼杀人才的习惯：有些掌握科学而不掌权的，得服从本单位掌权而不掌握科学的；有些想干且知道怎么干的，得服从想干不知道怎么干的。在两种对立的精神品质的阴差阳错、东拉西扯中，人才还在给消耗着，但是，人们往往不震惊，不愤怒，因为这一切都已习惯了……"这种状况在新时期小说中同样得到了表现。在中篇小说《祸起萧墙》中，最危急的关头仍然是"有经验的人做不了主，懂得一些的人不敢做主，而又做得了主又敢做主的人恰好是既无经验又一窍不通"。这种现象不是个别的。从一些小说中可见，1957年有些人因为提出"外行不能领导内行"而成了"右派"，有些人建议领导学习业务知识而成了"敌人"。在吴仲义所参加的那个读书会上，一个同学把领导分成内行、外行、半内行，认为半内行应该边工作边进修，外行应该调到适当的工作岗位上去，结果就成了"右派"。

今天，这种悲剧已很难发生，但外行领导内行仍是社会存在的严重问题。在这种情况下，权力与科学就经常发生矛盾。中国的传统历来是对权力的崇拜远远胜过对科学知识的崇拜。在权力面前，文化知识和科学技术统统都处于奴婢的地位，不为权力所用的知识毫无价值。因此，在权力与科学的矛盾中，科学只能是屈就或落荒而逃。《祸起萧墙》等作品对此做了较好的反映。傅连山是一个爱才心切的改革者，他所进行的改革是专业化、系统化，他所面临的对立面是官僚机构的膨胀。地委对他的工作百般阻挠，因为专业化改组损害了那个王国的利益。在地委书记的命令下，尽管傅连山知道全部后果，但还是不得不拉下大闸，酿成大祸。小说通过这种悲剧的描写，使人看到知识价值的一个强大的对立面。这个对立面不仅是权力，而且包括以权力为核心组成的权力关系网。傅连山上任以后看到每一个科室都是科长副科长一大堆，占位误事，因此要解决干部超编问题，谁去谁留完全以业务能力和工作需要为标准，结果却行不通，一个也压不下来。他爱才心切，费尽九牛二虎之力，要调入专业人才，结果却是连一个也没能调进去。傅连山之所以寸步难行，不仅因为他的业务冲击了政治，改革触犯了独立王国，而且因为他的知识价值尺度冲击了人情关系网。中国是一个讲究人情的国家，政治也常是人情化的，任人唯亲，一人得道，鸡犬升天，一人当权，则姐夫、小姨子、小舅子都受重用。这种现象在生活中到处可见，在小说中也得到了一定的揭示。

在中国，由于几千年的专制社会，权力与家长的血缘至今难以斩断。家长专制无疑是知识与人才的大敌。作为家长，他也需要知识，需要人才，但是，他们所需要的是“效犬马之劳”的奴仆和随从，是没有独立人格的工具。在中国历史上，王侯贵族有养士之风，历代王朝以科举取士，史书不乏帝王求贤若渴的记载，野史与小说也记载了无数爱才的故事。读书人“学而优则仕”，表面上看对知识分子和人才是重视的，但实质上并不如此，“学而优则仕”导致的是对“仕”的追逐，而非对“学”的尊重。对传统文人来说，知识本身并无多少价值，只是进入仕途的敲门砖。对于统治者来说，他们讲究的是“用”，不能为王所用者，无论什么样的人才都杀之不惜。与君王之意相悖的知识一般得不到传授，即使是四书五经，也曾遭遇统治者删改。直到今天，在那些家长统治的地方，不对当权者个人效忠的人才也依然要被打击和排挤，是没有出路的。

关于这一点，陈冲的《小厂来的大学生》做了较好的反映。学管理的大学毕业生杜萌满怀雄心来到一个不大的城市，要求分配到基层企业。他不像他的女朋友那样，学了四年企业管理却在毕业时争取留校，当了食堂管理员。他要让自己学到的知识发挥最大的作用，因此到了基层企业。路厂长把他从局里要来，安排在研究室，把自己的办公桌也给他搬去了。这似乎很重视知识，也很尊重知识分子，似乎要最大限度地发挥这个知识分子的作用了。其实不然，杜萌报到之后，一直无事可干。路厂长当然不能容忍自己的厂里养着一个闲人，于是，杜萌被安排从事简单劳动，每天加班当辅助工。原来路厂长要来这个大学生，是为了在上级领导面前赢得一个重视人才、重视科学、重视企业管理的好名声。因为厂长知道，现在到处都在强调专业知识，强调学历，这是大势所趋，她尽管心里不舒服，却深知无力扭转，审时度势，才毅然要下了这个大学生，而且得到了一种心理上的满足：“别看我文化低，可我手底下有大学生！”然而，管理这个工厂，她自有一套办法，车间科室一级的心腹早已够用，绝不需要这个大学生插手。她也曾想把杜萌培养为自己的心腹，并且给他介绍对象，但那是因为她突然意识到笔杆子的用处，可以帮她整材料。可是，当科学的管理方法将危及她的专制家长统治时，科学知识就不再被容忍了。一旦她认识到这个大学生不是“自己人”，就毅然把他从厂里赶走。杜萌的女朋友孙颖说：“在中国，工厂需要有专业知识的管理人员的那种时代还未到来！”在许多地方，情况的确如此。因为家长式的管理最怕科学管理的光辉。而且，他们宁肯让企业垮掉，也不会愿意失掉凭兴致发号施令的权力。

虽然历史已发生了根本的转折，但对知识分子的偏见并非短时期内能够彻底清除。由于对知识分子的偏见，知识分子的创造性劳动常常得不到应有的尊重。胡大楚的短篇小说《净化》写了这样一个故事：某厂厂长金泰是一个能够认识人才、爱人才、用人才的干部。他充分认识到知识的重要：“有些同志有一种错觉，好像我国的人口多，劳动力在国际上占优势，这当然是事实。可是，更要看到，文化科学方面素质差，科学管理水平低，人多消耗大，许多产品的成本往往比人家同类产品的成本高得多，这就使优势发挥不出来了。”他本想大踏步地前进，推出一批新的车型，但无能为力，因为设计不出来，也就生产不出来。原因很简单，高水平的设计人员奇缺，能适应新工艺操作的工人奇缺，手段落后，只能“复制古董”。他深深感到尊重科研人员的创造性劳动极为重要，但遗憾的是过去的某些偏见仍严重地挫伤科研人员的创造积极性。厂里的一项重要研究课题完成了，上报成果时却把厂长的名字写在前头。厂长要把自己的名字去掉，却阻力重重，非常困难。这不仅因为厂长的妻子分管科研，更重要的是长期对知识分子造成的偏见，正如局长常得之说的：“不带任何偏见地对待知识分子并不容易。”

在新时期小说中可以看到，对人才的压制常常来源于某些思想僵化、顽固坚持极“左”路线的干部。这种压制除了偏见之外还带有一种对知识分子和学有专长的人才的嫉妒，带有一种在历史的转折中产生的失落感。在80年代的中国，社会上许多流传的歌谣中有这样一首：“工人哭、农民笑、知识分子坐花轿，政治干部没人要。”谁都知道，尽管新时期的农村经济政策使农民大大受益，农民的收入仍然要比工人低得多；尽管知识分子地位有所提高，仍不能与干部同日而语。但有人已经感到礼崩乐坏，乱了品级。新时期的社会变革带来了生活秩序的重要调整，过去一些既得利益者受到了一定的威胁。正如在许多作品中都可以看到的，一些干部对“三中全会以来的翻身户”本能反感一样，当起用一些学有专长的知识分子做领导工作的时候，当实现干部专业化和知识化的时候，必然有人要对他们历来看不起的“臭老九”用鼻子哼上几声。然而，轻蔑并不能阻挡他们登上政治舞台，那些不学无术的外行干部们必然受到威胁。因此，嫉妒就是难免的了；因嫉妒而生扼制的现象也就屡见不鲜了。

张洁的《条件尚未成熟》写的是发生在几个老同学之间的故事。他们都是大学生，因此，这一切就不能不在一层温情脉脉的面纱下进行。岳拓夫从上大学就是管人的。他一心扑在政治上，全心全意地帮助别人，管理别人，教育别人，连毕业论文也得由别人起草完成。今天，他是处长，早就盼望着升任局长。由于突然到来的知识化和专业化的要求，一个默默无闻埋头搞业务的人却突然要被提拔为局长。这不是成心夺他的饭碗吗？这不能不引起他心灵的震动：“早先，谁知道有一天就会凭业务吃饭？”改弦易辙搞业务，对一个五十多岁的人来说已经为时太晚。怎么办呢？尽管是多年的好友，如今危及他的仕途，就不能不进行扼制了。他扼制胡德培的途径只有一条：自己是支部书记，可以在入党问题上卡他。因为按照惯例，当局长必须是党员。为了不为虎添翼，他在胡德培的入党问题上一拖再拖，借口是“条件尚未成熟”。在小说中，岳拓夫以失败告终，这是时代的必然趋势。但在变革时代的开始，生活中的岳拓夫却未必都是失败的。也许正是因为如此，才使作家写这样的作品。

对人才的埋没还来自尊老和重名轻实的文化传统。由于时代要求，知识分子的地位提高了，但在知识分子队伍自身，也同样存在埋没人才、压制人才的现象。中国一种尊老守旧的传统，由于这一传统，声望较高的知识分子比较容易受重视，而初出茅庐、名气尚小的知识分子的才能却往往被埋没。刘心武的《钟鼓楼》通过荀磊这一青年知识分子形象塑造，反映了这一问题。荀磊翻译出一本很有价值的书，出版社提不出任何缺点，却退了稿，仅仅因为译者年纪太轻，名不见经传。从这种描写中我们可以看到，人们所尊重的往往是名气而非才能。在《小厂来的大学生》中诸葛云裳曾对杜萌说：“吃香的是文凭而不是专业。”这是陈冲的发现，也是我们社会确实存在的一个问题。随着知识分子价值的增长，生活中出现了一种对知识凭证的特别看重，晋级、提资要看文凭，但常常并不看真才实学。

一群群青年拥挤在函大、电大的门口，所追求的也常常是文凭而非知识的本身。更有甚者，报纸上竟然出现了关于作家是不是知识分子的讨论，最后是文化部下文确认。看来人们的目光盯着的常常是名而不是实。在汪浙成、温小钰的《苦夏》中，家长们为子女升学而疲于奔命，这固然反映着知识价值的增长，但对很多人来说，很难说是为了让子女获得知识，而是不择手段地要弄一纸文凭。那种把文凭看作“敲门砖”的态度，仍是过去对科举追求的一种延续。背书应试而不求真知，只能培养出新一代的孔乙己和陈士成，与时代快出人才的要求背道而驰。这大概也是《苦夏》的创作动因之一。

通过以上种种，我们看到知识与人才的价值还远远没有得到应有的尊重。通过画外之音，我们听到的是作家们的深切呼唤。这种呼唤无疑是时代的呼唤。在这种呼唤声中，这个民族也许将迎来一个尊重知识、尊重人才，从而人才辈出、民族振兴的新时代。

1987年12月　曲阜

伟大的觉悟与艰难的自省
——论近几年文学对知识分子人格的艺术思考

一

1986年，有人以《无法回避的反思》为题对新时期文学中的知识分子形象进行了深刻的批判。几乎与其同时，文学中知识分子形象的整体面貌已发生重大变化。知识分子形象在经历了一个由“鬼”变为“神”的反拨过程之后，开始还原为文化制约中的人。作家们开始从新的视角描写知识分子形象，着眼于文化传统熏陶下形成的知识分子人格。许多作家的创作都因此而发生了变化。王蒙的《活动变人形》深入人物的内心世界，展示了倪吾诚这一代知识分子心灵的巨大痛苦和他们自身的弱点。《庭院深深》则展示了在知识分子中一直存在的种种恶习和人格病态。显然，这些作品中的主人公已不像钟亦成们那样为作者所钟爱和袒护。谌容在《献上一束夜来香》中揭示中国知识分子怯懦、顺从、自我泯灭、毫无主体意识的人格悲剧，态度已与写《人到中年》时大相径庭。蒋子龙是一个以塑造改革者形象著称的作家，但他的《阴差阳错》《蛇神》《收审记》却都在关注社会问题的同时对知识分子人格进行了剖析。从维熙对范汉儒人格的赞美曾经招致一些批评，而在《风泪眼》中作家对传统知识分子人格的态度已做了某些调整。李晓的《继续操练》可以代表一部分青年作家的态度，把批判的锋芒指向满腹经纶的高级知识分子，通过一个教授剽窃学生论文的事件所引起的纠葛，让人们看到，表面温文尔雅、道貌岸然的知识分子，其人格深处却并不怎么美好。韩瀚的《同窗》、俞天白的《X 地带》、达理的《眩惑》、肖建国的《成功者》、吴若增的《长尾巴的人》、程乃珊的《当我们不再年轻的时候》、刘恒的《白涡》……大量作品把知识分子人格纳入文学的透视镜下，对其病态进行认真的观察和剖析。

这个重要的转变标志着文学对中国知识分子认识的深化。进入新时期，在时代的迫切要求下发生的知识与人才价值的增长使知识分子在社会生活中的地位大大提高。知识分子摘掉“臭老九”的帽子之后虽然仍是“穷老九”，但用民谣中的话说，却是“光着屁股坐花轿”，虽然“光着屁股”，却毕竟坐上了“花轿”，有了种种桂冠和花环。与此同时，文学对知识分子报以一片同情与赞美。实事求是地说，当时那些“受难的圣者”的形象或多或少带有一点美化知识分子的倾向。这是完全可以理解的，因为当时的文学还处于对知识分子重新认识的阶段，知识分子是那么迫切地需要理解，知识分子的名誉是那么迫切地需要恢复，这就导致了作家们创作的目的集中于为之翻案，当时的作家们写下的大量作品往往都是对埋头专业的知识分子的一种重新认识，是在为他们洗掉脸上的泥污而露出其闪光的神采，确认他们的意义。写陆文婷式的知识分子，旨在呼吁社会改善中年知识分子的生活待遇，写他们对科学事业的献身精神，对工作的一丝不苟，对国家的忠诚，对人民的热爱……总之，说长而不道短，努力发掘他们的美德，使之尽可能完美，因为只有“好人受难”才更有动人的力量，才能引起重视而思解救。写许灵均，写章永璘，写范汉儒，实际上是饱受委屈的当代知识分子的可怜的自我表白，写他们的爱国情怀，写他们的坚定信仰，写他们经过咸水与血水的浸泡而终于成为唯物主义者，一个根本出发点就是要告诉人们，当年把这些人划为右派的确错了，因为他们虽蒙冤屈却仍然忠心耿耿，无限赤诚。当时文学的知识分子形象所体现的“完美”人格还是为达到社会功利目的使用的手段。这不值得大惊小怪，因为文学永远也无法杜绝把人打扮起来去求爱，或者在眼角上抹上泪水以博得人们的同情。所以，面对上述现象，我并不认为是新时期文学不可原谅的缺陷。正是这种缺陷在重新认识知识分子的拨乱反正中做出了不可磨灭的贡献。在文学的价值尺度系统中，社会功利尺度永远无法排除。但是，我们不能不承认，由于这种社会功利目的，文学对于知识分子，同情淹没了审视，礼赞代替了剖析，对其处境思考多，对其自身思考少，呼救的主题之下缺少自救的启示，甚至在极写其美德时赞美了种种病态的、不健全的人格。

近几年的创作与上述情况明显不同。视角转移了，作家们不再仅仅关注知识分子所处的不良环境，而是更多地关注这些不幸的人的价值观念、思维方式、行为方式和文化心理，去写其文化性格的悲剧。文学由原来的发掘美德以美化知识分子，转向暴露缺陷以探讨知识分子人格的弱点；由呼吁改变知识分子的生活条件，转向改变知识分子自身；由哀其不幸而为之请命，转向“怒其不争”而促其自省。我们的文学由情感型的倾诉与呼救，转向理智型的思考省察，对中国知识分子人格负面进行自觉的省视，这些作品使我们看到，原来我们那些命运坎坷的知识分子并不都是“圣者”，“圣者”的光圈之下也有污秽，也有那么多丑陋的恶习，内心也有阴暗发霉甚至僵死腐烂的角落，也有那么多精神痈疽和溃疡，甚至是已经恶化的肿瘤和扩散的癌细胞。中国知识分子人格是如此先天不足而后天失调，带有种种与时代要求不相适应的东西，尽管作家们对知识分子多舛的命运仍然寄以同情，但对其人格病态却毫不留情地举起了手术刀。

文学由颂扬知识分子转而审视和批判知识分子自身，这一转变标志着中国知识分子在现代化浪潮冲击之下自我认识的深化，显示着中国文学和中国知识者的一次伟大的觉悟。这种觉悟显然产生于改革的阵痛和由此而来的文化意识的觉醒。正是文化意识的觉醒使我们认识到民族文化素质的问题和我们自身的种种病态。我们终于认识到，不仅广大农民存在种种缺陷。我们虽然饱经苦难，但这苦难也许正是我们自己参与酿成并为之推波助澜的。我们既是某种传统的牺牲品，又是某种传统的负载者，既是受害者，又是自害者与害人者。在我们知识分子身上，更集中了中国人的全部悲剧因素，因为某些传统积淀在知识分子身上比在农民身上还要深厚。中国之所以存在种种难以解决的问题，历史的前进之所以步履艰难，“文革”那样的大悲剧之所以能够发生，中国知识分子在控诉和谴责过畸形政治之后，必然地要认识到自身也有不可推卸的责任。在现代化的迫切要求和艰难的改革过程中，人们终于意识到知识分子在这一历史过程中所承担的重要使命和中国知识分子不能很好地承担这一使命的矛盾。当清醒的目光移向这群已受命于历史要把这个古老的民族从淤泥中拖向蓝色大海的纤夫时，人们立即发现，中国传统知识分子人格远远不能担此重任，甚至会成为现代化进程中的阻力和障碍。中国当代知识分子终于痛切地感到，离开对知识分子自身劣根性的反省，中国人的精神解放是不可能的。这是一个迫切的课题，它作为民族文化重铸的伟大工程的一个先决部分，必然要提上议事日程。

这种由伟大的历史觉悟导致的知识分子自觉的自省式的改造，决不意味着人们记忆犹新的知识分子改造运动在文学中的东山再起。从其主要倾向看，它与那种改造的方向是相反的，历史的挫折和灾难使人们清醒，决不愿再让历史发展的最活跃、最积极的因子停止运行。这种文学的自省，完全不同于历史上已经出现过的《儒林外史》那种将自身外在于知识分子群体的嘲讽，更不同于民间文学早已形成的嘲弄和挖苦“酸秀才”的传统。因为那种嘲弄与50年代改造知识分子主题的作品是一致的。过去的知识分子改造以泯灭知识分子的主体意识从而迎合迁就所谓的大众为特征，今天的文学对知识分子人格的思考是作为觉醒了的知识分子为自强而进行的痛苦的自我忏悔与省视，它的目的是强化知识分子的主体性，使中国知识分子作为先进的阶层真正站立起来。

二

考察一个时代的作家共同的选择可以了解一个时代的价值取向，但是，在我写这篇文章的时候，却还没有能力通过定量分析而取得结论。透过文学提供的画面，中国知识分子人格弱点已有多侧面的显示。毫无疑问，最引人注目的是以下几个方面：

（一）怯懦与畏缩

在中国漫长的专制社会，统治者首先考虑的不是充分发挥人的能动性以创造物质财富和改善人类生存环境，而是如何巩固自己的统治地位，因此，循规蹈矩，安分守己，唯命是从，甘当奴隶，谦虚谨慎，安贫乐道，便因其适应统治者的需要而成为一种理想人格的范本。相反，那些不利于统治秩序稳定、不利于愚化民众、不安于奴仆地位的性格都要被否定。统治者的需要和由此而形成的道德准则与文化氛围，如无情的锉刀，使他们“畏天命，畏大人，畏圣人之言”，善良温驯，精神孱弱，谨慎小心，不敢越雷池半步，而只知向内退缩，缩成一团，直至泯灭自我。

这种畏缩人格在近几年的小说中得到了较多的揭示与剖析。由于时代的价值观念的裂变带来的审美观念的更新，在作家们笔下，这种人格不再是美好的，而是显示出它的病态。较早出现在读者面前的是韩一潭（刘心武《钟鼓楼》）和赵信书（张贤亮《浪漫的黑炮》），无论当时的作者是有意还是无意，这些形象已显示出中国知识分子的人格病态。1986年以后，这类形象大量涌现，谌容的《献上一束夜来香》中的李寿川，刘振华的《推理家》中的王西仲，吴若增的《长尾巴的人》中的赵家有，都是善良正直却胆小怕事怯懦自缚的人。这些人物使我想到《小公务员之死》。他们有一个共同的特征，别人咳嗽一声，就要哆嗦半年，因而卑怯驯服，自我束缚以至寂灭。李寿川三十年来过着奴隶的生活而麻木不知，一场小小的风波就使他一病不起，刚刚觉醒的主体意识又复归于麻木。王西仲因捡到一千元钱找不到失主而惶惶不可终日，进退无路吓得直想哭。赵家有总觉得自己屁股上有一条尾巴，因而胆战心惊不敢见人，甚至连谈恋爱、结婚也不敢，但那尾巴却是根本不存在的。在这些作品中，我们看不见刀光剑影，看不到在伤痕文学时期常见的那种血腥迫害，看到的多是并无狂风暴雨的平和生活，但在平和的描写中，却仿佛看到一个无形的怪兽张着血盆大口把他们吞噬，而被食者却于昏昏沉沉之中并无悲号。这种作品不会使人读之声泪俱下，却能使人心肠绞痛，从而得到启示：旧传统不仅常常附形于旧体制和某些官僚主义者，而且像潜伏于知识分子血液的病毒一样使人悄悄僵死，默默腐烂。

当然，并不是所有人都能被造就得如李寿川、王西仲们一样，因为自我的彻底泯灭决非易事。但是，在强大的环境力量和文化氛围的作用下，那些自我尚未泯灭者也都退入人心，以社会认可的人格面具伪装起来，这就造成了中国知识分子特有的谦恭和虚伪。因为理想的人格模本是唯唯诺诺，俯首帖耳，因为古代圣贤和现代伟人都谆谆教导我们要谦虚谨慎，戒骄戒躁，因为“两眼下视黄泉，看天就是傲慢，满脸装出死相，说笑就是放肆”（鲁迅《忽然想到·五》），主体意识未泯者便需要戴副面具而决不能锋芒毕露。刘恒的《白涡》把一个精明能干洞察世事的知识分子的标本周兆路摆到了生命冲动与文化环境的冲突中，充分显示出知识分子中那些成功者的行为方式和心理结构。他是一个成功者，但他深知因为年轻得志更需事事小心，便做出十二分的谦卑。这是中国知识分子普遍的人生经验，“木秀于林，风必摧之”的恐惧笼罩着一代又一代知识分子。就连那个极富个性，因而一生不得志的中学教师翁豪威（程乃珊《当我们不再年轻的时候》）在发表一篇文章之后，也立即想到“丝毫不能有些微沾沾自喜的表情流露”，对着镜子学出一种真诚而谦谨的微笑。他为自己半辈子被这无形的影响缠住了手脚不死不活而心中作痛。却还是要迁就和适应环境。

为了迁就和适应环境，中国知识分子总是克制自我，通过抑制自我而达成与环境的和谐。因此，在“畏”的同时是“忍”和“退”。虽然知识分子未必都把“百忍歌”作为座右铭，但是得过且过，息事宁人，寻找退路的行为方式随处可见。“后退一步天地宽”，“既在矮檐下，不得不低头”，似乎生存空间是不可改变的，要宽松就必须缩小自己。屋檐太低，低下头它就变高了；绳索太紧，缩小自己它就松了；间隙太小，以无厚入有间，便可游刃有余。这是中国人特有的一种自由观，一切都在承认现存秩序不可更改的前提下进行思考。即使万不得已，也要审时度势，三思而行。从王毅的《对照检查五重奏》、俞天白的《X地带》、达理的《眩惑》等可以清楚地看到这种审时度势、息事宁人的做法的消极作用。汪若舟、顾少康这些有为的知识分子，也无不带有退缩逃避的精神惰性。

（二）守旧与卫道

在新时期文学中，守旧和卫道的人物常常以思想僵化者的面目出现，因为我们的时代对思想僵化思考甚多。从由政治视角描写思想僵化到文化视角描写思想僵化，这是一个重要的发展。韩瀚的长篇小说《同窗》较早地为我们提供了一个思想僵化的理论界老前辈秋光的悲剧形象。他在“文革”中惨遭迫害，劫后平反回家，却对正在进行的思想解放运动和真理标准问题的讨论十分反感，对时代发生的变革不能适应。柯云路的《夜与昼》和《衰与荣》中的心理学家吴凤珠，为了在退休之前解决入党问题，要写一份全面而深刻的思想汇报，翻箱倒柜寻找她过去的笔记本。过去的生活已使她完全僵化定型，因而感受不到时代的变化，他们是被食者，但在食人的力量溃败之后，却仍然固执地自食，维护食人的力量。他们不但不能适应改革和时代发展的需要，而且不自觉地阻挡历史的车轮。

思想僵化的本质是卫道守旧，它不仅源于极“左”思想的禁锢，而且源于中国知识分子的传统，源于传统的思维方式。新时期历史上出现过的“两个凡是”实质上也是中国知识分子的思维习惯在当代社会的表露。因为就中国知识分子的整体来说，历来是思想僵化的。习惯于用自己信奉的价值去衡量一切新事物，动不动斥之为离经叛道，却从不怀疑自己手中的尺子是否有问题。面对新潮，开始总是排斥，视为洪水猛兽，一旦接受，就成了祖宗牌位，谁也动不得。我觉得，中国知识分子历来有三个坚信不疑：对经典坚信不疑；对传统坚信不疑；对既成的社会秩序坚信不疑；却唯独缺少应有的变革意识。秋光、吴凤珠、《你别无选择》中的贾教授，都是如此。在他们看来，既成秩序是无需思考的，凡乱皆可恶，维护安定是天然使命，一切思考都只能在承认既成秩序的前提下进行。在他们看来，传统是神圣不可侵犯的，只有继承和发扬的使命，而没有批判扬弃和发展的必要。因此，先秦百家争鸣的时代过去之后，直到鸦片战争，我们这个民族几乎没有出现大思想家。几千年来，饱学之士满足于对古代圣贤经典的诠注，却从未有人斗胆写出新的经典。孔子一个人的思想竟能统治一个民族达两千年，无论他多么伟大，这也是一个民族的悲剧。这与西方近代思想史上思潮迭起，大思想家接踵而出的状况形成鲜明对照。当然，他们常常能够杀身成仁，但决不是为了探索、创新和变革，而大多是为了卫道，为了讨伐形形色色的叛逆。只有这时他们才有勇气，因为身后有“道”与“理”。

通过秋光、吴凤珠等形象还可见另一种现象；他们深受极“左”路线和专制主义的迫害，在思想观念上却顽固地坚持极“左”路线，维护专制主义。他们作为特定政治地位上的人和作为思想观念上的人是分离着的。他们的思想意识并不代表他们自身的利益。这是中国知识分子长期存在的大悲剧。这种分离使他们常常在思想观念上把真实的自我作为对立面，去进行改造和斗争。在前几年的作品中，由于忽略了对他们的观念世界的审视，仅把他们作为具体社会地位中的人加以表现，人们更多地看到的是他们作为受害者的一面，他们与下层人民群众享有共同的不幸命运，其情可怜。在近几年的作品中，作家们常常略写他们的社会生活地位，而着重表现他们的思想观念，就显示出他们与极“左”势力，传统观念的密切联系，甚至共同组成一支顽固守旧对抗变革的力量，阻碍着时代的发展和新事物的生长，面目可憎。一些小说写到这种情况，他们身受极“左”政治和专制力量的压迫，却又不自觉地成为极“左”政治和专制力量的群众基础。他们脖子上的锁链使他们腰弯背驼痛苦不堪，却又生怕有一天锁链丢失，甚至常常要狠狠地拉紧套在同类脖子上的锁链，以防止他们离经叛道，结果却使自己的脖子也被死死扼住，直至喘不过气来。这种悲剧在那场动乱中由于情节激化而尤为明显，但在正常情况下也无时不在。也许应该感谢那场动乱和动乱之后的这场变革，它使一切平时掩盖于面纱之下的东西变得那么触目惊心，才促使中国知识分子有了某种程度上的觉悟。近几年文学无论对其辛辣嘲讽还是含泪劝喻，都是这种觉悟的表现。

（三）政治依附与权力崇拜

早在奴隶社会，中国就形成了一个颇具特色的士大夫阶层。他们的特征是以掌握的知识依附权贵，充当幕宾，谋取“食有鱼”“出有车”的生活，借权贵以展才志。在专制社会中，知识分子的主要出路是“学而优则仕”，做官称臣，为主尽忠。这种特殊的地位造就了他们特殊的人格。中国知识分子在政治上往往都有远大抱负，忧国忧民，以天下为己任，富于献身精神。但是，政治宏图离不开官场，为王牧民常常是自身价值实现的最理想的途径。这导致了有作为的知识分子都有很强的权力欲，无作为者也千方百计混入官场。在权力面前知识分子没有自己独立的人格，崇拜、追求、依附权力成为中国知识分子的一种传统，1950年代之后，知识分子被要求关心政治，走又红又专的道路，对知识分子的培养和使用也更注重政治内容，加之对政治干部和技术干部的不同待遇，使知识分子仍把从政当作最高理想，这就巩固了中国知识分子的政治依附和权力崇拜。

在中国知识分子中，有相当一部分人善于吹吹拍拍，惯于阿谀奉承。这是中国知识分子在历史上所处的依附地位造成的，却因当代社会未能消灭这种土壤而在当代知识分子身上遗传下来。从陈源斌的《安乐四陈》等作品可见，打扑克、下象棋、作为侍从陪伴领导，以种种方法让领导赢，而且手段高明者“一定能让领导赢得看不出一点破绽”。从张宇的《家丑》等作品可见，办公室秘书是如何为县长做着并非分内的一切事情。这一切都是为了讨得领导的欢心。在近几年的小说中，很容易看到一个个在上司面前奴才相十足的知识分子。奴才的目的是成为老爷，权力崇拜必然导致对权力的追求。

肖建国的《成功者》所描写的余未立为一个小小科长而梦寐以求二十年，绞尽脑汁，费尽心机，全不顾人格尊严，可鄙可叹而又引人深思。

政治上的依附，思想上的守旧卫道，行为上的畏缩退避，这三者构成了中国知识分子奴性人格的核心。对一种人格的批判和否定，总是隐含着对另一种人格的呼唤。近几年文学对中国知识分子奴性人格的否定性描写体现着中国作家促进知识分子主体意识觉醒的努力。人们已经痛苦地感到，中国知识分子活得太不像人样子，需要完成艰难的蜕变，强筋健骨，作为真正的人站立起来。毫无疑问，这是变革的时代的呼声。

三

中国知识分子人格的弱点不是孤立的存在，而是文化传统与社会现实条件的产物。文学要深入探讨知识分子人格问题，就必须揭示出这种人格所受的制约，弄清其制约机制。在这一点上，近几年小说取得了可喜的成就。不少作品都涉及中国知识分子人格的成因和它之所以被巩固和发扬的现实条件。

由于文化意识的觉醒，人们很容易认识到知识分子人格与文化传统的关系，因此作品大都表现出鲜明的文化批判意向。许多作品都把文化传统作为知识分子病态人格的成因予以批判，谌容把李寿川看作是禁欲主义文化教育的结果，因而她的《献上一束夜来香》的人物关系结构也体现着对禁欲主义的批判。李寿川在小说中的结构位置是一个新旧文化冲突的交叉点。齐文文和郭飞作为新文化的载体呼唤着他的主体意识，而朱喜芬和沈处长，一个是卫道士，一个是道德败坏的淫乱之徒，表现截然不同，却都是禁欲文化的畸形产儿。禁欲造成了他们心理上的不平衡，又以这种不平衡作为动力实现其相互间的制约。朱喜芬以讨伐反叛证明自己道德上的优越，沈处长以讨伐捷足先登者发泄内心的醋意。他们各自不自觉地弥补心理的失落感，却共同扼制了李寿川。受害者扼制受害者，两种病态扼制了另一种病态身上正常生机的萌发。我们由此看到的是压抑人性的禁欲文化对人的多方面戕害。

王蒙的《名医梁有志传奇》着重揭示的是中国知识分子生活于其中的文化环境，通过那些带有荒诞意味的事件，可以看到荒诞的文化环境对人的制约。中国传统把谨慎和谦恭作为美德，这就决定了人的命运，一般人必须学会遵守，否则就要四处碰壁。梁有志自小太聪明，因而被视为是不祥之物，因为亘古以来的人生经验证明："聪敏致祸，愚傻得福。"中国人有句古话，叫作"大智若愚"，它不仅是一种状态，也是一种行为准则。也就是说，智者应把聪敏隐藏起来，装作愚笨的样子，人生事业才会成功。如果聪明外露，可能会一事无成。王蒙小说所写的一个重要内容就是这种文化病态。重德还是重才是一个方面，更重要的是人的才气不可外露。梁有德表现愚钝，做事慢条斯理，说话结结巴巴，因而仕途通达。梁有志才华横溢，能力总是超人，因而左右碰壁，努力上进而仕途阻塞。可是，当他灰心丧气而不求上进时，得到的却是官运亨通。他有许多特长，却不懂医学，却当上了医学院的院长，医学杂志的主编，医学研究会的会长。这奇怪吗？小说发表后一些评论把它解释为时势使然，说他的成功是由于他适应了改革的时代要求等等。其实，王蒙是以荒诞笔墨写梁有志之成功的，无论作者是否意识到，梁有志的成功都一点也不奇怪。他的成功是因为他绝望、消沉、打麻将、练气功、读医书、不务正业。在中国，"无为而无不为"是成功之道。欲擒则纵，欲进则退，欲得则舍，要发展个性就要把个性严密包藏，想当官就要归隐，而千万别让人看出你是个官迷……这是从老子开始就总结出来的人生学问。梁有志对此并不自觉，却歪打正着，不自觉地走上了这条成功之路。当他在挫折中承认了自己压根儿就不是什么天才，步入他真正不懂的医学领域，已经不再有骄傲的资本。他在医学界与梁有德在政界一样没有水平，一样没什么东西可炫耀，所以就一样能够获得成功。他不懂医道，只能老老实实说不懂。他越说不懂，人们就越认为他医术非凡，藏而不露，谦虚谨慎，因而他便能青云直上。张一得之所以没有当上院长，就因为他是真正的医学专家，医道高深便难免有骄傲自大之嫌。由此看来，外行领导内行也不仅是当代政治弊端所致，也有文化病态作为它必然出现的基础。如此文化环境，谁不谦虚谨慎畏缩于社会认可的人格面具之下呢！

由于新时期文学是从社会政治反思走过来的，作家们在剖析知识分子人格时并没有忘记当代社会政治环境的制约。文学通过知识分子病态人格的剖析批判了传统文化，同时也没有忘记对当代政治弊端的批判。这两种批判常常是结合在一起进行的，因为知识分子人格的病态既有历史的原因也有现实的原因。

《推理家》中的王西仲出奇的胆小，固然有文化传统塑造的痕迹，却也是当代政治恐怖的结果。当年，他曾在议论盖房子时说了句“红砖不如青砖”，为此吓得两星期没有吃下饭，怕人说他反对红专道路，一连写了五次交心材料。关于这件事，他直到今天仍然认为：“幸亏我交心材料写得彻底，苦苦哀求才算过了那一关。历史的经验值得注意，管什么事，说什么话，都要小心小心再小心，谨慎谨慎再谨慎。咱们中国，古来都把谦虚谨慎当作美德，把病从口入，祸从口出当格言。‘胆小怕事’这句成语，大家都当贬义词，其实理解错了，应该理解为只有胆小，才能没事。”由此可见，他的胆小怕事既是文化传统的产物，又是当代政治生活的产物。在这里，传统与现实完全是一体的，现实巩固着腐朽的传统，传统支配着荒谬的现实，传统和现实一起塑造着知识分子人格。

程乃珊的中篇小说《当我们不再年轻的时候》中的秦韵佳是一个本来富于个性而被改造得非常成功的人物。生活中总有一个超越常规的力量逼着她不断违心地改变自己的生活轨迹，走上一条自己从未预测过的道路。幼年时，她模仿古丽雅和卓娅，违心地逼着自己早起锻炼，刻苦学习，不吃零食，在与正常人性搏斗中度过了本应轻轻松松无忧无虑的童年。进入少女时代，她又强迫自己放弃女孩子仰慕的漂亮衣服，对美装出一副不屑一顾的表情。她恋爱了，领导却警告她说那是一个不要求进步的人，她便只好强迫自己把心爱的人忘掉。她一次次战胜自己，那么艰难，那么残忍。她一次次否定自己，那么苦，那么痛。最后终于被改造成今天的模样：顺风而行，不敢主持公道，违心地做着一件又一件事。

以文化的目光审视知识分子人格，是文学对政治视角的超越。做文化审视的同时不忘政治因素的揭示，显示着这种超越坚实而不轻飘的审视。有人发现了文化以后便以为找到了包治百病的药方，潜心文化深层而远离现实政治。事实上，传统文化与当代政治的关系正如上述作品所表现的一样密不可分。我们应该确立这样一种观念，只有在现实生活中活着的传统才值得文学关注，对传统文化的批判大可不必把矛头指向孔孟或老庄，对传统人格的批判也大可不必针对孔孟或老庄。而是要特别关注它的现时表现，即传统文化与当代政治结合以后对人的种种影响和制约。

四

我一边在涂鸦这篇文字，一边为自己在知识分子问题上认识的浅陋而惶恐不安。很明显，中国作家对知识分子的认识还远不如对农民的认识深刻。这并不奇怪，认识自身绝非易事。也许正因为这种特殊的困难和我们时代知识分子所特有的局限给文学的表现带来了种种不足。

从歌颂其美德，到揭示其弱点，这是一个意义重大的转换。这种主题方向的转换显示着文学家在知识分子人格问题上的伟大觉悟，但是，在这种转变之中却透露出我们的作家至今未能摆脱一种机械的思维模式。写美德，大家都去写正面；写弱点，大家都去写负面，但事实却并不如此简单。我如此说，并不是像人们已经习惯的那样呼唤作家从多角度、全方位观察，从而对中国知识分子人格特征作全面的、完整的把握和表现，而是要指出，仅仅如此还远远不够，还必须向着其深处发掘。知识分子人格不是一个一目了然的平面图，也不是一个有正反两面的二合板。它有着无比深广复杂的内涵和多层次的结构，如果仅仅止乎知识分子人格的表层，去发现其所谓正面或负面，美德或弱点，陷入这种简单的一分为二的思维方式，就很难把握中国知识分子人格的丰富内涵。在中国知识分子身上，美德与弱点常常是同根同质的不同表象，在其表层，它呈现出很大差异，但越是趋向核心，这些差异就越缩小，最后往往归于同一本质。因此，从某种意义上说，中国知识分子的美德和弱点是不可区分的，就其本质而言，往往弱点就是美德，美德就是弱点。只有透过表层，把握其深层结构，才有可能给予准确的揭示并促其从根本上实现转化。因此，对知识分子人格的省察需要高度的理性；情感偏好无论对个体还是对一个时代的作家群体都常常是一种干扰。在盛赞某一美德时，也许恰恰包括了某些弱点。关于这一点，《人到中年》等作品早已为我们提供了教训。谌容的自我调整是意义深远的，她以怒其不争的态度审判的李寿川与她热情赞美的陆文婷性格几乎完全相同。

对知识分子人格的艺术思考，其全部意义在于促使传统知识分子人格的现代转化。今日之中国，对知识分子人格问题，对国民性问题，也如对社会不正之风和腐败现象等问题一样，迫切的课题已不是认识，种种的问题已为人所共睹，急需的是回答怎么办的问题。我们的社会和我们的人格需要救治，已成为无需多谈的前提，我们已经深知知识分子人格的病态，那么就该思考如何使其发生转化，探寻其转化的途径和关键之所在。但是，文学却缺少对知识分子人格转化机制的思考。读新时期文学作品不难发现这样一种现象：中老年知识分子多属传统人格，青年知识分子则较少传统重负，更多一些现代意识。这已成为一种普遍模式。这种模式反映了一定的生活真实，是有一定的生活真实作基础的。但深思之后却会发现其中存在的问题：青年知识分子从传统人格规范中走出是容易的吗？他们是怎样完成蜕变的？那些基本摆脱了传统人格规范的青年知识分子是怎样从中挣脱出来而完成和正在完成这种转化的？这些问题还没有进入作家们的视野。由此不仅可见一种认识生活、理解问题的机械，而且可见我们的作家懒于思考，常常满足于生活的一般情况提供的模式而不再深究。

突破种种制约以实现传统知识分子人格的现代转化是我们时代的迫切要求。但是，应该承认，大量作品对知识分子人格的挖掘和表现还停留在灵魂所受制约的描写上，而没有写出突破这种制约的重要意义和迫切性。同一事物在不同的尺度面前有不同的价值，从不同的角度可以做出不同的结论。因此，对于一种人格，我们很难简单说它是好是坏。当我们进行这种判断时，无论自觉还是不自觉，已经把一种尺度摆了上去，把它纳入了一定的参照系。然而，目的与所选用的参照建构之间，却并非总是谐适的。特别是文学，创作意图是否能够较好地实现，常常取决于这个特定参照系统的选择和建构。我赞美那些把知识分子人格置于社会生活激流之中，参照历史的发展和时代的变革予以透视的作品。因为在这个参照系统中，中国知识分子人格最能显示其不足，例如，中国知识分子息事宁人、得过且过、谨慎小心、审时度势、畏缩退避的性格，如果从活命角度来看，是值得发扬光大的长处；如果从安定团结、稳定社会秩序的角度看，也会得出中国知识分子最好的结论；但是，在邪恶面前呢？在现存秩序不是需要巩固而是需要改革的时候呢？一旦将其纳入我们时代生活的大潮，它的消极性就充分暴露了。在这一点上，王毅的《对照检查五重奏》是值得称道的。作者在端正党风这一问题面前审视了中国知识分子人格。满益生剽窃别人的论文，挤掉别人的出国名额，强占两处房子，大搞不正之风，却凭着他的权势和语言游戏而在整党对照检查中文过饰非，明目张胆地歪曲事实。如此恶劣的行为是受到抵制还是畅行无阻，显然已经成为这些知识分子群体人格的试金石。面对邪恶力量的宣战，大家都有愤怒在胸，却就是没人说话。他们都认识到满益生的行为是“对研究室所有同志的污辱”，是“肆无忌惮的挑战”并且想到了“不能容忍，应该反击”，但最后却是纷纷妥协，甚至连一向满腹牢骚、玩世不恭的江雪也平息了内心的愤怒，连那位最勇敢、最直烈、最有革命精神的卓宇，也思之再三，顾虑重重。大家都在考虑的是：一、“他有他的土壤，他有他的空气，他有手段，他有关系，照旧平安生存，自由呼吸，就算揭穿了他品质不端，能拿下去?”“如果扳不倒姓满的……”二、“犯得上? 犯不上? 反正现在都挺好的，都受了点委屈，都还过得去……何必重新打乱? 各自做学问呗。”在与不正之风的斗争中，中国知识分子求稳怕乱、息事宁人的心态，遇事三思而行、权衡得失的稳重，明哲保身和独善其身的处世态度，都显示出明显的消极性。只有面对这个特定结构我们才能想到，中国知识分子常常能够在滚滚浊流中保持自身的清白，不去同流合污，却缺少与浊流抗争的能动性，对邪恶力量缺少制约能力，袖手旁观，任其泛滥。由于这样一种特定的参照，面对此情此景，人们就不能不慨叹，中国知识分子确实太缺少拼命三郎精神了。因此，往往是一个流氓就可以征服大群知识分子。因为大家都习惯于权衡得失，察势而行，恶势力无论多么横行霸道，大家都不会去抗争，无论多么腐朽，大家都不去碰它。只有在它彻底溃败之时，才会蜂拥而上，墙倒众人推。中国知识分子善于察“势”、看“气数”之尽与未尽，决不轻举妄动。这种权衡的结果在客观上延长着腐朽事物的生命，维持着本该及早变革的一切。在几千年的中国历史上，知识分子最难征服，也最易征服。所谓难，在于他们常常虽为顺民而“人还在，心不死”；所谓易，在于只要铁拳相加，他们便只是怀恨在心而不敢轻举妄动。他们的睿智使他们不仅决不拿鸡蛋去碰石头，而且极少拿石头去碰石头，而是等待时机，拿石头去碰别人已经砸破的鸡蛋。这种人格的确无力成为改革的动力。

相比之下，一些作品就缺少一个好的框架和能够凸现知识分子人格弱点的参照系。抽象的批判知识分子人格的某些弱点，是缺少形象的说服力的。以错误的价值尺度衡量出来的弱点未必是真正的弱点。

王蒙的《活动变人形》发表之后获誉甚多，我却觉得这部小说在取得了较高成就的同时也留下了一些不容忽视的问题。按照作家对题目的解释，“每个人可以说都是由三部分组成的。他的心灵，他的欲望和愿望，他的幻想、理想、追求、希望，这些是他的头。他的知识，他的本领，他的资本，他的成就，他的行为、行动、做人行事，这些是他的身。他的环境，他的地位，他站立在一块什么样的地面上，这些是他的腿。这三者能和谐，能大致调和，哪怕只是能彼此相容，你就能活，也许还能活得不错。不然，就只有烦恼，只有痛苦。”小说中的倪吾诚到西方留过学，他的“头”已经变了，但他没有力量，回国后置身于中国的土地，他的“身”和“腿”与“头”便不相适应。结果是灵魂被西方文化唤醒了，自己却无力行动，无法改变周围的一切。作者以令人惊叹之笔描写了深陷于这种矛盾之中的倪吾诚的种种痛苦。但是，由于对倪吾诚的痛苦缺少深刻的理解和历史的把握，在强调他与环境的矛盾时，却把主要力量用于渲染和指责他的好作空想、脱离现实和不切实际，使人感到作家是根据50年代流行的对知识分子弱点的概括来理解倪吾诚的。这导致了对倪吾诚的痛苦缺少更深刻的表现和公正的评价。其实，倪吾诚的痛苦是一种伟大的痛苦，是他的可贵之处，是中国知识分子所缺少的。自鸦片战争以来，中国社会思想的变化首先体现在觉醒的知识分子之中。进步的思想观念是他们从外国先进思想学说中接受来的。这使知识分子处于非常重要的先觉位置，但是，由于中国社会的经济、政治和文化状况，知识分子从外国接受来的先进思想常常显得超前，受到中国传统和现实的排斥。因此，现实与理想常常发生冲突。这种冲突一旦发生，知识分子就面临着撕魂扯魄的严峻考验。在这种考验面前，知识分子常常有这样几种选择：或者保持理想而陷入深深的痛苦，或者放弃理想而迎合现实。倪吾诚选择了前者。中国文化的实用理性与乌托邦精神以及儒道互补使中国知识分子总是进退自如，游刃有余，总有精神退路，适应现实环境的能力极强。在中国知识分子心中，理想和现实是可以分离着的，实用理性和乌托邦精神之间没有连接的桥梁，而可以在知识分子的精神世界共存。想象力极强，从世界大同，万民同乐，到肉体升天，长生不老，但理想只是理想，只是供清谈用的，谈完之后便可束之高阁。现实却是实实在在的，必须适应。所以，中国知识分子的理想永远不会实现，也永远不会破灭，现实千载如旧，也不会被改造，很少有人为理想世界的不能实现而有大苦恼。与西方知识分子相比，中国知识分子自杀者甚少，因为很少有人会承担精神痛苦，无论在什么情况下，都能随遇而安，纵使在枷锁之下苟延残喘也能心平气和。中国知识分子的这种精神特征大大地削弱了中国社会变革的动力。

倪吾诚却已经不能如此，而是陷入深深的痛苦。他的痛苦比那些迎合现实的成功和随遇而安的平和更富于历史意义。但是，王蒙却以落后的中国现实为参照，以能不能适应中国现实为取舍，用多年来流行的权威论断去看倪吾诚，把可贵之处看作弱点，看不到那种精神所蕴含的改变现实的希望。由此可见，对知识分子人格病灶的识别也值得特别注意，文学对知识分子人格的探索还有待深化。

1988年10月　曲阜

论新时期文学的民族意识

文学不仅是作为个体的作家心灵的表现，同时也是作为群体的民族文化心理的投影。无论作家们是否能够意识到，他的作品总是要打上他所生活于其中的那个民族的印痕。任何时代的文学都必然地以各种不同的形式反映出那个时代的民族意识，体现出属于那个民族的文化精神和价值取向。在新时期文学中，人的意识强化，作为个体的人得到了作家们的空前重视，同时，人类意识觉醒，使作家们获得了更为宏阔的目光。在这种情况下，文学中的民族意识如何呢？本文所要考察的，就是民族意识在新时期文学中的存在方式和表现形态。

一

在一般情况下，某种意识在文学中的强或弱，直接反映着它在社会生活和时代意识形态中的重要程度。因此，我们不仅可以通过文学去认识那个时代的意识风貌，而且可以从一个时代的意识风貌和文化氛围去把握文学艺术。在这里，首先需要关注的一个问题是：新时期文学中的民族意识究竟是强了还是弱了。

从社会文化表层看，进入新时期，生活中的一个重大变化，就是人们已经不像从50年代到70年代那样频繁地使用“阶级”这个字眼。作为生活于一定阶级的成员，每个人的阶级属性都不可能在一夜之间发生多大变化，但进入新的历史时期之后，在实际的社会生活中，原有的阶级矛盾和阶级冲突的确已经随着原有的剥削阶级的具体人物的逐渐消失而一步步减弱了。几十年前划出的阶级界限已经模糊不清，无法跨越的鸿沟正被岁月的流水悄悄荡平。特别重要的是，几十年中扩大了的阶级斗争已使中国人深深厌倦，尤其是在十年“文化大革命”中，甚至各阶级都尝到了“以阶级斗争为纲”的痛苦，人们再也不愿意整天去进行阶级斗争了。所以，新时期文学一开始就表现出了对阶级斗争的厌倦。文学所提供的多是扩大化了的阶级斗争对人的严重摧残和对民族的严重危害，而不再是像《艳阳天》和《金光大道》所描写的阶级斗争的热烈、壮丽和斗争胜利的大快人心。总而言之，新时期的中国文学已经从过去那种“阶级斗争要天天讲、月月讲”的要求中走了出来。

那么，阶级意识淡化与民族意识有什么关系？

人生活在世界上，不仅要努力挣脱群体对自我的束缚而追求个体的解放，同时也渴望置身于某种群体之中以求得到某种依靠。“天高任鸟飞，海阔凭鱼跃。”这是人们在缺少自由的时候对自由的一种向往。其实，人不但需要个体的自由，同时还需要一种归属感。挣脱束缚、冲破枷锁，当然是重要的，但从笼中冲出之后，却并不愿意过一种无枝可依的生活。人们渴望自由，却不愿意永远漂泊和流浪。思想意识也是如此。人的精神似乎总需要一块栖息之地，不羁的灵魂有时候也会寻找港湾。这港湾何在？往往就是群体。而所谓群体，不外乎家庭、社团、民族、国家……当然也包括阶级和以阶级为基础建构的组织。在这其中，民族无疑是一个大的归属之所。

在中国大地上，随着那场“文化大革命”的结束，随着阶级意识的淡化，人们更多地关心个体，但在同时，也开始更多地从国家和民族的立场上去思考问题。民族的振兴、民族的富强等内容成为有责任感的人们喜欢谈论的话题，也成为文学的一个兴奋点。“振兴中华”成为这个时代最响亮的口号，中华民族的利益成为最重要的价值尺度之一，与“人”同时并用。虽然国家仍然是无产阶级专政的性质，虽然阶级和阶级关系仍然存在，但在实际生活中，已经很难听到50年代和60年代那种无产阶级的豪迈声音，“无产者”“无产阶级”“贫下中农”等逐渐不再是使用率极高的热门词汇，这是从印刷厂排字车间就可以看到的。继之而来的是什么词汇呢？是“中华民族”“中华儿女”“炎黄子孙”这样一些淡化了阶级意识而强化了民族意识的概念，是“龙的传人”，是“我的中国心”……人们开始强调十亿同胞是在一条船上，是全民族的共同利益。因为人们不难意识到，中国的无产阶级不一定能得到美国和欧洲无产阶级的支持和援助。

这种变化有点像抗日战争爆发后的情景。抗日战争时期，由于中华民族到了最危险的关头，阶级矛盾降到了次要的地位，每个中华儿女都有责任和义务为民族的存亡而斗争。无论你是哪一个阶级，只要你还没有忘记自己是炎黄子孙，就应该互相挽起手共赴国难。所以，左翼文学家也停止了阶级斗争的鼓动，而开始了抗日救亡的宣传。80年代的中国当然并不存在那样的危机，但是，由于刚刚经历了十年“文化大革命”，中国人痛定思痛，猛然意识到了自己的贫穷和落后，于是民族的繁荣和富强成为当务之急。把中国建设成为一个社会主义现代化强国，使中华民族立于世界民族之林而毫无愧色，这成为一个时期内中国人为之奋斗的目标。年轻的学人在他们的文章中写下了这样的句子：“奏响中华人民共和国国歌的激昂旋律吧！‘中华民族到了最危险的时候……’我们的民族历来有在紧急关头奋起的非凡凝聚力。”

在新时期文学中，由于阶级视角的超越，民族意识大大地强化了。在伤痕文学中，作家们所努力反映的是十年动乱对民族的严重危害，而不是对哪一个阶级或者哪一个人，文学展示出的艺术画面是全民族都陷入了灾难。反思文学在很大程度上是对阶级斗争扩大化的历史反思和反拨，改革文学的核心是振兴中华，建设现代化强国，因为改革是民族振兴的必经之路。寻根文学和文化小说都明显地蕴含着强烈的民族意识。

进入新时期，改革开放成为我们时代所特有的时代精神。国门大开，中国纳入世界格局。技术引进，商品交流，文化思想也在大量“拿来”。当一个民族在政治、经济、文化上都进入世界的时候，它的民族意识是增强还是减弱？从中国的现实看，改革开放使中国人的民族意识发生了变化，却并没有丝毫的减弱。中国走向世界，也没有使中国人在思想意识和文化上成为世界人。而是恰恰相反，它使中国人更进一步认识到了中华民族作为一个整体的存在，也更加强烈地感受到了民族的古老、民族的伟大、民族的贫困和落后，从而进一步刺激了民族自尊心，成为振兴中华的动力。如果说有什么变化的话，只是在一定程度上改变了民族的唯我独尊、盲目自大、自我陶醉和自欺欺人。

这一切在描写改革的小说中可以看到。乔光朴、傅连山、陈抱帖们常常是在中外对比中热血沸腾、奋发图强的。这并不奇怪，让我们回顾一下鸦片战争之后中国的第一次对外开放吧！今昔的对外开放有根本的不同，但有一点是相通的：鸦片战争后的国门大开，带来的是民族意识的觉醒和民族危机感的增强，今天的对外开放，同样强化了中华民族的民族危机意识。

二

新时期文学的民族意识的一个重要表现形态，是民族危机感与民族自强意识。从“伤痕文学”“反思文学”到“改革文学”，都可以清楚地看到这一点。十年动乱之后，长期处于封闭状态的中华民族一旦敞开国门，便深深地感到了自己的贫穷和落后。因为就在关紧了大门在“以阶级斗争为纲”的旗帜下练习打斗，一方面严厉打击“里通外国”和“崇洋媚外”，一方面又以解救世界上四分之三的人口于水深火热之中为己任的时候，世界发达国家得到了突飞猛进的发展。50年代与中国相差不大的国家和地区，也远远地走在了前面。新时期之初的中国作家深深地意识到了这种危机。因此，新时期文学中的民族自我感觉与50年代的作品有了很大的不同。50年代，文学的民族意识主要表现为一种民族自豪感。进入新时期之后，那种民族自豪情绪从文学中消失了，继之而来的首先是民族忧患意识和民族危机感。最初几年，作家们以饱蘸血泪之笔写刚刚过去的民族大悲剧。《班主任》《伤痕》《啊！》《大墙下的红玉兰》《蹉跎岁月》《许茂和他的女儿们》《将军吟》等作品尽管具体内容很不相同，却都表达了一个共同的认识：中华民族被糟蹋得遍体鳞伤，这种全民族的大悲剧再也不能重演了。

这种意识不仅表现于那些描写伤痕的作品和对惨痛的历史教训进行反思的作品，而且在其他各种题材的作品中都有所表现。徐怀中的《西线轶事》是以对越自卫反击战为题材的，却同样有这样的思考。让我们看一看烈士刘毛妹写给母亲的信吧：

> ……这几天我一直睡不好。不知怎么，好像总有人翻来覆去在我耳边唱着《义勇军进行曲》里的一句词——“中华民族到了最危险的时候”。这支歌曲写在中华民族几乎被日本人蛇吞的历史危亡关头。现在

越南人在边境地区整我们，情况不像那时候严重。不过，越南当局为什么竟敢于如此，竟觉得欺侮一下十亿人口的中国也并没有什么不可以呢？这实在是值得想一想的。

同志们谈起来，都说内心隐隐的有一种危亡之忧……

这里充满着极强的民族忧患意识。从这几句话中，我们可以了解新时期中华民族的那些优秀儿女的忧患意识和责任感，既可以了解中国为什么会掀起改革的风暴，又可以了解思想家和文学家们为什么那样竭力反对“高举”和“凡是”，为什么要反对思想僵化和官僚主义。从这个意义上说，文学无论写什么，在其动机中除了为人的解放而呐喊之外，一种极为重要的因素是为民族的命运而担忧，为改变民族的命运而呐喊。

新时期文学在对历史进行反思的同时，开始思考现实生活中存在的各种问题。一些“社会问题小说”“社会问题剧”曾经引起各种非议，但察其根本，却无不产生于一种沉重的民族危机感。关于这一点，谌容的中篇小说《人到中年》是一个突出的例子。小说的创作意图是为中年知识分子请命的，但这种请命本身就是从民族的根本利益出发的。小说直接描写的只是一个眼科，事实上却是当时中国人才问题的一个缩影：老一代已经老了，年轻一代尚未成长起来，一切重任都压在中年身上，然而，社会却没有为中年提供应有的工作条件和生活条件，摆在他们面前的出路似乎只有两条：要么饱含热泪远离祖国，要么超负荷运转，忍受难以忍受的痛苦和磨难。这是一种多么严重的危机！这个眼科怎么办？换句话说，也就是中国怎么办？这个民族怎么办？正是从民族的根本利益出发，作家才那样殷切地呼吁社会关心中年知识分子，改善他们的生活条件。小说写了姜亚芬夫妇终于忍受不住困窘而挥泪告别故土，远涉重洋，不仅反映了当时刚刚开始的一种现实，同时也表现了作家面对这种现实而产生的深深的忧虑之情。

新时期许多作品都写到了“人才外流”的问题。面对本民族的优秀儿女纷纷离去这一日益严重的问题，表现出一种切肤之痛。由此可见，中国作家即使到了今天，也仍然有着非常强烈的民族忧患感。

由于对外开放，中国人逐渐认识到了自己的落后。如果不想继续落后，就要振兴，就要自强，就要克服各种使中华民族陷入困境的弊端。因此，他们才批判极“左”政治，抨击官僚主义，揭露社会问题，热情呼唤改革……

这种由危机感而产生的自强意识和变革意识，在描写改革的作品中充分地表现了出来。作为改革文学的潮头作，《乔厂长上任记》开篇就写了乔光朴的一段发言：“日本日立公司电机厂，五千五百人，年产一千二百万千瓦；咱们厂，八千九百人，年产一百二十万千瓦。这说明什么？要求我们干什么？”“前天有个叫高岛的日本人，听我讲咱们厂的年产量，他晃脑袋，说我保密！当时我的脸臊成了猴腚，两只拳头攥出了水。不是要揍人家，而是想揍自己。”从这里我们可以看到开放与改革的关系。正是开放之后产生的对比使中国人产生了严重的危机感，因而要发奋变革。因此，在每一个改革者身上，几乎都可以看到一种鲜明的民族自强意识。因为改革本身就是这个时代所特有的民族自救和自强思想的集中表现。这种由民族自尊心受到伤害而激发出来的民族自强意识使觉醒的中国人决心改革，尽管困难重重却几经挫折而不悔。由这个角度，我们才更能够理解那些改革者的开拓精神和坚韧不拔的意志力量。文学热情地歌颂那些勇敢的改革者，在作品所提供的画面之中，渗透着作家们与改革者一样强烈的民族自强的愿望。歌颂肩负着民族兴亡的英雄，鞭挞阻碍改革的势力，旨在民族的振兴与繁荣昌盛。

三

毫无疑问，对民族风俗和文化传统的热爱是民族意识的一种表现形态。早在“寻根文学”出现之前，文学创作中已经出现了一些民俗色彩很浓的乡土小说和市井小说。在这些描绘民族风俗和人情的作品中，可以感受到作家们的一种深情，在那古朴而优美的民间风俗画背后，可以感觉到作家们对民族文化的满腔热情。在那些具有传奇色彩的故事和人物身上，也不难发现一种发自作家内心的民族自豪和骄傲。特别是在那些呼唤民族传统美德的作品当中，作家们更多地倾注了对民族命运的深切关注。他们以极大的热情去写乡土，写民风与民俗，无论他们是自觉的还是不自觉的，都显示着一种民族意识。

在新时期小说作家中，汪曾祺毫无疑问是一位民俗画大师。他的小说着力描写民族风情的优美，深深刻印着他所特有的古朴飘逸的姑苏情思。《受戒》《大淖记事》等篇通过对偏乡僻壤民间风情的描述，尽情地讴歌了我们民族独有的道德美、情操美和人情美，在古风犹存之处点染出传统的生活方式和民族性格的各种光彩。《受戒》中那香烟缭绕的寺庙，像一幅晴空朗月的水墨画一样淡泊清雅。生活于这幅画中的佛门弟子，决不是不食人间烟火者，而是有着与俗人一样的七情六欲，同样有对生活的热爱和追求。《大淖记事》中所描写的人情风貌，使人感觉到生活像湖水一样平静与温和，并且是清澈透底的。这里当然也有丑恶的事物，但它并不能使美好的事物遭到破坏，更没有力量造成人的悲剧。正如巧云的失身并不曾给她造成痛苦一样。作家对这种境界心神向往，由衷赞美，而这种境界不必经过复杂的分析，就完全可以得到一个鉴定：它是中国传统文化的一种基本精神。

邓友梅的小说努力表现着一种风俗。从《话说陶然亭》开始，就步入了民俗的世界。接着是《寻访“画儿韩”》《那五》和《烟壶》，这些作品在展示民族历史画面的同时，已经把强烈的民族意识表层化了。因为在小说的多重交响之中，作家写进了一个响亮的爱国主题。

包括刘绍棠的《蒲柳人家》等作品在内，作家们是那样钟情于乡土和民间风俗。这种钟情无疑是来自对自己民族的热爱，对自己民族文化传统的热恋。

当大多数作家都在写“伤痕”和“社会问题”的时候，这几位作家为什么如此钟情于斯？可能是因为现实中“伤痕”之重和“问题”之多，太令人沮丧而到僻乡去寻找未被污染之美好吧！

新时期文学中的民族意识，还表现于民族文化危机感和文化重铸以及对文学的民族文化特色的追求之中。1985年前后，文学创作中出现了一种文化热现象。最引人注目的是寻根思潮。这股思潮产生和发展的重要原因，就是作家们的民族文化危机感。这些年轻的作家们认为，五四运动简单地反对民族文化传统，导致了民族文化的断裂，从而导致了许多恶果。他们对拿西方文化做武器来批判中国文化的做法不以为然。阿城说：“五四运动在社会变革中有着不容否定的进步意义，但它较全面地对民族文化的虚无主义态度，加上中国社会一直动荡不安，使民族文化的断裂，延续至今。‘文化大革命’更其彻底，把民族文化判给阶级文化，横扫一遍，我们甚至差点连遮羞布也没有了。”[1]韩少功也说：“‘五四’以后，中国文学向外国学习，学西洋的，东洋的，俄国的和苏联的；也曾向外国关门，夜郎自大地把一切‘洋货’封禁焚烧。结果带来民族文化的毁灭，还有民族自信心的低落。”[2]在这个问题上，李杭育说得更加清楚而且具体：“其实何止文学，中国的整个现代文化都在向西方拿来……我们的政体是苏俄式的，哲学和主义来自德国，科技自然得看美国的榜样，大中小学普遍教授英语，时装行业密切注意巴黎的行情，旅游业学习意大利，电影界人士都重视奥斯卡金像奖，作家都晓得诺贝尔……我们中间的许多人，穿西装，坐沙发，吸西式的烟卷，喝雀巢咖啡，听迪斯科音乐，总而言之，由表及里，由衣食住行深入到观念意识乃至智能的结构、模式，我们都排列进世界性的规格系列里去了。在你我的身上已经没有很多中国的气味，中国的气质。我们的民族个性在一天天地削弱，民族意识是愈来愈淡薄了。”[3]

他们都为民族文化的断裂而深表痛心，为民族意识的淡薄而极为惋惜。因此，他们要用自己的创作去寻找和修复民族的传统文化，为中国的文学增加一点民族意识、民族个性和民族文化色彩。他们甚至高声叫喊：“不做假洋鬼子!”

寻根意识的出现更进一步显示了中国作家民族意识的根深蒂固。基于这样一种认识，寻根文学的小说家们写出了大量表现民族文化的作品，寻根文学风靡一时，使新时期文学的民族意识进一步强化。作家们开始致力于民族精神、民族意识的透视，挖掘民族性格内核中的民族文化素质。这时的小说已经不再囿于风俗人情的一般描述，而开始注重民族文化心理素质的开掘。如棋呆子王一生（阿城《棋王》），渔佬福奎（李杭育《最后一个渔佬儿》），这些形象都渗透着沉甸甸的民族文化，体现着作家的文化意识。作家们把民族文化的兴衰在人物性格上的投影加以扩大和突现，所注意的已经不单单是个性，而是努力开掘民族的共性——属于这个民族的群体意识和文化心理结构。作家们努力使自己笔下的人物能够体现一个时代的民族性格。在许多作

①阿城：《文化制约着人类》，《文艺报》1985年7月6日。

②韩少功：《文学的“根”》，《作家》1985年第4期。

③李杭育：《文化的“尴尬”》，《文学评论》1986年第2期。

家的作品中，我们都可以看到文学对民族文化的依从和认同。

大批作家萌生了反映自己民族独特历史和现实的强烈愿望，在面向世界文学的同时，更自觉地追求着民族的独特性。一些青年作家努力学习和领悟民族的文学、艺术、哲学、宗教、伦理和习俗等方面的传统，去熟悉、了解、分析和探索民族性格和心理，以审美的目光去揭示现代文明与传统观念的冲突，展现民族心理在这种冲突中的震动与嬗变。他们的一些作品使我们看到古老和新鲜、守旧与革新、愚昧与文明相互交错的民族现实。

特别值得指出的是，一些作家在思想上破除了狭隘的民族自尊的禁锢，萌生了对本民族的审视和批判精神。许多作家在自己的作品中不仅能够表现中华民族的优良传统、美好道德和顽强向上的内在力量，而且开始正视这个伟大民族的性格弱点和精神惰性，即使在寻根文学的一些作品中，我们也可以看到那些在民族文化批判的笔锋之下所展示出的陈规陋习和沉重的精神负荷。面对这一切，作家们不再回避，而是像当年的鲁迅那样举起了手术刀。无论是中年作家的《活动变人形》，还是青年作家的《小鲍庄》《爸爸爸》《不老佬》和《古船》，都同样闪烁着批判性的光芒。

在此需要说明的是，文化危机感有两种截然不同的表现：寻找民族文化的优根以弘扬之；挖掘民族文化之劣根以斩除之；这两个方面往往表现为相互对立。面对同一个民族的文化传统，有人感叹其消亡，欲尽全力以复兴之；有人则痛感其该亡不亡，因而竭力批判之。但是，对立的双方产生于同样一种文化危机感，同样要振兴民族文化和重铸民族文化，同样怀着一颗中华民族的赤子之心。他们的分歧只在于对当前文化和传统文化的认识。正是不同的认识导致了不同的选择，使他们走上了不同的道路。寻根者把现存的当代文化与民族传统文化看作两种完全不同的东西，甚至把它们对立了起来。他们把现有的当代文化看作是西化的结果，把这种结果看作是与传统相对立的，因而他们看到的是传统文化的光辉灿烂。批判者却把当代文化与民族传统视为一体，把现存的一切看作是传统的延续。他们不认为传统文化的根已经断掉，而是痛感于它的惰性对民族前进步履的羁绊。因为这种认识的分歧，前者要排斥外来文化而复兴传统，后者却要借助外来文化对传统进行改造。两者之间的冲突非常激烈，大有革新与复旧斗争之势，却都同样表现了一种强烈的民族责任感。

四

在新时期小说中，可以非常明显地看到这个民族正在生长着的开放意识。也许由于历史无情的教训带来的觉醒，中国人又一次以极大的努力致力于打破闭关锁国的心态和自古以来就存在的盲目自大，开始向外国学习。这成为这个时代的一个重要的特色，成为一种时代精神。这种时代精神在文学创作中得到了比较充分的反映。从文学所提供的社会生活画面来看，向外国学习已经不再是被诅咒和嘲弄的行为。承认自己民族的各种不足而虚心地学习外国人的长处，已经不再被看作是“崇洋媚外”而受到批判和打击，恰恰相反，它成为新时期英雄人物身上闪耀着的不可缺少的时代光辉。与此同时，那种朴素的民族感情，盲目的自大情绪，固守民族传统中的陈规陋习的行为，都不再为人所称颂。那本来在民族主义的镜片之下闪闪发光的金漆已被时代的风雨所侵蚀，被海外吹来的强劲之风弄得斑驳陆离。从李国文的《花园街五号》和张洁的《沉重的翅膀》等作品可见，那些被视为改革者的英雄，大多是目光开阔，放眼世界，承认自己的落后而虚心向外国学习的人。而那些保守者，思想僵化的人，和被作家所批判的形形色色的官僚主义者们，却常常是自高自大、盲目排外、死守传统、拒绝拿来的。他们甚至连与外国人打交道也小心翼翼，胆战心惊。

我并不认为这一切都是真实的。只有机械的反映论者才在要求作家真实地描写生活的同时自己也把作品中所描写的生活全都当成现实生活。无论哪一个时代，无论哪一个民族，文学作品的画面世界所提供的材料作为社会文化研究的证据都是不很可靠的。但是，这只是从一个层次上说，如果从另一个层次上来说，无论怎样以虚构和编造的方式歪曲生活，无论生活被作家描写得多么荒诞不经，它都是真实的，因为它所反映的是作家内心世界、思想感情和审美理想的真实。这种真实同样透露出时代文化的某种真实性。作家把不同的行为分别赋予自己所肯定和否定的人物，正反映着作家们身上所体现着的时代风尚和文化精神，特别是在一大批作家都做着同样的选择的时候。因此，我们从改革者及其对立形象的艺术塑造中，便可以看到新时期文学所具有的一种对外开放的态度。至少在作家这个阶层，大多数人赞美对外开放，反对闭关自守和盲目自大，已经是一个时代的事实。这种基本倾向会不会导致民族自尊心的丧失？会不会导致民族自卑感和与此相关的“崇洋媚外”？事实的回答是否定的。在现实生活中，对外开放的确带来一些新的问题，带来民族意识的波动。因为国门洞开就会产生横向的比较，学习外国的本身就是承认自己不如外国，中国人不仅再也无法沉醉于四大发明和万里长城的修建，而且无法为纵向相比所显示的成就而沾沾自喜。横向比较的结果使有责任心的中华儿女满

腔悲愤而图自强，由图强而思变革，同时也使一些人产生自卑感，以至崇洋媚外，彻底丧失民族自尊。这一切都是必然的。王蒙在他的系列小说《新大陆人》的《前记》中说：“继哥伦布于公元1492年发现新大陆之后，20世纪80年代亚洲文明古国中国的大陆人，又发现了美国。发现了一个如此富足和‘自由’的地方，可以去留学，可以去参观访问旅行，可以去开洋荤、捡洋饷、发洋财，可以去探亲，去搞到长期居住的‘绿卡’，去移民。一时，在美国找到社会关系、亲友乃至与美国人通婚，通过各种途径到美国去，成了一些人的‘热门’。几年来已有数万人到了美国，其中有相当一部分人准备在美国多待一个时期。”

作家对这种情况持什么样的态度呢？从具体作品来看，有相当大的一部分人在作品中呼唤的是民族自尊心，张扬的是民族的凝聚力。这种呼唤和张扬在创作中有两种表现形式：一种表现为去国者肝肠寸断、依依惜别和海外游子思乡心切的描写；一种表现为对崇洋媚外者的鄙视与嘲弄。前者从谌容的《人到中年》开始，到《世界大串连》《旅美华人录像》等；后者则以航鹰的《寻根儿》最具有代表性。

《人到中年》中的姜亚芬和丈夫刘学尧终于离开了祖国，但却是带着无限的忧怨和惆怅离去的。离别之际，他们是那样痛苦，并且决心还要回来报效祖国。在这篇小说中，去国者没有受到指责，但这只是作家的谅解与宽容而已。作家并不把赞美加到姜亚芬们的头上，他们的存在是为了在小说中把忍受痛苦而不出国的陆文婷衬托得更加光彩照人。并组成一种结构从而显示当时中国的人才危机。以利于更响亮地发出救救中年知识分子的呼吁。在描写姜亚芬与刘学尧时，作品竭力渲染的是他们对祖国的无限眷恋。《世界大串连》等对去国者进行了广泛而深入的考察，对他们给予了

更多的理解，同时侧重于揭示他们无奈离开祖国的原因，使我们看到了把他们逼出国门的种种问题。由此所显示的，仍然是作家们对这个民族命运的关心，和由此而来的深深忧虑。

1988年2月　曲阜

生命的彻悟与困惑

——论新时期文学的生死观念

一

在新时期文学中，由于生命意识的强化，生与死的问题受到作家们的密切关注。特别是死亡这一永恒主题在文学中的表现，展现了与过去文学大不相同的面貌。如战争题材作品死亡描写的增多，死亡的残酷性和悲剧氛围的增强，新潮小说对死亡的大量描写和极为冷漠的态度，都显示着作家精神世界的某种深刻变化，体现着某种人生哲学。大批作家同时对死亡倾注了前所未有的关注，这一现象从文化历史学的角度看是非常值得注意的。但是，作家们为什么突然变得对死亡如此敏感？是什么样的痛苦和悲凉造成了这种精神注意的着重点？这些问题我却无力回答，也不是本文的任务。在此，我要说的是，新时期文学对死亡的这种关注，与我们的传统是很不相同的。可以说，它是对我们传统审美意识的发展和超越，也是对我们民族文化传统的一种拓展和补充。

在中国传统文化中，关于生命本体的悲剧意识一向淡薄。中国哲学解答的全部问题是怎样活着的问题，而很少涉及为什么活着和值不值得活着，很少探讨生命的本身，更很少关注死亡。孔子曾经说："未知生，焉知死"（《论语·先进》），拒不回答弟子关于死亡的提问。这并不奇怪，儒家学说事实上就是一种调理社会秩序的伦理学说，它的重点是从社会本位出发，解决一个个活着的个体所构成的各种关系。他们研究人，所要回答的不是从哪里来到哪里去的问题，而是这些活着的人应该被安排在什么样的位置上，发挥什么样的作用，怎样和谐地生活。因此，孔子和他的继承者都始终努力回避死亡的话题，这就使得儒家学说缺乏生命的悲剧意识。

庄子似乎把生死都看透了："其生若浮，其死若休"，"虽南面而王，不能过也"（《庄子·至乐》）。在他看来，死亡是变化之自然，所以，生亦不必喜，死亦不必悲。甚至死亡并非坏事，"生为气聚，比如赘疣，非有可乐；死如气散，比如决溃，非有可哀。"所以，妻子死了，他不但不悲痛，反而"鼓盆而歌"。由此我们可以看到他对死亡的超然态度。但是，庄子的这种彻悟却否定了人生的意义。人生不过如春夏交替，如白驹过隙，偶然的生，必然的死，与蝼蚁、草木决无不同。在他那里，已经没有了此岸与彼岸的差别，没有了生与死的差别。他一方面是养生，一方面又将生死置之度外，因而在他对生死的彻悟中我们看不到死亡的悲剧性。

儒家有意回避，道家故作超脱，死亡的悲剧意识便从中国文化正宗中被放逐了。这种传统影响到文学，使历代作家们很少思考死亡，很少表现生命的悲剧。新时期文学对死亡给予密切的关注，逐步获得了一种生命本体的悲剧意识，对于文学深入地发掘人性，毫无疑问是有益的；对于我们的文化传统也是一种有益的补充。

二

死亡是人生永恒的悲剧。人在一生中总是持续不断地挣扎，在由生到死这两极之间的短短地带里艰难地跋涉奔波，相恨相爱，奋斗拼搏，演出种种离合悲欢，填写着自己生命历程的辉煌或平淡，但是，最终却都以死亡告终。死神是如此法力无边，无论你怎样挣扎都无法逃避它的手掌。在人生的路上，无论你昂首阔步还是畏畏缩缩，无论是兴高采烈还是愁眉苦脸，都同样逃避不了那唯一的结局。

但是，即使生命有限而死亡必然，人却仍然要终日忙碌，拼搏挣扎，为成功而欢笑，为失败而懊恼，在这梦一般短暂的过程中辛苦忙碌，前赴后继，不断创造光辉灿烂的人类文明。

人们在奋斗的时候很少想到死亡。但一切的奋斗却都与逃避死亡和追求永恒有关。一切物质生活条件的营造都是为了保存生命和延长生命。然而，肉体生命是难以不朽的，人们很容易清楚地意识到它的短暂性。于是就出现了另一种倾向：轻视甚至弃置这一短暂的生命于不顾，而追求另一种生命——永恒的生命。在肉体生命不可能永存的前提下追求灵魂的永存和精神的不朽，前者表现为献身宗教以求灵魂在天国永存的期望，后者表现为献身于社会历史以求青史留名的努力。

一方面是，生命是宝贵的，那么死就要死得有价值；另一方面是，死是不可避免的，那么只要死得有价值就不妨去死。死亡因此而有了可选择性，有了不同的价值，有了重于泰山和轻于鸿毛之分。但是，并不是每个人都愿意作此生命置换，于是又有了苟活与献身的不同选择，有了对生死的不同观念和态度。

孔子说："朝闻道，夕死可矣。"又说，"志士仁人，无求生以害仁，有杀身以成仁。"（《论语·卫灵公》）墨家崇尚为了别人牺牲自己的精神，强调舍生取义。无论为仁还是为义，所强调的都是死的价值。中国的仁人志士以自己的英雄业绩形成了一种可歌可泣的传统：杀身成仁，舍生取义，视死如归，把自己有限的生命投入到某种事业中去以求得与之永存。这种死亡不再是悲剧，因为它已经完成了一种置换，实现了生命价值。个体的死亡换来的是江山社稷的安定、家庭的繁荣或者君主的愉悦这些比个体生命更有价值的东西。中国文化的正宗传统总是弘扬这种关于死亡的价值观和生命的价值观。

由于在传统文化中人是作为伦理的个体出现的，在文学家那里也就只存在作为社会伦理的生命价值，而看不到生命的本体价值。忠臣的死换来国泰君安，孝子的死换得了父母的安康富贵，节妇烈女之死换得了道德永存和世风向上……他们的死都使人惋惜，但惋惜之中却也得到安慰，因为他们的死不是没有价值的，也就是他们的血没有白流。但是，个体生命面对死亡的痛苦挣扎被群体价值淹没了。在中国古典文学中，我们更多地看到的是对国家、民族生死存亡的关注，而很少看到对个体生命的关心。作家们具有强烈的群体忧患意识，个体生命的悲剧意识却相当薄弱。面对实现了伦理价值的死亡，中国传统文学一般都不作悲剧处理。

但是，对于死亡的这种反映显然是不全面的。它表现了一种理想人格，却没有表现出人的全部内心真实的丰富性和复杂性，缺乏人性的深度。事实上，每一个具体的活生生的人面对死亡时都不会只有献身的慷慨与快慰而没有生的留恋。大概正因为这样，新时期文学中的死亡描写渐渐发生了变化，不再满足于根据伦理原则去塑造英雄人物，而是在塑造英雄人物时也不忘人性的内容。新时期文学首先发生的变化就是那种简单的慷慨赴死的描写大大地减少了，死亡被处理得复杂化了。在死亡面前，英雄也有死的痛苦与生的留恋，而且常常表现出一种恐惧和悲凉感。

这种变化是比较早的。它在《高山下的花环》等作品中已经充分地表现了出来。靳开来是豁达的，上战场前就准备着死，但却并不愿意死。梁三喜、小北京等无不如此。他们与50年代文学中的英雄相比，多了一些生的留恋。他们的死在作家们笔下多了一些悲凉意味。我们不妨看一下张廷竹的《他在拂晓前死去》。宋长庚上前线时就准备着死，“当然，是死在阵地上，脸朝着进攻的方向。他早就盼望着这样的归宿了。这是他最最合适的去处。这样他就能得到一块镌着红字的墓碑。这块墓碑会洗净人们吐在他身上的唾沫。”但是，在阵地上，“他突然有一种不祥的预感：他会捐躯。他没有兄弟姐妹，家里只有一个过早衰老了的妈妈……”这一切当然没有影响他最后为国捐躯，但新时期作家们却一般不再忽略这种矛盾心理的表现。死，不再仅仅是染红东方的霞光，而是给人以痛苦和伤感。从《战士踏过雷区》到《黑草》等一系列战争题材的作品中可以看到，尽管战争是正义的，尽管事业是辉煌的，尽管鲜血没有白流，但失去生命的悲痛仍然难以平息。这种现象透出一种新的冲突，即个体生命的本体价值与伦理价值的冲突。它是从个体生命和群体利益两重视角观照死亡的结果，是个体生命价值进入死亡描写所引起的一种嬗变。

对于一个国家、一个民族来说，付出部分个体以换取和平安定和尊严，的确不算悲剧。但对于个体来说，无论换取了多么伟大的结果，生命却不复存在，自然是无法挽回的悲剧。这是一个矛盾，新时期作家在思考死亡的价值时，开始面对这一矛盾。作家们不会以一方否定另一方，而是艰难地寻找着统一。这种矛盾的产生源于人道主义精神的渗入，显示着作家的价值观念系统中个体生命价值的增长，显示着从根本上思考死亡的一个新开端。

三

新时期军事文学所显示的开端是从人道主义立场出发对个体生命的看重。新潮小说中大量的死亡描写却显示了与之完全相反的观念。死亡是新潮小说的一个基本主题。马原、洪峰、余华、格非、苏童等人的作品都有大量的死亡描写。然而，他们对于死亡的态度却与新时期文学初期的观念完全不同。他们更多地关注死亡本身，对其进行抽象思考。在上述军事文学作品中被看得非常重要的个体生命在他们的笔下似乎不再被看重，甚至没有什么价值可言。在新潮小说中，到处可见凶杀、惨死、神秘死亡的奇特描述，却很难找到英勇壮烈的死。死与生一样失去了意义和价值。在他们的作品中，死亡就是死亡，为什么而死的情形已不多见，经常出现的是毫无价值与意义的死亡，更多的是偶然性。余华的《河边的错误》讲的是一个凶杀疑案，一个又一个人在河边被杀了，为什么？是谁杀死了他们？原因是什么？一般人自然有这样的疑问。然而，小说最后告诉我们：杀人者是一个疯子，一个精神失常的人。人们无法从疯子的杀人行为中找到什么背景、动机和意义，死者也因此而成为纯粹的无辜，死亡成为纯粹的偶然。格非的《迷舟》取材于北伐军与孙传芳之间的战争，作者却没有把死亡安排在战争当中，或者说，作者没有去写战争中的死亡，而是让姓萧的旅长莫名其妙地因为恋情而招致极其偶然的死。叶兆言的《五月的黄昏》写了叔叔的死，死因却被人们的各种说法弄得一塌糊涂：被迫害致死，追逐女人而死，因窃取别人成果而死，被诬陷而死……真相化为乌有，意义也无从谈起。

在这些作品中，余华的《鲜血梅花》是有代表性的。一代宗师阮进武死于两名黑道人物之手。十五年后，儿子阮海阔长大了，母亲把父亲遗留的宝剑交给他，让他去寻找杀父仇人。他没有归路，因为母亲在送他上路的同时已经自焚。但是，他的寻找十分渺茫，因为他不知道杀父仇人是谁，需要首先去寻找知情者青衣道长或白雨潇，而他又不知道这两个人在哪里。他只能漫无目标地漫游，无所谓路径和方向。在一个傍晚，他莫名其妙地走上了那条接近胭脂女的荒凉大道；在一个早晨，又莫名其妙地走背自己的意愿而走近了黑针大侠。他曾经与所要寻找的白雨潇相遇，却偶然地错过了。他本想睡一觉就到对岸去，但大雨冲垮了桥梁使他无法过河，只好走上另一条道路，却因此而找到了青云道长。在青云道长那里，他完成了胭脂女与黑针大侠的嘱托，却失去了询问谁是杀父仇人的机会。后来，他知道了杀父仇人是谁，杀父之仇却已无法再报，因为他已经被人杀掉。这里特别值得注意的是：他的寻找完全是随意的，漫无目标，即使有计划也无法实行。他的选择完全是阴差阳错，或者是鬼使神差，一切都是偶然。目的也无所谓实现与否，因为他虽然没有直接去报杀父之仇，但他偶然做的，却与仇人的死直接相关。这里表现着作者对人生的一种理解。小说使人感到生命的偶然，感到命运的无法把握。似乎在冥冥之中有一双手，在随意地掷着骰子，决定着人的生与死。

洪峰的《极地之侧》也是如此。在小说中，死亡一直是被谈论的话题。小说讲了七八个故事，结局都是死，而且都是死因不明。这里包含了作者对死亡的理解：生与死都是一种自然现象，神秘而不可捉摸，无法穷究其奥。而且一切死亡都很平淡，没有丝毫痛苦的痕迹。这些小说常常采用一种不动声色的客观叙述的方式，好像死亡并不值得大惊小怪，因而对死亡表现出一种淡漠态度。从根本上说，这种淡漠源于一种悲观主义，源于对生死的一种彻悟。但是，彻悟之后的这种带有宿命色彩的选择，这种人生的虚无态度，却的确有点貌似得道而实则走火入魔。它似乎是对生死的大彻大悟，而事实上是仍未彻悟。

任何对于死亡的理解都与对生的理解有关。新时期文学的确增长了一种人生的虚无感。让我们看一看徐星的《无为在歧路》吧，这个富于才华和思想深度的青年作家较早地感受了这种虚无，并且较早地表现了出来。小说中的“我”如此说：“我死了，太阳也会照样升起，我患了精神病，太阳也会照样升起。我感到了我生命的渺小、脆弱……人的生命如此脆弱，人根据什么还认为自己是强大有力的?”这位叙述者与主人公合一的人物又说：“我又想到我娘生我原本是叫我做个人，可我费劲把力也没有做成人，反而轻而易举地成了疯子。不过没什么，假如冥冥中真有那明眼人，在他看来这又有什么区别呢？这样想来，没什么，没什么，真的没什么。”重要的就是这个“没什么”。人生不过如此，一切都无意义，成了疯子也没什么，死与活也没什么。很有意思的是“我”打破了暖瓶之后与妻子辩论的那段禅机妙语：

“不打碎又怎样?”
“能用。”
“能用又怎样?”
“不用买新的。”
“买新的又怎样?”
“没钱。”
“没钱又怎样?”
“过得不好。”
“过得不好又怎样?”
“穷。”
“不穷又怎样?”
“过得舒服。”
“过得不舒服又怎样?”
“不想舒服就去死!”她终于不耐烦了。
“死了又怎样?”
“死了变成狗屎!”
“不是狗屎又怎样?”
……

他是那样平和，妻子终于发火，他却绝不发火，因为一切都无所谓，“当你发现一切一切的鲜为人知的神秘的另一个面或另一个点不过如此时，你就会觉得心里坦坦荡荡……”所以一切都不必当回事，甚至偶然回家发现妻子与另一个男人的关系，也绝无痛苦，绝无愤怒。“我认真猜想着他们是怎么回事。过了会儿，我又想到他们是这么回事或者是那么回事都没什么，因为又能怎样呢?”一切都失掉了意义，成了疯子没什么，生活好坏没什么，死与活也没什么，妻子与别人有点什么关系又有什么呢?真把一切都看透了，人生是如此短暂，人是如此无能为力，一切都无可奈何。这一切真实不真实呢？怕是谁也无法否认这种终极结果，但如果人人都如此彻悟，个人的命运无所谓，社会的一切就都无所谓，还谈什么发展和进步呢？一切都谈不到了！

四

我非常赞赏另一种选择：对生死彻悟之后执着于生。

在新时期文学中，许多作家都认识到，生命是悲剧性的，而且是无偿的悲剧。但大多数作家都未否定人生，而只是用由此得来的那种彻悟和宏阔目光看待生活，使人生态度更为豁达。

作家们仍然在肯定人生的伟大，但这种伟大不在于能够超越痛苦和死亡，而在于能够肩负起痛苦和死亡勇敢地走下去，生殖繁衍，创造着人类的永恒。它给人的不是悲观厌世，而是活下去的坚韧。

新时期文学有不少作品涉及自杀，陈村的《死》选择傅雷之死表达了对死亡的思考，不仅对其倾注了深切的同情，而且对他的选择表示出某种怀疑。陆文夫的《井》写徐丽莎最后的自杀，不仅借此指控她所生存的那个文化环境，而且揭示了徐丽莎的人格弱点。王宗汉的《死的回声》写了这样一个自杀的故事：老杨家的大媳妇肖云凤要自杀，不是因为什么事让她活不下去，而是为了争一口气。“那败家的母鸡，跑到东院老水家的鸡窝去下蛋，老婆婆硬说是她偷着煮了吃。她肖云凤为这件事自杀，那老婆子摊不上人命官司，村里人也得说她逼死了儿媳妇。丈夫呢？节骨眼上不说一句公道话，还踢了她一脚。好，她死了，让那个不懂远近、不知深浅的东西后悔下半辈子！”肖云凤越想越觉得应该死，死得对，死得值，似乎已经看到了她死后婆婆的狼狈相和丈夫痛不欲生的样子。于是，她死了，然而，婆婆一点也没有狼狈，而是坚决不准把她的尸体抬进屋；丈夫一边拉她去火化一边骂“死鬼”，没有露出一点悔恨；村里人说起她的自杀，则说她是“吃饱饭撑的”。人情如此冷漠，严格说来也许并不十分真实，因为一般人是富于同情心的。但正是从这毫无后悔和同情的虚构之中，更容易看到作者对肖云凤自杀行为的嘲弄和否定。

人活着也许前景并不美好，但既然已经来到这个世界上，还是要争取好好活着。史铁生的《命若琴弦》是这样开头的："莽莽苍苍的群山之中走着两个瞎子，一老一少，一前一后，两顶发了黑的草帽起伏攒动，匆匆忙忙，像是随着一条不安静的河水在漂流。无所谓从哪儿来，也无所谓到哪儿去……"故事很有象征意味。一老一少两个瞎子以说书为生，老瞎子七十多岁了，近来却很兴奋，因为他将立即弹够一千根断弦，以这一千条断弦为药引子，他就能治好眼睛重见光明。这是师傅传给他的妙方。可怜师傅一生没有弹够一千根琴弦，他记错了，记成了八百，结果没有治好。这天晚上，老瞎子终于弹够了第一千根琴弦。他满怀激动翻山越岭去抓药，在药店里才知道那张药方只是一张白纸。经过绝望的痛苦之后，老瞎子又站立了起来，他回去告诉小瞎子：我记错了，需要一千二百根琴弦。此时的老瞎子终于明白，看看他的思索吧："目的本来没有。不错，他的一辈子都被那虚假的目的拉紧，于是生活中叮叮当当才有了生气。重要的是从那绷紧的过程中得到欢乐……"这是对人生彻悟之后的积极选择。目的本来就没有，希望本来就不存在，但是，人要活下去就必须有希望。有希望才能有声有色地活下去。那么，无论那目标多么虚幻，只要有，只要有一个梦想，人就能活下去。这是一种深刻的悲观。悲观之后却是活下去的执着。

我想特别提请人们注意一下阮海彪的长篇小说《死是容易的》。小说展示了一种被病痛长期折磨的人生。那种绝望的抑郁，那种由于死亡随时可能到来的恐惧与自虐倾向，在小说主人公的身上时时流露着。"我觉得活着没意思，别说割去一条腿，就是割去两条腿，我也情愿，人反正是要死的……"的确，死亡随时都可能走向他，每一次剧烈的病痛都使他产生死的念头。小说结尾说："死是容易的。"一点也不错，对于那个痛苦的主人公来说，一旦选择了死，痛苦就不再存在了，那是一种轻松，一种解脱。然而，主人公却没有做出这种选择。"死是容易的"，言外之意是活着不易，但整部小说的弦外之音却是：尽管死是容易的，活着不容易，但还是要顽强地活下去。

这种人生态度是可贵的。用第三代诗人的话说："中国人死都不怕，还怕活着吗?"

活着是痛苦的，但即使痛苦再多，最可怕的极致也不过是死。一旦不怕死，还怕什么痛苦？无论怎样，人应该有不怕死而又顽强地活下去的勇气。当我们如此说的时候，一种虚无主义的悲观哲学立即告诉我们：活着没有意义。可是，我们可以反驳：活着没有意义，死就有意义吗？人生是一个过程，从生到死，人生的全部意义就在这个过程中，而不在两极之外。它没有结局，结局属于神而不属于人。一旦活着没有意义，死就更无意义可言。自杀者事实上都是没有把人生看明白，真正看透人生之后就不会选择自杀。

更抽象地说，也许永恒的确不存在，它不过是人类追求的一个幻影。你追求青史留名吗？地球都有毁灭的时候，一旦地球毁灭，青史何存？何况，就个体生命来说，身后之名与我何干？人生的终极目的在哪里？也许人生的确没有终极目的，尤其是我们，唯物主义者，没有天国。然而，正因为这样，现世对我们就更为重要。既然我们已经活着，既然我们没有彼岸，既然我们活着的时候饥寒和荣辱能给我们痛苦和欢乐的感受，我们有什么理由不执着于现世的人生呢？

“人生如梦！”这个古老的慨叹永远也不会停息。可是，我们这个梦注定了没有醒来的时空。我们所拥有的全部就是这个梦。除此之外一无所有，梦外的一切都不属于我们。那么，不顾恋这个梦还有什么可以顾恋的呢？所以，唯一的选择是使这个梦做得更美好。承认人生如梦，且将梦乡作故乡。因为我们除此梦乡，别无故乡。

所以，敢于面对痛苦、面对幻灭、面对虚无而把痛苦之梦做下去的，才是人之大勇者。老瞎子就是这种大勇者。

五

新时期文学在生死观念方面的选择还有一种值得注意的倾向：彻悟生死而高扬起豁达与无畏的人生态度。我们可以看一看莫言的《红高粱》中关于生死的描写，可以看一看为数不少的视死如归的英雄性格的描写，可以看一看那些在荒漠、老林、草原背景上描写粗犷性格表现人的原始生命力的作品，看一看那些为了爱、为了恨将生死置之度外的人物……这些描写具有浓郁的悲壮色彩，给人一种崇高的美感。它们与过去的英雄描写有某种相通之处，却又有极大的不同。这类作品中体现着另一种生死观念：活要活个痛快，死也死个潇洒！活就活，死就死，一切都无需多费心思。这是一种非常豁达的生死态度。

苏童在他的《杂货店女人》中通过蕾这一女性形象的塑造非常鲜明地表现了这种人生态度。蕾是街上最漂亮的姑娘，被称为“一代楷模”，因而成群结队的小伙子都对她怀有恋情。在这成群结队的小伙子中，她选择了长玉，最后却一见之下就投入了劳改释放分子三霸的怀抱。长玉问她为什么看上了三霸，她说：“他是个男人，他是个货真价实的男人。”失恋的长玉痛苦地抓住门框撞自己的脑袋，蕾先是吓了一跳，接着就鄙夷地说：“长玉长玉看你这熊样，你说你像男人吗？快滚吧，我最见不得你这样的男人。”她毫不在乎三霸的为人，凭一时的感受就嫁给了他。所谓“货真价实的男人”，不过就是第一次见面就大胆地占有了她。三霸再次被捕，朋友们希望她回到从前，她的回答是：“你看这瓜子，嗑完了就散架，人也一样。”说着把一把瓜子皮扔掉，“随它去，我才不在乎呢。”有人问三霸什么时候回来，她说：“该回就回，我才不记日子呢。”不久，她又与长玉相好了，晚上留长玉睡在自己屋里，因为她不能没有男人。长玉问她：“你就不怕三霸回来杀了你？”她的话是：“杀吧，管不了那么多，我会把脖子凑给他。”她坦然地活着，坦然地听任自己生命的召唤，也坦然地听从命运的安排，决不委屈自己，也决不害怕或逃避什么。最后，她终于死在三霸的刀下。伴随着被割开的脖子和满地鲜血，作家却写了这样一笔：“她临死前是微笑着的，手中还抓着一把瓜子。”

她的人生态度是“不在乎”，活得坦荡，死得潇洒。这是正面的描写。同时，我们也可以看一看文学作品中另一个有趣的现象：对怯懦性格的无情嘲弄。如《献上一束夜来香》等。

这种人生态度同样源于对生死的彻悟。它的思维逻辑是：反正人总是要死的，早一点与晚一点没有多大差别，人何必要忍气吞声、委曲求全、不敢说、不敢动地活着呢？真正悟透人生，人就会变得潇洒，就会变得无畏，就会变得豁达。因此，这种生死观念对一切禁欲教条都是一种强大的冲击力。一切压制人性的枷锁都会在它面前自行朽断。大概正因为如此，新时期文学才对这种生死观支配下的生存方式投以青睐。如果说对生的执着可以鼓励人们无论在什么样的情况下都能坚韧地活下去的话，这种豁达的生死观念则可以鼓励人们选择一种潇洒的活法。它是一种英雄的活法，也是一种冒险的活法，因为为了追求生的痛快，必须随时准备死亡。

这种种活法，都比做一个活着的死人更值得肯定。

1990年1月　曲阜

是魔鬼还是天使?

——论新时期文学的金钱观念

此时，我坐在写字台前，面对已经写下的题目，手里拈着一枚分币。

它是这么小，小得可怜！据说，现在已经买不到铸造它所需要的这片金属。然而，那上面庄严地铸着国徽。由此，我想到了很多：铸有龙的形象的铜圆，铸有袁世凯头像的银圆，印有总统头像的美元，印有女王头像的英镑……看来，重视金钱的决不仅仅是葛朗台老头，否则，为什么要把庄严的、神圣的、需要爱戴和崇拜的对象印刻在钱上?

然而，金钱却常常被诅咒。“铜臭”就是一个并不陌生的词，为什么是“铜臭”而不是“铜香”呢?

不同的民族，不同的时代，有不同的金钱观念。中华民族也有自己传统的金钱观念。那么，在价值观念急剧裂变的新时期，在作家们的眼里，在他们的作品中，金钱的形象究竟如何？发生了什么样的变化？这些变化肯定透露了丰富的意蕴。因此，我试图作一些粗略的考察。

一、金钱在传统中国的命运

在中国人的价值观念系统中，关于金钱的观念一直是矛盾的。

比如，说一个姑娘善良心眼儿好，往往说“她有一颗金子一样的心”；说一个小姐尊贵，常称为“千金小姐”；要证明时间的珍贵，常说“一寸光阴一寸金”……用金子形容事物的珍贵，可见金子自身是珍贵的。

然而，品德高尚的人却往往要“粪土当年万户侯”“视金银如粪土”……在这里，我们很难写出一个等式。好姑娘的心=金子，金子=粪土。显然太荒谬了，我们不能接受。

这里透露的，是人们面对金钱时的矛盾。

钱与财是分不开的，与利益也是分不开的。同时与商业、商人等许多事物都是分不开的。因此，考察金钱，必然会涉及财物、利益、赚钱经营以及义利之辨等等。

中国古代形成了一系列有关金钱和物质利益的观念。比如，“重农轻商”“以农为本”和“无商不奸”的认识。早在先秦时期就有“贵粟”之论，“劝耕”之说，而对商人则很警惕，给予限制和打击，常常采取“重税赋以困辱之”的政策。尽管商业自产生以来就对人类生活做出了重大贡献，但在中国人的观念中却没有应有的地位。尽管商人对人的生活提供了很多方便，但在中国人的观念中却一直不是一种美好的形象。

中国的主流文化中形成了“重义轻利”的意识形态。孔子说：“君子喻于义，小人喻于利。”孟子说：“何必曰利，亦有仁义而已矣。”甚至王夫之也认为：“君子小人之大辨，人禽之异，义利而已矣。”

这些思想直接铸造出中国人对于金钱的态度。虽然不同的时代、不同的阶层有不同的认识，却都表现出一种崇尚礼义而鄙视金钱的倾向。至少在表面上看，人们往往都以计较金钱和利益为耻，以仗义疏财为美德。而且金钱常常像美女一样，是使人堕落的恶魔。当然，我们很容易揭穿它的虚伪性，因为在那几乎清高到不食人间烟火的言辞之下，常有对于物质利益的斤斤计较和对金钱的拼命追求。

但是，即使它是虚假的，对民族文化心理和价值观念的影响也仍然是巨大的。在这种影响下，那些本来只可以“喻于利”的“小人”也与士大夫阶级一样打着“重义轻利”的旗帜，一面经营小利，一面标榜仗义，连商贾也不说自己是为了赚钱。人们看上去都以谈论金钱为耻，以看重金钱为恶，以重义轻利为美德，以见利忘义为恶行。这种观念引申开来，安贫乐道，容易满足，炫耀清贫，也都成了美德，成了一种高尚品格。甚至把钱财看作祸水，认为它能败坏人的品德。“贤而多财，财损其志；愚而多财，则益其过”。“自古圣贤尽贫贱”。在民间也形成了一种“为富不仁”的观念，把

“富”与“不仁”画了等号。

这种传统鲜明地体现在中国古代文学作品中。历代知识分子几乎都不以贫穷为耻。从韩愈的《送穷文》式的自嘲，到“五四”以后知识分子对穷与愁的描写，都透露着某种自我欣赏的味道。在旧戏舞台上，商人的形象几乎都是刁钻而狡猾、无情无义、只知道拼命赚钱。在许多文学作品中，都把金钱和罪恶等同起来，或者成为罪恶的帮凶。仗义疏财则成为一切英雄必备的美德。从《水浒传》中可以看到，宋江正是以仗义疏财的美名赢得了梁山泊盟主的地位，而众英雄与群喽啰之所以投奔梁山，也决不是为了发财，而是为了“聚义”。古代小说和戏剧中，有许多“为富不仁”的形象，都是被嘲弄和诅咒的。

当然，这种观念并不限于中华民族。古代欧洲同样有它的市场。在莎士比亚的著名剧本《威尼斯商人》《雅典的泰门》中，可以听到这位戏剧大师对金钱的诅咒。在巴尔扎克的《欧也妮·葛朗台》中，可以看到这位法国社会的“书记”对吝啬鬼的抨击。历史地看，葛朗台老头应该是资本主义积累时期的功臣，而巴尔扎克的讽刺显然是站在旧道德立场上。一个现象是，西方文化的发展很快超越了这种旧的见解，新教伦理改变了人们的种种价值观念。正如马克斯·韦伯所说的：新教伦理影响了整个西方精神，它要求人们把创造和积累作为天职，推动了资本主义的发生和发展。而在中国，却一直没有经受这样的冲击。代表城市商人阶层的意识形态未能对中华民族的文化精神产生重要影响。因为中国农民的队伍是如此庞大，知识分子与农民的联系是如此密切，市民的独立力量是如此的弱小。

1950年代之后，由于种种原因，中国不能不引进唯一能仿效的苏联经济模式，强调集中，强调计划，限制市场。传统的重义轻利、重农抑商、金钱等于罪恶等等观念与各种革命口号和革命原则结合起来，把对金钱与经济利益的重视通通判给了资产阶级。无产阶级以穷为荣，革命不讲经济利益。讲钱就是资本主义，甚至“富则变，变则修，修则千百万人头落地”。由于对革命之前拥有财富的剥削阶级的仇恨，恨屋及乌，钱也成了地主阶级和一切剥削阶级的帮凶。金钱美女都不是好东西，而是“糖衣炮弹”。“有钱人”曾经一度成了“坏人”的同义语。也许这种意识来源已久，也许由于影响着中国文化观念的文人自身自古就很少富翁，所以，中国文学总是对钱的拥有者和钱本身充满憎恨。“铜臭”这个词的含义已经使人们把对金钱拥有者的憎恨感情加到了无辜的金钱身上。人们在描写不正当的丑恶时，往往运用金钱做道具。叛徒往往接受敌人的金钱美女，英雄则面对敌人的利诱大喊一声：“谁要你的臭钱!”

总而言之，钱在文学作品中常常被处理为丑的事物，或者是罪恶的帮凶。它还常常成为一种美化人或者丑化人的手段：拒绝金钱则美，见钱眼开则丑。钱是恶魔，像美女一样，常常使人堕落。

这是公正的吗?

二、一个悄悄登上宝座的幽灵

十年浩劫过去，中国大地上发生了一系列观念的变化，人们的经济意识强化了。从整个社会生活现象来说，也许是出于对此前“政治是灵魂”“政治工作是一切经济工作的生命线”等口号的反拨，也许是由于十年“文化大革命”所造成的经济紧迫感以及人们对政治的日益冷漠，总之，在今天普通的中国人心目中，政治和经济的地位发生了调整。人们思考问题的视角已经逐渐转移。从50年代到70年代，人们观察问题、分析问题时主要是用一种政治的目光，寻找并突出每一个事物的政治意义，“上升到政治的高度来认识”成为一种常用的思维方式。干部开会强调一项工作的重要，常常要像茹志鹃在《剪辑错了的故事》中所写的那样：“这是政治!”进入新时期，这种思维方式逐渐被人舍弃。“四个现代化是最大的政治!”这个过渡阶段的口号悄悄地把人们注意的中心引向了经济。人们开始以经济的目光看问题，讲究经济意义。我们不妨做这样一个简单的比较：“文化大革命”时期和“文革”之前，中国社会对其成员的奖励或制裁都是政治的而非经济的。人们盼望的是政治上的奖励，害怕的是政治上的惩罚。《芙蓉镇》中的秦书田主动交代未被揭发的男女关系问题以求把右派分子帽子改为坏分子帽子，所反映的正是这种政治高于一切也重于一切的时期常见的政治恐惧症。进入80年代，社会对其成员的奖惩已经多是经济的而非政治的。奖状如果不带奖金，在许多人的眼里就不如发一只保温杯。作为刑罚以外维持社会秩序的辅助手段，不再是政治制裁而是经济制裁。无论闯红灯违反交通规则、生二胎破坏计划生育，还是打架斗殴、随地吐痰，受到的处罚都不再是一顶“反革命分子”帽子，也不是大会批判、游街示众，而是处以轻重不同的罚款。从“时间就是政治”，到“时间就是金钱”，这些社会常用语言的变化，就可以看到社会最表层的生活现象所反映出的文化风尚的变迁。毫无疑问，金钱在人们意识中的地位提高了。这是一个重要的变化，它是社会价值观念裂变的一个重要方面。

这种裂变在新时期文学中充分地反映着。

新时期文学中的改革者形象都非常注重经济效益。蒋子龙的《乔厂长上任记》开篇引用了乔光朴的发言：“时间和数字是冷酷无情的，像两条鞭子，悬在我们的背上。”在这里，所谓时间和数字，实际上也就是经济效益。经济效益是什么？用《燕赵悲歌》中武耕新的话说：“经济效益就是金钱，金钱就是经济效益。”综观蒋子龙的作品，从《乔厂长上任记》开始，经《开拓者》《锅碗瓢盆交响曲》，到《燕赵悲歌》，都贯穿着一条经济意识的线，可以说，在他这个工人出身的作家的作品中，经济是高于政治的。

在50年代的作品中，往往政治思想的进步决定着经济的发展，政治翻身之后才有经济上的翻身。在新时期文学中，常常看到的却是经济的贫困决定着人的落后和愚昧，决定着人的政治觉悟，经济翻身之后才有政治上的翻身。经济上没有翻身的李顺大、陈奂生们虽然名为社会的主人，却总是无法在生活中确立自己的位置，与主人的称号更没有任何真实存在的关系。在这一点上，正反两方面都不乏例证。张弦的《被爱情遗忘的角落》中的菱花在新中国成立初期的反封建斗争中争得了恋爱自由和婚姻的自主，坚决反对父母“把女儿当东西卖”而争得了做人的自尊。但是，几十年后，她却又要把自己的女儿“当东西卖”，使女儿痛苦地喊出了自己当年喊过的反抗之声。当年坚决反对包办婚姻勇敢追求爱情自由的叛逆者和反抗者最后变成了包办婚姻的坚持者，其主要原因就在于经济的贫困，经济的贫困使这些被宣布为政治上翻了身的人事实上难以真正翻身。

何士光的《乡场上》则从正面歌颂了经济的力量。尽管作者最初的设想也许仅仅着眼于新的农村经济政策，但却使我们看到了一种很有意味的思路：冯幺爸这个“不值一提”的小人物竟然一反常态，不怕触犯权势而秉公作证，原因是新的经济政策使他的生活有了保障，是经济上自立的可能性唤醒了这个在权势面前已经习惯性地站立不起来的传统农民人格的自重，使他不再在干部们面前卑躬屈膝。他在乡场上那一番慷慨陈词事实上是曾经因经济的贫困而被迫处于依附地位的人们的一份“独立宣言”。

在张一弓的笔下，黑娃（《黑娃照相》）怀里揣了八元四角钱，精神面貌就大大地改变了，俨然有了“县委书记家的二小子”的气派；春妞（《春妞和她的小嘎斯》）因为有了汽车，忘恩负义的未婚夫的抛弃就不再能够对她形成沉重的打击，因为金钱使她站立了起来，过得比他还要好；宋福旺（《流星在寻找它失去的轨道》）在饥饿中失去了珍贵的初恋，因为贫穷而丧失了人格和尊严，最后又是金钱的力量帮助他完成了人格的复归，找回了他的人格尊严。在贾平凹的笔下，小月终于离开了本分的青年农民才才而进入了能赚钱的门门的怀抱（《小月前本》），回回和麦绒最后也不得不开起了压面机（《鸡窝洼的人家》），韩玄子顽固维护旧的生活秩序，拼命与因为能赚钱而越来越被人们看重的王才斗法，要让王才看看“人缘是靠德性，还是仅仅能用钱买的”，但最后却是自己的失败。特别有意味的是，他在失败之后一个重大的变化就是向儿子大把要钱。

经济的力量和金钱的作用就是如此逐渐为文学所重视，作家们纷纷把目光投向了经济内容，描写人的经济活动，因而出现了大批关于金钱的作品，对金钱与道德、金钱与权力、金钱与人性等种种关系进行了思考。《鲁班的子孙》（王润滋）、《市场角落的皇帝》（韩静霆）、《不平静的柳河渡》《舅舅和外甥》《河的眼睛》《个体户与穷秀才》……尽管人们对金钱的看法相去甚远，却都从正面或反面反映了金钱的力量。金钱这个有争议的灰姑娘悄悄地在文学中占有了一席之地，并且开始主宰一些事物。

喜耶？忧耶？

三、是天使还是魔鬼？

在从50年代到“文化大革命”时期的文学中，“商”成了一个带有贬义色彩的概念，“经济利益”被搞得灰溜溜的，想赚钱的人决不是好人。即使在《三里湾》《创业史》等比较优秀的作品中，也非常清楚地打着那个时期人们对金钱和物质利益以及经商活动的种种偏见。范登高、郭振山等都被写作落后人物，而用以表现他们落后的主要手段就是让他们搞副业，或者经商，一心只想赚钱或发家致富。在李准的《不能走那条路》中，张栓之所以倒霉，原因在于想赚钱而“胡乱折腾”，因而需要接受教育，安心种地，不要再想经商这种“歪门邪道”。在60年代影响很大的话剧《千万不要忘记》中，岳母被写成与社会主义争夺下一代的危险人物，是剧中的主要斗争对象，但是，她既不是地主富农又不是反革命分子，作为坏人的唯一标志就是她竟然偷偷贩卖卫生球！到了“文化大革命”时期，这种倾向进一步发展到了登峰造极的地步，不仅范登高、郭振山们的脸谱更加丑陋，被上升到阶级斗争路线斗争的高度来认识，而且任何发家致富的行为都被说成是“复辟资本主义”，小商贩不再是小商贩，而是获得了一个新的名称：“投机倒把分子”。在文学作品中，甚至姓钱的几乎没有正面人物。

进入新时期，这种倾向在没有任何理论纠正的情况下得以逐渐扭转。商贩形象开始作为正面形象在文学作品中出现了，最初是方之的《内奸》，接着是陆文夫的《小贩世家》，而古华的《芙蓉镇》的主人公胡玉音也是一个小商贩。他们努力赚钱致富的行为逐步得到了人们的认可。在改革开放的时代，经商赚钱不再是丑行，而是成了光明正大的事业，“万元户”成了一个带有时代色彩的光荣称号。曾经一度成为恶谥的“大老板”“有钱人”“阔佬”等名词很快变得闪闪发光。无论集体还是个人，都可以名正言顺地大谈怎么想办法赚钱，贫穷可耻，致富光荣，成为新的时代风尚。

蒋子龙小说《燕赵悲歌》中的大赵庄在过去是一个穷得连一块砖头也找不到的地方，“宁吃三年糠，有女不嫁大赵庄。”全村有三百七十多条光棍。就是这样一个地方，在进入新时期之后却勇敢地大力赚钱，迅速改变了面貌。武耕新这个被作家热烈赞扬的人物，心中高喊的就是“钱！钱！钱！”而不是什么政治或道德。“说一千道一万，没有财富大赵庄变不了样儿。”他不再从政治的角度去看人，而是从经济的角度去看人。他挨家挨户地思量着他的臣民：“老实巴交的人很多，你干好了他跟着沾光，你干坏了他跟着吃苦。这都是基本群众，靠他们冲锋陷阵打天下不行。能人也不少……这些人只要政策一松绑，都能大把捞钱。”在他的眼里，“二流子”比“老实人”更有价值。因此，他大胆地起用那些在品质上很有争议的“能能梗”们，公开地宣称“不赚钱的工厂不干”，把财神奉为上宾，“请来外边的大财神，重用本地的土财神，培养第二代、第三代的小财神”。他日夜为之操劳的就是怎么赚大钱。这样一个人，如果在50年代的作品中，真是死有余辜了，但在新时期作家的笔下，却成了时代的英雄。这是一个多么巨大的变化!

一个变革的时代刚刚开始，一种新的意识形态不可能一下子成长起来并取代旧的观念。尽管改革开放之风已经吹遍中国大地，陈旧的自然经济意识和几千年积淀旧观念却还非常顽固地存在着。想让陈旧的一切从文学中消失正如想让它从生活中消失一样，只能是一种天真的幻想。面对新时期文学，只要你是一个细心的读者，只要你不像某些批评家所教导的那样纯粹感受作品的形式美，只要你能够在感性地把握作品之后又能从作品所营造的特定的情感场中超越出来而对其表现的观念进行理性思考，那么，就不难发现，在新时期文学中，关于金钱的看法是相互矛盾甚至相互激烈冲突的。

这些冲突主要表现于以下几个方面:

（一）金钱与道德的冲突

在传统道德观念与商品经济意识的冲突中，我们的作家首先产生的往往是一种道德危机感，而不是社会危机感和历史危机感。他们常常恐怕新的经济意识冲击了传统道德，而从来不顾及传统道德对商品经济发展的阻碍。他们往往诅咒金钱，以传统道德否定金钱的地位和人们为赢得金钱而进行的艰苦努力。一些作家总是力图以传统道德去匡纠新的世风，而不愿意让商品经济所带来的新的观念去改造传统道德。这种倾向有多种表现形态。

首先，不少作品为传统道德受到商品经济的冲击而忧心忡忡，发出“礼崩乐坏”的叹息，极力表现金钱对人们美好道德的腐蚀。王润滋的中篇小说《鲁班的子孙》写了父子两代人道德观念的冲突。而冲突的焦点就是如何对待经济利益。老木匠黄志亮恪守鲁班古训，讲究良心，重义轻利。儿子黄秀川却偏偏注重经济利益。王润滋及时地发现并且描绘出社会生活中的这种变化是非常可贵的，但在进行价值判断时，却将全部的同情倾注于老木匠，而把黄秀川写成了一个被金钱锈蚀了灵魂的人。从某种意义上说，黄秀川的城市之行的确使他的灵魂受到了侵蚀，作品把他与那些干部们的关系做了比较详尽的描写，其用意是可贵的，令人看到一种在《卖蟹》中早已流露出的情感倾向。但是，由于传统观念的作用，作者却不自觉地把对金钱和个人利益的追求看成了道德堕落。如果我们离开传统道德的尺度，就不能不发问：小木匠哪一点做得不对呢？干活收钱，应该是天经地义的。无论对产品还是对劳动力，不讲价钱和效益并非美德。工厂不是慈善机构，工资也不能等同于救济金。事实上，在反映变革时期道德领域所发生的矛盾冲突时，不少作品表现了与此相同的忧虑和困惑，以形象的描写在大声慨叹：金钱使人变坏了！《河的眼睛》中的刘广林本来是“东家嫁女他帮着抬轿，西家修屋他帮着砌墙”，打鱼总是半卖半送，遇上哪家想尝个鲜，半夜三更也下河捉鱼，遂了人家心愿。他承包摆渡，不多收渡客一分钱……可是，近几年见大家都发了财，他慢慢地变了，变得只信奉一个字：钱！不再为乡亲们帮忙，卖鱼不再少收一分钱，从水里捞出来的木料不肯归还失主，甚至为发横财而见死不救。总之，金钱的诱惑使他丢掉了原有的美德而完全变成了一个魔鬼。韩静霆的《市场角落里的“皇帝”》、王润滋的《小说三题》等都是如此极写金钱导致的人的堕落。张炜的《一潭清水》也从道德的角度观察生活，描写被破坏的海边田园诗意。那幅美好的图画之所以被破坏，原因是承包之后人们的私心加重了，对个人利益的计较使人们不再像以往那样有道德。由此可见传统的道德观念是如何严重地影响着我们的作家。为什么计较金钱利益就不再美好呢？这是我们的文化传统所决定的，我们的作家不自觉地固守道德视角和道德尺度，不自觉地维护旧的道德准则，对新的生活中的新的因素没有能够给予准确的表现，在这样一个视角和尺度面前，一切不符合旧道德的东西都变成丑恶的了。

另一方面，有人则大力张扬旧道德的力量，寻找和创造出各种道德战胜金钱的故事，为道德的胜利而欢呼，以期鼓舞人们用道德力量去战胜金钱的诱惑。邹志安的中篇小说《大铁门》是一部比较好地表现了80年代农村改革面貌的小说。但在面对商品经济与传统道德这一时代冲突的时候却表现出了中国作家当时所未能超越的道德局限和思维局限。张昌绝艺在身，在过去的岁月里一直难以施展，三中全会之后，他终于走上了致富之路。小说写出了中国农村发展商品经济的必然，却惴惴不安地盯住了商品经济对古老世风和人情的冲击，盯住了这个商品生产带头人的不仁不义：为了追求利益而不顾群众死活，狡猾自私缺乏同情心，等等。小说的结尾让乡亲们的议论和老支书的一席话使利欲熏心的张昌终于醒悟，改弦易辙而走向乐善好施。在许多作品中，见利忘义者最后往往都是良心发现，痛改前非。它当然是这些作家们的一种一厢情愿。但正是在这种并不完全真实的一厢情愿中非常清楚地透露着作家们的道德情感倾向。

在更多的作品中，传统的审美观念与商品经济发展的对抗是通过丑化经商者来实现的。不少作品对经商者表现出一种贵族式或者士大夫式的蔑视。

对此，还是让我们听听伏尔泰针对德国贵族看不起商人的行为而说的话吧："商业已使英国的公民富裕起来了，而且还帮助他们获得了自由，而这种自由又转过来扩张了商业，国家的威望就从这些方面形成壮大了……我不知道哪一种人对一个国家是最有用的，是一位假发上敷粉的贵族，还是一位商人？贵族明确地知道国王在几点钟起身，在几点钟睡觉，自己摆出一副尊严的神色在大臣候见室里表演着奴颜屈膝的一套；而商人则使他的国家富裕，从他的办公室里对苏拉特和开罗发号施令，并对于世界的幸福有所贡献。"①

面对金钱与道德的冲突，不少评论引用马列经典作家关于"恶"在历史发展中的推动作用的论述进行分析和评判，提出道德评价与历史评价的不同尺度，批评某些作家对生活只作道德评价而不作历史评价。这种批评是必要的，其用意也是可贵的，但是，这种思考却远远不够。文学能够避免道德评价吗？这里的问题并不仅仅是道德评价与历史评价的问题，而是涉及道德观念本身的问题。究竟什么是道德？拼命赚钱，谋取物质利益，当守财奴，决不仗义疏财……就是不道德吗？今日中国发展商品经济，是为了历史的进步而不得不利用"恶"的力量吗？今日的中国现实是历史获得了发展而道德付出了惨重的代价吗？问题不在道德评判还是历史评判，道德评判与历史评判二者之间应该是统一的而不应该是矛盾的。我们的文学所存在的问题在于进行道德评判时所使用的尺度。我们不应该把道德看作是不变的东西，不应该忽视道德观念的变革与道德领域的新旧冲突。在上述一些作品中，问题的关键往往在于道德尺度的陈旧，而不在于是否使用了道德价值尺度。因此，我们不应该盲目地跟随一些作家的道德评判而把一些不应该被称作"恶"的东西称作"恶"。为什么不把商品经济意识及其带来的市场原则称作"善"

①伏尔泰：《哲学通信》，上海人民出版社1961年，第37—38页。

呢？能够推动历史前进、促进人的解放和人性完善的东西为什么不是善的呢？如果这还不是善的东西，那么区分善与恶的标准是什么呢？恩格斯在《反杜林论》中说过：“一切以往的道德论归根到底都是当时的社会经济状况的产物。”[①]那么，也就是说，陈旧的道德尺度无法衡量新的历史事物的道德价值。根据洛克的观点，凡容易给我们带来痛苦的事物，就是恶事物。商品经济给我们带来的是利而不是害，对金钱的追求给人们带来的是物质财富的增长，对金钱的积累进一步地满足着人们的物质生活需求，全身心致力于财富的创造和积累怎么是“恶”呢？

（二）金钱与权力的冲突

金钱与权力，有时是统一的，有时是矛盾的。随着商品经济的发展和金钱在生活中作用的增长，生活的某些领域出现了金钱与权力以及以权力为核心构成的生活秩序的冲突。金钱在向权力挑战，新生的金钱拥有者以特有的经济实力与某些权力握有者分庭抗礼。这是一个重要的生活现象，敏感的文学家立即注意到了这一现象，并且做出了各自的反映。

晓剑的《被切割成两半的太阳正在升起》写的是这样一个故事：全市最漂亮的姑娘夏青一直在追求着最优越的生活。她依仗自己的年轻美貌，先是与军分区司令的儿子同居，接着与老市委书记的儿子厮混，后来又嫁给了有可能当上省长的现任市长的独生子。因为她总是依附在那个市的最高权力拥有者身上，所以她一直在各方面都拥有最优越的地位。但是，在商品经济的新形势下，她却悲哀地发现，不知从什么时候开始，她不再是物质生活条件最优越、最引人注目、穿戴最时髦的女人。在一些场合，人们认钱不认权，她常常受到冷落。而且，市长虽然有权，却舍不得为她买一件紧身蛇皮裤。所以，当那位当年曾经狂热地追求她而被拒绝，今天已是某公司大老板的同学白飞为她买了蛇皮裤，并且送她一条白金项链的时候，她立即就扑到了他的怀里，并且毅然决定嫁给他。当然，小说没有真正把夏青作为一个真实的人物性格进行刻画，而是把她符号化了。金钱从权力手中夺走了夏青。夏青的重新选择显示着金钱地位的上升。小说发表以后，有人批评作者过分夸大了金钱的力量，指责小说不真实。有人则肯定小说直面现实的精神，及时地

①《马克思恩格斯选集》第3卷，第134页。

反映了“权力沦丧”，敲响了精神文明的警钟。无论批评还是赞扬这篇小说者，都指责夏青的这种重新选择，没有人对这种生活变更表示首肯，似乎全市最漂亮的姑娘被权力所占有是天经地义的，而被金钱所占有则是不能容忍的。

吴雪恼的《主人》主要立意在于告诉人们：无论生活发生多么大的变化，主人永远还是主人。曾经被支书送去劳改了五年的长甲在80年代办起了工厂，支书巴咸承包了他的责任田。过去巴咸是主人，现在长甲成了主人，生活的变化使他们的关系颠倒了。看到他的父母官屈于金钱的压力而为他挥汗效劳，长甲生出了一种主人的优越感。他贴出一副对联：“昔日世态炎凉磕头烧香总无益；今朝政策英明见官不拜又何妨。”但最后长甲却因催还借款而引起群众的不满，上万斤饲料被哄抢。他不得不去找巴咸，这使巴咸觉得自己才永远是主人。

在《不平静的柳河渡》中，出身不好的勾践在十一届三中全会之后发家致富了，他什么都可以得到，但有了钱以后竟然想获得权力，就不被作家所认可了。在作者看来，他虽然经营有方，赚钱得法，但不能因此而不知天高地厚，作为一村之长的权力是不能被金钱买走的。所以，勾践为获得权力而送的红包没有生效，而且被普遍拒绝。

在金钱与权力之间，中国人历来是更崇拜权力的。有钱无官充其量是“土财主”，“土财主”与朝廷命官分庭抗礼，历来为文人墨客所不允。新时期文学以金钱与权力冲突的反映，带有传统文化影响的深刻印记。

（三）商品经济与传统审美意识的冲突

一些作家虽然知道商品经济对于中国现实的重要性，也许在理智上并不反对商品经济的发展，但是，在审美意识上，却没有接受新的商品经济所带来的一系列新的事物。许多作家在自觉或不自觉地赞扬着传统的自然经济状态和与之相联系的生活方式和风俗人情，渲染一种田园牧歌式的情调，而对商品经济的萌芽却感到深深的困惑，甚至与商品经济所带来的一切表现出一种格格不入。我们的乡土作家们仍然在极力地赞美乡土，赞美古朴的民俗和乡风。这一切当然不易苛责，但值得注意的是我们的作家们常常在这种赞美中表现出对自然经济和传统生活方式的留恋，而对以商品经济为特征的新的生活方式表现出近乎本能的拒斥。为什么小桥流水、竹篱茅舍是那样美好，而柏油马路和摩天大楼就不美好？为什么山间小河边浣衣的村姑那样迷人，而霓虹灯下的摩登女郎却常常笼罩着一层可疑的阴影？为什么“你挑水来我浇园”式的生活仍然是迷人的，而“你拿货来我收钱”就好像没有那种诗意？为什么“长河落日”“空山流泉”仍然是一大部分作家所向往的，而车水马龙的大街上那一眼望不到头的汽车和人流却往往要被描写为一种讨厌的拥挤和喧嚣？直到今天，文学中为从事商品活动的新兴阶层张目者仍然是极少数。商品经济的美还没有能够进入我们的大多数作家的视野，或者说，在我们的大多数作家的眼睛里，商品经济及其所产生的许多事物还不是美的。

之所以如此，没有多少科学道理可讲，只能说是传统的审美心理在作怪。审美心理的守旧使商品经济的发展在文学中没有能够得到应有的全面表现，而是常常被歪曲或者是片面地夸大。

在这样一种心理的作用下，作家们即使写一些商人，写一些致富的人物，也往往要迁就传统的审美心理，在这些人物身上加一些仗义疏财之类的所谓美德。

由于中国古老传统的作用，文学中对金钱、对商人、对迅速发展的市场和由此带来的市场经济原则，都表现了各种态度上的保留。许多作品都仍然在向人们宣示金钱对人的腐蚀。然而，他们却没有意识到，对于今天的中国来说，金钱地位的上升和商品经济的发展，以及市场的发展和市场原则的初步确立，是多么重要的事情。

首先，市场面前人人平等，这一商品经济的重要原则将有力地冲击着传统的等级制度和特权观念，从根本上培养起中国人的平等观念。我们这个民族多平均的观念而少平等的观念。平均的观念产生于落后的自然经济，平等的观念却需要商品经济培养。这不仅因为不同地位的人在市场上都失去了特权，无论贵族还是平民，都必须服从等价交换的原则，而且因为商品经济允许并培养人们的竞争意识，以最有力的方式刺激着竞争。严格地说，没有真正的竞争，也就没有真正的平等；没有平等，也就无法形成真正的竞争。中国人不习惯平等竞争，几千年的历史是一部没有平等竞争的历史，而商品竞争，优胜劣汰，可以从根本上解决专制传统遗留的许多问题，并且可以使人在商品的等价交换中感受到自己与任何人都是平等的个体。

其次，在商品经济活动中，人与人之间的关系即货币关系。这种新型关系的建立可以帮助人们从人身依附中解放出来。人与人之间的依附关系是奴隶制和封建等级特权制的产物。奴隶只有奉献的义务，而没有与主人平等交换的权利。而商品经济所发展起来的市场和市场原则却承认参加交换的双方都是平等的。它赋予交换的双方以平等权利，保护双方的利益不受侵犯。不错，在商品经济中，人常常会成为金钱的奴隶。但是，相对于被人所奴役，被金钱奴役是一个伟大的历史进步。关于这一点，马克思早就说过："人的依赖关系（起初完全是自然发生的），是最初的社会形态，在这种形态下，人的生产能力只是在狭窄的范围内和孤立的地点上发展着。以物的依赖性为基础的人的独立性，是第二大形态，在这种形态下，才形成普遍的社会物质交换，全面的关系，多方面的需求以及全面的能力的体系。建立在个人全面发展和他们共同的社会生产能力成为他们的社会财富这一基础上的自由个性，是第三个阶段。第二个阶段为第三个阶段创造条件。"[①]关于这种以物的依赖性为基础的人的独立性的获得，我们在何士光的《乡场上》中看到了。冯幺爸曾经这样大声叫喊："我冯幺爸要吃二两肉不？要吃！——这又怎样？买！等卖了菜籽，就买几斤来给娃妹们吃一顿，保证不找你姓罗的就是！反正现在赶场天乡下人照样有猪杀，这回就不光包给你食品站一家……"正是自由市场使这个老实农民站了起来，摆脱了依附别人的奴隶地位。

面对生活中商品经济取代自然经济这一巨大变化，以及由此引起的价值观念的裂变，我们的文学应该抱有什么样的态度呢？回答并不困难，因为历史正在艰难地前进，人正在艰难地寻找着解放的道路，凡有利于现代化历史进程的，凡有助于人的解放的，文学理所当然应该给予审美肯定，而不是相反。

1988年6月　曲阜

①《马克思恩格斯全集》第46卷上，第104页。

奖章、面子及其他

——论新时期文学的荣誉观念

一

在人的生活中，荣誉无疑是重要的。它与金钱、爱情一样，是一般人无法不看重的东西。可以说，每个人都在追求荣誉，没有多少人真正拒绝荣誉，更没有多少人去追求它的反面。

“名利之心，人皆有之。”“名”是什么？就是荣誉。“中国人特别爱面子。”“面子”是什么？就是“脸”，就是荣誉。“不要脸！”——这是骂人的话。就是真“不要脸”的人也不愿意人们说他不要脸。差不多的人都要脸，顾脸面，这就是一般的荣名之心。所谓虚伪，就是知道自己的真面目并不好，而弄一张假脸皮。

总之，在人生的重大问题中，荣誉的地位是很高的。生命、爱情、金钱、荣誉，究竟哪一个更重要，可能因人而异。但是，有一点大概无法否认，有人可以为荣誉而放弃爱情，有人可以为荣誉放弃金钱，也有人为了荣誉而牺牲生命，比如战死疆场，或者自杀。由此可见，至少在一部分人那里，荣誉甚至比生命还重要。

人们为什么追求荣誉？其实也很简单：因为它是个体自我实现的一种表现形式，是个体自我价值的一种外在证明。它是社会对个体的一种肯定，与个人的生活质量、个人在群体生活中的感觉关系密切，甚至可以直接影响人的生活。既然如此，人当然要重视它。

如果考察我们古代对于官吏的评价，可以看到对“名”和“利”的不同态度。为官者如果求利，就是贪官；如果求名而不求利，可能就是清官。清官是好的，贪官是坏的。在这里，求利是恶行，求名则是美德。“求得美名天下扬”，是清官和大侠们的追求，被认为是好品德。在旧戏舞台上，这句话可以由人物自己直接唱出来，也算是抒发“壮志豪情”。“不要脸”“不知羞耻”则是一个人德行低下的标志。

但是，人们对荣誉的态度也常常充满矛盾。比如，说一个人是“名利之徒”，绝非美称；说一个人“沽名钓誉”，也不是对他的表扬。由此可见，我们对于“名”又不是可以一味追求的，至少是名不能“沽”，誉不能“钓”。求名与求利之间，似乎求名比求利高尚一些，但最好的还是“不为名不为利”“不为名利所动”，才是真正高尚的品格。

由此可见，荣誉本身就非常复杂，对它的追求也很难一概而论。什么是荣誉？它的本质是什么？功能是什么？对它究竟应该持什么样的态度？这一切都是有待深入认识的问题。

显然，荣辱观念是有历史性的。在帝王至上的时代，为皇上服务就很光荣。作为男子，为保卫皇帝而战死是无比光荣的；作为女子，被选入宫中供皇帝玩弄是无上光荣的。而且不仅自己光荣，而且全家都光荣。女人为什么要守节？为什么要做烈女？做节妇、烈女显然不是好玩的事，但许多人那么做了，看来还是很有诱惑力。诱惑她们的东西是什么？是名誉。因为守节很光荣。且不说能够得一块皇帝亲批的牌坊，就是为了人们说一声“这个女人很正经”也是可贵的。为了获得“很正经”的一个评价，就可以让自己一辈子受苦。什么是光荣、什么是耻辱，不同的时代有不同的评价尺度。

与此同时，荣辱观念也有它的民族性和区域性。在不同的文化圈里，荣辱观念是不同的。在一个民族被认为是很光荣的事，在另一个民族可能被认为是极大的耻辱。在一个地区认为是很丢脸的事，在另一个地区可能被看作是很“长脸”的事。比如，在东方与西方之间，在边疆少数民族与中原汉族之间，就有许多这样的不同。在汉民族文化圈内，到了恋爱自由的今天，一个漂亮女人在丈夫之外还有几个情人，在生活中可能是存在的，但她至少不会到处张扬；而在保留了母系社会遗风的少数民族，漂亮女孩子却可以自豪地夸耀自己有多少男人，甚至让人怀疑她是不是在吹牛。这一切都是不同的荣辱观念决定的。

所以，当我们的视野稍微扩大一点，就会看到荣誉的另一个重要的方面：荣辱并不是绝对的，有时甚至没有多少道理可讲的。比如，一个女人同时拥有很多男人，到底是光荣还是耻辱？

沿着我们的思路，很容易发现荣誉本身所具有的一些矛盾，可以看到它本身的一些微妙之处。比如，我现在刚刚买来一车煤球，需要搬到我住的六楼去，可是，我自己搬不了。即使搬得了，也需要上下楼无数趟，可能要搬半天，很累。因为我现在正在给你们上课，所以我就找你们帮忙，下课后去帮我搬煤球。你们费了好大的力气，终于搬完了。大家说，我该怎么回报你们？按照市场经济的交换的原则，我必须给你们劳动报酬。可是，按照中国的传统习惯，这样做可能显得人情太薄，我每人给五毛钱，同学们肯定不会收。因为如果帮老师干一点事就收钱，好像是没面子的事，而且老师这么做，也是不给大家面子。所以，在一般情况下，我不会给你们发工钱。中国人是讲人情的，可是，无论怎样讲人情，这份劳动都需要以不同的方式付酬，中国人只是不愿意把账算在明处罢了。那么，按照中国人习惯的方式怎么处理呢？最简单的办法就是请你们到饭馆去吃一顿。既把这件事结了，又进一步增进了感情。

可是，如果我不这么做，而是采用另一种方式：给大家每人发一张奖状，上面盖上我的印章。

大家不要笑。如果我那么做，当然是笑话儿，我用一张纸省下搬煤球的工钱，大家肯定不认账，因为那张奖状不值钱。可是，大家换个角度想：如果是国家元首这么做呢？还可笑吗？为了皇上，为了领袖，流血牺牲，失去一条腿（不说生命了），换得那么一张纸，或者换成牌牌——勋章，还可笑吗？为了风化，为了妇道，为了丈夫的父亲和母亲，受苦受累一辈子，最后换来一块牌坊。以市场原则看，它是等价交换吗？那种对于付出和牺牲的补偿方式是不是很值得怀疑？

不错，荣誉有时可以转化成利益，就像银行的支票，皇帝发的奖状就常常这样；有时却也不能转化成利益，就像我给大家颁发奖状，你到哪里去兑换成应得的那份劳动报酬？

但是，我们必须承认，这种交换仍然往往是在自愿的情况下完成的。也就是说，一些人是自愿地拿自己的爱情、金钱、幸福甚至生命去换得了那些象征荣誉的东西。这涉及荣誉的精神价值，它不一定非要兑换成现实利益，而是可以由此获得精神满足。

荣誉不可能是一种自我授予，而是来自群体或可以代表群体的权威。它是社会支配力量对个体的认可和褒扬。因此，荣誉的获得不是无偿的。要想获得荣誉，就必须付出代价。要当烈士，就得去死；要贞节牌坊，就要克制生命欲望；要想让人们说你好，就必须按照人们的意图去做……这些要求有时相当苛刻。正因为这样，一个人如果过分追求荣誉，就往往失掉自己。因为他将时时想着别人将如何评价他。他会为此而缩手缩脚，唯唯诺诺，我们的传统往往利用这种力量来制造这种人格。荣誉常常显示出巨大的力量。为了名誉，为了面子，人们常常自觉或不自觉地扼杀自己。想要的荣誉源于哪里，你就会受哪里制约，甚至会成为它的奴隶。

二

在结束“文革”进入新时期之后，社会生活发生了种种变化。尽管有人看不到这些变化，有人不愿承认这些变化，但变化毕竟发生了。价值观念的裂变很自然地冲击着荣誉本身，也改变着人的荣辱观念，或者说，使它发生了不可避免的裂变。在新时期文学中，这种裂变表现在以下几个方面。

首先，“勋章”的贬值。

在50年代，文学对生活的表现与权威意识形态是完全一致的。因此，它对荣辱的认识和评价也是与权威意识形态一致的。闻捷的《种瓜姑娘》写过这样一个情节：种瓜姑娘枣尔汗漂亮而能干，所以许多小伙子都来追求她，在她的瓜地边上不停地向她唱情歌。最后，枣尔汗说话了：“感谢你热情的歌唱，但要我嫁给你吗？你的衣襟上少一枚奖章。”当时的女孩子纷纷把爱情献给“最可爱的人”，献给从朝鲜战场上回来的荣誉军人，献给各种英雄和模范，这是在当时的文学作品和社会生活本身经常看到的。因此，闻捷诗歌所表现的这种价值观念不是孤立的和个别的，而是有某种普遍性。它告诉我们，在当时的姑娘们那里，或者说，至少在闻捷那里，勋章是非常重要的，可以证明一切。它所反映的，是人们对社会所给予的荣誉毫不怀疑。

新时期文学对荣誉和荣誉获得者的认识却不再如此轻信。我们今天的女孩子大概很少有人还像枣尔汗那样信任奖章。因为人们会想，即使不是弄虚作假得来的，也不能说明什么问题。一枚奖章，或许能证明他是劳动模范，但并不能证明他是一个好丈夫。即使单从品行而言，人们也不再那么信任社会对一个人的评价。在新时期文学中，作家们常常表现出对社会评价的某种怀疑，甚至是鄙视。从航鹰的《金鹿儿》、蒋子龙的《赤橙黄绿青蓝紫》、徐怀中的《西线轶事》、李存葆的《高山下的花环》等小说，都可以看到社会对人的评价的不公正，可以看到文学对荣辱的重新思考，还可以看到对在社会评价中受辱者相当普遍的同情。这一切不仅是勋章大大贬值，而且大有颠倒荣辱之势。

在我们的生活中，作为一种文化裂变的信息，已经出现了一种“越捧越臭，越批越香”的现象。以上所说种种新现象，都是在这一文化背景之下发生的。究其原因，其实很简单，比如，“模范”“先进”“标兵”等荣誉称号是值钱的，可是，如果它是来自“批林批孔”“批邓”“反击右倾翻案风”那样的运动呢？现在还好意思说吗？

其次，“面子”的贬值。

中国人很爱面子，也就是很珍惜自己的名声。可是，新时期文学却对中国人的面子进行了一系列批判性的揭示。许多作品都注目于面子与人性的冲突，揭示脸面对人的扭曲。在我们的小说人物画廊中，有许多人物都很爱面子，却生活得可悲可叹，让人读之充满同情。通过这种描写，作家们告诉读者的是，面子已经不是值得羡慕的东西，而是成了沉重的负担，甚至是扭曲人、扼杀人的东西。因为那些人物的确为了面子而扭曲甚至是扼杀了自己。

其三，荣誉与人性的冲突。

《新兵连》《在荣誉的十字架上》，都写了人在追求荣誉过程中的异化，写了人被荣誉所扭曲的状态。为了荣誉，压抑自我，丧失个性，变得那么虚伪。

正是在这个背景上，我行我素，不顾人们评头论足的人物成了新时代的英雄。它所反映着个性解放的潮流，反映着思想解放带来的时代变化。这种变化从许多作品都可以看到。这意味着觉醒的人不愿意再被荣誉所束缚，也意味着人们对社会评价体系的不信任。

培根说："对于军人来说，荣誉心是不可缺少的……荣誉感可以激发斗志，在冒险的事业中，豪言壮语也可以增加胆力，审慎持重之言反而使人泄气，它们是压舱铁而不是船帆，应当被藏于舱底。"（《人生论·论虚荣》）虚荣心是人生事业的推动力之一，培根也是这样看的。许多英雄的事业都与他们的荣誉感密切相关，我们很难想象没有荣誉感的人是道德的，也很难想象没有荣誉感的人会有足够的为社会、为他人做贡献的动力。正因为看重社会对自己的评价，所以才为获得好评价而加倍努力，甚至不惜付出巨大的牺牲。

可是，到了我们这个时代，人们却产生了一种新的理解，开始把过分看重他人对自己的看法认作一种弱点，看作是自我不够强大的表现。人们开始意识到，别人的看法并不一定影响一个人获得幸福，一个人更不应该为别人的看法而活着。得到别人的赞美固然是令人高兴的，但如果为了得到别人的赞美而牺牲自己的幸福，那就是一种愚昧。

叔本华说过："过分重视他人意见是人人都会犯的错误，这个错误根源于人性深处，也是文明社会环境造成的结果。但是不管它的来源到底是什么，这种错误所产生的巨大影响以及它有害于真正幸福的事实则是不可否认的。这种错误，小则使人胆怯和卑屈，大则可以造成悲剧。许多人为了争取荣耀而牺牲了宁静与平和，财富与健康，甚至生命。"对于大多数人来说，人们往往太多地注意人们对自身的评价，而不关心自己的感觉，或者是感觉到了自身的呼唤却硬是为了别人对自己的看法而牺牲了自己。中国的文化总是让个人向社会妥协，而强迫人们放弃自我而走向大众群体的力量不仅仅是法律，而且还往往是一种荣誉感。

新时期文学中那些我行我素的青年形象，最突出的特点就是不再为别人活着。正因为这样，社会流行的荣辱观念对他们的制约也就在很大程度上丧失了力量。

1988年8月　石臼所

论新时期文学的历史观念

在中华民族的历史上，20世纪80年代是一个非常特殊的时期。中国人对历史产生了比以往任何时期都浓厚的兴趣，一股历史反省的潮流席卷着我们的时代，重大的历史问题引起了人们普遍的关注。几乎每一个有思考能力的中国人都把目光投向了历史的长河，津津有味或者痛苦万分地思考着民族历史发展中的各种悲喜剧。但是，用什么样的目光能够看穿这个民族历史发展的奥秘呢？用什么样的工具能够帮助我们挑开历史这个古老新娘头上的层层面纱而窥见其真实面目呢？用什么方法和形式能够准确地描绘这一古老的民族顽强行进的曲线，并揭示其挥霍着聪明才智和热血而结果却面黄体弱缓慢地爬行于半原始的荒野的原因呢？历史学家把他们的论著摆在了我们的面前，文学家也捧出了他们的艺术思考。

作为一种时代的精神文化现象，历史意识的强化几乎给每一部作品都留下了浓重的投影。在历史目光的观照下，每一事物都可以呈现出历史的纵深感。但是，本文不打算论述这种文学的历史意识，而是着眼于这种历史意识的结果之中反映出的属于我们这个时代的历史观。需要说明的是，我无意于依照现成的概念和理论范畴去衡量文学的历史思考，而是要依据文学所做的历史思考，作一点力所能及的分析、说明和判断。

一

每当历史反省的潮流出现，总是现实出现了危机，或者未来的屏幕上图像模糊不清的时候。新时期历史反省思潮的原因几乎不言而喻：中华民族曾经意气风发斗志昂扬地高举红旗高唱凯歌走进了可怕的死谷，当浩浩荡荡的大军走到尽头面对危崖和深渊时，无论以何种形式拨正，都会不自觉地回头望。这种回顾有一个规律，就是由近及远地逐步延伸。

因此，新时期文学对历史的思考首先是面对刚刚过去的生活。先是写伤痕以呼救，继而反思惨剧之来龙。当时文学普遍关注的是历史发展中的变异现象。我们已经在雷鸣般的欢呼声中与苦难的历史举行了告别仪式，为什么还会陷入新的苦难之中？一个晴空万里的新时代竟然也会突然阴云密布，到处一片血雨腥风！大量的作品关注着同一个问题：黑暗战胜了光明，野蛮吞没了文明，光荣的传统丢失了，革命者成了老爷，公仆变成了主人。从《剪辑错了的故事》《永远是春天》《悠悠寸草心》《蝴蝶》《冬天里的春天》《月食》《将军，不能这样做》，一直到《高山下的花环》，文学的历史思考都集中于这一历史变化。强烈的道德义愤集中于干部忘记和背叛人民的可耻蜕变。是什么使他们发生如此变化呢？当时的文学还没有能够进行更深入的思考，只是着眼于最浅近的原因而非常一致地齐声回答："左。"虽然当时有人已经注目于封建主义，但似乎一致认为：正是由于历史的航船向左转，把美好的东西丢失了，封建主义的沉渣才会泛起。总之，文学在进行历史思考时截取了历史的一个片断：从50年代或者革命战争年代到新时期。在这种截取的基础上，或者说是由于这种截取，历史在文学中被描写成了一个马鞍形：两端是光明的，中间是由病变而导致的黑暗时期。这成为一个封闭的自足的历史过程。革命战争是历史的起点，革命战争的炮火已经把旧世界彻底埋葬而使历史重新开始，"左"的政治路线使历史向左转而经历了一个黑暗的时期，但我们终于又战胜黑暗而走向了光明。从某种意义上说，这个历史的图式是真实的，但透过这个马鞍形，我们可以看到作家们思维空间的狭窄，看到当时的文学虽然在皱着眉头思考历史，却表现出历史的短视，看到当时的文学是多么缺少开阔而深邃的历史目光。

如果我们进一步考察，就会发现，文学之所以呈现出这样一种历史模式并不是偶然的。在这个着眼于病变的、有着一个光明的起点和光明结局的马鞍形后面，透露出作家们对历史认识的局限，透露出一些值得思考的历史观念：一、历史发展的绝对论和机械论；二、历史的乐观主义。

对于历史病变的思考有一个逻辑前提，就是本来一切都是美好的。在新时期最初几年的创作中可以看到，战争年代是那样美好，令人无限怀念；50年代初的阳光是那样明媚，令人难以忘怀。尽管作家们的认识并不完全一致，有的写“文革”开始变坏，60年代初还是阳光万里；有的写50年代末已经发生着恶变，只有“解放初的七八年，光明得像天堂”；有的写刚刚进城，一些干部就已经变了，只有战争年代革命者与人民血肉相连。但是，无论多么不同，却都有一个美好的开端，一切都是后来变坏的。这种构思模式深打着我们民族传统思维方式的烙印：美化远的历史以否定近的历史。这与我们对黄帝、尧、舜的美化有着血缘关系。但从历史观念方面看，这还不是重要的问题。值得注意的是这种作品与新中国成立初期歌颂翻身解放的作品一脉相承，继承了它在历史观念方面的全部幼稚和局限。好像战争的炮火已经把旧世界彻底埋葬，轰出了一个全新的时代，开辟了一个与过去历史毫无联系的新纪元。好像新时代与旧时代之间已经一刀两断。好像那些举起锤头和火炬的革命者是从天而降而不是民族历史的土壤里所培养，他们的素质是全新的，只属于新时代而不属于旧时代。但是，历史不可能通过一阵炮火而彻底更新，革命的利剑可以瞬间砍下反动统治者的头颅，却很难割断其精神文化血脉。可歌可泣的革命者们高举刀枪创造一个新的时代，而他们自身却是旧时代创造出来的，身上承袭着旧时代的因子。这一点使得他们无论如何自我更新，也很难彻底洗刷旧时代给予他们的一切。因而，他们在创造一个新时代的时候，就不可避免地作为旧意识的载体而把旧时代的因子注入他们流血流汗创造的新时代。因此，把任何一个时代的开端理解为十全十美的、崭新的、不存在任何污垢的时代，都是幼稚的、缺乏历史目光的。

在上述作品中，还可以看到一种坚定的历史乐观主义。这种历史乐观主义成为支撑作家们精神的一种信念。历尽坎坷而复出的“右派”作家们几乎都有这样一种认识：生活无论多么曲折，革命者无论遭受多少磨难，历史最终是公正的。因此，二十年的历史曲折在李国文的笔下不过是一场“月食”，月亮被天狗吞了，但终究还会重放光芒。从《河的子孙》我们可以看到，张贤亮相信历史的自我净化功能，认为民族的历史像黄河一样，无论被扔进多少脏东西，它都会自行净化，无损于它的奔腾向前。这种对历史的信任和依赖在青年作家的作品中也同样体现着。杨牧的诗剧《在历史的法庭上》就是一个突出的例子。在这里，历史被赋予“严峻、无情、清廉、公正”的品质，它对一切进行着公正无私的最终审判。这是那个时期中国人的一大精神特征，人们虽然刚刚从一段荒谬的历史中走来，却决不认为历史是荒谬的。由于民族的历史终于从绝路又进入通途，这一结果更进一步巩固了人们的一种信念：历史终将扬善惩恶，倒行逆施者终将受到历史的惩罚。由于噩梦醒来是早晨，人们更相信黑夜是短暂的，早晨永远伴随着历史。一位青年诗人说：“人类的高空总是阴云密布，又总是雨过天晴。”而在更多的人看来，乌云密布并不“总是”，晴朗的天空才是主要的，黑暗不过是历史的反常，光明却是历史的正常。作家们这样认识生活，也这样表现生活，这直接导致了当时作品大都有一个光明的尾巴。许多人都自觉地认为这并非凭空添出的亮色，而是在揭示历史发展的必然规律。

那么，这种历史乐观主义的依据是什么呢？文学的回答是人民对历史的选择。因为真正主宰历史的上帝是人民。我愿意高度评价新时期文学的这种历史观念，因为我们的人民不应该被遗忘。在中国传统的观念中，历史发展的动因不是人而是天命，英雄们承天命而创造历史，人民只是英雄们用完即扔的工具。20年代以后，历史唯物主义得到传播，但几十年来我们实际上却仍然在宣扬着一种历史的神创论和英雄史观。正因为这样，新时期文学首先面临的就是恢复人民群众的历史地位。尽管在这块古老的土地上英雄史观基础雄厚根深蒂固，但人们的观念毕竟发生了变化。这其中一个重要的原因是理论上人民是上帝、是主人的观念支持。“大海航行靠舵手，万物生长靠太阳”的流行语言开始受到怀疑，相比之下，人们似乎更愿意接受“大海航行靠水手，万物生长靠土地”的结论。无数诗人从写“红太阳颂”转向了写“大地礼赞”。大地母亲作为孕育一切的人民形象的象征而受到膜拜。批判现代迷信和个人崇拜而重新确立“人民——上帝”的观念，正是历史观方面拨乱反正的鲜明标志。作家们反复论述着一个并不新鲜的命题：民心不可违。人民创造了历史，人民主宰着历史，谁若忘记了他们，谁就要受到历史的惩罚。谁若漠视他们、不尊重他们，谁就决没有好下场。这就是《冬天里的春天》等作品所要告诉人们的。

毫无疑问，这种论证有一种值得崇敬的现实功利目的。这种功利目的任何人都没有资格妄加指责。但是，由于这种功利目的的迫切，我们的作家在当时还没有来得及考虑人民的选择能力和历史发展的关系问题。我们难免要这样思考：即使人民的确是历史的主宰，牢牢掌握着历史航船的舵把，历史的发展就是乐观的吗？就可以无恐而无忧吗？历史的乐观主义缺乏一个坚实的基础支撑。

二

表面上看也许有点奇怪，当人们面对血淋淋的伤痕而进行历史的反思时，文学表现了更多的历史乐观主义，而随着时间的推移和历史的正向发展，文学对历史的思考反而不那么乐观了。人民的光环不再那么绚丽，主宰作用仍然被承认，却失去了以往的信赖。

这种变化直接产生于历史视野的拓展。作家们看到的不再只是从革命战争年代到今天，而是从几千年之前到今天。现实中变革的艰难启发了我们的作家，文学开始更多地注意历史的连续性。人们逐渐认识到，无论帝国主义的大炮还是人民解放的枪声，都无法把历史一下子切断而划分出一个新的时代。历史进程中的突变往往是虚假的，它最终代替不了渐进。所以，对于历史上频繁出现的政治变动对民族历史进程的影响，本来就不应该估价太高。因为历史是一个整体，创造新时代的人们本身是由旧时代创造出来的，身上承载着旧时代的重负，在创造新时代时不自觉地打上旧时代的烙印。即使他们有一张全新的图纸（这种图纸本民族是无法创造出来的），也要参照旧时代而予以修改。由于人的素质的历史存留，历史的进程往往是欲速则不达。历史会有一个个新开端，但这“新”常常是被夸张了的。而且时装越新，旧的肌体就越是安全。表面上飞速前进的时候，这所谓“飞速”往往只是一种错觉。我们曾经习惯于割断历史，以一炮为界划分出新旧时代，对旧时代彻底否定，对新时代完全肯定，但这种做法却恰恰没有能够把历史割断，反而很有效地保护了旧时代。因为我们在对新时代的完全肯定中肯定了被切割于新时代中的全部陈腐，而这陈腐得不到抑制就会迅速增殖。“文化断裂论”之所以是幼稚的，就因为它像那些自以为把旧时代送入了坟墓的人们一样，没有看到割下来供奉起来的那一段与被彻底毁弃的那一段的本质区别中还有本质联系。文学逐渐清晰地发现了这种联系，去表现这种历史的连续性。

《钟鼓楼》等等作品大写文化教养的作用和秉性的遗传，告诉人们清帝退位之后余威的延续，使人们看到生长于新社会的卢宝桑却很像他那在旧社会当乞丐的父亲……其目的无非是要说明，过去的一切都不会完全过去，它总是要在现实中顽强地存活下去。

随着对历史连续性的关注，文学创作中发生了一个人们不太注意的变化。文学对干部的“变”与不变有了新的思考。新时期之初，文学痛心的是一些干部的变化，指责他们由公仆而变成了主人；后来的作品却痛心于他们的不变，指出他们本来就具有的主人的意识和心理。在这里，他们的“变”正是不变的因素在一定条件下的反映和显露。历史给了我们这个民族太多的重负，历史的惯性也不可能一下子改变。它在我们民族的成员身上留传下来，即使是杰出人物也难以避免。至此，那个由好变坏的历史过程被悄悄抽掉了。王兆军的《拂晓前的葬礼》写的是一个农村支部书记，但表现的却是我们民族那些杰出人物的性格特征。它反映的生活只是短短的几年，展示的却是几千年民族历史上权力交替的基本模式，凝聚了几千年历史发展的全过程。这一切都是通过田家祥性格的演变过程表现的。他的创业史悲壮动人，闪耀着我们民族性格的光辉。无论他的动机是多么不单纯、不高尚，客观上却顺应了人民的意愿，推动了大苇塘村历史的前进。不幸的是，成功之后，他却立即“变”了，变得狭隘、自私、残暴、专横、怀疑同志、压制群众、不求进取、奢侈纵欲。他由建设者变成了占有者，由被压迫者变成了压迫者，由被掠夺者变成了掠夺者，由“全村人的儿子”变成了全村人的老子，由历史前进的动力变成了历史前进的阻力。他的奋斗、成功和没落划出了一条抛物线，最后又回到了他的起点上。这个曾经被王晓云们热情崇拜的偶像，在王兆军的笔下展示出的不是他由好变坏的过程，而是他从几千年历史传统中继承下来而没有得到改变的素质。他之所以有变化（从他个人的具体表现看）正因为他没有变化（从民族传统和中国农民心态来看）。他的性格变化正是民族文化基因不变的一种表现。他与历史上一个个民族英雄没有本质的区别。所以，高扬的历史风帆又回到了原处，他成为他所千方百计推翻的田福申。一个美好的历史新开端未能以持续上升的趋势从陈腐和邪恶中解放出来，而是非常不幸地复归旧地。田家祥作为历史的进步力量的代表审判过他的前任，但他一旦自立之后，又反过来成了错误的历史意义的代表。田家祥显示过大苇塘村历史的复生（借用尼布尔一个概念），但却无法抵御大苇塘村历史的腐蚀，更无力挣脱大苇塘村历史的拘牵。《河魂》中的孟老根，《桑树坪纪事》中的李金斗，以及许多带有民族劣根性的人物所显示的都是不变的历史惰性。面对时代的变革，面对社会生活中错综复杂的矛盾，面对文明与野蛮的交叉对立，文学塑造了一些受到历史现实制约的文化性格，使我们看到在难变的历史重负中跋涉的艰难。

在过去的文学（包括新时期之初几年的文学）中，历史多是被提纯和净化了的。随着对历史发展的连续性和因袭性的关注，文学中的历史不再被提纯和净化，而是开始努力展现历史前进的复合状态。这种变化在革命斗争历史题材的创作中更突出地表现了出来。

《红高粱》《灵旗》《马蹄声碎》《夕阳红》《故乡》等作品以新的面貌引起了广泛的关注，一个重要原因就是这些作品以冷峻的目光观照历史，展示历史的原生面目而不作提纯和净化处理。抗日，长征，一次次国内革命战争，都是民族历史上的大事件，可是，这些大事件蕴含了什么样的历史意义呢？过去的作品着眼于歌颂而未能发掘更为深层的动力的洪流。这股洪流并不像教科书上所说的那样清澈透底，而是比黄河还要浑浊。它由民族的热血汇成，热血并未经过过滤。作家们并不是丑化革命史，而是革命史本来就不是一幅想象的水彩画。伟大的历史事件推动着民族的历史，但是，这些作品并不致力于向人们描述历史发展轨道上的新的坐标，而是要告诉人们历史向前迈进的每一步都带着它的所有沉重。它挣扎、摆脱，但许多东西是难以摆脱的。人创造着历史，历史也创造着人，历史的命运由人决定，人的命运又受制于历史，人与历史就是这样纠结在一起，每前进一步都是痛苦的挣扎，撕扯得皮开肉绽，鲜血奔流。这一切在过去的作品中我们无法看到。它展示了人与历史的一体性。无论土匪司令余占鳌还是逃兵叛徒青果老爹，谁也无权怀疑正是他们创造了我们民族的历史，正是他们以沸腾的、飞溅着的热血铸成永垂史册的大事件，正是他们生命力的勃勃涌动成为历史前进的力量源泉。但是，通过他们，我们看到了历史全部的悲与壮。他们令人崇敬之余又令人慨叹不已。在周梅森的新作《国殇》中，白云森临死还在喊："历史将证明……"历史将证明什么？周浩的回答是"去你妈的历史吧，历史是婊子！"我们的作家们还没有几个人愿意承认历史是婊子，但是，却有不少人意识到历史的证明是非常复杂的而不是一个简单的方程式。新二十二军军长杨梦征，副军长毕之奇，师长白云森都没有死在敌寇的子弹下，内部火并却彻底改变了新二十二军的面貌。历史的记载是什么呢？历史记载的是他们一个个都“以身殉国”，以及最后的成功者杨皖育的辉煌功勋。正如他自己所说的，历史什么也证明不了，历史只记着结局，一切过程都会被忘记。要追问真理、正义和良心吗？他们都在为国家而战，为民族而战，身上带着伤口，伤口流着鲜血。他们的确是民族历史的功臣，但是，那一幕幕争夺权力、自相残杀的阴谋不也是这功臣的所作所为吗？

从这些作品的悲剧意识背后，可以看到作家们深入历史内部的发现，可以看到一些作家历史观念的新变化。作家们仍然相信历史的进化论，却更多地注重进化的艰难，历史的乐观主义从根本上说没有崩溃（我们在这一阶段还很少找到历史悲观主义和虚无主义的作品），但是，人们的怀疑却如此鲜明，在社会的变革和历史的前进面前，许多作家已不能手捧鲜花流着热泪去欢呼雀跃。他们并非与历史前进相抵牾，而是以审视的目光看其是否真正前进了，高高抛起的彩球最后究竟要落到何处去。作家们仍然不愿意放弃对美好未来的信仰，但更倾向于注意奋斗和追求的过程，因为它才是历史的全部意义，理想之岸因为毕竟遥远而显得并不重要。在这个过程中，善善恶恶，是是非非，功功过过，都难以一目了然。任何想把历史作提纯描述的做法都与儿童一样天真。

三

中国古代的历史观基本上是倒退的和循环的历史观。“今不如昔”加上“话说天下大势分久必合合久必分”。孔子把历史看作一个连续退步的过程，因而致力于复礼。孔孟之徒言必称尧舜，老庄之徒言必称黄帝，墨家崇尚大禹。远古永远是人们模仿的标本，同时又是永远不可企及的。应该感谢进化论和继之而来的历史唯物主义对中国的影响。它给中国人带来了一种新的历史观。虽然总有人以过去的光荣作为反对民主与科学的挡箭牌，抗拒先进文化而固守国粹，但历史的进化毕竟开始为更多的国人所接受。但是，由于种种原因，在社会主义建成之后，事实上盛行了一种历史发展的封顶论。似乎过去的历史是不断发展变化的，一个美好的社会建成之后就不再如此了。于是忌谈社会的再变革。因此，50年代和60年代的文学作品中，人们喜欢从历史中汲取浪漫的豪情继承革命传统，从历史的英雄那里汲取精神力量，甚至模仿他们的生活态度和生活方式。那些英雄人物的理想是一个确定的目标而不是一个不断变化和递进的目标流程。他们从事的是一劳永逸的变革事业，却没有不断变革的历史意识。这一切反映着那个时代的一种历史观念——历史发展的封顶论。

进入新时期，虽然复古主义仍然存在，以思想僵化为主要特征的封顶论也仍然存在，但作为主要倾向，人们却已经渐渐地确立了不断发展的观念。人们更清醒地认识到历史是不会重复的，只可从这面镜子里得到种种教训，而不可模仿和重演。每一个人都必须重视自己所生活的时代，认真考虑时代所面临的新问题。谁走在历史的前面谁就拥有历史，历史永远钟情于那些不懈的探求者。在历史迅速发展的时代，谁停止了前进谁就要被历史无情地抛弃。在靳凡的《公开的情书》中，老久就已经说过："也许有一天，历史终将证明，我们仍然落在时代后面，成了可悲的落伍者。这种悲哀是人类其他痛苦都不能相比的。……但是我们还是要向前走，尽一切力量向前走，直到生命火花最后熄灭。"这是最早觉醒的一代青年的人生态度，这里有一个前提，历史是逝者如斯，不舍昼夜的。1983年，李国文的长篇小说《花园街五号》发表，它通过花园街五号这座洋房五代主人的悲惨命运告诉人们，历史是不断发展的，是奔腾不息的，无论哪一个阶级，哪一个统治集团，都无法使它停止。历史要求人们随着它发展的要求而不断变革。故步自封、顽固守旧只能导致被历史的潮流摧垮的命运。花园街五号的主人们一代一代都是后一户干掉前一户，以血腥的形式完成交替，而且每一户都产生"代沟"——儿子背叛老子。其原因就在于他们未能适应历史的要求而前进。怎么样才能改变那种悲剧命运呢？唯一的途径就是及时地改革一切不适应历史发展要求的东西。在这里历史发展的不断变革论已成为当前改革的理论依据。李国文正是用这种理论来论证改革的必要性的。1985年，李锐在中篇小说《古墙》中写了一个"两千万年以后，整个大地已变得面目全非"，"许多许多主义过时了许多许多的主义诞生了"之后的"想象的结局"。我之所以提到这个想象的结局，因为它包含了一种历史观念。历史发展顶峰论者无法产生这样一种想象。我们过去的作家也不可能写出这样的想象。他们甚至会反问：共产主义也会有过时的时候吗？而以历史发展的不断变革论来看，一切主义都不会是人类文明的止境，而只能是历史发展的链条上无数否定之否定中的一个环节，一个阶段，尽管未来的确切情况谁也无法预料。从这个小小的例子可见，历史的发展过程在作家的观念世界里已经成为无限延伸和否定的流。

这种历史观念是我们这个时代的产物。因为我们正在变革。这场变革直接导源于当代历史的曲折。而思考中国当代历史就很容易得到一种启示，变革决不是一种一劳永逸的事业。因为无论是解放战争、还是粉碎“四人帮”、拨乱反正，都没有也不可能带来一种十全十美的生活。现实也给人们同样的启示，改革一步步进行，改革之后也仍然有各种问题和不足。因此，今天的改革不是开展一个改革的运动，而是开始一个改革的时代。进入这样一个时代之后，改革将是永远的事业，它将不断地进行下去。从理论上说，它是不应该有结束的，因为历史在其发展过程中不可能出现一个十全十美而不需要再变革的阶段，人类历史的发展也不会停止。变革的时代产生变革的意识，变革意识产生了历史发展的“不断变革论”。

这种历史观念直接影响着文学创作的精神面貌。勇于变革，敢于创新，不断开拓，成为备受赞美的英雄性格。怀疑精神，叛逆精神，永不满足的精神，成为这个时代文学的理想人格不可缺少的精神素质。相反，顽固守旧，思想僵化，安于现状，不思进取，驯服顺从的性格则受到审美的否定。因为前者是历史变革的动力，而后者则常常成为变革的阻力。文学中的这一现象又直接培养着与变革的时代相适应的历史观。

这种历史观念成为近几年文学创作的一个新的逻辑起点。文学中的历史再不是一个封闭自足的过程。文学对变革的呼唤也不再是“改一下子”的问题。从40年代到60年代，文学也曾经呼唤变革，但那种变革理想都是一次性的。50年代和60年代，我们的文学也曾经歌颂变革，但那变革往往是过去时或完成时的。而且歌颂就是完全的歌颂、单纯的歌颂。近几年的文学开始改变这种面貌。矫健的长篇小说《河魂》以三代支部书记组成了中国当代历史发展的一个基本模式，柳泊村自1958年以来代代治河，但无论“大跃进”还是“农业学大寨”，都无一不触犯“河魂”而遭到报应。经过一次次惨痛的教训，第三任支书小磕巴终于懂得了河有河的灵魂，它有自己奔流的意志和规律，对它的限制是历史的错误，因而完成了一次伟大的转变，从“以粮为纲”的狭窄河床中走了出来，而走上了发展商品经济的致富之路。如果在50年代的作家笔下，小说将对此高唱赞歌而结束，但在新时期作家笔下，历史却并没有到此而宣告圆满。小说在三代支书构成的历史模型的末端写了年轻的姑娘河女，她是那样不安于现状，带着一颗痛苦的心去追求新生活，却前程难卜。她的存在预示着小磕巴完成的变革还远远不够，历史仍然呼唤着继续变革。

这种呼唤事实上已经成为作家们相当普遍的呼唤。面对当前的变革及其辉煌成效，作家们不像50年代那样满足，因而也不再那样歌唱，而是时时表现出某种不满，希望变革不要到此为止。大概正是由于这种愿望，矫健写了《老人仓》，张炜写了《秋天的思索》和《秋天的愤怒》。在习惯上高唱赞歌的时候唱起了忧歌。无论是老人仓水库之畔还是芦青河边，以承包为标志的农村改革已经进行了，但作家们却没有满足，因为在那里人民群众的命运并没有得到根本的改变。有人把这些作品看作是道德评判的结果，甚至认为作家们忽视了历史的评判，我却认为这里面深含着作家对生活的历史评判。因为作家决不是认为历史的发展造成了礼崩乐坏和道德沦丧，而是认为社会的变革还很不够，应该进一步变革。由此，我们可以看到历史发展的不断变革论如何有力地推动着今天的变革。同时，它也是那些揭露现实生活弊端的作品的逻辑起点。

这种历史观体现着我们时代的精神：强烈的思变和不息的追求。谁说当前的文学没有理想呢？相比之下，50年代的文学倒是明显地暴露出那种因胜利而满足、而不再思变的精神惰性。好像胜利之后唯一的任务是巩固既成秩序而不必再变革了。其实，不思变革恰恰意味着理想的丧失。

1988年6月　曲阜

论新时期文学的人天观念

人生活于这个世界，不仅必须面对你所生活的社会环境，而且必须面对人类所赖以生存的自然环境；不仅要对人与人之间的关系给予密切关注，而且要正确地处理人与大自然的关系。应该怎样与大自然相处？人类在自身的发展中总是不断地探索并回答着。但是，不同的民族、不同的文化、不同的时代有不尽相同的答案。那么，在价值观念急剧裂变的新时期，中华民族对这一课题的思考在文学中的表现如何呢？当我带着这样一个动机考察近几年的文学创作，它给我的是一分欣喜，一分惊奇，一分困惑和忧虑。

一、人类危机感与人类自审意识的觉醒

在近几年的文学创作中，出现了不少思考人与大自然关系的作品。在这些作品中，人不仅作为社会关系中的人，而且作为大自然链条中的人出现于作家笔下，给文学带来了新的面貌。但是，引起我特别注意的还是小说《蛤蜊滩》（邓刚）、《树王》（阿城）、《大林莽》（孔捷生）、《灵狮》（刘醒龙）、《沙狐》（郭雪波），戏剧《野人》（高行健），报告文学《白天鹅之死》（刘大伟、黄朝晖）和诗歌《情侣》（廖亦武）等这样一些作品。这些作品首先表现出一种人类的意识。作家不再仅仅意识到人作为阶级、民族或者国家的一员而存在，而且意识到作为人类所面临的一切。这是一种新的觉醒。这种觉醒对中华民族来说，具有特殊的意义。

中华民族在自己的童年时代，曾经非常注意人与大自然的关系。这在远

古的神话传说中充分表现着。无论是盘古开天地、女娲补天、夸父追日，还是精卫填海、大禹治水、愚公移山，都毫无疑问是祖先们对人与大自然关系思考的结晶。春秋战国时代，《诗经》与《楚辞》还留下了穷究自然奥秘的大量篇章，但是，自西汉独尊儒术以来，由于以解决人际关系为宗旨的伦理学说在中国文化中核心地位的确立，人作为类的存在对自身与大自然关系的思考逐渐衰微。中国人开始把绝大部分精力放在人与人之间关系的思考上。这种思考进一步促进了中国伦理文化的发展，讲究父慈子孝，兄友弟恭，讲究互相以对方为重，注重公私之分，君君臣臣，父父子子，思想家们纷纷以稳定社会秩序为己任，使“礼”成为中国文化的核心，使中国成为一个“礼仪之邦”。如果说希腊文化注重的是人与大自然之间的关系，中东文化注重的是人与神的关系，那么，中国文化注重的是人与人之间的关系。中国文化的这种特点当然有它非常积极的一面，但是，却也有其非常消极的一面。由于我们对人与人之间的关系特别注意，特别敏感，就必然带来了人与人之间关系的复杂化。互相猜忌，互相设防，你争我斗，我们的老祖宗精通此道堪为世界之首。历代帝王费尽心机所谋划的不是带领他的臣民去面对共同生存的自然环境以创造更多的生活财富，而是怎样稳定他的统治秩序，怎样防止可能出现的叛逆。所以，几千年你争我斗，统治者更替如走马灯一样你方唱罢我登场，却并不代表新的生产关系以推动生产力的发展，而常常纯粹是人与人之间的并无历史发展意义的争斗。当代的阶级斗争扩大化以及“文革”中那种互相监督、互相揭发、互相斗争的不正常的人际关系并非从天上突然掉下来的，而是有着文化传统方面的原因。

因此，人类意识的觉醒将有益于人们团结一致共同面对人类所赖以生存的自然环境，为人类创造更好的生存条件。

但是，值得注意的是，作家们并不满足于这种觉醒，而是以新的目光审视着人类。他们不再歌颂人类征服自然的伟大斗争，而去致力于寻求人与大自然关系的和谐，并为此而对人类改造自然征服自然的活动表示反感。一些作品重笔描绘大自然被破坏的惨状，敲响生态的警钟，表现出一种强烈的人类危机感。

《灵狮》中的护林老人一遍又一遍地讲着他的童话：“当山空了，林没了，再也听不到獐群的鸣叫，再也看不到对对獐子挟着它的幼子鹞鹰般掠过松树坪时，洪水猛兽就要来了……”他年轻时曾经是一个猎人，因打死一只幼獐遭到天谴而彻底悔悟，砍掉扣扳机的食指而结束了狩猎生涯，成为大自然的保护者。他竭力保护自然，但无力抵挡现代人的贪欲，终于山空林没，树王被砍，于是，神话应验了——一场暴雨之后山坡滑塌，泥石流把粮田一扫而光，人类遭到了大自然无情的报复。

《沙狐》中所描写的是在科尔沁草原南部一片茫茫的不毛之地上发生的故事。这片不毛之地在几百年前还是“水草丰美，猎物极盛”的地方，后来，人们为种粮而开始翻耕草原，结果是愚蠢的行为为自己种下了祸根，大片沃土变成了一片黄沙滚滚的荒凉世界。在“大跃进”的年月里，千军万马挺进此地“向沙漠要粮”，结果是使沙漠进一步迅速扩展和延伸。当黄沙步步威逼的时候，人类只有步步撤退。但正如老沙头所说的：“撤走？撤到哪里去？撤出地球？”出于这种认识，老沙头终年种草防沙，为灭鼠护草而与沙狐友好相处。但结果，沙狐却不幸地死于从城市来的疯狂的狩猎者的枪口之下。

《大林莽》是一部寓言，但如果不是只看其象征意义，而是从作品的宣示意去看，它所直接描写的重要内容毫无疑问是人与大自然的关系。青年们在政治口号的鼓动下盲目征服热带森林，要砍掉原始森林，种植橡胶林。他们不顾科学，粗暴地破坏自然生态，到头来是受到了大自然的无情惩罚。小说着力揭示的是违背客观规律的主观意志对自然和人的践踏，它以形象的描绘向人们表明，人对于大自然绝对不能为所欲为，“当人类的智慧被急功近利乃至妄想狂叫所践踏时，无论自然还是人本身，都将沦落到前途茫茫的窘境”（《林莽和人》)。

《蛤蜊滩》写的是“蛤蜊搬家”的故事。由于人类贪得无厌，蛤蜊的生存繁衍受到威胁，这些小生灵不得不艰难地逃向大海深处。高行健在他的话剧《野人》中借一个生态学者之口向人们发出警告：如果继续砍伐森林，“这已经浑浊的江流就该流泥浆，它造成的灾害绝不是砍下的这些木材能抵偿的，自然会报复的。”

“自然会报复的！”几乎成为这类作品共同的一句警世之语。这些作品大多有一个悲惨的结局。它几乎形成一种模式，只要留心一下，就会发现不少作品都是这样写的：一个大自然的忠实守护者，与大自然和谐相处，从外界闯入几个破坏者（他们差不多是砍伐者或者狩猎者，而且差不多是文明人），于是双方不可避免地发生了斗争，大自然的守护者最终不幸败北，大自然受到破坏，人类因破坏了自然而又终于受到大自然的报复。作家们之所以热衷于这种悲剧性的结局，并且极力渲染大自然的神秘力量，正是由于一种刚刚觉醒的人类危机感。这种危机感常常就是作品的创作动因。

生态环境的破坏后果是如此可怕，那么是谁破坏了生态环境的平衡呢？这些作品告诉我们：正是人类自己。作家们在这些作品中不约而同地反思人类在征服自然的过程中的是非功过，表现出一种当代文坛上前所未有的人类自审意识。

《野人》中的老歌师曾伯说："其实呀，人这东西最恶。就拿我来说，为了这张嘴，我手底下杀生的，……总不下一千头野物，都是大家伙，野鸡野兔的还不算数，造多少孽啊！"这是作家借人物而进行的对人类的自我审问与忏悔。这种自审与忏悔相当普遍地存在于这些作品之中。乔迈的报告文学《漠河大火记》所写的是大兴安岭灭火，按照以往的习惯，它应该描写人与自然灾害的斗争，但作者却没有那样写，而是一再地发着这样的议论："在我们这个星球上，最聪明的是人类，最愚蠢的也是人类。大森林对人类有养育之恩，但人类却不知恩图报。在第四纪冰川期，我们人类的祖宗类人猿就是从大森林里走出来变成了人的。我们一旦变成了人，便和大森林反目成仇，或者辟林放牧，或者辟林耕作……致使密林变疏林，疏林变荒原，荒原再变为不毛之地。"《白天鹅之死》面对白天鹅被猎杀这一事件，发出的也是对人类的严厉审问："人，人类，你究竟是至高无上的地球主宰，还是普通而聪明的自然之子？……你们常常讲观念更新，为什么不更新这种主宰观念？正是这种自以为是的主宰观念派生出其他一些邪念，使你们给其他一些生物带来危机。"

既然是人类破坏了生态平衡，责任就应该由人类承担，改变以往那种与自然对立的态度。作家们对人与大自然关系的和谐发出了深情的呼唤。那么，如何实现这种关系的和谐呢？回答是人类要努力克制自己保护自然，保护生态平衡。上述作品都渗透着保护自然的思想。《野人》不仅直接呼唤"救救森林"，而且通过戏的结尾孩子与野人的对话以及携手奔向森林深处的情节，呼唤着人与自然的沟通。它还通过生态学者告诉人们：人与树，人与鸟，人与兽，都应该是朋友，都应该和谐相处。

关于人与大自然关系的这种思考，在当代以至现代作品中都是少见的。我们的文学出现过大量的表现征服自然这一伟大斗争的作品。我们曾经满怀豪情地"命令秦岭让开路"，高唱"伐木工人之歌"，我们高喊"命令三山五岳开道，我来了！"甚至为了显示自己的力量，写出过这样夸张的句子："石油工人一声吼，地球也要抖三抖！"……总之，我们习惯于以种种形式歌颂人们改天换地的英雄壮举，而新时期文学中的这些作品却开始反其道而行之，谴责这些壮举，而要人们在自然面前让步，抑制自己的贪欲而保护自然。这是一个巨大的变化。这个变化是很有意义的。我们不能不承认，人类在科学发展中具有了对自然的一定权力之后，就认为地球可以随心所欲地改造和无限制地索取，这是非常愚蠢的。科学技术的发展一方面为人类的发展提供了条件，一方面也为人类毁灭自身所赖以生存的地球提供了能力。如果把这种能力用于对自然的盲目征服，人类的理想毫无疑问将非常可悲。"人定胜天"的口号把人与自然对立起来，把人作为自然的外在物，结果不仅损害了自然，也从根本上损害了人类自身。因为人虽然从自然当中分化出来，却仍然是自然的一部分，要实现人类社会的高度发展，必须保持人与自然在一定程度上的和谐。同时，中国人口众多，但并非如我们常引以为骄傲的"地大物博"，森林减少，沙漠扩大，水土流失，空气污染，种种问题直接关系到民族的生存，迫使我们不得不思考"保护自然"这一课题。文学这一变化意义也是显而易见的。

二、古老东方与当代西方的契合

任何有生命力的文学创作都力求以独特的形式把握时代的重大课题，回答时代提出的疑问。人与自然之间的关系历来是哲学家和思想家关心的问题。这个问题的研究和争论贯穿整个哲学史，是一个永恒的哲学课题。对于人与大自然的关系，东方与西方有着极为不同的认识与回答。但在今天，却共同面临着一场观念上的重新选择。新时期文学中的保护自然、顺应自然的人天观念正是这个时代这一重大课题在文学中的一种反映。可以说，它的产生既是对民族文化传统的一种回归，又是放眼世界从西方拿来的结果。它是中国古代文化与西方现代文化在今日中国契合的产物。

在中国，从春秋战国时期开始就有关于人天关系问题的争论。但是，由于自然经济对自然条件的依赖，中国人长期处于“靠天吃饭”的生产水平，就很自然地对大自然敬而畏之，畏而顺之。所以，在古代中国的哲学系统中，“天命论”一直占有很重要的统治地位。孔子主张“尊天命”“畏天命”，认为天命是不可违背的，而且把“知天命”作为人格修养的最高境界。老子与庄子认为人在大自然面前是无能为力的，因而只有“无为”，任其自然。作为中国传统文化两大基石的儒家和道家，许多思想尖锐冲突，但在天人观方面却基本一致，都不强调对自然的改造和斗争，而强调天人合一，人与天的和谐一致。在先秦时期众多的思想家中，只有荀子主张“制天命而用之”，具有改造自然的思想，但在几千年的古代中国历史上，却始终未能占据统治地位。先秦时期的天人观被后人普遍接受而发扬光大的就是“天人合一”的观念。从先秦到明清，它为大多数哲学家所宣扬。“天人合一”的确是一个非常美好的境界，但这境界何以到达呢？传统“天人合一”思想的本质是顺天，达到的方式是人去适应天。在中国，“天”的意义历来含混不清，既指命定、主宰，又指环境、规律和自然。在荀子那里，“天”就是自然，在孟子那里，就不仅仅是自然，《易传》中的“天”多指自然，却已经开始把自然的“天”和意志的“天”融为一体，使其具有了道德内容。董仲舒把“天”的意志力量和主宰作用与大自然的客观规律相合一，“天”又包括了客观社会环境的含义。这样，“天人合一”就不仅是人对大自然的顺应，而且包括了个体对群体、对既定秩序的顺应。宋明理学中的“天人合一”已经成为一种地地道道的社会伦理学，几乎不再涉及人与自然环境的内容，但是，它却仍然影响着人们对大自然的态度。人们习惯了以顺应的态度对待社会生活环境，也就自然而然地以顺应的态度对待自然环境。

但是，到了当代，中国社会却曾经在很长的一段时间里高扬改造自然、人定胜天的思想。中国人在社会生活中无休止地进行“阶级斗争”的同时，以同样的激情去进行改造山河、征服自然的斗争。这种愚蠢的做法我们从《树王》《河魂》《大林莽》等作品中可以清楚地看到。

西方的发展却与此恰恰相反。

在西方，向外探求开拓以获得自由的思维方式是一种历史悠久的文化传统。人不仅在群体生活中努力保持个体的个性，而且在大自然中也努力证明人的力量，作为人的生存环境存在的大自然，理所当然地成为人类征服的对象。人类征服自然的理想随着生产力水平的不断提高和科学技术的不断进步而不断变成现实，人对自然界取得了一个又一个的伟大胜利。这种胜利又进一步巩固了人们征服自然的观念，形成了一种“人是万物主宰”“人是自然界的主宰”的观念，更强烈地表现出主宰自然的欲望。

但是，到了今天，对自然不适当的征服已使人类受到了惩罚，环境污染、能源危机、生态平衡的破坏，这一切使人类面临种种困境。因此，人们认识到保护和改善人类环境已成为一个迫切的任务，为此，1972年6月联合国人类环境会议通过了《人类环境宣言》。学者们进入“全球问题”的研究，注目于“人类困境”，高呼“只有一个地球”，发出“救救世界”的呼吁。他们认为控制自然是人类妄自尊大的想象的产物，应该立即停止各种愚蠢的行为，建立人与自然的和谐关系。他们从爱护资源出发强调对自然的保护，从生态平衡角度反对盲目征服自然，他们甚至为此而反对增长，鼓励低创造与低消费。在这种情况下，一些学者注目于东方，热情称赞“仁者以天地万物为一体”的“天人合一”思想，盛赞中国保护自然、顺应自然的天人观，甚至盛赞道家的无为，因为它的确把节省自身力量与保护自然结合起来了。

这种思潮冲击着中国。随着环境保护法的诞生和各地“绿色协会”“爱鸟者协会”等组织的出现，人们在思考西方环境科学的同时，想起了中华民族在这方面悠久的传统，想起了《国语》中鲁宣公破坏了“夏三月川泽不入网罟”的制度而被大夫里革把渔网毁弃的故事，想起了《管子·地数》中“有动封山者罪死而不赦”的禁令，想起了《吕氏春秋》中记载的“四时之禁”，想起了忽必烈“严禁狩猎天鹅、隼鹰”的法令——这一切《白天鹅之死》等作品都使我们看到了作家的思路和视野。从《当代社会与环境科学》《全球问题和人类困境》等小册子也可以看到学者们的思考。在中国，保护自然的思想的确是古已有之，就是主张“制天命而用之”的荀子在《王制》中也说：“草木荣华滋硕之时，则斧斤不入山林，不夭其生，不绝其长也；鼋鼍鱼鳖鳅鳣孕别之时，网罟毒药不入泽，不夭其生，不绝其长也；春耕，夏耘，秋收，冬藏，四者不失时，故五谷不绝，而百姓有其食也；污池渊沼川泽，谨其时禁，故鱼鳖优多而百姓有余用也；斩伐养长不失其时，故山林不童而百姓有余材也。”中国传统文化与西方当代意识在这个交叉点上契合了。新时期文学中新的人天观念迅速萌生。它既是一种引进，又是一种寻根，同时，又是当代中国作家对于当代斗争哲学的一种厌倦和反拨。

三、困惑与思考

我愿意高度评价这些为保护自然而呼叫的作品，充分肯定它在文化观念方面的积极意义。但是，一些问题却苦苦地纠缠着我，使我不得不进一步思考——

1. 对人类改造自然的斗争应该如何评价

我们应该保护自然，但这决不意味着人类历史上改造自然的活动就是错误的，也决不意味着人类从此就彻底放弃了对自然的改造。我们的文学不应该从一个极端进入另一个极端，简单地否定人类改造自然的活动。

在新时期文学中，伴随着保护自然的呼声，出现了一种否定文明进步、否定科学发展的倾向，为了保护自然生态而呼唤人们返璞归真，停止对自然的一切改造。我承认这种倾向是出于一种良好的动机，一种非常可贵的人类忧患感。但是，有一点应该清楚，所谓“人类困境”的问题要害并不在于对自然的改造与征服，而在于人类由于科学认识的局限对自然没有能够真正征服。可怕的是背离了人类自身利益的、目光短浅的征服，而不是征服和改造本身。人类摆脱困境的唯一出路是依靠科学而掌握自然规律，减少盲目性，而不是因为空气污染就关闭工厂、捣毁机器、退居原始森林。当今世界环境科学的任务仍然是为了生存和发展而科学地改造自然、驾驭自然。人类认识到生态平衡的重要性，思考对自然的保护，本身就是对自然的征服和驾驭。

我们应该寻找人与自然和谐相处的途径，但和谐相处决不意味着放弃对自然的改造，更不意味着放弃以人为目的的价值尺度。有些作品对人类发出各种过分的指责，认为“地球是属于大家的”，有的作品发出这样的疑问：“人道主义这一道德准则难道仅限于人类社会？……对自然界其他生物，人道主义就不适用了吗？作为地球上的一员，它们就没有生存的权利了吗？人与人之间的道德关系难道不应等同于人与野生动植物的道德关系？人，你对你这种不辨善恶的行径不感到担忧、不应该反思吗?”在《野人》中，作者通过生态学者的台词和细毛的梦幻表现了自己阔大的胸怀与崇高的人道主义理想：人与野人、人与鸟、人与一切动物、人与树、人与一切植物，都应该是朋友，都应该和睦相处。报告文学《白天鹅之死》通过议论勾画了一幅同样的蓝图，并且向人类发出了呼唤：“人与动物都是大自然创造出来的，是兄弟是朋友，它有难你相救，你遭灾它报恩。如此良性循环，彼此轮回，你中有我，我中有你，其乐陶陶，其意绵绵，其境欣欣，何乐而不为?”这些，作为梦境都是非常美好的，但却无法化为现实。即使人类听从了这些伟大作家的崇高说教，表现出无边的人道主义，这些作家却没有能力去做动物的思想工作，帮助它们提高觉悟，使肉食动物不再相互蚕食，使虎狼与人类亲善。所以，绝对美妙的生态平衡是不会有的，它比人类实现没有剥削、没有压迫、绝对平等的社会还要困难的多。如果它真正能够实现，那大概对于人类来说也决非“其乐陶陶”的佳境。如果生态平衡不被打破，人类的祖先就决不会从动物中走出来成为人。事物总是在不平衡中发展的，人类意识到自己对于地球的责任，只能作某种程度的努力，去争取更高层次的人与自然的和谐，而不是取消自身。人类之所以在长期进化中未被自然淘汰，主要不是顺应自然与自然和谐相处，而是自觉地为自身的生存和发展而改造自然、利用自然的结果。人如果没有对自然的改造与斗争，江河横溢，虎狼成群，一片蛮荒，生态固然是平衡的，却未必有利于人的生存，人与自然的和谐又从何谈起?应该相信，人类在自身的发展中做出时到今日的选择，并非都是错误的。如果没有放火烧山的伟大壮举，就很难想象人类发展能够延续到今日。处于无为状态，听任自然摆布，对于人类来说并不是一条光明的出路。即使到了今天，人类也还是无法在整个地球上退耕还林。所以，我们大可不必对改造自然深恶痛绝。

我们的确应该认识到人类在改造自然过程中直接利益与长远利益的矛盾。由于人类对自然界的认识是一个由低级到高级的发展过程，每一个阶段都不可避免地存在着局限，不可能一下子认识自身行为的全部后果，所以，人类在征服自然的时候，常常在凯旋之后又受到报复，流血流汗向大自然借取“驴打滚”的高利贷。但即使这样，我们也不可能因为担心自身仍然存在历史局限而完全停止改造自然的实践活动。

2. 什么是天人和谐的最高境界

阿城的《树王》中的肖疙瘩是一个非常奇特的文学形象。他拙朴、健壮、正直、善良，心灵在人类社会中受到压抑，而在大自然中得到舒展。他爱树如命，却说不出什么理由，只知道“它长这么大，不容易。它要是个娃儿，养它的人不能砍它”。在他的眼里，自然和人是被同样看待的。作者有意识地把他处理得与大自然浑然一体，他就是树王，树王就是他，他能凭直觉感到森林将被毁灭而忧心忡忡，树王被砍之后，他也立即在抑郁中死去。刘醒龙的《灵狮》中的护林老人终日讲着谁也听不懂的呓语，说不清是清醒还是糊涂。他在年轻时打死过一只幼獐，直到晚年还觉得那不是一只幼獐而是他自己的亲生儿子。这些人物有一个共同的特征：把人与自然万物混为一体，天人不分，近于混沌。他们最无知而最有知，最不懂科学而最科学，最不会思考而最有远见。他们在作品中受到作家们的赞美，甚至被当作受伤之骨和医伤之药推荐给读者。我们从这些人物身上得到的启示是人不要灵窍太多，而应该返归自然，与大自然融为一体，回到主客体不分的混沌境界。

有人盛赞《树王》所表现的天人合一的哲学意识，我对此实在不敢苟同。因为人类如果达到小说中所表现的那种与大自然浑然一体的境界，人将不再成其为人。人类虽然永远无法与大自然割断联系，但其最大的特点却是能够意识到主客体的关系。“凡是某种关系存在的地方，这种关系都是为我所存在的，动物不对什么发生‘关系’，而且根本没有关系，它对他物的关系不是作为关系存在的。”①那种天人不分、混沌为一的境界属于动物而不是人的特征。对那种境界的呼唤和礼赞是要人类还原为动物，是对人类自身的一种根本否定。

3. 在西方出现中国文化热的情况下如何看待中国传统的天人观

在西方当代文化与中国古代文化的契合点上，一些作品非常明确地表现出了一种文化态度：“既然西方文化中的人与自然的关系已由敌对转向和谐，向东方回归了，东方文化中的天人观念反而该丢掉、同西方原有的做出置换吗？……不妨向左右看看，能站在同一地平线上同步的，就不要等到别人跑远了才起步。”这是当代文学中并不罕见的一种认识，也是寻根文学的

①马克思：《资本论》第一卷，第35页。

一个出发点，更是张扬“天人合一”观念者的一个重要的理论依据。

但是，问题并不那么简单。不错，西方已经出现了否定自己的传统而向东方学习的现象，但并不是凡是西方学习的就是值得我们继承的。这里需要注意的也有一个“国情”问题，在不同的文化基础和发展层次上，同一事物会有不同的效应，导致不同的结果。如发达国家的一些学者在拿中国的无为以限制增长，鼓励低创造与低消费，这在发达国家是不乏积极意义的，但对于我们这个本来就累于惰性、难于鼓动创造热情、容易安于现状，而且急需创造物质财富以摆脱贫困的民族来说，其作用就未必是积极的了。那种把保护自然与节省自身力量相结合的所谓睿智，使人与自然的供需矛盾在遏制人的生活欲求的前提下达成一种低水准的平衡，培养着中国人淡泊自守不求拓展的处世态度。对于发达的国家来说，这或许是求之不得的，但对于中国的现代化来说，它却是一种极大的阻力。因此，有时的确需要去做那种置换。并不是所有最新的东西都是中国人所需要的。有时最新的东西恰恰对我们无益，人家抛弃的东西也许我们恰恰最需要。这也许就是历史的发展阶段的不可逾越性。否定之否定，前一个否定和后一个否定形式上往往相同，把最新的东西拿来，也许恰恰巩固了刚刚受到冲击的旧东西，与旧东西联合起来扼杀新的事物。这种教训在中国现代历史上已经不少了。

一种文化要想保持生机，应该更多地拿来那些与自己传统对立的东西。我们的作家在面向西方时应该谨防沿着“中国古已有之”的习惯思维跑下去。那样最容易把新事物纳入老祖宗的旧框架。

1988年10月　曲阜

论新时期文学的国家观念

一、爱国主义主题的延伸

也许由于20世纪中华民族的命运，也许由于刚刚过去的“文化大革命”在给个体带来伤害的同时也伤害了国家和民族，所以，“文革”结束之后，文学的爱国主义激情表现得十分强烈。如果从题材和人物角度考察80年代的文学，有三个方面表现特别突出。

1. 为保卫国家而英勇献身的军人

事实上，无论工农兵学商，都在为国家承担着责任，都在做着与国家密切相关的工作。但是，其他领域的工作总不如军队在战场上为国家的安危与存亡所进行的斗争更加直接和鲜明。70年代末发生了中越边境的战争，这成为一个重要的文学题材。徐怀中的《西线轶事》、朱苏进的《射天狼》、李存葆的《高山下的花环》等一系列的作品显示了新时期军事文学的成就。在这些军事文学中，我们可以看到作家们仍然沿着几十年形成的军事文学传统前进，仍然表现着自50年代以来军事文学形成的几个中心主题：爱国主义和革命英雄主义。如果从作品中抽取作家的观念形态，就可以看到，为国捐躯仍然是一种美德，背叛祖国则是一种不可原谅的恶劣品行。一个人可以有种种缺点和错误，但不可以背叛祖国，只要他是爱国的，能够在祖国需要的时候挺身而出，他就是有一些这样那样的缺点和错误也是可以原谅的。这样，就可以看到，爱国主义是人们公认的价值准则，它是看一个人本质如何的一项重要的价值尺度。

徐怀中的《西线轶事》不仅描写战士们为祖国而战的崇高精神，而且以爱国主义精神的光彩为刘毛妹洗去了脸上的泥污。用传统的眼光看，刘毛妹性格孤僻，行为乖戾，不守纪律，绝对不是一个好兵，但随着小说故事的展开，当读者看到他在炮火硝烟中奔跑的身影和最后英勇牺牲的结局时，立即对这个平时表现欠佳的战士刮目相看了。人们发现了他的闪光的本质，而原谅了他的生活小节的不足。当然，他的缺点也未必是缺点，但在这篇小说中，作者的一个重要意图就是为刘毛妹的那些令一些人难以接受的性格特点辩护。非常明显，为了实现为刘毛妹这样的青年辩护，徐怀中使用的砝码是爱国。

李存葆的《高山下的花环》通过动人心魄的描写赞美了梁三喜等英雄人物。而作家赋予梁三喜们的重要特征就是“位卑未敢忘忧国”。作家对一些丑恶行为的判断，也是以是否爱国为尺度的。吴爽是一个被鞭挞的人物，她之所以受鞭挞，原因就在于她不顾国家与民族的利益而让儿子临阵脱逃。这部中篇小说的一个突出特点就是把对官僚特权的批判也拿到了爱国主义的聚光镜下。

80年代的战争文学几乎都离不开爱与死两大主题。战场是生与死的交界处，不是男欢女爱的乐园。但是，作家在描写战争而又表现人性时，常常要在血与火之中加入一点爱情生活。有人曾经批评新时期文学爱情描写过多，却也无法扭转这种局面。因为人们已经普遍地不再满足于面对战争而仅仅表现炮火硝烟和战士们的英雄主义精神。叶楠的《芝兰与牵牛花》、韩静霆的《战争让女人走开》、沈石言的《战争与女人》、周大新的《硝烟中的祝愿》等都以大量的篇幅描写爱情，把主人公面对爱情、婚姻、道德等问题时的真实情感毫不讳饰地表现出来。爱情是那样铭心刻骨，离别是那样肝肠寸断，但是，这里是战场，是特定的环境，人性的种种需求都必须服从于国家的需要。爱情是美好的，生命是珍贵的，但在祖国需要的时候，战士们却把这一切都毫无保留地奉献了出来。当最后的天平上一边是国家的利益，一边是个人的爱情时，新时期的作家们没有像50年代的作家那样简单地写他们的英勇献身，而是充分注意到了他们的心理矛盾，但是，最后的选择却毫无疑问都是崇高的。在浩如烟海的作品中，几乎没有一部做出相反的处理。由此我们可以看到，中国作家在80年代初期仍然保持了一种观念：国家高于一切。

2. 蒙冤受屈而不改其赤子之心的知识分子形象

由于过去几十年中知识分子的不幸遭遇，当历史出现转机的时候，知识分子生活成为文学的重要表现对象。特别是那些经历了几十年苦难生活的知识分子作家，自身所经历的坎坷之途往往成为重要的创作动力。因此，80年代中国文学呈现在人们面前的一个重要现象就是知识分子题材作品的增多和知识分子形象的变化。在全部的变化中，最为明显的首先是知识分子的苦难历程受到了文学的特别关注。

在这一方面，张贤亮毫无疑问是有代表性的。张贤亮反映知识分子苦难历程的第一篇小说《灵与肉》发表于1980年。小说所描写的许灵均可以说是一个受尽苦难而对祖国赤心不改的知识分子形象。许灵均出身于资产阶级家庭，却因为父母感情不和而从小没有得到来自家庭的爱，在中华人民共和国建立前夕，他因为父亲离开大陆和母亲的去世而成为孤儿。是新的社会收留了他，并且把他培养成人民教师，但是，当反右运动到来的时候，他却因为资产阶级的血统而被划为右派，被抛向了生活的底层，并在苦难中建立了自己的生活。直到历史出现转折的时候，他的问题才得以平反。正在这时候，他那已经成为富商的父亲从美国归来，要他出国去继承他的财产和事业。这是“文革”结束之后生活中相当普遍的一个现象。面对这种机会，小说使我们看到的是，许灵均拒绝父亲的要求而回到了大西北那片贫瘠的土地。他做出如此选择的理由是“那里有他在患难时帮助过他的人们，而现在他们正在盼望着他的帮助；那里有他汗水浸过的大地，现在他的汗水正在收割过的田野上晶莹闪光；那里有他相濡以沫的妻子和女儿；那里有他的一切；那里有他生命的根！”在这片土地上，许灵均曾经流下了太多太多的伤心泪水，然而，他依然对它无限依恋。作家的态度是鲜明的，许灵均表现的是一种赤子之心和高尚的情操。

在80年代文学作品中，作家们在描写知识分子在“文化大革命”中的悲惨命运的同时，几乎都同时描写了他们丹心报国虽九死而不悔的精神。翻阅80年代知识分子题材的作品，我们不难发现一些这样的故事：他们早年留学国外，学有所成，1949年之后，毅然舍弃国外优厚的生活条件，费尽千辛万苦回到祖国的怀抱，然而，命运等待他们的却不是坦途而是无限坎坷。

特别是在“文化大革命”中，他们普遍地受到种种不公正的待遇，历尽生活的磨难。然而，无论受过什么样的苦难和冤屈，他们仍然对祖国怀有无限深情，九死一生，赤心不改。

另一类故事以《人到中年》为代表。这类作品描写的不是政治上受尽迫害的知识分子形象，而是普通的知识分子。然而，思路基本是一致的。陆文婷们的生活是令人同情的，他们没有足够的生存空间，物质生活条件极为恶劣，政治上不被信任，但是，他们任劳任怨，不计报酬，年复一年，日复一日地工作着，兢兢业业，无怨无悔。《人到中年》对姜亚芬夫妇的出国没有像一般思想僵化的人那样无理指责，但是，作为一种对比，陆文婷们却比姜亚芬们高尚。作家对姜亚芬表现的仅仅是理解，而对陆文婷表现的是礼赞。在一些作品中，作家没有揭出爱国的旗帜，在更多的作品中，作家却往往把这种精神引向爱国主义。有一篇影响很大的报告文学，其标题就是《祖国高于一切》。

这些作品对知识分子的崇高品质的表现常常显露着为其美言辩护的痕迹，但它基本上是真实的，因为在中国几千年的历史上，国家意识是不断强化的，国家在人们的心目中是神圣的。中国人习惯于对国家绝对服从和效忠，几乎很少有人考虑个人与国家的关系。这种传统影响着一代又一代的人，特别是知识分子。当代知识分子虽然在某种程度上接受了西方文化的影响，但这种影响是很有限的，所以就有了上述作品所形成的现象。这样的作品一般有两个主题，一个是揭露与控诉“四人帮”和“文化大革命”，一个是歌颂中国知识分子并且为其正名。在这两个主题的表达中，爱国主义都在起着重要的作用。第一个主题的表达中有这样一句话：他们如此爱国，却受到这样的对待，“四人帮”太可恶了，“文化大革命”应该否定。在这里，爱国者是不应该受到迫害的，对爱国者的迫害构成了对那段荒谬历史的指控。第二个主题中有这样一句潜台词：中国知识分子是伟大的、崇高的，因为他们无论受到什么样的苦难都仍然热爱祖国。在这里，爱国成了知识分子伟大可爱的证据。

3. 为祖国富强而披荆斩棘的改革者

改革者形象是80年代中国文学人物画廊中的一个重要系列。而且，这个系列是作为时代英雄形象出现的。在改革者形象身上，我们可以看到他们无论思想和性格上有多少不同，但有一点是极为相同的：极强的爱国心和社会责任感。

考察不同时期文学作品以及生活中对爱国行为的理解，在30年代到40年代，抗敌救亡无疑是爱国的最集中的表现。在50年代，爱国的行为主要表现为保卫祖国和建设祖国。到了60年代，阶级斗争和路线斗争的重要性提到了压倒一切的地位。文学的意识核心是阶级和路线，国家和民族相对而言并不重要。如果说仍然存在一种打有时代烙印的爱国观念的话，在60年代，按照主流意识形态的解释，狠抓阶级斗争，批判资产阶级，反修防修，就是爱国最集中的表现。在“文化大革命”中，与走资本主义道路的当权派斗争、揪出睡在毛主席身边的定时炸弹，防止修正主义和资本主义复辟，被理解为最重要的爱国行为。到了80年代，推动改革开放成为爱国的重要内容。这是很有道理的。因为只有改革，国家才能富强，才能繁荣昌盛。

在改革文学中，作家们都在写改革者们为祖国的富强而进行的艰苦卓绝的斗争。无论乔光朴、车篷宽、陈抱帖，还是郑子云、刘钊、李向南，他们历尽艰辛进行改革，都绝不是为了自己，而是为了一个共同的目的：祖国的繁荣富强。就连武耕新这个农村大队支书在想法让群众学会花钱时，也意识到了是在为国务院分忧。那些兴利除弊的改革家，那些费尽心机为祖国创造财富和积累财富的人们，谁能说他们的行为不是爱国的集中表现？空言爱国，却面对国家肌体的病灶泰然处之，不思变革，甚至千方百计对改革事业进行阻挠，是改革文学中那些保守分子的特征。他们被处理为事实上缺少爱国情感的官僚主义者。

由此可见，这个时代的作家都把爱国主义看作一种高尚情操。为了使笔下的人物更有光彩，更有动人的力量，就更多地赋予他爱国主义的光彩。爱国主义精神都表现在正面人物身上，反面人物身上是很难找到的。没有人把一个丑恶的败类写成爱国者。

二、爱国情感的深沉化与复杂化

尽管这个时代的文学仍然高扬着爱国主义的精神，但是，这个时代的爱国主义却发生了一些鲜明的变化，出现了一些新的特征。

首先是爱国情感的深沉化。让我们先看一看50年代爱国情感的表现吧：那个年代的文学中充满着对祖国的热情歌唱，歌唱中反映着热烈、欢快而自豪的情绪。

五星红旗迎风飘扬，
我们的歌声多么响亮，
歌唱我们亲爱的祖国，
从今走向繁荣富强……

这支歌不仅反映着那个时代的文学情绪，而且透露着这种情绪的社会基础。因为一个新的时代开始了，“中国人民从此站起来了”，面对一个如喷薄而出的朝阳般的带着梦幻般的美丽色彩的新中国，能不无比自豪地放声歌唱？这种情感基调一直持续到70年代，“文化大革命”时期的作品仍然保持着这种调子，只是增加了几分斗争的激烈和硝烟味。

进入新时期，一种完全不同的情感基调出现了。那种单纯明朗的热情赞颂不见了，那种充满豪情的夸耀不见了，对祖国的深厚感情中饱含了辛酸的泪水和悲愤的呼叫。让我们看一看诗人舒婷的《祖国啊，我亲爱的祖国》：

我是你河边上破旧的老水车
数百年来纺着疲惫的歌；
我是你额上熏黑的矿灯，
照你在历史的隧洞里蜗行摸索；
我是干瘪的稻穗；
是失修的路基；
是淤滩上的驳船，
把纤绳深深
勒进你的肩膊；
——祖国啊！
我是贫困，
我是悲哀。

我是你祖祖辈辈痛苦的希望啊,
是飞天袖间
千百年未落到地面的花朵;
——祖国啊!

就连为祖国献身的精神的表达也失去了豪迈，增添了几分苦涩："你以伤痕累累的乳房／喂养了／迷惘的我、深思的我、沸腾的我；那就从我的血肉之躯上／去取得／你的富饶，你的荣光，你的自由；——祖国啊，我亲爱的祖国!"

江河的《祖国啊，祖国》呈现的是这样一种情感：

我把长城庄严地放上北方的山峦
像晃动着几千年沉重的锁链
像高举起刚刚死去的儿子
他的躯体还在我手中抽搐
我的身后有我的母亲
民族的骄傲，苦难和抗议
在历史无情的眼睛里
掠过一道不安
深深地刻在我的额角
一条光荣的伤痕
硝烟从我的头上升起
无数白骨叫喊着随风飘散
惊起白云
惊起一群群纯洁的鸽子
……

这一连串奇特的意象给人的是一种沉重感。显然，诗人的感情深沉悲壮而充满忧愤。诗写得很长，最后是"用低沉的喉咙灼热地歌唱祖国"。

一个时代的文学精神面貌发生变化并不只是表现在部分作家之中。50年代唱惯了热情明朗的祖国颂歌的诗人也被这种深沉所浸透着。在中华人民共和国成立三十周年的时候，张志民像过去一样写了一首庆祝国庆节的诗，然而，它的题目不再是“祖国，光辉的十月”“三十年颂歌”，而是《祖国，你听我说……》“祖国，我对你说，／当人民共和国／——三十岁的诞辰／我该献上一支／——怎样的歌？／／笔呀，是那么沉重，／心呀，是那么热烈！”他向祖国献上的不是热情的歌颂，而是深沉的忧虑和希望。

在叙事文学作品中，爱国情感也发生了同样的变化。那些反映经历苦难的知识分子的爱国赤心的作品在所张扬的爱国主义情感之中，总让人感觉到深深的苦涩。甚至由于这种深沉和苦涩，使人产生一些误解。

这种变化显然与十年“文化大革命”及“文革”过后人们的觉醒有关。噩梦醒来，痛定思痛，面对遍体鳞伤的祖国母亲，赤诚的儿女心头渗着鲜血，真正的爱国者无法像百灵鸟那样唱出欢乐的歌。而且，人们无法不考虑祖国这一概念的复杂内涵。

其次，爱国精神的复杂化。

与爱国情感的深沉化密切相关，文学的爱国精神也开始变得比较复杂。新时期文学的爱国主义精神不仅表现为歌唱祖国，不仅表现为歌唱爱国者，而是出现了多种表现。在这一时期，人们似乎确立了这样一个观念：作为文学，歌颂祖国的伟大、歌颂爱国行为，固然是爱国的一种表现，但同时，为祖国做X光透视，向着祖国肌体上的毒疮举起手术刀，也是爱国的表现，甚至是更重要的一种形式。因此，新时期文学的爱国主义精神往往表现为对社会问题的揭示和救治的努力。伤痕文学、反思文学、社会问题小说、社会问题剧、揭露社会生活阴暗面的现实主义诗歌……都直面生活真实，说真话，抒真情，真实反映社会生活，努力把社会的种种问题都暴露出来，以引起疗救，使国家更美好。因此，新时期文学中的爱国主义精神常常表现为对社会变革的呼唤，表现为强烈的忧患意识和责任感。

反映去国者的作品表现更为复杂。《世界大串连》《旅美华人录像》《中外大通婚》等报告文学使我们看到，每一个去国者都对祖国深深依恋，最终却一个个含泪而去。这是为什么？祖国，是不是你自身有问题？你该如何改变自身，使那些热恋你的儿女为你自豪，为能够在你的怀抱里而感到幸福？这些作品通过广泛的调查研究展示了去国者的思想和感情状态，展示了社会存在的各种问题。那些挥手告别祖国的人，并非为了到国外去满足物质生活的享受。即使是为了追求物质方面的满足，祖国为什么不能使自己的儿女在自己怀抱里满足，而让他们跑到异国的土地上去艰难寻找呢？更重要的问题在于，由于各种复杂的原因，在祖国的土地上，他们的才华往往得不到发挥，他们的人格往往得不到尊重，他们的权利往往得不到保障，甚至仅仅是爱情的自由和幸福。一个国际知名的青年艺术家，在国内的单位却得不到一间像样的房子；一个年轻漂亮的姑娘，仅仅因为漂亮，就难以逃脱权势者的魔掌；一个才华横溢的青年，仅仅因为个性特点，就在他的单位无法生存；如此等等，他们终于走了，尽管他们对自己的祖国无限热爱，临行时满含热泪，却还是毅然离开了祖国。作家们写到这些，给予的是充分的理解与同情。

同时，一些年轻的作家和诗人的作品则表现了更复杂的情感形态。这是尚仲敏的一首《祖国》：

成千上万的天才死去了
我现在说出的话
正是他们来不及说的
他们自身的遭遇
忧郁和苦衷
疾病和灾难
这一切命中注定
超出了你的掌握
或者不曾被你注意

你的大地大得
让他们不得不走到更远的地方
他们占据着你偏僻的一隅
生前放声歌唱
死后不留痕迹

如果有朝一日
战火燃烧，大敌当前
我想，我也该趁机子弹上膛
但我首先要干掉的
只能是我自己
我毕竟跟他们命运相同
既然无力自救
又怎能救你……

三、冲突：从《雪落黄河静无声》说起

从维熙的中篇小说《雪落黄河静无声》写了这样一个故事："右派分子"范汉儒在劳改过程中认识了监狱中的女"右派分子"陶莹莹，两人在接触中产生了深深的爱情。他们终日朝思暮想，但监狱的环境却使他们没有结合的条件。多年后两人都被释放，并且被安置在同一个地方，他们的爱情终于有条件得到一个圆满的结局。但是，他们最终却没有能够结合，而是痛苦地分手了。导致他们分手的不是外在的力量，而是范汉儒头脑中的一种牢固的观念：杀人、放火、流氓、盗窃……无论犯过什么罪，只要不是叛国，只要改了，都可以谅解，都可以不计较，但对于叛国却怎么也无法容忍。他认为，别的过错都能犯了再改，"唯独对于祖国，它对于我们至高无上，我们对它不能有一次不忠……我认为无论男人、女人都有贞操，一个炎黄儿女的最大贞操，莫过于对民族对国家的忠诚。"不幸的是，爱了多年的陶莹莹恰恰犯的是"叛国罪"！——在她蒙受冤屈的时候曾经企图越境潜逃。在范汉儒看来，不管在什么情况下，不管是什么原因，企图越境逃离祖国，都是无法容忍的行为，都是对祖国的背叛。他的理由是："屈原受了那么大的冤枉，并没有离开生养他的祖国土地呀！最后，还是跳了汨罗江，被称为千古忠魂！陶莹莹尽管五七年受了委屈，怎么能离开生养她的母亲，养育她的大地呢?！这个楔子打在我们中间，我和她怎么能够继续下去呢?"

关于这篇小说，美学家高尔泰曾经批评过它的虚假。高尔泰说："作为

这一切的共同体，祖国不仅是历史范畴，也是价值体系，是一个地区性文化的摇篮。我们自身、我们的生活方式（包括风俗、习惯）、思维方式和感受方式，我们的知识结构和认识结构，我们的亲朋交往关系，我们的幸福与苦难，回忆、梦想与憧憬，一切价值，都无不是这个摇篮的产物。在炽热的洪炉里，在冰冷的铁砧上，我们的民族自豪感和对祖国的苦恋，由于经受了雨点般的打击而变得更加坚强。它不是祖先崇拜，不是牺牲祭坛，不是刻在碣石上的誓言，更不是束缚我们灵魂的镣链。它像无数小小的野草，牢牢扎根在浓厚的土壤。在瓦砾下，在碾痕上，在镰刀留下的根墩里面，在野火留下的灰烬里面，不息地生长而又生长，用它绿色的声音，召唤着祖国的春天。”[①]由此可见，高尔泰具有同样强烈的爱国激情，但对爱国主义的理解与从维熙是不同的。正因为这样，高尔泰才猛烈地批评这部小说。不过，高尔泰的批评着眼于小说的虚假，我却愿意承认它的真实性，范汉儒这样的形象在生活中是可能存在的，因为我们的文化传统能够铸造出这样的人物。

小说的问题不在于它是否真实，而在于它所张扬的作家头脑中的观念。很明显，作家在小说中对范汉儒的精神给予了毫无保留的赞美。这从作者在他的创作谈《开掘华夏之魂》可以得到进一步的证明。这篇创作谈中说道：“中华民族是枝叶繁茂的参天大树，《雪落黄河静无声》是在兢兢业业寻找这棵大树之根。”作家是把范汉儒作为华夏之魂而对其赞美，并把他作为知识分子的楷模树立在读者面前的。那么，我们需要面对的不是它真实不真实，而是这样两个问题：一、范汉儒的精神应该不应该受到赞美，他究竟能不能成为我们这个时代知识分子的楷模？二、对于国家和爱国主义的概念应该如何理解？

范汉儒精神的确是传统中国知识分子的一种传统精神，体现出的的确是一种屈原人格。在几千年的历史上，中国人的国家意识被不断强化。由于内忧外患，不断的战争和兴亡更替，民族的杰出人物都把自己的志向、抱负和雄心与国家紧密地连在了一起。人们习惯了对国家的绝对服从和效忠，作为国家的一员的个体，应该无条件地服从国家的需要，为国家贡献一切，这种传统深深地影响着一代又一代中国知识分子。从屈原开始就把忠君爱国作为

①高尔泰：《愿将忧国泪，来演丽人行》，《读书》1985年第5期。

自己的人生追求，而屈原人格已经成为民族传统中的一种高尚的象征，成为知识分子的人格楷模。作为民族传统文化的核心部分的儒家学说，把“修身齐家治国平天下”作为人的价值实现之路。这种文化传统使中国的知识分子非常主动地把国家和民族的命运放在自己的肩头，“先天下之忧而忧，后天下之乐而乐”，天下就是国家，国家的象征就是君主。这种民族精神经过长期的历史积淀，已经深深地进入到中国知识分子的文化心理结构，成为一种群体的意识。当代人虽然在某种程度上接受了西方文化的熏陶，却仍然没有、也不可能发生根本上的变化。这种精神特征表现在小说中的人物身上，同时也表现在创作主体的意识之中。从维熙不过是一个例子，事实上在新时期表现受难的知识分子的作品之中这种意识并不鲜见。

由这个中篇小说可见，作家的确对于国家的观念相当模糊不清。首先是他把国家与极“左”政治路线画了等号。但是，这并不是从维熙自己的问题。它所暴露的是一个司空见惯而没有人给予注意的问题。“国家”是什么？我们似乎都很清楚，但事实上并不清楚。

还是让我们一起来查阅最最普及的辞典《现代汉语词典》吧：“国家：1. 阶级统治的工具，是统治阶级对被统治阶级实行专政的暴力组织，主要由军队、警察、法庭、监狱等组成。国家是阶级矛盾不可调和的产物和表现，它随着阶级而产生，也将随着阶级的消亡而消亡。2. 指一个国家的整个区域。”这个定义是根据马克思主义关于国家的定义而来的。恩格斯、列宁的见解与中国老祖宗对于国家的认识几乎完全一致。因为如果我们像孔乙己那样先来研究一下“国”字有几种写法，就不难看到它的王权统治痕迹。现代国家观念总是强调着它对内维持秩序、协调关系，对外抵抗外侮的性质，而不愿意承认国家的专政工具性质。但是，在中国，国家却一直是以专政工具的形象出现的。因此，一个问题出现了：既然国家是阶级统治的工具，如何评价爱国主义就非常复杂了。国家是统治工具，是军队和监狱等，那么，当国家掌握在反动统治者手里的时候，被统治者就没有理由去爱它。大概正因为这样，无产阶级革命导师才有“全世界无产者联合起来”的号召，才有“无产阶级无祖国”的名言。

可是，我们的文学和文化却赞美和肯定一切爱国主义。屈原的爱国主义，杜甫的爱国主义，陆游的爱国主义，文天祥、岳飞的爱国主义，林则徐的爱国主义……按照我们一般的理论，在他们生活的时代，国家无疑并不是无产阶级的统治工具，而是李家、赵家、爱新觉罗家统治无产阶级和广大劳动人民的工具。那么，按照一般的逻辑，那时的爱国者就应该是反动统治者的帮凶。如此一来，就要否定中华人民共和国建立之前历史上所有的爱国主义。可是，在实际上，对于历史上的一切爱国者都是肯定的。如果说这是在肯定对专制统治者工具的爱，大概谁也不愿意承认。

这里的确存在一个矛盾。这个矛盾说明，我们的国家观念是混乱的、不清晰的。在我们赞美爱国主义时，使用的往往并非马克思主义的国家概念。

1988年7月　曲阜

传统家庭秩序的崩溃与重构

——论新时期文学的家庭观念

家庭是人类活动的重要场所，也是透视人性的重要视角之一。因此，它历来为文学所青睐。家庭观念是人的观念系统中的一个重要内容。文学表现家庭生活，就不能不表现出特定时期作家们的家庭观念形态。我们所处的是一个伟大的变革时期。在这样一个时期里，文学无法回避生活中发生的观念裂变，也无法回避观念裂变中的种种不同选择，并且必然要以其特殊形式介入时代的文化冲突。

中国人对家有着特别的留恋。然而，家到底是什么？是温暖的小巢还是可怕的牢笼？细心的读者很容易注意到，新时期文学对家的态度有一个变化过程。告别十年浩劫之后文学首先出现的是对于家庭亲情的热情讴歌。作家们以真挚的内心情感热情歌唱母亲，歌唱母爱，歌唱被“文化大革命”破坏了的家庭亲情。从京夫的《娘》、胡正的《妈妈》、张平的《姐姐》、舒婷的《呵，母亲》，一直到陆星儿的《杏黄色的镇纸》、梁晓声的《母亲》《父亲》……这些作品写的都是苦难中的家庭亲情。这些动人的作品有一个共同的背景：“文革”时期的黑暗、阴冷与血腥。背景越是阴冷，越显出亲情的伟大，亲情越是伟大，越显出背景的阴暗和残酷无情。冷与暖就这样产生了一种特殊的对比效果。在这些作品中，我们看到家庭、家庭关系都是非常美好的。家，虽然不能遮挡一切社会风雨，却是苦难中的人的唯一的安慰之地。社会政治使人身心伤痕累累，只有在家里才能抚摸一下那流血的伤口。正因为有刚刚过去的灾难作为参照，这时期的家庭亲情大都被写得非常美好，令人向往。

这种创作现象不是偶然的。它是对“文化大革命”的一种控诉，并且配合了当时对极“左”政治的揭露和批判。同时，它是对历史的一种反拨，因为我们刚刚经过“破私立公”“不要小家要大家”的那么一段历史，当那段历史过去之后，文学向家庭回归是必然的。由于当代文坛曾经反对写家务事、儿女情，那么，作为一个反拨，家务事、儿女情必然更多地被人注意。由于那个年代曾经意图以革命大义取代一切亲情，一旦松动，亲情便会立即重返文学。因为凡是人性中固有的东西，是不容易被轻易消灭掉的。

然而，它所实现的却只是对传统的回归，强化的是传统的家庭观念。文学不会到此止步。随着80年代文学新潮的涌动，文学开始了对传统家庭秩序的批判性反思。

二

中华民族有一个古老的传统——家族价值大于个人价值，个人必须服从家族的利益和需要。这种传统表现在各个方面：

首先，一切个人的奋斗都不是为了自我价值的实现，而是为了家族。苦读寒窗求功名也好，拼死疆场争战功也好，都不是为了自己，而是为了“耀祖光宗”。个人的功勋不属于个人，个人的过失也不属于个人。“一人得道”，“鸡犬”可以升天，一人犯罪，当然“九族同祸”。由此我们不难理解中国家庭对于个体进行严格限制的原因。

其次，婚姻不是个人的事，而是家族的事。中国人很重视婚姻（但不重视爱情），连孟子都说：“男女居室，人之大伦也。”（《孟子·万章上》）《周易·序卦》也说：“人伦之道莫大乎夫妇。”但是，这一切都不是为了个人，而是为了给祖宗“续香火”，为了壮大家族。中国人特别讲究“孝”，“不孝有三，无后为大。”（《孟子·离娄上》）因为“后”关系到家族的兴衰。这种家庭观念影响到中国人的幸福观和荣辱观：“福莫大于昌炽，祸莫大于无嗣”，“断子绝孙”在中国是最恶毒的诅咒。因此，对于完全应该属于个体的事情之一——婚姻，实行家庭包办就是必然的了。从生育的目的出发，婚姻的确无需自由，也无需以爱情为基础。传统婚姻的当事人根本就不是那一对将要在一起生活的男女，而是两个家族的事。“昏礼者，将合二姓之好，上以事宗庙，而下以继后世也”（《礼记·昏义》），结婚是合二姓之好，而不是合二人之好。《尔雅·释亲》对“婚姻”的解释说得更透彻：“婿父为婚，妻父为姻。”原来婚姻是两个老爹之间的事。既然如此，子女也就没有过问的权利。

进入现代社会，传统观念开始受到冲击，但作为一种文化积淀却深植于人们的心理深处而难以清除。家庭观念是中国文化中一个根本性的观念。中国人的生活是在家庭制度的基础上组织起来的，因而，这个制度支配着中国人的整个生活形态。这与强调个人的人生观念存在着不可避免的矛盾。

在新时期，由于个性主义思潮带来的个人价值的增长，文学开始张扬人的个性，强调人的独立、自由，强调个体的价值和尊严，在对传统文化进行批判的时候揭示了家庭对于个体生命的压抑和摧残。人们开始更多地考虑为自己而活着，不愿意再为家庭而扼杀自己。这种新的观念表现于各个方面。一些作品开始写家庭对人的扼杀，展示出家庭温情面纱之下的残酷。一些作品描写年轻人对家长的反抗和对家庭的背离，80年代初期引人注目的那些描写离异和感叹离婚之难的作品，都以生动的描写告诉人们，无论男人还是女人，都没有义务为一个家庭而承受无爱的婚姻生活。从大量的作品可以看到，那些为了家庭为了子女而承受无爱的婚姻生活的人是可怜的，文学聚焦摄取的往往是他们自身旧观念的囚笼。从大量小说创作到话剧《对十五桩离婚案的调查》等，都可以看到作家们相当普遍的认识。文学已经不再无条件地赞美那些传统的牺牲美德。小说仍然常常写到一些富于牺牲精神的女人，但她们已经成为被怜悯和被同情者，作家们揭开她们的命运，目的是使人们看到一种可怕的人生而引以为戒。作品中的女性一步步走出家庭，成为自由的个体，这本身也是对家庭的一种反抗。一些婚恋小说中表现出反婚姻的倾向，更从根本之处瓦解着家庭。

作为一种文化揭示，近几年作品中表现最突出的是郭云梦发表于1988年的小说《福禄树》。它写了在当代生活中还严重存在的家庭利益对个体生命的剥夺，以血淋淋的画面充分揭示了它的残酷性。小说以带有反讽意味的笔调通过一个孩子的叙述写了一种情景：父亲兄妹九人，兄弟七个。七叔因贫穷而娶不上媳妇，却悄悄地爱上了同村的姑娘白妮，不敢设想能娶她，却又时刻想亲近她。最后终于在白妮经常洗衣服的河边做了手脚，使白妮掉到了河里。七叔在抢救白妮时得以把白妮紧紧拥抱。然而，当他恋恋不舍地把白妮送上岸的时候，自己却突然抽筋而被大水冲走而失踪。这事引起了住队干部的重视，于是一级级上报，七叔成了省里命名的“王杰式的共产主义战士”。这个过程反映着当代政治文化的荒诞，但这并不重要，重要的是七叔的死给这个家庭带来的利益：爷爷的新房盖成了，六姑、九姑、八叔都实现自己的愿望而离开农村当了工人，大哥由大队干部成了公社干部……可是，七叔突然回来了。一阵惊喜过后，全家立即意识到刚刚得到的一切即将丧失。为了不毁灭全家的前程，七叔被藏进了地窖，最后是哥哥送来了安眠药，于是，大难不死的七叔终于吞下了一瓶安眠药而死去……小说使我们看到了当代生活中仍然存在的为家庭利益而牺牲个体的选择。看到传统的家庭伦理观念对个体生命的吞噬。小说反映的生活本身也说明了这种文化反思和批判的必要性。

二

家庭中最基础的关系是夫妻关系。中国人把结婚叫“成家”，非常准确地揭示了家庭的关键一环之所在。但是，在传统的家庭中，男女之间却是很不平等的。回顾历史，正如恩格斯在《家庭、私有制和国家的起源》中所说：“母权制的被推翻，乃是女性的具有世界历史意义的失败。丈夫在家中也掌握了权柄，而妻子则被贬低，被奴役，变成丈夫淫欲的奴隶，变成了生孩子的简单工具了。”事实当然不像恩格斯所说的那样简单，但在此后的社会里，女性在家庭中一直作为男人的附庸而存在，丧失了主体地位，却是一个事实。

在中国，这种传统更为悠久，也更为牢固。论及女性在家庭中的从属地位，从我们至今仍然常用的“家属”这一名称就可以看到。地位的从属性导致了男女之间的严重不平等。在长达几千年的历史上，女子不仅在政治、经济各方面都未能与男子平等，在婚姻、性爱方面也受着各种压迫。男子可以合法地多妾，女人却只能“从一而终”。在有史记载的历史上，多妾现象最集中地表现于帝王之家。秦始皇“后宫列女万余人”，开创了多妾的纪录。

汉元帝因嫔妃太多不知谁美而让人画像选最美者临幸。晋武帝统一全国后挑选美女近万人充实后宫，以致不知道该到哪里去睡觉，于是有了《晋书·后妃传》所记载的“羊车”。隋代的新花样就是因为宫廷难以容纳更多的美女而在全国广设离宫。唐代皇帝多妾到了顶峰：“开元、天宝中，宫嫔大率至四万。”（《新唐书·宦者列传》）不仅皇帝如此，据史书记载：三国时期的袁术有妾数百；晋代石崇“侍人美艳者数千”。这种男女之间性权利的不平等和男性享有的性特权，曾经引起女性的反抗。但无论是武则天的反抗还是山阴公主的慷慨陈词，都不可能真正改变女性的地位。进入当代社会之后，女性在政治经济上得到了很大程度的解放，但在家庭生活（不仅家庭生活）中，传统观念却仍然像沉重的枷锁扼制着她们的生命。

因此，新时期的女作家对此发出了声声呼叫，举起了她们反抗的旗帜。

“你将格外地不幸，因为你是女人。”这是张洁写在《方舟》篇首的一句话。在新时期文坛上，张洁是第一个真正站在女性的立场上面对女性的命运而痛苦呼叫的作家。她的《方舟》《七巧板》《祖母绿》展示了她对中国女性的现实困境和女性解放道路的深入思考。当然，女性的不幸决不仅仅是家庭范围内的问题，但家庭生活中男女秩序却是社会生活的一个缩影。

对女性地位和命运的反映和思考不仅仅来自女性作家的创作，《五个女人与一条绳子》《五个女子与一条河》《蓝花豹》等这些来自男性作家的小说反映了女人在家庭中的悲惨境地。它使我们看到，那些女人还没有像人一样地生活，她们仍然只是男人生活中所需要的一种物品，不仅没有人格的独立尊严，而且根本就不算人。农村计划生育中屡见不鲜的抛弃女婴和溺死女婴的事件由于各种原因而在文学中没有得到充分的表现，但是，从80年代莫言的《弃婴》到90年代柏原的《毛家湾蹲点》，我们仍然能够看到中国农村严重存在的重男轻女的观念。

对传统的激烈反抗来自女性。女作家的创作紧密结合自我世界的寻找而表现着独立、自由、自尊的现代意识。她们明确表示“女人，不是月亮，不借别人的光炫耀自己”。她们在社会上寻找与男人平等的发展机会的同时，也在家庭中寻找着在爱情、婚姻、家庭生活中与男人的真正平等。陆星儿的《呵，青鸟》、王安忆的《金灿灿的落叶》等作品中的主人公们在发现自己的爱人与自己感情上出现裂纹时，不再徒劳无益地指责对方是陈世美式的男人，而是坚强地走上了自强之路。她们已经不愿意再扮演缠树之藤的角色，而向往独立地“作为树的形象，和你站在一起”（舒婷《致橡树》)。一种独立的意识。

张辛欣的《在同一地平线上》深入地揭示了一种矛盾：夫妻双方都希望自己在事业上有所成就并要求对方配合，丈夫当然不愿放弃以自我为中心的地位，而妻子也渴望自我价值实现而不愿再牺牲自己。于是矛盾的最后解决是女主人公宁愿以婚姻破裂的代价换取自我的独立。小说向人们透露了中国不满足于依附地位的女性在文学中的崛起。

传统女性的空间就是家。她们唯一的选择就是在家中承担起妻子和母亲的角色。在她们的身边，男人或者是保护者，或者就是压迫者。离婚不过是离开一个压迫者而寻找一个保护者，离开一个痛苦的家而寻找一个幸福的家。由于现代社会中女性传统角色的断裂，新时期的女性文学展示了另一方向：以离异、独身、同性恋为特征的女性摆脱了妻子和母亲身份，追求一种独立的生活。她们不愿意走入家庭去当男人的奴隶，也不梦想建立一个家庭而当主人。她们抛弃了传统的家庭，潇洒地走出了家庭的羁绊。她们从家庭中自我放逐，头破血流也在所不惜。陈染、林白、海男们不再像前辈们那样以男人的世界为女性的参照以实现男女伦理体认的二元对换，而是深入到女性的自我天地，表现女性自我的抗争。陈染笔下的肖蒙和黛二们不是传统的淑女，也不是张洁笔下的反抗男人污浊的禁欲主义者，她们是以女性的自我之躯认识和体验世界的，她们愿意在肉的交媾中体验灵魂的战栗和自我深度，却不再成为男性的俘虏，不会被捆绑在传统伦理和道德规范之中，自我独立意识的成熟使他们放弃了对男人的依赖，从男性的重压下解脱出来，成为世界的中心。海男的《人间消息》《没有人间消息》《疯狂的石榴树》《我的情人们》和《观望》等赤裸裸地向人们展示了男女的性爱片断，女性自我的性欲和情欲得到了显微放大式的表现。那些女性大多渴望生活在男权社会的秩序之外，欲的迷狂的意义也就在于逃离秩序对生命的蚕食。她们甚至寻找“姊妹情谊”以表达对女性团结抗争的希望。作家让她笔下的女性在无家可归的永远流浪中成为一个不断寻找、不断实现的过程，也不愿让她们走进男性中心构成的家。

这是对传统家庭的最严厉的挑战和打击。这种挑战也许是偏激的，也许最终并不能真正使女性得到拯救，但只要考察女性在家庭中的境遇，这一切都是可以理解的。

三

在中国新文学中，父与子的冲突曾经是一个中心命题。从“五四”时期到30年代，文学之所以形成这样一个中心命题是不奇怪的，因为新文学的先驱们自觉地承担了对旧文化的批判和否定，因为人的解放是新一代知识分子普遍的追求。经过几十年的曲折之后，再来回顾和思考这一主题，我们不能不承认它的革命性的意义。中国文化是一种长者本位的文化。在中国的传统家庭里，长者是绝对权威。关于这一点，鲁迅早就说过：“中国的‘圣贤之徒’，最恨人动摇他的两样东西。一样不必说，也与我辈绝不相干；一样便是他的伦常，……他们以为父对于子，有绝对的权力和威严；若是老子说话，当然无所不可，儿子有话，却在未说之前早已错了。”他看到了中国长者本位文化造成的荒诞：“少年在这时候，只能先行萎黄，且待将来老了，神经血管一切变质以后，再来活动。”（《随想录·四十九》）他从人类进化的角度发现了这种文化对于民族生命的巨大危害：“后起的生命，总比以前的更有意义，更近完全，因此也更有价值，更可宝贵，前者的生命应该牺牲于他。但可惜的是中国的旧见解，又恰恰与这道理完全相反。本位应在幼者，却反在长者；置重应在将来，却反在过去。前者做了更前者的牺牲，自己无力生存，却苛责后者又来做他的牺牲，毁灭了一切发展本身的能力。”（《我们现在怎样做父亲》）因此，先驱们才对其举起了批判的笔锋。

然而，传统的力量是巨大的。几十年过去了，直到今天，中国人仍然特别讲究长幼有序。这从各种生活小事都可以看到。新时期的一些作家有感于这种文化传统的顽固，通过作品进行了各种不同形式的表现。

从温小钰的《苦夏》、达理的《爸爸，我还回来》、电影《失踪的女中学生》、报告文学《多思的年华》……直到刚刚播放的《长大未成年》等为数不少的反映中学生生活的电视连续剧，都在呼唤人们倾听孩子的呼声，理解孩子，给他们自由，而不要只是以长辈的权威态度对待他们；应该平等地跟他们对话，而不应该总是让他们服从。我们的文学在呼唤着一种平等的家庭关系，对源于长者本位的家长意识给予了彻底的否定。

中国家庭的一个突出的特点，就是形成了一套在家长统治下的父慈子孝、兄友弟恭的家庭生活秩序，它笼罩在一层温情脉脉的面纱之中，而不呈现其残酷性。新时期文学对这种家庭秩序进行了比较深入的揭示和反思。其影响比较大的作品是王蒙的中篇小说《坚硬的稀粥》、张石山的《神主牌楼》《血泪草台班》等一系列小说。王蒙的《坚硬的稀粥》对家庭秩序的表现更为集中而鲜明。小说具有明显的象征性，但我们不妨抛开它的象征意义而只看它的具体描写。那么，从种种戏剧性的情节可以看到的是长者本位和家长统治的牢固性和变革的艰难。

当然，中国家庭中的传统长幼秩序也许已经进入尾声，不久的将来会彻底改变，起点却不是思想观念的改变，而是制度改变生活，生活改变观念。我们应该看到，由于“一对夫妇只生一个孩子”的基本国策，孩子在家庭中的地位猛然提高，成为家庭的中心，被称为“小皇帝”。这一现实必然动摇着长者在家庭中的地位，带来家庭秩序的改变。然而，作为一种文化观念，却不会很快改变。面对这种新的生活现象，一种忧虑已经在文学作品中表现出来。如报告文学《中国的小皇帝》，许多思考都是很有积极意义的，但在反溺爱的主题之下，一些思考却显然源于传统观念。文化更新如果只是颠倒过来，让孩子把长者踩在脚下，那是不足取的，但中国文化的当务之急是更多地理解年轻人，以更大的力量保护民族的生机。

四

从80年代中后期开始，文学中父亲的形象开始被改变。莫言的《红高粱》一开头，叙述人就以那种“无父无君”的语态直呼“我父亲这个土匪种”，表现了一种完全异于传统的态度。王蒙的《活动变人形》等作品写父亲的无能，使父亲形象在儿子的眼里不再是英雄。加之张廷竹等人的一些作品对父亲隐私的揭露，父亲形象渐渐丧失了以往的神圣性。

但是，王蒙们的描写毕竟对父亲的感情中还多是同情和怜悯，其中不无爱的成分。从80年代后期开始，父亲的形象迅速变得面目可憎，父与子的冲突成为敌对性的，子辈开始以前所未有的形式反抗父亲的权威。甚至在很多作家的文本中，父亲被彻底放逐。

先锋作家的反抗是最引人注目的。在余华的《往事如烟》《四月三日事件》《在细雨中呼喊》、苏童的《狂奔》《我的帝王生涯》《米》《舒农》、北村的《施洗的河》、林白的《大声哭泣》、王朔的《我是你爸爸》《动物凶猛》、叶兆言的《青春无价》等作品中，父亲大多已无长者的慈爱、高尚和无私，他们往往卑鄙龌龊、狡诈阴险，专横而自私，是扼杀儿子的魔鬼或帮凶。也许正因为这样，他们的一些文本中比较鲜明地存在着弑父情结。最早表现出这种现象的是洪峰的《瀚海》："爹长得又高又壮，脸贼黑，打起人来又凶又狠。我在梦里边曾不止一次把他杀了。有一回我在梦里梦见把爹捆上脱光屁股，用皮带抽得他皮开肉绽，结果我又兴奋又害怕。"在《施洗的河》中，刘浪在潜意识里一直想杀死他的父亲刘成业。这种反抗在苏童的《刺青时代》中甚至成为一种直接的行动：王德基自以为很有理地把儿子痛打了一顿，但第二天就遭到儿子的哥们儿变本加厉的痛打。这些作品象征性地表现了儿子们的反抗欲望。

儿子们之所以要对父亲进行反抗，原因是父亲已经不配做父亲，是他们自己的行为本身毁灭了自己作为父亲的权威。在《青春无价》中，从未见过面的父子在二十多年之后相见，却找不到那种想象中的父子相聚的诗意和亲情。来生的父亲从台湾回到大陆，所做的只是利用儿子为自己赚钱，夺了儿子的女朋友，而且在儿子失去了利用价值之后就一脚踢开。《在细雨中呼喊》中出现了四组父子形象，却无一例外地表现着儿子对父亲的仇视与冷漠。在故事的深层，父子对立的原因都是由于父亲对儿子的冷漠无情。父亲对儿子是那样厌恶而没有一点疼爱，儿子当然就没有理由爱这样的父亲。他们不是不想爱，而是无法找出爱的理由。

在这些作品中，丑恶的一方是父亲。父亲及其代表的父法不再是合理的秩序的公正裁决者，而是常常显示出其荒谬性。父亲不再是可亲的，而常常是可恨的压迫者，是利用权力胡作非为、蛮不讲理、滥施惩罚的暴君。

用真实的标准去看这些作品，我认为作品的画面世界里所描写的生活未必都是真实的。然而，它是作家们一种对生活的抽象，是通过抽象而创造的一种极有概括力的象征。作家在他们的作品中总是站在儿子的一边以儿子的感情倾向毫不留情地揭露和控诉父亲。习惯于对事物一分为二的作家应该清楚对于实在的父子之间的冲突大概不应简单地一边倒。他们却没有人愿意为父亲辩护。之所以如此，大概由于作家们也相当普遍地明白这父亲不仅仅是一个具体的父亲，而是用以指代一种父亲权威。

抨击长者本位的文化是五四新文化运动的一个重要内容，但“五四”高潮过后，旧伦理却仍然以多种形式保存下来，并且在某种语境下愈演愈烈，继续扼杀“人”的独立自由。从这一意义上说，新时期文学对长者本位的反抗意义是显而易见的。

1996年9月　曲阜

变革意识：新时期文学之魂

未来的历史学家无论怎样描绘这个时代，都不会忽视它所特有的变革精神。这是一个多么复杂而又伟大的时代啊！遍体鳞伤的中华民族从一场“史无前例”的浩劫中挣扎着爬出，以小岗村农民的二十个手印作为起点，走上了一条改革的道路。与此同时，改革的呼声日益强烈地在每一个人性尚存的中国人的心中鼓荡。“人心思变”，成为这个时代突出的精神特征。文学是时代的镜子（我不是机械反映论者，但从文化历史学的角度看，无论文学是再现还是表现，无论怎样荒诞和魔幻，作品都仍然是时代文化的反映），是民族的心灵史，也是启蒙的号音和历史航船的纤夫。那么，面对这样一场历史的变革，我们的文学表现如何？选择了什么样的位置？未来的文化史家在考察这段历史时将对文学作何评价？正是由于这种思考，我开始做一些简单的考察。

一

从某种意义上说，新时期文学完全可以概括为“思变文学”。因为“思变”这一主题贯穿于新时期文学发展的整个过程，表现于每一次思潮的涌动，是新时期文学思潮发展的一条主线和根本动因。

以《班主任》《伤痕》等作品为代表的创作思潮为新时期文学的发端迎着早春的风霜出现之时，曾经被称为“暴露文学”和“批判现实主义”。虽然这种称谓多来自于那些对文学描写伤痕持否定态度的人，但是，它却道出了这股思潮总的特点和倾向：暴露与批判。事实上，直到以《剪辑错了的故事》《李顺大造屋》《天云山传奇》《犯人李铜钟的故事》等作品为代表的“反思文学”和以《人到中年》《假如我是真的》和《将军，不能这样做》等作品为代表的“社会问题文学”思潮兴起，我们的文学都带有这种性质。揭露十年的荒谬与血腥，批判早已膨胀的极“左”政治思潮，揭露与批判以各种面目出现的专制主义幽灵对人性的残酷践踏与扼杀，揭露官僚主义、特权思想、不正之风对祖国和人民的严重危害。在当代文学史上，这是一个罕见的现象，也就怪不得当时有人把它视为洪水猛兽了。然而，暴露和批判的思潮兴起到底意味着什么？在这股文学思潮的底下是什么力量煽动着这样普遍的创作冲动？无论哪一个时代，无论什么样的社会，暴露与批判的思潮总是蕴含着变革的欲望，新时期文学暴露与批判思潮所体现的，正是这个多灾多难的民族变革的激情。

灾难本身早已充分说明了变革的必要。一切伤痕的揭示都有一个画外音：必须改弦易辙，结束那个制造伤痕的时代；必须实行变革，防止悲剧继续上演。因此，有必要郑重确认：伤痕文学是中国社会变革的第一声呐喊和呼唤，充当了为时代的变革制造舆论和劈山开路的先锋。反思文学是它的深化，是为改变现状、杜绝悲剧、铲除病根而进行的思考。它着重表现的是极“左”政治思潮对社会秩序和人民生活的严重破坏。它的主旨仍然是揭露和批判，目的是要从根本上肃清极“左”政治的流毒，彻底改变历史的惯性。在反思历史的同时，人们开始描写现实生活中存在的各种问题：官僚主义、特权思想、不正之风、思想僵化、人才危机、青少年犯罪、城乡差别……在对这些问题的描写中，我们听到的是体制必须改革、不正之风必须纠正、社会关系必须调整、各种弊端必须革除的呼声。大量作品致力于形成强烈的社会舆论，警人猛醒，发人深思，目的在于引起疗救者的注意。这种创作表现着强烈的思变意识。人们希望改变生活现状，改变生活的环境，希望告别苦难的过去，希望有一个新的开始。

人们大概不会忘记当时诗人们的呼叫。对现实的不满和对未来的渴望在抒情文学中表现尤为激烈。它表现为“苏醒了的鹰怎能容忍窒息和黑暗”的呐喊（白桦《阳光谁也不能垄断》），表现为“我愿做敲破坚冰的春雨的第一滴水”的激情表白（白桦《春潮在望》），表现为“种子呵，醒醒！”的呼唤和对阻挡生机的“讨厌的一片土层”的诅咒（雷抒雁《种子呵，醒醒!》)，表现为“把僵化的水平线突破”和“像跨高栏似的把过去的权威们一个个超过”的希望（张学梦《致经济学家》)，表现为“不能这样做”的哭谏和“请举起森林般的手，制止”的吁请。面对现实生活中存在的各种问题，面对前进的艰难和历史的沉重，无论老年诗人还是青年诗人，都喊出了这样的声音：“该死的死，该烂的烂！……该烧的烧，该砍的砍！”（张志民《那一天》）“打开所有的门吧！让饱含氧气的风劲吹——该风化的就让它风化，该新生的就让它新生！”（叶延滨《十三陵三题》）诗歌无论什么时候都是时代情绪最集中的体现者。

虽然不是所有的以改革为题材的文学作品都具有强烈的变革意识，但是，从整体上看，改革题材的文学主要倾向就是歌唱变革、呼唤变革并以此推动变革。改革文学是与时代的变革同步的文学，也是与时代的变革同忧乐的文学。从《乡场上》《黑娃照相》可以看到作家们为生活中所发生的变革而产生的欢欣；从《赵镢头的遗嘱》《祸起萧墙》等作品可以看到文学为改革的艰难而生的忧虑；从《沉重的翅膀》《花园街五号》《新星》等作品可以看到作家们所强调的改革的必然性、必要性和迫切性；从《秋天的思索》《秋天的愤怒》等作品我们感觉到的是作家们对改革的希望和进一步改革的期待。

随着“文化热”的出现，一些作家离开了改革题材，一些作家超越了现实政治，许多作品似乎变得与变革无关。其实，文学的改革意识在渗化而并未淡化。“文化热”的出现与时代的变革密切相关。文化意识在创作中表现出两种不同的价值取向：批判传统文化与弘扬传统文化。这两种倾向常常是对立的，却都体现着强烈的变革意识。毫无疑问，对民族传统的批判产生于时代的变革又直接为变革服务。作品带着哀其不幸、怒其不争的态度写了中国人的温驯忍耐和驯服，因为这种性格无法为改革输送动力；一些作品以批判的目光探寻中国人的崇古守旧的心理，因为这种心理总是不自觉地阻碍着变革；一些作品批判国人身上的主奴根性，因为它严重阻碍着中华民族的历史进程，使统治频繁交替而性质难变；一些作品批判精神胜利与知足常乐的心态，因为它使人易于满足而不思进取与变革……变革，是这一切批判性思考的出发点。从呼唤政治层面的变革到致力于文化深层的变革，这是新时期文学变革意识的一次深化。

对传统文化的弘扬也常常是以变革现实为出发点的。根据阿城、李杭育等一些作家的议论，我们不难为弘扬传统文化者理出这样一条思维逻辑：民族文化已经断裂，断裂造成严重后果，若要改良社会，必须光复传统。在文化“断裂”的慨叹背后，在文学“寻根”的行为中，我们能够明显地感到对当代文化现状的强烈不满，与其说他们向往远古蛮荒原始半原始的文化形态，不如说是厌弃当代文化。几年来，由于认识的分歧和表述的困难，文坛发生了一些争论，有人要复古，有人要革新，争论的双方常常尖锐对立，但有一点是统一的，那就是变革现实。分歧只是由于对现有文化性质的认识不同。有人认为当代文化是“五四”的直接结果，是西方化了的；有人认为当代文化是几千年传统的延续，“五四”文化革命并未成功。因此，前者贬“五四”、反西化，后者扬“五四”、反传统，而双方所反对和否定的却是同一事物——当代中国现有的文化。也就是说，双方同样具有变革意识，只是变革的方向和途径不同。

二

这是一个新旧交替的时代。我们正在经历着现代化的历史进程。对于中国人来说，改革是现代化的必由之路。但是，历史留给我们太多的重负。在这一百多年的历史上，中国的现代化选择了一条曲折而独特的道路，专制统治下的农业文明以及在此基础上产生的文化意识没有得到应有的扬弃和改造，无法很好地适应现代化的要求，其消极因素不可避免地要与现代化的要求发生冲突。随着现代化要求的日益强烈，这冲突也日益增强。因此，我们的时代又是个充满复杂矛盾和尖锐冲突的时代。这种冲突可能不以流血的形式表现出来，但其尖锐性和激烈性不亚于流血的战争，甚至比流血的战争更为艰难。新时期中国社会的一切冲突都具有变革与守旧的性质，因为当前中国的各种观念冲突都不是在同一个历史平面上展开的，而是表现为一种历史的纵向的交锋。无论哪一个领域，哪一个层次，冲突都往往是新旧之争或古今之争。这种冲突具有特别鲜明的历史意义，必然地在文学创作中表现出来。但是，我们所要考察的不是文学是否对此做了描写和反映，而是在这种历史性的冲突中所做的倾向性的选择。考察新时期文学，我们可以得出如此的结论：在时代的冲突中，文学的主潮选择了变革。

这种选择首先表现于新时期文学中矛盾冲突的基本结构模式及作家的评判所透露的倾向。

进入新时期之初，中国社会发生了影响深远的思想解放运动，冲破“两个凡是”曾一度成为实现伟大变革的首要任务。它是继之而来的改革事业的前奏，其意义在于从理论上为现实的变革扫清障碍，因为众所周知，在重重教条的束缚之下，改革无法迈开脚步。由于这样一种历史背景，在新时期最初几年的文学中，一个根本性的冲突就是思想解放与思想僵化的冲突。历史将不会忘记文学曾经主动担负的思想解放的神圣使命，更不会忘记文学为历史的前进立下的不朽功勋。时代的主要冲突在文学中以不同的形式体现着，成为当时文学的一个基本主题。张抗抗《夏》中的岑朗与吕宏之间，《淡淡的晨雾》中的郭立枢与郭立楠之间，崔德志《报春花》中的李健与吴一萍之间，赵梓雄《未来在召唤》中的梁言明与于冠群之间，鲁彦周《天云山传奇》中的罗群与吴遥之间，冲突的表现各不相同，但明显相同的是一方经过十年“文革”之后有所醒悟，对偶像表示怀疑，对现状表示不满，并因此而希望变革，而另一方却是自觉地或不自觉地拼力捍卫神圣的偶像和教条，坚持以“两个凡是”指导自己的言行，轻车熟路地行驶在极“左”的政治路线和思想路线上。文学的选择是旗帜鲜明的，除极个别的作品外，绝大多数作家站到了思想解放的一边，大量作品以对思想觉醒者和思变者的赞美和对思想僵化者的抨击喊出了思想解放的呼声，表明了自己思想解放的倾向。当然，主观上的解放要求究竟解放到什么程度，是另外一个问题。

改革文学的兴起把这种冲突纳入了对城乡经济体制改革和政治体制改革的描述。改革文学中的矛盾冲突有一种基本模式，即改革派与保守派、改革动力与改革阻力之间的冲突。一方是改革者，敢于冲破条条框框，敢于改变过去的做法；另一方是保守者，主要特征是思想僵化，官僚主义，虽然具体表现各不相同，但都是唱老调，走老路，力图维持旧有的秩序。在蒋子龙的《乔厂长上任记》中，乔光朴实行新的管理方法，大刀阔斧搞改革，冀申却依然依靠搞政治运动的方式领导生产。水运宪的《祸起萧墙》中傅连山为现代化而进行专业化改革，对立面是郭书记为首的封建宗法式的地方割据势力。张洁的《沉重的翅膀》中副部长郑子云为首的改革者们努力推行体制改革，扩大企业自主权，发挥人在现代化建设中的作用，对立面则是部长田守诚、副部长孔祥组成的保守势力联盟，他们以“左”的政治观念和陈旧的思想意识与改革者进行较量。在柯云路的《新星》中，李向南以强烈的进取精神大刀阔斧地革除积弊，而以顾荣为首的官僚主义者们却拼命维持现状，维持他们的既得的一切。从《龙种》中的龙种与郭福林之间，《花园街五号》中的刘钊与丁晓之间，《燕赵悲歌》中的武耕新与县委书记之间……我们都可以看到这种冲突。在这些作品中，改革者是思想解放者，保守者是思想僵化者。反思文学与改革文学在人物形象和性格审美方面保持了一贯性。反思文学中的英雄到了改革文学中一定是改革者而不会做出相反的选择。

这种模式曾经受到文学界的批评，但是，从文化历史的角度考察，文学的缺陷也常常恰恰集中表现了时代的特点。模式化对于文学艺术创造来说是一个缺陷，但模式并不都是虚假的。一种模式的形成往往都有其深厚的时代文化基础，模式也常常是对生活的一种概括，模式化体现出来的往往是时代的共同选择。即使某种模式是纯粹虚构的产物，没有任何现实生活基础，它也是一个值得高度重视的文学现象，因为有那么多的作家同时做同样的虚构，就足以说明时代的某种精神指向。我要说的是，正是从这种普遍的模式中更容易看到，面对时代的基本矛盾，文学的倾向性是鲜明的，歌颂改革，批判保守，这是文学的共同选择。

三

这种选择还表现于新时期文学的人物塑造和人格理想表现。

变革的时代有自身的审美理想和价值标准。只要阅览作品并仔细体会，就不难感觉到，变革意识已经溶入作家们的审美意识和审美理想，直接影响着作家对人物的塑造，影响着对人物的审美评价。甚至可以说，时代已经形成了这样一种观念：凡是变革的就是美的，凡是僵死的就是丑的。新时期文学对人物性格的评判已经不同于50年代或者60年代，更不同于我们几千年的文学传统。传统文学所批判的人物历来是不忠不孝、犯上作乱的乱臣贼子。在千万不要忘记阶级斗争的年月，文学彻底否定的人物是“人还在、心不死”并梦想“变天”的敌人。在新时期，文学批判和否定的人物却集中于思想僵化、顽固守旧、不思变革、安于现状者和形形色色的卫道士。这种变化早在思想解放运动之前发表《班主任》中已经表现出来。谢惠敏根正苗红，品行端正，立场坚定，有革命理想，用当时流行的标准衡量，的确是优秀学生，所以，在小说中理所当然是班干部，团支部书记。但是在刘心武的笔下，她却被划入了需要救助的病态之列。她以虔诚的态度读报刊文章，自觉地以社会流行的准则要求自己，这一切不再是她的优点，而是成了缺点。可见作家的人格理想已发生了多大的变化！请不要把这种变化看作拨乱反正，因为在这一点上，无论是在50年代还是60年代，谢惠敏都是青年学习的楷模，都会是模范团支书。

总之，循规蹈矩、安分守已、思想僵化、不思变革的人物在作家们笔下已不是被热情赞美的对象，而是成为被嘲讽、被批判、被否定的对象。从谢惠敏这样的僵化青年，到吴一萍、秦波等“马列主义老太太”式的人物，从只会用搞运动的形式搞生产的冀申，到大骂“三中全会以来的翻身户”的丁晓，从留在割尾巴岁月里没有过来的老霜，到仍然以“文革”的方式统治群众的高良杰，从《你别无选择》中的贾教授，到《同窗》中的秋光夫妇，大量的思想僵化者形象反映出新时期文学的批判性选择。

相反，那些内心骚动不安的人，那些富于怀疑精神和叛逆精神的人，那些不满现状不断开拓的人，已经逐渐成为被肯定、被赞美、被歌颂的对象。怀疑精神，叛逆精神，探索精神和创新精神已成为这个时代的英雄人物身上不可缺少的素质。这一切，都体现着作家们在人物身上所倾注的变革理想。

在“反思文学”中，一个重要的英雄形象系列就是历次政治运动中的蒙冤受屈者。他们常常是叛逆者而不是一切行动听指挥的人。他们往往不满足于现实，试图有所改变，却因此而遭受磨难。新时期文学重新认识这些人物，充分肯定他们不迷信教条的怀疑精神和对现实不满的变革精神。他们成了早醒者，成了改革的前驱。新时期文学中另一重要的英雄形象系列是当前经济改革中的改革者。非常清楚，无论乔光朴、郑子云还是李向南，他们之所以是英雄，并不在于踏实地执行哪一个上级的指示，不在于能够坚持某些方针政策，更不在于念念不忘领袖的教导和经典名句，而是在于有改革的勇气，有开拓精神和创新精神，敢于向奉行了几十年的原则和更久远的传统挑战。他们与50年代的文学中的英雄形象大不一样，主要在于他们致力于改革创新，而不是致力于守旧。总之，从“四五”天安门事件中的英雄，到年轻的思想解放先驱，从1957年蒙冤的“右派”，到今天的改革者，都承载着文学对变革的赞美和期待。

对现实问题的思考和对历史的思考往往是结为一体的。新时期文学的变革意识体现在对人物的审美评价上，还不仅表现为对变革者的礼赞和对守旧者的抨击，而且出现了一个更为有趣的现象：茹志鹃的《草原上的小路》写了一个石一辉，王蒙的《悠悠寸草心》写了一个唐久远，张弦的《记忆》、韦君宜的《洗礼》等作品都提出了一个共同的问题：一个经历过十年苦难的领导干部应该从动乱中得到些什么？这些作品关心的不是恢复和发扬过去的传统，而是希望他们能够因此而变得清醒，改变过去的各种做法。在《草原上的小路》中，石一辉官复原职之后仍然极冷漠地对待蒙冤者的申诉。在《悠悠寸草心》中，唐久远官复原职之后立即忘记了自己在苦难中的反思和许诺。《报春花》中的吴一萍重新走上领导岗位后仍然坚持极“左”的政治路线，推行血统论。这些作品告诉人们，一些干部虽然吃过极“左”路线的苦头，却并没有因此而醒悟，官复原职之后仍然在旧轨道上滑行。新时期文学对这种人物是持否定态度的。我们的作家希望的是这些人们能够改弦易辙。

《记忆》和《洗礼》从正面表现了这种希望。县委宣传部长秦慕平在四清运动中错误地把年轻的女放映员方丽茹打成了现行反革命，到“文革”时期，自己也遭到了同样的厄运。他因此而觉醒，重新工作后决心彻底改变那种无限上纲的错误做法，平反错案，拨乱反正。《洗礼》中的王辉凡“文革”前已经是省委的主要领导干部，由于极“左”思潮的影响，他思想僵化，迷信上级，终日忙于开会、讲话、看文件，对上级尽职而对人民疾苦漠不关心。在“文革”中，他从“天堂”跌入“地狱”，开始以人民的眼光看待现实，终于发生了重大转变。王蒙的《蝴蝶》中的张思远经过十年风雨终于痛切地认识到一定要改变那种根深蒂固的“位置好像比人还重要”的观念，懂得了只要心上有人民，就什么都有了。李国文的《冬天里的春天》中的于而龙经过痛苦的反思终于回到当年流血牺牲的根据地，去寻找自己与人民的血肉联系，认识到过去的过错，向乡亲们深深忏悔……这些人物都得到了作家们的首肯，因为他们经过动乱而有所改变，不像唐久远们那样在老路上继续滑行。

这一切传达出的是作家们的思想和情绪：希望由历史的教训而思变革，彻底改弦易辙。

四

一个事实大概无法否认：中国的文化传统中缺乏足够的变革意识，中国的文学传统中也缺乏足够的变革意识。新时期文学的变革意识是一种不同于传统的新特色。

遥想中国传统的奠基者们，生活于小农自然经济之中，面临四分五裂的战乱之苦，首先思考的必然是如何稳定社会秩序以实现安定团结，而不是变革现实以推动历史前进。在此基础上必然形成了以“礼”为特征的伦理中心文化系统。孔孟学说在承认旧有社会秩序基本合理的前提下思考问题，强调的是君君臣臣父父子子，致力于恢复曾经有过的社会秩序。他们的学说是一种建立在尊卑贵贱基础上的安定团结学说。老庄学说对社会秩序多有批判，给出的出路却是面对现实的种种痛苦而逃入山林或逃入内心，以自我开导的方式解脱精神痛苦。在他们看来，现实是丑恶的，但人对现实无能为力。儒家让人适应，道家让人逃避，都不主张变革。儒道两家学说影响了中国人的精神面貌，造就了抑制自身以与环境达成和谐的思维方式和行为方式，使人们循规蹈矩，安分守己，唯命是从，甘当奴隶。就中国人的主要倾向说，是倾向于守旧的。卫道士们动不动斥责改革者和探索者们离经叛道，却从不怀疑自己手中的尺子。在他们看来，传统是不可侵犯的。人们只有继承和弘扬的使命，而没有批判和扬弃的责任。中国传统知识分子并非缺乏批判的勇气，甚至可以杀身成仁。但是，他们不是为了探索、创新和改革，而是为了卫道。只有身后有先圣前贤的“道”和

“理”，他们才有斗争的勇气。因此，中国知识分子的勇气常常表现于卫道而不表现于变革。这一切逐渐培养了中国人惧变怕乱的文化心态。现实并不令人满意，但总比变乱好。因此，一般的选择往往是“凑合着活下去”。这种心态深印着从历史经验中得来的灰心。因为历史总是一次次告诉人们：美好的生活令人向往，但变革就能得到美好的生活吗？中华民族在历史上经受的战乱太多，饱尝其苦而带来的益处太少。所以，一个人越是清醒，就越是倾向于修破补旧，研究一个个具体问题而不愿掀动大局。可是，正因为这样，我们的历史才几千年循环往复而专制的秩序不变。

与此相关，文学也一直缺少变革意识。中国文学不乏社会使命感，这种使命感却集中表现于进行道德说教以维护专制的统治秩序。中国文学不乏对社会的批判，但批判现实往往并不意味着呼唤变革。批判现实的作品传递的常常是“今不如昔”的叹息，呼唤的往往是什么旧传统的恢复和发扬。像《三国演义》那样的作品写的是战乱历史，宣扬的却是“分久必合”和“天下归一”，并把曹魏作为汉室的叛逆而口诛笔伐。《水浒传》写的是造反，最终却是受招安。《西游记》中孙悟空终于跳不出如来佛的手掌，最后还是要皈依佛法而成正果。《红楼梦》对社会生活针砭至深，最终却跟随一僧一道遁入色与空。这一切都不是偶然的，而是反映着中国人的传统心理。

中国古代的文学作品有一个重要特征，就是使人读之心平气和，感到天命如此人力难为，或得到虚幻的满足，却从不使人读之而思变。之所以如此，一个重要的原因就是作家们的淡泊旷达与自欺欺人。恬淡旷达在文学中表现为平和与超脱，自欺欺人则常常表现为团圆结局。在中国，诗与画的创作原则大同小异，而文学的原则源于诗。因此，即使不读中国诗人的作品，只是看几幅画，也足以了解中国文学的精神。它常常使人心旷神怡，使人超然而忘我，却从不让人暴跳如雷或烦躁不安。历代山水诗所给人的是那种超脱、恬淡、远离人间烟火的境界。那里没有烦恼人生，有的是松间明月、石上清泉，有的是“高枕石头眠”者对人间一切的忘却。无论作者的创作意向还是读者接受效果，都与变革意识无缘。

中国人喜欢团圆，中国文学也多写大团圆。几千年的社会生活和家庭生活制造了无数悲剧，文学却少有悲剧。因为作家们有使之圆满的艺术手段。尽管天下贪官当道，恶吏横行，却总是有“包青天”“海大人”或“八府巡按”除暴安良为民做主。尽管人间常常是恶人得志，善人遭殃，而阴曹地府却总能“善有善报，恶有恶报”。尽管传统道德制造出无数痴男怨女，文学中却都能状元及第之后天子赐婚。《红楼梦》中的宝黛爱情足以激起人们对制度与规范的愤怒，“绛珠还泪”的构思却使人心平气和。一切是如此合理，如此圆满，似乎上天的安排对谁也未曾亏待。中国文学很善于以虚构的方式逃避现实，以梦中的圆满代替现实的圆满。

“五四”以后，中国文学曾出现过强烈的变革意识。这表现为鲁迅“救救孩子”的呐喊和改造国民性的努力，表现为众多作家对黑暗的控诉和对光明的向往，也表现为斗争的呼叫。但是，到了50年代，文学的批判职能减弱，变革意识的淡化，文学开始歌颂现实的美好。变革成为过去时的或现在完成时的，文学歌颂过去的变革及其在新社会的延续，而否定新的历史条件下产生的变革要求。“改革”常常被理解为“阶级敌人想变天”和“颠覆无产阶级专政”。因此，1957年出现的以《改选》《入党》等为代表的带有思变特征的作品都被迅速打了下去。文学的任务不再是促进变革，而是以艺术形式反复论证生活的完美。以写主流和本质的方式展示从美好走向美好，似乎一切都无需再变革。

新时期文学正在彻底改变这种传统。文学常常使人不安，使人冲动，使人感到痛苦而挣扎，而不是使人于安眠中沉沉死去。从十年浩劫的描写，到种种“社会问题”的反映，从北岛的怀疑和愤怒，到刘索拉等人所描写的那些不安的灵魂，人们读后心潮难平，在心中唤起的情绪常常直接成为社会变革的动力。新时期文学已经很少大团圆的结局，文学的悲剧意识正在增长，出现了大量使人读之而思变革的悲剧。清醒的作家再也不愿以自己的才华去虚构让人们的不平和愤懑得以平息的安乐图，再也不愿像安慰弥留之际的老人那样向民族献上廉价的安慰，因为对于已经无望的垂死者来说，那可能是最好的减少痛苦的办法，而我们的民族却并非到了弥留之际。《新星》中的李向南是一个新的清官形象，为民做主，除暴安良，的确很像包拯和海瑞，但是，小说却与那些关于包公与海大人的故事不同。那些故事喜欢以清官的成功告终，因此读之皆大欢喜。《新星》却以李向南失败告终，这就使读者难平心中之愤。李向南的失败意味着古陵将在顾荣的统治下维持原状，甚至意味着潘苟世、高良杰们卷土重来。这种结局是一种深化了的变革意识，它把作者的变革欲望完美地传达给读者，在读者中引起思变效应。从这一点上说，新时期文学带有某种煽动性。用一个青年诗人的话说，就是“煽动着新的背叛”。背叛就是变革，没有对旧的背叛，就不会有新的出现。文学鼓动起人们的变革意识，将在民族历史的记功簿上留下光荣的记录。

与50年代的作家相比，新时期作家已不再那么幼稚，就连青年作家也变得深沉，能够以批判的目光打量着刚开始的新生活。稍微细心一点的读者会注意到，新时期作家对改革的反映不像50年代作家对合作化运动的反映那样一味歌唱。矫健的《老人仓》、张炜的《秋天的思索》和《秋天的愤怒》等写于农村改革大见成效之时，作品却写了改革的不尽人意。这种不尽人意不是用旧目光审视的结果，不是那种站在守旧立场上的“今不如昔”或“人心不古”的叹息，而是对改革提出了更高的要求，认为改革还很不彻底，旨在呼唤改革的深化。因为他们看到人民公社虽然改为乡镇，葡萄园虽然已经承包，王三江们却仍然骑在群众的头上作威作福，昔日的“土皇帝”今天变成了出租土地的地主和拥有全村资本的官僚资本家，人民仍然没有摆脱被奴役和掠夺的地位。透过作品，我们明确地感受到作家的热切呼唤：改革决不能到此为止。

与这种变革意识相联系，新时期文学在说明改革的必要性时已认识到不断改革是历史发展的规律，是人类进步的必然的要求。历史的发展不可能停止，不可能形成不必再发展的顶峰。任何故步自封的做法都是愚蠢的、违反历史发展的规律的。李国文的长篇小说《花园街五号》通过一座建筑半个世纪更换了五代主人的历程写出了一部社会变迁史。从没落的俄国贵族康德拉季耶夫到现任市委书记韩潮，冥冥之中好像有一根看不见的绳索在系着他们，决定着他们的命运。“后一户总是把前一户干掉，才搬进去住，每一户上一代和下一代总是悖谬，冲突，决裂，甚至还有砍掉老子头颅的。”当然，未必每一个下一代都是进步的，但之所以被推翻总有自身的原因。历史前进不以任何人的意志为转移，宣布自己为顶峰，阻挡历史的前进，只是愚蠢的幻想。顽固地维护旧时代的人，阻挡历史前进的人，倒行逆施无恶不作的人，思想僵化不愿与历史一道前进的人，必然要受到历史的惩罚。“难道花园街五号果真会给居住过的人带来不幸的命运吗！过去这样，现在这样，难道永远也是这样？”不！是改变这种状况的时候了。那么怎样才能避免历史的血腥交替呢？小说通过形象的描写告诉人们，要避免历史的血腥交替，必须顺应时代发展的潮流，及时改革一切与前进的历史不相适应的东西。事实上，近几年文学中对许多问题的思考都是这种变革意识的表现。

变革意识是新时期文学之魂，文学因它而生辉。所谓“改革文学”的大潮也许即将过去，文学不可避免地会发生一些变化，但愿变革意识这个灵魂不被丢失。

1989年3月　曲阜

第三辑

通俗与媚俗

——在《山东青年报》座谈会上的发言

当前的一切似乎都不必为之担忧。忧国、忧民、忧文化，也许的确是没有改造好的书生们的迂腐气。有本事就去下海去赚大钱，利国、利民、利自己。国家为我们提供了这么好的机会，何苦舍不得孔乙己那件又脏又破的长衫？又何苦一脸晦气，两袖凉风，伸长脖子看大潮，于大潮之外指指点点？谁都知道，说闲话、管闲事不发奖金。

对于当前的文学和文化走向，我本无话可说。这并不是因为以上的见解，而是因为自己从根本上赞同当前文化的基本流向。进入80年代以来，我一直对市场经济寄予厚望，甚至把它看作解决现实问题的根本途径。没有市场的发展，我们的一切希望都是空话。所以，对于文学的商品化，对于报纸、刊物的市场化，从根本上说，我是举双手赞成的。毕竟变了，本来是死的，窒息于计划和指令之下，现在活了，应该赞成！把一切都放到市场上，让一切都接受市场的检验和选择，应该是时代的大进步。

但是，我的血管里毕竟是流着不合时宜的现代知识分子的些许血液，好作杞人之忧，而且屡教不改。所以，还是要说几句。

我们的文学和整个文化都正在不可逆转地大踏步走向世俗，走向大众。文学报刊和图书已相当彻底地转向。一些所谓纯文学刊物纷纷改为通俗刊物，报纸纷纷改版，或者大办周末版、增加娱乐性和消闲性。作为一种整体的趋向，就是适应市场的需要，而适应市场的需要，就是适应读者趣味。“读者就是上帝”，正在成为报刊的价值准则。

"读者是上帝"，任何人都没有理由对它指责。在物质产品的生产和流通中，顾客是上帝，消费者是上帝，这是大家都认可的。那么，文化生产不以文化市场的需求为指导，能以什么为指导？不以读者为上帝，以什么为上帝？所以，这是一个很好的现象，也是一个必然的现象，只要不过多地横加干预，它必然是这样一种现象。出版机构要生存，就必须考虑市场上的销路，不努力适应读者的需求而增大发行量，还有什么出路呢？一些报刊不需要考虑这些，他们拿了国家的钱，也就是老百姓的钱，去印一些人们不喜欢看的东西，又强行摊派，所以不愁销路。可是，一般报刊已经没有那个特权，于是报纸纷纷改变姿容，星期刊、周末版，一派新面貌；出版社费尽心机出版那些受广大读者欢迎的书籍，或者把不受欢迎的书搞上一个受欢迎的包装。为了生存，为了作者、出版者和发行者的利益，这一切都必然地出现了。但是，我们的文化出现了一种媚俗的姿态——"媚态"。

从某种意义上说，这未必不好。谁不喜欢"媚眼""媚笑"？反正我喜欢，总比对我横眉怒目好。但是，就我们的文化而言，大概不仅需要"媚态"，还需要更多的东西。

激烈地指责吗？似乎大可不必。我只觉得我们的文学可怜，我们的文化可怜，中国的知识者可怜。三句话不离本行，我还是只谈文学，因为平时为文学想得比较多。我们的文学似乎命中注定了难以摆脱不幸的命运。在70年代以前的几十年中，它一直受着政治的制约和压迫，被迫去充当阶级斗争和路线斗争的工具，被迫去配合政治运动和中心工作，失掉了自身，成为政治的奴婢。今天，政治的强制性逐渐消失了，却又面临着经济的逼迫。金钱是个好东西，它可以帮助社会克服种种弊端，帮助人获得解放，以达到马克思所说的那种"以物的依赖性为基础的人的独立性"，也就是可以帮人挺起腰，实现人格的独立，但是，它也可能"逼良为娼"。今日之文学界，它充分发挥着这种逼良为娼的作用。因此，文学再次失掉了自身，成为经济的奴婢。几年来我们的社会有几个成功的转移，一个最为成功的变化，就是人的全部热情被引向了经济，也就是金钱。中国人穷怕了，作家也穷怕了，如今有了可以赚钱的机会，不赶紧赚钱，还想什么呢？放着钱不赚，做吃力不讨好的事，你傻吗？政治的压迫与经济的压迫情况有所不同：在政治压迫之下，人们容易产生一种反抗的激情；在经济压迫面前，你却找不到冤头债主，一切只能自认，无可奈何而又心甘情愿。低眉顺眼、卖笑献媚，都是自愿的。在政治的逼迫下，作家们可以不动感情地喊几句口号了事；在经济面前，你却要来真的，如果满脸不情愿，就没人为你掏钱。事实上，经济比政治更难伺候，它不强硬，但更让人费心。这就像招待嫖客与被强奸，被强奸是不需费心的，而要把嫖客招待好，却需要曲意逢迎。这很可怜，可是话说回来，时代毕竟进步了。我不知道别人怎样，就我自己而言，我是宁愿当妓女卖自己，而不愿被强奸的。

所以，我担心的还不是这些，而是文学和整个文化的媚俗态势所要付出的代价。这个代价太重了，重得让我难以接受。每当想到这个问题，我就有一种破产的感觉。这个代价为什么必需付出？为什么要一再付出？这是我们这个民族的悲剧宿命吗？“五四”那一代人——陈独秀、胡适、鲁迅等，千辛万苦，文化革命，惨淡经营一阵子，培育了一种新文化，一种新的文化精神，并以此改造国民性，后来，因为种种原因，使这一努力付之东流。“文革”结束，进入80年代，我们又艰难经营了十年，文化面貌有了巨大的改观，精神建设初见成效，可是，在如今这股潮流中，这一切却有可能再次付之东流。作家、出版家，都知道“读者是上帝”，但很少有人意识到广大读者审美心理和接受机制的守旧性。一个规律无情地摆在我们的面前：文明发展所需要的现代观念往往难以为广大读者所接受；大众所喜闻乐见的东西往往是陈旧的。在这种情况下，文化生产的媚俗只能有助于历史的倒退。1989年，我发表过一篇《大众化与化大众的冲突》，谈的就是这个问题，现在几年过去了，我还是那个观点：大众化与化大众是矛盾的，为了历史的进步，为了文明的发展，我们宁愿失掉一些读者，也不要把未来的前途作为妥协的条件而牺牲掉。

中国之大，人口之多，为报刊的生存提供了较好的条件。不媚俗未必就没有读者。当然，怎样使出版物通俗易懂受读者欢迎，又不迎合大众的陈腐观念，是作者和出版者都应该认真考虑的。

1993年3月　曲阜

文学的现状与误区

——1994曲阜师大“金秋学术报告会”上的演讲

今天要讲的，又是文学，当然不是重要的话题。从某种意义上说，文学是最没用的东西。没有农民，我们就会饿肚子；没有纺织工人，我们就没有衣服穿；没有建筑工人，我们就没有房子住；没有企业家，经济就会崩溃；没有文学家，却不会马上出现那么严重的问题。所以，弄文学是一种吃闲饭的事，没用的人才去弄文学。很多人都是因为干不了别的才弄文学，我自己就是如此。

可是，文学又的确有它的作用。它可以影响人们的精神，影响人们的心理，陶冶人们的情操，甚至塑造人的性格。我就见过一个因久看《红楼梦》而变得走起路来一副弱不禁风之态的女孩子。文学对人是有影响的，正因为这样，文学批评就有了存在的依据。女孩子读红楼，学学林黛玉，也许并不可怕。可是如果男孩子读红楼，不但学宝玉，而且学薛蟠，那就很糟糕！这时候，就需要批评来告诉人们，学薛蟠不好，曹雪芹也是不喜欢薛蟠的。如果曹雪芹还活着，批评家也许会告诉他：如果再写到薛蟠这种人，要进一步想想办法，让读者读了也不要学他。

既然批评也是必要的，我们对于文学发展的现状，就有关心的必要了。新时期文学从70年代末发展到现在，创造了当代文学史上空前的辉煌，成就是不容否认的。在中国现代文学的历史上，也没有几个时期可以与它相比。但是，当前的文学却处于种种困境之中，而且因这困境而陷入种种误区。

文学的现状与误区

进入90年代以后的文学界有几个特点：一是文学进一步地受着金钱的挤压，并在金钱挤压之下迅速分化：有人弃文从商，有人以文经商，只有一部分作家还在守着严肃文学的营地。二是文学进一步走向世俗生活，进一步告别教化功能而追求娱乐性。过去的中国文学总是在教育人，而且不惜为教育人而丧失文学性。人们受够了教育，于是反感于这种文学，于是文学家强调审美功能，强调娱乐性，努力使作品让人读着轻松，而不要让人感觉是在上政治课……这一切都是合理的，或者说，这一切都有其历史的成因。中国当代文学的确太不轻松了，它承担了太多的使命，而最终又被历史证明有害无益。这当然需要改变。这种改变从80年代就开始了，经过80年代进入90年代，在这个转变过程中，现在的文学却显示了一系列的问题，陷入种种误区。

误区之一：在通俗化的道路上一步步走向媚俗。书写出来需要出版，出版后需要销售。这就需要有人喜欢，就要考虑拥有更多的读者。经济的力量是巨大的，它在悄悄地压迫着文学，使你不得不服从市场原则。先锋文学的确太不重视中国大众的接受程度，所以，它刚刚出现的时候就有人说它是“吃饱了撑出来的毛病”。也许这话不无道理。那么就要走向通俗，或者说是追求“雅俗共赏”。“雅俗共赏”听起来很顺耳，但做起来却很难，实际的结果往往就是媚俗。其中一个不容忽视的问题就是大众接受心理和审美观念的守旧性。在这种守旧性的作用之下，一些思想观念比较超前、现代意识比较强烈的作品往往得不到大众的喜爱，而那些更多地承载传统观念而少有现代意识的作品却很容易为大众所喜闻乐见。因为人们在阅读一部作品的时候并不只是被动的接受，而是一种主动的参与。当一部作品表现的精神与自己内心所固有的接受机制格格不入时，接受主体就会对其进行排斥。这是一个不容易解决的矛盾。这种悲剧在中国现代文学史上已经有过，“五四”一代知识分子的觉醒和后来对工农大众的适应、顺从、迁就和皈依就是前车之鉴。

误区之二：告别英雄主义和理想主义之后，文学的主体精神正在步步丧失。理想主义和英雄主义色彩过于浓重，是从50年代到70年代文学的一大教训。从“大跃进”民歌的理想主义，到革命样板戏的理想主义，从50年代浑身闪光的英雄，到70年代不食人间烟火的革命精神说教者，都使人感觉到离自己的生活太遥远。更多的人只能是普通人，普通人更看重的是日常生活。所以，我们这个时代最时髦的已经不是英雄，不是理想主义者，而是普通人，眼睛盯住油盐酱醋，生活的主要内容就是吃喝拉撒睡。同时，这也是一些根本无法决定自己命运的人。人是不是一种很了不起的东西？也许，人的高大只是一种理想，或者是偶尔有的一种感觉，而实际的生存常态往往并不豪迈，而是充满烦恼、尴尬、无力和无奈，实在高大不起来，也英雄不起来。比如，现在我就当不了英雄，在座的大家绝大多数也当不了英雄。我们过的是普通的日子，我们有许多人生烦恼。大概正因为这样，随着文学对人的认识的加深，作家们纷纷远离英雄，远离英雄主义，而走向普通人的日常生活琐事，走向一般的碌碌无为之辈，把人从高高的宝座上拉下来，把理想主义和英雄主义的光圈抹掉。这也是完全应该的，是一种还原。但是，随之而来的结果却非常可悲：人成了爬虫，成了灰色的无骨动物，成了没有主体性、没有主动精神、完全受制于环境的被动存在物。这在一些新写实小说中大概很容易看到。人真是那个样子吗？人应该是那个样子吗？如果注定是那样，别无选择，说真的，活着真没劲！

重要的还不是文学的画面世界中的这种现象。我不想评价那些作品是否真实，甚至愿意承认它是真实的。因为的确很多人都无法驾驭自己的命运，无法实现自己的意愿，只能以那种被动的方式生存。他们很苦，但对一切都无能为力，这也许是一种最常见的生存状态。但是，值得注意的是我们的作家对这种生存状态所表现出的态度。他们往往没有痛苦，没有不平，更没有愤怒。我把这种现象称之为激情丧失和心态老化。一些作家的确丢掉了理想，失掉了进取精神，表现了种种对苟活方式的认同。

这就涉及一个更为重要的问题：知识分子的自我放逐、自我边缘化。好像中国知识分子对自己承担的文化使命已经彻底丧失了信心，因而放弃职责，自我放逐。好像知识分子也开始像王朔小说中的人物一样，“千万别把我当人”。他们只寻找个人自娱的空间，表现的也仅仅是他们的叙事智慧，而不再有人的价值关怀。在80年代中期，作家们无论写性还是写生命，还多是探讨人性的底蕴，或者用人的生命精神去冲击陈腐的文化，进入90年代之后，写这些已经完全成了欣赏。

中国人（当然也包括作家）都变成蛆虫了吗？

但愿没有。我不愿意承认。我们也不该承认。

因此，我希望有更多的作家不放弃理想的追求，希望文学重振主体精神、进取精神和阳刚之气，从而走出灰色的迷雾。因为你无论怎样在灰色的雾中徘徊，最终还是要走下去。积极的精神也许并不能带来预期的结果，但任冷雾弥漫于心头，就更难见到希望之光。

超越是一个时髦的词语，但超越不能是逃避。真正的文学家不能逃避他所生活的时代，也不能逃避时代赋予他的责任。很多作家都对诺贝尔文学奖极有兴趣，那就应该知道诺贝尔文学奖的评奖宗旨，它拒绝授予不为人类的发展奉献心血的作家。

1994年10月　曲阜

关于“私人叙事”和“个人话语”

一

在当前文坛上，一些作家疏离中心和主流，以边缘化的立场书写自身的生活经验，甚至是重点书写个人的隐秘世界。有些内容属于个人隐私，在过去的作品中是少见的，这主要倒不是因为有什么障碍，而是过去的作家们大多有点害羞，羞于表现或不屑表现。现在的情况已经完全不同，在我们这个时代，卧室中、衣裙下似乎更有看头，所以也就更有卖点。市场就是这样，只要人们想要的东西，自然会有人生产，有人销售。眼下的公共场所并没有张贴“莫谈国事”的条子，但作家们却很自觉，不谈大事，只谈小事；不写公事，只写私事。于是，文学叙事的私人化，是必然要出现的。现在，这种写作被一些评论家称为“私人叙事”和“个人话语”。理论家们正在大谈它的奥妙。

用时髦的说法，它所展示的生活只是个人的日常生活，与社会无关，与集体无关，与历史无关，与一切宏大无关，是纯粹私人的。写作是私人写作，叙事是私人叙事。

我想，这种倡导应该是有意义的吧？因为我的年纪让我知道中国当代文学经历过一个“大公无私”的阶段，曾经以集体的力量扫荡了一切私人空间。以阶级、人民、时代的叙事代替了一切个人叙事。破私立公，是过去并不遥远的口号。文学创作也曾出现过“三结合”的方式，“领导出思想，群众出生活，作家出技巧。”在这种结合中，作家只是一个工具，是为表现领导的思想和群众的生活而存在的。在长达几十年的时间里，文学没有给私人留下任何空间。

正因为这样，在80年代，我们的文学曾经冲破禁区，呼唤自我，表现自我，张扬个性，恢复作家在创作中的主体地位。从表现自我的倡导，到主体性的讨论，其实都含有一层用意，就是要把文学创作从那种阶级、人民、时代的大概念中解放出来。之所以要解放出来，还因为一个重要的原因，就是这些大词本身的某种虚幻性和虚假性。无论阶级、人民还是时代，都常常在否定和限制着个人的创作，但到底谁代表阶级？谁代表人民？又是谁在代表时代？却常常是云里雾里，看不见也摸不着的。个人的见解和感觉常常被统一于一个来路不明的宏大概念，但最终的结果，却往往是那宏大概念是虚假的。到头来，靠得住的仍然是自己的见解和感觉。相信自己，表现自己的思考和感受，这应该是文学创作的正路。因为无论多么大的群体，也是由个体构成的。因此，那种在否定个体的基础上建构起来的群体必然具有虚假性，其宏大话语也必然具有欺骗性。只有承认一个个的个体，以这些个体共同构成的图景，才是可信的集体共相。从这个意义上说，一个作家，不必考虑集体。我相信鲁迅说的话，从血管里流出来的是血，而从水管里流出来的是水。一个人只要不是孤立于社会，而是关心着社会，置身于时代生活之中，他的作品无论怎样“私人”，都会同时属于那个时代，属于他所处的阶级和民族。这一切，是80年代人们已经明白的道理。然而，由于历史的局限，80年代的文学没有完全从集体话语中走出来，正如今天的中国作家也不可能完全从集体话语中走出来一样。人们不约而同地进行大合唱，不约而同地思考社会共同关心的问题，而知识结构与思想资源又有很大的共同性，所以，文学的个人性是不足的，私人性更严重不足。

从这个意义上说，倡导私人写作，赞美个人叙事，应该有足够的理由。然而，看过一些私人叙事的倡导文章，又看过一些被理论家们赞扬的文本，我却感到有些东西很值得怀疑。一些人所倡导的，并不是文学健康发展的路。

二

据说，这些作品实现了对世俗世界的彻底认同，真实地书写着人的各种欲望，同时也充分表现着一般人对于金钱和物质的渴望。

据说，一些作家在世俗生活中是能够随心所欲的，在创作中也能够无所顾忌。他们站在平民生活的地平线上，从市民的角度观照生活，在作品中充分表现了他们与当下世俗生活的合流。赞扬者说，他们不做任何人的代言人，也不充当指路人，而且彻底告别了启蒙导师的姿态。

但是，读着这样的理论，我却有点怀疑：是他们主动告别启蒙导师的状态，拒绝做指路人呢？还是他们根本没有能力做启蒙导师，也无力充当读者的精神指路人？大致考察过之后，我有了一个大致的判断：他们自己往往就是在浑浑噩噩地混日子，没有什么值得一提的理想目标；自己往往就是糊里糊涂，缺少思想的能力，或者自以为有个性，做出一副玩世不恭的样子，其实却是什么也没有想明白，正在拿自己的生命开玩笑，他们又怎么能够去充当启蒙导师或者指路人呢？要知道，做启蒙导师也罢，做指路人也罢，布道也罢，说教也罢，都不是容易的，也不是任何人都能做的。事实上做不到，而宣称鄙弃，这让人说什么好呢？

一些作品受到了赞扬，甚至被推为榜样。但在我看来，面对那些作品，任何过高的评价都是不恰当的。而关键的问题就在于放弃了个人精神高度的追求而甘心做痞子。我不知道究竟是什么原因，使痞子在我们这个时代如此有魅力。那么多作家都乐意做痞子，或佯装痞子。我这么说，是因为我认识几个年轻作家，他们做人做事很正经，并不像小流氓，但一到作品中，那个“我”却马上浑身痞子气，那都是为赶时髦而装出来的。当然，文坛上也许有一些真正的痞子，无需装，这是从作品中就可以看到。他们常常对于一切都“无所谓”，没有良知，没有正义感，不分美丑和善恶。他们似乎看穿了一切，成为真正的虚无主义者。有句话说：彻底的唯物主义者是无所畏惧的。其实，彻底的虚无主义者更是无所畏惧的。他们看透了一切精神价值的虚无，于是怀疑一切绝对的和普遍的东西，嘲笑严肃的人生态度，嘲笑责任感，因为那在他们眼里就活得太累。他们是消费主义者，不仅消费物质，消费他们所生活的这个世界，而且消费自己的人生。他们相信，活着没有什么意义，也没有什么价值，所以，活着的唯一目的或最合算的设计就是不管如何也要找乐子。因此，他们并不在乎他们的快乐是奴隶的快乐还是蛆虫的快乐。

有一些东西阻碍着他们快乐，他们就要反抗。但他们的反抗是有限的，因为他们知道一些东西惹不起，就绕道走。他们声称要消解。他们的意义就在于这消解。然而，在他们的消解之下，一切价值都成为碎片，个人也无法再以独立的价值而存在。什么都是可疑的，一切都无可无不可，于是，没有美与丑，没有善与恶，连同区分这一切的标准都不存在了。

问题就在这里，承担责任是不快乐的，反抗现实也是不快乐的，奋斗和探索也不快乐，那么，就只有顺世活着是唯一正确选择。游走，顺应大众的口味，反抗可以反抗的，嘲弄可以嘲弄的，迎合必须迎合的。于是，这些貌似最激进的反叛者，其实已经不存在反叛的意义。

个人叙事如果就是这样，它能够产生什么？

三

回到个人，应该是为了使个人不被大众淹没，应该是为了使个人不同一般。或者说，是为了自我实现和个人主体性的强化。但是，90年代文学的所谓个人化却不是这样，而是放弃了精神高度的追求，放弃了自我强化的努力，满足于平庸的日常生活和一般动物的欲望满足。

个人化如果放弃了高度的追求，而与平庸化相结合，结果会是什么呢？像一些理论家所倡导的那样，不要深度或高度的追求，而只表现日常生活中的庸常个人，而且作者本人也必须是一颗平常心，与市民的庸常人生站在同一地平线上，如果要表达什么关怀，也必须是世俗关怀……如果那样，产生的结果自然是平庸的、一般的。它会从根本上消灭了个性，因而也就不再是个人的。

因此，在倡导个人化的同时，必须进行这样的思考：个人化是否等于自说自话？个人化是否意味着无视人类的群体生存？个人化是否意味着无需顾及前人的积累和他人提供的思想艺术平台？如果是，那么作者完全可以津津有味地叙述自己的生活琐碎，从我的窗帘、我的地毯一直到我的大腿、我的乳房、我的做爱习惯等。但是，这种叙述应该是输入与输出都封闭于个人自我的天地，也就是说，作品的读者只是自己。如果不然，那些平庸琐碎而且不承载任何深层意义的描写就是对读者的一种不尊重。因为读者作为文学消费者，需要的是有意义的服务：新的生活天地，新的人生经验，思想的启迪，境界的扩展，等等。没有任何深度和新意的个人生活琐碎有什么表现的价值呢？我们主张个人化，应该是因为一切最新鲜的经验和感受都产生于个人，一切最前沿的思想都产生于个人，一切精神文化发展的生机都最先产生于个人，只有这些个人的生活和精神得到表达，文明才能有新的积累，而我们个人也能得到新的滋养。如果个人化只是回到低层次个人生活的展示，那么，你吃饭大家都吃饭，你睡觉大家都睡觉，你的恋爱方式也未必比别人高明，这样的个人叙事必然是千篇一律，能为读者带来什么？

一些自叙传式的作家往往写完自己的独特的生活经历之后就结束了自己的艺术生命，再也没有好的作品出现。其实，他们的生活并没有结束。他们完全可以把每天大致相同的琐碎生活都重复性地写下来，用现在的一些理论家的话说，那是个人化的，而且，谁也没有权力剥夺他们写的权利。但是，那样不识趣的作家在文学史上非常少见。因为只要不是太愚蠢，就会知道，那种所谓个人化的书写是没有意义的。一个道理不难明白，我们提倡个人化，但并非一切个人化的东西都具有相等的意义，也不是一切个人化的东西都有表现价值。无论思想还是艺术，都青睐于独特性，而真正的独特性只能向着深处或高处寻求。

四

我们往往缺乏自己的思想，常常盲从，常常迷信，常常让自己的大脑成为某种流行思想的跑马场。从这个意义上说，提倡个人话语也是有意义的。拒绝主流，拒绝流行话语，表现属于个人的东西，这意味着用自己的头脑思考，意味着个人精神的独立和解放。

然而，个人化是有限的。从理论上讲，我们无法实现纯粹的个人化。因为我们是处于历史和传统中的人，因而很难走出传统话语的笼罩；我们又是生活于社会群体中的人，因而很难避免被社会流行话语所覆盖。你以为说的是自己的话，其实也许是许多人都重复说过的；你以为表达的是自己的思想，其实也许它来自前人的著作；只是自己不能一一找到源头罢了。

在当前世界背景之下，作为个体，我们可以坚持某种行为或思想方式，却常常很难判断自己选取的这种方式是否是对他人的重复和模仿。甚至我们无法弄清纯粹的自我还有多少没有被传统和他人所覆盖。

对于个人来说，许多经历和体验都是新鲜的，但对群体来说，却恰恰是最普遍的。包括隐私，包括性体验，在当代中国之所以让人感觉新鲜，原因不过是过去的文学因受限制而缺少表现。一旦大家都来表现，你就会发现，要翻出新花样其实并不容易。因此，人们对这些东西也会很快生厌。打个比方说，任何一个少男少女的初恋对于他自己来说都是新鲜的，她或他可以把它写进日记，每读一遍都会激动。但如果发表出来，却可能是非常一般的故事，一点儿个人的独到之处也没有。

人与人之间，从行为到思想，不同的地方其实只有极小的一部分，而且这一部分并不那么容易发现。如果考虑到语言的力量，就更麻烦。语言完全有力量将个人体验纳入既有的表达模式，将其扭曲得面目全非。而这一点，人们一般是很难发现的。

寻找个人的经验和个人的表达都不是容易的事。因为我们必须借助共用的语言，并且在共同的思维格式中言说。

因此，“个人话语”是否具有理论意义，也是一个疑问。

1997年5月　曲阜

我看“现实主义冲击波”

——1997曲阜师大“金秋学术报告会”演讲

近期文坛上，有人呼唤“重构现实主义”，于是就有了“现实主义冲击波”。

包括我在内的许多人，是很喜欢现实主义文学的；或者说，是喜欢文学的现实主义精神。可是，大家知道，当下的社会什么都可以作假，所以这“现实主义”也难保不出冒牌货。今天，我们就来谈谈当下文坛的“现实主义冲击波”。

一、“理解万岁”与“分享艰难”

生活很苦，也很艰难。但你们看，这个世界还是好人多，干部们也并非都是贪官，他们很辛苦，热心肠！在为大家服务，在为我们的社会做贡献。只要大家都来努力，别添乱，面包会有的……以写实的笔法，一些作品正在从事着这样的工作。一边温存的抚摸，一边唱催眠的歌谣，像保姆哄孩子入睡一样。

这种文学正在创造一种新的英雄传奇。不要以为他们描写的是平凡的干部，事实上，那是时代的英雄。孔太平、吕建国们都是时代的英雄。不同仅仅在于，到了90年代，如果再把英雄写成高大泉或江水英的模样，可能无法完成使命，正如90年代的焦裕禄需要李雪健那样的演员来演，而不需要杨子荣、郭建光们的架势一样。既然这个时代的读者和观众已经远离居高临下指手画脚，而喜欢平易近人，那么，英雄要发挥教育作用，也必须被这个时代的大众接受和认可。一身正气、两袖清风的干部不可信了，所以人物必须有缺点，可是，这缺点肯定无关紧要，没什么大不了的。他们也是人，怎么会没有缺点呢？别看他们贪污腐败，搞不正之风，但他们本质是好的，在兢兢业业为人民服务，艰难地维持着局面。这就是时代的英雄！私心么，那是正常的，人怎么可能没有私心？本着一颗平常心，设身处地想想，就不要对干部要求太高。大家都在拼命满足自己的私欲，他们为什么就不能自私？大家都腐败，他们为什么不该腐败一点？大家都贪污，他们为什么不可以多少贪一点？你们活得不容易，他们就活得容易吗？为什么偏要对他们不理解、不同情、不宽容呢？……这里体现着一种理解和宽容的精神。这个时代的精神是宽容，是“理解万岁”。理解一切，宽容一切，对一切丑恶也应该理解和宽容。

从这个意义上说，所谓“现实主义冲击波”，也是一种“理解万岁”的冲击波。理解什么呢？让失业工人们理解书记、厂长的难处；让贫困的农民理解村长、乡长的难处；让他们不要有怨恨，不要有不满，同时让他们知道，干部们也很难，尽管他们也有这样那样的缺点和不足，但他们的本质是好的，他们正在为你们操心，为你们做主，没有他们，大厂就垮了，农村就乱了。如果那样，有你们的好日子过吗？一句话，要理解他们，与他们分享艰难。

“抚摸”是个好词，所指代的动作也是一个极好的动作。对于某种处境中的人尤其需要。它的好处就是不仅可以使人平息骚动，忘记痛苦，而且不挣扎、不喊叫，不给社会添乱。

二、一种新的模式

这种“冲击波”已经呈现一种新模式。其主要特征有三：

一、干部都是好的，虽然他们也有点贪污腐败，虽然他们也有点欺压群众，但本质是好的。他们终日为群众操劳，为了群众的利益，甚至可以把自己喜欢的女人搭进去，让她去陪老板。他们可以做自己不愿意做的事，可以得了绝症而不顾，拼着最后的力气去为百姓要钱。不过，这些干部表面上看是不怎么好的，比如有点贪，有点官僚作风等等，但实际上是好的。之所以出现这样一种模式，因为作家们可能有点担心，怕老百姓被现象所迷惑，忘记了透过现象看本质。

这些好干部身边常常有一个女人。她能理解这些时代的英雄。但是，不要想歪了，他们之间的关系决不像现代的青年男女那样，不会乱搞。因为他们都很讲道德，有坐怀不乱的本领，决不像一些老板那样，随便与女人上床。由此看来，这些作家很知道大众喜欢什么样的干部和不喜欢什么样的干部。也很知道该拿什么样的品德来为干部赢得支持。

二、老工人总是好的，青年工人则调皮捣蛋。老工人一般都是过去年代的劳动模范，但是，今天厂里却发不出工资，我们对得起他们吗？于是，好干部们总是忘不了他们，自己再困难也要掏钱让他们去看病。而老工人觉悟总是那么高，他们理解干部们，生活再困难也绝不像今天的一些坏小子一样与干部过不去。这些老工人承担着教育下一代的责任，他们会把你感动得热泪横流，因此而跟着厂长好好干，分享艰难。可是，有一点让人纳闷：有这么好的干部，又有这么好的老工人，干部群众一条心，大干快上搞生产，可怎么就是越干越糟，以至连工资也发不出去？真是邪了门了！

这些作品对现实困境的描写常常是生动而真实的，但是，面对困境，我们却不知道它从哪里来。大家都那么好，怎么还有困境呢？一切都是冤无头债无主。

三、个体企业家一般都是坏的。在这些所谓现实主义的作品中，常见的坏人就是个体企业家。国有企业的干部群众整天拼命干，艰难地干，结果发不出工资；而那些个体老板们出入酒吧舞厅，吃喝嫖赌，却油头粉面，腰缠万贯。好像是他们把钱都赚走了，才让这些国有企业的主人和公仆们在喝西北风。而且，个体企业的老板们一般都没有良心，不会与人分享艰难。怎么办呢？再分一次浮财？好像不大现实，但工人和农民却一定要明白，他们是靠不住的，我们唯一的出路还是与父母官分享艰难。这种写法其实并不新鲜，从50年代到70年代，我们见得多了。不同的是，世纪末的作家学会了与大众促膝谈心，时刻谨防教训的姿态，做出一副为大众的样子，以平等的姿态说服读者大众。

在这里，真正的矛盾被抹得溜光，你看不出裂缝在哪里。这是高级泥瓦匠的技术。可是，他们却没有水泥，只有涂料，你只要走上去一摸，那裂缝还是在的。

三、市场面前的困惑

在谈歌的《年底》中，为了一千万元的合同，小李不得不嫁给廖主任的傻儿子。在《大厂》中，吕建国为了拿到一千万的合同，不得不让郭主任陪客户嫖娼，最后不得不用全厂党员的党费把嫖娼者从公安局赎出。在李佩甫的《最后一个工人》中，崔才焕为了能够拿到一项工程中风力发电设备的订单，必须给对方黄副总指挥有所表示，但这位黄总阳痿，对色情服务不感兴趣，所以只好给钱，酬金并不高，是总额的百分之二，七十万元人民币……这些描写，透露的是一般世风。

在谭文峰的《走过乡村》中，十七岁的倪豆豆在阳光灿烂的河边被倪土改强奸了。倪土改在几年前还是偷盗女人花裤衩的小流氓，而现代却是村支书、人大代表、公司经理。非常明显，作者对土改的这种行为表示着愤怒，而对其他人也表示着悲哀。他之所以悲哀，因为周围的人对倪土改的宽容，因为豆豆父兄的唯利是图。在经济利益的诱惑面前，父亲和哥哥根本不考虑豆豆的身心创伤，而是因祸得福似的高兴。上级不愿意经济改革的一面旗帜倒下，村民们怕经理吃官司影响村里的收入，所以上上下下都主张“私了”。豆豆的父亲和哥哥也高兴地接受了这种“私了”，因为只要他们不起诉，就能得到经济利益的补偿。作家的描写使我们看到，在经济利益面前，人们已经不考虑什么是正义。就这样，一心要让倪土改受到法律制裁的倪豆豆最后不得不接受人们的安排而嫁给土改，或者说，是被父亲和哥哥卖给了土改。

牛伯成在1995年连续写了《老宅》《背影》和《抉择》等若干篇小说，几乎表现的都是人在金钱面前价值的失落。在这些小说所描写的生活场景中，金钱已经成为衡量一切的价值尺度，人与人之间已经成为赤裸裸的利益关系。这些小说也常常写到男女之间的事，但都已经没有感情可言。他们的性关系非常单纯，往往都是为了排遣寂寞。人们为了获得利益，可以不择手段。甚至亲情也不顾。在牛伯成的笔下，史梅娟逐走老父亲的保姆兼情妇陈妈，把丈夫和弟媳妇捉奸在床，表现出一个女人特有的精明，而这精明只有一个目的，那就是从父亲的遗产中获取最大的利益。

从这些小说，足可以看到金钱的力量，看到人们在金钱面前的屈服。同时，也可以听到作家的叹息。这些作家似乎都不认可金钱的这种力量，显示着某种道德感。但有一点却值得怀疑：果真是金钱使人丧失了人性吗?

面对市场经济和物欲横流的世界，作家们有不同的表现。困惑是相当普遍的，而作为两极，一方是彻底的认同，一方是顽强地抵抗。就抵抗者而言，常见的有这样几种方式：

一些人有感于物欲横流，于是努力寻找所谓的精神力量，努力表现所谓高尚的人格，以与这个物欲横流的世界抗衡。在寻找精神力量的时候，却找到了中国传统文人的清高，找到了中国传统的重义轻利。但只要仔细看，却常常会发现它与“大公无私”“狠斗私字一闪念”的观念非常接近。一些作品显然与“文革”文化的旧地基有关。在80年代的作品中，这种表现很多。进入90年代后，市场经济已经合法化，这种作品仍然不断出现。一些人反对物欲横流，反对拜金主义，这是好的，但在同时呼唤精神、呼唤道德的时候，拿出来的榜样却实在值得警惕。

一些作家以各种不同的形式表现市场的险恶，表现老板们和金钱拥有者们的丑恶，甚至描写富有者在精神上的贫穷，描写追逐金钱者最后的悲剧。这些作品常常传达着对物欲的诅咒，并且表现了强烈的劝世思想。在这种种表现中，不难发现某种阿Q精神。一些作家虽然非常年轻，但文化观念对他们的束缚却非常严重。他们一方面展示着物质对人的巨大诱惑，一方面试图去反抗它。似乎金钱和财富本身就是罪恶，似乎这个世界之所以变坏是因为金钱。“男人有钱就变坏，女人变坏就有钱。”真是这样吗?

一些作家表现知识分子在商品经济面前的各种无奈。刘嘉陵的《焚书》发表于1995年的《收获》第1期，小说向我们讲述的是这样一个故事：古典文学研究专家楚耕耘，积几十年的研究成果，出版了一部《中国古典文学论文集》，但问世后书店里卖不出。书价只好打三折，因为发现自己签名送友人的书很快被当作废品出卖，这位老先生心头悲愤难平，把这部新出版的专著通通付之一炬。其实，这实在算不了什么，卖不出去怪谁呢？应该很正常，说句不好听的，那样的书也许根本就不该印。

在这个过渡时期，的确出现了知识贬值的现象，也的确出现了脑体倒挂的现象。但是，许多作品在表现这种现象时所透露的却不是一种健全的心理状态。所谓知识贬值，所谓脑体倒挂，的确显示着不公正，但也可以换个视角看。一些所谓知识分子，就真该比体力劳动者获得更多的报酬吗？做研究，写论文，就真有价值吗？就该比做工耕田的人生活优越吗？也许因为我本来是农民，所以我从来不认为应该这样。脑力劳动与体力劳动，倒挂不好，但平等怎么样？一起到劳务市场试试怎么样？对于市场看不惯，这是不应该的。市场的选择和淘汰，应该比较公平。当然，当下中国的市场是不健全的，竞争也不是公正的。但如果要抱怨的话，应该抱怨的是这种不公正，应该抱怨市场的被扭曲，而不应该抱怨市场。而且，最有资格抱怨的是农民，而不是所谓知识分子。因为农民被强行安置在一个不平等的起点上，而知识分子重新选择的余地却要大得多。如果有人硬要吊死在一棵树上，那是自己的选择，仔细想想，其实怪不得别人。

一些作家表现下岗职工艰难的生活现状，为他们鸣不平。作家能够关注底层，关心民众疾苦，这是非常可贵的。但是，一些作品的认识却很有意思，说社会对他们不公，似乎拿不出别的理由，而强调他们是领导阶级，是这个国家的主人，改革却使他们的生活今不如昔。言外之意，是应该优待他们，保证他们的生活条件与“领导阶级”相称。为生活困苦的工人鸣不平、呐喊呼吁，是应该的，社会改善他们的生活状况，更是应该的，但不应该因为他们是领导阶级。因为在正常的社会里，享受特权的阶级是不应存在的。

更为严重的是，在一些作家的笔下改革开放的现实很不堪，而50年代或60年代却令人怀念。对现实不满，就容易怀念过去，似乎过去很美好。如果是年轻人，不了解历史，这情有可原，但如果是那个年代的过来人，忘了饿肚子的感受，我以为不可原谅。当然，有些过来人也许没饿过肚子，我们学校有个老教授在1960年大饥饿最严重的时候就说过：“一人二两，饿不死司务长。”其实，那年各地农村饿死很多人，但支书和食堂管理员饿死的很少。如果让他们回忆，也许是他们一生中最得意的时候。总之，对历史的记忆，对生活的感受，不同的人是不一样的。作家可以根据自己的感受去写，而我们却应该有所鉴别，有所警惕，不可轻信。因为作家也是可能骗人的，文学有魅力，也是可以利用这魅力来骗人的。

我今天主要就讲这么一点。

1997年10月　曲阜

文坛忧思录

新历史主义的历史意识

应该承认，我们对过去历史的了解，所依靠的是一种历史的讲述，是在一定的历史书写者或讲述者对历史理解的基础上进行的一种讲述。它是讲述者按照他们的标准整理过的历史。这种历史当然不可能是客观的和完全可信的，更不可能反映历史的全部。所以，对任何历史讲述的迷信都是愚蠢的。能够意识到这一点，可以说是文学的一种觉醒。

新历史主义小说是个人对历史的描述。这个讲述者主体不再是一个阶级或者是一个政治集团，而是某种意义上的个人。这个人当然不可能是纯粹的，纯粹的个人在人类有了社会和历史之后就已经消失了，也就是说，在文明发展的历史过程中它已不存在。如果存在，他是无法与我们任何人交流的。所以理论批评中最好不要随意使用“纯粹的个人”这样的概念。随便说说可以，作为一种理论语言，就应该考虑它的科学性。所以我们只能说新历史主义小说有个人化倾向，或者相对而言是个人话语。“个人话语”不过意味着背离权威或社会群体而从个人的意向选择出发重新讲述。

这种讲述所形成的历史图景与过去的权威历史讲述者所讲述的历史当然不吻合。如果说新历史主义小说有什么意义的话，它的意义就在这里；如果说新历史主义小说有什么问题的话，它的问题也在这里。

无论如何我们都应该承认，个人化的历史讲述在民间所受到的欢迎远远胜过权威的讲述。旧的权威讲述事实上已经没有市场，它的信誉早已随着“文革”的结束而扫地。尽管教科书仍然在沿用着旧有的一切，事实上人们却已经不再信任它。同样，在文学中沿用那种历史讲述的创作也是不受信任的。人们往往把那种文学看作是进行说教的材料而不把它看作文学。

这一切都意味着旧的权威已经无可挽回地溃败了。但是，新的权威没有建立起来。而且一种新的文化思潮已经在消解着建立新的权威讲述的努力。新历史主义小说对历史的解读就是这样一种时代的产物。

它的意义在于确立了个人对历史解读和讲述的权力，但是，权力的获得却并不意味着能够被很好地利用。现在的问题是获得这种解读和讲述的权力之后，文学并没有进行更有意义的使用，而是满足于随意的把玩和亵渎，有时甚至是一种顽皮孩子式的态度。就像一个圣殿，一个法庭，它是讲述历史、评判历史的地方，很庄严，也很神圣。过去一般人没有随便进去的权力，现在终于能够进去了，于是就在这里看看、那里摸摸的同时在法官席上随便地吆喝两声，与其说是宣布开庭，不如说是闹着玩玩，试试是否真正拥有了这种发出自己声音的权力。这样做的结果是为观众提供了怀疑这种个人化解读的是否有意义的依据。它事实上在败坏着个人历史话语的声誉，最终将损害文学获得的这种权力。当人们终于在这种个人化的叙述中发现只不过是一些坏孩子的玩笑时，也可能重新走向旧的叙述。因为一般人面对历史的时候需要的是对历史的了解，而不是开玩笑。因为旧的权威叙述虽然具有欺骗性，但它至少有一副严肃认真的讲述历史的态度。它的面目比一点正经也没有的叙述者要可信。

所以，新历史小说要健康发展，需要严肃认真，而不能满足于嘲弄和亵渎。在自己摊位上随意大小便，结果只能是把顾客赶走。

新历史主义的真实观

现实主义追求的是客观真实。当然，作为一种哲学基础，它是建立在相信世界是存在本质、规律、秩序和完整性之上的。正因为这样，它很容易被主观理念所侵入。也很容易被导向反映所谓主流、本质之类的反现实主义的歧途。80年代末开始出现的新写实文学，无论提不提主义，事实上它是一种主义——新现实主义。

那么，新现实主义新在哪里，这是当前文学界应该回答的问题。现在论述新写实的文章满足于对特点的归纳，而缺少真正的历史的比较。应该注意到，新写实主义主要新在它的新的真实观念。这种真实观念又是与他们的现实观念相联系的。他们不再承认真实是一种理念化的真实，更不再认为真实不存在于“自然”之中而存在于什么“原则”。他们面向的是存在而非本质，他们关注的是现象、偶然、无序、非理性。这里也体现着一种新的哲学，即存在即本质。或者是一种本质怀疑论。新时期中国作家如先锋小说家和新写实小说家自觉或不自觉地显示着这样一种哲学。凡人琐事，鸡毛蒜皮，非主流，也许亦非社会或时代的所谓本质，但它却是普通人生活的记录。这是一种真实。新状态、新体验与新写实并没有本质上的区别，用自己的作品寻找和证明个体体验的真实存在，抓住那些转瞬即逝的东西，他们的着眼点也在偶然和个别。还是一句话：存在即本质，存在即永恒。

这种真实观体现于历史小说，就是有意悬置规律，忽略必然性，努力发现欲望，关注偶然性。这是对历史重新认识的一种新的角度。正如认识到一个妇人的鼻子可以决定欧洲历史一样，这是一种新的思路。但是，新历史小说却连这种理解的线索也不要，他们可以随意地解读历史，不必考虑历史本来是什么样子，也不必考虑自己解读的历史是不是有意义的历史，一切全凭自己的兴趣。因为解读历史已经不是一种严肃的工作。这样，就大大降低了这些新历史小说的价值。因为虽然每一个人都有重新解释历史的权利，但是，不同个体的解释却有高下之分，并不是每一种解释都有价值。一些人的解释其全部意义就仅仅在他解释的过程之中，而不在他所解释的结果。新历史小说的不足就在这里。有人用新历史主义解释莫言的历史小说，说他只是讲故事，故事就是故事，只是一种艺术化的叙事，它无意确证什么，也无意颠覆什么，所以，听故事就是了，要感兴趣，就看他讲故事的方法，对于小说所承载的历史，不必当真。而且说，所谓历史的本来面目，本来就是无法还原的，在不同的作家眼里，有不同的历史真实。然而，我读莫言，却分明看到他饱含热泪，像受了冤屈的孩子向人们话说真相一样，希望人们相信他的话，希望能够证明他的清白，而不是在享受讲故事本身的快乐。因此，莫言小说的价值，无论《红高粱》系列，还是《丰乳肥臀》，其价值还是在于他写出的历史，而不在于他怎么编故事。

按照今天的行政区划，我与莫言都是潍坊人。在我们那一带，“讲古”是受尊敬的，“编瞎话儿”是被人看不起的。写历史小说而不是严肃地对待历史，自然是编“瞎话儿”，这不仅讨厌，而且可恶。莫言大概不是乐于“编瞎话儿”的人。

有中国特色的后现代主义

要认识中国的后现代主义，就应该看一看他们的理论和创作，看一看后现代话语的具体操作。大概不用多么认真地打量，就能看到，它是西方后现代主义的理论与中国具体的操作实践相结合的产物，是高度中国化了的，是有中国特色的后现代主义。一提到后现代主义的创作，人们就很自然地想到王朔、先锋小说和第三代的诗。在创作中，被人们忽视了的还有池莉，不要被新写实的帽子掩盖了真面目，其实，池莉是后现代主义的，写实的手法并不掩盖她的后现代主义精神本质。

第三代诗人说：“中国人死都不怕，还怕活着吗?”……

王朔说：“千万不要把我当人”，“我是流氓我怕谁”……

池莉说：“冷也好，热也好，活着就好”，“你以为你是谁?”……

这些，可以看作是具有中国特色的后现代主义创作的中心词。

冷漠，世故，无可奈何，这是中国特色的后现代主义的突出的特点。无赖气，痞子气，玩世不恭，也是中国特色的后现代主义的突出特点。从庄子到阿Q，都是很“后现代”的。反知识，反科学，消解中心，中国历来不乏其人，可惜的是没有什么用。

消解，抹平，不承认任何价值，不承认任何标准。这一切都太简单。西方的后现代主义到底是什么样子不知道，有中国特色的后现代主义者最明显的进步也只能举例说明。比如古典主义和现代主义的争论中互相指责，一方对另一方说：“你是白痴!”对方的回答可能是：“你才是白痴!”这里证明他们使用的价值标准还有某种一致性，即虽然具体的白痴的标准可能是不一样的，但是，大家还都以为白痴是不好的。但是，遇到后现代，他们可能很潇洒地说：“哥们儿，其实你我都一样。”他不会为此而生气，因为进一步的解释是白痴本来就比不白痴好，不要以白痴为耻，要向白痴学习，向白痴看齐。他们会努力证明白痴才是潇洒的，光荣的，有前途的，嘲笑白痴是一种可恶的精英立场，是已经被历史的发展淘汰了的陈旧价值观念。

我不讨厌西方当下语境中的后现代主义，但讨厌中国当下语境中的有中国特色的后现代主义。

后现代：冲突中的第三者及其作用

后现代已经成为一种文化现实。它不仅存在着，而且迅速蔓延着，在文化生活中处处打下它的印记。依靠不承认中国存在后现代主义的方式已经无法解决后现代文化在中国的客观存在和它给我们带来的各种现实。后现代主义是西方知识分子在西方既有的物质文明和精神文明的条件下进行自我反思的产物，我们似乎没有必要否定它的历史合理性，但是，拿到中国现在的条件下，它的作用是值得怀疑的，也是值得警惕的。

我承认后现代主义的批判功能，但是，它那种无边的反抗和无限制的摧毁绝对不是人类文明的福音。对于西方发达国家来说，它虽然无益，却也不能动摇社会既有的思想文化基础。但对发展中国家来说，它却可能构成严重的危害。它的消解和抹平策略容易使人失掉方向，使一切选择和追求都失掉意义，结果只是把水搅浑。

目前，我们已经面对着后现代生活方式、后现代文化操作、后现代价值观念给我们带来的种种威胁。必须正视这些威胁，并回应其构成的挑战。

就文明发展的进程看，中国人正在为现代化而艰难努力，现代社会还是一个理想中的未来。这种情况也许的确未给后现代的发展提供相应的文化土壤，但正因为这样，人们往往容易忽视它的存在，并且忽视其能量的发挥。这是一个极大的危险。那种认为中国还不具备发展某种主义的条件因而就轻视它的教训是应该牢牢记取的。

我所忧虑的是，在中国现实的语境中，不同时空的文化已经摆到了同一个平面上，虽然作为人口大多数的农民还在使用着两千年前发明的生产工具，以铁器和肌肉的运动在田间耕作，城市人却已进入网络时代，许多方面都可以与最发达的国家和地区接轨。这个时代不同于以往的任何时代，它已难以完全封闭，世界已经走向我们，已经进入我们的房间。因此，无论多么落后的地区，都会拥有某些最时髦的文化。中国当前文化就是这样一个“拼盘”，其中什么东西都有，——什么营养也有，什么毒素也有，什么相互冲突和消解的元素都有。这种文化格局本是开放社会的正常现象，似乎不值得大惊小怪。但是，中国的这种文化生态却建立在一个不良的基础之上，并且生态平衡仍然受到限制和破坏。无论人们是否愿意正视，都无法改变这种现实。在这其中，特别值得重视的历史性矛盾格局是：前现代的力量仍在以强大的力量拼命抵抗现代化进程，在演出结束之后顽强地拒绝退场；因而现代难以登场，现代理念难以确立；而后现代却已急迫地发起了对现代的挑战。因此，便使得现代性腹背受敌，正受着前后两方面的夹击。

作为一种理论，后现代主义在80年代就已经被引进和介绍。杰姆逊到北京大学讲演可以算是起点，但是，虽然当时立即出版了讲稿，却没有能够迅速热起来。原因大概在于当时的中国正在为现代化努力，那种理论引不起人们太大的兴趣。它的流行是80年代的现代化努力受挫之后。因此，可以说它是一个乘虚而入的第三者。在前现代与现代的冲突中，这个第三者出现了。它表面上宣称消解一切，不再相信绝对的真理，既不相信前现代的真理，也不相信现代的真理，似乎对一切都持批判的态度，但是，却把全部批判的炮火统统对准了现代性。

这样，后现代主义在中国的出现就不再具有先锋意义，而是充当了旧势力的援军。

面对后现代，我们不能不首先认识它在时代矛盾格局中的这种位置，及其在冲突中扮演的这种角色。

新都市文学观感

表现日常生活，无可指责，但他们的日常生活没有质量，缺乏新意，满足于平面上的无限重复。无论如何，还应该考虑生活的质量。考虑内容的丰富、新鲜或者深刻。

表现欲望，同样无可指责。但生活情趣，生命骚动，都带着浓厚的市民趣味。而且这市民趣味得到作者的认同。没有对欲望世界作深入的开掘。

把审美的目光紧紧盯着市民的标准，以小市民的喜怒哀乐为全部的出发点和最后落脚点。毫无疑问是一个误区。

那些故事看上去也可以说是光怪陆离，但却缺少博大深厚和必要的深刻。五光十色的肥皂泡之下是一片精神的废墟。

种种迹象表明，我们的文学走向都市民间，走向市民，没有导致文学优化，而是使文学向大众文化看齐，陷入了市民意识的泥沼之中而不能自拔。

原因：一种属于我们这个时代的错误认识引导了当前的创作，使一些人误以为会写字的人就可以当作家，什么样的生活琐事都有表现价值。

新市民小说应该表现市民的现代生活。但是，它显然没有完成这个任务。所谓现代性，并不只是描写现代物质摆设，或者让现代生活方式充满作品之中，更不是描写几个城市男女非传统的生活方式和他们坐飞机、住高级宾馆、非常随便地发生两性关系就意味着已经是现代了。近几年的都市小说中，经常看到一些没有灵魂的男人和女人，他们一个个自我感觉良好，以为是时代的骄子，是城市中最风光的人物，他们或者把自己看成是白领丽人，或者把自己看成是潇洒阔少，但是，却很容易让人看出那时髦的超短裙掩盖下的小市民和小农的双重胎记。那份自恋，那种小家子气，那份为拥有一身像样的衣服或者有一个男人追求而生的沾沾自喜。都没有能够表现都市风采。这些作品不仅在精神上没有提供新的价值，就是对生活本身也缺少比较深刻的反映。那些作者们根本就不知道自身的琐碎之外的任何事物，根本就不知道自己结识的那些浅薄少年之外这个城市还存在什么样的人。在他们的眼里，城市就是霓虹灯，就是马路宾馆和商店，城市人就是整天弄钱或者做爱。

这里没有真正的老板，没有真正的企业家，甚至没有《子夜》中的人物和场面，这里没有都市的灵魂，没有经济脉搏的跳动，没有大都市的气象，有的只是一种小家子气。30年代已经高度发达的大上海，在今天的市民文学中表现出来，却让人感觉不到任何大都市的气候，为什么一个一个都像躺在城市角落里的下等妓女和街头无赖眼里看出去的世界。这大概就是市民视角的结果。上海是中国最大的城市，也是中国观念和生活方式最现代的地方，最大的城市应该有最大的气派，可是，为什么都是一些脂粉和尿臊搅和在一起的生活。这里没有激情，没有生命，没有思考，也没有呐喊，找不到上海心脏的跳动。只有在街头游戏的瘪三和搔首弄姿的女人。

这里的商业没有商业的真实，而往往是公关小姐和公司老板的花花故事，我们当然很清楚为什么会是这个样子，既然已经把文学定位于市民，就要考虑市民的趣味。

文学当然应该写男女情爱，没有男女之间的爱情的文学是不完整的文学。但是，问题是这些文学在表现男女情爱的时候也没有表现出应该有的深度，我们可以看到各种感情纠葛，但是，这些感情没有一种是可以为人们提供什么价值的，没有一种是有表现价值的。它往往既不能更深刻地揭示人的感情世界和灵与肉的复杂状态，也不能提供任何新鲜的感受。连做爱也是一般的、模式化的。

这些东西的确是大众所喜闻乐见的。但是，我们的文学已经在这个理论的迷雾中挣扎了半个多世纪，文学以大众喜闻乐见为标准，那会是什么？在这种理论的指引之下，我们曾经昂首阔步地向工农大众学习，改造自己的世界观，把文学作品的标准定位于工农大众，而今天，权威话语已经对文学没有多少控制，我们的一些作家和理论家却又在经过80年代与90年代的转折之后非常自觉地找回了文艺的大众方向，再次向知识分子发出了以大众的标准改造自己的通牒。

结果是使今天的新市民文学成了地地道道的小市民文学。

更重要的是，它是一种对习惯的认同和欣赏，是对生活的一种最无聊的美化，是对自己生活的一种彻底的小市民式的自满和沾沾自喜。这里到处是世俗中的沉溺，如果说新写实文学是充分表现市民生活的烦恼人生和一地鸡毛之后劝烦恼的市民不要不满，不要愤怒，以冷也好热也好的态度活下去，新市民文学则在反复地宣传着生活已经是多么地应该满足。这里没有挣扎，没有灵与肉的痛苦。

关于“个人话语”

在很长的一段时间里，我们的文学是一种集体意识的产物，作者个人的意识是被压抑的。作品中只能表现人民的、阶级的、国家的甚至是一个集团、一条路线的意识，而不能表现作家自己的意识。即使到了新时期，在一个个文学运动中，我们仍然可以看到作家们是怎样地在追潮流。他们努力发出了自己的声音，但是，真正属于他们个人自己的声音其实很少。

可以说，我们的文学在关心重大问题的同时忽视了个人生存的真实性。在大量作品中，我们无法辨认个人存在的程度。

现在文学终于从各种限制中解放出来。创作自由有了很大程度的实现。人们不必要再苦苦地寻找题材本身的重大意义，只要不涉及重大的原则问题，作品中已经没有什么不可以写的东西。每一件个人的小事都可以写成文章，每一点生活的经验和感受都可以得到表现。正如有人所描述过的，我的大花猫，我的小黑狗，没有什么不值得表现一番。日益增多的报刊使这种文章迅速扩张，文学空间里就多了一些个人生活中的日常杂货，多了一些在过去看来没有意义的非重大题材。这意味着文学开始直面作者个体的真实存在，一切属于自己的感受和经历都获得了表现的价值。它显示着文学价值观念的一个变化，意味着作者真实的个人获得了表现的合法性。

从这个意义上说，这是中国文学的一次解放，一种进步，是应该为之欢呼的事情。然而，一些问题却不能不注意。

世纪末的中国有这样一种文化现象：人们都在寻找机遇，发展自己，都要努力活得像个人样。为此，他们来去匆匆，根本无暇顾及自己之外的任何事物，也无暇顾及他人对自己的评价。这种生活使个人实现了建立在封闭性基础上的个人的独立性，但同时也更进一步地表现出个体存在的不完整性。它在消解着强大的个体，消解着人的相对质量。在这样一个基础上建立个人话语是困难的，建立起来的也必然是大面积上呈现为低质量的个人话语表述。这是个人话语的倡导者应该注意的。

当前文学的个人话语只是一种理论描述而不是创作的真实存在。苗头是有的，但苗头80年代就有。倡导个人话语的报刊上发表的作品恰恰是最不具备个人性的东西。它往往是最一般的，最流行的大众文化，最一般的传统的观念和心理，最一般的最流行的生活方式和感觉，而不具备个人的独特存在的价值。从理论上讲，纯粹的个人的话语不可能是流行的，因此，它不会比权威意识更受人欢迎。只要是流行的东西，就根本没有什么个人性可言，它只能是迎合大众的佯装的个人话语。

文学应该表现个人生存经验，个人思想感情。但是，却并不是一切个人生活经验和思想感情都有表现价值。应该承认生命的质量有不同，经历的丰富性和深刻性有不同，对自己生活感受和理解的深度有不同也应该承认一般的生活经历和独特的生活经历在文学市场上也不是同样的价钱。

有时候，一种经历对你自己来说是新鲜的，强有力的，甚至能使你痛不欲生或者欢乐无比，但对于文学来说，它却不是新鲜的，而是无数作家反复表现过的。现在的个人话语却丝毫不考虑自己的感受和思想是否已经被前人所覆盖，像初恋的中学生把感受写进自己的日记一样写进小说，对于作者来说，当然是一种宣泄，满足了诉说的欲望，但是，对于读者，对于文学，它太一般化、太泛化。这就造成了所谓个人话语的虚假性。不知道什么东西是个人独特的，于是就写隐私。可是，隐私写来写去也不过是我和情人们的性体验。仔细看看，也没有多少新花样。连做爱的方式也不是个人的，而是某些毛片制造的统一模式。

看来，个人化还需要附加点东西，仅仅实现个人化是不够的。倡导者更应该注意，这种个人化如果与带有“后”色彩的告别深度模式、告别启蒙姿态的理论结合，那就更不能为文坛提供什么新价值了。

文学：珍惜自由，承受生命之重

文学的面貌是时代的精神面貌的一种呈现。不过，它在呈现时代的同时也影响着时代的精神。目前的中国大陆精神面貌是不算好的。文学在为社会文化推波助澜，批评家在为这种推波助澜的文学推波助澜。这样的结果是使这种文化，这种精神面貌更进一步地发展，弄不好会毁了一代人。

人的解放是文学永恒的命题，也是知识分子最根本的使命。当前的中国人获得了几十年来空前的解放，文学也获得了同样的解放。但是，解放只是最起码的条件，却不能够保证出现文学的辉煌。是否出现辉煌的成果要看获得解放之后的人的努力。获得解放之后如果除了轻松之外别无感觉，或者为所欲为，那么，就没有珍惜这来之不易的解放。

我喜欢使用“历史重量”这个词来谈论作家、作品和知识分子，谈论人的个体生命存在。生命是有重量的。有的很轻，有的很重。但是，作为个体生命，本来都没有什么重量。个体的人的重量之获得别无来源，它取决于对历史的承担。凡是有重量者都是因为有了承担。承担得越多，生命就越有重量。把一个民族承担在自己身上的人的重量等于一个民族，把全人类的命运担负在自己身上的人的重量等于全人类。无论什么时代，历史都不会勉强哪一个人去为它承担什么，那些承担者都是自找苦吃，有点爱管闲事的色彩。但正是这种行为为他们自己的生命增添了重量。文学家和知识分子本质上就应该是这么一些人。而现在的一些作家和他们的作品中的人物一样，都很轻，这种轻，主要是因为不愿意再承担。

因为没有承担，于是就很潇洒，很随意，——既没有背着老母亲又没有背着孩子，乱跳也不怕摔着谁。但是，没有承担也就很无聊，作品写了一堆又一堆，除了赚一点稿费和弄出一点名声之外，自己也不知道为什么要写。我们的文坛上常常看到一些真正获得了解放的个体，但是，这些个体却没有得到价值的充实，他们是一些影子人，空心人。

不愿承担与历史的创伤有关，如何治愈知识分子历史性的创伤是一个很大的问题。但是，时代的发展应该使知识分子清楚，这创伤的治疗不能依靠任何人，只有依靠知识分子自己。

现在的问题是一部分知识分子已经从知识分子的阵营中反叛了出来，他们像“五四”过后的反叛者一样，以为自己找到了更有价值的东西，找到了新的依靠，于是纷纷逃跑，并且大杀回马枪，努力地攻击精英知识分子和精英立场。这结果是很可怕的。

一个优秀的作家，无论时代的精神面貌和文化气氛如何，他都应该能够保持自己的一种精神，坚决地走下去，决不随波逐流，决不轻易放弃自己的责任。

“知识厌倦症”

我们的时代正流行各种病症，其中之一就是“知识厌倦症”。这种病是世界性的，在欧美也很时髦，所以，是“时髦病”，也是“富贵病”，不丢人，因而更容易传染和流行。

中华民族本来就有一种根深蒂固的反智主义，而且诱发这种病的现实原因又很多。所以，这种病很“本土”，不算“后殖民”的结果，即使有点“后”，也很合国情。

这种病之所以很可以理解的。因为我本人就常常感觉到一种对“知识”的厌倦感。人类文明历史积累的知识已经太多，现代的发展又带来了知识的大膨胀，知识作为人的工具，已经在严重地压迫着人。它成为我们身上的沉重的包袱，几乎压得人喘不过气来。不妨想一想，人类社会在发展过程中，每一个年代都留给我们一份知识重负，长此以往，受得了吗？人的一生只有几十年，可是，现在光是基础知识的掌握就要耗费掉近二十年的时间。从小学到大学，所接受的都还是最起码的基本知识。即使再读硕士、博士，现代社会知识的爆炸也使人面对知识不免望洋兴叹，全面掌握和占有已经无能为力。美好的青春时光在青灯黄卷中流逝，结果却仍然是个“半瓶醋”，想一想怎么不叫人烦？

每当走进图书馆的时候，走进大书店的时候，我都会有一种感觉：为什么要有这么多书呢？就是让我们觉得自己渺小吗？在中国20世纪以前的历史上，知识的增长是很有限的，更新也微乎其微的。在漫长的科举时代，读书人只要读好四书五经就差不多了。而且更令人羡慕的是五岁时背熟的“诗云”“子曰”，到当宰相的时候仍然用得上（所谓“半部《论语》治天下”）。可是今天呢？像一百年以前那样只背诵孔子的经书或者像三十年以前那样只背诵红宝书，显然不行了。有时我就想，那种时代真好，读书几乎没有浪费性的劳动。现在的小学和中学仍然让孩子们背课文，可是，那些课文却早已经没有了背的价值，因为你无论背得多好，都注定了考完试就没用了。从学校走出来，注定了还要不断地学习，不断地重新社会化，甚至要把自己的大脑重新格式化以便接受各种新的版本。我对电脑软件的更新速度之快很反感，因为新软件的不断出现使你总处于一种新的学习之中，本来是软件为人服务的，而现在成了人要不断跟着软件跑。所以，我几乎是拒绝更换新版本，汉字处理至今用着cced（汉字编辑软件）和wps（文字编辑软件）。人本来是喜新厌旧的，但是，却也有累的时候，你刚刚习惯了与一个人生活，结果就被通知必须离婚，也是很累很烦的事。新知识源源不断地出现，注定了追不上，所以不如干脆躺倒，不再追了。这是懒人的办法，也是聪明人的办法。

同时，当代的知识爆炸是精英产品和文化垃圾并存，你要寻找一点有价值的知识就不得不翻动上百吨文化垃圾。在这种情况下，你能不感到对人类知识精华全面占有的绝望？又怎么能不对知识有所厌倦？包袱重了就想扔掉，应该很正常。

我在图书馆就不止一次地想过：这图书馆还能扩大吗？扩大，再扩大，地球上全是图书，会不会没了人住的地方？

于是，我突然理解了一些作家——那些埋头写作而不读书的作家，那些对中国文学史和世界文学史都一无所知的作家。全世界的文学名著实在太多了，要想站在他们的肩膀上写作，光是读作品，不知要读多少年。所以，最省力的办法就是干脆不读。

可是，如此一来，写出的作品又如何估定它的价值呢？文化垃圾多，也就成为必然现象了。

与此同时，人类追求知识的美德也就因其“傻帽”而被告别了。

1998年1月　曲阜

直面“后现代”

一些人从80年代末开始操作后现代话语，而另有一些人对后现代表现出异常的反感。在有关后现代的问题中，反对者一个很重要的理论是否定中国存在后现代，其理由是很有说服力的：中国现代化还远远没有实现，哪来什么后现代？用最漂亮的说法就是：“后什么现代，还主义！”从根本上说，我是对后现代很厌恶的。从不知道福柯等为何许人时就凭直觉厌恶他。这倒不仅仅因为喜欢守旧，而是鉴于20世纪中国知识分子像狗熊掰棒子式的匆匆选择的教训，我对一切带“新”字的东西都很怀疑，也很戒备。经验告诉我，只要对准那“新”的东西仔细看，往往发现它要比旧的还要旧，也就怪不得它总会成为现代化进程之战场上的旧势力的援军。所以，我对各种“新”和“后”都抱了一种不愿接见的态度，而且有一种心理支撑：面对中国现实，为现代化努力就够我这一辈子干的了，无论世界怎么“后”起来，我且不管它。

然而，对于新的理论可以不接受，对于新的文化现象却不能不正视它。因为它一旦出现，你是怎么也回避不了的。在中国大地上，后现代文化来势凶猛，已经对旧的格局构成了威胁。这是一种实在。

走进书店，琳琅满目，五花八门。可是，好书不好找。这大概不少人都有同感。不信没好的，就是没处找。一个作家的作品可能被编辑成几十种集子由几十家出版社在同时出版，一种理论可以由很多人分别写成上百本不同的书。精英作品被编成花花绿绿的大众读物，大众读物又往往被包装成精英文化。一些连句子也写不通的演员歌星主持人之类一夜之间都成了文豪。炒得火爆的作品只有在你读完之后才知道上当。已经没有人不能成为作家，只要他愿意，有这么多的报纸，有这么多的出版社，发表已经不需要太多地考虑质量问题。何况还有“告别深度模式”“放弃居高临下姿态”等理论支撑着。所以，满目都是新星，书店里摆满了新出版的各种新的著名作家的选集和全集。到处都在开作品讨论会。只要自己有钱或者能够拉到一笔赞助，无论作品写得什么样子，反正都能够出版，而且能够开讨论会，甚至到人民大会堂去举行首发式。甚至这个作者根本不需要认识字，也不需要会写字，因为只要有“办法”，就不愁找不到会码字的人，就不愁没有评论家把这作品捧得发紫。于是，新的“杰作”层出不穷，反正怎么也读不完，只有依靠评论家的介绍；评论家的话已经不可靠，我们终于无法知道本年度是否有好作品出现。文坛已经无法把握。在这种情况下，一切都取决于传媒的炒作，而不取决于你的水平。那么，一些人当然就要更彻底地告别深度模式，当然也就更没有必要追求作品本身的价值，而把更多的精力放在寻找自己的包装者。甚至学术专著也如此。许多人感叹学术著作出书难，但是，从某个方面说，现在是出书太容易。新的文化造就着新的学者（“后学者”?），造就着新的“学术”（“后学术”?）。不需要读书，也不需要做学问，就可以大量出版文集若干卷，而且是豪华型的精装本。至于内容前后矛盾、驴唇不对马口，据说那又是“后现代”的特色。这些著作使制作者得到现实欲望的满足是值得庆贺的，然而，却使我们在寻找一点有价值的学术成果时又要多费很多时间。古人云：开卷有益。现在是：你想读到一点东西，就不知要翻阅多少吨被油墨污染过的纸张。更可怕的威胁还不来自印刷品，而是我们已经面临的电子读物和出版物。我的电脑刚刚入网。它带给我的感受可以从《读书》今年第1期严锋先生的文章看到，因为我读了那篇文章后很有同感。当一种报刊文章多到一天发表的文章一个人用几个星期也读不完的时候（事实上我们今天的文学报刊已经如此），你如何寻找被淹没在大量毫无价值的文化垃圾中的一篇好作品呢？当前的文学报刊上网的还不多，可是已经让人感觉非常头疼。你一本本阅读作品，却发现都是千篇一律，并无不同，在高喊着个人话语的报刊上，你读到的作品都是写一些每一个人都会经历的生活，看那些即使是弱智的人也能够说出的话。你不相信这个时代会没有好一点的作品，但是，作品是如此的多，一年出版几百部长篇小说，全国那么多文学期刊，你总以为有什么好作品自己没有看到，那么就拼命阅读，读的什么也不知道，因为都是一样的作品。读来读去，还是注定了无法读完全部发表的作品的一小部分。现在已经如此，一旦期刊上网，像“Post-Modern Culture”的专栏“Post-Modern Moo”那样无论什么稿件都一律发表，刊物可以无限大，那被淹没的佳作应该以什么办法挑选出来？我们的评奖该怎么进行？反正没有人全面地了解创作的全部情况，那么也就不再有权威，反正什么样的作品都可以发表，能否读到好的作品就全看你的运气了。

传播工具“后现代”之后，结果却如没有发明文字之前，谁都可以发出自己的声音，可是，传播场上一片喧嚷，谁也听不见谁的声音，你的想法只能告诉身边能够与你耳语的人，还得他有时间，愿意听。

我想，面对这种“后现代”文化的威胁，是接受劝导，放弃无望的追求，融入大众文化，还是建设知识分子自己的话语空间，拒绝冒牌产品，在互联网上也建立起一般人绝不问津的节点？我希望后者，哪怕我们的天地很小很小。即使再小，也意味着有我们自己的空间，意味着我们没有死亡。

1998年2月　曲阜

走出“民间”的沼泽

90年代的文学是多元的。但是，在这多元构成中，知识分子话语的流失和分化所导致的民间话语的膨胀，毫无疑问是一种整体倾向性的存在。作家纷纷走向民间，理论为之推波助澜，民间话语成为时髦。然而，只要我们稍微睁一下眼睛，就会看到，那并不是一片鲜花盛开的金牧场，而是一片危机四伏的沼泽地。因此，对于文学的民间化趋向，需要的不是欢呼而是足够的警惕。

一、世纪末文学的民间化倾向

80年代结束之后，走向民间的倾向已成为相当普遍的存在。新写实小说以写普通人的生活琐事和人生烦恼以及价值取向上与民间大众的贴近而领风气之先，比较彻底地实现了小说叙事话语的民间化。先锋小说在进入90年代之后迅速发生分化，大多不再以探索和创新为努力方向，而开始向传统的审美意识和表现手法回归，努力写作大众喜闻乐见的作品。80年代的一批中坚作家纷纷躲避崇高，直面世俗，到民间去寻找精神的憩栖之地。晚生代以各种新特色引人注目，但考察其价值观念与审美意识的构成，却很容易发现他们的种种表现往往都是以迎合市民心理为旨归。其他文学样式更不必说，报告文学自进入90年代之初就开始以政治秘闻和大人物逸事吸引读者，散文除少数之外已经多是碎嘴婆娘式的无聊絮叨，电视剧以观众为上帝，当然以观众的审美趣味为编导原则……

这种民间化的走向是全方位的，也是多层次的。

首先，在艺术表现形式上，90年代的文学整体的运动趋势是向传统性回归。我们知道，明确的语言和有头有尾的故事可以使读者感觉轻松，全知的叙述视角可以使读者免去思考的劳累，简单的结构和明确的因果关系更易于大众读者阅读。于是，作家们开始更多地运用传统的叙事方式。在新时期之初，传统叙事方式曾经被富于革新精神的作家所抛弃，使之成为守旧的象征。先锋小说家曾经以探索为宗旨，使小说形式结构一步步走向复杂化。然而，进入90年代之后，传统的叙述方式重新受到作家青睐，先锋小说家也很自觉地开始反省自己，背离探索的初衷和先锋的使命而开始使用传统叙事方式。余华的《活着》和《许三观卖血记》就是一个突出的标志。它向我们透露的信息是先锋作家终于走出象牙塔，把创作定位于民间大众，它使我们看到，这个时代的作家是如何为了获得更多的读者而在形式上努力地迁就和适应大众。

其次是知识分子精英立场的放弃和大众立场的获取。如果仅仅是语言和形式上的变化并不重要，那不过意味着作品的通俗性。90年代文学呈现给我们的决不只是这些，而是作家观照生活的角度和立场的民间化。作家们放弃启蒙主义立场，不再以启蒙导师自居，纷纷响应时髦批评的号召，不再居高临下，不再自以为比读者更高明，而是开始与大众站在同一地平线上体验和表现大众的生活。这种变化被一些批评家看作文学的进步，因为据一种解释说，在过去的几十年中，我们的作家在观察生活和表现生活的时候，总是习惯于站在知识分子的精英文化立场上。时髦的批评认为，站在那种“陈旧的”立场上看生活，民间往往是封建的、保守的、落后的，民间的人物往往是阿Q或者陈奂生，他们成了精英知识分子同情和改造的对象。好像这一切都是无法容忍的。90年代的文学好像要彻底结束这一时代，创作和理论的宣言很像是“知识分子统治文坛的现象再也不能继续下去了”。

所以，进入90年代之后，在纷纷远离政治意识形态视角的同时，作家们也匆匆远离知识分子精英话语的立场。90年代的中国作家没有几个人愿意从权威意识形态的视角来观照生活和表现生活，同时，从知识分子精英文化视角来观照生活和反映生活的作家也越来越少，多数作家正在努力获得大众的立场和与他们平行的视角。

再次是在价值观念层面上向民间大众价值的认同。大概已经不需要举例证明，人们早已经熟悉池莉等人的新写实小说完全认同普通市民的情感态度和价值观念的事实。他们写小人物的人生烦恼，写他们对生活无能为力，写他们不得不承认现实并在夹缝中委琐生存的种种无奈，然而，与启蒙主义文学完全不同的是，创作主体对他们只有“哀其不幸”而不再有“怒其不争”。从新写实小说开始，到90年代的新状态和新市民文学，在这一点上大同小异。在新都市文学中，几乎到处都可以看到一种生存大于一切的价值观念。活着成了唯一的目的，为活着而活着，没有比活着本身更高的价值。因此，为生存而采取的各种行为都有其存在的理由。在一些作品中，金钱成了支配一切的杠杆，理想精神和人格追求在它的面前已经不堪一击。仿佛在进入市场去为自己的生存而进行各种搏杀就应该把一切精神价值和人格操守通通踩在脚下。因为精神的支柱是那么软弱无力，而用金钱编织起来的世俗世界是那么美好。大量作品表现了一种市民社会的生活方式与价值选择。一群又一群的作家通过生动的形象和逼真的细节告诉我们乌托邦式的人文理想失落的必然性和民间世俗价值的天经地义。

在各种理论的支持之下，在大潮的裹挟之中，一种新的现象已经特色鲜明：写市民者认同市民价值，写农民者认同农民价值，写下岗工人者满足于表现对下岗工人的同情，写乡镇干部者竭力为乡镇干部辩护，写城市痞子者认同城市痞子，写卖笑女郎者满足于做卖笑女郎的传声筒。面对当代生活中的阿Q们，20世纪末的中国作家不再像鲁迅那样哀其不幸并怒其不争，而是既不承认他的不幸，也不认为他有什么“不争”，甚至把他看成智者，看作生活的榜样，因为只要离开讨厌的知识分子的那一套价值观念，换个角度看阿Q，他是那样潇洒，又那样机智，并且善于调节内心的不平，总能找到自我宽慰之路，他的生存哲学正是90年代许多中国人正在发扬光大的哲学。

在新都市文学中，一篇又一篇作品都在向人们解说着几种观念：市场经济的准则不能不承认，但最好能给爱情留下点诗意，可是生活就是这样，一切都无可奈何，“爱又如何”？“恨又如何”？“仅仅有爱情是不能结婚的”。人不可能在幻想中生存，你想过自尊的、清闲的、远离经济大潮的生活，但世界不可能让你顺利地完成你的设计。人首先就是要活着，活着就需要钱，有了钱还需要性的满足，无论如何，理想主义者是可笑的，清高和坚忍无法与经济大潮抗衡，最后都要知道日常生活的真谛。从1996年被热情赞美和倡导的所谓“现实主义冲击波”，好像面对现实生活，却不再有现实主义文学所应有的批判精神，那些作品中的乡镇干部、工厂厂长，被着意表现的是他们的艰难。虽然也展示着时代生活中的矛盾和问题，但更多的是对人物的理解，甚至腐败现象和种种污浊也得到了充分的理解和同情。作家们反复告诉我们的是，“大家都不容易”，“他们也是人”，干部也是人，人就难免腐败，贪官污吏有什么值得指责的，以心比心，你难道就不自私？乡长也有老婆孩子，他不贪一点，老婆孩子吃什么？这种“理解万岁”的确是相当民间化了。

如此种种，展示着大面积的民间化走向。大群作家对世俗情怀采取了理解与认同的态度。一些作家完全放弃了知识分子立场，不再以知识分子自居。一些作家虽然仍然站在知识分子的立场上，但也已经放弃了指点迷津的叙事方式。他们不再通过自己的创作启迪人们，似乎他们已经明白，知识分子不应该要求每一个人都能够站起来，艰难地为追求主体的确立与生存环境抗争。而且，知识分子已经死了，人已经死了，近代关于人的全部理想都是知识分子虚幻的梦。

面对文学大面积向民间滑动的景观，有人为之欢呼，有人兴高采烈，或积极推动之，或立即追随之。走向民间，成为20世纪末文坛的热闹景观。

然而，它是文学的福音吗？

二、历史的教训：民间一片沼泽地

回顾20世纪中国文学发展的历史，民间话语并不是什么新鲜的事物。新文学已经一次次走向民间，留下来的却是失败的教训。

严格说来，“五四”新文学运动是精英知识分子的文学运动，它显示着现代知识分子话语的辉煌胜利。所以，在“五四”文坛上，虽然也有关于“平民文学”“民众文学”的讨论和“到民间去”的口号，但是，新文学的开创者们倡导白话文，倡导通俗化，目的在于使新文学更好地承担启蒙的使命，因而不可能为通俗而牺牲掉启蒙之目的。然而，“五四”高潮过后，一些年轻的知识分子激进而浮躁地寻求超越，开始对“五四”新文学以至新文化进行批判和否定。他们从政治革命的角度出发，开始重新思考个人与群体的关系，由推崇个人转向推崇群体，由要求作家做大众的引导者转向要求作家做大众的崇拜者。他们开始否定“五四”、抵制欧化、放弃启蒙、走向民间。他们高呼：“你们要把自己的生活坚实起来，你们要把文艺的主潮认定！你们应该到兵间去，民间去，工厂间去，革命的漩涡中去！”[①]创造社和太阳社发起的革命文学运动主要内容之一就是走向民间，走向工农大众，他们要努力“接近农工大众的用语”，要反映劳动群众的生活，但是，这不是主要的，最值得注意的是他们当时所强调的就是努力获得大众的意识，彻底放弃知识分子的立场而站到大众立场上去。正因为这样，他们才要求作家做大众的留声机。继之而起的左翼文艺运动更明显地要求民间的立场，以反对个人主义和小资产阶级倾向的名义否定知识分子的精神独立，要求他们彻底地放弃自我而进入民间话语空间。瞿秋白在《普罗大众文艺的现实问题》《“我们”是谁?》等一系列文章中反复强调的就是向大众学习，改造知识分子自我而彻底地获得大众的立场和大众的意识。为此，他尖锐地批评知识分子作家轻视群众和只愿意做群众的先生而不愿意做群众的学生的态度。

这样做的文化结果是有目共睹的。他们否定“五四”精神，否定启蒙主义，走向民间，迎合大众，貌似以激进的态度对“五四”新文学进行再革命，事实上却是让新文学回到民间旧文艺的水平，让“五四”新文学运动所否定的旧内容旧形式东山再起，在客观上完成着被“五四”冲击的旧文化的复辟。从“革命文学”运动到左翼文艺运动，新文学付出的艺术代价也是有目共睹的。走向民间大众，获得大众意识，并没有使文学产生出更优秀的作品，而是带来了艺术水平的普遍降低。30年代初的左翼文艺运动搞得轰轰烈烈，优秀作品却寥寥无几，就是一个有力的证明。

抗战开始，文学开始更大规模、更大面积地走向民间，“民间旧形式的利用”是一个象征性的标志。在民族形式的讨论中，“五四”新文学再次受到批判和否定，民间形式得以弘扬。也是从这个时期开始，文学的民族化被突出强调。民族化和大众化是相互联系的，大众化必然导致民族化，而在现代中国的历史上，民族化与大众化往往都意味着对现代化的抵制和消解。所

①郭沫若《革命与文学》，《创造月刊》1926年2月号。

以，民间旧形式的利用意味着走向民间，同时也意味着走向传统，意味着对“五四”文学精神的彻底的背离。悲剧性的现代文学历史告诉我们，当时能够认识到问题严重性的只有胡风。当向林冰等人强调继承民间传统形式时，他坚决反对那种认为“五四”新文艺“割断了历史的优秀传统，割断了人民大众的联系”的论点，坚决反对“民间文艺为中国文学的正宗”的说法。也只有他看到了“五四”新文艺在实践和理论上“不但和古文相对立，而且也和民间文艺相对立”。[①]然而，胡风的结果却只能是完成自己的悲剧形象。此后几十年的时间里，在政治的作用下新文学的发展一步步走向民间，一步步向大众认同，放弃启蒙精神，迎合大众的思想感情，其结果不仅是艺术水平的降低和概念化、公式化、标语口号化作品的盛行。更为重要的是，它不仅是以民间的传统文化排斥西方进步文化，而且直接导致了作家主体性的泯灭和知识分子话语权的丧失。强调思想改造，迫使知识分子在思想感情上与劳动大众取得一致。这一切与后来“臭老九”的命运，与仅仅因为上过几年学就必须到农村去接受贫下中农再教育的上山下乡运动，与知识分子地位的沦落，都密切相关。

从40年代到70年代，民间话语终于战胜旧有的国家权威话语而占据了统治地位。有些人把这一结果看作是“五四”的一个结果，看作是中国知识分子引进西方文化的一个结果。但事实并非如此，应该说，它是民间文化战胜知识分子文化的一个结果，是传统文化战胜西方文化的一个结果。它既战胜了知识分子所倡导的西方文化，又战胜了国家权威意识形态，是民间的一个辉煌胜利。1957年，知识分子话语试图重新走上前台，但政治运动的作用迅速扼杀了这种企图。继之而来的是“大跃进”民歌运动迅速巩固了民间话语的中心地位。

清理20世纪文学发展的线索，我们不难发现，五四新文化运动高潮过后的半个多世纪里，文学发展过程中一直存在着民间话语和知识分子话语的冲突和对立。这二者的关系是复杂的。民间话语的每一次膨胀都伴随着与政治力量的联合，民间话语的每一次胜利都伴随着知识分子话语的失败。文学每一次走向民间，都是从知识分子自觉的追求开始，而以无可奈何的惨

①胡风《论民族形式问题》，重庆学术出版社1941年。

败告终。在20世纪文学史上，民间化的过程也就是民族化的过程，民族化的过程也就是非西方化的过程，非西方化的过程也就是否定“五四”新文化的过程，也就是一个传统旧文化回归的过程。文学走向民间的历史，也就是文学失掉自身的历史，也就是知识分子话语失落的历史，同时也是现代化经历严重挫折的历史。

回顾中国知识分子和新文学刚刚走过的泥泞路，面对民间话语在20世纪末的再次膨胀，我们有什么理由把走向民间看作金光大道？

三、民间不是伊甸园

一些作家和批评家之所以对民间话语表现出极大的热情并且对其大力张扬，一个很重要的原因在于对民间文化的误识。在不少人的眼里，民间展示着各种伟大之处，比如：它活泼、新鲜、富于生机；它远离权威话语而自由自在；它对权威话语的消解力量等等。于是，它成了边缘化的知识分子可以栖身其中的精神家园。

然而，只要我们认真考察，就会发现这种种认识都是值得怀疑的。

早在寻根文学时期，一些作家就表现出对民间文化的特别偏爱。他们认为，我们民族文化之精华更多地保留在中原规范之外，因而去寻找与传统规范不同的文化形态，纷纷走向民间，采写民风民俗，以期从中发掘充满生机的民族文化。一些作家对荒原峡谷、深山大漠文化状态的描写也是对民间文化进行探寻时向着更为远离规范的民间的一种延伸。以民间文化丰富和发展传统文化，以规范以外的文化补充甚至取代经典所载的规范文化，对于重铸民族文化来说，也许是有益的。但是，应该注意的是：民间文化并非是充满生机的，恰恰相反，它往往容易保存更多的是陈旧与腐朽。不错，在历史的演变中，占统治地位的规范文化在不断发展和流变，而民间文化却变化缓慢，出现了一些与规范文化不同的东西。但是，这种不同之处却不一定富于生机，而往往是更为陈旧的、过去时代的统治阶级的意识形态，是已经被当下时代抛弃的旧时代的规范文化。

现代中国历史发展的特殊情况进一步造成了知识分子文化与民间大众文化的差异。我们知道，中国的闭关锁国状态之所以打破，中国现代文化之所以产生，不是由于本土新萌芽的生长，而是由于外来的冲击。被动现代化已经是国人的共识。几千年的历史已经证明，无论深山大漠还是传统的乡村和市井，都无法自发地产生现代文化。中国的现代文化是在对外开放中产生的，其价值观念最先是由知识分子接受和传播的。由于伴随西方文化一道进入中国的是西方列强的大炮，它所给予这个民族的屈辱感导致了普通民众对文化也像对枪炮一样怀有强烈的抵触和反抗。而且愈是民间，愈是小生产农民，这种抵触心理愈为强烈。这就使得民间文化与现代文化产生了距离，民间话语与知识分子话语产生了距离。由西方引进的新文化更多地表现于知识分子，而传统旧文化在民间得到了较多的保存。

因此，对于今天的中国来说，民间的则意味着传统的。知识分子走向民间，则常常意味着走向传统和放弃现代性。

对民间的热情还来自另一种认识：民间是国家权力控制相对薄弱的领域，保存了相对自由活泼的形式，能够比较真实地表达民间生活的面貌和下层人民的情绪，就文化形态而言，它能避免政治意识形态的思维定式，用民间的眼光来看待生活，保留着古老乡土的那种半原始的自由自在状态。我以为，这种所谓民间文化的自由自在状态和独立品格是夸大了的。应该看到，民间话语与权威话语之间、民间文化和政治意识形态之间、联系是非常密切的，民间话语总是打着权力话语的印记，也就是说，它根本无法避免权威意识形态的入驻。看一看农村那些传统观念的自觉维护者，看一看农村那些极“左”政治的留恋者，看一看今日大众的实际的思想状态，这一切都应该是很清楚的。民间化的推动者们所描绘的“自由自在”的民间是不存在的。

从表面上看，也许民间文化呈现着某种边缘性与自主性。但在事实上，它的自主性并不那么大。从历史上看，政统、道统对民间的统治是严密周到的，民间文化在价值层面上不过是政统与道统的民间版本。从现实层面上看，农民的生命状态并不比知识分子更舒展。民间文化根本无法逃避权威意识形态的影响。它所显示的不同之处是发展比较缓慢，不像政治意识形态那样朝夕变换，给人一种我自岿然不动的感觉，但事实上却并未逃脱权威意识形态的引导和覆盖。

所谓民间，就像一锅大杂烩中煮着全部的自发的生机和几千年的全部陈腐。在这其中，生机是微弱的，腐朽却因长期发酵而气味浓烈。它是历朝历代权威意识形态的收容地，若要寻找过去时态的权威意识形态，民间是最好的保存场所。它的确有其两面性，承载着几千年传统积淀的同时表现着男欢女爱等生命自由意志。然而，只要我们认真考察我们的时代的实际，就不能不发现，那种自由意志在民间已经非常微弱。在层层覆盖的旧货场，所谓生机，不过是“活着”这一基本的生存欲望。

在20世纪中国的现代化进程中，最具历史意义的冲突发生在传统与现代之间。这一冲突又往往最集中也最尖锐地表现于权威话语与知识分子话语的冲突。在这种冲突中，民间话语与政治权威话语往往结成联盟。这种联盟是牢固的，也是持久的，因为权力话语与民间话语之间的矛盾仅仅是政治上的，而在文化上，二者之间是相同的。知识分子话语却因更多地承载了外来现代性而成为异己。民间话语中的政治内容的确有时是反对权威意识形态的，但是，正如农民革命领袖与他们所反对的皇帝在价值观念层面上并无不同一样，民间话语与权威意识形态话语也没有质的不同。

一些作家和批评家之所以对民间投以青睐，原因之一是把民间当作知识分子最后的家园和安身立命之所。一些人把民间理解为仅仅与权威意识形态对立的空间，认为它是一个可以包容知识分子的空间。他们感兴趣的是与“官方”相对的民间。所以，他们认为民间文化空间可以成为一些知识分子疏离政治意识形态后所选择的栖身之所，知识分子在那里可以找到自身的新价值。这就使他们必然地对民间化给予热情的支持。他们在一个被扩大了的虚幻的民间寻找知识分子的位置，在孤独的感觉中寻找精神依靠以缓解内心的孤独和恐惧感。中国文人缺乏独立坚守的能力，总想寻找某种依靠，民间话语空间的发现使他们感觉如同发现了新大陆，特别是又与大众站在一起，更使他们因为感觉身处巨大的群体之中而不再孤独。然而，只要保持一份清醒，就应该意识到自身与民间的矛盾，就不会置身民间而那么踏实。

有两个层次上的问题是需要注意的：一、眼下的民间已经不是包括知识分子在内的空间，它是非权威的，同时也是非知识分子的。这一点上，民间化的倡导者们表述非常清楚。如果不了解这一点，误以为自己不属于官方就理所当然属于民间，那就会因为疏忽而走入别人的房间。二、民间不是知识分子的伊甸园。从某种意义上讲，民间话语和知识分子话语既互相渗透又互相拒绝。它们都是边缘话语，但二者之间关系复杂。民间话语具有极大的包容性，知识分子可以在其中栖身。但是，如果没有清醒的意识，如一些批评家所倡导的那样彻底放弃启蒙立场，就很容易被其同化。知识分子在讲述民间话语时，的确能够以前所未有的姿态逼近生活的真实，并且从中获得某种民间的生机。但是，这是一种冒险，因为如果没有强大的自我，如果没有精神立场的坚定性，投宿于民间的知识分子是无法于第二天早晨走出客店的。中国文人大都不具备这种强大的自我，也缺乏精神的坚定性，当他们走向民间时，就很容易对民间价值有更多的认同，并且由于这种认同而导致放弃自己的批判姿态和价值立场。而这种放弃也就是对现代性使命的放弃，也就是对知识分子自身本性的放弃。事实上，现在的文学已经如此。

中国作家一个严重的问题是找不到自己的精神定位，不是依附于权力，就是依附于民间，这是中国知识分子的悲剧。我们的确需要精神家园，但这个家园不在民间。走出民间的沼泽，建立知识分子自己的话语空间，才是当务之急。

1997年7月初稿,1998年6月修改

警惕“自我批判”的陷阱

告别80年代之后，知识分子的形象一落千丈，消解80年代刚刚复活的知识分子话语成为一种新的时髦。消解的方式是多样的：或者揭示知识分子的“西化”和“文化买办”特征而暴露其破坏光荣传统的罪行，或者勾画知识分子的“堂吉诃德精神”以嘲弄他们悲壮的承担，或者以大众文化代言人的身份宣布大众文化对知识分子精英文化的取代。更值得注意的是，一些学人从海外拿来了后现代的思想武器，学着利奥塔、福柯、德里达以至赛义德等人的方式，虚构了中国现代知识分子的所谓“话语霸权”，于是，知识分子就更加十恶不赦了。

与此同时，不断听到知识分子需要自我批判的呼声，因为动因不甚清楚，所以难以透彻理解。从积极的方面设想，鉴于20世纪走过的艰难路程，中国知识分子大概的确需要自我批判。因为只有充分认识自身的弱点，才能以应有的姿态走向新的世纪而避免重蹈悲剧覆辙。然而，在自我反省和批判的呼声中，却常常感到一些声音很值得警惕，因为它可能把知识分子的自我批判导向迷途，甚至引向陷阱。

一

知识分子需要不需要自我批判？回答当然是肯定的。但是，一切问题的提出都有现实的前提。那么，当前知识分子自我批判的现实前提是什么？比较一致的回答是：自从“五四”之后，中国现代知识分子总是以启蒙导师自居，批判成了知识分子的存在本质，主流社会和大众社会成了知识分子的批判所指，他们总是批判别人，而从来没有意识到批判自己。“在目下的文化形势中，知识分子的批判工作似已开展得轰轰烈烈，世俗批判，道德批判，欲望批判，反智批判，大众文化批判和传媒批判等全都披挂上阵，几乎演尽了知识分子文化批判的英雄本色。且不说这一系列批判所存在的各种各样的问题需要一一从学理上进行清理，仅就其批判所指而言，被批判对象毫无例外都属知识分子的他者范围。在他者批判日益泛化和浮化的今天，知识分子自我批判再一次被悄悄搁置了。”[①]面对这种描述，我以为，有几个问题是值得注意的：

一、认为中国现代知识分子自我批判一直被搁置、总是批判他人而自身享有了被批判的豁免权，这是不符合历史事实的。中国知识分子大概都不会忘记，在20世纪的大半时间里，知识分子都在被批判的同时被迫进行着自我批判。“文革”结束之后，知识分子以艰难的挣扎钻出地平线，努力获得自己的话语权，但即使在被许多人认为是知识分子话语独霸文坛的80年代，知识分子也并未搁置对自我的反省和批判。巴金的《随想录》和不少作家的文化反思小说以及不少学人的理论著作就是证明。而当下知识分子也没有停止对自身的反思。

二、强调知识分子在批判主流社会和大众社会的同时也应该自我批判，这种说法看上去是公允的，然而，出现在告别80年代之后的中国文化语境中，它却并不公允。因为事实非常清楚，90年代中国知识分子在政治和经济的双重挤压之下进一步远离中心而进入边缘，并且相当普遍地呈现“失语”状态。90年代的中国文化是以主流——大众文化为中心的，在这种情况下，进一步强调对已经处于边缘的知识分子的批判，其结果可能导致其对主流——大众文化的进一步认同，导致知识分子自身的消解。

三、一般地说，知识分子当然是需要自我反省和自我批判的，但是，反思中国现代知识分子的悲剧命运，主要原因并非因为缺乏自我批判精神或不善于反省自身，而是因为缺少独立人格，缺少自信，缺少对真理的持守精

①邵建：《知识分子自我批判的意义》，《作家》1998年第3期。本篇未注明出处的引文均出自该文。

神，太容易追随潮流而自我反省、自我批判和自我调整。在20世纪的历史上，那些不断号叫着完成超越、不断追赶潮流和制造潮流者的危害是有目共睹的。因为缺少坚守的精神，盲目地追随潮流，中国知识分子往往抛弃自己曾经获得的现代价值而走向大众，以大众的价值观念为标准进行自我批判和否定，夹着尾巴做人，虚心接受再教育。为此，历史付出了代价，现代化付出了代价，这也是有目共睹的。特别值得注意的是，这一切在开始的时候都不是来自权力的压迫，而是来自那些缺少精神持守的文人自觉的反省和主动的自我调整。

因此，在强调知识分子自我反省和自我批判的时候，不能不同时注意中国知识分子因为缺氧、贫血和缺钙而导致的随风摇摆的人格弱点，不能不注意珍惜知识分子应该具有的对真理的守护精神。

知识分子当然需要自我批判，但既然是自我批判，就必须是从知识分子自身立场出发的，自我批判的目的应该是使知识分子变得更为健康和强大，而不是学着西方后现代主义的时髦口号宣布“知识分子死了”而实现对知识分子自身的取消。

二

根据当前倡导知识分子自我批判的人们的解释，知识分子的自我批判首先是一种知识批判，而知识批判的对象就是启蒙运动以来的西方文化思想资源。在中国，这些思想资源的大规模引进与五四新文化运动密切相关，因此，这种批判就要首先指向五四新文化运动和它所造就的新文化。

这是20世纪末中国文坛和学界不可忽视的一个现象。进入90年代之后，伴随着对80年代知识分子精英文化的批判和否定兴起的是对“五四”的批判和否定。对“五四”的否定分两个层次：一是批判它的全盘西化，批判它造成了对本土文化传统的破坏，这是从老国粹到新儒学一贯的观点；二是批判它的西方现代知识模型，因为它追求的是现代性而不是后现代性，这是后现代的观点。新儒学之所以要批判和否定“五四”，是因为它以西方的思想破坏了光辉灿烂的传统文化，甚至造成了传统文化的断裂；后现代（有中国特色的）之所以批判和否定“五四”，因为它是现代的，而现在应该是以后现代思想武器对现代进行反思。20世纪的中国总是如此，最陈旧的东西总是能够与最新潮的东西联合起来，对没有站稳脚跟的现代价值形成前后夹攻之势。

批判现代知识分子就不能不批判现代性，就不能不批判启蒙主义，就不能不对理性提出质疑。无论是强调知识分子价值调整还是强调知识分子的自我反省，论者最重大的发现就是启蒙主义所依赖的理性不仅是靠不住的，而且充满罪恶。其罪恶之一就是它从批判封建主义的武器一变而成了巩固资本主义制度的意识形态。我不大了解西方重估现代性中有多少新的发现，因而对西方的现代性重估无法多说。但就目光所及，西方那些打着最时髦的旗帜出现的重估，却往往都是人们早已熟知的19世纪以来的某些陈词滥调的翻版。然而，把这些东西拿来应用于对中国的分析和批评，在当下却成了一种时髦。邵建的表述是："面对国家社会中的前现代状况，知识分子念念不忘'五四'启蒙，殊不知当启蒙一旦变为某种神话即能够解决所有问题的'启蒙神话'时，这除了反映知识分子耽于'文化英雄'和'文化导师'的梦迷，还如此深刻地表征了知识分子因其幼稚而产生的疏忽：即启蒙理性向国家理性的转化。这正是当年法国大革命和中国'五四'至1949的铁证事实。"

警惕启蒙理性向国家理性的转化，出发点无疑是可贵的。但是，我希望持这一观点的朋友们注意，成为制度化的意识形态与知识分子的批判理性到底是什么关系？知识分子的启蒙理性与占据权威位置的国家理性是什么关系？20世纪的各种罪恶可以统统归于启蒙理性吗？在这一点上，战后西方的一些研究是存在问题的，从阿多诺等人开始就走向了思想的迷途。因为在判定希特勒为启蒙结果的同时，应该意识到罗斯福和丘吉尔也是启蒙的结果；在判定战争是启蒙结果的同时，应该意识到反战主义也是启蒙的结果。从理论上讲，启蒙主义的根本精神不可能向国家权威理性转化，这应该是一个常识问题。正如知识分子不可能成为统治机器上的齿轮和螺丝钉一样。

就中国而言，"五四"与"五四"之后一系列历史事件的关系也不是一种简单的因果关系。把"五四"与"文革"看作一个历史的整体，因为对"文革"的厌恶而批判"五四"，这是从寻根运动以来就存在的一个误区。事实上，只要稍微清理一下中国现代历史，就应该看到，"五四"启蒙主义的寿命并没有那么长，后来的过程不是它发展的一个过程，而是它承受多重挤压而衰弱和枯萎的一个过程。“文革”所代表的那种文化不是“五四”的结果，而是反“五四”的结果。“五四”与“文革”在文化上是对立的，科学与迷信，民主与专制，人与非人，这一切的对立性质应该是非常鲜明的。

一些中国化了的后现代主义者好像完成了巨大的超越，好像代表着一种新的文化，然而，就中国当下文化语境看，以后现代思潮来否定现代性，否定知识，否定理性，以至政治上否定民主、经济上否定市场、伦理上否定个人本位主义，都是十分危险的。因为当前的文化矛盾主要还是前现代与现代的矛盾，后现代以最先锋的姿态参战，虽然表面上既反对传统也反对“五四”，既批判前现代文化也批判现代文化，可是，历史的经验告诉我们，这种新的参战者的实际作用，往往是使现代性腹背受敌，结果是帮助旧势力扼杀了现代性，而最后的胜利者也决不是后现代，而只能是根基更为雄厚的前现代势力。

三

知识分子自我批判的又一个重点是强调知识分子角色的转换。所谓角色的转换，也就是知识分子要告别启蒙导师的立场，放弃那种非专业化的、非岗位性的、对文明进步的无限承担。在不少人看来，今日的大众已经不需要知识分子启蒙，因而知识分子没有必要坚持启蒙立场。

一些被称作“文坛恶少”或“文坛痞子”的批评家在以胡搅的方式“玩批评”，无所谓立场也无所谓观点，因而不必提起。一些因为发现知识分子在告别80年代之后的处境而聪明地反戈一击者，更无从与之争论。引起我注意的是一些比较优秀的学人也加入了这种合唱，陈思和说：“当一些二元对立的原则逐步消解，知识分子慢慢放弃以前被视为精神向导的人文立场，作家们则在小说创作里放弃了全知式的启蒙立场和意识形态的执着态度，进入一种相对主义的复调结构，并通过相对主义来纠正80年代创作中精英文化的偏执，检讨以往作家所扮演的万能导师的社会角色。”[①]邵建说：“知识

①陈思和语，见《文学报》1995年12月21日。

分子死了，这样的知识分子的确应该死了。在这里，知识分子之死即‘师之死’。我们不再需要那种全知全能实际上是无知无能的知识分子了。但百足之虫，死而不僵。士作为知识分子的存在形态已然终结，但士死了，士的心态即师的心态却因其知识人格化的作用而长久地保留下来。……我们应当看到，当‘五四’知识分子依然企图以一种道来整合天下时，他们就必须充任启蒙导师即拯救者的角色，他们从救心急遽地走向救世，又激昂地以治天下自许，结果他们的行为不但使启蒙理性不可避免地向国家理性（即政统）转化，而且他们自己作为自由知识分子也不可避免地向政统转化……”

这里的问题首先是如何认识“五四”之后的中国知识分子。我们的确不能不承认，“五四”之后仍有那么一部分文人，他们身上保存了浓重的传统阴影，甚至体现着浓重的奴性。他们虽然从事文化活动，但事实上却始终心系魏阙，想的是走向庙堂的旧路。他们没有现代知识分子的独立人格，也不习惯自由思想，而是随时随地寻找依附。他们反抗也激烈，归顺也容易，今天是叛逆，明天就可能成了惩罚叛逆的打手，显示了与旧时代的弄臣没有多少差别的文化性格。但是，这种未能完成现代转化的文人虽然也活动于“五四”之后，却没有资格代表“五四”，也没有资格代表中国现代知识分子。我们不能根据一些幼稚而浅薄的知识青年凭着激进的热情而做出的选择便断定中国现代知识分子做出了同样的选择。“五四”之后的知识分子都是现代知识分子吗？当我们使用“现代”这个词修饰知识分子的时候，使用的并不是一个时间的概念，而是意味着一种新的属性。显然，一些活跃于20世纪的文人并不具备现代知识分子人格。20世纪中国知识分子并不是一个统一的整体，它是参差不齐的。中国现代文化的发展也不是线性进步的，而是有曲折、有顿挫、有大幅度的后退和复归。从这个角度讲，真正的现代知识分子不应该为这些人承担责任。虽然现代知识分子由于自身力量的微弱而在一些关键时刻不能发挥决定性的作用，但他们为现代化而做出的艰苦的努力是不容忽略和抹杀的。

与此相关的是对所谓“现代知识分子话语霸权”的声讨。有人把20世纪中国文化发展的各种悲剧统统归于现代知识分子。可是，令人不解的是：当各种悲剧发生的时候是真正的现代知识分子拥有话语霸权的时候吗？文明被愚昧吞没，现代被前现代战胜，“文革”式的破坏和倒退，责任应该由继承了“五四”传统的现代知识分子承担吗？在知识分子话语已经在强大的权威话语压迫之下彻底退场的时候，时代的罪恶为什么要归结到“现代知识分子话语霸权”？当现代性已经彻底被非现代性的力量所扼杀的时候，社会所发生的一切为什么要让现代性负责？为什么知识分子自身要用反现代性的力量制造的罪恶来指控现代性，用反知识分子的力量制造出来的丑恶来声讨现代知识分子？为了前进，我们必须更清醒地认识自己的弱点，看清我们由于软弱和幼稚而做过的错误选择，看到我们由于缺少坚定性而导致的对历史责任的放弃，看到我们由于不坚强而对强势所表现的屈从，但是，知识分子没有必要代人受过，不是现代知识分子犯下的过错就不应该让现代知识分子承担，各种假冒伪劣不能都记到“现代知识分子”的账上。

四

知识分子不应拒绝自我反省和批判，但与此同时，却应该警惕来自非知识分子立场的攻击和劝降。

知识分子的自我反省和批判应该警惕两种思潮的影响：一种是新保守主义，一种是具有中国特色的后现代主义。从保守的立场上对现代理性和启蒙精神的抵抗我们早已熟悉，应该警惕的是它的变种。面对以利奥塔等人“知识分子死了”的宣告为理论支持而又充分中国化的后现代主义，我们有必要思考两个层面的问题：一、即使承认西方的后现代理论，知识分子死亡之日应该是后现代社会来临之时，而中国的现代还迟迟难以着陆，因而知识分子之死还有一段距离。过早地敦促知识分子死亡，消灭知识分子的精英意识，这种后现代的抹平术带来的只能是以所谓的大众为标准的文化平面。二、即使后现代来临之后，知识分子是否必然死亡也是值得怀疑的。关于知识分子之死，不过是西方已经退化的知识分子对责任的一种逃避。我不想过多地指责利奥塔和福柯等，但我怀疑他们对知识分子责任的逃避所显示的只是西方一部分知识分子的人格退化。

同时，考察其思想源，后现代主义虽然以最新的面目出现，却仍然难以掩盖其中灾难与邪恶影响的痕迹。20世纪末世界格局的变动预示了制造各种灾难的邪恶已经走向末路，人类有理由对前途表示乐观。但是，面对西方一些所谓批判的知识分子，我们却应该抱有足够的警惕。那种对人类文明健康主流的吹毛求疵的态度，那种在疯子、囚犯、性变态基础上形成的思想，那些60年代从中国出口而又在90年代转内销的极“左”思潮，没有理由得到我们的信任。包括“知识分子死了”之类的叫嚷，都往往是没有根据的，因为事实告诉我们，真正的知识分子在西方仍然大有人在。

我不否认被概括为“后现代”的文化现象，但我怀疑被称作“后现代主义”的思潮对人类文化发展的作用。文明发展中常常出现破坏者，它所生产的往往不过是有害而无益的文化垃圾，并不能够代表知识分子的批判精神。因为自己没有能力承担知识分子的责任而宣布知识分子已经死了，因为自己的精神和生活都极不正常而宣布知识分子不具有理性，这是不算数的。已经从知识分子中堕落或背叛出来的人代表知识分子发布自杀宣言，也不应该是有效的。中国的知识分子要进行自我批判，不能不首先注意审查自己所借用的武器，这大概也是一种必需的“知识批判”。

1998年7月　曲阜

戏剧的困境与“精品工程”的难题

首先需要说明，我没有搞过戏剧创作，也没有进行过戏剧理论的研究，是一个纯粹的外行，严格地说，没有任何发言权。然而，朋友们热情相邀，既然来了，不说几句似乎有负盛情。所以，只是姑妄言之，不当之处还望诸位原谅和指教。

戏剧正处于重重困境之中，出路问题正困扰着许多艺术团体，也困扰着一些戏剧界的朋友，特别是那些真正喜爱戏剧艺术的朋友们。接到这个会的通知，我就在想：戏剧真正的出路在哪里？

众所周知，现在许多戏剧团体都面临生存危机。这种危机与我们过去的艺术体制有关，是几十年计划体制的后遗症，同时，也与戏剧自身的特点有关。有些问题是整个文艺领域都存在的，有些问题却是戏剧所特有的。

一、从文艺的外部生存条件看，诗歌、小说、散文等作品的生产都不需要太多的投资，而戏剧就不同了，上演一个戏需要不少资金。在我们这个时代，钱，已经被大写在每一个角落，应该说这是历史的进步，因为我们已经认识到经济杠杆的作用，认识到经济基础的决定性能量。无论哪一个领域的建设，重要的无非两个条件：一是人的问题；二是钱的问题。有了这两样东西，什么都好办。人的问题是个长线的问题，在此暂且不说，钱的问题是现在许多问题的关键。过去几十年，戏和整个文艺都是由政府养起来，繁荣或是萎缩都在计划之中，所以不存在问题。现在看来，政府已经不愿长期负担，戏剧必须走向市场。这就面临着一个如何在市场谋求生存的问题。随着市场化程度的日益加深，将来恐怕许多领域都会面对这个问题。从道理上讲，艺人们本是能够养活自己的，自古就是如此。但眼下的艺术团体却很困难，原因在于体制，在于没有经过市场选择，在于还有种种冲不破的限制。旧体制的好处在于它限制了你，却包养了你；真正新体制的好处在于它不包养你，却也不限制你。而我们现在处于二者之间。所以，既没有钱，也没有好戏。没有好戏，观众不买账，就更没有钱。这是一种新形势下的非良性循环。相比之下，像样板戏那样上面一声令下，工农兵学商都必须看，剧团的日子多好过呵！可是，那不正常，所以不可能长久维持下去。

二、从不同艺术门类的内部生产规律看，诗歌、小说、散文等都是由作者直接拿出产品，从作者到读者，从生产者到消费者，中间除了出版者之外没有更多环节。而戏剧生产的全过程却需要若干环节才能完成。一个戏的完成需要编剧，需要导演和演员。这三者缺一不可。然而，这三者的完美配合并非轻而易举就得到的，甚至常常可遇而不可求，只有幸运者才能遇到好搭档。老舍的《茶馆》是个好剧本，但如果离开了人艺，就很难获得那样的成功。因为只有那几个演员，才更容易演出那个味儿。在很多情况下，三个环节会互相牵制。刚才郭铁城老师说没有个性就没有艺术，有个性的作家才能写出好剧本。说得极是，剧本是一个戏的基础。但是，好剧本有了，如果没有好导演，也会弄得一团糟；好导演有了，如果找不到好演员，仍然成不了“精品工程”。当前演艺界水平怎么样？好编剧、好导演、好演员容易找吗？容易培养吗？好本子本来就难以出现，而一些好本子搬上舞台就变了味，这其中有导演的问题，也有演员的问题。演出中常常看到这样的情况：导演没有真正理解剧本；演员难以理解导演的意图。因为人的知识结构、精神高度、价值追求、性格特点等各个层面的差距，戏剧生产的全过程常有一个“消耗现象”。这就像电流，由于一个个不良连接，终端输出的已经不是原来的功率。在文化多元的时代里，这些环节的材料型号不再相同，如果配不对血型，这种“消耗”会更为严重。

三、从艺术成品的存在形态看，其他文艺样式为了自身的追求可以超越时空寻找接受者，而戏剧却必然要受时空的限制。一个诗人或小说家可以不管大众的好恶而走自己的路，只要认定了就可以大胆追求。因为即使大众不喜欢，后果无非是作品不畅销。无论多么不畅销，在一个十几亿人的大国，仍然会找到一些知音。这个城市有几个，那个城市有几个，全国就可能是成千上万；今年销一些，明年销一些，若干年下去，就能销许多。因此，诗人和小说家只要不急功近利，就可以安心追求自己的艺术。戏剧却不同，在某个时间和空间演出，既不能把不同地点的观众聚拢到一起来，更无法把不同时间的观众聚拢到一起。辛辛苦苦排了一场戏，上演了，零零星星几个观众，当然无法演下去。

但是，当前戏剧的困境主要还不在这里，而是社会转型带来的前所未有的“众口难调”的局面。从某种意义上说，“样板戏”时代的戏剧界是最省心的，因为那时不需要考虑更多的因素，眼睛向上就是了，只要适合政治的需要，只要配合了某项中心工作，只要领导人喜欢，一切问题就都解决了。70年代末和80年代初的情况也还不同，虽然拨乱反正和改革开放，有了新与旧、左与右的矛盾，但社会意识仍然有主流，人们有共同关心的热点，而且社会各阶层在许多问题上有共同的思考，能够达成共识。所以，在那个时期，谁把握了或吻合了时代情绪的主流和社会心理的脉动，谁就获得成功。从《于无声处》《报春花》《救救她》《权与法》《假如我是真的》等剧轰动全国，到《灰色王国的黎明》《血，总是热的》引人注目，再到《狗儿爷涅槃》《天下第一楼》等剧轰动京城，都适应了人们的共同期待。甚至从《车站》到《魔方》《潘金莲》等一系列探索性的戏剧，也都抓住了某些群体共同的精神兴奋点。

现在不同了，今日中国已经不是过去的情形。特别是进入90年代以来，社会的转型带来了文化的多元发展，带来了话语系统的分化。在当下中国，大致上说，这种分化已经形成了三大话语系统：权威话语、民间大众话语和知识分子话语。三种话语很不相同，关注的问题不同，价值尺度也不同，追求的目标也不相同。不仅不同，而且表现出复杂的矛盾和冲突。这只是大致的划分，事实上，在任何一种话语系统之内，都还存在派别上的分野。比如在知识分子话语中，近年出现的自由主义与新左派之争，在许多问题上就终难达成共识，矛盾可能会越来越大，未来很难估计。一个作品，这一派鼓掌，那一派就可能喝倒彩。正因为这样，文学界迅速分化，一些报刊也做出了自己的选择。比如，《上海文学》以“贵族化”标榜，当然只是标榜而已，它贵族不起来；《北京文学》要做“最有良知的期刊”，虽然这“良知”也未必能够充分体现；山西的《黄河》以“知识分子期刊”为旗帜；海南的《天涯》追求着文化的“前卫性”……总之，精英的，大众的，高雅的，通俗的，艺术精品，文化快餐，娱乐消闲……在有限的空间里各择其径，各行其是，所谓共同的标准已不复存在。面对这种情况，演戏即使没有自己的追求，一心一意想讨好观众，你要讨好谁呢？讨好哪个群体？

所以，戏剧的选择要困难得多。面对众口难调的现实，大概很难毅然决然地做出某种单一的选择。特别是“精品工程”，更无法只满足某个方面的需求。一方面，它必须适应市场，因为没有市场就无法生存，戏是需要观众养活的；另一方面，它必须适合首长的口味，因为首长仍然在决定着它的命运，不对味儿就可能遭遇难产；第三个因素虽然不是很重要，却也不能不考虑：适应专家的口味。因为专家的认可和批评界的叫好也是需要的。这三个方面，不适应哪个方面都不行。可是，这三方在评价尺度上常常是矛盾的，有的重视宣传和维稳，有的重视批判和启蒙，而对一般大众来说，却常常是既不愿买票来上政治课，又不愿听人追问什么终极价值。对他们来说，可能那一切都不如看笑星们逗乐。如何使三方都满意呢？大概没有什么好办法。唯一的办法就是只留下大家都能接受的东西，结果就几乎是什么都没有，什么话也不能说，只说天气哈哈哈，只说笑话。也就是说，时代已经选择了赵本山，在一定时间内，赵本山模式将是一条“金光大道”。可是，那能算是“精品”吗？一个民族在一段历史上就只留下那样的“精品”吗？

“雅俗共赏”是一种美好的理论想象，但在事实上是很难做到的。考察一下那些追求雅俗共赏的作品吧！更多的结果是雅也不欣赏，俗也不欣赏。无论是以简单相加的方式处理这两种因素，还是以互相妥协的方式处理这两种因素，都往往是出力不讨好。如此困境之中，所谓“精品工程”面对这一难题，甚至因为这一难题的存在而显得虚幻。

戏剧要生存，大概别无选择，唯一的选择是走向市场，关注票房，努力获得观众。这其实不难，艺人历来就是靠这个办法养活自己。今天的市场与历朝历代的市场不同的，是有更多的不方便。而真正值得忧虑的，是现实规范下的大众文化市场对戏剧的选择和塑造，能够上市的，能够畅销的，是什么艺术品位的作品。从理论上讲，接受过程不是完全被动的过程，一部作品是否被接受，取决于接受者内在的接受机制，取决于观众固有的审美观念和审美心理结构。从这个方面考察，观众显然带有明显的惰性。现在的一些电视剧，为了迎合传统的审美心理，已经把一些帝王将相、才子佳人的腐朽故事装扮一新，而且许多作品都在赞美皇上的英明和奴才的忠顺。这一切，都与我们的现代化的追求背道而驰。所以，在别无选择地走向市场之际，我唯一的愿望是戏剧的精品能够在适应市场的同时尽可能不放弃精神高度的追求和文明发展的努力。

1999年11月　长春

电视文化的自我定位与受众预设

我看电视不多，也没有广泛接触各个层次的观众，所以对于电视文化的了解很有限。就接触的范围而言，人们似乎对电视并不满意。考察其不满的原因，主要在于它常常低俗无聊。品位之所以低下，据说是为了适应受众的需求。但是，我却不止一次听到不识字的老太太抱怨没有可看的电视节目："都在那里瞎闹笑，耍贫嘴！"学界的朋友们大都喜欢读书、上网，对电视兴趣不大。有的只看球赛，有的只看译制片，有的只看《动物世界》，有的则基本不看电视。有一句话流传甚广，并且被广泛地运用于警告那些爱看电视的孩子："电视看多了，就会变得像节目主持人一样愚蠢。"

当然，这话经不住推敲，因为电视节目主持人的智商不一定都很低，把他们当作愚蠢的标本显然并不科学，至于"会耍贫嘴的二百五都到电视台主持节目去了"，更是开玩笑。然而，由此却可以看到电视文化给人们（至少是一部分人）留下的印象。

那么，电视文化为什么给人造成这样一种印象？我以为重要的问题在于电视文化自身的定位。任何人都不会否认，电视是一种大众传媒，当然需要适应大众。所以，电视文化定位于大众是无可挑剔的。如果把电视办成纯粹的精英论坛或先锋沙龙，大概像办成纯粹的宣传机器一样令人生厌。然而，重要的问题是对大众文化的理解。"大众"本来就是一个很难把握的概念，正如"人民"一样，我们虽然常说"人民的心声""人民的意志""人民的利益"，却很难到现实中寻找"人民"进行确认。我们很难具体地确定"大众需求"和"大众品位"。因为"大众"是一个极不整齐的集合体，作为

“大众”的分子，品位极不一样，需求千差万别。当下的电视文化虽然并非完全没有注意到这一点，但其基本定位却往往是更多地适应低层次的需要。因为我们早已形成了一个习惯，一旦定位于大众，标尺立即下移，一味适应，一路降低，似乎不抵达整个文化格局的最低部位就决不罢休。而且，我们总是过低地估计大众，似乎大众就意味着粗俗，就喜欢那些无聊的玩笑而不需要较高层次的文化消费。

这事实上是一种错觉，它既错误地估计了大众的文化构成，同时也忽视了人们向上的意志。它的结果与愿望适得其反，因为它在一路追低的过程中连续丢失着具有向上意志的观众。

因此，我想的是，电视文化虽然是大众文化，但必须警惕大众化的陷阱；应该满足多层次的需求，但必须警惕雅俗共赏的迷阵。“雅俗分赏”应该是正确的选择。一个电视台不妨有街头娱乐场式的节目，也不妨有高度贵族化的沙龙；不妨有一般科普节目，也不妨有尖端科学论坛。高层次的节目应该努力办出高层次，而不应该弄得外行仍然搞不懂，内行又不屑一顾。娱乐性的节目也应该避免低俗，开玩笑也要有点儿水平。在世俗化和生活化的过程中应该避免一些误区。

招魂的尴尬

读孟繁华的文章，常常产生共鸣，比如他在人文精神讨论结束之后对人文精神的持续寻思，比如他对“文化崩溃时代的逃亡与皈依”现象的思考，都曾使我感动不已。然而，这次读到他的《资本神话时代的无产者写作》[①]，感觉却完全不同。该文提出了“无产者写作”的概念，呼唤继承无产阶级文学遗产，并且把摩罗、谢有顺、王开岭等人的写作划入“无产者写作”的版图，看作继承无产阶级文学遗产的代表，令人读后不能不产生一些疑问和忧虑。

一

首先是概念问题。作为一种理论建设，首先需要概念明确，“无产者写作”却不能不在概念上陷入尴尬的处境。对于当代中国人来说，“无产者”是一个并不陌生的概念，然而，面对当下具体的现实，要科学地界定这一概念，却如确认“无产者”身份一样困难。我们能够在当下现实中找到工人，找到工人阶级，而且能够找到下岗工人，找到失业者和各种渴望被雇佣而不得的劳动者，然而，却很难确认谁是“无产者”，很难科学地界定“无产者”这一概念。按照马克思主义经典作家的解释，无产阶级即工人阶级，无产者是不占有生产资料的雇佣工人。几十年来国内流行辞书的解释与此是一致的：“无产阶级”即“工人阶级”，“也泛指不占有生产资料的劳动者阶

①《南方文坛》2000年第4期。

级。”“无产者”的解释是“资本主义社会中不占有生产资料、靠出卖劳动力为生的雇佣工人。”[①]因此，在1949年之前，无产者在我国的人数虽然极少，但还不难确认；但随着50年代社会主义改造的完成和公有制的建立，确认无产者已经非常困难。因为地主、资本家和一切有产者的财产被没收之后并未消失，而是收归“公有”。“公有”的财产并非无所归属，而是归于全民。所以，公有制社会建立的结果不是使全民都成为无产者，而是使全民都成为有产者。无产者与他的阶级是国家领导者，当然不能不与全民一起拥有这些财产。也就是说，旧时代的无产者在公有制国家建立之后已经获得了国家财富的所有权，因而不再是真正意义上的无产阶级。而且，只要公有制形式仍然存在，真正的无产者就很难在享有公民权的人中找到。因此，我们也就难以找到真正的无产者并由此建构“无产者写作”。

退一步讲，即使像马克思主义经典作家在资本主义社会中确认无产者一样去进行确认（事实上，这在社会主义国家是讲不通的，因为它意味着无视所有制形式的差别或将“公有”视作“公无”，使公民都失掉了财产所有权），也是非常困难的。一方面，不拥有生产资料而以出卖劳动为生的，本来就并非只有工人，另一方面，现代文明特别是市场化和商品化已经使依靠出卖劳动谋生者成为人的绝大多数。在今日世界上，从医生、记者、教授到经理、部长、将军，事实上都具有雇佣劳动者的身份，并以出卖自己的劳动获得工资报酬。“无产者”如果包括这些不同的阶层，将使“无产者写作”变得毫无意义。在这种情况下，当然还有一些勉强的区分法：一是区分蓝领和白领，只承认蓝领而不承认白领是工人阶级。但是，那就不如直接称作“蓝领写作”。不过，即使是蓝领，也并不意味着“无产”，我们没有理由因为从事的工种而做“无产者”身份认定。二是区分穷人和富人，把“穷人”等同于“无产者”。但是，那就不如直接称作“穷人写作”或“贫困者写作”，因为我们可以根据收入的多寡画出贫困线，却不能据此确认“有产”或“无产”。

孟繁华说：“这里的‘无产者’不仅指他们的现实身份，他们的资产状况，更重要的是指他们的精神和价值取向，他们作为分散的单个人对无产阶

---

①《现代汉语词典》，商务印书馆1996年。

级文化遗产的某种继承，他们所关注的问题、人群、立场以及情感与无产阶级文化所建立起的历史联系等等。”这种说法很难令人满意。或许孟繁华所要强调的是20年代末成仿吾、冯乃超、李初梨等中国无产阶级文学鼻祖们的见解：“无产阶级文学的作家，不一定要出自无产阶级，而无产阶级的出身者，不一定会产生出无产阶级文学。”[①]然而，对于这种说法，鲁迅在《路》中曾经讽刺说：“上海的文界今年是恭迎无产阶级文学使者，沸沸扬扬，说是要来了。问问黄包车夫，车夫说并未派遣。这车夫的本阶级意识形态不行，早被别阶级弄歪曲了罢。另外有人把握着，但不一定是工人。于是只好在大屋子里寻，在客店里寻，在洋人家里寻，在书铺子里寻，在咖啡馆里寻……”在鲁迅看来，在这些地方寻找出来的无产阶级文学的使者是非常可疑的。回顾20年代到70年代中国文学运动的经验教训，我仍然信服鲁迅的见解：血管里流出来的是血，而水管里流出来的是水。

二

以上的文字大概有点迂，咬文嚼字而未得要领。这一切，也许并非孟繁华所关心的，因为“无产者写作”的提出主旨在于呼唤继承无产阶级的文化遗产。

我同意孟繁华的看法，无产阶级文学是20世纪最为重要的文学现象之一，但在20世纪末却衰弱了。为此，孟繁华反复抱怨说：“在当今的世界舞台上，一个阶级的存在及其意义，已远不如一个金融寡头或高科技超人更重要。因此，当文学家夸大其词地慨叹‘边缘化’的时候，真正处于边缘的无产阶级已经不被作为问题。”“……就20世纪80年代以降的中国文学来说，却走了一条完全相反的道路，向西方学习的热情几乎在所有的文学新潮的文本中奔涌，而无产阶级文学终结之后，那里是否还有值得我们继承的遗产，几乎无人提及。或者说，无产阶级文化在某种意义上已被等同于极‘左’文化或‘文化大革命’时代的文化。这一认同的背后潜隐着新意识形态合法性的维护，它既无须承担任何风险同时又表达了时髦的拒绝姿

①李初梨：《怎样地建设革命文学》，1928年2月15日《文化批判》第2号。

态。另一方面，无产阶级文化经过市场包装之后，又在另一个意义上被空前利用。在文化市场上，‘红色经典’又以奇观的方式被全面展览，它被利用者赚取了大量的剩余价值的同时，又被装扮得怪里怪气，但它同样具有合法性。因此完全可以说，无产阶级文化在它的晚期所招致的悲惨命运，与两种市侩或投机分子对它的‘妖魔化’是有关的。”

这种立论非常稳妥，也很策略，可以立于不败之地。因为在主流文化仍然大写着无产阶级标识的语境中，捍卫所谓“红色经典”和继承无产阶级文化遗产，当然与批判资产阶级意识形态一样能够保证“政治上正确”。同时，如果把无产者理解为下层劳苦大众，也很容易占领一个道德制高点。

然而，一个必须弄清的问题是：无产阶级文学有哪些应该继承的遗产呢？在世界范围内，孟繁华首先提到了《国际歌》。我完全赞成这种看法，如果要寻找无产阶级的文学遗产，人们多会承认《国际歌》的代表性。用当年流行的说法，就是《国际歌》与“样板戏”，甚至这中间是一片空白。但是，正因为它的存在，我们便不难发现20世纪中国那些号称“无产阶级文学”的东西大多有点假冒伪劣。在20世纪的中国，哪些作品真正代表了无产阶级的意识形态？哪些作家曾经真正“为人民、为无产者代言”？20世纪中国的无产阶级文学有哪些遗产已经被丢掉而哪些还是当下文学必须继承？在孟繁华的论述中，许多见解令人难以苟同。

一、在20世纪的中国作家中，孟繁华提到了赵树理，并且把他与高尔基放在一起看作是无产阶级文学“不可替代的楷模”。但是，这种认识是很值得怀疑的，因为赵树理的创作更多表现的是中国农民的意识形态，而不是马克思恩格斯所说的无产阶级的意识形态。他可能是中国农民文学的优秀代表，而不能说是无产阶级文学的代表。

二、孟繁华对“红色经典”被重新包装而推向市场非常恼火，好像这样做是对它的一种亵渎。那么，这些不可亵渎的“红色经典”是什么？考察十多年来的文化市场，可以发现这“红色经典”主要是样板戏和“红太阳颂”等60年代的文化遗产。我不否定样板戏在艺术形式上所达到的高度，但是，只要以《国际歌》为标准去衡量，我们就应该承认，无论是样板戏，还是“红太阳颂”和《金光大道》等，都显然与《国际歌》相去甚远。

三、在强调继承遗产时，孟繁华谈到了无产阶级文学理论。的确，从创造社太阳社开始，到左翼文艺运动，一贯的特色就是运动轰轰烈烈而创作少有货色。因而理论主张不仅更能显示其特色，而且是主要的遗产。然而，同样需要注意的是，从“革命文学”到“‘文革’文学”，一系列的理论给文学实践带来的究竟是什么？毫无疑问，正是这些理论使20世纪中国文学陷入了种种误区。

三

看到题目而未看全文之前，我想不出“无产者写作”指的是什么。一读文章，的确使我吃惊不小。因为该文题目之下的论述对象出乎我的预料。为了理论需要，孟繁华概括出了一个“无产者写作”的群体，而且把摩罗、谢有顺、刘烨园、王开岭等作为主要代表。我很佩服孟繁华的理论勇气，但这种概括毫无疑问是太大胆、太富于想象力了！

问题是“无产者写作”这顶桂冠，对他们中的大多数人都不相称。无论摩罗、谢有顺还是刘烨园、王开岭，都显然并不具备无产者的身份，也不具备既有的无产阶级文艺的那种价值和精神取向。他们缺少对“红色经典”的神圣感，也不是中国无产阶级文化遗产的继承者。在他们身上，无论批判精神，还是理想主义，都并不来自无产阶级文学的遗产，而是恰恰来自无产阶级革命文学运动所一再批判和否定的现代文明精华，来自重新发现的“五四”新文化遗产。因此，孟繁华实在是选错了人，摩罗、刘烨园、王开岭、谢有顺们都没有资格接受这顶桂冠，也未必愿意接受这顶桂冠。事实上，在90年代的中国文坛上，从20年代到70年代的无产阶级革命文化的继承者和代言人并不缺少，而且大有人在，他们的情况并不像孟繁华所描述的那样可怜，而是仍然占据着重要的地位，常常呼风唤雨影响着文学园地的枯荣。摩罗等人即使努力争取，也很难得到他们的认同。

为了证明摩罗等人的无产者身份，孟繁华考察了他们的出身和生活状况，发现他们大都有底层生活的经历。然而，这并不能说明他们的写作就是无产者写作。因为众所周知，从50年代到70年代，中国农民和市民都曾陷入极度的贫困。在如今40岁以上的普通中国人中，哪一个没有饥饿的记忆？就孟繁华论及的作者而言，他们都具有高等学历，并且大多任职于教育和文化部门，属于地道的知识分子阶层。无论如何，把这样一群作家称为“无产者”，是缺乏说服力的。

我们姑且根据孟繁华的定义，不仅看他们的身份和资产，而是主要看他们的精神和价值取向，只要能够自觉地继承无产阶级的文学遗产，就可以认定他们是“无产者”，认定他们的写作是“无产者写作”。然而，即使如此，摩罗、谢有顺等也很难符合孟繁华的理论预设。我们不能不承认，摩罗等人与20世纪中国无产阶级文学遗产或者说“红色经典”相距甚远。正如孟繁华所看到的，对个体价值的坚定的维护是这个群体最显著的特征。但是，这种精神特征恰恰不是无产阶级革命文学的特征。对人格独立的坚守，对个体尊严的维护，是中国的无产阶级革命文学所一贯反对和坚决取缔的。刘烨园、王开岭等人的源头在“五四”新文化和西方现代文明的健康主流，而不是对“五四”文学革命进行再革命的革命文学。他们表现着极强的人道主义精神，对人类苦难抱有深广的悲悯，这种人道主义也正是无产阶级革命文学运动一再扫荡的。在革命文学运动一开始，无产阶级革命文学的倡导者们就坚决反对个人主义和人道主义，坚决反对人格的独立和思想的自由。无产阶级革命文学的倡导者们对鲁迅、胡适等人进行全面的批判，着力之处也是他们的个人主义、人道主义、启蒙精神和自由思想。因此，完全可以说，摩罗等人更多继承的恰恰是无产阶级革命文学所竭力批判和扫荡的东西，而不是以阶级论、集体主义和艺术上的工具主义为特征的革命文学遗产。摩罗、谢有顺、刘烨园、王开岭们的确都具有很强烈的批判精神，但他们的批判精神并不来自无产者的遗产；他们的确都是理想主义者，但他们的理想不源于“红色经典”。他们所热切呼唤的，也很难说是孟繁华所说的“英特纳雄耐尔一定要实现”。

从孟繁华的论述需要看，也许孔庆东是比较理想的案例。因为有孟文所引旷新年的言论为证：“90年代，能够平心静气地为毛泽东说句公道话的人是不多的，而老孔恐怕是这为数不多的人中的一个……这不仅是一种阶级感情（老孔出身于工人阶级家庭，所以对毛泽东不像知识分子那样有着刻骨的‘阶级仇恨’）……”然而，虽然他出身于工人阶级家庭，而且能够为毛泽东说“公道话”，但就“黑马文丛”之一的《47楼207——北大醉侠的浪漫宣言》看，如果是在毛泽东时代，大概难逃被批判的命运。因为它的确不符合无产阶级革命文学的政治标准和艺术标准。

总之，就这个群体而言，是很值得研究的，但是，“无产者写作”的命名却有点与实不符。高举无产阶级革命文学遗产的旗帜收编这支队伍大概并不容易。当然，把他们说成无产者，作者也许另有深意，但据我看来，实在没有必要让他们去争夺这顶身份暧昧的帽子。

四

中国人的心理特别容易恋旧。当前行的路出现坎坷的时候，总是习惯于回头望；当现实中出现问题的时候，总是怀念过去的好时光。但是，却常常忘了一个事实：过去的时光并不美好，所谓“尧天舜日”不过是后人的虚构。

在世纪之交的中国，一方面是由于全球化进程的加快，国际生活和国内生活中都可以感觉到一种“资本主义”的力量，因而反对资本主义的精神资源开始重新受到青睐，甚至闭关锁国的理论行情也已出现反弹。另一方面是由于市场化带来了经济秩序的重新调整，并且由于旧体制的遗留使再分配的过程充满着问题和矛盾，因而再分配过程中的不公正现象成为人们关注的热点。在这样一个背景上，一些人由呼唤现代化转向反思现代化，由推进市场化转向抨击市场化，由批判旧体制转向留恋旧体制。他们重新开始向着过去的时代寻找“自力更生”“鞍钢宪法”“经济民主”之类的资源，不但放松了对“文革”文化复活的警惕性，而且在想象中美化了曾经使中国人陷入贫困和灾难的旧体制，好像它真的存在过什么政治民主和经济民主，好像它真的存在过什么公正和平等！这是当前中国学界出现的一种精神症候。

在这样的时刻，我以为，重要的是不应忘记我们所处的历史位置，不能因为新问题的出现而忘记了旧问题并没有完全解决，不应因为某些理论上的新思路或生活中的新问题而影响理性的选择。面对理想废墟上的游乐者，我们有理由呼唤理想；面对精神荒原上的狂欢者，我们有理由呼唤精神；面对乘改革之机监守自盗者，我们有理由发出断喝。但是，当我们呼唤理想的时候，应该警惕曾经导致全民族陷于贫困的理想死灰复燃；当我们面对物欲横流的世界而呼唤精神和道德的时候，应该警惕“饿死事小，失节事大”的吃人道德借尸还魂；当我们批评社会和文学的种种不良现象时，应该警惕不要回到刚刚走出的死胡同。

一个重要的问题是对时代及其面临主要问题的认识。不少人都把我们生活的这个时代概括为“资本神话的时代”，认为它已被纳入全球一体化的格局。因此，他们努力于抵抗全球化，抵抗所谓资本主义的入侵。这是文学界应该特别警惕的，因为20世纪中国历史的教训证明，搞文学的人容易浅薄，因为他们更容易让激情淹没了理性。应该清楚的是，中国文学所面临的主要危险不是全球化，最可怕的也不是“资本神话”。

就现实问题而言，无论是政治民主还是经济民主，无论是社会平等还是社会公正，都不是靠继承遗产可以解决的。生活中的种种问题根源往往不在别处，而是恰恰在于那些所谓遗产。正是这笔遗产过于沉重，才使今日的改革步履艰难，使现代化的进程如此沉重。新的问题的确需要思考，下层的疾苦的确需要关心，但是，历史上的革命精神并不能解决今日的下岗问题，昨天分浮财的壮举也不是解决今天贫富悬殊问题的良方。而且，无论如何美化过去了的年代，也只能是一个梦境，因为在那“史无前例”的日子里，中国也不曾有过平等与公正，不曾有过政治民主和经济民主。有一个问题需要特别指出：尽管现实中有许多问题，尽管历史并不能保证只有前进而没有后退，但是，“文革”结束之后的中国历史是前进的而不是后退的。因此，无论前行的路上有多少问题，需要的都不是回头看，因为现实的处境并非“回头是岸”。

2000年9月　长春

现代文化基地的守护与重建

一

处于世纪之交，回顾走过的坎坷之途而思考未来的发展之路，是中国思想文化界难得的举动。然而，由于复杂的环境和复杂的资源，众说纷纭也是必然的。对现代性的反思与批判依然此起彼伏，一波接着一波，知识界的又一轮分化又已鲜明呈现，一些根本性的裂纹无法弥合，最终难以达成共识。面对这种现状，我依然顽固地考虑着一个问题：现代文化基地的守护和重建。

我不愿像一些朋友那样过于乐观地奢谈中国现代文化，更不敢奢望在今日中国能够迅速全面地建设现代文化。因为我们虽然张口闭口“中国现代文化”和“中国现代知识分子”，却显然没有认真想一想：中国有多少“现代知识分子”？中国文化中有多少“现代文化”的因素？20世纪中国文化的现代性是不应夸大的。因为百年中国的历史并不是一部现代化顺利行进的历史，也不是承载着现代性的知识分子话语占主导地位或者如有人描述的那样建立了“话语霸权”的历史。20世纪中国文化发展的历程，不是一个现代文化不断发展壮大的过程，而是一个现代文化在各种冲突和挤压中浮沉和挣扎的过程。中国的现代文化在五四新文化运动的辉煌开幕式之后，便很快走上了风雨飘摇之路，现代知识分子经过一场场改造运动，也终于不再“现代”。虽然有80年代的现代性复苏，但结果是有目共睹的：现代文化建设工地转眼间满目荒凉，建设者纷纷撤离另谋高就，甚至回过头来对正在施工的建筑进行解构。在“后现代”的提醒之下，人们似乎已经认定：现代性原来罪大恶极，每一个毛孔里都滴着鲜血，它给中国带来的是灾难和民族文化主体性的丧失。文人们当然要适时换季，迅速地进行自我调整。于是，不仅新老国粹家们祭起“亚洲模式”和“亚洲价值”，开始对现代文化大举反攻，而且曾经高举“五四”旗帜的人们也举起“反省激进主义”的口号节节后退，终于与新老国粹家们握手言欢，把“五四”与“文革”放进了同一口锅里，做成联欢会上的佳肴。于是，知识分子，人的神话，启蒙主义，科学，理性，发展，进化，都与“五四”和“80年代”一道被置于告别之列。被称作“新左派”的人们常常是反对保守主义而标榜全面民主的，但为了保卫他们的革命理想，或者“鞍钢宪法”“自力更生”之类的革命成果，却往往借后现代主义与后殖民主义的理论对现代性施以猛烈的攻击。

所以，20世纪中国现代文化只是汪洋中的岛屿，沙漠中的绿地，而这岛屿一再被波涛所侵蚀，绿地持续面临着沙漠的威胁。

可是，无论前现代的力量多么根深蒂固，无论后现代思潮多么时髦诱人，无论二者合流之后形成多么强大的潮流，对于中国来说，到头来仍然要老老实实地进行现代文化建设。在没有实现现代化之前先“后”它一阵子，结果只是在现代化道路上摆几块石头，延误一些时间，该走的路是一步也省不了的。尽管我们可以很自负地一再设想出各种“多快好省”的超越捷径，死要面子地拒绝成功的模式，但异想天开和不老实的态度给予这个民族的历史教训已经足够了。

那么，为了现代化过程，就有必要珍惜中国既有的现代性资源。为了保存一点现代性资源，清醒的知识分子就不应该只是盲目追随新潮而狂奔，而应该于边缘的荒芜中做一些精神的守护。虽然20世纪中国知识分子的现代性努力收效甚微，但毕竟一代又一代前仆后继地努力过，而且曾经出现过生机，留下了一些精神遗产。

二

十年之前，钱谷融先生曾经对新文化运动发出如此感叹：“当时的先驱者们，是那样的意气风发，斗志昂扬，眼看着在他们的努力下，一个前所未有的伟大时代就要降临到沉睡多年、死气沉沉的中华大地上来了。但不幸的是，由于种种原因，先驱者的努力，并没有能长久持续下去。过了没多久，《新青年》团体就解体了，新文化战线发生了分化，战友们的目标不一致了。五四新文化和新文学运动的灿烂之花，还没有结成丰硕之果，就忽然凋零了。”[①]先生此言说过不久，几乎同样的一幕又在中国重演。80年代一些知识分子因为“文革”的血泊而重新发现了“五四”及其现代文化设计，为此而付出了艰苦的努力。然而，转眼之间，已经是秋风凋碧树。一方面是遮蔽和遗忘，一方面是反思与超越，二者殊途同归，效果非常显著。在20世纪末的中国，“五四”和80年代都已很不光彩。因为其反传统的态度，因为其现代性，因为其启蒙主义，因为其关于人的神话，它不仅受到传统力量的反击，而且受到新潮和后学的扫荡。似乎90年代的新人又一次认识了现代性的资本主义性质和文化殖民色彩，因而就有点出师有名、理直气壮了。

作为与传统异质的现代文化，出现于强大的传统环境之中，必然面对着一次次必然的抵抗和反扑。而且，旧文化的回潮常常以“新”的面目出现。处于这样一种境遇之中，新文化的承载者特别需要坚定的持守，而不是见风使舵，弃阵而逃。遗憾的是20世纪中国知识分子常常忙于奔跑而忘记了必要的守护。一个世纪中，中国文人更多的时间处于浮躁的追潮之中，像黑瞎子掰玉米一样，看到新的就抛弃旧的，最后留在手中的却不一定是有价值的东西。在不断的弃旧迎新过程之中，人们往往只认新的包装而不愿进行质的鉴别，唯新是趋，制造着一场又一场的热闹。如果只是娱乐，那倒没有什么不可。可是，作为民族的精神文化建构，却往往是新事物还没有站稳脚跟，就遭到了否定和超越的时髦炮火。人们往往把现代婴儿学步的蹒跚视作垂暮老人的龙钟之态，匆匆宣判其末日，结果是破坏了现代性的生长。我们用有限的时间在幻觉中走完了西方文化几百年的历程。匆匆忙忙，没有消化的时间。这种匆匆走过的历史是没有质量的。看一看文学和文化的发展历史，我们可以看到一个个新潮迅速推进构成的发展迅速的假象。但它本身是破碎的、残缺不全的、很不健康的。我们能够看到一堆又一堆没有长成就被流产的婴儿，看到一些刚刚出生就因为母亲再次怀孕而营养不良的孩子，看到地

①钱谷融：《个性、启蒙、政治》，《社会科学家》1989年第1期。

里种下的庄稼刚刚发芽就被锄掉重新播种。

新潮滚滚应该是值得庆幸的，因为20世纪中国文坛曾经有过死水一潭而容不得任何生机的时期。但是，唯新是趋，匆匆否定也是一种悲剧。更重要的是，由于这种否定之否定，最新的东西往往成了旧势力的援军。它的作用是使新文化腹背受敌而一败涂地。先锋们当然有理由欢呼胜利，但真正的胜利者却往往不是先锋，而是另有东西躲在其背后发出得意的狞笑。

面对历史的教训，我们应该学会在趋新时有所鉴别，在批判中有所守护。

三

面对历史上知识分子话语空间的丧失和这种丧失给现代化带来的损失，我们无法回避对中国知识分子人格弱点的反思。20世纪中国现代性的命运，除了客观环境的制约之外，显然与中国知识分子对现代性信仰和持守的程度有关。回顾20世纪中国知识分子的历史，一个现象是很容易发现的，那就是一些知识分子对自身曾经做出的现代性选择的背离。这种背离常常是在“反思”“超越”“自我调整”的口号下进行的，而且往往与之伴随的是对知识分子自身的消解和对现代文化建设工地的爆破。20年代的创造社、太阳社对鲁迅、胡适和“五四”新文化的清算，90年代一些人对80年代知识分子及其启蒙立场、主体性话语的清算，其情形极为相似。

20世纪中国知识分子之所以一再出现这种大面积背叛的现象，原因当然比较复杂，但主要的问题大概在于知识分子的大多数没有完成人格的现代转化，没有实现人格的真正独立，更没有获得现代知识分子的精神品格。

那些从“五四”立场上迅速退下来的人，那些追风弄潮又四处寻求依附的人，那些今天是叛逆而明天就成了惩罚叛逆的打手的人，虽然也往往被称作“现代知识分子”，但事实上并不具备现代知识分子的精神品格。但不幸的是，正是这样一些文人以极大的能量影响了大半个世纪文化发展的历史。

值得注意的是，在知识分子丧失自我的过程中，一些文人竟然是那样自觉，那样自愿，积极主动，兴高采烈。他们嘲弄知识分子的时候俨然是局外人。他们批判自我的时候好像批判的并不是他自己。看一看20世纪中国知识分子那些自我改造和自我否定的文章，真是让人感慨万端。当然，谈到这个内容，我们应该宽容地考虑到外在因素的影响，理解他们中的一些人作为现实的人的种种无奈。但是，需要注意的是，从20年代末放弃自己话语而充当留声机器的喊叫，到40年代对知识分子独立人格和启蒙精神的声讨，再到50年代的知识分子改造运动，一次次导致知识分子主体价值失落的悲剧事件，开始时并不都是由于国家权威的压力，而是一些文人自身出于种种动机而做出的选择。许多最终使知识分子和现代文化陷落的口号都是文人自己首先提出来的。

之所以如此，只能说是现代人格的欠缺。由于现代人格的欠缺，他们在反抗一种权威的同时必然去依附另一种权威，告别国家权威话语之后就只有走向民间话语立场，在民间却又会依附新的权威。中国文人很善于顺时应势，调整自己。这种灵活性可能与长期的专制主义统治有关，与中国文人在漫长的历史上一直需要看统治者的眼色吃饭有关。这种灵活性使20世纪中国作家和学者暴露了很不光彩的一面：无操守，无恒心，容易摇摆而不能坚守；东风中西倒，西风中东歪，审时度势，却总是为潮流所裹挟。这就极大地影响了精神生产的质量，影响了现代文化的发展。

生活于20世纪的中国知识分子有很强的民族忧患意识，当民族面临危机的时候无法在书斋里当看客，这不应该被否定。他们对劳苦大众有深厚的同情，当民众处于苦难之中时无法闭上自己的眼睛而悠然于花间月下，这也不应该被否定。但是，我们不得不承认，我们常常暴露着目光的短浅。深切地关心着民族命运和大众的疾苦，却认识不清什么是民族和大众的根本利益。所以，一旦什么力量以民族或大众的名义发出传唤，就不考虑它将导致什么样的后果，不怀疑传唤者的动机和能力，而立即放弃现代化理想，甚至把自身放上祭坛。

回顾20世纪中国知识分子走过的路，工农崇拜，大众崇拜，是非常可怕的。中国知识分子是软弱的，缺少独立人格，很难在孤独中奋斗。由于软弱，就很容易伤感，颓废，发出各种叹息和呻吟。由于软弱，就特别需要依靠，希望找到权威力量的支持或者得到民间社会的庇护。由于软弱，总是害怕孤独的持守和长期的艰苦奋斗，特别钟情于根本的解决，梦想一蹴而就，一劳永逸。正因为这样，一旦发现一种可以依靠的力量，就很容易兴奋地跑上前去积极地加入，投身其中而不考虑自身及其使命是否被吞没。面对百年中国文化历程，我们不能不看到，中国知识分子的最大弱点是太不自信，太不坚强，太容易追随潮流而改变自己，太缺少对自己选定价值的持守。这一切告诉我们，中国知识分子人格的现代性转化仍然是一个值得高度重视的问题。

四

由于种种原因，20世纪中国的现代文化建设总是断断续续，经历的不是历史进化的正常过程。这种非正常进程造成了精神承传的严重断裂，破坏了青年一代必定胜过老年一代的正常规律，甚至导致了某种“代际退化”现象。

王晓明曾经一再叹息“整整几代人精神素质的持续恶化”。这种关于中国文化的神圣忧思绝非无病呻吟。需要接着思考的是，为什么会出现精神素质的持续恶化？这当然不是一个可以简单回答的问题，但一些方面是明显的，值得我们思考。

实事求是地说，中国的知识分子并不懒惰，一百年中并不是没有出现思想者，也不是没有达到某种精神高度。非常可惜的是，探索的成果往往得不到承传，珍贵的收获往往被掩埋于地下。一次次精神的出征，结果都往往是无奈地溃退。呐喊过后是死寂，激情过后是遗忘，生机转眼化为荒芜。春去秋来，潮起潮落，前一代人艰难的探索的脚印被风沙埋没；后一代再次出发，一切都从零重新开始。尽管历史呈现着前仆后继的悲壮景观，这“前仆后继”却往往只是一次次简单的重复。当1957年的青年探索者高喊“五四”精神的时候，他们在多大程度上了解陈独秀、胡适和鲁迅？当1978年在“文革”废墟上崛起的一代人开始痛苦思考的时候，有多少人能知道50年代的探索者已经达到的高度？从文学和学术上看，30年代文学巨匠的后继者何在？40年代学术大师们的衣钵授予了哪些弟子？对于20世纪末的青年来说，“五四”不过是一个片面而抽象的概念，“文革”只是一个朦胧的传说，甚至80年代知识分子的思考和探索，虽然刚刚过去十年，却也已经是一片茫然。正因为这样，新生代作家和新生代学人往往与国外汉学界一样，许多研究都建立在不可靠的基本知识之上。这种精神承传的断裂长期影响着文化的发展。

一个现象是值得注意的：“文革”结束之后的文坛和学界可谓人才辈

出，但如果认真考察，就会发现在那些有人迅速成长的地方，往往存在私淑式承传。就文学研究界而言，因为有王瑶等先生的存在，北京大学才有几个年轻学者获得了高起点；因为有徐中玉、钱谷融等先生的存在，华东师范大学才有青年学者在80年代成群地脱颖而出。国内大学可谓多矣，有些学校为什么如不毛之地？原因不是别的，因为那些青年学子要穿透教科书的蔽障就不知要付出多少时间和精力，许多人苦读几十年，终因不能穿透那层窗户纸而停在了门外。

在传播工具高度现代化的时代，知识传播仍然依靠手工业时代的授徒方式，无疑是可悲的。但是，历史却应该感谢这种方式，因为20世纪中国曾经连一些基本知识都得不到传播，经过大嗓门传播的往往是伪知识。当写进教科书的知识因为适应某种需要而改写或遮蔽得极不可靠的时候，手工业时代的传授方式也是可贵的。因为那些先生毕竟保留了几粒现代性的种子。历史应该感谢这些现代文化的守护者，尽管他们往往像大火过后的树桩，即使春天到来之后也仍然没有红硕的花朵，甚至连叶子也没长出多少，但是，在他们的周围，却长出了几丛新绿。

从这个意义上说，20世纪末一些知识分子的努力是可贵的。这不仅表现在张中晓、顾准等一系列现代文化遗产的发现，而且表现于一些中青年学人的寻找和追求。钱理群关注精神的承传，并且坚决“拒绝遗忘”；陈平原重建现代学统，并且注目于现代大学教育；夏中义一个个拜谒先贤，对20世纪最有代表性的一些知识分子进行了严厉的诘问；王晓明怀抱沉重的文化忧患，执着地寻思人文精神；谢泳一再述说“文人旧事”“教授当年”“西南联大与中国现代知识分子”……他们自觉地承担着现代文化的使命，坚守现代知识分子的立场，去蔽钩沉，清理着一片片现代文化的基地。我想，有这样一种守护，即使被四面围困，也不至于全面陆沉，落一个集体遗忘和“白茫茫大地真干净”的结局。

2000年10月　长春

如何反思80年代?

在近几年的中国当代文学研究中，“反思80年代”成为一个热点。从某种意义上说，这应该是一个好现象，因为反思是一种必要的矫正机制，文学创作与研究若要健康发展，就应该有不断的回顾与反思。然而，近几年的反思出现了一些新的现象，却常常令人疑惑，而且不能不认真思考、严肃对待了。

一、谨防为“文革”招魂

自从80年代文学匆忙收场之后，就一直存在着一种以反思的名义否定80年代文学的现象。在近几年对80年代的反思中，这种现象可以说愈演愈烈。而且，在其本来相当老化的队伍中，增加了一支新生的力量，正在以新的武器对80年代的文学与文化进行着否定。80年代的文学并非神圣，当然可以否定。而且，作为刚刚从禁锢中解放出来的文学，它的起点很低，水平不高，作家们认识生活的能力和表现生活的技巧都存在许多局限。但值得注意的是，眼下的否定者似乎对这些缺点不感兴趣，而是集中力量否定80年代文学对“文革”的否定。与此同时，则努力寻找资源，试图重新建构那段历史的正面形象。这种现象在当今文坛上虽然还不占主流地位，但在某些刊物、某些院校所掀起的，却不只是“杯水风波”。

在反思80年代文学的旗帜下，一些人开始质疑80年代文学的真实性。他们认为80年代的文学服务于新的意识形态建构和社会转型的需要，把

“文革”十年描写得一团昏暗，结果是歪曲了历史。他们认为“文革”结束后“伤痕文学”和“反思文学”等潮流中出现的作品对生活的反映并不真实。比如《班主任》《伤痕》《在小河那边》《我应该怎么办》等作品，包括《冬天里的春天》和《芙蓉镇》等，都是想象和虚构的结果，并非生活的真实反映。所谓不真实，是那个时代的悲剧性被这些作品夸大了。在一些人看来，“文革”期间受冲击的主要是走资派干部和知识分子，而工农大众的社会地位和日常生活并未受到多少影响。所谓悲剧，所谓伤痕，只属于一少部分人，而伤痕文学与反思文学以这一少部分人的目光观察和表现生活，却把结论强加给那个时代，把生活描写得一片昏暗。

与此同时，这种批评还涉及评价生活的尺度问题。几年之前，就有人批评张一弓的《犯人李铜钟的故事》，认为像李铜钟那样的人物，无论什么时候都应该是犯人，违反党纪国法，理应受到惩处，小说不应该把他写成英雄。现在，这种思维已经被不少人接受，并且扩展开来，对一系列作品进行重新评价。比如，有人认为刘心武的《班主任》不应该将谢惠敏那样的思想品德放在被质疑和否定的位置上；有人认为高晓声笔下的李顺大和陈奂生并不能代表那个时代的农民；有人认为古华对胡玉音与王秋赫的处理在情感倾向上是有问题的……总之，大量作品的“拨乱反正”都过了头，否定了不该否定的，肯定了不该肯定的，甚至使一些美好的东西和崇高的情感受到批判，使穷苦大众不再受到同情，从而颠覆了中国当代文学的传统。

一些人指责1980年代文学对极“左”政治的批判，对“专制主义”“新蒙昧主义”和“现代迷信”等指认不以为然。因为在他们看来，“文革”是一场现代化运动，当时的领导人对现代化的追求并不亚于后人。他们认为“文革”的意识形态是一种“反现代性的现代性”，所谓“反现代性”，也就是反对西方资本主义现代性，所以，所谓“反现代性的现代性”，就是探索不同于西方的现代化道路。因此，80年代把“文革”称为“浩劫”，称作“噩梦”，看作“封建主义”和“蒙昧主义”，是很不应该的。

在对80年代的反思中，不少人对“20世纪中国文学”的提出和“重写文学史”的努力进行了批评，认为这是一个颠覆的过程，也是一个取代的过程。在他们看来，“20世纪中国文学”的提出是要把一个资产阶级现代性的叙事硬套在中国现代史的头上，用资本主义的现代性来驯服中国现代历史。

“重写文学史”看上去是反对政治标准而强调文学性，实际上却明显地受到政治的规划，具有政治实践的意义，因为它显然排斥左翼文学实践和不同的现代性。

在指责80年代文学的同时，一些人试图重新肯定“文革”十年和此前十七年的文学。也许与“红色经典”的热炒有关，在一些人看来，从《三里湾》《创业史》《艳阳天》直至《牛田洋》《虹南作战史》和《金光大道》，都应该在文学史上占有更为重要的地位。因为这些作品塑造了工农兵的新人形象，承载着永远向前的革命斗志，传达着工农大众对美好生活的向往，代表着一个时代人民的理想境界和追求。

总之，好像80年代的文学歪曲了历史，颠倒了是非，而今天则应该把被颠倒的一切重新颠倒过来。

面对这样的反思，我只想对那些立场并不坚定的年轻追随者进一言：“文革”时期和改革时期，两个时期及其文化孰优孰劣，应该有一个基本判断。如果不是经过深思熟虑而认定“文革”时期胜过改革时期，如果不是经过认真比较而选择了“文革”文学，就应该警惕被某些时髦学说引入为“文革”招魂的行列。

二、回到“五四”，过错何在?

一些人批判80年代的文学，是把它与“五四”绑在一起进行的。其重要的理由，是80年代重新走上了“五四”之路。

应该承认，这种指控基本属实，因为在结束“文革”进入80年代之际，人们要告别一种旧话语而创造一种新话语，必然要借助一些资源。面对20世纪中国的历史，他们选择了“五四”，并且特别青睐于启蒙，他们高喊着“回归‘五四’”“回到鲁迅那里去”的口号，重新发现了“五四”的理想，接续了中断已久的启蒙运动。我一直不赞同把80年代等同于“五四”，因为背景条件大不相同，80年代不可能完全重复“五四”的道路。但是，它在某些方面、在某种程度上重新走上“五四”的道路，重拾“五四”的启蒙理想，重新批判专制与蒙昧，这大概是无法否认的事实。

那么，“五四”与80年代究竟错在哪里?

在一些人的反思中，“五四”与80年代的共同过错首先是对西方现代性规范的接受。他们认为，“五四”不仅提供了一套来自西方的关于民主、科学和人权的理想，而且提供了一个规范中国历史走向的坐标。这个坐标的特点是：在传统/现代的二元对立格局中，将批判传统作为现代化的基本前提；在中国/西方的二元对立格局中，将西方视为现代性的唯一规范。也就是说，“五四”是主张西化的，而所谓西化，又以资本主义现代性为模式。而80年代所借重的，正是“五四”的这一传统。在80年代，新与旧，对应于现代与非现代，并且被赋予文明与愚昧的价值内涵。在这种二元对立格局中，“文革”成了反面形象，代表着与民主、科学和文明相对立的专制、迷信和野蛮。80年代完全接受了这样一套西方话语，而没有注意到它所包含的话语霸权与地缘政治。

在一些人的反思中，“五四”与80年代另一个错误表现于“国民性”话语。正是在传统/现代的框架中，80年代重新启用了“五四”的“国民性”话语。这也是一个基本事实，问题在于对这种话语的解释和评价。在一些人看来，批判国民性是一个现代性神话，鲁迅对阿Q的态度，高晓声对陈奂生的态度，都是有问题的。因为国民性话语不仅表现了知识分子居高临下的启蒙心态和对农民大众的蔑视，对于80年代文学而言，还颠覆了“工农兵文艺”中农民的主体地位。更为重要的是，在“国民性”话语的背后，事实上是一个西方他者的目光。有人为此而批判“五四”和80年代知识分子“崇洋媚外”“甘于臣服”，有人则为他们“看不起大众”而义愤填膺。

对此，需要注意的是：80年代之所以重提“五四”的任务，是因为人们发现那些任务没有完成；之所以重提“五四”的口号，是因为那些口号正是我们急需的。无论那段历史是现代性也罢，是反现代性也罢，或者是“反现代性的现代性”也罢，难道不需要反思与批判吗？呼唤人情、人性、人道主义，大概决不是无病呻吟；重新走上探讨国民性的道路，同样不是无事生非。80年代的文学改革者的确没有想到抵抗西方话语，也没有害怕他者化，更没有致力于抵抗文化侵略。因为在他们看来，这一切相比之下都不重要。他们所面临的当务之急，是摆脱“文革”遗留的文化状态。而且，包括反对自由化、反对全盘西化、防止和平演变，都是权威意识形态一直在做的。如果说他们有错，那就是没有很好地给予配合。

在一些人的反思中，受到质疑和批判的还有人情、人性、人道主义和主体性等。那些言论，对我们这些过来人而言，大多似曾相识，因为我们在80年代的批判文章中，在改革开放之前的批判文章中，大多已经见过，所以在此不赘。但令人困惑不解的是，一些在前几年还酷爱自由、张扬个性的年轻人，现在竟也竭力批判主体性、“五四”、启蒙和人道主义了。好像反抗对人的压抑和扭曲都是不应该的，好像反对社会对个人的剥夺、强调个人的自由、尊严和权利，都是不可原谅的错误。可是，这有什么错呢？答案往往就是简单的一句话：那是西方话语。那么，坚持中国自己的话语，压抑人性、践踏人的价值与尊严，剥夺人的权利，就是天经地义的吗？

现在那些反思80年代的文章，如果放在80年代，人们会轻易地断定它来自反改革的保守阵营，但在今天，它却常常是出自年轻学人之手。文学，真的也是“三十年河东，三十年河西”吗？我真希望这只是后现代的游戏。

20世纪不是一个辉煌的世纪，因为它不仅给人类带来了太多的灾难，而且破坏了人类的自信，破坏了人类通过长期奋斗而建立的一些基本价值。但20世纪也不是一个令人沮丧的世纪，在世界范围内，毕竟邪不压正，大多数破坏力量都以失败告终。在中国，20世纪经历了许多灾难，却也留下了一些财富，其中最珍贵的精神遗产，就在“五四”和80年代。反思“五四”也罢，反思80年代也罢，只要不是别有用心，就应该在反思与批判的同时，知道爱惜那些遗产。

三、“世界体系论”：一种时尚理论

1980年代知识分子的现代性努力之所以受到质疑，源自一些时尚理论。

在质疑者的理论资源中，“后殖民理论”和“第三世界文化理论”是众所周知的，有识者自然深知它本身以及在中国的流行是怎么回事，所以在此不论。在此需要特别提及的，是在后殖民理论和第三世界文化理论之后，还有一种日益走红的“世界体系论”。这种理论的关键在于提供了一种新的思路：一个国家和地区的落后，原因并不在于自身，而在于国际关系的不平等，在于帝国主义的殖民侵略。这种思路把人们的目光从对本土问题的思索引向对国际关系问题的思考，把人们对本国制度问题及其国内不平等关系的批判引向对世界体系问题及其国际事务中不平等关系的批判。它可用于强化民族意识和增强民族凝聚力，可用于抵抗西方中心话语，也可用于为本国的旧体制和旧文化开脱，而且，把自己落后的责任归之于国外。对许多人来说，它都是一种解脱的力量。然而，这种理论对于落后国家和地区的人民来说，却并非福音，因为它只是有利于为本国体制推脱责任，却不能解决任何问题，结果只能是自欺欺人。

在中国，“依附/世界体系论”最先引人注目，是在进入90年代之际。过来人都该记忆犹新，影响最大的是何新与日本学者矢吹晋的对话，接着是几家刊物连续介绍沃勒斯坦等人的学说。其实，对于中国人来说，这算不得什么新东西。因为中国一直都是这样强调的，人们早已习惯于把中国落后的原因归于帝国主义的侵略。

现在，它成了一种常见的思路。沿着这种思路，1980年代中国知识分子对极“左”政治的揭露、对专制主义的批判、对传统文化的反思，都是错误的，五四新文化运动对传统的批判和对个人自由的呼唤也是错误的，因为无论“五四”还是80年代，都“陷入了现代化意识形态的陷阱”；轻易接受了西方模式，以为自由、民主、平等、人权都是值得追求的东西，而没有认识到那是帝国主义侵略的阴谋。按照这种逻辑，1950年代到1970年代中国的“自力更生”路线才是正确的，对发达国家关起门来、与第三世界携起手来反帝反修才是光明的出路。在1980年代中国知识分子看来，那种闭关锁国的方针是使中国经济落后的主要原因，导致了中国的进一步落后，产生了被开除球籍的危险。但在这种新思路之下，它却成了摆脱帝国主义的束缚和影响，独立发展的光明道路。正因为这样，一些人从对现代化没有固定模式、现代性是一个不确定的概念的强调，从对现代性的反思，最后终于走向了他们的目标：以“文革”为标志的模式也是一种现代化模式，是一种合理的现代化探索，不能被排除在现代之外。在这种理论引导之下，必然不愿承认进入全球化市场是成功之路，反对加入世贸组织，也不愿承认“文革”模式的失败。

正因为这样，80年代文学对“文革”灾难的揭露、对极“左”政治的反思、对改革开放的肯定，以及对土地承包和农民富裕起来的歌唱，都是他们无法容忍的。

这个问题之所以重要，在于它涉及如何评价那段历史，同时也涉及评价历史的尺度。

四、批判“线性历史观”：一种新的思路

作为后发达国家的学人，把落后的原因归之于国际事务中的不平等关系，虽然有点没出息，但这种思路仍然比较老实。因为它虽然把落后的责任推给外国，却还承认自身落后这一事实。

一些人就不愿那么老实，要寻找更有力量的思想资源。也算是功夫不负有心人吧！经过多年的努力，他们终于找到了更容易解决问题的武器。在对现代性的批判中，这种武器的杀伤力不大，但解决问题很彻底。这种武器就是批判“线性历史观”。它也是一种新的思路：不仅要反对西方话语霸权、彻底批判启蒙话语，还要批判发展、进步和线性历史观。

在一些人的眼里，后发达国家现代化的过程是一个被殖民化的过程，是一个臣属或他者化的过程。他们认定启蒙话语是殖民主义的工具，启蒙知识分子是文化买办。他们关心的不是现代性的获得，而是现代化过程中民族文化主体性或本真性的保存。如果仅仅是这样，他们是文化保守主义。这种文化保守主义从一百年前就存在，现在更后继有人。但一些人对此并不认同，他们不赞同海外新儒家，也不赞同国内的蒋庆等人，也不接受李泽厚等人的保守主义。因为这些人虽然主张各不相同，但思维还没有超出一个大框子，即对问题的思考还是在一个共同的历史观之下进行的。在一些人看来，像新儒家那样苦苦论证儒学与现代化并不矛盾，真是笨到家了，而且仍然接受了现代化的尺度。他们不会这么笨，不仅要拒绝西方的发展模式，而且要批判现代性的思维方式，这就要否定线性历史观。

任何人都应该承认，这一手的确厉害，一下子抓住了解决一切问题的关键。因为正是线性历史观提供了一种模式，把历史看作一个不断发展进步的过程，而且分为若干阶段（比如前现代、现代、后现代，比如奴隶主义、封建主义、资本主义），这些不同的阶段显示着文明发展的不同程度。正是在这个历史发展的线性模式上，中国被安放在了一个落后的位置，似乎远远不如欧美进步。只要承认这个模式，中国人在现代化进程中就是后起的，就不

是与欧美国家并驾齐驱的。可是，只要扫荡了线性历史观，只要不承认那个线性历史观所形成的历史发展模式，情况就会大不相同。因此，一些人极力主张以空间代替时间。换句话说，也就是要把历史发展不同阶段上的东西都置于同一个平面，而且使人们只有空间意识而没有时间意识。这样，也就自然不存在进步与落后、先发达与后发达等一系列问题。于是，落后者不再落后，先进者也不再先进，新者不新，旧者不旧，谁也无须向谁学习，更无须改变自己的现状。

这的确是抓住了根本，一下子就可以从根本上解决问题。

然而，这样做的后果是什么？最终对自己是否有利，大概无须多说。

第四辑

也说“评论自由”

——在1985年山东省当代文学研究会年会上的发言

与“创作自由”一样，“评论自由”也成为最近热闹的话题。相比之下，批评自由可能要比创作自由更困难，因为创作依靠形象说话，表达可以是象征性的，比较含蓄的；而批评是一种理论表述，要求语义明确。但是，正如创作自由不能只是简单地理解为摆脱外在限制一样，评论自由的推进也不能只是着眼于外部。

一些问题不是批评家所能解决的；也有一些问题是需要批评家自己解决的。在既有的条件下，我认为应该更多地考虑我们自身，考虑我们自己可能解决的问题。我想谈的，是以下几点粗浅的想法：

一、从主观和客观两个层面思考问题，评论自由可以分为内部的自由和外部的自由。政治上的横加干涉或不再横加干涉，只是影响外部自由的部分因素。外部的自由当然很重要，过去几十年，我们一直难以获得，所以批评难以正常发展。三中全会以后，我们才逐步拓展了这条路。刚刚过去的这段时间的情况众所周知，虽然道路仍然是曲折的，春天里也有阵阵冷风，但毕竟是春天里的冷风，结果不会是带来冬天，即使它使得前进的风帆一时停止，甚至倒退，那倒退的幅度也远远无法与前进的幅度相比。不是吗？“创作自由”，“评论自由”，这些口号终于提出了。这是文学事业的福音，来之不易。来之不易，就应知道珍惜。批评不仅已经“游刃有余”，而且可以不必时时谨慎于庖丁之道。但是，我们不应以此为满足，珍惜评论自由这一成果的最好方式，是巩固和拓展评论自由的空间。对于艺术，对于人类文明，开拓精神是永远需要的，它什么时候都不会过时，没有开拓就没有创造，就没有进步。所以我们在来之不易的批评自由的新空间里，应该更进一步地建设这个空间。我们的道路刚刚开拓，它还不是那么宽，还不是那么坚实，还有荆棘之根深植于地下，还有各种坎坷和绊脚石堆积于地上，我们如果不去踩，各种荆棘和藤蔓就随时都有“侵古道”的可能。一句话，对于外部的自由，要珍惜已经获得的空间，不断地巩固和开拓。

二、外部的自由也不仅仅来源于政治。由于多年来不自由的原因主要来源于政治，所以在讨论问题时大家主要思考的是评论自由与政治的关系。其实，在政治的限制减弱或消失之后，我们就会发现，影响评论自由的因素还有很多。比如，评论家与团体的关系问题，评论家与作家的关系问题，都会影响评论自由的实现。对于本地作家，从本地作协领导到本地刊物，都会自觉不自觉地施加着影响。如果评论家没有一个比较强大的自我，就无法真正体现批评的主体性，也就谈不到批评的自由。批评家与作家的关系，会影响批评家说真话的程度。人情和应酬，都影响着评论自由。这个问题已经严重存在，对于身边的作家只说赞美的话而不说批评的话，连真诚都没有，说违心话，谈什么评论自由？

三、目前看来，更切实的问题是内部自由的获得。在一些人看来，似乎是放宽了就行。其实不是这样。如果没有内心的自我解放和一个解放了的强大自我，批评的健康发展是不可想象的。一个作茧自缚的人，一个沉睡不醒的人，一个离开了枷锁就手脚无所适从的人，一个因为某种关系而牺牲人格操守的人，怎么可能具有真正的开拓力！

内部自由的获得需要批评家开拓思维空间和更新思想观念。我们的生活中不乏这样的现象：几年前思想解放的先驱，今天已经成了九斤老太；批“左”的斗士在挥汗如雨地战斗，手中的武器却依然打着“左”的印记；“文革”时代早已过去，有人却动不动就要进行政治大批判……原因何在？仔细想一想，一些人并非有意与前进的历史为敌，他们也许还真有一片好心或苦心，但他们那么做了。为什么？是长期形成的思想观念和思维习惯在发挥着作用，支配着他们的行为。新时期文学的很多争论，分歧都在这里。所以常常是争来争去谁也说服不了谁，因为双方使用的根本不是同一本词典。有人喜欢用习惯了的尺子去衡量一切新的探索，只对作品摇头，却从来不怀疑自己手里的尺子是否正确、量法是否有问题。他们习惯了用一种模式去思考问题，用一种永恒不变的观念去判断是非，却不知道想一想那种观念是不是自己自觉的选择。本来世界是复杂的，是多侧面的，认识世界的途径也千万条，每一种途径都有自己的长处，但每一种途径也往往都有它的短处。每一种思想体系都有排他性，都努力把自身说成绝对真理，但是，对于一个知识分子来说，不应该对任何一种学说以迷信的态度对待。特别是在今天，四面八方的道路已经打开，但“老马识途”的现象仍然是一种常见的现象。愚民教育的最大危害就在这里，使你的思想僵化在既定的路线上，不需要用鞭子驱赶，你就会乖乖地走向他所预期的目的地。思想家的脖子上套了锁链并非悲剧，真正的悲剧是精神上套了无形的枷锁，失掉了思想能力而不自知！

当然，我并不一般地否定思维模式，离开了模式就无法思维，我所要强调的是，我们应该对自己过去的僵化的思维模式有足够的警惕，警惕它成为枷锁。因为必须清楚，应该是人去占有一种思维模式或思想观念，而不是让观念或者思维模式来占有人。人类只有在不断地占有和不断地扬弃中才能前进。内心自由的本质就是对观念和思维模式的自觉选择，自觉选择就意味着不断地占有和扬弃，我们必须善于不断地更新自我，只有自我的不断更新，才能适应已经具备的自由环境，才能不辜负这来之不易的自由，我们的批评才有希望。

1985年7月　微山湖

批评的独立与尊严

文学批评必须有它的独立与尊严，而不应该是创作的附属物（或者像有人说的，是寄生于创作的“吃作家”的寄生物）。文学批评的对象当然是文学，是作家、作品、创作现象，但值得指出的是，批评的主体是批评而非批评的对象。严格地说，批评的对象只是批评家阐发自己的思想观点的媒介，旨在引导作家创作的文章是如此，旨在帮助读者阅读的文章也是如此。每一个批评家都不可能对所有的作品和文学现象做出评判。他之所以选择某一个，往往因为这个对象吻合了他的思想或者与他的思想相悖。也就是说，为他提供了话题。那些思想离开了批评的对象也是可以以其他论文形式公之于世的，它的生命并不依附于创作。批评家与作家是平等的，批评家没有权力向作家发号施令，却也不应该从属于作家。与作家交朋友，了解作家，对于理解作家作品是非常有益的，但并非是必须的。作家靠作品说话，作品一经发表就成为一种客观存在，批评家应该主要依据作品提供的客观存在去进行批评，而不应该更多地受作家自己的解释。况且，作家自己对其作品的内涵未必有清醒的认识，对他自己的作品的价值未必有准确的估价。

批评要树立自身的独立与尊严，必须摆脱它的附庸地位。作为一个批评家，至少应该在以下几重关系中保持自身的独立性：一、不做政治的附庸；二、不做作家的附庸；三、不做读者的附庸；四、不做经典理论的附庸。当然，这很困难，但文学批评要想获得自身的独立，却必须在这几种关系中保持自身的独立。文学批评当然离不开政治和经典理论。但它却绝不能亦步亦趋地跟着转。批评家应该在理论上有自己的见解，获得一种理论的独立性，没有必要一定要言必称秦汉，更不应该一手拿了经典理论，一手抓来批评对象，进行简单的比较和取舍。这样的批评实在要不得了，因为那不是你在进行批评活动，而是经典理论家在进行批评，当然没有你自己的批评位置。古今中外，从刘勰到王国维，从亚里士多德到黑格尔，还有现代那么多的大家，都在理论上有所建树，可是，批评家有什么义务一定要为过去的理论进行论证呢？论证和注释工作虽然需要，但是，文学和整个社会的发展要求我们不能再安于解释和印证经典，而是要勇敢地发展与创造，任何经典和权威都只是历史为你铺下的垫脚石，时刻也不要忘记，时代在期待着你向前跨出一步。

文学批评应该有鲜明的个性与独特的风格。读一篇百分之百正确却是人云亦云的文章，远不如读一篇有谬误也有真知灼见的文章。靠别人定调子，靠眼睛看风向，靠打听小道消息而写文章，那样的时代应该过去了。批评家要有表现自己的思想、感情和趣味的勇气。不要总是害怕树叶掉下来砸破头，更不应该老是自己吓自己。没有自我就没有批评个性，没有批评个性就没有批评的繁荣和发展。

文学批评不必回避主观性。它是无法回避的，没有谁的见解能够纯客观，因此也没有必要貌似公允。不必吞吞吐吐担心自己的见解不正确。批评是科学，在科学面前很难说谁有绝对正确的结论。在努力接近真理的途中，不容争辩的结论如果存在，只说明学术空气的窒息或者是一代学者的懒惰与麻木。

文学批评不必回避尖锐。有人把尖锐的批评称为“打棍子”，这是不应该的。正常的批评不可能是打棍子。因为真正的文学批评家手里没有棍子。棍子的来源是政治，是权力，它与真正的文学批评无涉。由于我们多年的批评都是政治性的，政治讲究分寸，讲究用语的轻重，就像给人做什么结论。那种来自政治的批评当然很厉害，可以把人送进监狱，可以置一个作家于死地。可是，真正的文学批评没有那样的力量。因为无论你的文章写得如何尖锐，被批评者都可以置之不理，而且可以反驳。大家都是平等的，谁也伤害不了谁。文学需要尖锐的批评和尖锐的反批评。只有这样，才能争得起来鸣得响，才有百家争鸣。否则，大家都是谦谦君子，模棱两可，如何展开深入的争鸣？

1985年8月　曲阜

当前文学批评的使命

关于文学批评的任务，我们似乎历来都很清楚。如果极简单地说，好像就是：繁荣创作，发展理论。当然，还包括帮助读者阅读。

然而，作为今日中国的文学批评家，仅仅做到这些是不够的。文学批评除了完成上述使命之外，还应该在更广阔的领域里展开与作家、与读者、与生活的对话，通过文学批评推进人的解放和人性的完善，具体到中国的现实，就要为中国社会的现代化进程承担一点应尽的义务，发挥一点作用。

目前，我国正在经历着现代化的历史进程。现代化是人类文明史的一个概念。因此，它决不仅仅是物质文明，更不可能是可以用数字一个两个去数的。它是包括经济结构、政治结构和意识形态等许多因素在内的一个系统工程。一个社会的内部，政治、经济、文化这三重因素必须平衡和谐，社会才能保持稳定而不动荡和危机四伏。从历史上看，我国近代文化选择了一条曲折而独特的发展道路，农业文明所产生的文化传统在近代文明的发展中没有得到应有的扬弃和改造。因此，它无法很好地适应现代化的要求，其消极因素不可避免地要与现代化的要求发生冲突。随着现代化要求的日益强烈，这种冲突已经明显地表现了出来，而且日渐尖锐。如建立网络型社会结构的要求与传统文化大一统观念的冲突，平等原则与贵贱等级原则的冲突，法治要求与人治传统的冲突，民主制度与家长观念的冲突，个性的全面发展与共性至上的群体原则的冲突，开放与封闭的冲突，竞争与中庸信条的冲突，物质利益原则与伦理中心原则的冲突，等等，都是这种冲突的直接反映。

这些冲突形成当前社会意识形态领域尖锐而又复杂的矛盾，带有鲜明的东西方文化冲突的色彩。但在实质上，是“五四”前夕已经开始的旧文明与现代文明两大文明体系的冲突。对其双方的优劣与利害，从严复到鲁迅都已有过论断。今天，“五四”时期没有完成也不可能完成的历史任务又重新提上了中华民族的议事日程。当然，我们的传统文化不乏灿烂的瑰宝，但也没有任何理由自大，更没有必要去死抱那“道德文明第一”或者什么光荣无比的祖宗牌位。我们应该看到传统文化中那些已经不适应的部分至今影响着我们民族的心理素质，阻碍着我们的发展和进步。有些东西是很明显的，如价值观念形态的“重志轻功”“重名轻实”不仅与讲究经济效益相悖谬，而且极易导致像“四人帮”那样不惜以国贫民穷去换取一个毫无意义的所谓“共产主义”牌子；自由观方面由老庄开始，一代又一代的影响使我们的民族侧重于向内探求，以对付自身（也是改造自身）为获得自由的途径，以泯灭自身以求超脱，总是要求个人去适应环境。这远远不如西方那种侧重于向外探求、以改造环境为获得自由途径的心理更具有积极意义。今天，现代化的要求对古老的文化传统提出了新的挑战，传统文化若不获得新的生命，现代化就要受到损失。

因此，掀动历史的沉重积淀，使其再受淘汰和过滤，以扬弃和拿来的方式改造我们的传统文化和由此而生的民族文化心理素质，是当前整个社会科学领域的一大使命。它也是文学的重要使命，而文学批评也责无旁贷。

在这一方面，不少作品做出了可贵的贡献。但是，整个创作中冲突的两种因素是共存的，有时甚至表现得非常尖锐。我们的文学批评应该担负起批评的责任，催其欲朽者速朽，促其新生者速生。为此，文学批评应该站在历史的高处，放开眼界，认清现实，做历史的推动者，做新文明的助产士，而不是相反。当然，我不反对种种角度的批评，但有志者应该担负起民族历史的责任，做历史前进的纤夫和清淤工。因为不荡涤一下陈旧的污浊，新事物就难有扎根的土壤，不清理旧时代的破砖烂瓦，新时代的建筑就无法奠基。不应该再对固有的传统抱有什么幻想，这种文化土壤种下西瓜也能长出苦果，这样的苦头我们吃得已经不少了。我们曾以最新的思想反对资本主义文明，导致的却是封建主义的猖狂反扑，在进步的名义下，封建主义以被取代者的仇恨疯狂地扼杀了资本主义的有生部分，而不是我们所要清除的腐朽。我们提倡新的道德规范，奴隶主义却立即改头换面乘机而起，置个性意识于死地，扼杀了无数创造型开拓型人才。我们常说，文学家是人类灵魂的工程师。对工程师的理解要特别注意。它不仅意味着建筑，而且意味着爆破。因为人类灵魂的建设无论何时都没有一块空地让你施工。只有推平旧建筑，才能建起新建筑。只有清除陈旧的观念，才能建立起与我们时代发展的要求相一致的新观念。从这个意义上讲，今天的批评家要更多地帮助我们的作家掀动观念世界，激活人们的思考，以期推动文化的震荡并在这种震荡之中完成对民族文化传统的淘汰和重铸。

1985年8月　曲阜

文化批评与批评家的世界

一

在当前中国文坛上，文化的批评正在兴起。尽管就现状看这种批评还处于一个摸索阶段，难免幼稚不成熟，但这是文学批评界值得为之欢呼的大好事。也许若干年后我们回过头来写这一段文学批评史的时候，会进一步发现它的意义。随着整个民族文化意识的觉醒，创作界发现了文化，批评界发现了文化。当然，文学批评发现了文化并不就意味着出现了文化的批评，但随着这种发现却必然地逐渐找到这样一个批评的审视点。把文学当作一种文化形态来研究，从文化角度研究文学，以文化价值评判文学，这种批评也许比以往任何一种批评模式更有意义。也许，它将为文学批评开辟出新的天地，带来新的面貌。

首先，文化的批评可以给文学批评带来超越，开阔文学批评的视野，形成一种全方位的批评，从而较全面，较完整，较准确地把握和解释文学现象。

我们过去的文学批评视角往往是单一的、狭隘的、孤立的，虽然被称为社会历史学的方法，实际上却与真正的社会历史学批评相去甚远。我们采用的常常是一种政治泛化的研究构架，用政治参照系作为文学研究的唯一参照系，而文学研究也就成了政治活动的一种发散和引申。这当然与我们长期奉行的政治标准第一的准则以及把政治看作“灵魂”和“生命线”的思维方式有关。在那样一种政治泛化的研究构架中，政治是我们用以评判的唯一价值尺度，文学批评致力于从文学中抽取政治因素然后评判之。我们的文学史以政治斗争发展的阶段分期，以政治倾向取舍作家，随着政治形势的不断变动而不断修改删补，也正是这种政治审视角度所致。

文化的批评为我们提供了新的审视角度。文学史是否可以以文化的描述代替政治的描述呢？文学评判是否可以以文化的价值尺度代替政治的价值尺度呢？回答应该是肯定的。事实上，这种批评和研究鲁迅先生已经尝试过了，他用“离骚”“反离骚”“魏晋风度”等范畴来进行文学现象的概括，已为文化的批评开了先河。这种文化的批评和研究可以避免那种把一个国家、一个民族的文学史描绘成一个阶级的文学史的弊端，也可以避免由于政治的过眼烟云而影响文学研究的寿命。

其次，文化参照系的引进可以帮助我们开发一些新的领域，发现那些在某一个审视点上所不能发现的价值。例如阿Q，无论从政治角度还是从道德角度，都不可能对他做出圆满的解释，而从文化角度却能比较完整、比较准确地把握他的性格实质。对觉新、瑞宣、那五、陈奂生等人物，如果单从政治角度观照，我们同样很难把握。而从文化角度就比较容易理解。再如《芙蓉镇》中的王秋赦，如果仅从政治角度着眼，把他看作一个极“左”路线的积极推行者和支持者，或者从道德着眼把他看成是一个道德败坏分子，对这个形象只能算看到了一半，只有把他纳入文化的聚焦镜头下，我们才能比较清楚地看到他意识中均平思想和取而代之的阿Q式的革命要求，以及这种性格在历史发展的不同阶段所显示的不同作用。面对刘心武《班主任》中的谢惠敏，政治批评看到的是极“左”路线对青年的毒害，文化批评看到的就多一些，谢惠敏性格的形成不仅因为极“左”政治，还有接受极“左”政治的内在心理机制，与几千年的文化传统密切相关。面对李向南，政治批评可以指责他随意罢官，方法不对，或者赞扬他敢于改革勇气可嘉，文化批评却在这个基础上看到他的文化素质，由此指出他的新中之旧，并可预料其发展前景。

过去，我们对一些“非重要”领域是不多关注的。甚至对人生重大问题，如生老病死、饮食男女等，常常由于其本身不具备政治意义而被忽视。到爱情中寻找反封建主题，到死亡中寻找革命英雄主义，如果找不到，似乎这种爱情和死亡就失去了意义。文学批评对这些人生的重大问题表现得无能为力、无话可说。文化的批评却无论面对生活的哪个领域，都能做出批评。

文化的批评不仅为批评增加一个新的审视点和参照系，而且可以启发我们从文化这一中心概念出发编制一个包括政治、道德、社会、心理诸方面在内的完整的参照系统整体。

文化的批评并不排斥其他各种批评方法。它与其他种种批评方法的关系不是矛盾的，而是建立在种种批评基础之上的一种综合和统一。文化批评不排斥社会历史批评，当它对作品的内容考察时已具备社会历史批评的功能。文化批评不排斥形式的广义批评，它同样需要进入形式，因为特定的形式是一个民族、一个时代文化的一种特殊显现形态。一种流行的构思方式常常是一种文化心态的集中体现。而语言词汇的选用也是文化史研究的重要内容。文化的批评不排斥心理学的批评，因为它同样不仅要分析作品中人物心理，而且要分析作家心理，并由此探讨其文化心理结构。文化的批评不排斥美学的批评，它要考察作家的审美趣味与审美理想，因为审美趣味是审美环境和审美教育的结果，反映着一个时代或一个民族的文化风尚，而审美理想以及进行审美评价的形式都是一个时代的社会理想的一般的或特殊的折射。

这种参照系统的建立，将为我们提供一种真正宏观的、全方位的批评方式。这种批评方式的出现，不仅不排斥其他，而且将使许多貌似对立的东西得到统一。对于文学理论来说，它可以帮助我们理解各种文学观念的内在统一性，人们可以说“文学是现实生活的反映”，也可以说“文学是自我表现”，可以说“文学是阶级斗争的工具”，也可以说“文学是愉悦人生的游戏”。由于人们观察的角度不同，当然可以得出不同的结论。但纳入这个系统网之后，在众多参照系的共同作用之下，那些分歧或者得到统一，或者失去意义。因为文化的批评为人们提供的不是一根标尺，而是一个观察对象的多元交叉的网络。人类为了认识真理，开辟了无数途径，可以说是条条道路通罗马，但是，人的认识能力总是有限的，每一种方法都建构于一定的理论体系，每一种理论体系都为人们认识真理提供了帮助，但是，体系是一种建构，一种模式，它为我们提供了通路，但在修筑这条道路时却往往在道路的两侧筑起了高墙。这就是理论思维的夹道。这种理论思维的夹道可以使你直达目的地而免于荒野中徘徊的痛苦，却也常常限制你的视野，规定你到达目的地时所接触的层面。登山无路是痛苦的，却会有意外的收获；跟随导游而行是轻松的，却只能看到他想让你看的。文化的批评也很难让你看到全部，但这种观照的网络却犹如一个交通网。或者说，它能够打通许多通道之间的隔墙，提供多层面认识事物的可能。

二

尽管批评家常常为受到作家的轻视而义愤填膺，我却以为我们当代的批评家受到作家的轻视是理所当然的，完全合理的。因为我们不能不承认这样一个事实：过去的文学批评事实上与文学创作是不平等的，二者之间未能对应。创作面对的是以人为中心整个世界的一切内容，而批评却总是在某一范畴中发表议论，以满腹经纶之状作井底观天之论。这使批评总是很难找到自身的位置。因为作为文学批评，若论文学中的政治因素，肯定不如政治家论得清楚和深刻，要谈文学中的哲学意识，肯定不如哲学家的议论深刻，若论文学中的心理内容，最好还是请心理学家或精神分析医生来谈，谈经济最好是经济学家，谈社会最好是社会学家，谈美最好是美学家，谈语言最好是语言学家，……这些专家都有资格讽刺文学批评家的肤浅。那么，只有谈所谓文学自身了。文学自身是什么？是所谓独特的艺术形式？但是，在这一点上，还是富有经验的作家更有发言权。文学批评的位置在哪里？从某一个角度出发，即使批评家是一个造诣很深的学者，面对作品世界，得出的也只能是沧海一粟。因为即使是最愚蠢、最肤浅、最无思想的作家，只要他忠实地描写生活，其作品也是一个相对丰富的世界。决非某一种专门理论的框架所能够容纳。批评一直是真正的“管窥”之见。这就怪不得作家对于批评家有各种不恭了。

也许有人会举出一些作家对批评家的赞美和肯定，但是，我们应该看到，那是一种立于不平等基础上的赞美，就如一个大人称赞一个孩子偶然做对了一件什么好事。一些作家的确对批评家怀有好感，甚至是敬意，但是，又有哪一个作家认为批评家已经把握了他的作品的全部内涵呢？作家面对的是一个完整的世界，批评家面对的是一个特殊的领域，作品中有一百个内容要素，批评家却只对一两个要素发表评论，这种关系的不对应使批评无法与创作达成全面对话。也使批评无法找到自己在文学这一范畴中的位置和在人类生活和社会科学中的位置。于是，批评不是分别依附于政治、道德、美学等学科，就是跟在作家后面亦步亦趋。当政治附庸或者当作家的吹鼓手，正是因为批评家地位的不存在。一些批评家似乎有感于这一点，于是试图建立文艺社会学、文艺心理学等等，以求为自己找到一个独立的位置。我们承认这种努力在两个学科的交界点上能够建立一个蜗牛之居，但这种批评与文学创作的大千世界仍然是难以对应的。这犹如生物学家、化学家、物理学家、美术家面对大海都能得到一些东西，却谁也不能完整地把握大海一样。

也许文化批评能够成为艺术与科学全面对应连接的媒介，从而帮助批评找到自己的位置。

无论文艺如何发展，文学是人学，是难以推倒的。因为无论何时，它都必将是人创造的，并且以人的生活为主要描写对象，抒发人的思想和感情。那么属于文学范畴的文学批评，理所当然应该具有人学的性质，以人为研究中心，研究人性，研究人的命运与处境，研究一切与人相关的事物和一切与人相关的学科。只有这样，才能使批评与创作同步、同质，使双方形成全面的对话。怎样实现文学批评的人学化呢？文化也许是唯一能够完成这种多元连接的网。用卡西尔的话说，人的最重要的本质就是文化性，人与动物的区别就在于人能够运用符号创造文化。因此，与其像亚里士多德那样认为人是政治的动物，不如说人是文化的动物。文学批评是人学的一部分，文学批评就应该面对人类文化发言。因此文化的批评是实现人学批评的一个中介，因为只有它能够涵盖人类生活的全部内容。批评只要成为人学的批评，把全部的文化现象作为研究的对象，便建立了与创作面对的同样的世界，其差别仅仅在于对世界的把握方式，一个是感性的、形象的，一个是理性的、抽象的。

从人这一核心出发，由文化这一轴心概念引申开来，对文学进行一种全方位的审视，这种批评就成为人类活动各方面的综合考察。在这个考察系统中，政治的、历史的、社会的、道德的、心理的、美学的种种评判都成为大系统中的一个分支，但每一种考察都是文化的，统一在文化基点上的，因此它就避免了简单的政治评判和道德评判。这种政治的、经济的、道德的考察又都有自己的从文化出发的侧重点。它不是政治、经济、道德论。而是着重研究文化的创造者——人与这一切的关系，人的心灵这一主体与各个生活领域发生关系时所产生的意识，如金钱、爱情、生殖、饮食、友谊、信仰、理想等，本身分属经济学、社会学、生理学等学科，但如何对待金钱、如何看待爱情以及做这一切所采取的形式却是文化考察的重要内容。因为它体现着某个民族某个区域在某个时代的生活方式、思维方式和价值观念。

这种社会人文科学各学科统一起来综合运用于文学批评的宏观文学研究，或许能够成为艺术与科学全面对应的连接媒介，从而使文学批评从政治、道德、社会学、心理学的奴仆地位中解放出来，立足于科学与艺术之间，与各个学科对话，从而确定文学批评自身在这个大范畴中的地位。

三

按照这样一种构想，批评家的世界应该是一个极为广阔的世界。几乎可以说，没有任何一个学科比文学批评更为广阔，更能为人提供发表各种见解的天地，批评家面对的世界是一个与人类生活同样广阔的世界。任何知识，任何理论在这里都有用武之地。我们的文学批评不仅可以探讨文学中的政治、经济、道德诸问题，甚至可以为林黛玉诊断一下是否患有肺病，解释一下病因与精神压抑有何联系，为武打片中英雄们的胜利寻找一下根据。这并不是多余的，不仅林黛玉的精神忧虑和英雄们毫无根据的胜利是一种文化心态的表现，而且文学既然是文化传播的一个重要手段，批评就有义务帮助传播或纠正传播中的差错。作家们常把自己熟识的文化知识不无卖弄地写进作品，如曹雪芹的诗论，李汝珍的音韵学，陆文夫的烹调知识，阿城的棋道……批评不应对之无能为力。作品既然包容万象，批评也应包容万象，文化批评或许提供了这种可能。

按照这样一种构想，文学批评将是有利于思想家驰骋的天地。对于一个要全面把握社会和人生的思想家来说，没有一个领域比文学批评更为方便，文学批评家完全可以通过文学批评完成一个大思想家的全面的思想体系建构。文化批评向批评家提出了知识综合化的要求，这种要求符合历史发展的趋向，也为批评家人的本质的全面实现创造了条件。

1987年6月　北京